I0722862

Strop

'n Verhaal van

Familiegeweld
Patriargie
Een-oog Ouerskap
Oorlewing

Hester Garner

Gepubliseer in Australië, 2023
NSW, Birpai (Birrbay) Streek

ISBN: 978-1-7636692-1-5
Buiteblad: Hester Garner
Fotografie: Lindie Kolver
Tipestel: Calibri

Erkenning

Duisend dankies aan almal wat aanvullende inligting voorsien het:

Kindertyd se vriende en familie wat dieselfde stofpaaie geloop het
Oues-van-dae, nou reeds afgestorwe
Al my SA beta-lesers

Die wat argiefmateriaal voorsien het:

Marlene Schoeman, NG Kerk in SA, Argief, Stellenbosch
Hermien Swart, Koördineerder, Noordelike Sinode, Pretoria
Dr Kobus Gerber, Algemene Sekretaris, NG Kerk, Pretoria
Daleen Stephens, NG Gemeente, Hartebeestfontein
Sofie Nel, NG Kerk, Albertyn, Ellisras
Suid-Afrikaanse Nasionale Argiewe

'n Baie groot dankie aan my oudste, Melanie, wat ure sonder tal inligting ingewin en saam-saam dae lank spandeer het om die beste fotos by die SA Nasionale Argiewe te neem, en opnames en aantekeninge te maak soos stories vertel is.

'n Spesiale medalje vir Ernest, my beter helfte en tegnologie persoon, wat my met liefde en geduld ondersteun en heeltyd moed ingepraat het gedurende die drie-jaar projek. Toe die laaste woord op papier is en ek verklaar, 'Dis klaar,' is hy die eerste wat my aangespoor het met, 'Nou vir die Engelse vertaling.'

Resensies

In haar pragtig saamgestelde novelle, bied Hester Garner 'n roerende en hartlike blik op 'n boeregesin se geskiedenis deur die lens van haar eie Bosveldbril. Die skryfwerk is beide oortuigend en presies, met elke hoofstuk deeglik verweef om die ryk tapisserie van die gesin se ervarings te weerspieël.

Die skrywer se gebruik van grammatika en taal versterk die narratief, wat die lewendige beskrywings en hartroerende refleksies des te meer ontroerend maak. Haar storievertelling eer nie net die nalatenskap van Bosveld voorgangers nie, maar bied lesers ook 'n diep en bewegende verhaal van persoonlike en generasionele groei.

Hierdie boek is 'n bewys van die krag van gesinsbande en die kuns van meesterlike skryfwerk. Ten volle aanbeveel vir enigiemand wat vlot prosa en diep persoonlike storievertelling waardeer.

Mariaan Wagner
ICT GRC Hoof Konsultant & Dosent

Hester Garner het 'n besonderse skryfstyl wat die lees van hierdie (met tye) onstellende multi-generasie verhaal 'n plesier maak. Sommige gebeure in die boek het my as leser diep geraak, my ook met tye opstandig laat voel. Die patriarg van die familie het sy merk gemaak op almal wat in sy onmiddellike sfeer beweeg het. Die goue draad in die verhaal is egter die onwrikbare geloof in hulle Skepper waarmee die meeste van die rolspelers hulle met die armoede, swaarkry en sukkel-bestaan kon vereenselwig.

Hierdie is 'n unieke verhaal, meesterlik deur die skrywer hanteer.

Lindie Kolver
Professionele Fotograaf & Beta Leser

Voorwoord

Strop is 'n fiksiole verhaal van gesinsgeweld. 'n Storie met outydse taal oor die ou tyd. Hoofkarakters is 'n produk van my verbeelding en enige ooreenkoms met ware persone is toevallig. My tydsgenote sal wel baie van die plaasname, staaltjies en oumense herken, want hulle verdien erkenning vir wie hulle was en wat hulle bygedra het as voorlopers.

Die storie speel af in die Bosveld van die ou Noord-Wes Transvaal (huidige Limpopo Provinsie) - my wêreld. Dit is gebaseer op vertellings waarmee ek grootgeword het van mense en tye lank vergete, oorvertel tot dit naderhand as waarheid aanvaar is. Dit klink só: mense het suutjies agter bakhand gefluister van 'n jong boeremeisie se belewenisse in 'n huis van geweld. As kinders het ons net geraai dat niemand in die ope daaroor mag praat nie, en so is dit verdoesel, verdraai en vergeet. Tot dit my nou roep om lig te werp op die euwel van familiegeweld en die lang aanloopbaan wat daarmee gepaard gaan, maar ook die gevolge wat besoek word aan die tweede en derde geslag.

Alhoewel nie 'n ware verhaal nie, is dit nogtans waar genoeg oor 'n gemeenskap wat vedraagsaam was oor patriargie, emosionele- en finansiële onderdrukking van vroue en dogters in die 1920's, en die afsondering wat toegelaat het dat dit floreer. Gegewe die tydperk in Suid-Afrika, is dit ook die verhaal van ander families onder soortgelyke omstandighede. Baie het agter toe deure gebeur, so wie was daar om rekenskap te eis, en wie sou familiegeweld kon teenstaan en 'n stem vir die weerloses wees?

Kom lees saam van 'n 'vertelling' uit die mond van tant Maria - 'n sterk vrou, gebore in en getoë aan die hand van geweld. 'n Leeftyd van onderdrukking borrel oor in haar unieke stem oor 'n vergete tydperk en sy mense.

Deurentyd het ek probeer om my wêreld se manier van praat so getrou as moontlik weer te gee soos dit gepraat is in my kleintyd - sonder skroom vir vandag se taalgebruik en rasse-sensitiwiteit. Dit is hoe mense gepraat het - 'n spreektaal eie aan die area, maar reeds grootliks verlore vir jonger generasies. Dis vir hierdie generasies wat daar 'n woordelys voor in die boek verskyn sodat tant Maria se karakter en belewenisse lewendig word soos ons lees.

Soos dit is vir ouer mense met min tyd en baie stories om te deel, is die pad na hierdie storie se slotsom nie kort nie en het baie uitdraaipaaie met duwweltjies op elke afdraai. 'n Hart-storie met baie *en toe's, en dan's* en *nou-ja's,* so goed as moontlik vertel met inligting tot my beskikking.

Vir'n getroue weergawe van tyd en plek, is vele ouer mense in die omgewing besoek vir aanvullende beskrywings. Die historiese aspek word deur argiefmateriaal ondersteun en is deurentyd gebruik om inligting so noukeurig as moontlik uit te beeld met 'n blik op wat agter die 'partisie' gebeur het. Fotos is generies.

Kies 'n stil hoekie - tant Maria het 'n lang asem.

Woordelys

aangedaan - bewoë, hartseer
addisie - byvoegsel
akkordion - pensklavier
altemit - sonder twyfel
aspris - bepland
attent - aandag vestig op iets
babbelaas - om dronk te wees
bakkatêl - vir geen rede
basadi fêla - net vrouens
batho! - my wêreld!
befoeter - omkrap, deurmekaar maak
befoeterd - nukkerig, kwaai
beklets - vuilmors
bekonkeld/bedons - befoeterd, kwaai
bêrêka - werk
bestiering - seëning
beswadder - slegmaak, skinder
bloemers - vrouensbroekie met lang bene
boedêm - verdomp of ek dit sal doen
boggelrug - vergroeisel op rug
Bolayago - iemand wat doodmaak
bolêla - praat
bolwelf - druk-klep, *ball welf*
dagha - slap sement mengsel
deetlike - baie goeie, uitstaande
doer - daar vêr
droppers - dun hout pale
enigheid - op my eie, in my gedagte
fanegalô - algemene swart Afrikataal verstaan deur almal
gallon - gelling, 3.8 liter inhoud
galsterig - sleg/oud
gashee - gegee
gebrakel - deurmekaar pratery
ge-afronteer - aanstoot gegee/te-na gekom

ge-flikflooi - mooipraat, sagmaak met woorde
ge-kerjater - rondrits
ge-ritereer - terugbeweeg
ge-wedywer - kompeteer
goewerment - regering
gons - brom (soos bye), geraas
grommel - praat tee, kla
grys - te oulik, te slim
hert - vuurherd (in stoof)
hewige - baie groot
holt - halte
horrelvoet - gebreklike voet
hubaar - 'n ouderdom geskik om te trou
ingeloop - verneuk
inhalig - suinig
in sy maai - gaan na die duiwel, voetsek
in tou - agterna
Jon - John
kayangs - kaiings, blokkies varkspek gebraai in 'n pot
kapittel - berispe
karig - nie baie geld nie
karmenaaitjie - goeie snit vleis soos boud of blad
Karmetatpan - Kremetartpan
karnallies - stouterds
ke batha bôrôthô - ek wil brood hê
ke molato fêla - dis net moeilikheid
kgopa - vra mooi, ook 'kgopêla'
kluitjie verkoop - lieg
koddig - tog te snaaks
konstitusie - gesondheid, sterkte
kontrêpsie - uitvindsel
kordaat - braaf
kringat - waterbok, Kobus illipsiprumnus
kua; boa lapa - daar; draai om
kwalik (neem) - verkwalik, dit teen hom hou
kwonsuis - asof, hy sê so maar ek glo hom nie

lapa - skerm
Lemetferd - Lee-Metford of .303 geweer
lie maak - jou verlei/laat vergeet
Lisl kouse - Lisle kouse gemaak van rekbare katoen
lobôlla - bruidskat
maaifoedies - grapmakers
mage - een maag, twee mage
makietie - partytjie
maramas - gemsbokboontjie, Tylosema esculentum
marêtla-lat - kruisbessie lat, Grewia occidentalis
marôgô - groen misbredieplant, Amaranthus hybridus
matjankan - swart mense van Sentraal Afrika/Tanganyika
Môgôl - Mokolo rivier by Ellisras (tans Lephalale)
mogônônô - vaalbos, Terminalia sericea
mokawi - kierieklapper, Combretum hereroense
molato - moeilikheid
molesteer - pla, aanrand
monyêtsani - dinges/oom Petrus se *fanagalô* woord
mopanie - balmsemboom, terpentynboom, skoenlapperboom,
    Colophospermum mopane
nôga ke ô - daar's die slang
nyatsi - nooi, liefling, meisie
nyôtjie - stertriem, beskerm-lappie vir manlike privaatdele
okasie - gebeurtenis, partytjie
olik - siek
onbegonne (taak) - onmooontlik
onenigheid - slegte/kwaai gevoelens
onverskillig - sonder om ag te slaan
oorlams - kundig
oortollig - te veel
opgesit (maag) - ongesteld, voel groot
opstroppelis - omgekrap, kwaadwillig
opgetof - met smaak aangetrek
oralster - oral, waar jy ookal kyk
ou-masadi - swanger, verwagtend
ouvrou - vroedvrou

petalje - onaangename gebeurtenis
positiewe (by jou) - nugter, wakker
preskripsie - voorskrif
pront met bek - praat goed/vlot
raauwn - bakleiery
rampatjans - sandale van motorbande/ou velle
rantsoeneer - opdeel, verdeel, spaarsamig werk met
rapêla Modimo - vra die Here
redekawel - redeneer
resiteer - opsê, voordra (soos 'n gedig)
saans - in die aand
šala sintlê - mooibly
sepela sintlê - mooiloop
seshaba - by-kos soos misbredie of vleis
sispenders - 'n ding wat kouse ophou, *suspenders*
skeie - hout implemente gebruik om diere in te span
skyn - voordoen/maak asof
smerterig - besig om sleg te word, natterige vleis
smiddae - in die middag
smôrens/smoors - in die môre
soentoe - daarnatoe/daarheen
sokspenners - 'n ding wat sokkies ophou, *sock suspenders*
spektakel - skouspel
spesmaas - suspisie, voorgevoel, idee
struweling - bakleiery
summier - net-só
suspisieus - agterdogtig
swartgallig - voel depressief
swernoot - klein stouterd
teneergedruk - depressief
tobboetse - stewels (gewoonlik vir mans)
toentertyd - lank gelede, vanmelewe se dae
tokološi - mitologiese figuur, die duiwel
toornig - kwaad
toorts - flitslig
tromp-op - reguit

tšhêlêtê - geld
tugtig - dissiplineer, tug
vereenselwig - vrede gemaak met iets
woorde kry - baklei

Inhoudsopgawe

Waar is Steenbokpan?

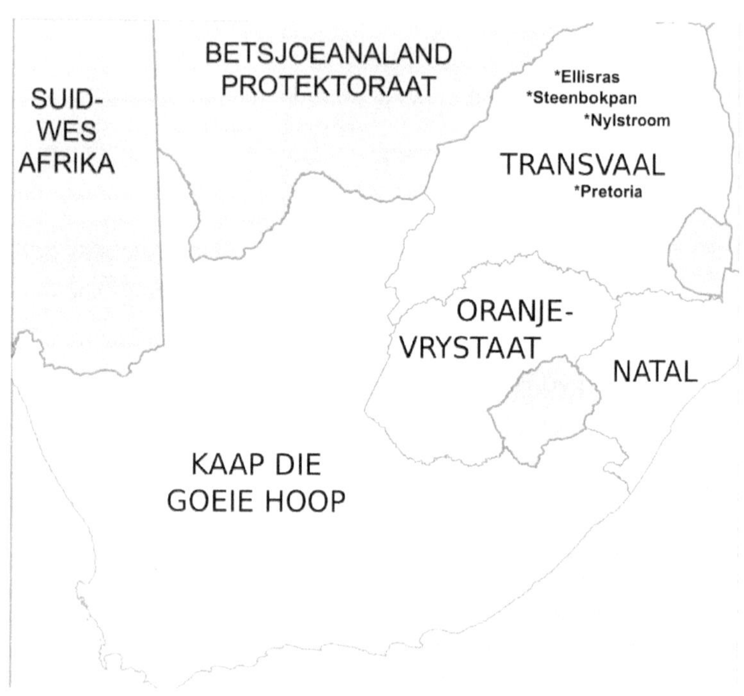

Kaart van Suid-Afrika, 1920's

1920 – 1929

Eerste Bewuswording

Hulle sê kinders onthou nie veel wat met hulle gebeur voor hulle twee is nie, maar ek was twee en kan goed onthou toe my boet, Janneman, gebore is. Dit was in herfs toe die koue ons al goed vasgevat het.

Ons nuwe huis het nog lekker geruik van sement daar waar dit met 'n blink sinkdak tussen die maroelas en doringbome pronk. Eers, het Ma vertel, het sy en Pa saam met sy broer Jakob se familie en die Bergmanns uit die voorwêreld in die Bosveld aangekom, waar daar toe bra min mense was. Oom Bergmann, 'n bouer, het ons huis opgerig en toe dit skaars klaar was, het Pa al ons goedjies oorgebring om weg te kom van, 'Al die monde in Jakob se huis wat net eet, eet, eet.' En toe't Ma hulle slaapkamer begin regskuif vir nog 'n baba.

Pa is vroeg weg daardie môre, nog voor sonsopkoms, om die ouvrou met die kapkar te gaan haal daar anderkant Steenbokpan. Hy moes seker ou Bul gekniehalter het die vorige aand sodat die koppige ou hings nie vêr kon rondloop in die nag agter die donkiemerries aan nie, wat maar baie gebeur het, en dan moes hy vir ure rondhol agter die perd aan. Teen die tyd dat hy dan by die huis kom, was hy in een van sy buie en moes ek wegkruip vir die strop.

Tot vandag onthou ek die bangheid as hy bakarm van die krale af aankom, en sonder voete skraap sommer so in die loop voel vir die strop by die agterdeur. Die beste plek vir wegkruip was in die spens tussen die kayangkanne waar die skemer jou nie opwys nie. Was ook net ek daar, want my ouer sus, Sofie, het nie slae gekry nie. Maar, o wee, die klein swart miertjies wat daar nesgemaak het waar niemand kon bykom vir uitvee nie, kon seer byt! Jy ken hulle mos.

In daardie dae was die pad van Slangfontein af nog net bietjie breër as 'n tweespoorpad wat noord geloop het Betsjoeanaland toe, en Stockpoort, waar jy nou die Limpopo oorsteek, was nog nie die grenspos nie. As jy van Nylstroom af kom, moes jy eers oor die Sandrivierspoort Nek waar die osse gespook het om 'n wa oor te kry, dan by Vaalwater verby en Bulgerivier, wat maar net 'n paar huisies was daardie tyd.

Dan't die pad so 'n lang draai gemaak by Marong verby tot dit twee arms maak by Slangfontein – links Steenbokpan toe en regs Ellisras toe. Daar tussen die twee paaie was mos later die winkel van die lang Elms mense waar ons nooit juis gekoop het nie.

In die kontrei was daar drie tantes wat hulleself uitgegee het as 'n ouvrou – tant Siena de Groot, tant Anna Kühn van Witkop met die tone wat oormekaar groei van die bunjins, en tant Hantie Verhoef van Gruispan.

Jy't seker nooit ou tant Hantie Verhoef geken nie, maar sy en oom Antonie het as jonggetroudes in die Bosveld aangekom amper dieselfde tyd as Ma-hulle in die dae toe daar nog nie baie mense in die omgewing was nie. Dit was so 1915 se stryk. Die twee het daar in 'n klein huisie gebly op Gruispan, skuins verby die plaashuis wat jy geken het as Koenst se plek naby Steenbokpan. Vir een-of-ander rede sou sy nie kon uithelp met boet Janneman se geboorte nie.

Dan was daar ou tant Siena de Groot, wat glo rêrig slordig was. Haar ou huisie was net so skuins voor Steenbokpan. Ma het gesê tant Siena vat nie aan háár nie.

Tant Anna Kühn was van die eerste Kühns wat staatsgrond in die Bosveld gekry het, maar sy't glo rumatiekhande gehad en het net af-en-toe uitgehelp met 'n geboorte. Almal het gesê sy's 'n deetlike ou tante wat mooi na jou sou kyk as haar hande net reg was voor die bevalling. Sy't met my geboorte op Rooibokvlei gehelp.

Toe Ma se tyd nader kom, het sy 'n betroubare swarte laat haal en 'n briefie gestuur Witkop toe sodat tant Anna haarself kon regkry vir die bevalling.

Strop

Na 'n paar dae staan die maer swarte by die agterdeur, wit van die sweet soos hy gehardloop het, om te sê ou tant Anna is 'banja siek' en konnie kom nie. Ma sê toe dat tant Hantie die enigste ander vrou is wat sy vertrou, want al was sy 'n ou korrelkop, het sy geweet van medisyne. Pa moes maar mooipraat dat tant Hantie kom.

Sofie en ek het wakker geword van die kapkar. Ons kon hoor hoe die ystertrappie kraak soos Pa opklim en die leisels klap sodat ou Bul kon padvat Steenbokpan se kant toe. Jy kon ou Bul se maag hoor 'hoep-hoep' van al die water wat hy gesuip het en daarna was dit baie stil.

Ek en Sofie het kop-en-punt geslaap op 'n enkel-kateltjie. Sy was 'n regtie merrie wat maklik geskop het om haar sin te kry. Die enigste laken tussen ons was smoors altyd aan haar kant, en jy weet mos, al is dit hóé warm in die Bosveld, party môres kan koel wees en dan't die nagrokke wat Ma gemaak het van meelsakkies ook altyd opgekruip onder jou arms na 'n nag se lakentrekkery.

Die laken het altyd na boerseep geruik wat sy van oorskiet vet en seepsoda gemaak het. Dit was Ma se manier om met haarself te praat as sy seep kook, en so het ek van kleintyd af geweet wanneer om sout by te gooi, te wag dat die seep skei en dan die seepsoda in die nagpot te meng om in 'n dun straaltjie by te gooi terwyl jy bly roer met so 'n lang kierieklapper houtspaan. Aan die einde van 'n paar dae se seepkook was die pot mooi wit en ons bene, hande en gesigte rooi van die oop vuur en seepsoda se brand. Dan't sy die seep in groot erdeskottels uitgeskep om koud te word – net so driekwart vol sodat die seepstene nie later te dik is om in jou hand te hou nie.

Eers het sy die koue seep met 'n skerp kombuismes gesny in sulke lang stroke soos ek ook maar altyd gemaak het, en dan die loog afgekrap. Die bruin loog as jy dit van die koue seep afkrap, brand jou hande vel-af, en Ma het altyd die lang stene met 'n wit meelsakdoekie vasgehou voordat sy dit soos 'n vuurhoutjie-varkhok kruis-en-dwars pak om droog te word. Al die tyd praat sy, 'Sussie, hoe droër die seep, hoe langer hou dit,' en ek het geluister en geleer van seepkook net soos ek my kinders ook geleer het.

Dit was nie lank nie of Sofie pluk die laaste hoek van die laken nader in die donker en sê, 'Gaan kyk waar's Ma, Marja!'

My beenhare het sommer regop gestaan van die skraal April luggie, al het ek probeer om weer in 'n bondel te rol vir bietjie hitte, maar haar voet tref my vol in die ribbetjies en ek moes voel-voel van die katel af. Die outydse ysterkateltjies was baie hoog en die klapperhaarmatras het dit nog hoër gemaak. Dit was baie hard en dun en nog stekerig ook. Maar so in die afklim, knyp ek per ongeluk haar vel vas met my knieg en sy skrou soos 'n maervark. Ek was oortuig Ma sou kom kyk wat fout is, want as daar fout was, was dit nooit Sofie se skuld nie. Maar toe ons nog altyd niks uit haar slaapkamer hoor nie, is ons altwee uit en kaalpoot is ons deur na die voorhuis.

Jy sal dit nie weet nie, maar die oorspronklike huis op Vaalbos het drie slaapkamers gehad - uit die voorhuis aan die noordekant was Pa en Ma se kamer. Reg oorkant en suid was ek en Sofie se kamer wat later ons jongste sus, Hermien, se kamer geword het. Uit die voorhuis het jy wes in die eetkamer geloop en aan die noordekant van die eetkamer was die seuns se kamer, maar almal het dit later geken as klein Katrien se kamer, al is sy ná boet Janneman gebore.

Daar was nie oorspronklik 'n badkamer nie, maar in die hoek van klein Katrien se kamer was later 'n bad - die soort met pootjies. Almal het daar gesig gewas in die wasskottel of gebad in drie-duim water wat ons met emmers moes indra van die handpomp af daar by die beeskraal. Die badkamer was voorheen die ou klein kombuisie. Die groter kombuis en my broer Bertie se kamer is baie jare later eers aangebou aan die agterkant van die huis.

Dit het gelyk of Ma se slaapkamerdeur toe is, maar dit was moeilik om te sê in die donker. Pa het daarvan gehou om 'n ogie op ons dogters te hou en het elke aand hulle slaapkamerdeur so ses duim oopgelos. Jy kon altyd sy oog op jou voel waar jy ookal in die huis is.

Ons is af na die eetkamer tot in die donker kombuis met sy swart melk-en-roet vloere wat jou voete swart gevlek het. In die kombuis het mens altyd honger geword, en dis eers toe ons by die houtstoof staan, dat ons sien daar's net koue as in die hert, en die fynhoutjies wat ek en Sofie die vorige aand opgetel het, was nog net so in die houtkassie langs die stoof. Eintlik het sy net rondgeloop en blare van 'n takkie aftrek terwyl ek die fynhoutjies moes bymekaarmaak.

Pa was ongeduldig toe hy terugkom van die kraal af. 'En vir wat is dit nog nie gedoen nie?' wou hy weet, en stuur ons daar-en-dan uit in die skemer vir houtjies met 'n reguit arm en wippende snor nog voor ek kon sê ek moes eiers uithaal voor donker. Voor Ma 'n ander werkie vir Sofie kon uitdink sodat sy nie fynhout hoef te soek nie, vat-vat hy klaar agter die kombuisdeur na die melkriem. Daarna is onstwee baie vinnig by die deur uit!

Dis 'n wonder dat ek al hierdie dinge so goed kan onthou, maar Ma het altyd gesê ek't alles gouer gedoen as ander kinders — gekruip op vyf maande en geloop op sewe. Pront praat op eenjarige leeftyd was glo ongehoord daardie dae, maar dis blykbaar hoe ek was. En om goed te onthou, was nog altyd maklik.

Daardie môre kon ons al die hoenders hoor kwok-kwok by die agterdeur. Daar was nog nie 'n hoenderhok nie en hulle het sommer in die kurkbome geslaap net so duskant die plek waar Pa 'n nuwe boord wou uitlê. Smoors het hulle kom mielies soek wat Ma dan in haar voorskoot vashou en met 'kiep-kiep-kiep!' dit in 'n boog oor die hulle koppe gooi. Nou't hulle gewag vir die kos al was dit nog vroeg.

Mens kon sien die son was oppad oor die onderdeur so met die bodeur wat oopstaan. As niemand kyk nie, was dit die lekkerste ding om op die onderdeur te ry en bo-oor te loer. Jy kon aan Ma se voorskoot vashou wat altyd daar aan 'n spyker hang, en jouself optrek tot op die onderste houtsport en dan was dit 'n gespook om daar te bly hang én oor die deur te kyk.

Sofie is vier jaar ouer as ek, en sy kon dit regkry, maar ek was te kort en ook te bang dat Pa my sou vang terwyl ek daar hang soos 'n nagaap. Die strop was vêr te naby.

'Ma is nie hier nie,' beduie Sofie van bo af terwyl sy vroetel met die stram werwel aan die onderdeur. Jy kan mos nie die werwel losmaak as jy aan dit hang nie, anders swaai dié deur ook dadelik oop.

Ja, jy sê Sofie se naam soos die Ingelse dit sê. Pa-hulle wou nie hê ons moes haar soos in Afrikaans 'Souf' noem nie, so sy was Sofia vir hulle, Ousus vir my en Sofie vir almal anders in die familie. Nou-ja, wie nog nie aan 'n voorskoot agter aan 'n onderdeur gehang het nie, sal nie weet hoe moeilik dit is om die werwel terselfdertyd los te maak nie. As jy dit nog regkry, dan swaai die deur skielik oop en jou kop land tussen die bo- en onderdeur. Maar daardie môre was 'n swart hand van buite af klaar daar om die deur oop te maak.

Ek onthou die geel-wit palm wat onverwags bo-oor die onderdeur steek en 'n ander wat Sofie se arm stewig vasvat daar waar sy peuter met die werwel.

Ou Sara het nooit baie gepraat nie en toe sy Sofie se arm laat los, draai sy net om en loop terug om 'n houtvuurtjie onder die es te stook net buitekant die agterdeur waar die hardekoolstomp lê. Pa en ou Bul het dit vroeër uit die agterkamp gesleep sodat Ma die vleis daarop kon kap. Dis ook op hierdie stomp waar die saal en toom skoongemaak en met varkvet ingevryf is. Nou was daar twee erdeborde en 'n blou erdebakkie op die stomp en op die oop vuur 'n klein driepoot pot met 'n hout paplepel deur die deksel en witterige papwater wat teen die kant afloop tot in die kole waar dit die lekkerste brandselreuk maak.

Ou Sara het 'n manier gehad om haar sisrok met een haal onder haar in te vou, en daardie môre was dit ook so. Toe sit-staan sy op haar knieë, gee die pap 'n dubbelhand links-en-regs veeg met die houtlepel terwyl dit 'n sug maak soos iemand wat diep slaap. Toe vat sy die borde een-vir-een en skep 'n klont stywe pap vir elkeen op, kyk 'n rukkie in die vuur en begin toe haar pap in sulke klein ronde balletjies rol en eet dit stadig met toe oë soos mens Ma se bruinpoeding op Sondag eet.

Dit was baie stil - net ons lepels op die erdeborde, Soldaat se stert wat sjoes-sjoes waar hy by ons voete lê, en die pap wat nou-en-dan die deksel half oplig om te sug. Ou Sara kyk toe so skuins op tussen die poeding-happies - eers na Sofie en toe van my tone af op om vir 'n lang tyd vas te steek by my bene. Ek kyk toe ook af, want ek het geweet daar's miere en kakkerlakke wat altyd uit die stomp kruip - ek't dit gesien toe ou Bul dit daar getrek het. Ek dog een was op my bene, maar daar was niks, net my beenhare wat opstaan van die koue so al om die donker merke op my kuite.

Ou Sara lê toe vooroor, en met haar warm bordhand vat sy my voet saggies vas en vryf die sool ingedagte met haar duim terwyl sy na my merke kyk. Toe word haar oë sag en toe minder sag en sy beduie ek moet eet met, 'Matangwane, *edja*,' maar ek ruik net haar lekker rook-en-snuif reuk, en verwonder my aan die sagtheid in haar bruin oë wat tranerig in die vuurrook word. Om haar polse was twee swart gevlegde armbandjies en in haar oorlelle wat onder die kopdoek uitloer, was 'n swart garingdraadjie met 'n paar krale in. Laterjare het ek gesien hoe die swart ma's vir elke kleinding sulke armbandjies van leer maak, dit met kole swart kry en dan invryf met varkvet sodat dit gevleg kon word en nie die vel sou skaaf nie. Niemand kon ou Sara se hare sien nie, want dit was altyd styf toegedraai met 'n kopdoek en vasgeknoop net bokant haar linkeroor; los genoeg sodat sy nog 'n ronde snuifblikkie mooi kon indruk tussen doek en kop. Ek weet nie van watter een ek meer gehou het nie - die rookreuk of die snuifreuk - maar altwee was net ou Sara s'n en jy't altyd geweet as sy naby is.

Eenkeer, toe boet Janneman so vyf, ses was, het ons probeer om soos ou Sara te ruik met kole uit die stoof en koue as oor ons gesigte, bene en arms. Ons het baie gelag en soos sy probeer praat, maar daardie aand het ons 'n vreeslike pak slae by Pa gekry. Ek onthou hoe vinnig hy daardie breë leerbelt met die ysterringe kon afhaal terwyl hy raas, 'Dink julletwee julle is kaffers, hê?! Vat só!' En toe val die houe. Ons konnie sit vir dae nie en kwalik loop soos die riem ons in die waai van ons bene gevang het. Elke keer as ons buk vir eiers uithaal of donkies klim vir skool, het die rowe weer gebloei. Ma het niks gesê nie, maar haar oë het vêr oor die veld geloop en sy moes hulle bly afvee terwyl sy varkvet en kamfer oor al die sere smeer. 'Kamfer ruik sterk, Sussie,' was haar rede vir die oë. Later het sy my skoolrok se soom laat sak en dit was goed, want toe't net ek geweet van my merke.

Ek kannie onthou presies wat na die pap-etery buitekant gebeur het nie, maar ek onhou hoe ek en Sofie baklei het oor wie die bed moet opmaak. Op haar ouderdom was sy lank genoeg om die kussings reg te skud, maar wou dit nooit doen nie.

Ou Sara het stil die borde buitekant gewas en daar het hulle drooggeword. Sy't nooit in die kombuis gekom nie. Ons moes seker onsself aangetrek het na 'n bakleiery oor wie die tandepoeier in die wit-en-groen bakkie kon gebruik, ek weet nie. Elkeen kon net eenkeer 'n vinger in die poeier druk en dan't jy dit oor jou tande gevryf en gevryf tot dit skoon is en dan kon jy uitspoel met bietjie water uit 'n blikbeker. Pa was streng oor goed wat hy moes koop.

Hy't vir ons elkeen 'n blikbeker gemaak van klein konfytblikkies wat Ma spesiaal uit die Kaap bestel het. Sy't die groot 10 pond konfytblikke bestel vir een Pond en nog een sjieling vir die posgeld, maar altyd 'n paar kleintjies ook vir blikbekers. Dan't dit met die trein tot by Vaalwater gekom en met die spoorwegbus tot by Fancy Holt duskant Soutpan, en dan's dit deur Stockpoort toe op die grens waar dit omdraai. Oppad is die possak net afgegooi by Zyferbult se hek heel naby Steenbokpan waar die laerskooltjie later op Thys Bekker se plaas gestaan het. Die uitdraaipad vir sy plaas was regoor Skilpadfontein se gewelhuis wat oom Bergmann mos self gebou het in die tyd toe hulle daar gebly het. Ek vertel later waar die Bergmanns inpas, hoor.

Thys Bekker was die posmeester daar, maar eintlik was

daar nie rêrig 'n poskantoor nie, net sy eenkamer winkeltjie, en in daardie dae was dit net die plaashuis, want die 'winkel' het eers later gekom toe Thys besluit hy moet sy voorkamer soos 'n winkel inrig.

Ons het altyd appelkoos- en pruimkonfyt gehad en Ma het self lemoenkonfyt gekook van lemoene wat sy by oom Jakob van Rooibokvlei gekry het op die veronderstelling dat hy helfte van die konfyt kry. Dis nou oom Jakob, Pa se ouer broer. O, hy was 'n suinige ou man!

Maar wag, ek kom later by die ander mense in die kontrei soos die Goosens en oom Jakob – laat ons eers klaarpraat oor boet Janneman se geboorte.

Nou-ja, jy sou nooit sê twee klein dogtertjies het in daardie huis op Vaalbos gebly nie, want ons was baie goed om struweling te verberg. As jy naby Ma baklei, het sy werk uitgedeel, en as jy naby Pa baklei, het die strop of sy leerbelt gepraat. Jy kannie glo hoe vinnig hy daardie belt kon afhaal nie, en jy weet, dit was een van daardie breë belde met party plekke dubbele leer en ysterringe en 'n groot ystergespe. As hy kwaad was, het dit nie saakgemaak watter kant hy mee slaan nie, en hy was altyd kwaad, meestal met vroumense. Jy kon maar huil en soebat, maar hy't geslaat. Vir my en later vir boet Janneman ook.

Teen twaalfuur was ons uitgespeel onder die bome terwyl ou Sara al bukkend om die huis met 'n gwarrietak vee. Dis Soldaat wat gewaarsku het en vinnig opspring vir die kapkar by die groot hek.

Sofie het sommer dadelik gekerm, 'Pa, waar was Pa?' toe hy tant Hantie afhelp, maar, 'Sofia, gaan speel, ek's moeg,' is al wat ons uit hom kon kry, en tant Hantie het net so in die verbyloop gesê ons moet soet wees en onder die bome speel en gladnie in die huis kom nie. Ek weet nie wat ons nog kon speel nie; ons was ook meer honger en dors as lus om te speel. Dis toe die tante later Ma se slaapkamervenster oopmaak dat ons vir die eerste keer hoor dat sy wakker is. Jy weet, die soort hout opskuif-venster wat Pa self gemaak het.

Hy het homself besig gehou met ou Bul se uitspan en die tuie se bêre, en daarna is hy weg kraal toe en ons het hom nie weer gesien tot die kallers vir hul ma's bulk daardie aand nie. Binnekant het Ma geroep en gehuil en by laatmiddag het sy soos van vêr af aanhoudend geroep, 'Liewe Here, laat hierdie beker by my verbygaan!' Ek en Sofie was baie bang, al het sy gemaak asof sy nie is nie, want só't ons Ma nog nooit gehoor nie.

'Ek's honger, Sussie,' het ek haar gepor, maar Sofie was nie gewoond om in die kombuis of die spens te kom nie, en om die waarheid te sê, nie een van ons kon onsself met kos help nie. Ou Sara was nie naby nie en die pap was koud in die pot by die agterdeur. Sterskemer was ons rêrig honger en die koue pap het begin lekker ruik, maar Sofie sê ewe sy eet nie koue pap nie, en ek moes wag vir ou Sara as ek kos wou hê.

'n Bietjie opstêrs, my sus Sofie; laterjare nie aan water gevat behalwe om lyf af te spoel of gesig te was nie. Ma het altyd vir haar geskerm en menige keer het sy weggekom met moord, want Pa het nie teen Ma gepraat wanneer dit by Sofie kom nie. En so het sy haar hande mooi sag gehou 'vir wanneer 'n jongetjie kom afsaal.' Ma het haar ook toegelaat om van ons drinkmelk te vat om gesig en hande mee af te vee sodat dit mooi kon bly. Ek glo nie dit het gehelp nie. Pa het ook nooit daarvan geweet nie.

Toe sy so veertien is, het Ma gesê jy konnie net sit en wag vir nagmaal om 'n goeie jongetjie te leer ken nie, want as iemand kom afsaal by jou huis, moet jou dogter reg wees. Daar was min jongmans in die kontrei.

Nylstroom was ons naaste dorp en dit het 'n week met die kapkar en baie langer met 'n ossewa gevat om daar te kom. Die plase daar was almal groot en die meeste was van 500 tot meer as 3000 akker, en al het die plaasmense mekaar geken, was dit swaar vir die jonger boere om van familieplase af te trek, hulle eie grond te koop en met 'n familie te begin. Gewoonlik is te perd nader aan die grens gesoek na goedkoper stukkies grond waar daar baie maroelas staan vir skaduwee en wild vir die pot nog mak was. Dit is hoe hulle dan by plase met groter families uitgekom het, en as daar 'n hubare meisie is, het hulle net so op die perd bly sit by die agterdeur en gevra of hulle hulle beeste in dieselfde kraal kon jaag. As die pa van die huis gedink het die jongetjie lyk goed, dan't hy eenvoudig gesê, 'Saal maar af, neef,' en daardie aand kon die besoeker en die meisie by 'n opsitkers gesels.

Niemand het gewonder of hulle van mekaar sou hou nie, want die oumense het hulle dopgehou totdat die kers amper uitgebrand is. Partykeer was dit ook nie net jongmans nie, maar wewenaars op soek na 'n ma vir klein kindertjies, of een wat maar net alleen was in die Bosveld waar die plase so vêr uitmekaar lê. So, Sofie was reg dat sy haar hande moes mooi hou vir so 'n geleentheid.

Die week voor boet Janneman gebore is, het Ma seker gemaak daar's beskuit in die spens met bottels vol onfyt op die rakke. Sy't op geswelde voete gestaan en knie terwyl sy sweet afvee in die vreeslike hitte van die kombuisie - self brood en beskuit geknie, want ons was nog te klein om te help, maar ek en Sofie moes beurte maak om lou-warm soutwater in haar hande te gooi terwyl sy om die beurt sagte uitgebraaide varkvet en water inknie.

Pa het so 'n klein blou erde-emmertjie gehad waarin hy altyd kombuismelk gebring het. Ek het later die emmertjie geërf en moes dit weer vir my eerste dogter aangee wat na Ma vernoem sou word.

Daardie week was die emmer vol, want Ma wou van die melk gebruik om met roet te meng vir die vloere. Die vloere word later redelik blink, maar aan die begin het dit afgekom op jou voete en skoene. Toe Pa laterjare die seunskamer aanbou, het sy genoeg perskepitte gehad vir 'n perskepitvloer. Op daardie tydstip het hy miershope gaan kap en ou Filemon, die swarte, het dit fyn gestamp en sy vrou, Hessie, het 'n slap moddermengsel gemaak vir die vloere waarin Ma sulke mooi rytjies pitte kon druk. Dit was beter as die melk-en-roet vloere, maar het weer jou voete seergemaak as jy kaalvoet loop.

Die meeste plaashuise het misvloere gehad, want beesmis was daar genoeg. Dit is met water gemeng vir 'n slap deeg en dan met die hand oor die grondvloer gesmeer wat meestal vrouens se werk was. Neewat, dit het nie juis na iets geruik nie, want dis tog net verteerde gras en water.

Dit was net die vier van ons by die eetkamertafel daardie aand – tant Hantie, Pa, Sofie en ek. Die tante het Ma se slaapkamerdeur toegedruk, maar ons kon haar nog altyd hoor huil. Ek wou vroeër weet waarom sy so huil, en die tante het net gesê ek moet stilbly, dis grootmensgoed.

Na 'n lang dankgebed in sy Bybel-stem, sê Pa toe, 'Laat ons eet,' maar hy bekyk die vier snye brood, konfyt en vetterige skaapvleis met die oë wat hy altyd vir my hou as hy kwaad is, maar eet toe tog maar in doodse stilte voor die tante.

In daardie dae het mense vleis vir maande goed gehou in sagte varkvet. Ma het 'n vyf- en 'n twee-gallon melkkan in die spens gehad waarin uitgebraaide varkvet en gaar vleis gebêre is. Een was nou leeg. Uit die ander een het sy gereeld vleis gehaal as daar nie vars wildsvleis was nie, in 'n bakkie laat afdrup vir 'n dag, en in die aand is dit warmgemaak op die houtstoof. Party vet is in *canfruit* bottels op die spensrak gebêre – dit word mos so wit en styf as dit koud is en is lekker op varsgebakte brood. Die bottels was groter as dié wat mens laterjare by oom Jon se winkel op Steenbokpan kon koop. Daar was nie goed soos kookolie, olyfolie of margarien soos vandag nie, en varkvet, room en botter was vir alles in die kombuis gebruik.

Daardie aand was daar nie 'n ma om die vleis warm te maak nie, en die vet was nog wit en dik aan die kante.

Tant Hantie het haar gesig bly afvee met 'n sakdoek - ek onthou hoe haar trouring amper weggeraak het in die korterige vingers - en Pa het sy swart koffie van die koppie bly oorgooi in die piering en dit dan uit die piering geslurp. Die tante het van Ma se mooi blomkoppies uit die *sideboard* gehaal vir Pa en haarself, maar ons kinders moes uit blikbekers drink soos gewoonlik. Sofie en ek het geweet om nie by die tafel te praat as Pa nog nie sy koppie neergesit het nie. Eers as hy keel skoonmaak met baie gegorrel en dan in die hoek van die kamer spoeg, het ons geweet dit was boekevat tyd.

Uit die hoek van my oog moes ek altyd dophou waar hy spoeg, want dit was my werk om dit smoors skoon te maak. Van al die werk wat na my kant toe gekom het, was hierdie een die slegste. Net een keer het ek gekla en nooit weer daarna nie, want dit was te seer om te buk met die strop se velaf plekke in die waai van my been.

'Kry die Boek, Sofia,' sê hy toe en skuif reg vir boekevat. Die groot Hollandse Bybel was in die voorhuis op die *sideboard* – 'n soliede stinkhout erfstuk wat Ma uit Lichtenburg gebring het toe sy en Pa getroud is. Hoe hulle dit op en af van die wa gekry het met hulle aankoms hier op die plaas, weet g'n mens nie. Miskien het oom Bergmann van Skilpadfontein gehelp, of Pa se ouer broer, oom Jakob van Rooibokvlei, waar die jong getroudes eers gebly het met hulle aankoms. Dit was seker aangestuur met die trein tot by Nylstroom en daarvandaan Vaalwater toe op die spoorwegbus, en van daar af met die hele trek op die ossewa tot op die plaas. Ek raai maar net, want sy't nooit gesê nie.

Net soos op Vaalbos, was daar ook nie swart hulp op Rooibokvlei nie en die eerste swartes wat ek op Vaalbos gesien het, was ou Sara wat glo 'n jaar na my geboorte op die plaas aangekom het toe Pa-hulle reeds in die huis op Vaalbos was.

Ma, wat uit 'n welgestelde familie was en gewoond aan bediendes, het gedink ou Sara het kom werk soek, maar sy was só maer dat haar vel sulke voue om haar nek gemaak het, en onder die groot kombers en doeke, was daar geen borste nie. Ma sê sy't net eendag toe hulle opstaan voor die huis onder die doringbome gestaan en wieg. Dit moes iets in Pa se harde Hollandse hart geraak het, want hy't haar glo met die hand beduie dat sy onder die groot maroelabome so 500 treë oos van die huis kon bly. Daar het sy 'n slaapplek vir haarself gemaak met 'n ou kombers oor 'n doringboompie naby die wapad wat mos later die grootpad deur Steenbokpan na

Betsjoeanaland was.

Soos Ma vertel, het Pa gesê daar's nie kos vir ou Sara nie, maar Ma met haar sagte hart het haar teruggeroep toe hy weg is kraal toe en 'n ou pot, 'n lepel en bietjie mieliemeel vir pap gegee. Sy't 'n stuk rooiboshout uit die stoof gaan haal op 'n stukkie sinkplaat vir ou Sara om so 'n vuurtjie aan die gang te hou. Vuurhoutjies was baie skaars daardie dae en die winkels vêr, so jy't nooit 'n vuur laat uitbrand nie.

Ou Sara het geweet hoe om aan die lewe te bly. Jy't haar nie hoor praat nie en toe sy wel later iets sê, kon niemand veel verstaan nie. Sy't darem so 'n bietjie SeSotho gepraat, seker maar wat sy bygeleer het op haar pad. Baie jare later toe sy en my ma-hulle al goed SeSotho kon praat, het ons uitgevind sy's 'n Matabele wat as 'n jong vrou met een kind vir die eerste keer paaie met wit mense gekruis het in die Kalahari en toe Matabeleland, wat ons geraai het die Dorstlandtrek was.

Sy't beduie hoe sy en 'n paar swartes wat nie te verhonger was om te loop nie, op die beeste moes leef wat op die trek gevrek het, en dis waar sy die ou kombers opgetel het. Haar kleintjie is dood op daardie pad. Volgens die geskiedenis kon ons in skool uitwerk dat sy minstens vyf-en-twintig jaar ouer as Pa was, en hy is in 1888 gebore. Dis heel aanvaarbaar dat sy een van die swartes was wat stroomop geloop het op Gert Alberts en sy trekkers se spoor. Hulle't mos in 1874 vanaf Pretoria oor die Kalahari probeer trek en omtrent sy hele trek van honger en dors daar verloor het. Al het ons nie geweet hoe oud sy is nie, het almal haar net 'ou Sara' genoem.

Niemand weet hoe sy by Vaalbos uitgekom het soveel jaar later nie, maar Ma het gereken sy's die enigste oorlewende van haar mense wat die trekker-pad gevat het op soek na mense en water. Dit was glo een van Damaraland se droogste en warmste tye in in menseheugenis. Wie sal ooit weet waar sy vir jare rondgeswerf het tussen ander swartes wat haar nie veel kon verstaan nie.

Toe ou Sara sterker was, het sy smoors by die agterdeur gewag en so het sy en Ma 'n kos-vir-werk reëling gehad sonder om 'n woord te praat. 'n Klompie jaar later het Filemon, 'n Pedi swarte van Pa se ouderdom daar aangekom. Pa, wat al 'n bietjie kaffertaal kon praat wat hy oorkant die grens in Betsjoeanaland geleer het, kon sien dat Filemon en sy vrou 'n groot hulp sou wees om Vaalbos op die been te bring, en so het die eerste betaalde swartes op die plaas kom bly. Dit was toe boet Janneman en klein Katrien reeds gebore is, maar ou Filemon het sy eie storie waarvan ek later vertel.

Ma was baie vrygewig en ek onthou hoe sy menige keer 'n trui sou uittrek of uit 'n onderrok klim om vir 'n arme te gee wat daar by Vaalbos verbykom. Pa nie soveel nie. Nee, hy en oom Jakob was waarlik suinig. En altyd kwaad sonder rede.

Daar was baie arm mense daardie dae en soveel boere het geen plaas of heenkome gehad na die Eerste Wêreldoorlog nie. Baiekeer het Ma in die aand uitgeloop na waar van hierdie trekkers naby ons huis uitkamp, en dan't jy geweet daar's 'n bord kos en 'n brood saam wat klein kindertjies se mage sou vol maak. Mense het dit nooit vergeet nie en sy's kere-sonder-tal terugbetaal vir haar goedheid.

En so was dit ook die dag dat boet Janneman gebore is. Dwarsdeur die nag het ons Ma hoor huil in die groot slaapkamer. Die volgende môre vroeg was ou Sara reeds besig om buitekant te vee nog voor die son mooi op is, al was die grond nog skoongevee, maar sy't al om die huis bly vee, heeltyd haar kop geskud en in haar eie taal gepraat soos die swartes mos maak as hulle hartseer is of jammer voel oor iets. Dit het die hele dag aangehou.

Daardie aand wag ou Sara toe by die agterdeur net tot Pa weg is kraal toe om te melk, was haar hande in die erdeskottel, knoop haar kopdoek styf, haal Ma se voorskoot agter die kombuisdeur af en loop reguit slaapkamer toe.

Sonder 'n grootmens om ons dop te hou, klim ek en Sofie toe op die leë twee-gallon melkkan reg onder die slaapkamervenster en klou daar vas om te sien wat binnekant aangaan. Ons wis iets groots was daar aan die gang om die ou swarte in die huis te roep.

Daardie dag, so klein soos ek was, het ek gesien dis beter om by vrouens as mans te wees. In my kort lewe het ek net raas en slae van Pa geken, maar wat onstwee daardie aand gesien het, het seker my pad vorentoe bestuur om beter met vrouens klaar te kom.

In die slaapkamer gekom, vat ou Sara vir tant Hantie stewig beet aan die arm daar waar sy staan en huil by die bed se voetenend, druk haar in 'n stoel neer, loop om die bed en vat Ma met seningrige arms vas en laat haar regop sit. En jy moet weet, tant Hantie was 'n groot vrou.

Ons het amper nie vir Ma geken nie soos sy daar in die bed probeer regop sit soos 'n spierwit lappop, maar ou Sara hou haar regop met een arm en druk baie hard op haar maag met die ander. Al wat ons kon hoor was ou Sara se deurmekaar Matabeletaal en Ma wat vreeslik huil.

Toe beduie ou Sara vir tant Hantie om Ma aan die ander kant te vat, hardloop kombuis toe en kom terug met 'n bottel varkvet wat sy oor haar hande smeer terwyl Ma al klaar slap word in die tante se arms. Ou Sara buk toe onder Ma in en werk waar ons nie kon sien nie, en draai en trek die baba met mening tot hy in die lewe kom met 'n been eerste. Ma't die vreeslikste geluid gemaak - nes 'n wilde dier wat vasgekeer word. Onstwee huil toe benoud en hard buitekant die venster, maar niemand het ons eers gehoor nie.

Ou Sara gryp toe die handdoek wat daar lê en vryf die baba se blou gesig en bors aanhoudend totdat hy naderhand soos 'n klein kat begin meaau, en toe hou sy hom saggies teen haar bors totdat die tante haar stem kry en sy ou Sara uitjaag met, 'Uit, meid, uit sê ek!'

Sofie en ek was byna dood toe tant Hantie sommer van binne af skrou dat sy Pa sal vertel van ons ongehoorsaamheid, want sy't kwonsuis die hele tyd geweet ons was by die venster aan't loer om grootmensgoed te sien. Hoe ons daardie melkkan so vinnig teruggekry het in die kombuis, weet ek vandag nog nie, want kanne is swaar.

Ou Sara was by die agterdeur, haar oë nat en hartseer toe

sy afkyk. Sy vee toe sag my hare eenkeer van my voorkop af, en daar weet ek soos net 'n kind kan weet: ons het een hart. En sy't ook geweet - van my huil; van ouerliefde wat iewers verlore geraak het; van 'n kind wat nie die waarom verstaan nie. Van nog 'n baba wat nie 'n harde vaderhart kan versag nie.

Na Pa se gebed met aandete om die Here dankie te sê dat Janneman veilig in die wêreld is, was onstwee seker dat die tante iets sou sê van ons stoutigheid, maar sy't net stil die vetterige vleis en harde brood geëet. Selfs na boekevat toe Pa met groot moeite uit die hoog-Hollandse Bybel lees, het sy net gesê, 'Ek gaan môre huistoe, Albert,' en toe staan sy op om na Janneman en Ma om te sien.

Twee jaar later, die aand voor klein Katrien gebore is, was die eerste keer dat enigiemand gepraat het van ou Sara se hulp, en dit was 'n voor-op-die-wa agtjarige Sofie wat die tante by boekevat vra of sy solank woord vir ou Sara moet stuur.

Tant Hantie het soos Lot se vrou in die regop eetkamerstoel gesit, en al wat ons kon hoor was die muurhorlosie en die warm reuk van Eau de Cologne 4711 wat al sterker word so saam met die rooi gloed uit haar rok tot teen haar nek en in die hare.

Pa het net verstom daar gesit dat 'n kind in grootmensgeselskap kon praat en dan so-iets sê, maar vir 'n rede wat ek nie kon verstaan nie, het die strop agter die deur gebly. Ek het maar afgekyk en stilgesit.

En so het die wonderwerk van twee lewens wat deur 'n swart hand gespaar is virewig ongesê gebly.

Boerseep

Tweede in die Ry

Van die heel begin af was ek en boet Janneman die beste van maats. Dis ook netsowel, want ons het net mekaar gehad. Om 'n eerste seun te wees, het niks vir hom beteken nie, en ek was maar net Maria, Tweede-in-die-Ry.

Die ou mense het mos vir nege of tien dae in die katel gebly na 'n baba se geboorte, en van die heel eerste dag af slaap die baba tussen die twee grootmense. Dis eers wanneer die baba te veel begin woel om-en-by ses maande tot 'n jaar, dat hulle in 'n kot op hulle eie slaap net waar daar bietjie spasie in die kamer is.

As grootmens kan ek vandag Pa se norsheid en onredelikheid in daardie tyd beter verstaan. Toentertyd was daar nie dokters wat kon sê, 'Wag ses weke,' nie. Nee, dit was Ma se harde werk om onder sy hande uit te bly. Eenkeer toe Janneman net 'n paar weke oud was, was daar harde woorde uit hulle slaapkamer. Daarna het Pa uitgestorm met, 'Ek is die hoof van dié huis, gehoor!' en ek't liewer weggekruip agter my slaapkamerdeur, maar kon Ma nog duidelik hoor huil.

Daardie eerste tien dae kon ek smoors nie wag dat Pa uit die kamer kom om te gaan melk nie, want dan't Ma net so deur die deur geroep, 'Sussie, kom nou,' en die kombers oopgehou sodat ek aan Pa se kant van die bed kon inklim. Sofie was weg skooltoe vir die res van die week. Boet Janneman is op 'n Dinsdag gebore en sy moes by oom Jakob se familie aanbly, want dis waar sy gelosheer het omdat dit nader was aan Zyferbult se skool.

Janneman het sulke kort kruldonsies gehad, bietjie langer in die nek soos babas se hare mos is. Ek kon my neus so tussen daardie krulletjies indruk en sy handjies vryf, en Ma het net in die skemer met sagte oë lê en kyk. Dan't sy my daar met hom gelos om te gaan was. Sy moes die kraal deur die venster dopgehou het, want as Pa sy voete by die agterdeur skraap, het sy my lánk weer onder die kombers uit en terug in my kamer gehad vir aantrek.

Ek kan vandag nie onthou wie kos gemaak of wie die nagpot leeggemaak het in daardie tyd nie, want tant Hantie het mos net 'n dag gebly na die geboorte en toe's sy weer terug Gruispan toe. Wat ek wel onthou, is ou Sara wat elke dag die werf vee en dan't onstwee onder die peperboom met dolossies gespeel. Die sinkbad wat ons gebruik het vir lyf- en klerewas, het aan 'n spyker in die peperboom gehang. Ek ontho u haar maniertjies soos gister - eers water haal in 'n kleipot by die kraal en dan op 'n oop vuur warm maak in 'n driepoot pot. Dan vat sy haar lang rok met twee hande aan die kante vas, vou dit styf om haar enkels sodat dit lyk soos 'n langbroek, en dan was dit vooroor oor die badjie, sommer so van die stuitjie af. Oor die bad kom altyd 'n plat washout, skuins staangemaak, en daar kon sy vir ure staan en klere inseep, sjoes-sjoes vryf, en uitspoel.

Met daardie seningrige ou arms is die klere met een swaai uitgedraai en opgerol soos 'n wors en netjies op die houtstomp ingeryg. Omdat daar nog nie 'n draad om die werf was nie, is die klere sommer oor die doringboompies oopgegooi en kort-voor-lank was alles droog in die warm son.

Pa wou haar nooit in die huis hê nie, maar as hy terugkom van die kraal af, was die pap altyd wonder-bo-wonder op die stoof. As hy met 'n boosheid terugkom, het ou Sara my altyd in die werk gesteek, maar ander tye kon ek om haar voete speel.

Dit was ook maar swaar jare net na die oorlog en daar was nie hande om hom te help by die kraal nie. Pa't omtrent die heeldag daar in die hitte gespook om 'n takkraal met doringtakke vir die beeste te slaan en ook om die deel waar hy 'n boord wou plant. Dit was bloedig warm daardie jaar; net smoors en saans was koel.

In die dag het beeste oral gewei, maar in die aand moes hulle op kraal staan sodat die wilde gediertes nie moeilikheid maak nie. Jy moet weet, beeste wat gewoond is aan rondloop, wil nie op kraal staan nie, en die Afrikanerbeeste is derduiwels wat altyd 'n nuk het om deur te breek. As daar klein kallers by is, moes hulle apart in 'n kallerhok gehou word sodat hulle nie uitsuip nie, anders kry jy droë pap en swart koffie in die môre. Ma, wat van die voorwêreld af was uit 'n familie wat nie suinig was vir kos nie, het nooit gewoond geraak aan swart koffie nie.

Nou, die vorige jaar toe ons nog by my oom Jakob op Rooibokvlei was, het die twee mans elke dag die paar myl oorgery en op Vaalbos die grond gelyk gemaak sodat oom Ampie Bergmann die plaashuis kon bou. Hy moes hulle leer stene maak, maar het self die bouwerk gedoen. Jy moet onthou, net voor Janneman gebore is, het die Bergmanns uit die Bosveld weggetrek, en die oom het spesiaal teruggekom van Langkloof af daar by Nylstroom om die huis te kom bou.

Dis nou met die ossewa en al sy bougerredskap en kos vir 'n maand of twee. Uit die twee broers sou jy nie sonder rede kos kry nie, en dan ook net as jy op sterwe lê. Maar ons praat anderdag oor die Bergmanns.

Alles was moeite en verdriet vir die eerste boere in die hitte, vlieë en pestilensies wat die diere gepak het. Swaar vir ons kinders ook. Dit was swoeg en sweet van ligdag tot donker met werk vêr bo ons mag.

Eers moes die mans 'n boorgat laat sink om die stene te maak en ook vir drinkwater en huisgebruik, en natuurlik vir die beeste wat toe nog op Rooibokvlei geloop het. Die suinige ou oom Jakob wou liefs 'n put hê, maar Pa't kop geskud en gesê, 'Nee, broer, loop vra die boormasjien by die Steenkamps om die werk te doen. Dit staan nou.'

Pa – almal het later gepraat van ou Oom Albert – en oom Jakob was die draadspanners wat deur die Staat betaal en met toerusting voorsien is. So, hulle kon ruimelik gebruik maak vir hulself van al die drade, tange en draadtrekkers wat die Staat gegee het, en dit het hulle ook. Daar was altyd die 'Staat se lyndraad,' en 'ons lyndraad' wat netjies uitmekaar gehou is. Ek reken hulle sou bloed sweet om oom Gert Steenkamp te probeer oorreed om ook hand in die Staat se sak te steek, want hyself was 'n Staatskontrakteur en 'n Hollander daarby.

Ma sê toe die twee families nog saamgebly het, het oom Jakob elke môre opgestaan met 'n donderwolk op die gesig. Daardie twee broers het goed struweling gekry al was een 'n duimpie en die ander 'n langjan. Altwee ewe suinig en befoeterd, en altwee met kinders en vrouens wat nooit terugpraat nie. Eendag na 'n groot onenigheid, het Pa vertoornd op Bul gespring en vir oom Callie Kühn van Witkop gaan soebat om water te wys op Vaalbos sodat sy besies oorgejaag kon word. Volgens ou Jakob sou hulle kwonsuis al die winterweiding op Rooibokvlei opvreet.

Ek praat nou van die óú oom Callie Kühn. Hy en tant Anna het in 1911 'n staatsplaas gekry teen 'n appel-en-'n-ei, want die goewerment wou hê boere moes in die Bosveld kom boer. Die dag toe ou Callie met die stokkie kom water wys, is die vrouens en kinders ook saam agterna - Ma met my op die heup, en tant Grietjie van oom Jakob en die ander kinders wat agterna tou. Ma't vertel dit was 'n groot opgewondenheid vir almal wat net met nagmaal uitgekom het, want, 'Daar was werk om te doen.' So het dopes en troues altyd saamgeval met nagmaal op Nylstroom eenkeer 'n jaar.

Met waterwys loop jy mos met 'n jongboom mikstok se twee punte stewig in altwee hande en die mik se punt reg voor jou. As daar onderaardse water naby genoeg is, dan spring daardie stokkie behoorlik op en af, of so sê die waterwysers, maar niemand weet of daar rêrig water is en of die waterwyser net aansit nie.

Dit was glo te koddig om te sien hoe ou Callie, so 'n klein, maer mannetjie, ewe kordaat voor Pa en oom Jakob uitloop met sy mikstok, en toe hy op 'n gegewe plek kom, buig sy arms amper af soos die stok hom vooroor trek. Toe skop hy met sy hak 'n paar graspolle uit en sê, 'Hier is waar jy grou, Albert, net hier,' en toe Pa vra hoekom dáár op die vlakte waar hy eintlik die huis wou bou, spoeg ou Callie 'n bruin pruimpiesous in die gras en maak so 'n lang sssssss-geluid tussen sy tande deur. Hy druk toe sy hoed stewig vas, skud kop en spring hewig ge-afronteer op sy muil en ry terug Witkop toe sonder om behoorlik te groet. Al wat Ma kon hoor was 'n gegrommel van, 'Dink ek verkoop kluitjies……. verdomde klomp Schoemans!'

Een môre, nog voor die stene mooi droog was vir 'n huis op Vaalbos, staan oom Jakob baie knorrig op, saal muil op en vat pad vir die boormasjien. Teen die tyd dat die masjien oor die graspolle en opslag doringboompies gesukkel kom, was hy en Pa al rooi in die gesig van die baklei oor waar die boorgat moet kom. Hy't net gesê, 'Vandag boor ons, Albert; net vandag en môre, want die geld loop uit,' so asof die twee juis baie draadgespan het en oorwerk was. Maar soos dit is, as hulle nie by een van die plase gespan het nie, was daar mos nie geld van die Staat af nie, en dit kon hulle om-de-dood nie verloor nie. Die probleem was dat hulle self wyd-en-suid te perd moes soek op verafgeleë plase vir spanwerk, want dít het die Staat nie gedoen nie.

Die boormasjien is dadelik op, en aan die einde van die tweede dag se boor in die harde ouklip waar ou Callie gewys het, kry hulle toe water, maar ook net genoeg vir die nodigste.

Toe ou Callie later afgekoel was en vir sy geld vra, betaal Pa hom 'n sikspens in plaas van 'n halfkroon, en toe die ou man kla, sê Pa net, 'Callie, jou stok het gelieg. Ek betaal nie 'n pennie meer nie.' 'n Sikspens was wel goeie geld daardie dae, want jy kon 'n hele morg grond vir 'n halfkroon koop. Maar die waarheid is dat Pa tog geboor het op die presiese plek waar ou Callie die graspol uitgeskop het.

Na die paar pype laat sak is, is daar 'n bakkiespomp met oom Bergmann se hulp vasgesit. 'n Bakkiespomp werk mos só dat jy 'n donkie of 'n muil moet inspan wat al in die rondte loop om die water uit te kry met die bakkies. Dit is 'n kontrepsie wat jou heeldag kan vat om genoeg water in die krip te kry. Iemand moet weer die donkie bly aanjaag, anders staan dit net en vlieë waai met ore en stert. En daar was niemand, net Pa wat moes instaan na 'n lang dag van bome grou vir landmaak. In daardie tyd het nie 'n dag verbygegaan dat ek nie iets verkeerd doen nie, en ek't gou geleer om liewer rug te draai vir die strop. Tot een dag dat Ma tussenin tree en sy arm vasvat met, 'Nee, ou man, waarom slaan jy die weerlose kind so?' Hy't eers stokstil gestaan, toe word sy blou oë glasig en hy stamp haar dáár dat sy teen die muur val. Van toe af het ek ophou huil as hy slaan. Dit was beter.

Dis daar by die bakkiespomp waar die broers die stene gemaak en waar Pa laterjare 'n draadkraal gespan en 'n sementkrip gebou het. Tot tyd-en-wyl het die beeste in die takkraal oornag en die krip was 'n uitgeholde houtstomp. As jy vandag kyk waar die eerste windpomp op daardie gat staan, dan kan jy sien die takkraal was loopafstand van die agterdeur af, maar toe ek klein was, was daar baie bosse en gras tussen die huis en die kraal en het dit vêr gevoel.

In die dag het Ma 'n kombersie op die vloer oopgegooi en wanneer boet Janneman wakker is, kon ek daar by hom speel. Vir ure het ek hom mooi vertel waar mens soek vir hoendereiers en watter stokkies die beste is vir fynhoutjies. Hy kon so lekker lag, maar ek't hom nie vertel van die strop nie, want die tyd by hom was die lekkerste ding in my lewe. Ma het ook gesorg dat ek nie so baie werkies doen nie, en so het die strop meer agter die kombuisdeur bly hang.

Wat ek wel wesenlik onthou, is haar manier om my agter haar rug te hou as Pa met glasige blou oë rondloop en tot vir ou Sara op-en-af beloer, veral met die bukwerk oor die sinkbad - nes die skaapram se rondtrap as die ooie naby is.

Toe Janneman vier maande is, het Ma vir weke begin beskuit bak en lemoenkonfyt kook. Pa het 'n groot koedoebul geskiet in die wintermaande met die groot geweer - dis nou die Lemetferd. Oom Jakob en tant Grietjie het oorgekom om te help met die biltongmaak, want dan kon hulle ook 'n deel kry. Almal het gelag en gesels, en met Janneman by my, kon ons ons verkyk aan die vriendelike pa wat nou in ons huis rondloop. Toe ek Ma vra, sê sy net, 'Maria, moenie 'n gegewe perd in die bek kyk nie,' en los my om te wonder wat 'n perd se bek dan te doene het met die vreemde man wat so hartlik kon lag tussen ander. Toe die wyksouderling sy sesmaande huisbesoek kom doen, was Pa die sedige man van God wat saam-saam op knieë staan by 'n sitkamerstoel, en toe die ouderling klaar gebid het, hoor ons die Godsman se lang 'Aaaaamen' vir dîe eerste keer.

Kinders leer gou wat ouers wil hê. Elke keer as Pa sy ware kleure wys, het ek geleer van die ander soorte pa wat in ons huis loop – een wat lag en vreemdes innooi, mooi bid en skouerklap, en die ander wat hiet en gebied as net ons huismense daar is. Ma was die beste met skyn hou. Menige keer het ek haar hoor kluitjies verkoop om my uit die moeilikheid te hou, maar dit was ou Sara wat onnodige raas gevat het oor werk wat ek kwonsuis nie gedoen het nie, en dan't sy net gemaak of sy nie verstaan nie.

Nietemin, die huis het lekker van gebak geruik. Ook Ma was anders. Jy kon haar wie-weet-waar hoor sing so tussen die werk deur, maar hoe meer ek neul, hoe minder wou Ma sê waarom ons beskuit bak, net dat die wiele gaan rol en ek net my oë moes toemaak om te raai waarnatoe.

Maar as ek my oë toemaak, kon ek net vir my en Janneman in 'n ander huis sien waar mense lag en luister as kinders praat.

Dit was seker skoolvakansie, want Sofie en al oom Jakob se kinders het saamgekom vir die biltongmakery. In die skoolkwartaal moes oom Jakob se Groot Tommie, 'n opgeskote seun omtrent tien jaar ouer as ek, na die meisiekinders omsien as hulle skooltoe ry – almal saam op 'n donkiekarretjie met die dooilikste donkies vooraan. Maar as skool uit was, het daardie seunskind homself doodgewerk om alles te doen waarvoor die pa te lui was. Die dogters se hande het ook vir niks verkeerd gestaan om hulle ma te help nie, want elke liewe jaar was daar nog 'n baba by met min doeke en amper geen klere nie.

Tant Grietjie het 'n boerpampoen en 'n makataan saamgebring. Sy en Ma het by die kombuistafel gesit en saggies vrouensgoed gesels terwyl hulle die makataanskywe opsny vir konfyt.

Nouja, makataan is mos wat die ou mense kafferwaatlemoen genoem het, en jy kon rêrig net konfyt daarvan maak, en ook net as jy dit klaar soos 'n waatlemoen skywe gesny het. Dis eintlik 'n uitgebasterde waatlemoen. Die binnekant van 'n makataan is varkkos, maar as die res geskil is, maak jy konfyt daarvan op dieselfde manier as waatlemoenkonfyt.

Met die inpak en oplaai van die bokwa, is die pampoen mooi toegemaak onder die bokseil saam met stene boerseep, patatas, aartappels, die konfyt en die biltong wat toe al winddroog was. 'n Groot blik boermeel is net agter die wakis ingedruk en die driepootpotte is onder aan die waens vasgemaak. Ma het self 'n bottel varkvet in 'n vadoek toegedraai en dié is in die wakis saam met die huisapteek.

Die môre toe die osse ingespan moes word, het oom Jakob en Groot Tommie kom handgee, met tant Grietjie en die kinders op hulle wa wat klaar reg was vir 'n lang pad. 'n Melkkoei is met 'n lang riem agteraan die wa vasgemaak vir koffiemelk en ook vir die jonger kinders en babas. Al die kos en die kleretrommels is op die buik van die wa gelaai, en daar was net genoeg plek vir twee klapperhaar matrassies sodat almal kon slaap. In die nagte is daar onder- en bo-op die wa geslaap – Pa en Ma op een matras onder die wa met Janneman, en die kinders op die ander onder die wakap.

Maar nog altyd wou Ma nie uitlap waarnatoe ons gaan nie en het net bly sê, 'Sussie, nuuskierige agies kry pyn op hulle magies. Gaan haal jou lappop sodat julle oppad kan speel.' Laaste van alles bring Ma toe iets uit haar slaapkamer, saggies toegevou in twee wit meelsakdoeke, en sit dit bo-op die huisapteek in die wakis. Sy kyk toe net so uit die hoek van haar oog skelmpies na my kant toe, en toe tel Groot Tommie ons een-vir-een op die wa. Met die opswaai waai die wind my rok op, en daar staan Tommie met my halfpad in die lug en kyk so skeefkop na my bene. Later hoor ek hoe hy en Ma suutjies praat en sy trane afvee terwyl Groot Tommie se frons al dieper tussen sy oë sny.

Vir ses dae as ons wakker word wou ek net weet waar ons gaan, maar Ma het net gelag en gesê ek sal moet wag en sien. Haar oë het so mooi geblink en was gladnie meer dof soos altyd nie. Dis toe dat ek besluit dis ons nuwe huis op Vaalbos wat al die slegte goed veroorsaak, want hier tussen ander was Pa hartlik en Ma huil nie.

Laatmiddag elke dag het Pa en oom Jakob die osse uitgespan en gekniehalter sodat hulle nie vêr van die waens af wei nie. Ou Bul en die muile is ook gekniehalter vir vroeg opsaal. Dit was Groot Tommie se werk. Die vrouens het gewas en stryk, en meisiekinders het hout gesoek en kos gemaak. In hierdie wyl het die grootmans hulle skoenlees, spykers en kalfsleer uitgehaal en dan't hulle gewerk aan skoene vir die huismense. Ons jongeres het net stil gesit en kyk hoe skoene gemaak word terwyl die oop vuur die muskiete weghou wat soos 'n plaag om ons rondhang. Dit was nie jou plek as kind om te praat nie.

Daar was so 'n sagte stuk koedoevel wat Pa gesê het niemand aan mag vat nie, maar eendag toe ons moeg gespeel is en net daar rondsit, was die koedoevel weg. Ek was braaf genoeg om te vra waar dit was, maar Pa het net aanhou werk en gemaak of hy my nie hoor nie. So't ek geleer dat grootmans nie met kinders praat nie.

Op die sesde dag was ons by 'n kleinerige riviertjie net duskant Vaalwater waar ons op die walle kon uitspan en groen weiding vir die beeste kry. Oom Jakob en Pa het nog geredekawel oor watter rivier dit is — een het gesê hy dink dis die Malmanie rivier en die ander dat dit Sterkfontein se rivier is. Dit was Augustus en die veld was bruin, maar daar langs die rivier was dit mooi groen en die beeste is gelos om te wei, want hulle sou nie vêr loop van die groen gras af nie.

Daardie aand na boekegevat, sê Pa, 'Ons moet vroeg aanstoot; die beste gras is naby Nylstroom waar die ander mense sekerlik al uitkamp.' Daar was nie stil te stane anderkant die Nek by Rankin's Pass se meule vir boermeel of koekmeel nie; dit kon ons doen oppad terug.

Die meule was daar net as jy deur die Waterberg van Vaalwater se kant af kom, dan vat jy die lang draai by Langkloof se vlaktes Alma toe met die tussenpad wat ons vandag die

Loubadpad noem. Dit was die enigste meule in die kontrei, van die Bosveld af tot anderkant Nylstroom. Die groot meule op Nylstroom is eers baie jare later gebou toe ek al groot was.

Op die sewende dag het ons net brood geëet en moes al donker bossies toe, want die osse was klaar ingespan. Die wasem het sommer dik bo-op die water gehang en dit was waarlik koud, maar Pa het klaar die sweep geklap en ons moes op. Laat daardie middag kom ons by 'n plek met 'n mooi rivier waar daar klomp waens saamgetrek is en baie osse, muile en donkies wei. 'n Paar huise het verder wes teen die bult vasgeklou, en 'n vreeslike groot wit gebou met die snaakste skerp punt wat tot doer in die lug staan, het ditself staangemaak in die middel. Ons kinders konnie ophou kyk daar waar ons bo-op die wa sit nie, en Ma moes ons naderhand een-vir-een aftel en staanmaak onder bokseile tussen die twee waens.

Al die goed op die waens is uitgepak onder die bokseile, en agter 'n ou laken wat tant Grietjie gespan het, is twee sinkbadjies neergesit. Toe moes Groot Tommie water uit die rivier gaan haal en die baddens so vier duim van bo-af volmaak vir lyf afspoel. Nou, dit vat baie loop met 'n dopemmer om daardie baddens vol te maak, maar hy't nie gekla nie, ook nie toe die piepklein oom Jakob hom aanjaag vanwaar hy en Pa lekker sit en koffie drink nie. Later toe ek by Ma en tant Grietjie verbyloop, hoor ek vir die eerste keer die woord, 'Stoep-boer,' en wonder hoe dit dan sin maak.

Met die baddens vol, is die babas gebad, en toe het die grootmense skoongekom en laaste ons kinders; almal in dieselfde water. Ek sê jou, ou kinta, die water was modder teen daardie tyd. Groot Tommie het geweier om daarin te bad en homself so vêr as moontlik van bo en onder uit die dopemmer gewas.

Op die agste dag was dit Sondag en Ma het ons vroeg uit die vere gejaag, en tussen haar en tant Grietjie was hulle al ons kinders se gesigte en sien dat ons tande skoonkom. Toe moes ons eet en daarna bring Pa die kleretrommel nader. Ons was verwonder oor al die gewerskaf en die baie mense wat almal in hul beste klere pronk, maar toe Ma so 'n mooi blou rokkie uit die trommel haal en oor my kop trek, was my asem skoon weg! Ek konnie ophou oor die materiaal vryf nie en toe ek opkyk, swem Ma se blou oë hier reg voor my.

'Sit stil, Sussie, ek's nog nie klaar nie,' sê sy net en vroetel by my voete. Toe sê sy, 'Staan op, my kind, laat ek sien,' en toe ek opstaan kon ek nie staan nie, want daar aan my voete was twee nuwe wit gehekelde sokkies en twee koedoevelskoene met géspes aan die kant!

'Sit nou stil hier tot ek vir Janneman aangetrek het en dan gaan ons kerk toe.' Tant Grietjie se kinders was doodstil daar langs my in hulle wit gebleikte rokkies wat die tante van haar ou rokke gemaak het. Dis eers toe klein Grietjie sê, 'Kan ek ook jou rok voel?' dat ek my hand kon wegvat en rondkyk om te sien waar Ma is. Toe sy uiteindelik uit die watent kom met Janneman, was dit 'n mooi, vreemde vrou in 'n deftige rok en hare in 'n sy-paadjie gevleg wat sê dis tyd om aan te stap kerk toe. Dat Pa nie sou hand in die sak steek vir die mooi rok nie, was nie altemit nie, maar toe hulle later woorde kry oor haar hare en 'opgetoftheid,' het ek verstaan dis klere uit 'n vorige lewe by haar mense.

Nou, ons het nog nooit daar op die walle van die Klein Nylrivier gekamp nie, maar daarvandaan is ons bult-op met die voet tot by die groot wit kerk. Die stof het op my velskoentjies se punte kom sit en dit al hoe valer en valer gemaak, en as ek nie aan Ma se rok vasgehou het nie, sou ek sweerlik 'n paar keer geval het met die afkyk. By die kerk gekom, sê Ma met so 'n geheimpie-stem, 'Sussie, maak oë toe, en as jy oopmaak sal jy sien hoekom ons dorp toe gekom het.'

Toe ek my oë oopmaak, lê Janneman in haar arms met die mooiste gehekelde dooprok in die hele kontrei! Sy sê toe ons kon maar daaraan vat, maar net as onsdrie baie soet is en stilsit in die kerk. Ek dink sy't geweet die kerk is baie groot binnekant vir kinders wat nog net in 'n waenhuis of onder 'n maroelaboom 'n predikant gesien het.

Boet Janneman het behoorlik sy wind uitgeskrou toe die water sy voorkop raak, en daarna is ons jongeres saam met die ouer dogters buitentoe om na hom om te sien tot die kerk uitkom. Ag, die liewe Janneman het vreeslik gehuil, want Sofie het nou nie juis 'n manier met 'n kind gehad nie. Hy was naderhand bloedrooi, en toe sê ek, 'Ousus, sit Janneman op die kombersie, dan speel ek en hy,' en as dit nie was dat sy klaar vies was omdat sy hom moes oppas nie, sou hy seker bly huil het tot die kerk uit was. So het ons jongeres hom vermaak tot na kerk.

Daardie dag was die soort wat jou binneste lekker warm laat voel. My eerste nuwe klere, ons mooi ma, 'n vriendelike Pa, en boet Janneman wat so lekker lag.

Daardie lekker bymekaar wees en sy lag-sonder-terughou het by onstwee gebly tot sy dood in oudag.

Lieflingkind

Net voor my vierde verjaarsdag is klein Katrien gebore. Dit was 'n Sondag, en hoe ek dit onthou, is dat 'n dominee van voor af sou kom om daar by oom Jan van Rooy se plaas diens te hou; amper daar waar die NG Kerk op Steenbokpan nou staan. Pa wou kerk toe, want die predikante het net tweekeer 'n jaar omgekom van Nylstroom. Niemand wou dit mis nie.

Met Ma so naby haar tyd, moes hy vir tant Hantie op die Saterdag gaan haal, en nodeloos om te sê, die baba se koms sou hom weghou van die kerk af waar hy tog so graag met die belangrike man wou geselskap aanknoop. Hy was bedons oor dit, en nog voor die pap in my maag was het die strop gepraat oor, 'Die lepels wat skeef is,' op die tafel. So met die langarm houe het boet Janneman ook sy deel gekry oor die boude. Maar ons het nie gehuil nie, want ek't lankal vir Janneman geleer om liewer stil te bly as jy nie meer slae wou hê nie.

Dit was hier by twaalfuur se kant op die Sondag dat klein Katrien gebore is, en toe ons toegelaat word om haar te sien, lê sy daar by Ma in die bed met ronde vet wangetjies. Vandat sy 'n baba was, het sy net soos Ma gelyk - effe ronde gesig, en later met sulke hoë wangbene. Sy't ook net soos Ma geloop, en as 'n groot vrou het haar rok ook styf oor haar maag gespan asof daar nie rêrig 'n middel is nie. As ek nou terugkyk tussen my kinders en kleinkinders, dan't daardie eienskap sterk geloop tussen die dogters.

Ma was gek na Katrien, en na die geboorte het sy nie meer so baie trane afgevee wanneer Sofie moes terug na oom Jakob-hulle toe vir skool nie.

Maar van daar af, was Ma vir 'n lang tyd siekerig en die werkies om die huis soos afstof, uitvee en vloerafwas het meestal my werk geword. Ag, dit was lekker werk, maar nie die vloer se afwas met melk en roet nie; my hande het vir dae swart gebly. Ma het gesê ek's nog klein en moet elke dag net een kamer doen. Dit was goed-en-wel vir die afstof en uitvee, maar as jy eenkeer jou hande gaan beklets met roet, dan doen jy liewer twee kamers op 'n slag. Sy't my help hande skoonkry met boerseep en 'n stuk vadoekplant ôm mee te skrop, maar so om jou naels bly dit swart.

'Jy sien, Sussie, as jy die fyn roet van die hert se deur in die skottel afkrap, dan is dit maklik om te meng met die melk,' was hoe sy my gewys het om nie die as en kole uit te krap vir die vloere nie, want dit is nie swart genoeg nie en die stokkies en kole maak dit moeilik om met die melk te meng. 'Eers gooi jy die melk bietjie-vir-bietjie by en roer dit met 'n stokkie,' het sy beduie. 'As dit so dik soos vars room is, is dit net reg.' Dis hoe ek geleer het om die vloere swart te kry en om 'n stukkie kleer te gebruik tot daar niks oor is nie, want die vloerlap was die boudflap van Pa se ou hemp wat naderhand só gelap was, dat hy dit nie meer kon dra nie.

Net voor klein Katrien se geboorte het Ma met haar swaar liggaam en ek op my knieë kamer-vir-kamer gevat oor sewe dae om die vloere te roet, maar toe ons klaar is en jy van die agterdeur tot by die voordeur kon deursien, was dit te mooi.

Die kombuis het die meeste werk gevat, want dis waar Pa met sy plaasskoene kon loop. Ma het hom nooit toeglaat met sy ou tobboetse in die ander kamers nie. Hoe sy daarmee kon wegkom om reëls te maak, weet ek vandag nog nie, maar broer Janneman het laterjare gebrom dat Pa enigiets sou doen vir 'n soete slaap. Presies wat hy bedoel het, sou ek eers as 'n getroude vrou verstaan.

Ma het 'n hele paar weke in en om haar slaapkamer beweeg na die bevalling en eers na 'n maand gewone werkies begin doen. Toe klein Katrien al kruip, het die twee meestal geruime tyd in die ou peperboom by die agterdeur se skaduwee gesit, veral as daar harde woorde van agter Ma en Pa se slaapkamerdeur was die vorige nag.

Dan't Ma rug vasgehou en geskuifel soos 'n ou vrou om met 'n naaldwerkie in die hand te sit of mieliestronk-poppies vir Katrien te maak, met oë wat vêr kyk en hande wat gedagteloos die mielieblare vou sodat die blare soos 'n rokkie hang, dan 'n nek bind vir die pop en 'n stokkie onderdeur steek vir die arms. Katrien het so lekker gespeel met daardie poppe, en vanaand dan brand haar arms só van die mielieblare, dat Ma room en suurlemoensop moes aansmeer.

Op goeie dae het hulletwee sommer op die grond gesit en prentjies in die sand teken met die hand, uitgevee en weer geteken terwyl Ma heeltyd praat en vertel van die ou dae en wat haar ma vir hulle geleer het. En Katrien het met sulke groot blou oë gekyk en oopmond gelag vir alles wat Ma kwytraak. As ek en boet Janneman se werkies klaar was, kon ons ook sit en luister. Tog so jammer dat onstwee te klein was om te weet mens moet luister en onthou, want later het sy baie siek geword en toe al hoe minder gepraat. Ek glo dis hoekom ons nie veel weet van haar familie nie. Die waarheid is dat ons niemand in haar familie rêrig geken het nie, want hulle was vêr en ons het net met nagmaal uit die huis gekom en dan ook net tot by Nylstroom vir 'n dope.

Die lewe was seker baie alleen vir Ma, want vrouensgeselskap was maar bra min in die Bosveld. Daar was tant Grietjie van oom Jakob op Rooibokvlei, en tant Nelie Bergmann wat in die oorlogjare op Skilpadfontein gebly het, maar dié was ook lankal weg Langkloof toe daar naby Nylstroom. As Ma 'n paar pennies by Pa kon afbedel, het sy seëls laat kom van Thys Bekker se winkel, en dan't sy vir tant Nelie geskryf. Daardie dae was dit maar net 1/4 pennie seëls.

Maar om die waarheid te sê, vrouens kon net kuier as die mans tyd wou maak of iets leen by 'n buurman of wanneer húlle lus was om die muilkar in te span, anders was dit by die huis bly vir die meeste boervrouens.

Van hulle aankoms in die Bosveld om-en-by 1915, was Ma-hulle net tweekeer terug voorwêreld toe om vir haar familie te kuier. Eenkeer om Sofie te doop en eenkeer toe ek gedoop is op Hartebeestfontein daar naby Klerksdorp, suid-wes van Lichtenburg. Daarna was dit die einde van kinderdoop naby my ouma-hulle, en ons het heeltemal vervreemd geraak van die familie. Later was Pa en Ma wel 'n paar keer na sy familie daar by Potchefstroom, maar terug by die huis, het ons menige keer Ma van agter hul deur gehoor sê, 'Vrek van suinigheid,' en 'Bedel vir geld.'

Daar was nie telefone daardie dae nie en die pos was baie ongereeld, so ek dink Ma het haar mense vreeslik gemis. En as jy weet hoe lekker Ma altyd kon praat, dan sou ek reken haar ma was ook lief vir gesels. As jy nog gevra het na haar mense, het sy stilgeraak en haar oë het binnetoe gekyk.

Ek was te klein met boet Janneman se dope op Nylstroom om te weet hoe hartseer Ma was om 'n kind te doop so vêr van haar familie af, en nou met klein Katrien wat gedoop moes word, het Ma menige dag met rooi oë opgestaan. As sy sien ek hou haar dop, dan't sy net gesê, 'Net altyd vorentoe kyk, Sussie, net vorentoe,' en dis toe dat ek Janneman aan die hand vat en dan sit ons op die hardekoolstomp by die agterdeur en kyk vorentoe tot ons oë traan, maar daar was niks wat ons vorentoe kon sien wat jou sou laat huil nie.

Almal, groot en klein, het altyd baie uitgesien na kerk wanneer die verafgeleë mense in die kontrei bymekaarkom. Die NG predikant op Nylstroom wat in die Bosveld kom preek het, was aangewys op die koelte van 'n maroela, want daar was nog nie 'n kerkgebou in daardie deel van die Bosveld nie. Die naaste was 'n rousteenkerkie op die plaas Oranjefontein daar naby Ellisras, en Ma het gesê sy sterf liewer as om die vyftig myl stofpad soentoe te ry net om uit te vind of die man 'n kind daar sou doop of nie, en dit in die vreeslike hitte. Dit was 'n uitgemaakte saak dat kinderdope en belydenis aflê net op Nylstroom gedoen word, maar ai, dit was vêr.

Ek weet Ma wou so graag vir klein Katrien ook 'n dooprokkie maak, want elke kind se dooprok is weggepak in haar trommel vir kinders se kinders. Vir dae het sy soos 'n gees in die huis rondgeloop en bly sug, tot Pa eendag sy koffie só hard op die tafel neersit, dat dit tot op die roetvloer loop. 'Vrou, niks meer 'n gesug nie! Ons sal dan ry tot by Langkloof om die velle en mielies by swaer Ampie af te gooi, maar as daar nie genoeg vet is om op Nylstroom te verkwansel nie, draai ek om en doop ons op Oranjefontein!' en daar's hy uit by die agterdeur en Ma druk my en klein Katrien só styf teen haar vas dat dit voel of my maag gaan bars.

Sy moes geweet het hy is te suinig om die draai by Langkloof se mense te maak en daarna die langer pad tot by Nylstroom, want sy vee toe haar oë af en gaan sit met naaldwerk in die groot bruin leerstoel op die voorstoep waar sy die pad kon dophou.

In daardie dae was daar miskien eenkeer 'n jaar geleentheid om Nylstroom toe te gaan as Pa genoeg bees- of varkvet gehad het om daar te verkoop. Boere het baie geld gekry vir vet wat seker vorentoe gestuur is vir seepmaak of so. Die velle en mielies is mos by die Bergmanns se plaas gelos vir die velsmouse wat dit daar kom oplaai het, en die mielies is weg meule toe om die draai. Pa het altyd gesê hy gaan alleen, 'Want dis te moeilik met die kleiner kinders om agt dae in die wa te leef,' en so is Ma selde saam, maar ek en Janneman het uitgewerk dit was om haar by die huis en onder sy duim te hou.

Gelukkig was dit ook die tyd dat smouse meer as eenkeer 'n jaar van die voorwêreld met 'n wavrag vol goedere begin rondtrek en by baie van die afgeleë plase omgekom het. Daar was nog nooit een op Vaalbos nie, maar Ma het geglo hy sal nog kom. Sy was vasbeslote om materiaal te kry vir klein Katrien se dooprokkie, en soos die dae aanloop sonder dat daar 'n smous kom, het sake begin warm word. Aand-vir-aand kon ons struweling hoor in hulle slaapkamer soos sy by Pa aanhou om tog Nylstroom toe te gaan, want, 'Die smous kom nie.'

Smoors het Pa soos 'n kwaai bul uit die slaapkamer gekom en dan't ek en Janneman dit hot-agter gehad met al die werk en slae as die werk nie goed genoeg was vir hom nie - dit was ons daaglikse brood in die tyd dat Ma gewag het vir die smous. Nietemin, soos die liewe Here dit wou, het 'n smous die volgende week met sy wa die draai by die groot maroela naby ons huis gemaak. Ma, getrou op haar pos op die voorstoep, het klein Katrien opgeraap en wag toe by die voordeur. Pa was nog besig om die melkkoeie met die pad pankampie toe te jaag, en toe Ma luidkeels oor haar skouer roep, 'Ou Man, die smous is hier!' los hy die koeie net daar en kom huistoe.

Teen die tyd dat Pa daar aankom, het die voorloper klaar die osse aan die mokawiboom vasgehad – dis nou die kleinerige kierieklapperboom skuins voor die huis - en klim daar so 'n middelslag man van die wa af. Pa lig toe ewe vriendelik hoed soos hy was met vreemdes, en steek hand uit om te groet met, 'Môre, neef,' en daar trek die smous weg met 'n gebrakel wat ons niks van kon verstaan nie, terwyl hy blad skud. Al wat ons kon uitmaak was, hy's Harry Whelpton, en met 'n swaai van sy arm, dat alles op die wa te koop is.

En toe ons weer sien, staan ou Sara langnek agter ons. Op die wa was rolle en rolle materiaal, kombuisware, grawe en pikke en tot blom- en groentesaad. Hoede was opgehang aan 'n draad bo-oor ander goed soos die klaargemaakte kakieklere vir die mans, en ook bottels vol ronde, swart lekkergoed. 'Nigger balls' het die smous beduie.

So min as wat Pa vroeër jare 'nee' kon sê vir Ma, so baie het hy in daardie tyd baklei as sy iets nodig gehad het. Menige dag het hy soos 'n boostaard rondgeloop en al wat voorkom moes dit ontgeld – die meeste van almal Janneman en ek. Slae was sommer oor die rug, arms of bene; enigiets wat hy kon raakslaan. Waar daardie onredelike kwaadheid vandaan gekom het, weet die Vader alleen.

Maar daar by die wa het ons gesien hoe min Ma omgee vir baklei as dit by klein Katrien kom. Sy't haar vinger soooooo oor al die rolle getrek tot by die pragtigste roomkleurige kantmateriaal. 'Hierdie een,' en by die duifblou sis en wit popelien, 'Hierdie een,' en tot by die bottel nigger balls, 'Tien van hierdie,' met haar vingers gesprei vir die tel.

Pa het net bly rondtrap hoe groter die hopie word, en toe kom daar nog kant, garing, naalde, suiker, koffiepitte en 'n doekspeld by. Sy hande het gebewe toe die smous sê, 'Four Pounds, two-and-six,' maar Ma het net dankie gesê met 'n stywe nek en al die goedere mooi bymekaargemaak.

En daar voor Pa gee sy vir elke kind 'n swart nigger ball met, 'Suig dit.'

Ek en Janneman het gedink Pa gaan flou val so wit was hy, maar hy't ou Harry Whelpton betaal en draai toe kortom huis se kant toe. Teen die tyd dat ons by die agterdeur kom, was die strop klaar in sy hand en het onstwee deurgeloop soos nog nooit voorheen nie. Ons het gehuil en gekeer, maar hy't net bly slaan oor ons rûe, ons kuite en waar die riem ookal vatplek kon kry, tot Ma tussenbeide tree met, 'Albert, die duiwel is in jou! Waaarvoor slaan jy die kinders so?! Jou suinigheid het vandag van jou 'n duiwel gemaak!' Dit is 'n wonder dat sy nie ook slae gekry het nie, want sy oë was glasig van kwaadgeid.

Daar was nie 'n antwoord wat enigieen kon gee vir die slanery nie. In die boord waar ons kon skuil, bekyk ons mekaar toe mooi en kon net deur die trane lag, want daar was ons — blink oor die wange en swart delle spoeg uit die mond waar die nigger balls saam met spoeg en trane kenne toe is. 'Sussie, jy's 'n spook!' lag die liewe Janneman toe asof hy dan nou eintlik weet hoe 'n spook lyk. En ja, jou sowaar, bloed, trane en spoeg het van ons spoke gemaak.

Naas oom Jakob, was Pa seker die suinigste mens wat ek ooit geken het. Hy't gesê jy werk vir jou kos en verblyf en as jy wegtrek uit die huis, dan betaal jy vir goed soos vrugte en melk, sy kind of te niet. Baiekeer het die druiwe en lemoene aan die bome gevrot, maar hy sou dit nie weggee nie en ons was verbied om te pluk. Die suinigheid is nie iets wat Ma haar ooit mee kon vereenselwig nie, en ek is seker hulle het baiekeer harde woorde gehad oor geld toe ons heel klein was, maar nou vir die eerste keer het Pa nie teruggehou om voor ander te baklei nie. Net met kerk was daar geen bakleiery nie, want dan't hy sy enigste pak klere aangetrek en ewe vroom in die voorste gestoeltes gaan sit daar onder die bome en die predikant se oog.

Ma kon waarlik mooi smok en klere maak — alles met die hand. Ag, ek wens jy kon dit sien! Van die kantmateriaal het sy 'n dooprokkie gemaak met sulke kort, kapmoutjies en 'n valletjie onder die nek. Sy't dit gesmok op die borsie, en uit haar knopiesboksie het daar die mooiste pêrelkraletjies gekom wat sy seker nog altyd daar gebêre het vir 'n spesiale geleentheid. Dié is op die smok vasgewerk. Sy't vir ure daaraan gewerk sodat sy later net kon opstaan as sy rug met altwee hande vashou en baie stadig loop.

Elke keer as klein Katrien huil, het Ma net gesê: 'Sussie, tel haar op; ek wil nie nou my hande vuilmaak nie.' Die rok was klaar net voor die dope op Nylstroom. Ek sal nooit weet hoekom klein Katrien nie tog maar Janneman se gehekelde dooprok gedra het nie, maar miskien was dit meer oor die saak om nie altyd vir Pa sy sin te gee nie; ek weet nie. Maar ek weet wie die prys vir sy beduiweldheid betaal het.

Ek sal nie vergeet hoe mooi klein Katrien gelyk het in daardie rokkie nie! Sofie was veronderstel om haar in te bring met die dope, maar daardie môre het sy nie lekker gevoel nie en toe was daar net ek wat haar kon inbring. Ek was darem al vyf.

Dit is mos die gebruik dat die ouers en hulle familie binne-in die kerk die diens bywoon, terwyl die baba se peetma die baba buitekant oppas tot dit tyd is om gedoop te word. Die doopformulier word gelees en wanneer die ouers staan om voor die Here te beloof dat hulle die kindjie vir Hom sal grootmaak, dan word die baba ingebring, oorgegee vir die ma en dan doop die dominee die kind. Sodra die kind gedoop is, vat die peetma weer die baba buitentoe, maar as daar nie 'n peetma is nie, dan kan 'n ouer sussie, tante of niggie ook instaan.

Ma het 'n meelsakvadoek onder klein Katrien se ken vasgemaak sodat sy nie kon opgooi op die mooie rok nie. Sy't my die dood voor die oë gestel dat ek nie moet vergeet om vooraf die vadoek af te haal nie. Ek sou dit nie kon vergeet nie, want mens kon die heeldag kyk na klein Katrien se mooi rokkie en bolletjie-wange.

Toe die dominee sê, 'Katriena Susara Alberta Schoeman,

ek doop jou in die naam van die Vader, die Seun en die Heilige Gees,' terwyl hy water op haar voorkop drup, het die stil trane reeds teen Ma se wange afgeloop. Toe ek omdraai om klein Katrien uit te vat, en hy bid, 'Here, U het hierdie besonderse mooi kind vir Albert en Katriena geleen; U sterke hande bewaar haar in goed en swaar,' was daar menige sakdoek uit om oë af te vee.

Klein Katrien is die enigste baba wat gedoop is daardie dag, so asof die Here vir haar 'n spesiale dag gekies het om sy kind te word. Ag ja, dit was 'n baie spesiale dag, en Ma se naamgenoot het soet geslaap tot die diens verby is.

Die jare tussen klein Katrien se dope en einde 1925, was wat Ma 'sonskynjare' genoem het. Ons kinders het dit nie verstaan nie, maar dit het nie saakgemaak nie. Pa het baie draadspan werk gekry, daar was genoeg beeste op die veld en die mielie-oeste was elke jaar groter. Dis ook die tyd dat Pa 'n nuwe kapkar koop sodat ons nie meer met die bokwa hoef te gaan kuier nie.

Klein Katrien was alte bekkig en kuiermense kon nie uitgepraat raak oor hoe mooi sy is en hoe baie sy na Ma lyk nie. Ma het net altyd lekker gelag en dan klein Katrien se haartjies platgevryf, maar ons het geweet sy was Ma se oogappel.

As hulletwee so rustig saamspeel, het Ma baiekeer net vêr oor die lande gekyk soos ma's kyk as hulle gedagtes 'n draai maak by troukoeke en mooi kant wat reeds klaar in die hangkas hang.

Harige Wurms

Janneman het vroeg begin loop net soos ek, en teen die tyd dat hy 'n jaar was, het hy agter my aangedrentel op die werf op soek na hoendereiers en daar by die waenhuis na fynhoutjies.

Teen die tyd dat hy twee was en ek vier, het Pa gesê Janneman moet nou begin werk, want hy is moeg om alles self te doen. Ma het net stil gesê, 'Nou Albert, watse werk kan die klein kinders dan doen wat ons nie kan doen nie? Maria werk al klaar so hard.' Eers het hy stilgestaan soos 'n lang knoppiesdoringpaal terwyl sy oë al hoe bleker word, maar hy bedink homself en klap net die onderdeur toe op pad uit.

Net voor Janneman se derde verjaarsdag en na boekevat daardie aand, sê Pa die kallers moet opgepas word in die pankampie en hy wat Albert is, het nie tyd nie – dis nou die kamp reg noord van die huis en 'n entjie weg van die beeskraal af met geen drade en baie doringbome oral. 'En,' sê hy, 'Maria en Janneman eet hulle pap daar in die maroelaboom se koelte, of hulle eet nie.'

Daardie nag was daar baie geluide in Ma-hulle se slaapkamer, maar ek kon niks uitmaak nie, want vir die eerste keer wat ek kon onthou, was hulle slaapkamerdeur toe. Eers teen drie-uur met die eerste hanekraai het dit stil geraak en toe kon ons almal slaap tot Pa op is met ligdag.

Die son was net mooi op, toe Ma my en Janneman aansê om aan te trek. My kappie het sy styf onder my ken vasgemaak en sekergemaak ons skoene was ook goed vas. Toe gee sy ons elkeen twee dik snye brood met waatlemoenkonfyt en ook 'n bottel swart koffie, alles toegedraai in 'n meelsakkie, en druk ons styf teen haar voorskoot vas. 'Sussie, jy is nou jou broer se wagter. Speel in die koeltes daar by die pan, maar hou die kallers dop dat hulle nie weghol nie. En eet julle brood as die son reg bo sit. Die kallers sal self huistoe kom om te suip as die son sak, en dan kom julle ook huistoe.' Toe stop sy die klein blou erde-emmertjie met die deksel in my hand en sê ons moet kraaltoe waar Pa wag.

As jy al ooit in die veld gaan stap het op jou eie, sal jy weet dit voel mos of die bome te groot is en of die gediertes agter elke miershoop wegkruip. So't daardie dag gevoel.

By die kraal het Pa ongeduldig by die kallerkampie se hek gewag. In sy regterhand was 'n slap marêtla-lat waarmee hy so tik-tik teen sy broekspyp. 'Marja, jy keer regs en Janneman, jy keer links. Keer die kallers al om die pan. Ek wil julle nie sien tot melktyd nie.' Toe ek bangerig vra waar die pan is, vat hy die blou melk-emmertjie en gooi sommer die stok eenkant toe en sê hy sal ons net hierdie één keer wys.

Ons was vreeslik bang daardie dag, maar die liewe Here was daar by die pan. Die verskrikte kallers was net so bang soos ons en dit was nie nodig om baie te raas nie, want hulle't naby die water gebly en aanhoudend vir die ma's gebulk. Laterjare sou ons leer dat kallers wat afgekeer is van hulle ma's altyd terughol ma toe - ons was gelukkig daardie dag.

Soos die jaar aanstap, het onstwee baie braaf geword en was gladnie meer bang vir slange by die water of ongediertes tussen die bome nie. En so het die groot speel tussen die werk deur begin. As ons so lekker speel, moes ons altyd bedag wees daarop dat Pa ons kon betrap en dan sou die gort gaar wees, want ons het 'tyd gemors,' en jy moes nie die woord 'mors' naby hom gebruik nie.

My ousus het meer by Ma in die huis gebly oor die naweke en wou nooit met ons speel nie, en in die week was sy mos by oom Jakob-hulle. Ma het net gesê, 'Sofia pas nie beeste op nie; sy moet haar huiswerk doen,' en daar bly sy toe in die koelte en hekel saam met Ma.

Baiekeer moes ons die kallers én die droë koeie uitjaag pankampie toe, en partykeer ook van die groot beeste daar oppas sodat hulle kon wei. Die drade was nog nie om die plaas gespan nie, want, 'Daar's g'n tyd nie.' So kort na die oorlog moes Pa en oom Jacob dadelik span wanneer 'n boer woord stuur. Min mense kon bekostig om te laat span al het hulle nie alles self betaal nie. Die Staat het wel sy deel bygebring, maar dit was maer jare vir almal, en so't ons eie drade verlate in 'n hoop by die agterdeur gelê.

Om beeste op te pas was swaar werk vir 'n grootmens; wat dan nog vir twee klein kinders! Die een klomp trek soentoe terwyl die ander doerie kant toe weghol. Die Afrikaner beeste is wilde duiwels met min verstand, en onstwee het al ons dae gehad om hulle te probeer vaskeer, maar het wel reggekom.

Nou-ja, hierdie pankampie het sy naam gekry oor die vlak pan wat altyd bietjie water hou deur die jaar. Daar was genoeg klei om klei-osse te maak, en van die swart klei kon Janneman die mooiste osse maak met sulke groot skowwe en weglê-horings.

Dit het net afgehang of die beeste wou saamwerk of nie. Is hulle befoeterd, was ons stokflou van agter hulle aanhol, maar as hulle wou wei, kon ons klei-osse maak. Dié's op 'n plat ouklip staangemaak om uit te droog en later is groen dekgras gevleg vir die leisels en stroppe. Daar was meer as genoeg houtjies vir die jukke vir die osse se nekke, en die beste hout was rooibos, al was dit net klein takkies.

Janneman het sy eie knipmes gehad wat Pa vir hom gekoop het by Mosam se winkel. Toe Danie gebore is ses jaar na Janneman, het hy so 'n klein messie gekry met ivoor aan altwee kante van die hef. Ek dink, Janneman as die oudste seun, sou graag ook so 'n mooi ivoormes wou gehad het, maar syne was darem skerp en kon alles sny. Ons dogters het nie messe gedra nie en dis Janneman wat alles gekerf of gesny het.

Dit het ons weke gevat om die sestien-span osse te maak, droog te kry, en 'n wa van 'n skaapkakebeen en tuie en leisels te maak, maar toe kon ons lekker speel met twee klein swepies wat Janneman geprakseer het uit oorskiet riem toe Pa die laaste klomp velle gelooi en rieme gebrei het.

As Pa 'n bees geslag of 'n koedoe geskiet het, is die velle eers goed growwe sout gegooi en dan in 'n groot balie melk laat lê tot die hare afkom. O, dis werklikwaar 'n stink werk om met daardie velle te werk, want jy weet, die binnekant van die vel word eintlik vrot en dan moet dit afgeskraap word met 'n stomp mes aan altwee kante.

So met die afskraap het Pa bietjies-bietjies gepraat met Janneman wat jy altyd kon kry op sy hurke sit by Pa. Nou nie dat Pa 'n man vir praat was nie, maar daar't Janneman klaar geleer om nie te diep te krap nie en hoe om die velle te was as dit uit die melk kom sodat dit in lang rieme gesny kon word. As dit eers in rieme gesny was, het Pa dit hoog oor 'n sytak van die mokawiboom gegooi, en dan is dit aan die onderkant met 'n hout dwarsbalk vasgemaak sodat jy dit kon opwen met 'n lang stok. Eers loop jy met die lang stok hot-om en as die rieme styf gedraai is, dan trek jy die stok uit en dit swaai haar-om. Na omtrent 'n week se lopery is die rieme sag gebrei en kan jy dit gebruik vir spantoue of swepe en natuurlik riempiestoele, beddens of skoene. Daar's altyd werk vir 'n riem.

Later toe Janneman so agt was, was dit sy werk om die rieme te brei, tot hy eendag van pure honger, dors en moegheid opstandig raak en sê, 'Pa, maak ou Bul of een van die donkiemerries aan die paal vas, dan kan húlle dom koppe verbrand!' Met die in-die-rondte-lopery in die warm son, het Janneman heeltemal vergeet van die slae. Jy kon 'n speld hoor val daardie dag.

Pa het soooo met die skewekop gestaan en dink asof hy moes kies tussen slae of saamstem, draai toe om en kry die swart donkiemerrie om die loopwerk te doen, en Janneman kon toe in die koelte sit en net op om die stok uit te pluk. Ek dink Janneman kon ook nie glo dat Pa eintlik geluister het nie, want niemand het gewaag om vir hom voor te skryf wat om te doen nie. Hy't ook nooit geweet van die riempies vir ons klei-osse nie, maar ek weet hy sou dit nie gegee het sodat kinders met dit 'mors' nie.

Daardie klei-osse is aangejaag met 'n groot geskrou van,'Boland, trek! Kom Jonkman, Swartman, Buffel, treeeeeek!!' Tot Pa eendag op die geskrou afkom terwyl die stof nog vaal in die lug staan soos ons die swepe klap. Dit was die eerste keer dat ek Janneman hoor 'n kluitjie verkoop, want toe Pa roep en vra wat ons so raas en waar die beeste is, skrou hy terug dat ons hulle net aanjaag water toe. Die klei-osse is só vinnig onder blare toegekrap dat 'n springhaas nie eers kans sou hê om weg te kom in daardie tyd nie, en ons't net die groot swepe bly klap en hol toe hier-en-daar agter die beeste aan en maak of dit nog altyd die plan was.

Vanmelewe is kinders gesien en nie gehoor nie, en speel was 'n ding wat mens doen as jy jukskei gooi of tou trek met Nuwejaar. Onstwee het gou uitgevind daar's ander speletjies om te speel as jy beeste aanjaag, die kallers versorg of hout bymekaarmaak, en dit was om die name van bome te leer ken en om te weet watter boomsade al die verskillende soorte voëls lok.

Janneman was beter as ek om die onbekende name uit Pa te kry, want hy sou sommer so in die middel van 'n ete sê, 'Pa, wat is daardie klein boompie by die waterkampie se naam?' En so het ons geleer dat 'n rooibosboom se blare frank ruik en die beste vuurmaakhout is. Die knoppiesdoring het weer die snaakste knoppies op sy bas, en omdat dit so hoog groei, slaan die weerlig dit eerste. Dan was daar die hardekoolbome wat jy 'n goeie hoekpaal van kon maak, want die miere is nie so lief vir dit nie. Tambotiebome het die mooiste hout vir meubels, en Pa het heelwat van die droë stompe uit die veld gesleep met ou Bul sodat, ''n Man wat goed is met hout meublement vir ons kan maak,' het hy gesê. Maar dit het nie gebeur nie, en laterjare het my kleinboet Bertie as 'n grootman die stompe laat verwerk in tafels en meubels vir homself.

By die oukraal verby was daar baie vaalbosse en Pa het altyd gesê daar sal hy nooit 'n land maak nie, want vaalbosse groei net waar die grond yl is. En dit is presies waar hy die agterland later laat skoonmaak, want daar was nie so baie ander groot bome om uit te grou nie!

Daar is sulke klein, bruin rosyntjiebessie bosse wat oral in die veld groei en te heerlik is om af te kou – dis nou die soort wat die swartes marêtla-bos noem, en ook die kruisbessies wat oral om die werf staan. Diep in die veld verby die agterland was 'n groot klapperboom. Pa het ons verbied om soontoe te gaan. Vandag weet ek dis omdat daar baie mambas was in die miershope oppad klapperboom toe. Laterjare het die seuns altyd klappers in hulle hemde gaan bymekaarmaak en dan't ons dit skelmpies oopgeslaan en suutjies agter die waenhuis geëet.

Van hardekoolbome het ons meer geweet, want daar was 'n hele paar naby die huis en baie al om die pan. Jy sal altyd harige wurms op hulle kry 'n sekere tyd van die jaar, net soos die borboonbome, en die los takke is ook nie te watwonders sterk en gladnie goed om in te klim nie. Jy sien nie altyd die harige wurms op die grys stamme nie, maar behoed jou as jy per ongeluk teen hulle skuur, want dit maak sulke opgehewe blase en jy wil jouself gedaan krap.

Eendag toe ek en Janneman veronderstel was om kallers op te pas, raak ons toe só verveeld dat ons mos die naaste borboonboom klim. Dis ook nie juis 'n boom met ruie blare nie, maar Janneman reken toe dit sal darem lekker wees om soos 'n tortelduif in 'n boom te sit, en daar sit onstwee hoog in die boom en koer.

My koerdery was nogal goed en heelwat hoër as Janneman s'n. So onder my hoë 'oe-hoe, oe-hoe,' hou hy skielik op met koer en vat so aan sy nek met oë wat omtrent uit hulle kaste peul. Ag, my koerdery het net so flouerig uitgekom toe ek sien hoe bang hy lyk, en toe sê hy net, 'Sussie, vandag is ons dood,' en daar laat los hy en val uit die boom op die harde brakgrond. 'Kom af, Sussie, kom nóú af!' roep hy benoud met trane in die oë, en toe ek op die grond kom, was my nek soos vuur.

Janneman gryp toe 'n stokkie en krap die spul van my nek af met bewerige hande. Ek kon al tel tot by honderd al was ek nie in die skool nie, maar daar was nog 'n paar wurms oor toe ek klaar getel het. Hy hol toe hoed-in-die-hand pan toe en skep van die bruin beesmiswater wat hy al om my nek laat loop, tot op my rok se kraag en agter my nek af tot by my stuitjie. Maar ek't nie juis omgegee vir die miswater nie, want my lyf het só gebrand dat ek nie mooi kon dink wat om te doen nie. Janneman was skaars vier, en as jy na vandag se kinders kyk, kan jy nie glo hoe handig hy was en hoe slim om te weet wat om te doen nie. Hy beduie toe, 'Lê hier in die koelte, Sussie. Ek gaan vir ou Sara kry,' en weg is hy statte toe.

Die pan is nader aan die statte as die huis en as jy skoene aanhet, kan jy vinnig deur die duwweltjies en witdorings hardloop om daar uit te kom. Maar hoe lank vat dit 'n klein kind om 300 treë kaalvoet te hardloop? Ek onthou net die vreeslike brand en hoe ek met altwee hande moes krap – om my ore, my nek en my hele gesig, tot om my oë en in my neus. En toe gee ek op.

Ek wis ou Sara was naby, want die vuurrook en snuifreuk was eerste daar. My oë was só wasig dat ek nie rêrig mooi kon sien nie, maar haar koel hande voel-voel oor my nek en gesig, en toe buk sy, vat my twee hande en trek my met een beweging op haar rug en hardloop reguit huis toe met Janneman agterna.

Ek kon sy asem hoor fluit, maar ou Sara het net oor die skouer geroep, '*Arêng, Mopiti, arêng!*' om hom aan te por, en draf so vinnig as haar ou bene kon.

By die huis was Ma besig om seep te kook, maar toe sy ou Sara sien, gooi sy die seepspaan neer en kom haal my so in die hardloop. Ek kon toe nie meer lekker asemhaal nie, en Ma moes Janneman wat toe hardop huil soos 'n bulkalf, aan die skouer skud om te hoor wat fout is, want uit ou Sara kon sy niks kry nie.

Net daar prop sy my op 'n kombuisstoel en beduie vir ou Sara om my vas te hou, want, 'Matangwane moenie nou gaan lê nie,' en toe's sy weg om iets uit haar apteek te haal. Wat sy eintlik gedoen het, was om swael en mosterd te meng met 'n bietjie melk, iets wat jy 'n kind met benoudebors gee. As jy tyd het, kan jy ook varkvet met gemaalde naeltjies op lappe smeer en dit op die bors en tussen die skouers sit, maar daar was nie nou tyd nie.

Ou Sara het haar arms van agter om my gehad en al wat

ek aan kon dink is hoe lekker die snuif ruik. Diep uit haar keel het die snaakste lang neurie gekom - so 'n lied sonder woorde wat mens by 'n graf sing as jou hart te swaar is. Die hele tyd vryf sy my bors saggies en ek voel so slaperig.

'Jy kannie slaap nie, Sussie, drink nou!' probeer Ma die gelerige goed tussen my slap kake forseer. 'Hou haar agteroor, ou Sara,' en sy druk my kop agtertoe terwyl ou Sara my keel vryf soos mens 'n hoender se keel vryf as daar 'n pit vassit. Toe word hulle stemme net al sagter.

Dit was donker toe ek weer wakker word in my bed met Janneman opgekrul by die voetenend en my hand vas aan die slaap onder ou Sara se kop waar sy voor my bed op die skaapvelmatjie inmekaargevou sit. Ma was styf teen my rug. Die hele kamer was skemer en die kers in die blaker amper uitgebrand, maar ek kon deur die deur sien Pa se kers brand ook nog. Die huis was stil soos met 'n Sondagmiddag se oë-toemaak en net die kaggelhorlosie wat soos gewoonlik tik-tik-tik.

Die laaste keer dat ek ou Sara in ons huis gesien het, was met Janneman se geboorte, en ek was verwonder dat sy hier langs die bed was met haar snuifblikkie op my hand. Maar toe ek my hand roer, is sy op en Ma wakker.

'Maria-kind, vandag was 'n geseënde dag, maar julle klim nooit weer in 'n borboonboom nie!' was Ma se enigste raas toe sy sien ek's by my volle positiewe.

Nadat ou Sara stat toe is, was daar baie harde stemme in Pa en Ma se slaapkamer. Ma het later met rooi oë ingekom en net 'n kombers oor Janneman gegooi waar hy met verskrikte oë op die voetenend sit. Toe vee sy my hare plat en blaas die kers uit.

Niemand het weer oor die harige wurms gepraat nie.

Ek en Janneman het ook nooit weer oor die gekoer in die borboonboom gepraat nie, tot die dag dat ons die hele trop beeste by die pan moes oppas — koeie en kallers, almal deurmekaar.

Dit was 'n Saterdag en ons het die beeste laat wei aan die noordekant van die pan op die grond sonder baas.

Dit was 'n vreeslike warm dag. Die enigste koelte daar naby die pan was die yl takke van die paar hardekool- en borboonbome, en 'n mooi groot maroela wat in elk geval te vêr was vanwaar die beeste wei. Dis onder dié maroelaboom waar ons familie se begrafplaas nou lê. Ons het nie weer baie rondgeloop of klei-os gespeel na die wurm-storie nie, maar dit was só warm daardie dag dat ons besluit om die hittegolwe te tel wat die heeltyd bo-oor die bietjie water ronddans.

So tussen die tellery deur sê Janneman uit die kant van sy mond, 'Dit was darem lekker om 'n voël te wees, hé Sussie!' En ons lag lekker bewerig oor daardie petalje. Om te dink die dood kan soos 'n harige wurm op jou klim sonder dat jy kies.

Nie een van ons was al in die skool nie, en Janneman se tellery was meestal, 'Een, twee tot by dertig............dertig, vyf-en-dertig, agt-en-dertig, sestig!' Hy kon alles op sy vingers aftel, maar dan't hy deurmekaar geraak met die groot nommers. Dis toe hy by agt-en-dertig kom dat hy opmerk die hittegolwe het dan bene, want daar tussen ons beeste oorkant die pan, loop wat lyk soos 'n hele paar skillerkoeie. Ons s'n was mos almal rooi Afrikaners, maar hierdie het gelyk asof jy meel oor hulle gestrooi het. Ons het só lekker gelag met die tellery, dat dit omstryk drie-uur was dat ons eers die ander beeste onderdeur die bome opmerk.

'Kom ons hardloop hot-om die pan en dan sal ons gou sien waar hierdie beeste deurgekom het,' sê Janneman toe, en omdat ons die pan so goed geken het van die klei-os makery, het ons ook altyd geweet waar al ons beeste wei. Pa het net omtrent agt-en-twintig koeie gehad, en dan ook hulle jaaroud kallers wat reeds saam in die dag gewei het. 'n Bul het hy by ou oom Jakob van Rooibokvlei geleen wanneer dit nodig was.

Ons hardloop toe kaalpoot hot-om die pan tussen die haakdoringbome deur en gaan lê plat onder 'n witdoringboompie - as jy gewoond is aan die veld, weet jy, so sonder skoene hoor die beeste jou nie eintlik aankom nie en sal nie weer weghol nie. Toe ons naby kom, sien ons baie meer onbekende spore. 'Suutjies nou, Sussie,' sê Janneman toe, 'dan sal ons weet wie dryf hulle beeste hier tussen ons s'n in. Pa gaan goed kwaad wees oor hierdie vreemde beeste.' Janneman, klein soos hy is, was altyd goed in die veld.

Terwyl ons daar lê met die haak-en-steek en witdoringboompies tussen ons en die beeste, loop daar so 'n lang, maer swarte, omtrent Pa se lengte, wat seker meer as tien ekstra skillerkoeie die heeltyd by ons beeste vaskeer. Die meeste van hulle was groot dragtig of met 'n klein kalf. Eenkant was ook 'n maerderige swart bulletjie met bruin op die skof en om die oë - sowaar 'n lelike bees. Tot oom Jakob se maer beeste was mooier as hierdie weggooi bulletjie.

Die enigste swart mens wat ons nog ooit gesien het, was ou Sara en die ander een wat die brief van tant Anna Kühn gebring het, en hulle het gladnie soos hierdie een gelyk nie. Ou Sara se nek was lank en sy't haar rug op 'n ander manier gehou, maar hierdie ene was kaalkop en soos 'n jaaroue stuk biltong met net 'n stukkende kakiebroek aan en 'n vaal-swart vel asof hy in stof gebad het.

'Wêreld, Sussie, kyk hoe stukkend en vuil is sy broek!' fluister Janneman, en ek dink skielik dat nie eers Ma se boerseep daardie broek sou skoonkry nie.

Sonder om 'n geluid te maak, is ons terug huis toe waar Pa en Ma doodrustig sit en koffie drink in die kombuis.

'Pa, Pa! Daar's 'n swarte met 'n klomp skillerbeeste daar by die pan!' val Janneman sommer met die deur in die huis van pure bangeid dat ons nie reeds vroeër gesien het wat daar by die pan aangaan nie.

'Janneman, vee af jou voete!' raas Pa net met oë wat hier-en-daar kyk terwyl hy nie opspring vir sy geweer soos ons verwag het nie. Hy slurp ewe rustig sy koffie uit die piering en toe Ma hom aan die arm vat, sê hy net, 'Ek't swart hulp van oorkant gekry en hulle het hulle eie beeste.' Toe sy nie haar hand wegvat nie, beduie hy dat hy en oom Jakob die vorige week Betsjoeanaland toe was toe hulle daar naby draad gespan het, om 'hande' te kry sodat daar bome uitgehaal en lande vir saai gemaak kon word.

En so het Filemon, sy vrou Hessie en een kind saamgekom, want, 'Hulle vrek van die honger oorkant die rivier.' Dis nou die Limpopo tussen Betsjoenaland en Transvaal.

Of Ma bly was oor die ekstra hulp of nie, kon ons nie sê nie, maar toe Filemon by die agterdeur hoes, staan Pa so vinnig op dat hy in die proses die koffiekoppies omstamp. 'Oubaas, *o bata dikgômo go šhala kae*?' vra die swarte ewe beleefd wat hy met die beeste moet doen, bedoelende die Afrikaners én sy skillerbeeste. Ons kon niks verstaan nie, maar Ma se oë het haar ongeneë verraai toe Pa beduie al die beeste gaan saam in een kraal.

Almal het tog geweet, boere deel nie sommer hulle krale nie, en ook nie met skillerbeeste of 'n swak bul nie. Sy't dadelik geweet daar's 'n slang in die gras. Pa, aan die ander kant, was skielik haastig en het net sy hoed gevat en is uit by die agterdeur.

Ons was te dankbaar om verlos te wees van die kallerafkeerdery en sewe dae 'n week se oppas by die pan, en dan was daar ook die gedagte van ekstra melk wat nou op die tafel sou wees. Tien ekstra koeie met kallers!

Nou, die naaste grens-oorgang na Betsjoeanaland was by Parr's Holt net daar waar die Krokodil- en die Maricorivier bymekaarkom en dit mos die Limpopo word. Meeste van die jaar was die rivier droog en jy kon net hier-en-daar 'n watergat sien waar die vlakvarke gate grou vir water. Daar was nog nie Stockpoort se grenspos of drade in daardie dae nie, maar almal het geweet jy konnie net oorstap na die protektoraat toe wanneer jy wou nie. Die swartes in daardie land was erg oor hulle andersoortige beeste en het hul meestal aan die ander kant van die rivier gehou, droog of nie. Dié ou besies was ook altyd maer en nie een was 'n rooi Afrikaner nie.

Net 'n paar weke na Pa vir 'n paar weke weg is om, 'Draadspan werk te soek,' het daar woord van die goewerment gekom dat bek-en-klouseer oorkant die grens uitgebreek het en dat niemand hulle beeste naby die rivier moes laat wei nie. Wel, Vaalbos is vêr van die rivier af, en Ma het haar nie aan die brief gesteur nie.

Jy weet, Ma het die mooiste lopende skrif gehad wat sy in die skole vorentoe geleer het. Pa kon ook skryf, maar net dit wat sy hom geleer het omdat hy mos nooit op skool was nie, en op dié manier het sy altyd al die pos gelees. Lees was swaar vir hom. As dit Hollands was, was dit nog swaarder, maar in ons kleintyd het almal al Afrikaans gepraat en geskryf.

Oor die komende maande voor die somerreëns het Pa en Filemon baiekeer in die nag weggetrek Betsjoeanaland se kant toe - Pa op Bul en Filemon op 'n muil - en dan 'n week later voor sonsopkoms was hulle terug met baie meer van die skillerbeeste. Dit was 'n slim plannetjie om in die nag te kom en gaan, want die Bosveldson is kwaai en mens kon maklik sonstraal kry. Daar's ook nie baie nuuskierige oë in die donker nie.

Pa was baie toegeeflik met Filemon. Op dipdag vir bosluise, het oom Jakob en Groot Tommie altyd kom help beeste dip en brand, en op 'n ander dag het Pa weer op Rooibokvlei gaan uithelp. Dis toe Groot Tommie die nuwe skillerbeeste met hande op die heupe staan en bekyk, dat Pa sê, 'Ja Tommie, dis Filemon se beeste dié, maar ons vat sommer my brandyster.' Oom Jakob het net so 'n skelm laggie om die mond gekry.

Ma bring net op daardie tydstip koffie en vra hoe hulle Filemon se beeste gaan brand en of hulle net die ore gaan merk, maar Pa sê, 'Vrou, dis beter om my brand op almal te sit, dan kan Filemon later maklik sy beeste verkoop,' want boere sou nie 'n bees sonder 'n brand koop nie. Sy't niks gesê nie, maar klaar gesien hoe die wind waai.

Met die eerste veiling in die kontrei daar by Soutpan waar die beeste vasgekeer is vir verkope, is van Filemon se beeste verkoop. Pa het die note ewe luiters mooi opgerol en in sy bosak toegeknoop. Filemon het net soooooo met die hand teen sy wang gestaan en kyk hoe die note in Pa se bosak wegraak, en mens konnie sien wat hy dink met die skaduwee van sy ou hoed oor die oë nie.

En toe is ons Nylstroom toe en dit was nie eers nagmaal nie. Na die veiling was daar genoeg geld vir ons kinders om nuwe klere te kry. Janneman het kakiemateriaal vir 'n nuwe kortbroek en hemp gekry, en ons dogters weer kerkrokmateriaal van sulke sagte blou-en-wit popelien – alles by ou Mosam, die koelie.

Mosam se winkel was iets om te onthou. Binnekant was dit skemer en nie groter as ons voorkamer op Vaalbos nie, maar die houtrakke agter die *counter* was vol rolle materiaal. 'Dié ene, Oumies-mam?' het hy met sy Afrikaans-koelie stem gevra, en as Ma nog 'n ander kleur wou sien, dan waggel sy kop van lekkerte en die rol val so *wap*! op die *counter*. Ons neuse kon net-net bo-oor raak, en terwyl ons so grootoog staan en kyk, waai die lekkerste materiaalreuk saam met die stof oor ons. Ek sal dit nooit vergeet nie. Ook nie die pa wat maklik geld uit sy bo-sak haal en laggend betaal vir dit wat altyd verbode was.

Dit het twee weke gevat met die wa Nylstroom toe en terug, en oppad huistoe het Pa by Alma afgedraai tot by Langkloof om by oom Ampie en tant Nelie Bergmann te kuier. Ons kinders het hulle nog net van praat geken, maar die liewe mense het Ma-hulle hartlik tuis gemaak soos eie familie.

Dis toe ek vra wie die Bergmanns dan is, dat Ma sê, 'Onthou jy dan nie, Sussie, dis die oom-hulle wat ook uit die voorwêreld getrek het, en later al die pad saam met ons Bosveld toe is.' Op daardie stadium het nie ek of Janneman nog ooit daardie storie gehoor nie, en saam met al die kleintjies maak sy haarself toe sit onder die watent en vertel hoe oom Jakob en tant Grietjie Schoeman met hulle ouer kinders en Pa en Ma om-en-by 1913 saam van Lichtenburg af opgetrek het tot by Elandsfontein, die groot plaas wat opgesny is en waarvan die Bergmanns se familieplaas, Langkloof, vandaan kom.

Elandsfontein het van onder in die Langkloof-vallei reg bo–oor die Waterberge gestrek Vaalwater se kant toe. Dit was derduisende akker groot. Die Bergmanns het hulle net voor die

Boere-oorlog daarnaby gevestig, seker met die gedagte dat hulle twee seuns saam daar sou boer. Nouja, dis daar waar die planne skeefgeloop het, want na ou oom Bergmann se dood ter see oppad Ceylon to as 'n krygsgevangene, kon die familie nie die hele plaas bekostig nie en moes op huurgrond bly tot jong Ampie daarop aanspraak kon maak, en tot tyd-en-wyl sy bouwerk genoeg geld opgelewer het om Langkloof te koop. Maar in 1913 toe die Schoemans daar aanland, was daar nog nie uitsluitsel oor eienskap nie.

Ma sê dit het Pa en oom Jakob se verstand te-bowe gegaan dat daar soveel grond braak lê en wag, en wou met alle geweld 'n deel koop en ook daar bly. Vir maande het hulle glo daar oorgestaan, en toe Ma verwagtend raak met Sofie, is al hulle lidmaatskapsertifikate by die NG Kerk op Vaalwater ingedien. Sofie is op Nylstroom gebore en toe is Ma en Pa mos terug Hartebeestfontein toe vir haar dope. Ag, met die bospad reguit deur die berge is dit nie so vêr nie, maar as jy pad-om, kan dit maklik 'n maand vat daar en 'n maand terug.

Met hulle terugkoms was daar struweling tussen oom Bergmann en sy broer en toe't die praatjies begin draai om saam Bosveld toe te trek vir 'n nuwe begin. Die plan was baie aantreklik vir Pa en oom Jacob, want die Staat het vroeër kontrakte uitgereik vir draadspan wat die twee broers klaar in die hand gehad het. Daar was ander soorte kontrak ook soos boorwerk, lynkap en bouwerk. Alles om die eerste boere te help op die been kom.

Oom Ampie Bergmann was bekend vir sy bouwerk, so daar sou genoeg wees om van te leef en die plase op te bou. Met die oom se bouwerk in die omgewing 'n klompie jaar terug, het hy die omliggende plase goed geken, en toe die nuus by Langkloof trek dat plase spotgoedkoop aan boere toegestaan word, is die waens gelaai en die beeste aangejaag noorde toe.

Hulle was nie so gelukkig soos die eerste boere van 1911 wat grond vir 'n sjieling 'n morg gekry het nie. Die laatkommers moes 'n halfkroon betaal. Die Kühns, Harmses en Van Rooys was van daardie eerste boere. Hierdie ou mense was nog baie Hollands en het hulle plase ook so genoem: Zandpan, Stockpoort en Hoornbosch, Witkop en Groot Doornlaagte. As jy mooi kyk na waar daardie plase lê, sal jy sien dat die plase naaste aan die Matlabas- en Mogôlrivier eerste uitgedeel is. Verder na Ellisras se kant toe het oom Jan du Toit, wat jy seker nie ken nie, vir Monte Christo gekry – dis waar die smous, Harry Whelpton, later 'n winkel oopgemaak het.

Nietemin, dís hoe die Bergmanns Skilpadfontein gekoop het, en Ma-hulle Vaalbos en oom Jakob en tant Grietjie vir Rooibokvlei daar naby.

Die manier wat 'n jong boer 'n plaas kon bekom, was om in 'n ligdag die vier hoekbakens vas te pen en dan bereken die Staat hoe groot jou plaas is. Aldrie mans het glo elkeen 'n pen by hul gekose beginpunt ingeslaan onder toesig van 'n gevestigde boer, en is toe te perd in die vier windrigtings om hulle bakens in te slaan.

Hulle't slim gewerk, want vooraf is die gebied platgeloop en toe besluit die broers om hulle plase aanmekaar soos 'n winkelhaak te laat lê, want dan het jy tenminste 'n hoekbaken gedeel met iemand wat jy ken. So het Pa op Bul en oom Jakob op sy klein bruin ponie op dieselfde dag by hul bakens begin met 'n hammer en houtpenne.

Volgens Ma, toe die son sy kop uitsteek, jaag die broers dat dit bars na die ander bakens wat hulle vooraf op besluit het. Sy sê toe die son sy kop intrek, hou hulle stil voor oom Callie Kühn en Hans Harmse wat vir die Staat ingestaan het – die perde wit van die salpeter en die mans vaal van moegheid, maar duisende akker ryker. Oom Bergmann het Skilpadfontein gekies; baie myle van die broers af.

Vaalbos alleen is amper 4000 morg, en 'n morg is amper twee akker. Nou, as Pa 'n halfkroon per morg moes betaal, weet jy hoekom oordrag op die plaas eers amper twaalf jaar later in 1927 bekom is toe dit afbetaal was.

Daar is baie oor-en-weer gekuier in daardie dae tussen die drie families wanneer die verlange te erg was na hulle mense in die voorwêreld, maar toe die bouwerk min raak, het oom Ampie besluit dis beter om op Langkloof te gaan bly, want in die oorlogsjare was bouwerk meer nader aan die dorpe. Skilpadfontein met die mooi geuwelhuis wat hy self gebou het, is sommer dadelik gekoop deur ou Daan Vermaak, tant Klein-Sannatjie Smit se eerste man.

Nouja, dis hoe ons ná die vendusie se geld op Nylstroom spandeer is, by Alma afdraai om by Langkloof uit te kom. Filemon is saam Nylstroom toe om die osse te lei, te water en te laat wei, maar hy was al die pad baie stil. In die nag as ons almal by die wa slaap en Filemon daar eenkant by sy eie vuurtjie, het ons Pa en Ma saggies hoor argumenteer oor geld tot in die vroeë oggendure.

Na die kuier op Langkloof, is ons terug Vaalbos toe waar Ma weke met die hand gewerk het om al die klere klaar te kry vir die kerkdiens op Steenbokpan. Die Nylstroom dominee sou eers diens hou by Hoornbosch anderkant Ellisras, en sewe dae later onder die bome by Steenbokpan.

Ma het die mooiste rokkies vir die okkasie gemaak van die blou materiaal – blou met sulke wit inlasplooie in die romp. Die kragies was ook wit en daar het sy 'n kantjie aan vasgewerk - 'n rok vir elkeen van ons drie dogters. Een môre het ek Ma gekry waar sy met trane oor die wange van ons baie ou klere by die agterdeur uitsit vir Filemon en Hessie, mooi toegebind in 'n ou kombers. Die vorige nag het Pa en Ma weer lank agter toe deure gepraat, maar ons was moeg en het aan die slaap geraak.

Die dag wat ons moes wegtrek kerk toe, het Hessie soos gewoonlik kom water haal by die pomp - haar rug en nek trots en regop met Ma se ou rok wat skoon en gestryk om haar boude span. Haar kleinding het agter haar gedrentel met Janneman se ou broekie aan, en met die wegstap kon ons sy boudjies sien op en af beweeg deur die skeur toe Janneman op 'n skerp borboonboom tak geval het. Nie eenkeer het sy na die huis gekyk of met ons kinders gepraat soos gewoonlik nie.

Ons het net daar teen die kapkar gestaan met ons nuwe

klere waarvoor Pa so gewilliglik betaal het, reg vir kerk. Maar so met die kyk na haar rug en die ou klere, het die snaakse hol kol op my maag kom sit, en toe ek afkyk was my rok se blou skielik nie meer heeltemal so mooi nie.

'n Vicks Blik Vol Liefde

Hessie het werkies buite om die huis gedoen en die wasgoed gewas en gestryk, altyd vir kos en klere, want geld was nie vir betaal nie. Pa het net gesê hulle het 'n stroois en kos en dis genoeg.

Na die skillerbeeste se verkoop op Soutpan het nie ou Filemon, Hessie, Pa of Ma mekaar weer vir 'n baie lang tyd in die oë gekyk met 'betaaldag' nie, en Hessie het net 'n kleipot by die agterdeur neergesit vir die maand se boermeel, wat sy later op haar kop daar weg het. Filemon het met alle ander plaaswerk gehelp as Pa weg is met draadspan. Dis eers later dat Filemon saamgegaan het, maar in die beginjare moes hy omsien na die beeste, die boord se skoffel, en ook met die donkies die ouland ploeg met 'n eenskaarploeg, en dan was dit met die hand gesaai. Dis voor Pa 'n span osse kon leer vir inspan en ploeg. Vir maande het Filemon bome uitgehaal en gebrand by die groot maroelaboom daar waar die plaashek later was, want, 'Die agterland se swak grond sal niks oplewer nie,' en hy wou 'n beter land nader aan die huis hê vir mielies. Daardie land was maar baie klein aan die begin.

Toe die jaar se karige mielie-oes in sakke is, het ou Sara en Hessie die koppe met die hand afgemaak en is dit eers in streepsakke en toe in die steen-mielietenk langs die huis. Later is dit in 'n sinktenk in die klein stoorkamertjie aan die agterkant van die waenhuis - dis nou die een wat Pa altyd toegesluit gehou het. Ek, Janneman en Ma het ook gehelp mielies afmaak, sommer by die agterdeur in die koelte met die bokseil oop voor ons. Om mielies te oes, was 'n groot werk. Jy moet weet, die streepsakke is met 'n riem so skuins om die swartes se skouers vasgemaak, en dan was dit ry-op en ry-af om die mielies met die hand te oes. Pa wou hê Ma moet 'n ogie hou op die werkers dat hulle nie wegloop met mieliekoppe nie, want, het hy gereken, hulle kon maklik oor 'n kop gaan sit en dit vasknyp tussen die boude tot hulle bossies toe gaan, en dan later optel vir eiegebruik. Maar Ma't gesê, 'Albert, hou self 'n ogie as jy bang is die mielies kry voete,' en so oortuig was hy dat die koppe sou wegraak, dat hy sowaar die twee getroue werkers sit en dophou in plaas van self werk.

As jy mielies met die hand afmaak, dan vryf jy twee droë mieliekoppe teen mekaar tot 'n paar pitte uitval, en verder stroop jy dit met die hand af. Jou hande is rou na 'n dag se stroop. En dan praat jy nog nie eers van die uitwaai van die mieliepitte na die tyd nie! Pa was gou dikbek oor die swartes se oppas, en sê hulle toe aan om daar by ons te kom mielies waai. Al die mieliepitte is op 'n groot bokseil onder die peperboom in 'n hoop gegooi en dan't ou Sara en Hessie dit in twee groot erdeskottels opgeskep, gekyk van watter kant die wind waai en dan hoog bo hulle koppe stadig uit die skottels laat val sodat die wind die kaf en mielieblare kon uitwaai. As die wind stilstaan, dan't hulle gefluit om dit te roep net soos hulle altyd by die windpomp gefluit het.

Die kaf en mieliestronke is varkhok toe vir oorskietkos en om die varkhokke droog te hou. 'n Paar sakke is toegewerk vir saadmielies en die swakkeres vir hoenderkos. Daarvoor het Filemon houtpale kruis-en-dwars in die waenhuis gepak met die saadsakke bo-op sodat die miet nie daarin kom nie. Die ander mielies is in die mielietenk by 'n gat bo wat groot genoeg was vir 'n kind om in te klim. Ja, miet is mos daardie klein bruin goggatjies wat koring of mielies kan opvreet dat daar net meel en doppies oorbly.

Tussen oes- en saaityd het die swartes ander werk gedoen. Op daardie stadium het hulle nog onder grasdakstellasies geslaap en amper vergaan van die koue in die winter. Die strooise was net houte wat Filemon gekap en so in die rondte geplant het vir die mure, en bo toe soos vir 'n grasdak. Daar was nie steenmure nie.

Nou-ja, die vrouens is altyd die huisbouers. Daardie jaar na die mielie-oes in die tenk is, het hulle miershoop gaan kap met 'n uintjiesyster, en toe is dit op die kop aangedra in kleipotte. Dan is Hessie en haar kleinding weg met dieselfde kleipotte om water te haal by die waterkampie terwyl ou Sara die *dagha* bewerk - 'n pappery van grond en water en partykeer sommer droë gras ook by vir sterkte. Dit was haar werk om hierdie *dagha* oor die houtlatte binne- en buitekant te pleister.

Nou, die statte is maklik 'n halfmyl of so van Pa se kraal af, en dit in die hitte en dik sandgrond. Die ronde statte het net een of twee baie klein venstertjies gehad, meestal 'n steengrootte, en 'n dekgras dak. Reg bo in die middel van die dak is daar 'n gat gelos vir die rook om uit te trek, want geen swarte slaap sonder 'n vuurtjie in die middel van die stroois nie. Die droë knopgrond vloer is vasgestamp en met slap beesmis gesmeer, en dan's die vuur is direk daarop gemaak. Jy sal verbaas wees hoe koel hierdie strooise is!

Soos Filemon-hulle se kinders aanwas, het hulle naderhand buitekant gekook in die *lapa* - die halfmuur-afskorting wat almal deesdae 'n '*bôma*' noem. Natuurlik, toe Filemon en Hessie op Vaalbos aangekom het, was ou Sarah lankal gevestig daar by die grootpad. Dis 'n driehoek deel van die plaas wat tussen die ingang en uitgang na die plaashek lê. Laterjare was daar mos baie statte en ook 'n skooltjie vir die swartes.

Wel, dis die onbewerkbare stukkie grond wat Pa tog sovêr kon kom om af te staan. Tot vandag is dit nie bedraad nie, want dis eintlik 'n deel van die plaas wat aan die oostekant van die grootpad lê – die deel nader aan oom Jakob se Rooibokvlei. Dis daar waar die gesamtlike baken van jarre gelede vandag nog in 'n hopie klippe lê.

Die grootpad was mos ook nie 'n grootpad in daardie dae nie, net twee waspore wat deur al die boere in die omgewing gebruik is om by die rivierplase en Betsjoeanaland se grens te kom. Die spoorwegbus is oorspronkilik eers van Vaalwater af en verby Steenbokpan na Stockpoordt se grenspos, en dan skuins oos na Ellisras en weer terug Vaalwater toe.

Dis in hierdie tyd dat die Staat begin het om die pad wyer te maak, maar dit was maar net bome uithaal terwyl party plaashekke nog oor die pad was. Nog baie later is dit vir die eerste keer geskraap, lank na Steenbokpan al twee boerewinkels gehad het. Eintlik is die pad die eerste keer werklik goed geskraap toe die skoolbus van Soutpan af begin loop het ná die nuwe skool op Steenbokpan gebou is hier in die middel 50's.

Pa het begin kla oor die pos wat net by Zyferbult, Fancy Holt en Soutpan afgegooi word, en elke tweede maand moes Ma 'n brief vir die posmeester op Nylstroom skryf om te kla. Dit was 'n groot ding, want die seëls was 'duur.'

Elke ses maande as hy velle of mielies daar by die Bergmanns se plaas gaan aflaai, het hy sommer oom Ampie ook aangesê om by die posmeester op Nylstroom te kla. Ek dink oom Ampie het hom weinig gesteur aan die treurmares, maar hulle was goeie vriende en hy't hand-en-mond belowe om die posmeester daarop attent te maak dat Zyferbult en Soutpan te vêr was vir pos. Nou, hoeveelkeer oom Ampie eintlik Nylstroom toe is, weet niemand nie, want die mielies is mos daar by Langkloof se meule gemaal, en die velle kon lank lê sonder om iets oor te kom tot die vellekopers daar verbykom.

Op 'n dag terwyl Janneman besig is om riempies te vleg vir 'n sweep, en ek en Sofie al swetend 'n hoender pluk onder die peperboom, hoor ons die bus hard dreun by die grootpad. Sofie laat val sowaar amper die skerp kombuismes op my voet soos sy hand-oor-die-oë kyk wat dan so dreun. Onstwee was altyd reg vir baklei oor werkies en wie se beurt dit was om wat te doen, dat ek klaar reggestaan het oor die mes se vallery. Dit was nie elke dag dat ons lekker kon baklei waar Pa en Ma nie naby is nie, en my mond was oop om haar goed reg te sê, maar toe ek opkyk, sien ek sy kyk ook oopmond hek se kant toe waar die bus besig was om oor te trek in 'n stofwolk soos beeste wat ooploop veld toe. Dit was vakansietyd, en onsdrie los alles net daar en hol hek toe om te sien wat aangaan. Jy moet weet, dit was net ou Blink Ben Stander by die rivier wat 'n kar gehad het in daardie dae en hy't nooit by ander mense gekuier nie, so die bus se gedreun so naby was 'n uitsonderlike ding.

Toe ons winduit by die hek aankom, lê daar 'n bruin possak van sulke seilmateriaal soos die wa se bokseil. Die beksak was toe met 'n tou, en daaraan 'n blikplaatjie nes die hondeplaatjies wat jy by die goewerment kry vir hondebelasting. Op die plaatjie staan daar toe: Vrymans Halt.

'Wêreld, Sussie, ek dink die bus het 'n verkeerde draai gemaak — waar kan Vrymans Holt wees?' sê Janneman toe Sofie die plaatjie hardop lees. Toe ons weer sien, peul Hessie se kleingoed tussen die marêtlabossies en die witdoringboompies uit en agter hulle die twee grotes met kopdocke windskcef op die kop. Hulle moes seker gelê en slaap het onder die maroelabome in die vreeslike hitte - die bus se dreun het sowaar man en muis nadergeroep.

Ou Sara het my eenkeer gewys hoe om 'n kopdoek te vou nadat ek vir die hoeveelste keer by haar gaan sit en neul het om die snuif te ruik en te sien hoe sy haar kopdoek vasdraai. Sommer daar in die koel werfsand — ek op my hurke, en sy met haar bene ingevou soos gewoonlik. Die werfsand is mos die lekkerste sag en as jy jou voete skuif of plat op jou boude sit, voel dit of die sand wegskuif en dan weet jy die sandmolle is nie vêr weg nie. Toe ek al moeg was om met 'n stokkie in hulle gaatjies te krap vir die klein molle, begin ek weer die gewone, 'Ou Sara, wys my jou snuifblikkie.' Toe vat sy die stokkie uit my hand en sit dit eenkant, druk my saggies plat op my boude en toe ek mooi opkyk, begin sy stadig haar kopdoek losmaak en keer met die een hand dat die ronde snuifblikkie nie uitval nie.

Ek kon my oë nie van haar afhou nie, en toe sy die kopdoek mooi ooplê op haar skoot, sê sy net, 'Êêêêê, Matangwane....' en lag so ê-ê-ê-ê toe sy opmerk ek kyk na haar kaal kop. Styf tccn haar kop was die fynste grys peperkorrelhaartjies - die mooiste wit hare wat ek nóg gesien het. Maar voor ek daaraan kon vat, was sy klaar reg en sit iets in my hand, en daar in die palm van my hand is haar snuifblikkie - so 'n verbleikte Vicks blik omtrent die grootte van 'n halfpennie. Dit wat ek altyd so graag wou sien en ruik, was nou in my hand. Toe skud sy die kopdoek uit, vou dit in 'n driehoek en weer in stroke van die breë kant af, amper soos jy deesdae 'n nekdoek vou, tot dit klein genoeg is en toe sit sy dit op haar kop, draai dit styf vas en druk die Vicks blikkie reg bokant haar oor in. Daarna het ek haar nooit weer sonder 'n kopdoek gesien nie.

Ieder geval, om die twee ou swart vrouens so met hulle skewe kopdoeke te sien, was tog te koddig, maar gedagtig daaraan dat ons rekenskap sal moet gee hoekom ons die werk gelos het om al die pad hek toe te hol, swaai Janneman die sak op sy rug en daar gaat ons weer huistoe, spring-spring tussen die graspolle en marama-rankers om nie voete te brand in die dik sand nie. Daardie sand kon blase onder jou tone brand.

Al wat leef en beef by die statte tou toe al agter ons aan, en by die huis gekom, sien ons Ma in die voordeur en Pa en Filemon wat armswaaiend aankom van die agterland se kant af.

Toe Janneman die possak by die deur neursit, slaan Ma net hand oor die mond en sê, 'Ou Man, die posmeester het sowaar geluister,' en daar uit die sak se maag kom 'n brief vir Mevrouw JC Schoeman met 'n halfpennieseël in die regterhoek, en nog 'n ander bruin koevert met sulke rooi skulpstrepe om 'n ronde poskantoor *stamp* met die datum en 'Amptelik' in die ander hoek vir A Schoeman van Vaalbos.

Elke Woensdag daarna het die bus die possak om die beurt op- of afgelaai by die plaashek. Pa het die sak partykeer met 'n brief vir Ma se familie sommer daar aan die hekpaal opgehang vir die busbestuurder om te pos, maar met die terugkom is die sak net deur die busvenster gegooi in die stof, en daar gaat die bus. Dit was die wonderlikste ding wat met ons kon gebeur het daardie vakansie, en ons konnie wag nie om die ander kinders te vertel dat ons ook nou pos by ons eie *holt* kry, net soos 'n regte poskantoor.

Die tyd na klein Katrien gebore is en toe Filemon en Hessie al op die plaas was, het ons baie nuwe dinge geleer. Jy kan jouself nie indink dat mens so baie by twee swartes kon leer wat jy nie by jou ouers kon leer nie, maar so was dit.

Hulle het tot hulle tande 'geborsel' met sulke dun marêtlastokkies - jy sou nie mooier of witter tande kry in die hele kontrei as by daardie twee nie. Jy weet mos hoe 'n kind maak; jy staan en kyk vir 'n ding terwyl die grootmense praat en sien goed wat hulle nie kan sien nie. En so was dit met Filemon en Hessie — ek en Janneman konnie ophou kyk na die wit tande as hulle praat nie. Dit was ook nie lank nie, of onstwee het ook marêtlastokkies in die mond.

Dis nie so maklik om goeie marêtlastokkies te kry nie, want daarvoor moes jy veld toe, en Pa sou wou weet waar ons rondloop, so ons stokkies moes 'n lê-plek kry in die aand. Ons het die hele huis deursoek vir 'n goeie bêreplek, tot Janneman 'n skrefie buitekant tussen twee stene in die suidemuur van die kombuis kry. Pa het die vorige aand al begin grommel oor die 'varkmaniere' op die plaas en ons was bang hy gooi ons stokkies weg, maar Ma het hom stilgemaak met die redinasie dat dit net speletjies is én dat die tandepoeier nou langer sou hou. Dit het die deurslag gegee en toe was dit nie meer nodig om 'n wegsteekplek te soek nie.

Ons het net grootoog vir mekaar gekyk en gewonder of Pa se goeie gesindheid sou hou, maar ai, dit was die lekkerste ding om die marêtlastokkie so uit die hoek van jou mond te laat hang soos Filemon, en jou dan te verbeel jy is die groot swart koning in anderland wat Hessie van vertel het.

Nou-ja, een môre toe Janneman so amper vyf is, moes ons soos gewoonlik vroeg uit kraal toe, nog voor ligdag en al klaar baie warm met die vlieë wat om jou oë en mond drom. Ons gryp toe ons marêtlastokkies en spaander by die agterdeur uit waar Soldaat altyd getrou gewag het. Pa het net een wit-en-bruin basterhond gehad toe ons klein was, en dit was Soldaat, maar Soldaat het nie eintlik geweet Pa is sy baas nie. Smoors is hy nie saam met Pa kraal toe nie, en daar by die agterdeur sou hy bly lê tot Janneman uitkom en dan was die twee heeldag saam. Pa het baiekeer gesê die 'verdomde hond' kry net verniet kos en konnie eers 'n slang vang nie. Maar honde weet wat hulle weet. Hoe dit ookal sy, as Soldaat voor was, kon jy seker wees daar's nie nagadders of rinkhalse naby nie, al het Pa gedink hy's 'n treurige hond.

En daar wás baie slange in die Bosveld. In die nag kon jy nie uit as jy nie toe-skoene en 'n langbroek aan het nie, want die nagadders pik net daar waar jou skoen by die enkel kom. En vir die mambas daar by die ou miershope en die doringboompies moes jy lig loop. Met hulle speel jy nie.

As ons kraal toe hardloop, was daar in die somer altyd 'n hele swerm vlieë so saam met Soldaat waar hy in die oorgroeide paadjie voor ons uithaal. Die kraal is mos nie vêr van die huis af nie, maar dit het vêr gevoel vir onstwee. Jy moet onthou, daar was nog wildekatte en ongediertes in daardie dae, en ek kan vandag nie dink dat Pa ons so vroeg kon uitstuur om die koeie en kallers af te keer as hy opsluit dou-voor-dag wou melk nie.

Toe ons klein was, was elke skaduwee 'n leeu of 'n tier. Partykeer in die winter as dit nog pikdonker is, het Janneman my hakskene rou getrap of aan my rok vasgehou elke keer as daar iets raas in die lang gras. 'Sussie, ek's bang, jong!' het hy baiekeer gekla voor hy goed kon hardloop, maar Pa het dit ons werk gemaak van kleintyd af om die kallers van die koeie af te keer. Ons was die enigste hande in die kraal, so jy't gehardloop tot jy wit-wasem uitasem om kallers af te keer. Die ou mopanieboom net duskant die kraal was dan baie groter so vroeg as in die dag. Langs die paadjie was dit net steek- en dekgras, en die een waggenbietjiebos se slap takke het ons elke keer bygekom met hulle skerp haak-en-steek dorings, maar ons't bly hol met die koeie se gebulk al harder as hulle die hond ruik.

Ma was nie lief om so vroeg op te staan nie, maar sy was lief vir daardie vars melk in die koffie, en op dié manier het sy niks gesê as ons vroeg moes uit nie. So vêr weg van die winkels af was daar meestal net pap, brood of eiers in die môre, en Janneman het gou geleer om niks te sê as ons moes kallers afkeer voor hulle al die melk uitsuip nie, want droë pap eet is swaar. Jy't nie gevra hoekom jy dit moes doen voor jy nog 'n nattigheid oor die lippe gehad het nie. Die ou mense het mos nie gevra wat kinders dink nie.

Filemon se werk was om smoors die droë koeie en die bul na die agterland uit te keer voor die eerste speen nog getrek is, anders maal die beeste te veel.

Daardie dag was my maag klaar seer gedagtig aan die groot Afrikanerkoeie in die kraal. Eers moes ons by die kallerhok kom waar die kallers oornag. Om dit te doen, moes jy die doringtakhek wegtrek en dan was dit tussen die malende koeie deur tot by die kallerhok. Daar was ook 'n doringtak vir 'n hek. As Pa 'n koei se naam uitroep van die kraal af waar hy klaar regsit, moes ons net daardie koei se kalf van die ander afkeer en uitjaag kraal toe sodat hy die ma kon melk.

Nou hoekom, vra jy. Wel, die koei se melk sal nie sak as sy nie haar kalf by haar het nie, en jy kan maar vegeefs probeer melk sonder die kalf. Jy moet weet, koeie is slim en hou hulle melk terug sodat jy nie 'n teelepel uit hulle kan kry nie, maar bring net die kalf by, en dan kom die melk met sulke sterk trekke. As jy nie die kalf met die hokstok bykom nie, druk hy jou uit die pad, emmer en al, en suip homself dik. Die probleem is, as jy uiteindelik met baie geslaan en geskrou die kallers eenkant het, dan hol die klomp rond, stert in die lug asof hulle in 'n reisies is.

Liewe Heiland, ou kinta, dit was 'n vreeslike werk, want kallers wat heelnag op hok staan, is soos mal goed. Hulle hol al in die rondte en wil almal gelyk uit as jy die tak eenkanttoe wegtrek. Dan brul Pa nog van die kraal af waar hy klaar die koei gespan het. Die ander koeie wis mos nou die kallers wil suip, so hulle drom weer aan die kraal se kant teen die doringtakke vas. Teen die tyd dat Janneman die regte kalf afgekeer het, moes ek tak wegtrek vir die een kalf om deur te kom.

Nou, jy kan jouself indink wat ek bedoel. Jy't die kallers wat bulk en rondhol in die kallerhok sodat jy nie met die beste wil ter wêreld een afgekeer kon kry nie, en dan't jy nog die Afrikanerkoeie wat baie bekonkeld is as hulle nie by die kallers kan uitkom nie. Afrikanerkallers is mos amper so hoog soos klein kinders, so Janneman en ek kon kwalik oor hulle sien. So tussen die beesmisstof kan jy in elk geval amper niks sien of hoor tussen die gebulk deur nie, en as jy probeer om hulle een-een af te keer, bondel almal saam by die hek om weer by die ma's te kom. Dat ons 'n kalf by daardie 'hek' kon deurkry, was net met die Here se genade, want dit was 'n onbegonne taak vir twee klein kinders.

Dis 'n groot bangwees wat in jou krop kom sit vir die koeie met horings. Dis eers jarre later dat boere die Afrikanerbeeste begin onthoring het as die kallers se horings net begin uitkom. In die ou dae, as die horings te lank was, moes dit afgesaag en dan gebrand word sodat dit nie weer groei nie - 'n werk wat net mense met harde harte kan doen as die beeste so bulk en die horings stink.

Nietemin, ons was soos vlakhase daardie môre en toe ons by die kraal kom, gryp ons net die hokstokke en is tussen die stof en malende koeie in met 'n vreeslike geskrou. Janneman was siekerig en het meer na my kant toe gekoes soos toe hy kleiner was, wat maak dat jy oor mekaar val en nie mooi die hokstok kan swaai nie.

Daar was een so 'n groot koei met horings wat reguit vorentoe lê – Sonneblom, het Ma haar gedoop – en sy was die opsteker wat jou gestorm het as jy haar kalf wou afkeer. Al wat jy kon doen was om oë toe te knyp, hard te skrou en te bly slaan met die hokstok tot sy trú en dan kon jy makliker by die kallerhok uitkom. Maar Sonneblom wou nie trú nie en ek en Janneman het geslaan en geslaan en geskrou tot ek voel die hokstok is nie meer in my hand nie en my voete ook nie meer op die grond nie.

Vader, dit was vreeslik om in Pa se oë te kyk waar hy bokant ons uittoring!

Ons is sonder seremonie by die kallerhok se hek staangemaak, en toe keer Pa self die kallers af terwyl ons net daar staan en bewe. Toe ek afkyk, sien ek die nat kol op arme Janneman se broek word al hoe groter, en ek wis, vandág loop ons deur soos nooit tevore nie. Die gebulk van die beeste was soos donderweer en ons het net aanmekaar vasgeklou tot Pa ons hardhandig opruk en agter hom aansleep tot buitekant die kraal. Toe gooi hy die hokstokke tussen ons en skrou, 'Huistoe, julle luie goed! Daar's nie melk vir julle nie – vandag kry net 'n witman melk!'

Die pad huistoe was kort, maar ons draai eers af by die bakkiespomp om sy klere uit te spoel. Net daar trek Janneman sy broek uit en ons spoel onsself af. Daar was nie onderklere vir seuns in daardie dae nie, en ons was haastig om sy broek by die huis oor 'n doringbos te hang. Toe hol hy kaalbas met Soldaat in tou huistoe met die son wat al in die ooste opkom. Genadiglik was Ma nie in die kombuis om ons te sien nie. Sy't nooit geweet van hierdie petalje nie, of as sy geweet het, het sy nooit te kenne gegee nie.

Noudat ek groot is, en wetende hoe swaar Pa as 'n kind gekry het en hoe hy as elfjarige oorlog toe is, het ek begrip vir sy harde hart, maar ek sal nooit verstaan waarom hy so hard nét met my en Janneman was nie.

Dis eers toe Bertie in 1928 gebore is, dat ons ander vir die eerste keer aanskou hoe Pa 'n kind op sy skoot tel en mooi met hom praat. Daardie mooi praat met Bertie was soos die Bybelse kruik wat nooit leeggeloop het nie.

En so lank as ons leef, het ons ander kinders Pa nooit vergewe daarvoor nie.

Engel van die Dood

In Sofie se standerd een jaar was ek skoolouderdom. Ma wou hê dat ek ook op Rooibokvlei by oom Jakob en tant Grietjie gaan losheer soos Sofie, want ek kon tog nie as meisiekind alleen met die donkie skooltoe van Vaalbos af nie. Dis hoekom Sofie dan by hulle gebly het.

Op 'n dag in Desember kom oom Jakob met die perd op Vaalbos aan, en hoe Ma ookal mooigepraat het dat ek in Januarie by hulle bly, wou hy niks hoor nie. Hy't sy hoed gevat en net gesê, 'Sus Katrien, my huis is vol.' Pa is kort op sy hakke by die deur uit sonder kommentaar, maar later die aand met boekevat was sy woorde, 'Marja bly by die huis tot Janneman vyf is en dan ry hulle saam skooltoe.' Ma wou nog redekawel, maar hy't die tafel met die plathand geslaan dat die Bybel amper afval en gesê, 'Vrou, sy bly hier! Daar's werk om te doen, en doet sal sy dit doet!'

Ek't Ma later in die kombuis gekry trane afvee, en toe vryf sy my nek met 'n diep sug, hang haar voorskoot op by die agterdeur en begin boontjies kerf. Niemand het weer gepraat oor skool tot Janneman vyf was nie. Ons is saam-saam vir die eerste keer skooltoe, en dit op twee jong donkies wat Pa by ou Callie Kühn gekoop het - Vaaltyn, 'n mêrrie wat my kon dra, en Janneman Swarte, 'n befoeterde hings. Jy moes nooit agter Swarte verbyloop nie, want hy't sonder waarskuwing geskop, en jy weet, 'n donkie kan jou doodskop, so jy moet nooit naby sy agterent verby nie. Dan't die vloek nog gebyt ook, so jy moes oppas aan sy voorkant. Ai, en dan maak 'n donkie nog baie winde ook as jy hom ry!

Filemon het gesê die *tointjie* moet Bolayago heet, en dis hoe hy Swarte al die jare geroep het, want hy't vas geglo dat die donkie hom eendag sou doodskop. Ek kan nou-nog onthou hoe hy, net soos Pa met die een been wat uitswaai, pankampie se kant toe stap en dan roep, 'Bolayago, *wêna, arêng*!' en dan fluit hy so fie-fie-fie tot die donkies koppe optel. Altyd saam gewei, daardie twee. Vaaltyn was gewoonlik maklik om te vang, maar o, wee, party dae was ons gedaan gehardloop agter Swarte aan, tot Ma eendag sê mens moet hulle dubbel kniehalter en dan sal hulle nie weer weghol voor skool nie.

Om 'n dubbel-kniehalter te maak, kan jy net doen as jy twee diere het. Om 'n donkie of 'n perd te kniehalter, maak jy sy voor- of agterpote met so 'n jaart se riem aanmekaar vas; net soveel dat hy nog kan loop, maar nie hardloop nie. Dis anders vir beeste, want jy maak hulle pote oorkruis vas – een voorpoot aan 'n agterpoot. Dubbel kniehalter is om die twee diere dan aanmekaar vas te maak as hulle klaar gekniehalter is, want dan hôl jy nie tweekeer agter hulle aan nie en hulle kon ook nie op vaart kom nie.

Nou-ja, smoors oppad skool toe het ons altyd die donkies goed met die slap marêtlalatte gelooi, want nie een van onstwee wou agter die ander se donkiewinde ry nie. Die skool was 'n goeie tien myl van Vaalbos af so met die bospaadjies langs. Daar by die swartes se strooise en die plaashek verby, kies jy skuins noord-oos oor die grootpad tot op Rooibokvlei en dan al met die beespad langs tot by Zyferbult se skooltjie op Thys Bekker se grond. Grootpadlangs sou ure en ure vat.

Soos ek jou sê, op skooldae was ons smoors voor sonsopkoms wakker om te eet, werkies te doen, opsaal en nog voor nege by die skool te wees. En dan was die ellendige donkies só traag, dat ons menige keer laat was.

Ma het ons padkos vir die middag in 'n erdebord gesit, 'n ander breekbord omgekeer bo-op, en dit styf toegebind met 'n dubbele knoop meelsakvadoek sodat jy dit kon vashou tussen die twee knope. Daar was nie genoeg erdeborde nie, so die boonste bord was altyd 'n breekbord. In daardie erdebord was genoeg kos vir altwee, want as jy die vadoek losmaak, deel jy die kos net tussen die twee borde. Ons padkos was meestal koue stywepap, met twee stukke lemoen- of waatlemoenkonfyt aan die kant wat jy sommer met die hand eet soos die swartes. As Ma brood gebak het, het ons eenkeer 'n week twee dik snye brood gekry in plaas van pap.

Hoe dit ookal sy, ons het beurt gemaak om die bord te karwei - Janneman het dit maak staan tussen sy bene, en omdat ek sy-saal gery het, moes ek dit op my skoot vashou met die een hand. Met die skommel van die donkies, was ons klere baiekeer vol konfytkolle teen die tyd dat ons by die skool aankom, maar almal was arm daardie dae en niemand het iets gesê oor ons klere nie.

Daar was natuurlik nie sale nie en elkeen het 'n ou kombers gehad oor die donkie se rug, en riemleisels om mee vas te hou. Ma't die kombers dubbeld gevou en netjies aanmekaar gewerk vir 'n saal. Jy kannie so op die kaal rug ry nie, want die donkie se salpeter sweet brand jou bene rou. Met altwee bene aan een kant van die donkie was net my een been altyd sweterig. Vir iets om te drink, het Pa 'n gebreide riempie met twee lusse aan die kant gemaak sodat 'n erdekannetjie en twee blikbekers weerskante van Vaaltyn of Swarte se nekke kon hang, en daarin was soet, swart koffie of water. Ek's vandag nog lief vir swart koffie. Laterjare het kleinboet Danie agter my gesit, hande om die lyf, en klein Katrien agter Janneman, maar ons groteres moes nog altyd die kosborde vir alvier vashou.

Elke middag as skool uitkom, het ons halfpad onder 'n groot maroelaboom afgeklim en eers geëet. Dit moes omtrent vyf-uur in die middag gewees het, want ons het saans nooit voor ses by die huis aangekom nie soos die donkies in die hitte slof. By die huis gekom, moes die donkies gewater en afgevee word met 'n graspol en dan pankampie toe om hulle smoors gou te kry. Toe Pa meer geld van die draadspan en beesverkope gemaak het, het hy dadelik tyd gemaak vir die pankampie se span, maar die res van die plaas moes wag.

Dis ook die tyd dat Pa die stoorkamer agteraan die waenhuis begin sluit het, en van toe af het die naarste gevoel op die krop van my maag kom sit as hy my vir onbenullighede soontoe stuur. Dis dan wanneer Ma baie werkies kon uitdink wat ek moes doen. Janneman het sy eie werk by Pa gekry waarmee ek hom baiekeer moes help, want dit was gewoonlik 'n groot man se werk en dit na 'n lang dag by die skool en op

Swarte se rug. Maar vir my was dit weer eiers uithaal, room afskep van die die vorige dag se melk, tafel dek, fynhout bymekaarmaak vir vuuropmaak, en sorg dat ons klere en skoene reg is vir skool. Baiekeer as Ma se hande te seer was, het sy gevra dat ek vleis vir die pot kap op die houtblok by die agterdeur waarvan ek vertel het, of 'n hoender help vang vir slag. Maar dit het afgehang of sy siek was of miskien te besig met klein Katrien, en of Hessie naby was. Altyd wanneer Pa met rondloop oë by die huis was.

Slagdag is die hoender dadelik nek omgedraai, maar jy moes vooraf eers sorg dat daar genoeg warm water op die stoof is, want daar is nie te wag vir warm water om dit in te laat lê nie. Die water het van dieselfde bakkiespomp by die kraal gekom, so jy moet weet, al hierdie werkies het tyd gevat.

Elke plaashuis het vanmelewe 'n paar groottes erdeskottel gehad, en as ons hoender geslag het, was die middelslag skottel die beste om te gebruik. Jy't dit sommer gemaak staan buitekant die agterdeur op die vleisblok, en eers die hoender wat nog warm was daarin laat lê met die pens boontoe. Dan gooi jy warm water stadig oor die hele hoender tot dit papnat is - dit lyk mos kompleet of die hoender nog leef, want die vere staan eweskielik op onder die warm water! As al die vere goed nat is en voor die water koud word, vat jy die hoender goed vas aan die pote en trek die vere verkeerde kant toe af — dit werk die beste as jy op die pens begin en opwerk nek toe, en as jy die hoender stewig vashet in jou linkerhand, kan jy dit maklik omdraai om die rug by te kom. En dan skroei jy natuurlik die donse wat oorbly af met 'n dun houtjie uit die hert wat goed vlam.

Ek vertel maar hoe ons hoenders geslag het, want nou-die-dag kom ou tant Cora se kleinkind hier toe ek vertel van plaaswerk, en glo jy my, sy sê, 'Nou waarom het julle nie hoenders in die winkel gekoop nie?' Sien? Die nageslag is dalk net so dom.

Nou-ja, alle boermense weet hoe om 'n hoender oop te sny tussen die bene en dan die binnegoed uit te trek. Behalwe die hartjie en lewers, het die swartes altyd die res gekry. Hulle vrek mos oor die kop en pote, maar ryg ook die derms uit en kook dit alles saam in 'n pot vir *seshaba* om saam met pap te eet. As dit 'n hoender is wat geslag moes word na skool, dan was dit pikdonker teen die tyd dat dit opgesny lê in die kombuis.

Dis in daardie tyd dat Pa gesê het hy sal 'n koelkas maak, maar dit was net beloftes en het eers baie jare later gebeur, en toe was die koelkas 'n draadraam boks met nat streepsakke oor wat onder die peperboom by die agterdeur gehang het. Dit was meer moeite en verdriet vir kinders wat voor en na skool water moes dra en dan op 'n stomp staan om die water oor die streepsakke te gooi sodat melk en die volgende dag se vleis kon koel bly. Tot tyd-en-wyl die staankoelkas gebou is, is die vleis opgehang in daardie gaashok om die vlieë van dit af te hou.

Vleis hou nie juis langer as twee dae in die Bosveldhitte nie soos jy weet, en as daar groot geslag is in die wintermaande, is dít wat nie biltong gesny is nie, gaargemaak en in kanne met varkvet gebêre. Ma het altyd gekla dat die vet galsterig word en dan proe die vleis ook so, maar daar was niks anders wat mens kon doen nie. Met wildsvleis was dit makliker, want die boude en garings is in biltong verwerk en op die voorstoep gehang met sakke op die vloer om die bloedwater te vang, en as dit droër was en die brommers nie meer so 'n las nie, dan't Pa dit in die waenhuis gehang om goed droog te word. Ma het altyd ou lakens om die biltong gehang, want jy kon nooit heeltemal wegkom van die vlieë af nie. Die voorstoep was later met gaas toe, maar dit was ook die voordeur, so Ma wou nie die biltong die heeltyd daar hê nie. As daar skaap keel-af gesny is, het Pa die bloed met 'n erdebakkie gevang, dis gekook en dan't hy dit oor sy pap geëet. Nie een van ons of Ma het ons monde daaraan gesit nie.

As Janneman nie sy werk kon klaarkry voor ons eet nie, dan't ons saam-saam alles probeer doen, want as Pa eers voete by die agterdeur geskraap het, moes alles klaar wees anders kom die strop baie vinnig agter die kombuisdeur af.

Pa het tog altyd te veel van ons as jong kinders verwag, ai. O, hy was 'n ou korrelkop en ek kannie sê dat ek of Janneman gek was na hom nie. Jy moet onthou, Sofie het lekker by oom Jakob-hulle gebly, so onstwee moes soos twee donkies werk, want ons was die oudstes by die huis. Dit is nou eenmaal hoe dit was. Die jongeres wat later gebore is het minder gewerk, want toe't Pa al meer swart hande gehad. Maar toe was my hart lankal hard vir hom al was die werk minder. Hoe ouer ons geword het, hoe meer het Ma dit ontgeld.

Pa, en ook Ma, lief soos sy was, het sagter harte gehad vir party kinders. Klein Katrien het binnewerkies gekry, want Ma wou haar altyd naby haar hê. Sy was omtrént na-aan Ma se hart, seker maar omdat sy Ma se naam gedra het. Die oumense was nou eenmaal naamsiek. Tot 'n blinde kon sien Sofie en klein Katrien was die eintlike gunsteling kinders. Veral my ousus, want sy is mos na my ouma aan moederskant vernoem, soos dit moet wees met 'n oudste dogter in 'n familie. Ek's vernoem na my pa se ma, Maria, 'n nooi Van der Heever.

Nou-ja, ek en Janneman het gedink Sofie was 'n regte mejuffrou wat nie haar hande in koue water wou steek nie. As sy naweke by die huis is, was klein Katrien 'te stout', haar handjies 'te smerig,' en sy kon kwonsuis nie meer in dieselfde bed as ek slaap nie, want my voete was 'te skurf.' Ma het haar nooit berispe nie en net daar op haar leerstoel gesit met 'n naaldwerkie in die hand of klein Katrien se handjies afgevee as die gekla te erg word. Sofie is gepaai en geleer hoe om te hekel, te brei en klere te maak. Al die lekker goedjies wat nie swaar hande-arbeid vat nie. 'n Voortrekkery, sonder twyfel. Tot vandag toe is ek 'n swak kleremaaksler, want dit het ek nooit mooi geleer nie.

Voor Sofie by oom Jakob en tant Grietjie op Rooibokvlei gaan bly het, het die korte Ma reg voor die ewe kort oom Jakob gaan staan en met uitgestrekte arm en 'n vinger reg onder sy neus gesê, 'Jakob, hierdie kind doen nie jou of Grietjie se vuilwerk nie!' en so't Sofie se hande wit en sag gebly. Tot vandag weet niemand watse werk sy eintlik daar gedoen het nie, want dit was weggesteek vir ons kinders as 'grootmens sake.' Is ook maar net ek en Janneman wat in ons enigheid geweet het dat sy eintlik loodswaai op Rooibokvlei terwyl ons baie hard op Vaalbos moes werk.

Skool was rêrig lekker al moes ons so spook om daar te kom, en omdat ons nooit woorde met mekaar gekry het nie, was dit lekker om saam skooltoe te gaan. Die ou skooltjie was net 'n eenkamer moddergebou waar ons almal moes inryg. Van my graad een jaar af het Meester Steyn daar skoolgehou. Hy was waarlik 'n goeie onderwyser wat ons ons tafels uit die kop laat leer het tot by die 14-maal, en ons moes gedigte resiteer voor in die klas.

Ek en Janneman het sommer met die terugry huistoe die gedigte tussen ons geoefen en dan hardop gesing-praat met die een wat die ander reghelp. Onstwee het altyd gewédywer om te sien wie die beste punte kry so in dieselfde groep. Hy was beter met resiteer en Afrikaans, en ek het hom geklop met somme.

In die klaskamer het Meester Steyn die ouer standerds soos Sofie se ouderdom laat saamsit, dan die volgende paar ouderdomme saam, en dan die grade bymekaar. Ag, daar was nie veel kinders in die skool nie, net 'n goeie handjievol wat nie te vêr weg bly nie. Almal het met donkies skooltoe gery of geloop, maar die meeste ou boere het eenvoudig die seuns en donkies op die plase gehou om te werk. Van die kinders wat vêr by die rivier was, het nooit skooltoe gegaan nie, behalwe toe die skool op Steenbokpan oopgemaak het daar by oom Jan van Rooy se plaas toe ek standerd vier was, en toe't ons 'n paar van die rivierkinders leer ken. Maar toe was dit moeilik, want óns ouderdom rivierkind was nog in die grade en ons was amper klaar met skool. Mens vergeet nie die skaamte van so 'n agterstand nie, en baie het gou uitgeval en op die plaas gewerk.

Die kruispad by Steenbokpan was daardie dae reeds daar, en die mense wat wes na die Matlabasrivier se kant toe gebly het waar die myn nou by oom Jan Human se plaas lê, het nie 'n plaasskool gehad nie. Die ander wat noord nader aan die rivier se draai by Betsjoeanaland was in die omgewing van ou Blink Ben Stander, het ook nie skoolgegaan nie. Sy kinders is Nylstroom toe waar daar lankal 'n goeie laerskool en koshuis was. Die meeste kinders het net 'n bietjie by die ouers geleer lees en skryf ás die ouers kon skryf, wat maar min was.

Kyk dan vir Pa wat self kwalik kon lees. Die Hollandse Bybel was die enigste boek in ons huis. Met Ma se hulp kon hy wel laterjare redelik Afrikaans skryf, maar sy spelling was nie watwonders nie. In die aand as ons boekevat, het hy met die vinger onder elke woord dit eers gespel en dan voluit gelees. En ons moes stilsit, moeg of te niet.

Dis waar die storie van Getsémanie vandaan kom. Een aand met boekevat lees Pa van Golgota en Getsémanie. Na hy homself rooi in die gesig gespel het aan die hoog-Hollandse woord en ons gedaan gewag was dat hy dit moet lees, kry hy naderhand die 'G-e-r-t-s-e-m-a-n-i-e, Gert-se-ma-nie, Gertsemanie' uit. Sofie, wat by die huis was vir die naweek, kon dit nie meer uithou nie, en sê toe prontuit, 'Dis Get-sé-ma-nie, Pa, Getsémanie!' Boos omdat 'n kind hom reghelp, skrou Pa toe, 'Dit maak g'n saak of dit Gert se ma of Marja se ma is nie — vanaand slaat ek jou sowaar dood oor jou terugpratery!' en voor Ma kon keer was sy belt af, en vir die eerste keer in haar lewe kry Sofie toe slae oor die rug en arms! Ek en Janneman was tjoepstil terwyl Sofie amper haar tong insluk soos sy huil.

Ja, dit was 'n marteling vir baie ou mense om te lees of hulle kinders iets te leer. Ons was van die gelukkige kinders in die kontrei, en ek weet dis net omdat Ma daarop aangedring het dat ons skool toe gaan. Natuurlik, die plaaskinders wat nader aan Ellisras was, het daar skoolgegaan by Hoornbosch, en hulle't ook van alle windrigtings gekom. Ellisras se laerskool wat jy ken is mos eers in 1934 gebou. Die naaste ander goewermentskole was op Vaalwater en Nylstroom en later Thabazimbi, maar Nylstroom was die groter skool met meer as een klaskamer.

Daar by Rankin's Pass waar die pad 'n skerp draai maak

net voor jy by Sandrivierspoort Nek kom van Nylstroom se kant af, was die Moerdyk Gedenkskool wat later 'n tweekamer-winkeltjie geword het. Ook 'n eenkamer-skool waar al die Bergmann kinders skoolgegaan het. Die skool het laterjare afgebrand, en die boere het dit weer opgebou vir 'n winkel. Dis daar waar die Ingelsman, 'n Mister White, wat die kinders so geslaan het, die onderwyser was. Tant Nelie en oom Ampie het ons alles van dit vertel.

Die Ingelse onderwysers is na die oorlogjare gestuur deur die Staat, want daar was toe nog net 'n paar Hollandse onderwysers oor. Afrikaanse onderwysers het eers na 1918 opleiding gekry vorentoe. Kinders was glo gladnie toegelaat om Afrikaans te praat nie, en as jy gevang is, dan was die dogters op die hande geslaan en die seuns moes broek aftrek vir slae met 'n bamboeslat. So sonder onderbroeke het die riwwe sommer dadelik blou en opgehewe op hul boude gelê, en dan moes hulle nog boude na die klas toe draai! Die Ingelse daardie tyd was rêrig sleg, van die oud-soldate af tot by die onderwysers. Ons was gelukkig om Afrikaanse onderwysers te hê.

Dis by daardie einste skool waar oom Ampie Bergmann, 'n baie saggeaarde man, dis nou as hy nie te veel sopies ingehad het nie, mos dieselfde onderwyser eendag voor skool inwag. Toe hy hom klaar vertel het wie se pa hy is, slaat hy glo die man met 'n seekoeisambok al om die bene en boude dat dit klap en sê as 'n kind weer slae kry oor hy Afrikaans praat, dan was hierdie pak slae net 'n speletjie! Dit was die laaste van die onderwyser se kinderslaan en kort daarna is hy weg. 'n Afrikaanse onderwyser wat deur die NG Kerk betaal is, het toe oorgeneem – ene Van Rafenswaay. Hy was nou éénmaal 'n groot vuilgoed. Aangetroude familie van ou Harry Whelpton, die smous. Wat 'n jammerte, want die kinders het nog meer deurgeloop onder hom – 'n vêr befoeterde man. Dis glo een van die Van Rafenswaay seuns wat gesê het, 'Ek's 'n Van Rafenswaay, en ek slaan jou tot die drolle waai.' Ai, 'n klomp rowwejacks.

Kinders het dit hot-agter gehad in ons tyd. Dit was slae en werk en bekhou by die huis, en slae en werk en bekhou by die skool.

Nietemin, eendag toe ek en Janneman in die bloedige hitte met die donkies terugry van die skool af, het die eienaardigste ding gebeur. Daar waar die grootpad deesdae so baie gruis het net voor jy regs afdraai Rooibokvlei toe, was die beespaadjie wat ons met die donkies gery het. So halfpad tussen die grootpad en Rooibokvlei se huis is 'n gróót maroelaboom. Daar het oom Jakob al klaar die pale vir 'n bekslaner hek geplant, en waar ons die donkies gewoonlik kon vasmaak om ons pap te eet. Net so duskant die hek was 'n klein pannetjie met 'n bietjie brakwater waar die donkies kon suip. Vaaltyn en Swarte het altyd vinniger begin draf hoe nader ons aan die water kom, maar daardie dag, so honderd tree van die water af, lug hulle eweskielik ore en trap hoog-poot onrustig heen-en-weer. Ons was moeg en honger en lê toe redelik in met die marêtla latte, hoor! Maar al wat wou vorentoe, is die twee donkies.

Ons moes net keer en koes toe hulle hasepad kies bosse toe, maar Janneman gee toe die kos vir my, spring af en gryp die donkies aan die leisels vas en probeer hulle lei. Om-de-dood wou hulle nader aan die water, en hy draf toe so 'n wye draai deur die bosse om hulle lie te maak en kom van die noorde af aan pan toe, maar nee!

Ek's toe ook al van Vaaltyn af, want hulle't só kop gegooi en oë gerol, dat ek nie die kos kon vashou nie. Ons haak toe die leisels aan 'n doringboom daar naby, los die kos in 'n mik van 'n rooibosboom en koes-koes in die rigting waar die donkies kyk. 'Ek dink dis 'n ongedierte by die water,' reken Janneman toe, want die donkies bly stof trap van bangigheid. Jy moet onthou, dis mambawêreld. Ons oë was meer op die grond as vêr vorentoe soos ons gebukkend water toe hol, dinkende dit kan 'n groter ongedierte of 'n slang wees. Filemon het juis die vorige week vertel van 'n 'banja groot' slang se sleepsel naby die statte.

Janneman het voortou gevat en ek's agter, maar hy gaan staan skielik en ek loop dood in sy rug vas. Reg voor ons was die pan en so deur die hittegolwe sien ons 'n paar bruin mense aan die ander kant van die bietjie water. Dit was moeilik om uit te maak, want hulle was dieselfde kleur as die droë gras en die bar grond om die pan. 'Wêreld, Sussie, dis seker Boesmans!' beduie Janneman toe suutjies, maar ons was nie seker nie, want nie een van ons het nog ooit 'n Boesman gesien nie.

Wat ons kon uitmaak so oor die water, was die pa met sulke boep-boudjies, en 'n ma met 'n baba wat aan haar bors klou, nog twee ander kleingoed en 'n bondel op die grond. Ons kon hulle vaagweg sien, nie een met klere aan nie, en almal net vel en been. Die groter een - duidelik die pa - het stadig met 'n kalbas afgestap pan toe, tydsaam water geskep, en skuifel toe terug. Ek glo nie ons is gesien nie, want hulle't net daar in die koelte onder 'n boom bly sit en die water vir mekaar aangee.

Toe draai die wind en kom reg van hulle kant af, en voor Janneman homself kon keer, sê hy, 'Sies, iets stink!' want 'n vrot reuk was in die lug. Sy woorde was nog nie koud nie, toe is daar nie 'n teken van hulle nie, net die bondel op die grond. Ons wag toe 'n bietjie, en is versigtig nader al om die pan, want Filemon het vertel van die Kalahari Boesmans wat met gifpyle skiet en dan vrek diere sommer dadelik. Ek was nog nie eens agt nie en Janneman skaars vyf-en-'n-half, so ons was goed bang.

Toe ons naby die bondel kom, sien ons, daar tussen die voue van 'n karos, steek 'n verrimpelde ou gesig uit. Die oë halfpad toegekoek en terug in hulle kaste, en tussen gebarste lippe kon jy 'n dik geswelde tong sien. Die kroeshaartjies het gelyk soos ou, geel klapperhaarbolletjies, en ons het dadelik geweet waar die vreeslike reuk vandaan kom. Terwyl ons nog so staan en kyk, kom daar 'n hand stadig onder die karos uit, reguit mond toe met al die vingers bymekaar.

'Sy's honger!' roep Janneman toe en daar laat vat hy en los my alleen by die arme ding. Ek dog toe, dood moet ek wel eendag, en kan netsowel met haar probeer praat. Ons het net aangeneem dis 'n vrou, maar jy konnie sê nie. So op my hurke vra ek toe wie sy is en waar haar mense is en nog baie ander dinge wat mens vra as jy bang is en geen antwoord gaan kry nie. Haar skrefies-oë het net stadig in hulle kaste beweeg soos sy na my kyk en toe probeer sy aan my hare vat. Jy weet, ek kan jou nie sê hoe sleg die reuk was wat daar gehang het nie; soos 'n dooi ding wat die honde aangedra het. Maar ek't bly sit dat sy my hare voel en toe val haar arm sommer so op die grond van moegheid.

Die klap van die borde sê toe vir my Janneman het ons kos gaan haal, en daar staan hy met die borde pap en konfyt en weet nie wat om te doen nie. Op die ou einde maak ons die kospak oop, haal die breekbord vol pap af en los dit langs die Boesman en hol soos twee vlakhase terug donkies toe met die erdebord.

'As Ma vra waar is die bord, sal ons 'n kluitjie moet verkoop, Sussie. Ek't nie mooi gedink om liefs die erdebord te los nie.' Sonder om daaroor te praat, het ons geweet om niks van die Boesmans te sê nie. Die ou boere was genadeloos in daardie dae en ek reken hulle sou die Boesmans soos wild jag.

By die donkies gekom, was hulle nêrens te siene nie, want ons het mos vergeet om hulle te kniehalter! Dit was 'n baie lang pad terug Vaalbos toe met die voet. Teen laat-aand en in die donker toe ons daar aankom, staan Vaaltyn en Swarte ewe luiters by die pankampie en onstwee lyk of ons met bloed geverf is van die middag se warm son en hardloop.

By die huis was dit 'n ander storie, want ons werk was nie gedoen nie, die borde was nie daar nie en Ma was siek, so onstwee het goed deurgeloop met die strop!

'Die donkies het geskrik vir 'n slang en toe't die bord gebreek, Ma,' hoor ek Janneman sy tweede kluitjie verkoop. Die volgende dag was ons dou-voor-dag klaar met die werkies en is vinnig op die donkies skooltoe. By die pan gekom, maak ons eers die donkies behoorlik vas aan die hekpaal en hardloop pan toe, maar daar was g'n teken van die Boesmans nie. By die plek waar die sieke gelê het, was die grond mooi gelyk gemaak en daar staan die leë bord soos 'n soldaat op wag. In dit marama neute en die mooiste veer van 'n voël wat ons nog nie in die Bosveld gesien het nie. 'n Saggebreide steenbokvelletjie, mooi opgerol en met gras vasgebind onder die veer. Binne-in die steenbokvelletjie was daar 'n armband van volstruiseierdop – alles mooi rond geskaaf met 'n klein gaatjie in die middel en 'n sening om alles bymekaar te trek.

Hoe ons ookal rondkyk, daar was niks te sien van die Boesmans nie; nie 'n spoor in die grond of 'n grassie wat skeef staan waar 'n voet getrap het nie. Maar ons het altwee geweet dat die breekbord, so waardevol as wat dit was so vêr van die winkels af, gebreek huistoe sou gaan.

Daardie dag het ons waarlik geleer wat dit beteken dat die hand wat gee, is die hand wat ontvang, net soos die Bybel sê - iets wat onstwee tot ons dood sou onthou. Almal het die bietjie gegee wat hulle het, en dit was meer as genoeg vir die ander.

Toe klein Katrien amper drie is, gooi die spoorwegbus die possak soos gewoonlik daar by die plaashek se holt neer, en toe Pa die pos uitskud, val daar net een oranjerige koevertjie uit met Ma se naam op.

Ma het altyd die familiebriewe hardop vir ons almal gelees en ons kinders was klaar reggeskuif om haar knieë vir die nuus. Sy't geweet hoe om ons te laat wag vir die lekker nuus van my ouma en oupa af. Dit was meestal iets uit my oupa se hand, want hy was beter met Afrikaans. Ek dink my ouma konnie juis oorslaan van Hollands na Afrikaans toe nie.

Met die twee bladsye so lekker lossies in haar hand, maak sy eers baie praatjies oor die hoenders en die kallers en hoe warm dit is, en toe ons nie meer kon wag nie, skeur sy uiteindelik die brief oop en wag toe nog. Na 'n lang ruk sê Janneman, 'Ma, lees dan nou,' maar sy vat-vat net so na my skouer en gly stadig van die stoel af tot sy tussen ons kinders sit. Pa was dadelik by en gryp haar onder die arms en loop-dra haar slaapkamer toe.

Ons sit toe vasgenael soos verskrikte hase, tot Sofie wat

by die huis was in die skoolvakansie, die brief optel. Op die eerste bladsy was net, '*Wyle David Lieberts; Ter aarden besteld te Klerksdorp,*' lees sy, en ons besef dat oupa David reeds lankal begrawe is. Net Sofie kon hom vaagweg onthou, maar ons almal het uit Ma se stories geweet watter liewe man hy was.

Maar dit was nie al nie. Die tweede bladsy was 'n brief van my ouma Susanna waarin sy sê van Neeltjie, Ma se jonger suster se dood op 8 Oktober met die geboorte van haar eersteling. Ons oupa is dood op die tweede November - nie eers 'n maand na haar nie. Almal het net saggies gesit en huil vir ons bloedmense wat ons nooit gegun is nie.

Daardie aand toe Ma uit die kamer kom, lees sy vir die eerste keer ons ouma se brief. Sy't lank so met haar hand teen die voorkop gesit en toe sê sy, 'Ma kannie lees of skryf nie,' asof dit saak maak. Dit kon enige van haar agt broers en susters gewees het wat die brief namens my ouma geskryf het. Sewe, want nou was tante Neeltjie nie meer daar nie.

Na hierdie nuus was dit asof die engel van die dood by ons op Vaalbos ingetrek het. Ma was 'n wandelende gees en menige dag kon jy haar daar in die boord tussen die druiwe kry, en as jy weer sien, is sy besig om die hoenders kos te gee met oë wat niks sien nie. Klein Katrien, wat altyd agter Ma aangedrentel het, het oorgegee en alhoemeer by ou Sara in die koelte gespeel. Om Ma se oë was daar naderhand sulke diep, blou kringe, en hoe klein Katrien ookal gespeel het en haar wou kielie soos voorheen, het Ma al stiller die dae uitgesien.

Een môre toe ek en Janneman oppad is van die kraal af, was die son al hoër as gewoonlik toe ons onverwags op Ma afkom waar sy die hoenders kosgee. Jy kon haar hele lyf sien met die son van agter, en ek was nog so verwonderd dat sy heel goed vetjies om die middel aangesit het, en dit terwyl sy omtrent niks eet nie. Daardie selfde aand hoor ons die grootmense baie praat en Ma wat sê, 'Nou, vir die liewe Vader se onthalwe, Albert, vat my enigste geld wat Pa David vir my gelos het eerder as joune, en koop die swart materiaal en ook wit flennie en wol! Jy wou hulle nooit ken in die lewe nie, en nou vat jy hulle geld in die dood ook. Dít, sê ek jou, sal ek nooit laat gaan nie.' Ons konnie hoor wat Pa sê nie, maar die volgende môre moes Filemon help om velle, mielies en kanne vet op die wa te laai, en Pa wat met 'n huppel in sy stap orders gee. Ons wis die wa is oppad Nylstroom toe. Net, nou was daar 'n sieklike onverskilligheid aan hom.

In die kombuis gekom, sê Ma net, 'Sussie, ek voel olik; gee jy en Janneman my ganse en hoenders kos voor julle wegtrek skooltoe,' haar gesig grys en om haar lippe sulke wit ringe. Toe ons terugkom om ons padkos te vat, was sy nêrens te sien nie. Janneman is die een wat haar buitekant langs die huis kry, dubbelgevou en aan't opbring. 'Ma, Ma, wat is fout?!' roep hy toe, maar sy vee net oor haar mond en beduie hy moet loop. Hy kry my in die voorkamer, wit soos 'n lap, en sê ek moet Ma gaan help, want hy dink sy gaan dood. Buite gekom, sien ek sy leun met die een hand teen die muur en vee voorkop af met haar voorskoot. Toe ek vra of sy wil bed-toe, sug sy net so 'n lang sug en sê ons moet liefs iets eet en dan sal sy beter voel.

Dit was Junie en van die swart materiaal wat Pa teruggebring het vir my oupa se rou, het sy twee langmourokke gemaak – een vir kerk en een vir die huis. Uit die flennie het sy vyf vierkantige lappe gekry en dit mooi in haar laaikas weggepak. Die oorskietlappies was nogal groot, en ook dit is weggebêre. Ek het beter geweet as om te vra wat sy daarmee wou doen, want die ma wat ons geken het, was nie die ma wat nou by ons in die huis gebly het nie.

Vir 'n volle jaar het sy swart gedra om oupa David te rou soos jy gewoonlik net maak vir 'n wederhelf. In daardie tyd moes Pa tweekeer swart materiaal op Nylstroom koop vir nuwe rokke, maar oor dit het hy wonder-bo-wonder nie gekla nie so al of daar 'n hart in sy borskas was. Ek glo Ma se erfgeld het gepraat.

Dis toe Sofie by die huis is net so aan die begin van die wintervakansie, dat Ma die wol en hekelpenne uithaal. Teen boekevat se tyd, staan twee babakousies op tafel en Sofie besig met 'n derde.

Mmê, Mmê

In November 1926 is Danie gebore.

Dit was 'n moeilike bevalling en toe ek die nagpot by tant Hantie gaan haal vir leegmaak, hoor ek sy sê, 'Katrien, ek kannie hierdie kind alleen in die wêreld bring nie; jy moet harder werk.' Na twee dae het Danie uiteindelik die lig gesien – so 'n lang, maer baba wat in die maande vorentoe meer siek as gesond was.

Ek en Janneman het soos gewoonlik werkies gedoen en is skooltoe, en Sofie het elke naweek huistoe gekom en dan in die kamer bly lê en niks doen. Pa was amper heeldag iewers in die veld besig om lyn oop te kap vir draadspan om die plaas, en in die aand as hy huistoe kom, was niks goed genoeg nie – Danie huil te veel, die melkemmers is vuil, die kallers het uitgesuip en ek en Janneman is te lui om te leef. En dan het die strop soos gewoonlik gepraat. Danie het nie sy vaderhand se tugtiging gevoel nie, en my binneste was benoud vir 'n tyd wat hy ook die belt of strop sou leer ken.

Filemon was soos Pa se getroue waghond, en saam het hulle van ligdag tot sonsonder hulleself besig gehou. Partykeer was hulle vir weke weg met draadspan in die kontrei en ons moes sien-kom-klaar op Vaalbos. Om die waarheid te sê, ek en Janneman was bly daaroor, want dit was swaar om al die werk te doen en nog slae of raas ook te kry. Nou het ons net nodig gehad om die werk te doen. Smiddae as ons van die skool af kom, was Danie meestal op Hessie se rug, en ou Sara besig om water te kook by die agterdeur om klein Katrien skoon te kry na die dag se speel met die swart kleingoed.

Die eerste woord wat Danie dan ook sê, was in Tswana. Dit was 'n Saterdag en ons was almal onder die peperboom om uit die bloedige son te kom. Oor die naweke was die swartes by die stat en dan't ons naby die huis gespeel of werkies om die huis gedoen. Dis net daar onder die boom wat hy toe wegtrek met, *'Mmê, mmê,'* soos hy Ma se rok mooi vasvat.

Ma sit toe daar versteend en kyk van een kind na die ander so asof sy ons vir die eerste keer sien, en toe raap sy Danie op en sê ons moet ingaan, want, 'Vandag bak ons koekies.'

Ons ma was weer ons ma en nie 'n *mmê* nie.

Bobbejaanmis en Varkbloed

Smoors as ons opstaan, was Ma klaar in die kombuis en kon jy haar wie-weet-waar hoor Psalms sing. Die twee kleintjies het weer heeltyd om haar voete gespeel en dit was lekker om huistoe te kom. Sofie was al standerd vier, ek in een en Janneman in graad twee. Meester Steyn het my een jaar laat spring, 'Want jy vorder vinnig, Maria.'

Partykeer as Sofie vir die naweek huistoe kom, moes bakgoed van Thys Bekker se winkel bestel word en dan't ek en Janneman dit met die donkies teruggebring na skool vir 'n ma wat nou panne vol beskuit uit die klein Dover oondjie kon kry. Die skool was mos loopafstand van die ou winkeltjie af. In daardie dae het mense nog nie koring in die Bosveld gesaai nie, anders kon jy self broodmeel maal.

Ons vriendelike ma was soos 'n lafenis na 'n lang dag in die son. Tot die dag toe ek bossies toe gaan, en oppad kom ek op Ma af agter die waenhuis aan't opbring. Danie, op sy lang maer beentjies en klein Katrien met haar lekker laggie, het ewe vrolik rondgehol tussen die hoenders en ganse, maar Ma was hartseer. Met die regopkom sê sy moedeloos, 'Sussie, hierdie beker sal ook by die droesem kom,' en vryf oor haar maag, wat al heel groot was. Die hol kol op my maag was terug.

Plaaskinders weet sonder om vertel te word hoe vee dragtig word en waar eiers en kuikens vandaan kom. Maar hoe 'n baba gemaak word, kon ek my nie indink nie; net dat daar altyd baie harde woorde agter die toe slaapkamerdeur was voor Ma weer opbring. Op nege kon ek wel uitwerk dat baba-maak nie te lekker is nie, want daar's meestal 'n kneusplek op Ma se lyf of 'n blou oog 'n dag later. Om die waarheid te sê, daar was nie baie dae dat sy nie blou kolle soos ek en Janneman moes wegsteek nie. Maar jy kannie sulke goed wegsteek vir ander wat dit ken nie, en ken het ek en Janneman geken.

Net voor die nuwe baba gebore is in die winter, het Pa en

Filemon die beeste aangejaag rivier toe vir weiding. Hulle was vir maande weg. Ek onthou goed, want ek en Janneman moes al die plaaswerk doen, die kleintjies regsien en nog skooltoe gaan ook. Die dag dat die laaste stof sak agter die trop beeste, staan ons almal voor die huis, en toe ek rondkyk, weet ek dis nie net ek wat beter voel sonder 'n pa nie.

Ma het selfs 'n paar droë trane afgevee, maar haar mond het gelag toe sy omdraai met, 'Ja, kinders, ons is weer alleen, maar die veld is kaalgetrap onder Pa se baie beeste.' Teen daardie tyd was sy kudde al groot - amper die helfte van hulle skillerbeeste van Betsjoeanaland af.

In sy guns moet ek erken, hoe suinig Pa ookal was, elkeen van sy kinders het elke jaar 'n verskalf op hul verjaarsdag gekry. Ek dink Ma het hom baie gedruk daarvoor; hoe en met wat, sou niemand kon raai nie.

In die tyd dat Pa en Filemon by die rivier met die beeste was, is Hermien gebore. Ma het een van Hessie se klein swartes met die voet Steenbokpan toe gestuur om tant Hantie Verhoef te gaan haal, maar niemand weet waar die kleinding rondgeloop of verdwaal het nie, want eendag oppad huistoe van skool af kom ons op hom af waar hy in die veld rondloop.

Janneman was dadelik boos en soos 'n blits van Swarte af, en kry die klein swarte aan die arms beet met, 'Mathušela *e kae*?!! Praat, houtkop – Mathušela *e kae*?!!' wou hy weet waar tant Hantie is. Janneman was van kleintyd af fris, maar geen geskud en geklap kon iets uit die klein swarte kry nie en ons het hom net daar langs die pad gelos.

Janneman spring toe weg met Swarte in tou en loop oop voor met die steekse donkie wat hô-hi-hô-hi al agterna. Hy skrou sommer in die hardloop oor sy skouer, 'Voetsek, jou dooi ding!' en toe lê ek wáárlik lat in onder Vaaltyn om by te bly. Daar vanaf die groot hek by Vaalbos, los Janneman sommer die donkie en hol vooruit huistoe. Danie en Ma was nêrens te sien nie, en klein Katrien kry ons genadiglik aan die slaap op my bed.

Dit was die vreeslikste benoudheid om alles so verlate te kry, maar ons kies toe windrigtings tussen waenhuis, boord en huis soos afkop hoenders al roepende na Ma. Uiteindelik kry ons haar doer by die turksvylaning met haar voorskoot nog vol eiers en Danie wat speel in die lang gras. Daar't sy flou gelê met die hoenders al pikkend om haar.

'Hemel, Sussie, vandag is Ma sekerlik dood!' huil-sê Janneman toe, maar ek was reeds soos 'n vlakhaas oppad statte toe vir Hessie en ou Sara. Nog nooit in my lewe het ek so vinnig gehardloop nie; dit was asof die dik sand glad word onder my vocte en die steekgras gladnie eers my bene raak nie. Die twee ou swartes was besig om die kleingocd pap te voer toe ek daar kom, maar toe hulle my sien, word die kleintjies net so in die groteres se hande geprop en hulle hardloop nog vinniger as ek huistoe.

By die huis gekom, het Janneman klaar Danie op die grond sitgemaak by die agterdeur met 'n stuk brood in die hand. Toe was dit Ma se beurt. Tussen ons vier is sy met 'n laken onder die arms en baie rus en huil uiteindelik in die groot bed gekry, waar die getroue ou Sara haar kon versorg.

Seuns het nie sommer gehuil nie, maar daardie aand het ek en Janneman so met voorkoppe teenmekaar en arms om die skouers onsself moeg gehuil. Ons het nie daaroor gepraat nie, want kinders praat nie noodwendig oor elke ding nie, maar toe hy uitgaan om die donkies in die waterkampie te jaag, het ons geweet skool sou ons vir 'n lang tyd nie sien nie, en dit was goed so. Pa was weg en die lewe gaan aan. Vandag weet ek ons was heeltemal oorwerk, moedeloos en gedaan van al die verantwoordelikheid wat eintlik 'n grootmens s'n was.

Presies hoeveel dae dit was voor Hermien gebore is, kan ek jou nie sê nie, maar ek weet dat daar twee swart vrouens met wit siele in ons huis was. Daar was altyd pap op die stoof en een van hulle by Ma in die kamer. Ek het net nodig gehad om Janneman te help met die plaaswerk en toe te sien dat almal in die bed kom.

In die dag het klein Katrien al babbelend agter my aangedrentel, en Danie en Janneman was die heeldag buite by die diere waar Janneman hom meestal moes abba, want hy was maar net 'n jaar oud.

Die dag dat Hessie sê ons kan maar gaan kyk hoe Nthušeng lyk, het ek besef Janneman is 'n grootman. Na hierdie beproewing so op ons eie, het hy nooit weer soos 'n kind gespeel of net in die veld rondgeloop sonder rede nie. Ons het geweet daar sou min dae vorentoe wees waar 'n kind se speel lekker smaak. En nog was die pa van die huis iewers, maar nie waar hy moes wees nie.

Die swartes het mos 'n naam vir elke kind met geboorte gegee, en toe ek vra waarom Hermien dan Nthušeng is - dis nou om te help - sê Hessie net dat die baba nie daar sou gewees het as sy nie saam met haar en ou Sara gewerk het nie.

Hermien was fyn en klein met sulke ligte krulhaartjies soos Janneman s'n as baba - van die eerste dag af die liefste, stil kind. Toe Pa uiteindelik terugkom, het hy net vinnig na haar gekyk en met, 'Dag, Vrou,' is hy uit kraal toe. Geen sagtigheid in daardie kamer nie.

Die huis was nou baie vol met al die kinders. Klein Katrien het in die week by my geslaap behalwe oor die naweke wanneer Sofie by die huis was; dan het sy op Ma-hulle se voetenent geslaap. Danie was nog in die kot in Ma se kamer en Hermien tussen Pa en Ma in die groot bed. Janneman het natuurlik in die seunskamer geslaap - dis mos die kamer wat ons later geken het as 'Katrien se kamer' met die bad. Die kamers was hittig met soveel asems, en slaap baie onrustig soos die klein kinders geluide maak.

Was ook 'n vreeslike warm jaar toe klein Katrien so vier, vyf was. Die hoenders was vroeg al met wye vlerke onder die bokwa en die beeste het heeldag naby die waterkampie onder die bome bly drom, en party het net gaan lê en nooit weer opgestaan nie.

Daardie jaar het daar 'n hele paar nuwe families van Slangfontein se kant af in die berge plase gekoop en party het kom dagsê op soek na weiding vir hulle beeste. Ons koeie was só droog dat daar skaars melk was vir die familie, maar Ma het almal altyd ingenooi en dan't ons koffie gedrink uit die mooi koppies uit haar bruidskis. In die aand kon jy hoor hoe Pa grommel oor die melk wat ander drink, maar sy't haar niks daaraan gesteur nie, en tot Harry Whelpton, die smous wat weer daardie jaar omgekom het, het koffie met melk gekry.

Een goeie aand na boekevat toe ons almal op die voorstoep sit, gaan sit klein Katrien so lekker teen Ma se bene waar sy Hermien op haar knieg sus. Toe dit sterk skemer is en ons moes voetewas, wou klein Katrien om-de-dood laat gaan van Ma se been, en toe Pa haar hardhandig probeer aftrek, val sy soos 'n nat lap op die grond en vir die beste wil ter wêreld kon sy nie opstaan nie.

Eers het Pa geraas en toe sy nog steeds so lê, tel hy haar op en dra haar na hulle kamer toe. Daar gekom, was sy reeds aan die brand en haar oë rol in hulle kaste. Pa roep toe benoud uit die kamer dat Ma moet handgee, en in daardie paar minute was klein Katrien reeds skeefgetrek van 'n stuipe-aanval.

Ek en Janneman was soos verskrikte hase by die deur. So-iets het ons nog nooit gesien nie. Die skuim was wit om haar mond en haar hele lyf het sulke wilde stuiptrekkings gemaak. Dit was te aardig om te aanskou!

Ma't dadelik klein Katrien afgewas met asynlappe om die stuipe te probeer breek, maar dit wou niks help nie. So tussen huil en bid oor haar mooi ou dogtertjie wat so swaarkry, sê Ma toe, 'Albert, saal op en gaan kry Hantie,' maar toe bedink sy haar en roep oor die skouer, 'Nee, kry vir Nelie Bergmann, sy kuier op Skilpadfontein!' en ook, 'Los Bul by die hek vir Filemon as jy terugkom en laat hy jaag Slangfontein toe vir die dokter!'

By Slangfontein se winkel was daar 'n telefoon en die mense kon so die dokter op Nylstroom aan die hande kry. Daar was nog nie 'n dokter op Ellisras nie, want dit was ook maar net 'n klein gehuggie.

Nou, jy moet weet, niemand ry sommer in die nag op 'n perd se rug nie. Iemand wat nog nie gesien het hoe donker dit in die veld word nie, weet nie wat dit Pa gevat het om tot by Skilpadfontein te kom nie. Tant Nelie was bekend vir haar boererate wat sy in die konsentrasiekampe en in die voorwêreld by haar mense geleer het - 'n deetlike vrou wat self sewe kinders moes gesond dokter vêr van die beskawing af.

Nou-ja, Pa is in die donker uit met Bul en dit was middernag toe hy en die tante met haar kapkar en huisapteek by die huis aankom.

Filemon het klaar reggestaan by die werfhek en toe Pa afklim, was hy op Bul se rug. Teen laatmiddag die volgende dag is hy terug - ou Bul heeltemal lam gery die dertig myl Slangfontein toe. En jy weet, as 'n perd eers so winduit gery is, kan jy hom maar op die veld laat loop, want hy sou nooit weer kon hou om 'n vêr pad te vat nie. Al het Filemon ou Bul vir 'n lang tyd koud gelei in die hoop dat hy nie lam word nie, was dit die einde van perdry vir hom.

Heelnag het ons gehoor hoe die grootmense spook met klein Katrien se stuipe, maar haar koors wou nie breek nie. Danie het naderhand opgehou huil en in Janneman se bed aan die slaap geraak, maar ek glo die grootmense het nie eers opgelet dat ons daar by die deur is nie. My arms was gedaan om Hermien vas te hou en ek't haar op my bed gaan neerlê. Nemand wou gaan slaap nie en ons het net by die deur bly staan.

Dis daar waar ek vir Pa die eerste en laaste keer in my lewe sien huil het. En waar dit eintlik vandaan gekom het, weet ek nie, want hy was nie juis gek na klein Katrien nie. Miskien het hy, net soos Ma, gehuil oor wat die lewe uitdeel.

Die grootmense was almal op hul knieë om die groot dubbelbed met die Bybel oop voor hulle, terwyl Pa dit met een hand bly oopvee sonder om te lees. Al wat ons hoor is, 'Liewen Here, liewen Here,' asof hy geen ander woord ken nie.

Tant Nelie is die een wat toe met 'n helder stem genade afbid met, 'Ag, Here, ons het nie meer krag nie. Kom help ons,' en ons weet sommer, die liewe Here en tant Nelie ken mekaar. Dit was baie stil daarna - die koesyn koel teen my wang en Janneman se hand warm waar hy my rok styf vashou soos in ons kleintyd. Toe trek 'n sagte wind deur die bedompige huis. Tot die bedsprei beweeg heen-en-weer, maar die muurhorlosie lui eenkeer en gaan staan botstil.

Dit was ligdag en klein Katrien se koors gebreek. Sy't net daar in die groot bed gelê soos 'n voëltjie wat in die venster vasgevlieg het met die hele een kant van haar lyf inmekaargetrek en haar kop styf teen haar skouer.

Hessie en ou Sara was altwee by die agterdeur. Ook hulle het aangevoel daar's iets groots fout by die huis. Hermien is summier uit my arms en agter ou Sara se rug, en Danie agter Hessie s'n waar sy pap maak terwyl Filemon 'n hoender vang en nek omdraai. Daarna is hy en Janneman kraal toe om te melk. Buitekant was die son aan't opkom oor 'n doodgewone dag.

Pa, wat altyd dou-voor-dag by die kraal is, het soos 'n spook by die eetkamertafel gesit sonder om te weet wat dit is wat hy eintlik moet doen.

Vir tien dae is ons nie skooltoe nie, en in daardie tyd het Sofie by oom Jakob-hulle gebly. Ma het net 'n briefie gestuur met 'n kleinding om te sê sy moet daar bly net ingeval klein Katrien 'n aansteeklike siekte het.

Baie mense het in daardie tyd tehore gekom van klein Katrien se aanhoudende stuipe-aanvalle, en rate gestuur. As jy weer kyk, staan 'n perd of donkie by die voorhek met dit-en-dat. Pa is berge toe daar naby Slangfontein om bobbejaanmis op te tel, want iemand het laat weet dat hulle die klein kind in 'n diep bad warm water met bobbejaanmis moet laat lê en dan sou haar arms en bene weer reguit trek. Die arme Katrien moes vir ure in die stink water lê met 'n gebreekte voël-arm en been, maar nee, dit het niks gehelp nie al het hulle dit 'n paar keer probeer.

Ander rate wat die twee ma's uit radeloosheid probeer het bo-en-behalwe medisyne, het ook niks gehelp nie. Pa het 'n skaap geslag en die warm bloed wat hy so lief voor was, gebring om te sien of dit klein Katrien sou versterk, maar swak soos sy was, het sy soos 'n tier geveg daarteen tot dit oor die bedsprei stort in kolle wat nooit weer wou uitwas nie. Tot tant Nelie uit moedeloosheid sê sy onthou vaagweg van 'n raat wat haar ma gehad het vir polio, maar sy weet nie of dit sou help nie, want dis tog nie polio nie.

Vir ure het Pa, Filemon en Janneman water van die waterkampie af aangedra sodat Katrien weer in 'n diep warm bad water kon lê. Tant Nelie het woord gestuur na nabygeleë plase vir al die mosterd wat Pa sy hande op kon lê, en toe dit uiteindelik daar aankom, maak sy 'n konfytblik mosterd leeg in die badwater en hou die huilende Katrien onder die armpies daarin totdat dit koud is.

Daarna vat sy en Ma 'n bottel varkvet om Katrien se opgetrekte regterarm en -been te vryf - weg van die lyf af tot by die ingmekaargetrekte vingertjies en horrelvoetjie. Haar nek is gevryf en gevryf en toe soos die res gespalk met houtjies en opgeskeurde lakens vir verbande. Die liewe kind het só gehuil dat niemand kon eet nie. Al die kos het net op jou krop vasgesteek.

Twee dae na klein Katrien so gespalk is, was die dokter van Nylstroom daar, maar hy't tot in die kamerdeur gekom, met skewe kop staan en luister wat tant Nelie sê, en toe hy die laken van Katrien aftrek, skud hy net kop en sê saggies. 'Hou maar die spalke op, tante, maar dis polio en sy sal nooit beter word as wat sy nou is nie.'

Hy't 'n glasbotteltjie vol Asperin pille gelos vir koors, maar kon niks meer vir haar doen nie. Toe Ma hom wou betaal, het hy net gesê hy vra nie geld vir polio nie, maar hy sal 'n koppie koffie vat.

'Al die kinders, swart en wit, bly by die huis, tante,' want polio is hoogs aansteeklik. Ma maak toe 'n meelsakkie vol biltong en met 'n bottel moskonfyt in die hand is hy weer terug Nylstroom toe.

Vir vyf dae was Katrien so gespalk en toe die verbande afkom, was haar koors oor en die arm en been baie beter, maar haar lyf het nooit weer heeltemal reggekom nie. Daardie arm en been het nie saam met haar lyf gegroei nie, en as grootmens het sy aangehuppel met die ou kort beentjie en kon niks vashou met die hand nie.

In al hierdie tyd het die grootmense skaars geëet en teen die tyd dat tant Nelie weer wou huistoe, was daar sulke diep, blou kringe onder hulle oë. Voor sy terug is Skilpadfontein toe, roep sy ons almal in die eetkamer bymekaar. Toe staan sy agter Pa en Ma met haar hand op hulle skouers en dank die Here hardop vir sy genade en liefde.

Net toe sy 'Amen' sê, begin die muurhorlosie weer loop, en almal bly net so kop geboë sit oor die les wat 'n goeie vrou gestuur is om te deel. 'n Les wat ons tot vandag kan volg:

Hoe swaar dit ookal in die lewe gaan, glo net in die Here; vertrou net altyd op Hom vir alles.

Vroue van Formaat

Die jaar na klein Katrien polio opgedoen het, was 'n bitter jaar.

Ma was besig met twee babas – een groot en een klein - en daar was nooit meer tyd om met ons ander kinders te praat nie; nie die soort praat wat saakmaak nie. Dit was sekerlik 'n diep hartseer oor die mooie gunsteling kind wat nou soos 'n vertrapte skoenlapper rondgevladder het van hier tot daar. Ons het stil deur die huis geloop, en speel met Danie was nie meer lekker voor bedtyd nie; net nog meer doeke wat apart van Hermien s'n gewas moes word. Hiermee het die twee ou swart vrouens gehelp, want kos praat harder as terugpraat, maar liefde ook.

Danie het 'n baie stil en ernstige kind geword, want dit was net Janneman en ek wat na skool aandag aan hom kon gee en dan ook net tussen die werkies deur. In die dag was Hessie die een wat hom leer tel het met klippies, en Filemon het hom saamgevat boord toe om sprinkane te vang en kuikens kos te gee, maar die ou swarte moes ook meestal saam met Pa gaan en was baie weg. Maar 'n swarte se leer is nie ons leer nie, en so het ons net op ons eie aangegaan en Danie probeer touwys maak. Pa was ook heeltemal in homself gekeer en ek en Janneman het wye draaie om hom geloop.

Dan was daar nog die suinigheid ook. Pa het self ons skoene gemaak van sagte kalfsleer wat hy oor die lees trek en met klein spykertjies aan die dikker sool vasslaan. Jou skoene, as jy gelukkig was om 'n nuwe paar te kry, was altyd te groot, want hy wou nie maklik 'n kalf slag nie en so het ek altyd Sofie se ou skoene gekry en Danie het Janneman s'n geërf tot sy voete groter as die ouboet s'n was.

Katrien was gelukkig, want die skoene was gedaan as dit haar beurt was om myne te kry, en die horrelvoetjie het ook in niks gepas nie - daar moes spesiaal vir haar 'n skoen gemaak word. Baiekeer het Pa net 'n gat voor in ons skoene gesny as ons tone te lank word. Dis g'n wonder ek het sulke slegte bunjins nie.

Die geld van draadspan was vir 'n jaar of wat al heel beter, want meer boere het in die Bosveld aangekom en dan lyndrade nodig gehad. Maar nog steeds nie genoeg om baie kos op die tafel te sit nie. Wel genoeg beeste wat verkoop kon word, wat Pa nooit voor sou instem nie. Hy en oom Jakob het ook die inkomste gedeel van die draadspan subsidie, en so was dit op die beste 'n karige inkomste.

In 1926 toe die platinum myn naby Thabazimbi omgewing begin werk, was daar, dankie Vader, baie draadspan nodig, en Pa, oom Jakob en Filemon was daar vir maande. En toe eweskielik droog geld op. Einde 1927 het die Staat sonder waarskuwing baie minder begin betaal, en so het ons Pa partykeer vir weke nie gesien nie soos hy al verder en verder weg werk. By die huis het hy gepraat van 'n groot depressie en dat daar, 'Verdomp g'n geld in draad is nie.'

Die alleenbly met 'n baba, die kleine Danie, en Katrien wat niks vir haarself kon doen nie, was 'n groot juk op Ma se skouers. Om alles te kroon, was sy weer in die jaar na Hermien se geboorte verwagtend. Jare gelede se mooi ma wat my hand gevat het Witkerk toe, was nou die afgeremde en sieklike ma met dowwe oë en pyn diep geskryf op haar gesig.

My teësinnigheid in wat agter die toe kamerdeur aangaan al was sy hóé siek, was soos 'n duiwel wat my betrek het wanneer dit stil is, en stilte was daar genoeg. Die opstandigheid het ook vir Janneman beetgekry oor 'n ongevoelige pa wat, 'Net 'n donkiemêrrie soek,' het ek hom eendag hoor brom. Ons harte was koud; koud oor die vernedering van onnodige slae, maar ook die smarte wat Ma toegemeet is.

Hierdie swangerskap was vir haar 'n lyding, want haar bene was só dik geswel, dat sy meestal nie kon skoene dra nie, en as daar mense aandoen, moes sy haar voete in plat skoene forseer om weg te steek. Sy't lank nie meer gevra dat Pa meel of suiker huistoe bring nie, maar wel keer-op-keer vir 'n paar Lisl kouse. Nou, Lisl kouse is sulke dik kouse wat die ou mense gedra het vir spat-are. Jy kon dit net in die dorp koop, en Pa kon dit maklik in Thabazimbi koop as hy daarnaby span, maar dit het geld gekos en so het hy meestal leëhande by die huis aangekom, want hy't 'vergeet.' Toe skryf sy vir tant Nelie by Langkloof, en op dié manier het die volgende possak haar kouse gehad.

Dit is lieflike wêreld daar in die Langkloofvallei met die Waterberge soos soldate op 'n ry. As jy van Vaalwater se kant kom oor die Nek, dis nou Sandrivierspoort se nek, dan lê die vallei aan weerskante van die pad aan Nylstroom se kant met die Bergmanns se plaas in die weste. Die Bosveldhitte het hulle nie so gepla in die koelte van die berge nie.

Ons was skaars uit die winter, maar die hitte was klaar so erg dat die varke oopbek in die varkhok wag as jy kom kosgee, en die beeste wou nie veld toe as jy hulle nie aanpor nie. Hulle sou heeldag in die waterkampie lê as daar nie sweep geklap word nie. Ma het gesê ek en Janneman moet die varke baie water gee, maar tog net nie die water op hulle gooi nie, want as hulle so warm kry, dan vrek hulle net daar waar hulle staan. Daar was net 'n handvol varke in die ronde pale-varkhok - sulke bont, kortkop varke. 'n Paar sôe en 'n swart beer. Daar was genoeg plek vir diep modderpoele om in te rol en vroetel om af te koel.

Een vroegsomerdag in Augustus toe haar tyd naderkom, sit ons almal onder die peperboom by die agterdeur - Ma met Katrien so skeef onder haar skouer ingedruk, Hermien op my skoot en die seuns wat met klippies en dolosse speel. En toe vang my oog haar bene. As jy knieghoogte is, lyk alles mos groter as wat dit is. So was dit daardie dag. Met die opkyk sien ek Ma se bene maak sulke rooi en wit opgehewe swamme en die sug drup soos sweet uit dit. Hoe, dog ek toe, is dit dat ons dit nog nooit opgelet het nie?

In 'n baie kort tydjie het sy só vinnig agteruitgegaan, dat mens waarlik kon glo sy sou nie die maand uitsien nie. My binneste was baie bewerig en bangheid het daar kom vassit oor al die klein kinderkoppies om ons wat 'n ma se liefde en aandag so nodig het. Maar in my hart was ek ook een van hulle al was ek reeds tien. En nou, wat nou? Die kouse sou nou niks help nie.

Dis terwyl ons nog so onder die boom sit en afkoel, dat daar 'n bokwa by die groot hek indraai. 'Janneman, hardloop padlangs om te help met die muile,' sê Ma Janneman aan om hand te gee nog voordat ons weet wie die kuiermense is. Met groot moeite staan sy toe op, haal haar voorskoot met geoefende hand af en roep, 'Sussie, bring 'n skone!' en sy voel-voel so oor haar hare om seker te maak dis netjies.

Jy weet, Ma was 'n fyn vrou, en haar hare moes altyd netjies wees. Al was sy so moeg en siek, het sy smoors voor sy kombuis toe is eers haar lang hare mooi uitgeborsel en dan 'n bolla gemaak wat so skuins by haar kroontjie sit; dan's dit met 'n bollamaker en haarnet met haarnaalde vasgesteek.

Ons almal hol toe links en regs om dit netjies te kry onder die bome, want kuiermense was skaars in daardie dae.

Ag, Ma was skoon aangedaan toe sy tant Nelie en oom Ampie Bergmann en al hulle meisiekinders op die wa eien, met die groter seuns agterna op hulle muile.

Tant Nelie - nie 'n groot vrou nie - is met moeite van die wa af en so vinnig as wat 'n seer rug sou toelaat, is sy by Ma voor sy nog mooi trane afgevee het. En toe hou hulle mekaar styf vas vir 'n lang tyd. Maar met die aanskoue van Ma se bene, vee sy oë af en is reguit kombuis toe om koeksoda te haal wat sy summier oor die bene strooi. Sy't net gesê, 'Katrien, ek gaan een van jou kussingslope opskeur vir hierdie bene,' en stuur haar dogter, Lettie, om 'n kussingsloop uit die bruidskis te kry. Maar toe begin die groot gesels, en die kussingsloop hang slap in tant Nelie se hande.

So hoor ons toe ietsie van al hulle kinders al was die meeste van hulle reg daar onder die boom. Ek en Janneman se monde het oopgehang, want sulke gawe mense het ons nog nooit gesien nie. Daar was vyf kinders, party ouer as ons: Andries, Lettie, Truia, Petrus en Corrie. Die heel oudste seun en jongste dogter was nie by nie.

Met groot hartseer vertel die oom en tante om die beurt van die jongste dogter, Ralie, wat in die baie swaar jare by ryk, kinderlose vriende moes gaan bly waar sy grootgemaak is met baie liefde en geld - Italianers wat glo redelik naby die Bergmanns gebly het. Ons kon niks sê verby die knop in ons kele nie, want die tante was baie aangedaan toe sy vertel dat die dogter baiekeer met die boeties en sussies kom speel het, maar meestal siek was daarna, want die ou mense het haar nooit toegelaat om winter of somer sonder 'n trui en skoene te wees nie. As sy kaalvoet speel, was sy glo dodelik siek van 'n verkoue.

Wat die liewe tant Nelie nie gesê het nie, het haar kromgetrekte lyf vertel, maar haar oë het 'n tevredenheid gespreek wat jy nie kon wegpraat nie.

Oom Ampie was laggend in die geselskap met 'n vriendelikheid wat soos die liewe Heer se kroon om sy kop skyn. Hy sê toe hulle is vir 'n tydjie in die Bosveld vir bouwerk en kuier, want, 'Petrus se eksamens is lankal agter die rug,' vertel hy trots, en tot Petrus se verleentheid, sommer met die intrap van sy jongste seun se standerd ses uitslae wat reeds op 18 Desember die vorige jaar uit was. 'Met lof geslaag, en dit by die eenkamer skooltjie daar by Rankin's Pass.'

Oom Ampie was waarlik 'n goeie bouer en almal wat 'n goeie huis wou hê, het hom al die pad van Langkloof af laat kom. Hy't mos die Brown's Hotel op Warmbad gebou en ook baie van die geboue in Nylstroom. En ek moet sê, Petrus was 'n mooi jongetjie soos hy daar met Janneman staan en praat.

Terwyl die kinders nog buitekant rondstaan, staan tant Nelie op en 'n gekletter in die kombuis sê sy is besig om iets op die stoof te kook wat soos swael ruik. Later beduie sy dis aluin en heuning wat Ma smoors op die bene moes smeer. Nouja, met die heuning op haar bene, was die sit buitekant ook oor. Met al die brommers en vlieë, was dit 'n onbegonne taak om hulle van haar bene af te hou.

Tant Nelie het daar-en-dan besluit die Bergmann vrouens sal op Vaalbos tent opslaan om uit te help met koskook en medisynes. Smoors het sy gekom om Ma se bene te was en die aluinstroop aan te smeer, want ek en Janneman moes skooltoe. Eintlik was die aluinstroop redelik dun en sy het dit sommer so laat drup oor Ma se bene, en dan't sy die kussingsloopverbande omgeruil, die vorige dag s'n gewas en op die witdoringboompies drooggemaak. Jy weet mos hoe hulle so 'n ronde kroon maak waarop jy maklik klere kan oopgooi.

Op tant Nelie se vraag, sê Ma toe dat Pa weg is met draadspan, maar, 'Wie weet nou eintlik waar hy hom bevind.' Daar was duidelik nie geheime tussen die vrouens nie.

Die mansmense is daarna weg om daar by die MaHerries op Biesiepan te bou, en weet jy, die huis en waenhuis staan vandag nog daar. So oor die strek van 'n paar dae hoor ons ook die oom was, nes ons pa, gewoonlik vir 'n lang tyd weg op 'n strekking, maar anders as ons pa, eens terug by die huis, was hy 'n man wat tyd gemaak het vir sy vrou en kinders. Dié was 'n kuiertjie vir vrouens, en sy kamma bouery net 'n ekskuus om die oueres kans te gee vir lekker praat, so of hy geweet het Ma het min tyd.

Lettie het my suutjies met lig in die oog vertel dat haar ma altyd 'n sterk vrou was wat enigeen sou aanvat, maar met die jare het sy al siekliker en stiller geword. Dat sy alle manswerk kon doen, was nie altemit nie; niks was glo vir haar te swaar nie. Tussen haar en die ouer dogters kon hulle melk, room, jag, seepkook en klere maak, lammers vang en nog slag ook, en die lekkerste van alles, sy't geweet hoe om haasvleis gaar te maak. Daar was glo baie vet hase by Langkloof waar die grond geil is en die koringlande soet by Sterkstroom. Dis daar waar die seunskinders strikke gespan en dan later met hande vol hase by die huis aankom.

Dat die mansmense net so handig was en enigiets kon doen wat gedoen moes word op 'n plaas, was nie te betwyfel nie, en dan nog goed bou ook.

Niemand kon sê of Pa alweer nie daar sou wees vir die baba se geboorte nie, en terwyl hy weg was, sou Janneman moes ry vir tant Hantie nader aan die bevalling. Gelukkig vir

Ma, het oom Bergmann beloof hulle sal by haar indraai oppad na die MaHerries toe en waarsku van die baba. Sy't nie woord gestuur dat sy sou kom nie; ons het net geweet sy sou.

Dit was soos nag vir Janneman en myself voor tant Nelie se koms. Oor Ma se toestand, het ons soos gewoonlik smoors voor skool die werkies verdeel en gesorg dat daar pap op die stoof en melk in die emmertjie is, maar baiekeer as ons van die skool af terugkom, het Ma nog net daar onder die peperboom rondgesit met die kleintjies neulend om haar. Hessie het by haar mense gaan kuier en ou Sara was die enigste ander siel wat kon sorg vir kos in die dag.

In daardie dae moes onstwee nog vroeër opstaan om te melk en die diere te versorg. Jy kan nie net een koei melk vir genoeg melk op die tafel nie – almal moes gemelk word of die kallers suip alles uit of die koeie droog op. As jy party oorslaan en jy wil hulle die volgende dag melk, dan's hulle beduiweld en skop so dat jy skaars die spanriem kan vasmaak. Afrikanerkoeie gee ook nie baie melk nie, maar noodgedwonge met die tyd wat aanstap, is hulle om die beurt gemelk om vroeër weg te kom.

Dan was dit donkies aankeer, was, eet en skooltoe. Ek onthou vandag nog hoe moeg en honger onstwee was en hoe moedeloos ook. Om teen skemer by die huis te kom en dan met beeste te werk en iets meer as ou Sara se pap op die tafel te kry, was 'n groot werk. Jy leer gou om eers die vleis uit die varkvetkanne op te gebruik, en dan begin jy 'n hoender hier-en-daar slag, want jy kan tog nie al die hoenders uitslag nie. Baiekeer was die varkvetkanne se vleis al galsterig, maar dis wat ons gehad het. Dit was darem ongoddelike harde werk vir kinders! Kyk net hoe lyk my ou hande vandag van die rumatiek.

Tant Grietjie het partykeer as ou Jakob weg is 'n wildskarmenaaitjie oorgestuur, maar dis ook al wat sy kon doen uit haar armoede. Sy was reeds baie sieklik daardie tyd, en ek reken ook moedeloos van die gesukkel sonder geriewe en geld.

As jy dink Pa was harteloos en suinig, dan moet jy weet, ou Jakob was tien keer erger en het nie verniet sy bynaam van

Knypies gekry nie. Tant Grietjie was soos 'n slaaf in daardie huis wat alles vir die luie ou vloek moes doen, binne- en buitekant die huis, dan 'n kind elke jaar en nie 'n pennie vir kos of kleer nie. Wat werk aangaan, was Groot Tommie die pa daar. Die dag toe hy pen neersit na standerd ses, was sy lot vasgemaak so met die kamma baas op die stoep - harde werk in die bloedige hitte en op wind leef. Die groot dogters moes vroeg uit die skool om te help kindgrootmaak asof hulle self geboorte gegee het. Dit in 'n huis sonder hart en 'n piepklein mannetjie wat die sweep daar swaai.

Een more vroeg in Augustus na tant Nelie se koms en toe Ma se tyd baie naby is, kom Groot Tommie soos gewoonlik op Vaalbos aan met die donkie, maak hom vas aan 'n paal by die water en kom staan leëhande by die agterdeur - sy oë sommer diep in hulle kaste en lippe gebars soos hy oor hulle bly lek. Tant Nelie sê nog, 'Kom in, Tommie,' maar hy staan net daar met lang arms langs die sye. Sy's met moeite die paar trappies af en trek hom die kombuis in, en toe kom dit hees uit, 'Tante, Ma is vroeg vanmôre heen.'

Daar't die twee vir 'n lang tyd gestaan met arms om mekaar terwyl Groot Tommie se skouers ruk in sy magteloosheid om die lewe se pad te verander - 'n kind se hart in 'n groot man se lyf.

Tussen Tant Nelie, Lettie en die ander groot dogters, is daar 'n begrafnis gereël en rouklere vir die kinders gekry. In Ma se siekte en moegheid, het sy sowaar die teenwoordigheid van gees gehad om dadelik 'n opgeskote klein swarte met Vaaltyn te stuur om Pa en oom Jakob te soek waar hulle ookal span. Die ander kleinding is met 'n brief na al die plase in die omgewing rondgestuur om te laat weet van die begrafnis op Rooibokvlei. Ons het tant Grietjie die derde dag begrawe met die pa van die huis iewers by anderman se drade.

Hessie en ou Sara wou opsluit naby Ma bly en so was sy en die kleiner kinders alleen by die huis toe haar ou maat begrawe is. Haar hartseer vir 'n enigste sielsgenoot het geen einde geken nie, en teen skemer toe ons terugkom van die begrafnis, was sy só ontsteld, dat die baba dreig om nie langer te wag nie al was dit nog nie tyd nie.

Ma se toestand het van daar af vinnig verswak. Sy kon skaars loop, haar bene was gedaan, en haar enkels, hande en oë só geswel, dat sy skaars kon beweeg of sien wat om haar aangaan. Tant Nelie het letterlik op 'n stoel by haar in die kamer geslaap met die Bergmann dogters om hand te gee, al was die tweede-oudste nie kapabel vir veel nie. Die arme dogter het ook polio opgedoen dieselfde tyd as klein Katrien, en haar een arm en been was ook verlam, maar sy was 'n asem wat by die kleintjies kon speel, want Danie en Hermien wou net kattekwaad aanvang, terwyl Katrien soos 'n klein krap skeef-skeef en huilerig agter almal aandraf.

Tant Nelie het haar oë laat loop oor die slaapkamer wat huis was vir te veel kinders, en net daar skuif sy almal wat nog in doeke is, uit na die kamer langsaan. Toe gaan sit sy langs Ma en sê, 'Katrien, ons kán saam hierdie kind in die wêreld bring al kom Hantie dalk laat.' Janneman moes dadelik ry vir die tante anderkant Steenbokpan.

Nou, hier is die ding wat vandag se mense moontlik nie sal begryp nie - Janneman was die enigste man op die plaas — skaars agt en klaar 'n ou man in kop en lyf. Die oomblik toe hy klaar gemelk het, vang hy ou Bul om tant Hantie te gaan haal, maar toe ons dink hy's lankal weg, kom hy rooi in die gesig in van buitekant af om te sê hy vat maar vir Swarte, want daar's fout met die kapkar se wiel.

Met 'n stuk biltong in die sak is hy daar weg Gruispan toe sonder nat of droog oor sy lippe en dit met 'n befoeterde donkie. Teen donker het ek die pad begin dophou, maar die stofwolkies was net Augustus winde. Met sonsopkoms het die hane gekraai sonder 'n teken van haar of Janneman.

Ma het vir twee dae tussen lewe en dood rondgehang, en wat tant Nelie en Lettie ookal probeer het, was sy meer in 'n floute as by haar volle positiewe. Ook maar goed, want die aand van die tweede dag kom Janneman daar met die voet aan, klere geskeur en rooi verbrand van die son. Swarte het hom glo net skuins duskant Steenbokpan afgegooi toe hy die donkie te veel met die marêtlalat looi, en toe val hy met sy kop op een van die groot klippe daar by die kruispad. Daar't hy gelê sonder dat iemand hom raaksien, en toe hy uiteindelik bykom, was hy so dronk dat hy nie kon loop nie. Swarte was nêrens te sien nie, so hy's met die voet verder Gruispan toe waar hy voor dooimansdeur te staan kom. Waar hy ookal rondvra, niemand het geweet waar die Verhoefs is nie, en toe draf hy al die pad terug Vaalbos toe.

Niks was vir my te swaar na daardie twee dae terwyl ons met Ma besig was nie, maar die liewe Here weet, dit was bitter dae! Ma was aan die begin te skaam dat die ander Bergmann dogters ook help, maar tant Nelie het net gesê Lettie is 'n hubare vrou, so dit sou húlle twee wees in die kamer, en ek en Corrie wat medisyne aandra en koffie maak.

Toe die son sy kop oor die maroelabome steek die derde dag, skeur tant Nelie 'n goeie laken in sulke ses-duim stroke en roep ons om te kom help. Ons lug Ma se bolyf toe op en draai dit só styf onder haar borste vas met die laken, dat sy uit die beswyming kom met 'n onaardige gekreun. Maar tant Nelie sê ons aan, 'Maria, vat jy en Lettie daardie punt en ek vat hierdie punt. Corrie, jy vee tant Katrien se gesig af met die nat waslap. Skop teen die kant van die katel vas, en as ek sê trek, dan trek julle so hard as julle kan.'

O, hemel, kind, dit was die vreeslikste dag van my lewe! As Hel só lyk, dan weet ek hoe dit voel.

Ma konnie die baba op haar eie in die lewe bring nie, en tant Nelie het gesê die baba sit te hoog om haar uit te help. Al was ek en Corrie kinders wat nie in die kraamkamer hoort nie, daar was nie ander hande nie, so ons moes die baba op 'n manier help sodat alles verder self kon gebeur. Tant Nelie sê toe, 'As ons dit nie regkry nie, kinders, dan lê ons hulle altwee uit voor die son ondergaan,' en ons staan reg vir wat ookal wag.

Ek was gedagtig aan hoe Ma gehuil het toe Janneman gebore is, maar hierdie was veel erger. Tant Nelie druk toe die deur goed toe en laat sak die venster sodat die ander kleineres nie kon hoor nie, al was dit bloedig warm binnekant. Toe sê sy net, 'Nou trek ons, kinders,' en ons skop vas teen die katel en ons trek.

Hoe lank ons so bly trek, en dan rus, en dan trek en rus, weet g'n mens nie, maar in die paar sekondes wat ons gerus het, was die enigste tyd dat Ma nie soos 'n ondier gehuil en geroep het na haar ma nie. Dan was dit weer trek en rus, en naderhand het Ma nie eers meer gehuil nie. So tussen tant Nelie, Lettie, Corrie en myself, het ons die baba met sweet en gebed in die lewe gebring, want Ma was flou. Dis eers toe klein Bertie begin skrou, dat ek sien Ma se oë vladder effe. Ons dankbaarheid was só groot dat jy nie kon sê wie die hardste huil nie – ons of Bertie.

Tant Nelie knoop toe die naelstring, draai 'n naelband om sy maag, maak hom mooi toe, en laat lê hom eenkant met, 'Maria, kyk jy dat jou boetie warm bly.' Maar toe ons omdraai, was Ma dood. Die hele bed was net bloed en Ma se oë wyd oop en glasig.

'Lettie, gee hand!' roep die tante toe en hulle gryp die matras aan die voetenent en lug dit so hoog as hulle kon. My kop het stil gaan staan. 'Maria, los die baba en hardloop vir die water! Lettie, druk die ander kussings hier onder die matras in,' hoor ek van vêr af. As dit nie was vir die tante se harde stem nie, sou ek net daar bly staan het, maar toe kon ek skielik weer mooi sien en my bene kry krag vir warm water in die kombuis.

Terug in die kamer, was tant Nelie besig om Ma se hande hardhandig te vryf. Die oorblywende laken is opgeskeur in groter stroke en tussen haar en Lettie bind hulle toe weer Ma se lyf van onder haar borste tot by haar bobene baie styf vas. Ek het nog vaagweg gewonder hoekom ons dit doen as Ma klaar dood is, maar een het net bly medisyne meng en die ander hou haar kop vas sodat die medisyne tussen haar koue, blou lippe ingeforseer kon word.

Na 'n ewigheid, hoes Ma net eenkeer en sug toe 'n baie lang sug en haar hande val slap van die katel af. 'Nou kan ons rus, kinders,' sê tant Nelie net, en ek besef Ma is nie dood nie.

Die tante het die venster oopgegooi en is deur toe om 'n trek in die warm kamer te kry; toe sê sy ons moet tee drink en dan gaan skuinslê, maar sy self sou waak by Ma. Toe ons in die kombuis kom, staan die twee ou swartes penorent daar en wag, en toe ek sê Ma en die baba leef, gaan sit altwee soos ou mense wat weet die einde is naby. Meer getroue swartes sou jy nie kry nie. Ou Sara vee toe met die rok se punt oor haar gesig, staan stadig op en gaan buitentoe om die ander kleintjies te versorg. Hessie het haarself doenig gehou by die agterdeur, maar ek't gesien hoe sy met die agterkant van haar hand bly oë afvee. Gevoelentheid het nie kleur nie, kind.

Ons het besluit die baba sal Bertie heet, een van Pa se name. Hy moes liefs in die bed by Lettie slaap om hom warm te hou, terwyl tant Nelie by Ma sit. Corrie moes die houtstoof aan die gang hou en die swartes help met die kleintjies. So kon ek eerste beurt vat om ook bietjie te slaap en vergeet van die dag se sorge. Maar slaap was daar nie.

Bertie was van die begin af 'n moeilike baba. Hy't aanhoudend geskrou en slaap was min. Tant Nelie het gesê Ma is te siek vir hom om aan haar te drink, so Janneman moes biesmelk kry wat ons kon verdun vir die baba. Gelukkig het een van Ma se skaapooie net die vorige week gelam en daar was genoeg bies wat ons kon gebruik. Natuurlik was daar nie 'n bababottel en tepel nie, maar tant Nelie het van dun melkdoek 'n tepel gemaak wat ons met garing om 'n bottel se bek kon vasdraai. Bertie wou hierdie tepel net-nie vat nie en het blou moord geskrou, maar die honger het hom ingehaal en hy moes maar net aan die laptiet begin suig. Elke keer as hy klaar was, moes ons die tepel afhaal en in water op die stoof kook voor hy weer drink. Ons het nie gevra hoekom nie, want tant Nelie was die grootmens wat van sulke dinge geweet het.

Die flenniedoeke wat Ma gemaak het, het uit die laaikas gekom, maar dit was vêr te warm vir die babakousies en al wat hy gedra het, was 'n ou onderhempie van Hermien en 'n doek. Hessie was reg om die doeke te was, anders weet ek nie wie dit ook nog sou gedoen het nie.

By die vierde dag na Bertie se geboorte, kon Ma half regop sit in die bed, maar sy was só swak dat tant Nelie haar teelepelsgewys moes voer. Dit was 'n bestiering dat die Bergmanns in daardie tyd op Vaalbos was, want Pa was nog altyd weg met draadspan. Teen die einde van die tweede week, sê die tante met 'n sagte stem, 'Maria, jou ma gaan nie gou gesond word nie; jy sal moet skool verlaat om na Bertie om te sien,' want sy sou terug huistoe as die mans klaar gebou het. Met tant Grietjie in die graf, was daar niemand wat kon uithelp nie. Ek kon daardie nag nie ophou huil nie, want skoolgaan was die enigste lekker ding wat ek en Janneman saam kon doen.

Een laatmiddag daag Pa toe sonder waarskuwing daar op. Jy konnie sê wie was Filemon en wie was Pa nie, so vuil was hulle. Ek dink nie hulle klere het een keer water en seep gesien in al die tyd dat hulle weg was nie. Sonder om te groet, is hy die huis in en daar't hy súlke harde woorde met tant Nelie gehad, dat Bertie uit volle bors begin skrou.

'Ja, Albert, dis die kind wat jy gemaak het en wat jou vrou se dood kon gekos het, want jy lê rond by die ander mense en wie weet waar anders ook!' kon ons haar selfs buitekant hoor. Wat presies daar binnekant gebeur het, weet ons kinders nie, maar later toe Bertie homself amper winduit gehuil het, is ek binnetoe om hom te voed, en daar kry ek Pa met die rooie baba op sy skoot! Toe ek Bertie wou vat, sê hy net ek moet die melk aangee, want, 'Ek sal sélf hierdie kind grootmaak.'

En op sy manier grootmaak, het hy.

Daardie selfde aand het tant Nelie haar dogters se hande gevat en in die tent gaan slaap. Die volgende dag het sy 'n klein swarte gestuur om oom Ampie-hulle te haal.

Die Bergmanns het nog 'n week oorgestaan en toe was ek op my eie. Ek was darem tien en daar was geen werk wat ek nie kon doen nie, maar kan jy dink wat sou gebeur het as ek die baba alleen moes vang? Dit sou weer die twee ou swartes en ek gewees het soos met Hermien. Die tante het my styf teen haar bors vasgedruk en gesê, 'My liewe kind, nou's hierdie jou groot werk, maar die Here sal sorg. Stuur woord as dit te veel word vir jou,' en druk 'n sjieling in my hand vir seëls.

Ek en Janneman konnie verstaan hoekom Pa hierdie baba wou vashou nie, maar so was dit, en ons het maar net gekyk en meer geleer van die pa met die harde hart. Die vuilwerk soos bad, doeke omruil en kosgee, het Pa gerieflikheidshalwe vir my gelos. Ek moes Bertie heeldag op my rug dra, want hy was 'n bekonkelde baba en wou nie in 'n kot slaap nie. As hy skoon en netjies was, het Pa hom op die voorstoep vasgehou en van alles-en-nog-wat met die kleine baba gepraat, en hom dan in my kamer kom neerlê en gesê, 'Sorg jy nou, Marja!'

Na drie maande van by die huis bly, was niks meer lekker nie. Janneman het alleen skooltoe gegaan tot die einde van die jaar en Meester Steyn het huiswerk vir my gestuur, maar daar was nooit tyd om dit te doen nie.

Hoe ons daardie jaar oorleef het, weet ek nie, maar as ek vandag terugdink, dan weet ek dit was die kortste jaar, maar ook die langste jaar van ons lewens.

Die eerste dag van die Desembervakansie trek Meester Steyn sowaar sy muil in voor ons huis. Na hy met Pa bladgeskud en gevra het na Ma se welsyn, sê hy, 'Oom Albert, as die skool in Januarie begin, moet Maria op die skoolbanke wees.' Pa het sommer opgespring en met die vinger beduie dat die meester liefs sy skoolwerk moet loop doen, want, 'Marja bly by die huis.'

Dis toe dat Meester Steyn ook opstaan en in sy onderwysstem sê, 'Oom, as Maria nie in die skool is nie, laat weet ek die Staat en die polisie, want sy is te jonk om by die huis te bly. Daar is nuwe reëls wat die Staat ingebring het wat sê 'n kind moet tot standerd ses op skool bly.' En toe as 'n nagedagte, 'Maria is die slimste kind in die skool.'

Natuurlik het ons laterjare uitgevind dit was 'n groot kluitjie van die reëls, want baie kinders het nooit eers skooltoe gegaan nie, maar op daardie dag was dit wat Pa moes hoor. In Januarie was Ma 'n bietjie sterker, en tussen haar en die twee ou swartes kon hulle al die kleiner kinders behartig en is ek en Janneman terug skooltoe.

Strop

Ek onthou daardie dag soos gister toe ek so op Vaaltyn sit en skommel - dit het gevoel of my hart my hele borskas vol sit van blygeid.

Vrekkerigheid

Net voor die begin van die Desember skoolvakansie, het die Bergmanns verbygekom oppad terug Langkloof toe – die mans was klaar met die bouwerk anderkant Steenbokpan.

Dit was ongeveer drie maande voor my elfde verjaarsdag. Die drie seuns, Andries, Petrus en die swart kind, Johannes, was op muile terwyl die dogters bo-op die goedere sit wat op die buik van die wa vasgemaak was.

Tant Nelie het afgeklim en by Pa verbygeloop sonder om dag te sê, reguit huistoe om Ma te gaan groet. Toe sy terugkom, was haar oë baie rooi. Oom Ampie het afgeklim om te groet en gesê hulle is haastig, so die seuns sal sommer so uit die saal groet.

Petrus was toe sewentien, amper agttien. Terwyl die grootmans nog praat, sê Andries suutjies, maar hard genoeg vir ons ore, hy dink ek's 'n mooie nooi, maar Petrus druk net vorentoe met sy muil en sê, 'Andries, hierdie is my nooi. Ek kom haar haal as sy groot is,' en leun vooroor, haal hoed af en hou iets in sy hand. Later in die kamer toe ek kyk wat hy in my hand geprop het, lê daar 'n tarentaaltjie wat hy met sy knipmes uit hout gesny het. Oral op die lyf was die kolletjies met 'n warm draad gebrand en op die pensie: *Petrus Bergmann.*

En ses jaar later het hy my kom haal.

Met Ma wat steeds baie siek was, is ek met 'n swaar hart skooltoe, maar dit was die enigste plek waar ons kon kind wees. Vir my was dit nog vyf jaar van lekker leer, want skool het opgehou by standerd ses. Daar was nie 'n standerd tien soos nou nie. Klein Katrien moes eintlik in 1928 saam met ons skooltoe gaan, maar met al die gesukkel en alleenheid, het Ma besluit dis beter dat sy nog 'n jaar by die huis bly, want 'Miskien is sy dan sterker wees om ook op 'n donkie te kom.' Ek en Janneman het geweet dit sal nie gebeur nie, want in die eerste plek sou sy nie die donkie kon beheer met 'n gebreklike hand nie, maar sy was ook nog nooit op 'n donkie nie. Aan die ander kant sou Pa nooit in-der-ewigheid nog 'n donkie afstaan vir haar nie. So, nou hoe gedaan?

Aan die begin van die 1929 skooljaar, sê Janneman toe hy sal Katrien voor hom op Swarte vat as ek al die kos vashou op Vaaltyn, en op dié manier is ons skooltoe met Katrien wat nie 'n oomblik kon stilbly nie. Elke boom, elke grassie en elke voël was 'n nuwe ding om gaande oor te raak en lekker te lag. Die gebreklikheid het gelyk of dit haar nooit pla nie, maar heimlik het ons geweet sy sou nie regkom op skool nie.

Meester Steyn het haar saam met die grade voor in die klas gesit, maar sy konnie die potlood mooi vashou nie. Ma het haar soveel as moontlik probeer leer oor die jare, maar met drie klein babas opmekaar, het sy die belangrikste ding misgekyk – Katrien was regs en nou moes sy links leer skryf. Meester moes baie tyd op haar spandeer net sodat sy 'n potlood kon vashou. Ek en Janneman het stil-stil besluit om niks te sê oor die gesukkel by die skool nie.

Nou-ja, in die maande na Bertie se geboorte, wou Ma maar net nie mooi regkom nie. Dit was 'n groot bekommernis dat Pa dalk weer saam met oom Jakob vir maande sou wegwerk, want met ons groteres by die skool, was daar niemand om te kom handgee met die plaaswerk nie.

Nie ek of Janneman wou sê wat die swartes suutjies oor gepraat het nie: *Waarom kon Sofie dan nie by die huis bly nie?* Sy was gladnie lief vir skool nie, en in elk geval, dit was haar laaste jaar. Meester Steyn sou al haar huiswerk saam met ons gestuur het as Ma net wou vra. Maar die koning van kafferland sou nie eers kon raai watse onredelike voortrekkery dié was nie.

Jy moet onthou, met tant Grietjie van oom Jakob het haar groter dogters net haar plek gevat - heeltemal oorwerk by die huis en reeds afgesloof soos hulle ma. Sofie wat daar rondsit, was 'n onheilige ding met die ou vloek wat net altyd 'n lêplek gesoek het. As dit nie was vir Groot Tommie nie, dan het hulle heeltemal vergaan van die honger, maar hy was ook reeds lankal 'n opgeskote jong man en sou nie altyd sonder vrou-vat bly nie. Hy het nog altyd as oom Jakob weg was met die donkie oorgekom van Rooibokvlei af, nooit met leë hande nie - eenkeer net 'n paar patatas, maar daar's altyd groente uitgeruil tussen die twee families, en hy's nooit droëbek huistoe nie.

Soos dit is, was Pa natuurlik baie meer as gewoonlik by die huis na Bertie se geboorte. Hy en Filemon het in die boord gewerk en meer groente geplant. Toe hulle weg was met draadspan, was daar nie eintlik veel meer as 'n bietjie aartappels en kool nie. Altyd kool, want die blare is só goed om 'n koors te breek. Jy kook mos water en dan laat lê jy die sterk koolblare daarin vir 'n rukkie, en dan sit jy dit óf tussen 'n kind se blaaie of op die bors vir benoudebors, óf jy pak dit dik op 'n voorkop of 'n baba se maag as hulle koliek het. Dan draai jy 'n lap om om die hitte daar te hou. Daar was nie 'n beter manier om koors te breek as dit nie.

Soos ek jou vertel het, oom Jakob was sowáár suinig. Jy weet, as hy by die huis was, het hy elke liewe aand met sy kierie gestaan en die biltonge tel wat op hulle voorstoep hang. Partykeer was die biltong al wit van die ouderdom, maar wee 'n kind as hulle waag een vat sonder om te vra! Groot Tommie het later begin opstandig raak oor die suinigheid en gesê, 'Pa, die biltong proe soos meel en is vol vlieëmis. Ek haal af sodat ons kan eet!' en dan't hy genoeg afgehaal sodat die dogters dit kon stamp om saam met pap te eet. Hy was te groot om 'n pak slae te kry en oom Jakob ook nou nie juis 'n groot man wat 'n kind kop-en-skouers groter as hy kon pakgee nie, en so het Groot Tommie daarmee weggekom. Maar wat het daardie arme kinders geleer van vrygewigheid? Net mooi niks.

Ek onthou eenkeer het ons op Rooibokvlei gaan kuier toe ek so drie was. Na ons klaar geëet het, het oom Jakob boekegevat, en jy weet, hy't éérs gespook met die Hollandse Bybel! Nietemin, net voor hy sê, 'Laat ons bidde,' draai hy die lamp só vêr af om kwonsuis lampolie te spaar, dat die vlammetjie amper doodgaan. So in die skemer moes ek seker vaak geword het met my kop teen die stoel se rugleuning. Nou, die stoel het sulke houtsporte vir 'n rugleuning gehad, en daar glip my kop toe deur die sporte! Toe die ou vrekkerd 'Aaaamen' sê, skrik ek wakker en sit daar vas soos 'n bees in die drukgang! Ma en tant Grietjie het hóé lank gespook om my kop daar uit te kry terwyl die mans grommel dat kinders nie luister as daar boeke gevat word nie. Pa wou my bykom oor die 'stoutigheid,' maar Ma het haar rug styf gemaak en gesê dis alles oor die suinigheid en dat 'n kind dan in die donker aan die slaap raak. Nie eers ou Jakob kon dink wat om daarop te sê nie.

Ma het wel swaargekry met Pa se suinigheid, maar dit was niks, want tant Grietjie, rus haar siel, was die een wat werklik nie 'n maklike lewe gehad nie. Daar was vier kleiner kinders in die huis, almal een-jaar, een-jaar uitmekaar. Dan het Sofie nog in die week by hulle gebly sodat sy uit die huis kon skoolgaan. Die Vader alleen weet wat hulle geëet het as daar nie kos oor en weer gestuur is nie. Maar teen 1929 was daar amper geen draadwerk nie, en dan natuurlik min kos op die tafel. Dit was swaar tye vir almal. Baiekeer as ons in die veld skooltoe ry, kon jy sien die wild word minder en die beeste maerder.

Thys Bekker se winkel het omtrent niks meel of suiker gehad nie en het toegemaak nog voor die ou skooltjie die volgende jaar se einde verskuif het Steenbokpan toe. Sofie het haar standerd ses geskryf voor die skool se verskuiwing, want dié mejuffrou sou nooit al die pad Steenbokpan toe op 'n donkie se rug nie.

Thys Bekker se 'winkel' was mos eers net 'n holt waar die possak afgegooi is, maar hy was slim genoeg om later bietjie goedere aan te hou vir mense wat die pos saam met die skoolkinders huistoe laat stuur het. Nou was daardie aar ook droog. Mense soos ou Blink Ben Stander wat naby die rivier gebly het, het net oor die grens gaan goedere koop by die Van Heerdens se winkel op Parr's Holt. Dit was die eerste winkel net oorkant die grens in Betsjoeanaland.

Baie ou boere het behoorlik gesterf van die honger, want jy konnie vee verkoop kry nie en die Staat het nie geld gehad om uit te help nie. Ek onthou Pa het gesê, 'Die goewerment

help my nie meer nie, nou waarvoor moet ek belasting betaal?'
Nou nie dat daar juis belasting betaal is daardie dae nie. Dit was
depressie, die regering amper bankrot en mense verarmd.

Vir 'n baie lang tyd – maklik drie jaar na Bertie se
geboorte – het ons amper nooit 'n lamp aangesteek nie. Die
huis was donker en ons moes vroeg eet, vroeg boekevat en
vroeg gaan slaap. Ons kinders het twee kort beesvetkersies
gehad om lig te maak vir voete-was en in die bed kom. Ma het
een lang kers gemaak van oorskiet stukkies en beesvet en dit
opgesny in drie – een vir elke slaapkamer. Dit moes ons hou vir
'n lang tyd, en so het ons vinnig in koue water gewas, tande
geborsel en in die bed gekom. Jy't maar gou die kers uitgeblaas,
want die beesvet rook en stink baie.

By die skool kon onsdrie tenminste speeltye met maats
speel, maar in die winter was dit bitter koud met ou truitjies
wat dun geskif was op die moue lankal te kort vir ons arms. Ma
het al die ou meelsakkies uitgekook en losgetrek, en daarvan
het sy ons dogters se onderklere gemaak. Tot die lyn waarmee
dit toegewerk was, is gebruik. Janneman se hemde en broeke
was naderhand só gelap, dat daar meer laslap as broek was. Ma
het Pa se ou kakiehemde verwerk vir die twee ouer seuns s'n,
maar jy weet, daardie ou plaashemde was ook só gedaan en
gevlek, dat baiekeer as ons by die skool speel, het Janneman se
'nuwe' klere geskeur. Die seuns het mos nie sokkies of
onderklere gedra nie, en hy't menige dag agteruit geloop
oppad donkies toe as die skool uitkom, so geskeur was sy
broeke.

Wanneer Pa nie by die huis was nie, was ons ook nie so
haastig om smiddae daar te kom nie. Ons kon mos alles vinnig
klaarmaak sonder om bang te wees vir die strop. Ai, ons het
darem baie slae gekry! Party van die strop-knope se merke sit
nou-nog agter die waai van my bene, en dit na negentig jaar!

Eendag toe die klok lui, hou Meester Steyn ons terug, en
so met die vinger teen die wang sê hy, 'Jan, jy en Maria gaan
nie vandag huistoe tot ek weet waar hierdie blou hale op julle
bene vandaan kom nie.' Nie ek of Janneman kon sê nie, maar

ons kon ook nie kluitjies verkoop nie, en het net daar gestaan en in die hoeke van die kamer gekyk. Naderhand staan hy op en sê, 'Nouja, ek sien julle kannie onthou nie - volgende Vrydag is dit skoolvakansie en dan kom ek Vaalbos toe; sê vir oom Albert.'

Jinne, dit was omtrent 'n ding! Ons konnie waag om dit vir Pa te sê nie, want dan sou hy ons doodslaan, maar as Meester onverwags daar aankom, sou hy ons ook doodslaan!

'Hemel, Sussie, wat nou gedaan?' is al wat Janneman die hele pad kon sê, maar ek't ook nie 'n plan gehad nie. Ma moes geweet het daar's fout, en toe ons haar help met die boontjies kerf daardie aand, bly sy net stil kerf tot Janneman naderhand uitblaker, 'Ma, Meester Steyn kom hiernatoe om te hoor van die blou kolle op ons lywe!' en toe laat vat hy by die deur uit.

'Los die praat vir my, Sussie,' sê sy toe en hou net aan boontjies kerf.

Daardie nag kon die hele huis hoor hoe die grootmense struweling het in die slaapkamer. Bertie, wat nog steeds op drie jaar in die kot by hulle in die kamer was, het so aanhoudend geskrou, dat jy nie veel kon hoor wat daar gesê word nie.

In die môre toe ons opstaan vir skool, was Pa klaar in die kombuis by die agterdeur met sy leerbelt in die hand. Daar't hy eers vir Janneman gevat en hom só geslaan dat die bloed teen sy kuite afloop. Ek het net stom daar gestaan en wag vir my slae, want daar was nie te redeneer met Pa as hy in 'n woedebui was nie. Toe gryp hy my aan my vlegsels en ruk my agteroor, en toe reën die houe waar die belt ookal 'n vatplek kon kry.

Dis toe dat die arme Ma, siek soos sy was, hom bykom met die melkriem wat altyd by die agterdeur was. Hoe sy dit tussen die slanery kon afkry, weet ek nie, maar sy't daardie kort armpies van haar geswaai tot die moegheid haar oorval en toe sak sy in een van die kombuisstoele neer. Dit was asof Pa heeltemal sy sinne kwyt was, en sy oë was skoon glasig toe hy my eenkant toe smyt en by die agterdeur uitstorm. Janneman was nêrens te sien nie en Ma het net daar gesit en huil.

Ons is nie daardie dag skooltoe nie. Dit was 'n Vrydag.

Sondagmiddag toe Sofie moes terug Rooibokvlei toe, sê Ma vir Filemon aan om die kapkar vroeg die Maandagmôre te kom inspan eerder as Sondagmiddag. En so is ek en Janneman op die donkies en Sofie, Katrien, Ma en aldrie kleintjies die Maandag saam skooltoe. Daar by die skool het Meester Steyn ons kinders klaswerk gegee en toe praat hy en Ma lank.

'n Maand later was daar 'n brief vir Pa van die TOD af - dis nou die Transvaalse Onderwys Departement. Na 'n lang gespook om dit te lees, gooi Pa dit net doer in die hoek en is buitentoe. Ma het niks gesê nie, maar ek en Janneman het later suutjies die brief gaan optel om te weet wat dit sê. Daar staan toe dat 'n Meneer Steyn van Zyferbult Skool 'n klagte aahangig gemaak het teen Meneer Albert Schoeman vir kindermishandeling. Ook dat die Streek Skoolinspekteur die saak sou ondersoek in die eerste week van die nuwe kwartaal, en as daar bewyse was van mishandeling, word dit 'n saak vir die SA Polisie op Nylstroom. Geteken SFE Boshoff, Direkteur van Onderwys, Transvaal.

Dinge was daarna nooit weer reg tussen Ma en Pa nie. Ook nie in die slaapkamer nie, want Ma het die bedorwe Bertie se kot uitgeskuif tussen Janneman en Danie se beddens, en smoors kon jy net een lyf se duik op die grootmense se bed sien.

Pa het later vir Bertie begin saamvat as hy draadspan, en as hy nie gespan het nie, was hy ook nie by die huis nie - ons het hom omtrent nooit gesien nie. Dit was salig. Filemon het partykeer alleen op Vaalbos aangekom om by die statte te kuier. So't ons gehoor dat Pa met die kleine kind baiekeer Betsjoeanaland toe deur is, en hoe hulle vir weke daar bees slag en biltong maak. Ma wou by Filemon weet waar Pa dan slaap, maar hy't gemaak of hy nie mooi verstaan nie en net so vaagweg met die hand beduie van hier-en-daar.

Op hierdie manier het Pa nooit die skoolinspekteur gesien nie en ons blou kolle was ook meer geel-perserig as blou teen die tyd dat die wintervakansie verby is. Meester Steyn het so ongesiends na ons bene probeer kyk, maar ons het geweet wat hy doen.

By die skool het ons met alle ouderdomme kinders gekuier, want ons was mos nie veel in die skool nie. Janneman het vroërjare graag met Groot Tommie rondgestaan omdat daar nie baie seunskinders in die ou skooltjie was nie, maar Tommie was nou groot en uit die skool, en toe was daar net een van die Bekker seuns om mee te praat. Ek en twee van oom Jakob se dogters het lekker saamgespeel, maar Sofie was nou uitgebak en het gewoonlik op haar eie onder die maroelaboom voor die skool gesit. So nukkerig het sy gebly tot die skool toegemaak het in my standerd vier jaar. Daarna het sy by die huis gebly tot sy getroud is. Maar ek vertel later meer daarvan.

1930 - 1939

1930 was 'n lekker jaar vir kinders, maar werklikwaar, dit was seker nie 'n watwonderse jaar vir die grootmense nie.

Die depressie het baie só verarmd en versukkeld gemaak, dat hulle die grond net so gelos en vorentoe is om werk te soek. Ons het van boere gehoor wat bywoners op ander plase geword het en soos swartes moes werk om liggaam en siel aanmekaar te hou. Ander is myne toe en het later sielsmoeg teruggekom.

Dis ook die jaar dat daar 'n brief van die goewerment kom om te sê dis verkiesing, en nou kon vrouens ook stem. Ma het die brief hardop gelees en was baie ingenome daarmee, en ek dink as sy vandag geleef het, sou sy haar man kon staan met enige van die ministers. Haar kop was reg. Pa het gesê dis die grootste stront - wat weet vroumense nou van stem. Toe Ma hom vra vir wie hy gaan stem, kon hy haar nie antwoord nie, maar dit was nog altyd 'stront.'

By die skool het Meester Steyn mooi verduidelik waarom mense stem en ook hoekom vrouens nou vir die eerste keer stem. Hy was 'n slim man wat alles mooi kon uitpluis.

Daar was net twaalf of dertien kinders in die skool oor – ons Schoemans, oom Jakob se twee jonger dogters, 'n paar Coetzee kinders van Steenbokpan se kant af, en Thys Bekker s'n. Die paar van Soutpan en die berge se kant by Slangfontein, het gou uitgesak en nie skool klaargemaak nie. Dit was darem ook vêr om elke dag met die donkie te ry en die seuns moes werk, want daar was geen swart hande op daardie plase nie. Swak plase, het my Petrus altyd gesê; al wat dit goed voor is, is die sout wat daar soos brakland op die panne lê.

Meester Steyn was die eerste onderwyser wat deur die Staat gestuur is, en hy't sommer by die Bekkers agter die winkel gebly. In daardie dae het ons gedink die skool is vêr van hulle huis af, maar laterjare kon jy net 'n hopie knopgrond so twintig treë van die agterdeur af sien waar dit gestaan het.

Daar was 'n redelike groot maroelaboom skuins voor die skool, en Thys het twee pale onder die boom geplant met 'n dwarspaal bo-oor sodat die donkies daar vasgemaak kon word. Daar was ook 'n handpomp en 'n krip vir sy beeste naby, so, voor skool het ons eers die donkies laat suip en dan in die koelte vasgemaak waar hulle die heeldag kon staan en vlieë waai. Smiddae het hulle sommer gewei soos ons terugry. 'n Donkie is 'n treurniet van 'n ding wat tevrede is om net heeldag daar te staan.

Aan die oostekant van die skool was daar 'n kleinhuisie wat ons almal gebruik het. Thys het dit ook van knopgrond se stene gebou, en net soos die klaskamer, is dit aan die buitekant met slap, rooi grond soos pleister afgewerk. Hoog teen die agtermuur was daar twee stene uit en dit het gehelp vir die hitte en reuk binne-in. Daar was nie 'n deur aan nie, want dit het weg van die skool af gekyk, maar dit sou ook nie gehelp het met die vlieë wat soms swart teen die mure was nie. Hy't dit spesiaal vir die skool gebou op hulle preskripsie, want die meeste mense in daardie dae het sommer bossies toe gegaan vir opelyf; daar was nie so 'n ding soos 'n kleinhuisie nie. Tot óns op Vaalbos het bossies toe geloop, want daar was mos volgens Pa nooit tyd om een te bou nie.

Daar was ook nie papier in die kleinhuisie nie - nie koerantpapier of die Landbou Weekblad soos in laterjare nie. Ons het rooibosblare tussen ons hande gevryf en daarmee afgevee. Die blare ruik mos frank en so ruik jy nooit sleg nie. Meester Steyn het ons laat handewas in 'n erdeskottel by die klaskamerdeur as jy terugkom. Jy moet weet, baie kinders het net smoors opgestaan en aangegaan met die dag. Meeste het nie geweet van hande was, tande borsel of sakdoeke nie.

Ons het ook nie geweet van sakdoeke vir elke dag nie, maar Meester Steyn het laat weet dat elke kind tenminste 'n stukkie lap moet hê om neus te blaas. Ma het al die lappies omgeboor met die hand sodat dit nie sou uitrafel nie, maar sy't gesê elke kind moet sy eie sakdoek was. Ma het wel haar eie geborduurde kerksakdoeke gehad van die voorwêreld af. Die ou mense, veral die mans, het net neus gesnuif of neus geblaas met die duim teen een neusgat. Die ouer mans soos Pa en oom Jakob het eers goed gesnuif en keel skoongemaak en dan gespoeg tot dáár. Dit was niks snaaks nie.

Die Soutpan kinders van omtrent jou ouderdom het altyd net neus op die mou gevryf of sommer gladnie, en dis waar die storie van die seuntjie vandaan kom wat rigting wys om neus skoon te maak, 'Oom, jy ry net soontoe,' en dan wys hy met die arm by die neus verby, 'En dan draai oom daarso,' met die ander arm by die neus verby, totdat sy moue lekker vuil en die snuiwery oor was.

Nou-ja, speeltye het Meester Steyn saam met ons bok-bok of onder-handjie-klap gespeel, en ook reisies en storm-en-terug gehardloop dat dit bars, al was die sand so warm dat jy eintlik moes skoene aantrek. Maar skoene was vir kerk en vir die winter. Almal het kaalpoot skooltoe gegaan en daar was nie so 'n ding soos 'n skooldrag nie. Hy was waarlik 'n goeie onderwyser – het altyd gevra hoe dit met Ma gaan en wat ons eet en doen na skool.

Sofie het nooit eintlik met ons gepraat by die skool nie, en ek dink sy het rêrig niks geweet van wat in ons lewens aangaan nie. Met haar was Meester Steyn baie strenger, en menige keer moes sy en Groot Tommie, toe hy nog op skool was, ekstra klaswerk doen, want hulle't ook nie altyd hulle werk klaargekry nie. Arme Tommie het homself doodgewerk by die huis vol vroumense terwyl oom Jakob weg was saam met Pa. Maar Sofie het nie so 'n verskoning gehad nie.

In 1930 het Ma gesê Danie moet die volgende jaar skooltoe al was hy net vyf. Katrien was toe al agt, so Ma het geredineer dit was tyd dat Danie agter my op Vaaltyn ry en Katrien soos gewoonlik agter Janneman op Swarte. Nouja, Danie was 'n slim kind wat meestal gesit en droom het wanneer hy werkies moes doen. Hy en Janneman het lankal by Filemon sy taal geleer praat, en oor die naweke was hulle oral saam met die ou swarte as hy daar was en dan't hulle alles oor die veld geleer.

Die moeilikste vir ons witmense was altyd om 'n kombrooplant of 'n vingerpol te eien, maar die swartes wat van Betsjoeanaland af kom, het presies geweet waar om te grou vir kombroo en hoe om te soek na 'n vingerpol as dit nie blomtyd is nie. Die enigste medisyne uit die veld wat ons almal aan die blare kon eien, was die elandsboontjie wat mos soos 'n varing lyk, maar met harde blare. Jy eet die wortel wat eers dun skywe gesny en gekook word. Jong, dit word bloedrooi, maar is die beste medisyne vir maagwerk, tot vir kallers.

Nou, kombroo is 'n wonderlike plant met 'n groot knol vol water onder die grond. Hulle sê die Boesmans kan leef sonder water as hulle net 'n kombroo kan kry, en dié groei in die Bosveld ook. Ons het een- of tweekeer so 'n pol uitgehaal, maar dit is skade as niemand dit gaan gebruik nie. Die vingerpol het weer 'n paar pieperige blaartjies bokant die grond en jy eien dit net as dit blom; dan kan jy die blommetjies onderstebo op jou vingers druk en dit lyk soos 'n kind met 'n hoedjie.

Die twee seuns was naderhand só slim in die veld om te weet watter bossies en bessies jy op kon leef, en waar die duikers en steenbokkies wei, dat Pa sowaar eendag sy .22 vir Janneman gee vir die twee om 'n steenbok te soek. Ma wou nog keer, maar die seuns is weg voor sy die geweer kon vat.

Partykeer het hulle teruggekom van die veld af met heuningkoeke in hulle hoede, want hulle't geweet hoe om 'n heuningvoëltjie te volg tot by 'n byenes. Die heuningvoël vlieg mos al om jou as jy in die veld rondloop, en bly al verder voor jou uitvlieg tot by die nes. Maar jy moet altyd 'n stuk heuningkoek vir hom ook los vir sy betaling en mooi kyk of daar nie ratelspore naby is nie, want anders vreet die ratel alles en grou nog verder die byenes uit dat daar niks oorbly nie.

Die ratel is seker die taaiste dier wat ek nog gesien het - jy kan hom nie doodkry met honde nie, en die oumense het vertel dat 'n ratel tot 'n leeu sou aanval as dit tussen hom en sy kos kom, kan jy glo! Ons het nooit die ratels doodgemaak nie, want hulle maak nie juis skade nie, maar moenie jou hoenderneste op die grond en buitekant die hok hê nie; hulle vreet die eiers, die hen en die kuikens net daar op. Is ook vir niks bang nie en so sterk soos 'n os.

Daardie wilde heuning is mos donker en só sterk dat jou oë waterig raak as jy 'n koutjie vat. Ma het altyd van die heuningkoeke op twee stokkies oor 'n erdebord laat lê sodat die heuning kon afdrip, en dan't sy 'n vol canfruit bottel daarvan gehou vir medisyne. Ons kinders het elke Sondag ons eie stukkie heuningkoek gekry wat sy met 'n skerp mes afsny en dan op ons leë borde sit as al ons kos opgeëet was. kan vandag nog die heuning ruik. Die heuning van Langkloof waar die Bergmanns was, het ek later uitgevind, is baie lekkerder, want die veldblomme daar in die vallei maak vir wáárlik lekker heuning.

Hoe dit ookal sy, sy't gesê as Danie so slim is dat hy in die veld aan die lewe kan bly op bessies en heuning, is hy slim genoeg vir skool. Sy het ons verbied om die plaaspaadjie oor Rooibokvlei te ry, want, 'As daar moeilikheid is, sal niemand julle kry nie.' Ek dink sy was maar altyd bang dat iets Katrien sou oorkom so vêr in die veld. Ons is met die grootpad verby tot by Skilpadfontein, en daar't ons regs gedraai tot by Thys Bekker se lyndraad, en daarvandaan weer regs tot by die skool. Dit was baie verder met die grootpad om, maar daar was tenminste twee rye spore vir die donkies en ons kon vinniger ry.

Ma was natuurlik reg, want eendag toe ons daar by Skilpadfontein se lande kom, skrik die donkies vir iets en gooi my en Danie af. Toe ons opstaan uit die stof, makeer hy niks, maar my arm was só seer dat ek nie meer Vaaltyn se leisels kon vashou nie en Danie moes uithelp tot op Vaalbos. Daar het Ma my arm styf met 'n lap vasgedraai en ek het so geloop tot dit weer aangegroei was.

Ons is vir nog 'n jaar met die donkies Zyferbult toe en toe maak die skool toe. Die dag dat Meester Steyn die ou plankdeurtjie agter hom toetrek vir die laaste maal, het ons almal, groot en klein, gehuil sonder ophou. Meester Steyn het bly oë afvee en groet ons toe almal ewe sedig met die hand.

Toe hy by my kom, sê hy, 'Maria, hou aan leer en moet nooit moed opgee as dit swaar gaan nie.' Ai, ek wou nie sy hand los nie, maar alles kom tot 'n end.

Ons het later gehoor hy is terug voorwêreld toe waar hy by 'n ander skool sou skoolhou.

'n Storieverteller

In die jare na 1930 het die predikante nie meer van Nylstroom af gekom om diens te hou nie, want daar is 'n aparte kerkgebied in die Waterberg-noord omgewing gestig, en ons distrik is toe bedien van Melkrivier daar noord van Vaalwater af.

Nou kon die predikante meer as een keer 'n jaar kom diens hou, maar daar was heelwat twis tussen Oranjefontein se mense en ons wat te vêr weg was om daar uit te kom vir kerk.

Toe sê oom Loodjie Verhoef van Matlabas en oom Daantjie van der Westhuizen van Steenbokpan, hulle sal die mans bymekaarkry en dan bou hulle self 'n kerk op Steenbokpan. Oom Hans Harmse van Groot Doornlaagte - daar waar die poskantoor later was - Wynand Deysel, oom Jan van Rooy, Callie Kühn, oom Antonie Verhoef en Roelf Swanepoel hou toe 'n kollekte en koop sink vir 'n sinkkerk op 'n stukkie grond wat ou oom Jan toegestaan het. Nou het die rondgaande predikante gereeld kom nagmaal hou en katkisasie bedien. Baie kinders is ook vir die eerste keer in die kerk gesien en sommer gedoop ook, party al heel groot.

Met ons eerste diens in die sinkkerk toe 'n Dominee Schoeman sy rondtes doen, vertel hy van die kansel af hoe hy in 'n tent geslaap het daar by Rietspruit-poort in die berge tussen Melkrivier en Ellisras. 'n Tier het blykbaar in die nag 'n bobbejaan gevang en toe skrik die swartes wat onder die wa geslaap het só, dat hulle almal in die tent inbondel. Die man moes seker baie vas geslaap het, want toe hy die volgende môre wakker word, was dit net swartes om sy bed! Hy lag toe te lekker oor sy eie storie. En al die mense sit doodstil sonder lag, want niemand het gedink dis snaaks nie. Vir 'n geleerde man was hy maar bra onnosel, want waar kry jy nou tiere in die Bosveld?

Nou, vir die ou boere was dit net 'n bietjie te veel dat die predikant grappies van die kansel af maak, en toe die diens verby is, kon jy hoor hoe grommel party dat 'n ander predikant hopelik volgende keer sou kom.

Net twee maande later het ons nagmaal gehad en sowaar, dis weer dieselfde man wat kom diens hou! Almal het alklaar rondgeskuif op die stoele wat hulle van die huis af saamgebring het, maar niemand wou die man mooi in die oë kyk daar waar hy die houtkas preekstoel vashou nie. En jou waarlik, net na hy die preekstoel mooi vasgevat en gebid het, vertel hy weer 'n storie voor hy nog eers uit die Bybel lees! Ou oom Callie Kühn het sommer hard keel skoongemaak en Pa konnie sy sit op die riempiestoel kry nie, en toe die man klaar vertel het, staan 'n hele paar mans op en loop uit.

Blykbaar het die predikant met die bokwa vasgesit in 'n spruit en toe help 'n klompie swartes hom uit met groot gesukkel. Hy was toe só dankbaar dat hulle hom gehelp het, dat hy net daar beloof om eendag vir hulle ook 'n kerk te bou en daar diens te hou. Dit was net te veel vir party ou boere dat die luie swartes wat maar net waterdraers en houtkappers soos in die Bybel se tyd was, nou 'n kerk beloof is! Later het ons gehoor die Oranjefontein se mense was net so keelvol en omtrent veertig mense het daar uitgeloop! Nodeloos om te sê daar's nooit 'n kerk vir die swartes gebou tot baie jare later nie, so asof die liewe Here nou in kleur kyk en uitsoekerig is.

Nietemin, almal was baie bly dat daar nou 'n aparte kerk vir Steenbokpan was, en met meer kinders in die kontrei wat moes skoolgaan, het die nuwe skool net skuins agter die kerk oopgemaak. Ag, dit was wel net 'n eenkamer skooltjie, maar dit was groter met 'n nuwe onderwyser – 'n Meester Venter.

My laaste twee skooljare het ons werklik vroeg opgestaan om betyds by Toezicht se skool te kom, want ons moes nog steeds met die donkies skooltoe en die pad was dubbel so lank Steenbokpan toe. Met die eerste hanekraai, was ons uit om aan te trek en te eet, en dan moes Janneman en Danie die donkies reghê sodat ons in die pad kon val. Ma het die vorige aand 'n stukkie beskuit reggesit en saam met 'n koppie swart, bitter koffie is ons donker daar weg. Die dertigs was swaar en suiker nêrens te kope nie. Genadiglik was dit nou te vroeg om nog te help met die melkery, maar glo jy my, in die aand moes ons, moeg soos ons was, help daarmee.

Dit was ons vier en ook klein Grietjie van oom Jakob op haar eie donkie, want die ouer kinders het klaargemaak met skool toe Zyferbult gesluit het. Elke môre het ons eers by die hoekpaal tussen Rooibokvlei en Vaalbos vir haar gewag, en dan's ons daarvandaan saam-saam skooltoe.

Nou, Toezicht se skool was net so skuins noord vanwaar die NG Kerk nou staan, en regs vanwaar oom Salie van Rooy se huis later gestaan het toe hy en Marja Suurdeegbol getroud is. Eers ry jy tot by die kruispad op Steenbokpan, dan regs Ellisras se kant toe vir 'n entjie tot by Gruispan, oom Antonie en tant Hantie Verhoef se plaas. Dan draai jy weer links met die bospaadjie verby oom Jan van Rooy se huis – dis nou oom Salie se ou pa wat die grond vir die kerk geskenk het - net so voor jy by die kerk kom, en verby tot waar oom Salie-hulle later gebly het, en dan skuins verby na die skool toe. Dis waarlik 'n vêr ent met die pad langs tot by die kerk.

Ek glo nie jy het ou Jan ooit geken nie, maar hoe hulle bestaan het, weet ek nie, want hy't nooit gewerk nie; altyd die verskoning gehad dat hy gebreklik is, maar hy was net half kruppel en ietwat skeel. Hy en die ou oom Callie Kühn en Hans Harmse was mos van die eerste boere in die omgewing wat grond toegestaan is van die goewerment. Die ou oom het heeldag op 'n stoel en onder die bome rondgetrek, want as jy grond amper verniet kry en dis boonop te klipperig vir boer, is daar nie veel werk nie. Sy sterk punt was dat hy familie kon uitlê tot hy die familie-aar tref. Toe 'n smous eendag daar opdaag, het dit hom tot laatmiddag en baie bekers koffie gevat om familie uit te lê, maar hy't dit reggekry, gelukkig voor die smous van hom familie was!

Almal was baie arm in die depressiejare, en dit was nie snaaks om met gelapte klere skooltoe te gaan nie. Die meeste kinders het nie eers padkos soos ons gehad nie. Hier teen elfuur as dit pouse was, was party só honger dat hulle nie kon saamspeel nie. Dis waar Meester Venter gesorg het dat een van die tantes in die omgewing brood bak en dan't elke kind 'n dik sny brood in die dag gekry – alles uit sy sak. Waar die meel vandaan gekom het, sal niemand weet nie.

Ek en Janneman het gedink daar sou nooit weer so 'n goeie mens soos Meester Steyn wees nie, maar toe stuur die goewerment vir Meester Venter, 'n jong man wat sy lewe lank op Steenbokpan kom bly en nog 'n veel beter onderwyser was met wysheid vêr bo sy jare. Dit was asof hy die leisels net so uit Meester Steyn se hande oorgevat en ons almal vorentoe laat beur het. Hy't altyd gesê mens sit skouer aan die wiel en dan's die wa gou deur die drif.

Al was ons honger in die dag, het ons geleer en bly hard werk. Dis ook hy wat later gesê het die Bosveld sal eendag ook woestyn wees, net soos die Kalahari anderkant die grens. My tweede oudste wat ook by hom skoolgegaan het, sê hy't eendag so vêr oor die lande gekyk en toe sê hy, 'Ons Boerenasie sal nog almal 'n koffiekleur word,' en hoe reg was hy nie.

Katrien het meestal kroeserig soos 'n verkluimde hoender met pouse rondgedwaal op die skoolgronde, en in die eenkamer skooltjie waar ons almal saamgehok was, kon ons oueres gou sien dit was vêr te swaar vir haar om by te bly. Maar sy't getrou skooltoe gegaan en nooit 'n dag gemis nie, al was dit swaar op die donkies en nog swaarder tussen die ander kinders wat kon leer.

Dis toe ons een middag die laaste strekking van die pad vat huistoe, dat Danie sê, 'Janneman, kyk hoe spoeg daardie koei.' En sowaar, net daar langs die pad staan een van Pa se skillerkoeie met sulke delle spoeg wat uit haar neus en bek hang! Die seuns was af van die donkies voor jy kon sê Jan-knap-se-maat om te sien wat aangaan, maar nie een van ons het nog ooit so-iets gesien nie. Met haar kop laag op die grond staan sy net botstil toe hulle haar met klippe gooi.

By die plaas gekom, vertel ons vir Pa en hy spring net daar op met skrik in die oë en ons almal is af kraal toe, want die beeste was al besig om waterkampie toe te kom. Daar gekom, staan daar nog 'n klomp beeste in die waterkampie net soos Filemon hulle in die môre gelos het om eers die ander werk te doen. Die paar van die veld af, was haastig om by die water uit te kom, maar die ander was almal hangkop met kwyl uit die bek.

Pa en Filemon hol toe op en af langs die draad en toe sê Pa, 'Janneman, kry die .22 met genoeg patrone,' en, 'Vrou, vat die dogters huistoe,' en toe Janneman terugkom, vat Pa die geweer en loop tot by elke bees en skiet dit tussen die oë. Toe laat hy Filemon die beeste wat van die veld af aankom pankampie toe aankeer sodat hulle nie meng met die ander nie, en sê hom aan om solank 'n lang sloot net agter die turksvylaning te grou.

Vanwaar ons dogters en Ma oor die onderdeur kon ons sien, is al die dooi beeste in die sloot gesleep met donkies en osrieme. Dit was al amper ligdag toe Pa, Filemon en Janneman pootuit die laaste een oor die kant rol, en toe gooi Pa ghries en lamolie oor en steek dit aan die brand. Daar't die mansmense klere uitgetrek, op die vuur gegooi en hulself in die krip gewas want almal was pikswart van die roet en sielsmoeg van die gespook. Nie een kon daardie dag eet nie.

Die kraalhek is stewig vasgedraai en Swarte is aan die werk gesit met Danie wat toulei by die bakkiespomp om die houtkrip vol te kry vir die oorblywende beeste. Toe die krip vol is, sê Pa, 'G'n bees kom hier in nie,' en draai die waterkampie met bloudraad toe.

Hy en Filemon het verseker hierdie soort siekte oorkant in Betsjoeanaland gesien en hoe aansteeklik dit is. Die heeldag het hy op die werf rondgedwaal en oog gegooi oor die paar ander beeste in die pankampie – daar was net omtrent dertig koeie oor van 'n tweehonderd kudde.

Daardie aand was die tweedekeer wat ek kan onthou dat Pa nie boekegevat het nie, maar nie een van ons sou ook 'n gebed kon opstuur hemel toe vir 'n Owerste wat so 'n swaarte oor ons kon bring nie.

Dis tóé dat Ma onthou van die goewerment se brief oor

bek-en-klouseer. Pa het soos 'n gees daar by die kombuistafel gesit en gesê niemand in daardie huis praat oor die beeste nie. Maande later het swartes van Betsjoeanaland af vertel dat beeste in hul duisende ook daar gevrek het na rondloperbeeste van Rhodesië af die grens oorgesteek het.

Dit was 'n vreeslike slag om nie melk in die huis te hê nie, en nog swaarder om die stilte in die kraal aan te hoor. En vir Pa wat so vrekkerig was, moes dit soos die dood van 'n geliefde gevoel het. Gelukkig was my koei, Blommetjie, een van die koeie wat nie siek geword het nie. Toe ek Janneman die volgende dag by die leë waterkampie kry, sê hy net, 'Sussie, ek wonder of Pa nou sal ophou skillerbeeste in die nag deursmokkel.'

Maar dit was nie die einde van die skillerbeeste nie, en vir tenminste twee jaar was Pa en Filemon heen-en-weer oor die grens, sodat daar later baie meer beeste in die kraal was as voor die bek-en-klouseer.

Bosveldtroue

1933 was die warmste jaar in menseheugenis. Ons het meestal rus-rus onder die maroelabome huistoe gery. Daar was geen gras op die veld nie en as ons daar oor die bult kom waar die geploegde sandlande nou is, het die stof sulke vlae gemaak na die panveld se kant toe.

Ma was altyd so bekommerd oor sonstraal, so sy't ek en Katrien se kappies met ekstra lang valletjies in die nek gemaak sodat dit halfpad oor ons skouers hang, en ons elke dag gemaak 'n langmou aantrek oor ons rokke. Maar daar waar jou bene by die rok uitsteek, het die son ons gedaan gebrand; seker hoekom my ou bene nou so vol vlekke is. Die seuns se bene was sommer dor van die vreeslike son, maar hulle wou nie hê Ma moet hulle in die aand varkvet insmeer nie.

Die water in ons bottels was vuurwarm, maar sy't ons met slae gedreig as ons nie driekeer water drink van die skool af nie. Dit was nie ongehoords om dooie beeste in die veld te sien lê nie, en ons was dit later só gewoond, dat niemand eers notisie daarvan geneem het nie. Vaalbos was doodgetrap met al die beeste en die veld net stof. Die aasvoëls het elke dag swart in die lug oor die plase gedraai, en naderhand was hulle so dik gevreet aan die dooie beeste, dat hulle nie eers opvlieg as die donkies verbykom nie.

Vir twee jaar was daar niks op die veld om te vreet vir die wild of die beeste nie, en die koedoes, rooibokke en kwaggas het na die riviere toe getrek en daar het hulle by hul duisende saam met die blouwildebeeste in die Mogol en Matlabas se sandbeddings gestaan. Oom Martiens Loots van Ellisras het vertel hoe hulle net met hangkoppe bly staan het in die Limpoporivier as hy die sweep klap, en dié wat val het net bly lê. Die wat oorleef het, is oor die grens en het nooit weer teruggekom nie.

In die wintermaande het Pa en Filemon soos gewoonlik met die beeste Matlabasrivier toe getrek vir weiding. In 1930 op Janneman se verjaarsdag, het Pa 'n rivierplaas aan die Matlabas vir 'n appel-en-'n-ui gekoop by 'n verarmde rivierboer wat werk op die myne gaan soek het. Nou was daar 'n plek om te oorwinter al was daar nie 'n huis of water vir mensegebruik nie. Maar so het die meeste van ons beeste die winter behoue gebly op die bietjie soet riviergras, en teen Oktober met saaityd moes hulle terug en was die lug blou en die son moordend warm.

Maar hierdie jaar was só warm dat die beeste een-vir-een begin vrek het al was hulle kondisie beter as ander in die omgewing. Daar was niks wat mens kon doen nie. Tot Blommetjie het daar duskant die kraal gaan lê en net nie weer opgestaan nie; dit was 'n swaar dag vir my.

In hierdie tyd was Pa meestal by die huis. Ek en Janneman was nou slim vir sy befoeterdgeid en het nie meer so slae gekry nie. Gou het ons verstaan dat Ma dit meer ontgeld het; nie met slae nie, maar met die mond.

Niemand in die kontrei het meer geboor nie, want die onderaardse water was só diep, dat Pa tot op ons eie boorgat nie genoeg *rods* gehad het om te laat sak in die gat wat ou oom Gert Steenkamp kom boor het nie. Daar was ook nie geld om hom te betaal nie.

Hoe Filemon dit met Pa kon hou, weet ek nie, want hy't van die môre tot die aand loop en baklei, en dan was hy weer weg daar na die statte se kant toe en later kon jy hom sien loop al om die sandland en middelkampe daar naby tot sonsonder.

Ma het lank nie meer gevra waar hy was nie, en daar was min woorde tussen hulle. Maar een aand na boekevat hoor ons hulle woorde wissel in die slaapkamer, en Ma moes naby die deur gestaan het, want ek kon haar duidelik hoor sê, 'Albert, jou bekonkeldheid sal jou niks in die sak bring nie. Jy's die een wat die siektes van oorkant af ingebring het en toe hou jy aan daarmee tot die veld oorloop is van beeste. Nou vrek hulle almal van die honger; dis uit-en-uit jóú skuld dat daar soveel siektes Vaalbos toe gebring is, en ek praat nie net van die vee nie!'

En toe hoor ons 'n harde klap.

Met sonsopkoms was haar oë rooi en oor haar wang 'n opgehewe merk. Ons kinders het net ons pap geëet en niks gesê nie.

Om alles te kroon, het Sofie klaar gesê dis haar troujaar, want vir die laaste jaar het 'n jongetjie van anderkant Steenbokpan gereeld by haar kom opsit, so sy en Ma het reeds vroeg in '33 begin planne maak vir die eerste troue in die familie. Jy moet onthou, al was dit swaar tye so in die droogte, Sofie was gewoond om haar sin te kry en is sowaar eendag saam met Pa Langkloof se kant toe waar hy mos velle by oom Ampie kon aflaai vir die velle-smous. Die oom het nog geld oorgehou van die vorige velle se verkope en van dié geld moes daar 'n stukkie materiaal, 'n hoed en skoene vir die troue gekoop word. Hulle is al die pad Nylstroom toe vir dit, want Alma Kontantwinkel daar naby was te klein en het nie materiaal aangehou nie.

Op Nylstroom by Booysen & Friedberg kon jy omtrent enigiets koop. Op hulle deur was daar so 'n mooi troukoekprent op die venster, en onderaan het dit gesê: *Die Goedkoopste Winkel in die Distrik*. Jy kon natuurlik by ou Mosam die koelie vir minder koop, maar Sofie wou niks daarvan weet nie.

Die lap was wit met hier-en-daar sulke klein patroontjies op en die hoed so 'n breë rand wat voor opslaan soos mense in daardie tyd by die kerk gedra het. Sy't 'n nuwe paar Lisl kouse gekry en haar skoene was sulke swartes wat om die enkel vasmaak.

Toe sy en Ma die stukkie materiaal op die kombuistafel oopgooi om rok uit te sny, sê Ma, 'Sofia, hier sal net 'n kort rok uitkom,' en toe lê sy die rokspatroon mooi daarop uit. Die patroon was maar een van Ma se ou rokke van haar jongdae wat losgetrek is, want daar was nie die nuwerwetse papier patrone in daardie dae nie. Ma was ook heelwat korter as Sofie, so toe sy toegelaat het vir die ekstra soom en lang moue, was daar niks lap oor nie.

Sofie wou nie hê ek moet help met enige van die

voorbereiding of haar rok se maak nie en ek was net soos altyd die hande vir al die ander huiswerk. Ma het gou moeg geword met die ou seer bene en ons moes kort-kort die sug afvee wat die heeltyd bly afloop tot by haar voete soos sy daar in die bloedige somerhitte staan, maar meestal was die skoene uitgeskop sodat haar voete kon rus. Die rok was lank voor die herfstroue klaar.

Die troudag was koel en Ma het nog gesê dis 'n goeie ding die rok het lang moue, maar toe Sofie uit die kamer kom in haar bruidsrok, wou Pa weet hoekom die rok so kort is. Ma betig hom toe met, 'Albert, vandag is Sofia 'n ander man se vrou. Jy het nie meer sê oor haar rok nie,' maar sy oë het vertel iemand sou dit moes ontgeld vir Ma se terugpraat en die 'onbehoorlike' kort rok.

My niggie Anna het van voor af gekom vir die troue en 'n bokskamera saamgebring. Die seuns dra toe die groot leerstoel wat Ma so lief voor was buitentoe en sit dit op die beesvel wat altyd in die sitkamer was. Daar't Anna 'n paar fotos geneem, en van al die fotos het later net een mooi uitgekom en dis die een wat in my album is. Ek kannie eers meer onthou waar die rose vandaan gekom het vir die bruidsruiker en of dit papier rose was nie, maar hulle was baie mooi. Na die okasie en toe die bruidspaar weg is, was dit baie stiller op Vaalbos.

Sofie was eintlik al oud vir 'n meisie om te trou. In Ma se tyd het meisies so vroeg as veertien reeds getrou; solank jy belydenis afgelê het, kon jy in die kerk trou. Die redenasie was as jy groot genoeg is om te trou, is jy groot genoeg om belydenis af te lê, en natuurlik is jy groot genoeg om kinders te hê. Toe Sofie sê sy trou, was niemand daarteen gekant nie, want op negentien was sy amper 'n oujongnooi en op die rak.

Vanmelewe, as 'n kind eers uit die huis getrek het, was dit ook net die ma wat oor hulle welsyn bekommerd was, en ek reken baie ma's het slapelose nagte gehad oor hoe die dogters sou klaarkom in die kombuis met net pap en vleis om gaar te maak. Baiekeer was daar ook nie eers vleis nie, en die meeste van die tyd ook nie melk nie. G'n wonder baie van hulle was gedaan na 'n paar babas nie.

Dit was so twee weke voor Kersfees op 16 Desember dat dit begin reën sonder ophou, en ons het op die voorstoep gestaan en kyk hoe nog meer van die beeste val. Dit vat mos 'n rukkie voor die eerste groen gras kop uitsteek en daar iets is om te vreet. Nouja, een van die Limpopo se boere daar by Ellisras het by Vaalbos verbygekom, en hy vertel toe hoe mens net die modderpaadjies kon sien waarlangs die blouwildebeeste noordwaarts getrek het na die reëns, sodat daar nie een oor was nie. Die meeste het nooit weer teruggekom na daardie deel van die Bosveld nie, maar by die panneveld in ons omgewing was daar darem nog wild oor. Dis in hierdie vreeslike jare dat ek klaargemaak het op skool.

Baie van my ou maats was reeds uit die skool en dit was net ek, klein Grietjie en Corrie Swanepoel wat oor was. Nouja, dis die einste Corrie wat net voor die eksamens vir ons die snaakste storie kom vertel. Ek en Grietjie het oopmond geluister wat sy elke Maandag te vertelle het, want dit was die gróót storie van ons jaar saam. Wat het tog in die Bosveld gebeur waaroor mens kon stories maak?

Oom Gert Swanepoel, die ou oom, het 'n hele klompie kinders gehad waarvan Corrie my ouderdom was, maar daar was ook die ouer dogter, Miena, en nog 'n ouer een by wie 'n Van Staden jongetjie van Ellisras kom vlerksleep het. Die Swanepoels was arm mense en daar was nog nie 'n huis op hulle plaas nie, en daar sou ook vir jare nie 'n huis wees nie, net 'n tent soos 'n afdak gespan.

Blykbaar was die Van Stadens 'n bietjie te grênd vir die Swanepoels, en die ou ma Van Staden was teen die vryery. Die Swanepoel dogter was ook gladnie geneë om al opsitkers te hou met 'n man wie se ma nie van haar hou nie, maar toegeneëndheid vra nie of jy ryk of arm is nie.

Nou, die storie klink só: net as dit etenstyd was daar by die vure, dan't daar 'n groot hond tussen die Swanepoels begin rondloop met sulke woeste wolhare en 'n vreeslike lang tong wat uithang en spoeg wat orals spat. Niemand kon uitpluis waar die hond vandaan kom nie, en al het ou Gert, 'Voertsêk, voertsêk!' geskrou, die hond wou nie weg nie. Miena sê toe sy dink daar's iets baie snaaks met die hond, want as jy aan hom wou vat, dan swenk hy sommer hier-en-daar sonder dat jy hom kan vasvat. Hulle besluit toe in hulle enigheid dat volgende keer as die hond daar rondloop, sal hulle water kook en dit op sy pote gooi soos Ma voorgestel het. As dit 'n spook was, sou hy mos nie verbrand nie. Die planne was gemaak.

Daardie aand maak hulle toe 'n groot vuur en kry die kospotte op - een vol net met water. Toe die hond weer loop en lek, gryp oom Gert die water en gooi dit op sy pote, en jou waarlik, daar spring een van die Van Staden mans rond met verbrande voete! Dis toe al die tyd die Boesman wat by oom Hans Harmse gewerk het wat betaal is om te goël met oëverblindery om die Swanepoels te verpés sodat die meisie sou instem om die Van Staden se nooi te wees. En toe kry boontjie sy loontjie en is iemand se voete verbrand. Die Boesmans is baie goed met goëlery; dit moet 'n oer-ding wees wat hulle kan gebruik soos iemand wat jou aan die slaap kan sit. Nouja, dit het toe op die ou einde gehelp, want die Swanepoel meisie is tog met Van Staden getroud.

Dit is nie al nie. Op 'n ander keer het dieselde Boesman weer nag-vir-nag by iemand anders kettings oor die dak gesleep net wanneer die mense wou slaap, maar as hulle uitgaan om te sien wie dit is, was daar niks. Dié sakie het weer gegaan oor iemand wat die boer van sy plaas af wou hê, maar hulle't ook uitgevind waar die toordery vandaan kom en net daar op die plaas gebly. Hierdie lekker stories het ons laaste jaar verlekker, hoor!

Ons drie meisies het saam eksamen geskryf onder die afdakkie wat ook gedien het as ou Meester se kantoor, net so langs die eenkamerskool. Daar't hy die seunskinders blikbekers vol water laat aandra, want dit was bloedig warm, maar, ou kinta, warm of-te-niet, ons het geskryf en geskryf tot ons koppe behoorlik leeg was!

Die vakke wat ek die liefste voor was, was Rekenkunde

en Natuurkennis, maar die ander was nie te onaardig nie. Ek't Aardrykskunde en Geskiedenis ook gehad en natuurlik Afrikaans en Engels. Naaldwerk het ek en Grietjie net vir een jaar gehad, want die jonge Meester Venter het nie veel van naaldwerk geweet nie, en wat ons daarvan geleer het, het ons by die huis geleer, en dit was nie veel nie.

Elkeen van ons het 'n Afrikaanse Bybel gekry op die laaste dag van skool, want die Bybelgenootskap het dit verniet voorsien vir skoolverlaters. Meester het die kinders voor die skool laat rye staan voor hy die skoolklok die laaste keer vir die jaar lui, en ewe plegtig onsdrie uitgeroep na vore, met die hand gegroet en met die ander die Bybel gegee. Dit was 'n groot eer om 'n Bybel in ons eie taal te kry, het hy ons op die hart gedruk, 'Lees die Here se woord elke dag, en Hy sal julle pad gelykmaak.'

Elkeen van ons het goed geweet hoe swaar dit was om te luister na 'n pa wat skaars kon lees so uit die hoog-Hollandse Bybel. Hierdie Bybels was baie kosbaar.

Ma het so 'n klein, dun Bybeltjie gehad met net Genesis in Afrikaans. Sy sê die eerste hoofstuk is in die 1880s vertaal uit Hollands en háár ma het een gekoop vir 'n sjieling, en toe Ma so vêr wegtrek Bosveld toe, het sy dit stilletjies tussen Ma se klere ingedruk sodat sy self haar eie stiltetyd kon hê. Ma moes toe al geweet het hoe Pa alles sou oorheers met sy eie maniere.

Ek kan jou werklik nie sê wat van daardie Bybel geword het nie; ek het dit nog gehad toe my kinders klein was, maar ek glo dis per ongeluk ingegee by die kerk toe daar nuwe, groter Bybels uitgekom het.

Die laaste dag van die eksamens was ook die laaste dag van my skooltyd. Daardie middag terug huistoe was dit asof ek elke boom wat ons tog so goed geken het vir die eerste keer sien, en ek onthou ek't nog gedink dis soos Ma altyd sê, 'Uit hierdie beker sal ek nooit weer drink nie,' al het sy dit altyd gesê as sy hartseer was.

'n Maand later was my Standerd Ses sertifikaat in die possak: 2 Desember 1933. Net soos Petrus, het ek met lof geslaag, maar Janneman het al die lekker weggevat toe hy sê dis die einde van 'met lof' want al wat met lof geslaag kan word in ons huis, was werk en raas.

136

geslaag, maar Janneman het al die lekker weggevat toe hy sê dis die einde van 'met lof' want al wat met lof geslaag kan word in ons huis, was werk en raas.

Die Platriem

Met die veld groen na die heerlike reëns en die stilte na die
ander kinders skooltoe is, het ek en Ma menige dag gesit en
beraadslaag oor wat ek sou doen noudat skool klaar was.

Bertie en Hermien is saam skooltoe, want Ma het gesê hy
bly nie nog 'n dag by die huis nie - hy was verbrand soos 'n klein
swarte en lê ook altyd by die statte en die klein swartes rond
en niks-doen. Pa wou hom nog saamvat oorkant toe, maar sy't
Bertie styf aan die bo-arm vasgevat en gesê hy moet eet, want
hy klim nóú op die donkie. Janneman was in sy laaste jaar op
skool en kon na die kleintjies kyk, en Bertie het vasvat nodig
gehad.

Wonder-bo-wonder was daar toe 'n donkie net vir Bertie
om op te ry. Nou was dit Danie met Hermien agterop,
Janneman met Katrien en Bertie op sy eie. Janneman het my
vertel hoe Bertie kere-sonder-tal smoors sommer met die
donkie die veld inry en as hulle in die middag weer verbykom,
dan staan hy op uit die koelte waar hy lê en slaap het.

Meester Venter moes seker begin vra het waar Bertie
was, want eendag het Janneman hom glo 'n groot pak slae
gegee toe hy weer met die donkie die veld wou in. Hy sê Bertie
wou kortom terug Vaalbos toe met, 'Ek gaan vir Pa sê!' maar
Janneman was nie gister gebore nie en skop Swarte in die lieste
en toe gryp hy Bertie se leisels vas, spring af en slaan sy boude
vuurwarm, en ry toe al die pad skooltoe met hom in tou.
Janneman was altyd fris, maar ook gewoond aan Pa se slanery,
so hy't sy kans waargeneem om die klein vloek by te kom.

Ma wou hê ek moet in die voorwêreld by my ouma
Lombard gaan bly en daar 'n werkie kry, want dan kon ek vir
myself 'n bruidskis bymekaarmaak. My ouma het nog geleef en
was maar baie alleen sonder my oupa wat mos in 1925 dood is.
Maar Pa was hardekop en het gesê ek bly op die plaas en doen
die huiswerk, want Ma is te sieklik, so asof hy omgegee het oor

haar gesondheid. Al het ek van kindsbeen af gewag vir 'n sagte woord, was ek nou verseker Pa kon dit nie vir my spaar nie. Daar was geen liefde in sy hart vir my nie; waarom, sou ek nooit weet nie. Ag, ek wou werklik graag vorentoe gaan werk, maar dit het my nie toegekom nie en die dae het soos die swartgriep voor my uitgestrek.

Bertie was nou meer gewillig weg skooltoe saam met die ander kinders, en dit was net ek en Ma by die huis. Die skool was nog altyd daar op oom Jan van Rooy se plaas, en as sy kon, het Ma ietsie vir Sofie saamgestuur wat loopafstand van die skool af gebly het. Baiekeer was dit 'n wildskarmenaatjie of bietjie kayangs. Ek dink daar was nie baie kos gemaak in daardie huis nie, seker maar net pap en vleis en waterige groente, want Sofie wou nooit leer hoe om te kook nie. Sy was ook verwagtend en het gereken die baba sou iewers in Augustus of vroeg September kom.

Naby die einde van die tweede kwartaal in 1934, stuur Meester 'n briefie huistoe om te sê dat hy oorkom. Pa en Ma dog dit het iets te doene met Janneman se punte, maar toe Meester lekker begin gesels oor 'n koppie koffie, blyk dit iets heel anders. Hy't mooi uitgevra oor wat ek gaan doen noudat ek uit die skool is en bly kop knik soos hy slukkie-vir-slukkie drink. En toe maak hy keelskoon en sê, 'Tante, Katrien sal nie verder kan leer op skool nie. Ek't haar nou te veel oorgedruk na die volgende standerd, maar sy sal nie standerd ses kan skryf nie.'

Ma het lank stilgesit en sê toe dat dit goed is so. Katrien sal nie teruggaan skooltoe na die vakansie nie.

Meester Venter was nog nie klaar nie. 'Oom Albert, daar is ook die saak van Bertie – sê my wie die platriem gaan inlê, die skool of die huis. Hy is ongehoorsaam, trotseer die ander klein kinders en wil nie werk in die klas nie.' Intussen het Meester hom al lankal goed bygekom met 'n kweperlat as hy stout was.

Pa het rondgeskuif op die stoel en wou toe weet of Meester van sy Bertie praat. 'Ja, oom, daar's net een Bertie in die skool,' en toe, 'as hy nie vasgevat word nie, gaan hy 'n duiwelskind word.' Pa was eers rooi en toe wit in die gesig, maar kon homself nie sovêr kry om Meester die deur te wys nie. Jy moet weet, Bertie was sy lieflingskind van wie hy niks verkeerd wou hoor nie, maar Meester was 'n vrederegter en kon enige papierwerk teken wat die boere nodig gehad het. Na toentertyd se waarskuwing oor die Departement van Onderwys, was Pa versigtig om te veel te sê, want wat sou die dominee daarvan dink as Pa, die man van God, homself te-buite gaan met die onderwyser? Ag, die skynheiligheid was soos 'n siekte by hom.

Ma was stil, maar toe Pa self nog altyd nie 'n woord kon uitkry nie, sê sy, 'Meester, slaat hom as hy stout is, want in hierdie huis het hy nog nooit slae gekry nie.' Wêreld, jy moes daar gewees het!

Pa was só boos dat hy in die geselskap opstaan en buitentoe is waar hy op ander kon skrou. Meester is daar weg en van toe af het Bertie die kweperlat baie goed leer ken wanneer dit nodig was, maar hy't nooit kom nuus aandra nie, die ander kinders het nie geklik nie, en Meester het ook nie laat glip nie.

In die middel van die vakansie toe die bus weer in 'n stofwolk daar by die groot hek stilhou, was daar 'n brief in die possak geregistreer aan Mejuffrou M Schoeman. Janneman kom toe uitasem met die brief onder sy hemp daar aan en los die possak sommer by die agterdeur. 'Sussie, Sussie, hier's vandag iets vir jou!'

Die brief is blitsvinnig in my voorskootsak en daar in die boord waar die ander my nie kon pla nie, haal ek dit versigtig uit. Dit was my heel eerste brief in die possak — ek't dit eers geruik en my toe verwonder aan die mooi pers seël voorop. Dit het gelyk soos 'n baie groot gebou in die prentjie, en bo en onder dit staan daar: SUIDAFRIKA, 2d, posseël. Ek wou nie die koevert skeur nie, maar hoe sou ek dit nou oopkry as ek dit nie oopskeur nie? Dit was net een bladsy op wit papier. Heel bo-aan die bladsy was 'Croxley' gedruk en onder dit in mooi lopende skrif met krulletjies by die hoofletters:

Liewe Maria,

Laaskeer toe ek jou gesien het, het ek beloof om jou te kom haal. Vandag vra ek net dat ek kan afsaal. Ek kom met die grootpad langs vir bouwerk saam met Pa, en sal dan jou antwoord kry. Ek sou vroeër kom, maar my suster Lettie en Koos de Villiers is laasmaand getroud, en nou trou my broer Andries ook in Mei. Maar ek kom voor daardie tyd, en as die Here wil.

Met liefde,
Petrus.

Die brief moes seker vir 'n week of wat by Vaalwater oorgelê het, want twee dae later toe ek en Janneman van die waenhuis se kant af kom, staan oom Ampie se bokwa met die sement, troffels en hulle slaapgoed onder die maroelaboom suid van ons huis.

Petrus het daar eenkant by sy broer Andries, oom Ampie en Pa gestaan en gesels, hoed in die linkerhand. Dis toe ek naderstap, dat ek hom hoor sê, 'Oom Albert, ek kom net hoor of ek kan afsaal om by Maria te kuier.' Pa, wat baie langer as Petrus was, het sy snor tussen twee vingers bly rol tot oom Ampie naderhand sê, 'Maar neef Albert, is daar dan fout met my kind?' en toe brom Pa dat ons die opsitkers kan uitkry as Petrus klaar was met die bouery. Sy onwilligheid moes te doen gehad het met die onmin tussen hom en tant Nelie, want ek kon aan niks anders dink nie. Janneman het net onder sy asem gebrom dat dit meer te doene het met, 'Ander kinders in hierdie huis wat gladnie hande uitsteek nie,' en toe weet ek hy gaan nog meer bars om my werk ook te doen as ek wegtrek terwyl die ander weinig bydra.

Ma het net gesê, 'Neef Ampie, julle bly oor; ek hoor niks van verder ry nie. Was hande en kom in dat ons eet.' Daardie aand se kos was afval, en sy kón afval maak, en nog stampmielies en pampoen uit die tuin.

My hare was lank – amper tot by my boude – en ek't my vlegsels uitgekam en my mooi kerkrok aangetrek. Toe die mans klaar hande gewas en bietjie gesels het, was ons reg om te eet. Jy kon sien hulle was lank op die pad, want aldrie het geëet sonder praat, maar kort-kort het Petrus my oog gevang sonder dat Pa sien, en later na boekevat kon ons vir die eerste keer bietjie op ons eie gesels. Pa wou toe gladnie hê ons moet 'n opsitkers kry nie, want, 'G'n mens kan hulle sien nie,' maar Ma het geskerm en gesê ons kan tog maar op die voorstoep sit waar almal naby is; dis waar Sofia en Jan ook gesit het. Ek kon sweer ek't Janneman gehoor sê, 'Dié wat agter die deur staan....'

Vader alleen weet wat Pa gedink het mens in die voorkamer kon doen met hulle oop slaapkamerdeur! So't ons ewe styf op die regop stoele gesit terwyl die grootmense oor beeste, die droogte en die arme boere se lot gesels. Dis net daar met al die grootmense op die stoep en ons eenkant, waar Petus beloof om elke maand te kom kuier, al die pad van Langkloof af en dit sonder vervoer.

Daardie aand in die bed, het ek lank gedink oor hoe dit werk tussen jongetjies en nooientjies, en hoe dit was dat so 'n mooi, stil man by my wou kom kuier. Daar was nie 'n antwoord nie, maar toe ek aan die slaap raak met die tarentaaltjie soos gewoonlik in my hand, het ek geweet dit is wat die Here wou hê. In my binneste het ek geweet daar moet 'n sagtheid in my ook wees, miskien van Ma se kant af, maar tot nou toe was die lewe net swaarkry, skrou en slaan asof Pa my en Janneman wou wegwens soos die Boesman se goëlery.

Vir 'n hele drie weke het die Bergmanns iewers by die rivier gebou en ons het hulle eers weer gesien toe hulle bruingebrand verbykom oppad huistoe. Maar daar was nie oorstaan hierdie keer nie, want Andries wat toe in Pretoria op die spoorweë gewerk het, se troudag was die 26ste Mei en hulle moes aanstoot om betyds daar te wees. Hierdie was sy laaste bouwerk saam met sy pa en geliefde broer. Petrus het sy hoed gelig en gesê, 'Junie-maand, Maria.'

Een goeie middag laat so tussen die huiswerk deur, roep Hessie buitekant, *'Lenaba, lenaba, jô-ô-ô!!'* en beduie met wilde arms van die duiwel by die voortuin. Ons jongeres hol toe almal soontoe, en daar staan 'n swart fiets teen die voordraad. Jinne, dit was nou 'n ding wat ons nog net van geleer het en nooit met ons eie oë gesien het nie! Daar was niemand naby nie en Janneman sê toe Danie moet omhardloop by die agterdeur en sien of iemand nie daar klop nie terwyl hy die fiets van nader bekyk. En sowaar, daar staan Petrus en klop!

Ma, was in die kombuis en steek net kop uit, en toe Petrus hand uitsteek, vee sy hande aan haar voorskoot af en vat sy hand, trek hom nader vir 'n klapsoen. 'Petrus, hoe gaan dit met jou ma?' en, 'Kom in, kom in, dan drink ons koffie.' Altwee vee toe voete af by die agterdeur en toe ons ingebondel kom, sit hy ewe rustig saam met Ma by die kombuistafel met sy hoed onder die stoel. Met ons inkoms staan hy só vinnig op dat die stoel amper omval, en Danie blaker luidkeels uit, 'Ma! Ma! Daar's 'n groot swart fiets by die voorhekkie!' Toe groet Petrus ewe sedig al die seuns met die hand, maar lag net so skamerig toe dit by my groet kom.

Ma sê toe doodluiters dat Petrus sekerlik nie gevlieg het soos 'n voël al die pad van Langkloof af nie, en pak van die konfyttertjies wat gebak is vir Janneman se verjaarsdag op een van haar mooi borde uit en stoot dit Petrus se kant toe. 'Ma, hoekom kry Petrus dan van die tertjies?!' wou Bertie ewe opstandig weet, maar Ma lag net lekker en gee vir elke kind 'n tertjie terwyl ek koffie ingooi.

'Vertel my van jou ma, Petrus,' sê sy toe. Blykbaar het die smous wat die vorige week op Vaalbos was gesê tant Nelie is nie gesond nie.

'Tant Katrien, Ma is siek, en die medisyne wil nie help nie, maar sy gaan aan.' Nou, dit was baie praat vir hom, maar enigeen kon lekker met Ma gesels. Die lekker gesels het aangehou tot dit goed skemer was en ons moes aansit om te eet. Na boekevat haal Ma op haar eie besluit 'n kort kersie uit die laai en sit dit netjies in die erdeblaker, reg daar in die voorkamer waar sy geweet het Pa sou op aandring. Toe almal mooi in die bed is en Pa ook stryk kry slaapkamer toe, sê hy, 'Petrus, die deur is oop. Jy sit hier en Maria sit daar.' En sowaar, hulle slaapkamerdeur is amper heeltemal oopgelos sodat hy ons kon dophou!

Ons konnie eers hande vashou nie, maar Petrus het hom nie daaraan gesteur nie en ons kon lekker planne maak oor ons lewens vorentoe. So hoor ek toe dat hy, soos die voël vlieg, met die beespaaie oor plase gery het om te kom kuier. Dit het hom drie dae gevat met die fiets. In sy saalsak was daar 'n brood, 'n canfruit bottel varkvet en 'n kannetjie water. Vir slaapplek het hy een nag by mense geslaap wat die Bergmanns ken; die volgende nag het hy net duskant Bulgerivier by 'n spruit geslaap op 'n dun kombersie wat styf agter op die fiets vasgemaak was.

Hy moes vreeslik gery het met daardie stofgetrapte paadjies, want die laaste nag het hy by Smit mense daar wes van Slangfontein geslaap; jy weet, so halfpad tussen Slangfontein en die grondpad wat nou van Soutpan af deurloop Thabazimbi toe. Hy sê dit was die koudste nag van sy lewe, want die mense se ou huisie was net een kamer met 'n halfmuur tussenin. Aan die suidekant was 'n bokseil vol gate vir 'n stoepie gespan. Die ou oom het gesê daar's nie kos nie en Petrus kon daar op die 'stoep' slaap. Hy sê toe dat hy nie kos soek nie, net skuiling van die vreeslike koue wind. Die tante gee hom sowaar 'n ou mieliesak om op te slaap by die buitestoof en maak die onder- en bodeur toe.

Hy sê die brood was al baie hard, maar daar was darem nog 'n bietjie varkvet in die bottel oor en dit was sy aandete. Hy't sommer by die krip daar naby gewas en met die handpomp bietjie water gekry om te drink.

Die mense het so 'n brandsiek hond gehad, en hy sê in die middel van die nag word hy wakker met die hond wat langs hom op die sak lê en krap. Die volgende môre is hy op voor eerste hoenderskraai, oor Soutpan by die plaas waar die Koekemoers later gebly het, en toe met die grootpad tot by

Vaalbos. Die water in daardie krip was glo só koud dat hy eers die ys bo-op moes breek, maar hoe anders kry jy tog die hondereuk af! Hy vertel, 'Ek moes eers kaalbas was in die pikdonker,' en homself goed vryf met die sandgrond om die krip en toe, 'Afspoel in die yswater en skoon klere aantrek.' Jy moet onthou, dit was in die middel van die winter en waarlik koud.

Daardie Smitte is nie mense wat ons eintlik leer ken het nie, maar toe ek die volgende dag vir Ma die storie vertel, vat sy dadelik 'n meelsakkie en pak dit vol biltong en sê, 'Petrus, as jy teruggaan sit ek ook 'n bottel konfyt en vars brood in.' Hy't mos altyd 'n knipmes by hom gehad en kon so regkom.

Vir twee dae kon ons in die voorkamer by die opsitkers gesels, maar toe die kers uitgebrand was, roep Pa, 'Maria, slaapkamer toe!' Daarna is Petrus weer terug Langkloof toe, maar met blink oë en 'n sakkie vol kos.

30 Julie was dit my voorstelle en aanneme by Hoornbosch se kerk. Dit was die enigste steenkerk, maar eintlik die winkel en skool wat in die week nog ingestaan het vir hofsake ook. Met hofsake het hulle net die afskortings geskuif en die volgende dag was die kinders weer op die skoolbanke. Dis daar waar die onderwyser met die snaakse van skoolgehou het – ene Meester Daniël van Paardevoort Pronk. Almal het gesê hy was nie 'n goeie onderwyser nie, want hy't bly sê dat hy vir President Paul Kruger gewerk het. Miskien was dit nog waar ook, maar die Hoornboschers het anders geglo.

Pa het gesê Steenbokpan is nader en Dominee Botha kom eenkeer in drie maande al die pad van Melkrivier af om diens te hou, en dis waar ek belydenis sal aflê. Maar Ma wou niks daarvan weet nie en het volgehou háár kind sal nie op haar eie in 'n sinkkerk staan nie, en op dié manier is ons Hoornbosch toe daar naby Ellisras. Al hierdie dinge het gemaak dat my dag, net soos my elke dag, versuur is.

Al het ek nou my regmatige aandag van Ma gekry, was ons huis liefdeloos en vol venynigheid. Nou waar moes mens leer van 'n sagtheid? As ek maar net voorwêreld na my ouma toe kon gaan, sou dit dalk heel anders vir my uitgedraai het. Maar my hart was vol oor die mooiheid wat Petrus met sy fiets in ons huis gedra het.

Teen hierdie tyd het Sofie ook 'n bokskamera gehad en sy's die een wat my foto daar teen die plaasopstal se muur geneem het. Dit was só 'n mooi foto! Toe Petrus weer kom kuier, gee ek dit vir hom sodat hy my nie sou vergeet nie, met agterop in my beste skrif: *Uit liefde, van M.S. aan P.B.*

Op 29 Augustus is Sofie se eerste kind gebore - 'n gesonde seuntjie na 'n moeilike bevalling. Ma, ek en ou Sara is 'n paar dae voor sy geboorte oor. Al was sy oud, kon sy nog die loswerkies doen.

Daar by die groot maroelas duskant Sofie se huis, wag ou Blousel wat by tant Hantie werk vir ons by die afdraaipad, en sy beduie dat, 'Die Ounooi hy ês,' en wys met die hand na tant Hantie se ou huisie. Daar gekom, staan oom Antonie by hulle voorhekkie en sê hy sal kom help as dit moet, maar die tante is te siek om te kom. Tant Hantie was glo vêr weg daar na Ellisras se wêreld toe vir twee bevallings en toe sy terugkom, was sy vrot van daardie jaar se groot griep. Tant Anna Kühn se hande was nou heeltemal inmekaargetrek en sy konnie meer babas vang nie - dit was net ons oor.

Toe's ons terug op ons spoor na Sofie se plek waar dinge bedroef was. Haar man, Jan, was rasend van bekommernis, want Sofie was blykbaar al dae nie lekker nie. Ma sê toe dis nou vrouenswerk, so hy moet maar die stoof stook en koffie regkry sodat ons kon sien wat gedoen moes word. Ag, die liewe Ma - met daardie seer bene en pyn tussen die blaaie het sy nog kans gesien vir 'n bevalling. Ek en ou Sara was darem daar om te help.

Ons het Sofie fyn dopgehou tot die erge pyne begin, en toe was dit twee dae van hel om 'n lewende kind in die lewe te bring. Toe Adriaan uiteindelik die lig sien, was Sofie heeltemal gedaan en ek konnie sê of sy leef of nie. Al wat ek kon sien was Ma met Bertie se geboorte, en hoe sy uit die dood opgestaan het. Ma trek toe 'n veer uit een van die kussings en hou dit onder Sofie se neus, maar dit roer kwalik.

Dit was baie swaar vir Ma, maar sy't deurgedruk, en tussen onsdrie is Sofie aan die lewe gehou met watse medisyne ons ookal gehad het. Twee dae na Adriaan se geboorte was haar water donkerbruin, en toe ou Sara die nagpot uitvat en bly kopskud, het ek geweet die einde is naby. My hande het so gebewe dat ek niks kon vashou nie, maar daar was nie genade nie. Ek't sommer die huilende baba agter my rug vasgemaak soos die swartes en daar in Sofie se kombuisie iets probeer afsluk, maar die kos het dik in my keel vasgesteek. Niemand kon rêrig eet nie.

Ma het voor die bed gewaak en water tussen Sofie se lippe ingekry met een van daardie erde-medisynebakkies met 'n tuit. Sy't Sofie se keel gevryf en gevryf om te sluk, en sê toe asof van anderkant die berge, 'Sofia, drink, my kind,' want dan was daar 'n kans om haar deur te trek. Dis toe die groot stilte so oor die huis sak met die wete dat 'n jong ma nie haar kind sou sien grootword nie, dat Ma met groot swarigheid uit die stoel opstaan, en daar in Sofie se kombuis wat net kool ruik, het ons in mekaar se arms gehuil oor die beker van die lewe wat gedrink is tot by die droesem.

'Die Here sien sy kinders, Sussie; hy sien al sy kinders aan met gelyke genade. Hierdie beker sal ook by ons verbygaan.' Maar ek kon net dink aan hierdie liewe ma wat ek nou as grootmeisie eers ten volle leer ken het. 'n Ma wie se pad nog altyd lank en steil was. En my hart het nog meer verhard vir 'n ongeërgde pa met 'n hart van klip, behalwe as dit kom by sy lieflingkind.

Toe vee ons oë af en gaan slaapkamer toe om te sien wat gedoen moet word as ons Sofie se liggaam moes uitlê. Maar toe ons oor die drumpel trap, lê sy spierwit teen die kussing soos 'n pop met glasige oë wawyd oop. Sy kon nie haar hand optel nie, maar sy't geleef!

Adriaan was 'n groot, sterk baba wat net aanhoudend huil, nes Bertie as baba. Toe ek my hand by die tweede dag so oor sy magie vryf, was dit hard en opgeswel; jy kon sweer hy't te veel gedrink. Maar dit was nie dit nie – hy het nog nie eenkeer aan sy ma gedrink nie.

Nouja, so 'n sterk baba sluk mos vêr te vinnig, en sodra die beesmelk sy maag tref, dan trek hy bene op, skrou blou moord en word so pers soos 'n suurpruim. Beesmelk doen dit. Dit was te hard en nie genoeg verdun nie. Met al die bekommernis en harde werk, het die vinger reguit na my gewys vir die probleem. Nie een van ons het mooi gedink aan die melk nie, al het ons goed genoeg daarvan geweet.

Ek onthou toe Bertie gebore is en Ma dieselfde nierprobleem gehad het, het hy ook so geskrou toe ek hom moes oppas. Ten-einde-rate het Janneman een van die skaapooie gemelk op tant Klein-Sannatjie se aandrang, en ek't dit vir Bertie ingekry. Dit was soos handomkeer – een oomblik het hy nog uit volle bors geskrou en die volgende was hy tjoepstil.

'Twee van my skaapooie het lammers. Vat die kapkar en gaan kry die melk op Vaalbos; sê ek het jou gestuur, want jy betaal nie vir skaapmelk uit ons kraal nie, gehoor?' stuur Ma toe vir Jan Vaalbos toe.

Van toe af was Adriaan 'n maklike baba, maar Sofie was nog steeds op die randjie van die dood. Tot tant Hantie kon haar nie regdokter met kruie en Lennon se medisyne nie. Ek en Ma is baba-en-al Vaalbos toe waar ek vir drie maande na hom en ook Ma se welsyn moes omsien. Dit was baie makliker so naby die skaapooie. Elke dag het ons gewag vir tyding van Sofie se dood, maar dit het nie gekom nie.

Een goeie dag toe Adriaan so drie maande oud was, hou tant Hantie en oom Antonie daar stil, en na 'n bietjie tee is hulle weg met klein Adriaan, styf toegedraai in sy tjalie al was dit goed warm in die vroegsomer. Tant Hantie was nie een om asseblief en dankie te sê nie, maar die oom het hoed-in-die-hand gesê hoe dankbaar hy was dat die Here vir Sofia gespaar het en vir haar so 'n goeie suster en ma gegee het. Maar nouja, mens is nie goed vir ander net om 'n dankie te kry nie.

By Kersfees van 1934 het Petrus kom ouersvra. Ma was

uitermate geneë dat ek manvat, wat my diep gekrenk het, maar later toe ek mooi dink, moes ek erken dit het meer te doen gehad met Pa se toegeneëndheid oor die laaste jaar. Dis in daardie tyd dat ek vir die eerste keer sy liefdevolle arm om my skouer gevoel het, en 'n drukkie of twee met daardieselfde hand wat die strop kon swaai. My hart het amper sag geword in die 'liefde' wat hy wou deel, maar Ma se bang oë het teen dit gepraat, en so't ek geweet daardie liefde was nie vir my beskore nie.

Pa was soos gewoonlik nors en geen ja of nee het oor sy lippe geloop om Petrus in ons huis tuis te maak nie. Ma het later gesê sy norsheid het niks te doene gehad met al die werkies wat Petrus saam met die mans gedoen het nie - die draadspan, die beeste brand en kallers merk, alles was net manswerk, maar my troue was soos diefstal; Petrus het Pa se eiendom kom 'steel.'

Syself was baie erg oor Petrus. Hy's ook die een wat Ma se bakoond gebou het na jarre se soebat by Pa. Dit was wel uit knopgrond, maar die vloer waar die kole lê, het hy gemaak van sement wat hy eenkeer al die pad van Langkloof af gebring het. Ma was só dankbaar, want haar ou oondjie in die houtstoof was nie watwonders nie en jy kon nie meer as een brood daarin bak nie, watwou nog panne vol beskuit. Al die Bergmann seuns het by oom Ampie geleer hoe om te bou, en Petrus se messelwerk was so glad soos seep. Die bakoond was spoggerig.

Petrus het net na sy drie-en-twintigste verjaarsdag pad gevat huistoe, want woord van voor af was dat tant Nelie baie ernstig siek in die hospitaal was. En sowaar, met die groet voor almal, lig hy sy hoed en soen my vol op die mond!

Toe knip hy sy broek vas met *bycicle clamps* en swaai been oor die fiets met die woorde, 'Tant Katrien, ek kom weer vir die beskuit uit die nuwe bakoond,' en is met die sandpad weg vorentoe.

Net Hartseer

In die volgende vier maande het Petrus net eenkeer kom kuier al was daar die dringendheid dat reëlings gemaak moes word vir ons troue later in die jaar. Daar was nog nie eers 'n vaste datum nie!

Tant Nelie het vinnig agteruit gegaan en die kinders wou nie vêr van die huis af wees nie. Vir skryf was daar sekerlik nie tyd nie, en al het ek die bus dopgehou vir 'n brief, het dit nie gekom nie. In daardie jaar het die bus begin possakke afgooi by Stockpoort waar die grenspos nou is, die Van Heerdens se winkel in Betsjoeanaland wat sommer Paars Holt genoem is. Fancy Holt by Karmetatpan waar die Goosens gebly het, het lankal hulle eie possak gehad. Karmetatpan lê so in die middel tussen Soutpan en Steenbokpan.

Op 14 April 1935 is tant Nelie in die hospitaal op Pretoria oorlede. Haar doodsertifikaat het ek jarre later gesien, en dit het net gesê, 'Komplikasies van beserings op plaas.' Maar Petrus het gesê daar's 'n ander storie wat niemand wou vertel nie, en eendag sou ek ook weet, maar nie nou nie. Net dat sy beseer is en van daar af het sy nooit weer reggekom nie en bly krom loop tot sy 'n paar maande later só siek was dat sy moes hospitaal toe.

Die besering het glo inwendige kneusing gemaak en haar rug aangetas. Sy was maar 53 en moeg van 'n moeilike lewe van swaarkry in die konsentrasiekampe en 'n man wat omtrent nooit by die huis was nie, al was hy goed geaard. En dan nog die armoede van daardie jare ook en die gesukkel om kinders 'n geleerdheid te gee. Petrus het lank na sy ma se dood eers vertel dat, as sy pa nie 'n sopie of twee ingehad het nie, was hy 'n man wat gedink en beplan het. Jy kon 'n goeie gesprek met hom voer, maar ek't hom nooit watwonders geken nie. Ek het wel opgelet dat Petrus self nooit sy lippe aan drank sit nie.

Op Ma se aandrang het my hele familie opgetrek Nylstroom toe vir tant Nelie se begrafnis. In die begin wou Pa om-de-dood gaan, want daar was mos onnodige onmin tussen hom en tant Nelie van Bertie se geboorte af. Ma het eenvoudig die seuns aangesê om die bokwa te pak en gesê sy gaan of hy kom of nie, maar sy weet dat die Here wel sien wat hy doen. Sy manier om nie respekvol te wees nie, en dít vir 'n vrou wat sy een kind se lewe gered en 'n ander in die wêreld help bring het - alles word deur 'n Hoër Oog gesien.

Dit was skynbaar die einde van die slegte gevoelens tussen Ma-hulle vir die dag, maar Janneman, so groot soos hy was, en hierdie keer ook Danie, het goed deurgeloop met die belt by die beeskraal, en dit het vir ons gesê dit was nog nie die einde van die storie nie. Toe oom Jakob later die dag daar aankom, was daar 'n goeie onder-onsie in die waenhuis tussen die broers, en jy kon hulle wie-weet-waar hoor redekawel. Ons reken dit was oor hoe dit sou lyk in die kerk as Pa aanhou met die onvrede, want hy is nors slaapkamer toe waar ons hom later tot in die kombuis hardop kon hoor bid. Ma het net aangegaan met die pakkery, maar toe ek by die spens verbyloop, hoor ek hoe sy met haarself praat oor die, 'Skynheilige kammastige man van God.'

Oom Jakob was ook begrafnis toe, want hy wou agterbly in Nylstroom vir sy tweede troue. Met tant Grietjie so lankal weg en die groot dogters afgetrou, was dit sekerlik swaar so sonder 'n vrou in die huis. Waar die ou vrek 'n weduwee raakgeloop het wat hom wou hê, kon niemand uitwerk nie. Hy was bra onaansienlik en tog so suinig! Ons was nie by die troue nie. Ma het oor oom Jakob gevoel soos tant Nelie oor Pa.

Dit was 'n vreeslike hartseer begrafnis in die Witkerk op Nylstroom waar die Niemandts van tant Nelie se kant van die familie, die Bergmanns, en die hele Langkloof gemeenskap bymekaargekom het. Baie mense het van die Bosveld en daar van Rustenburg se kant af gekom om die liewe vrou te groet wat menige kind se lewe gered het met haar boererate, en baie wat van die Hoëveld opgekom het, het onthou van haar werk met die siekes en behoeftiges in die konsentrasiekampe as 'n jong vrou. Ook 'n baie ou oom, en 'n tante met die mooiste leeu-oë wat stil-stil langs die graf kom staan het. Hulle was só ontroer en bedroef, dat Petrus twee stoele moes nadertrek en toe met hand op die ouer man se skouer staan terwyl die trane vryelik oor hul wange loop. Later sou hy vertel van tant Nelie se pa en sy tweede vrou, en die liefdevolle pad wat sy saam met hulle geloop het. Toe verstaan ek waar Petrus se sagte siel vandaan kom.

Dit was 'n skare van swart.

Al die vrouens het swart gedra – 'n swart rok, swart skoene, hoed, en kouse. Vir die kleiner dogters is daar 'n swart fluweelstrikkie gemaak wat hulle op die bors kon dra, en die eie dogters soos Truia, Corrie en Ralie het swart gedra al was hulle nog jonk. Die seuns en mans het almal 'n swart rouband om hulle baadjie se linkerarm gedra.

Ag, Ma was tog só hartseer! Dit was 'n vêr pad vir haar met die seer bene en slegte gesondheid, maar sy sou nooit wegbly van haar ou maat se begrafnis nie. As jy dink Ma konnie eers by tant Grietjie se begrafnis wees sewe jaar gelede nie, dan was hierdie 'n groot liefdesopoffering vir haar. Vir weke en weke na die begrafnis het ek haar baiekeer gekry huil en as jy vra, 'Hoe dan nou, Ma?' het sy net kop geskud en jy't geweet dis oor tant Nelie.

Ek weet mens huil by 'n begrafnis vir soveel meer as net 'n vriendin se dood, al het ons geraai tant Nelie se lewe was nie altyd maklik nie. Daar was soveel seer waaroor Ma kon huil. Bertie, wat 'n opperste bedorwe brokkie was en niks verkeerd kon doen in Pa se oë nie, en dan was daar Pa wat nooit 'n sagtigheid vir haar of enige van ons ander kinders gehad het nie. Hoe hartseer moes sy tog gewees het om te weet die man wat in haar katel slaap, is nie die een wat sy getrou het nie. Daar was haar lewe, gebore en geborge in liefde, en nou verkwansel op 'n woestaard in die afgestomptheid van 'n omgewing wat haar met hitte, vlieë en siekte beloon het. Wat was oor wat nie trane gelok het nie?

Na die begrafnis wou Ma by Booysen & Friedman se winkel langs om roksmateriaal vir my troue in Julie te kry. Daar was 'n hewige twis tussen haar en Pa daardie laaste dag oor die geld vir 'n rok, en dis op hierdie bakleiery dat Lettie, Petrus se suster, afgekom het. Sy was toe al amper 'n jaar met Koos Viljee getroud.

Dis toe Pa asemskep tussen, 'G'n geld vir haar rok,' en 'Sy kan Sofia se rok dra,' dat Lettie keelskoonmaak buitekant die tent waar ons kampeer, en sê ek kan haar trourok, skoene en weil leen, want dit was nog so goed soos nuut.

Daar voor Pa-hulle vat sy my bo-arms mooi vas en sê, 'Mariatjie, my pa het goeie geld betaal vir my rok, en Ma, rus haar siel, het weke daaraan gewerk. Jy kan dit kry.' Toe sê sy, 'Tant Katrien, die Here se seën op die lang pad,' draai kort-om en loop weg sonder om Pa te groet. In al die jare wat ek haar geken het, het sy nooit weer Pa se naam in haar mond gevat nie.

Ma het my later vertel dat sy oppad terug huistoe graag 'n draai wou maak by die Bergmanns om weer haar simpatie te bewys en te praat oor die trou-reëlings, maar ek dink sy't geweet dis nodeloos om 'n vuur aan te steek vir dit. Sy't gereken Petrus sou weer kom kuier en ons kon dan planne maak vir die troue en waar ons sou bly as ons eers getroud is.

Nou-ja, in hierdie hartseer tyd, het Petrus alles op Nylstroom gereël vir ons troue. Ons sou in die Landdroskantoor trou en dan teruggaan Langkloof toe vir koffie, tee en koek — alles voorberei deur Lettie en tant Hanna Heystek, Petrus se tante aan moederskant. Lettie het daar naby Alma gebly, en kon maklik wegkom om te help met die gebak.

Ons Schoemans het 'n week voor die troue al begin aanbeweeg Langkloof toe waar ons tent opgeslaan het saam met van Petrus se tantes en ooms aan die Niemandt kant. Nie eers die helfte van die mense sou in die ou huisie gehuisves kon word nie. Jong, daar het ons rêrig lekker begin kuier, en in die aand het ons agter 'n skerm in 'n sinkbad gewas en kos op die groot houtstoof in die huis gaargemaak. Die kombuis was redelik groot, want dis daar waar die koeke en tertjies naderhand in rye gepronk het op 'n groot ovaal kombuistafel, die kaste, en in die spens vir na die troue. Dit kan lekker koud word daar in die vallei en die vrouens was nie bekommerd dat die koek sou sleg word nie.

Op 13 Julie is Pa en Ma weg met die kapkar Nylstroom toe, wat nie meer as twee uur met die perd weg is nie. Dat Ma nog saam is dorp toe al was sy hóé siek, sê vir jou hoe graag sy wou hê ons troudag moes goed afloop. Pa se norsheid was die laaste ding wat 'n bruid mee opgeskeep moes sit. Sou hulle die perd goed aanjaag ná die tyd, kon hulle nog voor donker terugwees by Langkloof. Petrus wou niks verklap van sy reëlings nie, so ek't nog altyd nie geweet hoe onstwee by die landdroskantoor sou kom nie.

Die troudag was op ons nog voor almal se harte eers reg gevoel het, maar vir my was dit die regte soort dag om 'n nuwe begin te maak. Die môre was koud so naby die berge, maar toe Lettie my kom haal om in die huis aan te trek, was dit al gangbaar. Daar't sy my help hare was, bietjie rooisel op my wange gesmeer en toe die mooie trourok van 'n hanger afgehaal.

Kyk hier op ons troufoto. Sien jy, dit was nie 'n lang rok nie, en hier voor op die maag maak dit so 'n V. Die kroontjie was 'n bietjie groot, so die weil het dit afgetrek as mens net jou kop draai, en die skoene was ook 'n nommer te groot. Maar ons het watte voorin gedruk en toe pas dit goed.

Ek was die enigste een in 'n wit rok, want al die ander het nog swart gedra na tant Nelie se dood.

Die heeltyd hou Lettie my terug dat ek nie buitentoe gaan nie en ek wis nie waarom nie, maar toe hoor ons 'n gedreun op die werf en sy sê, 'Kom, Mariatjie, laat ons behoorlik susters word,' en trek my aan die hand deur die voorkamer tot by die voordeurdrumpel. Ek konnie gló wat daar buitekant staan nie! 'n Groot, swart kar met linte wat so skuins by die vensters vasmaak, was reg voor die huis, met Petrus wat daar staan met die mooiste swart pak en wit handskoene aan, reg met die agterdeur oop!

Jy weet, hy was 'n móói man. Hy't nie woorde gehad toe

hy my sien nie, maar so met die kyk vir mekaar, het ons geweet alles sou reg wees vorentoe.

Onstwee en Lettie is agter in die kar wat Petrus spesiaal gereël het met die Italianer, Vito Bari, by wie Ralie grootgeword het. Oom Ampie het voor by die oom gesit. Die Baris was een van net drie families naby Nylstroom wat 'n kar gehad het; die ander een was die dokter en ou Bakker, die apteker van Bakker Apteek met die mooiste gewelhuis op die dorp. Ek glo dis die enigste huis wat daardie tyd gebou is met 'n waenhuis vir 'n motorkar en 'n ander vir 'n kapkar.

Teen hierdie tyd was Pa en Ma al 'n paar uur weg Nylstroom toe. So, daar trek ons toe weg met die ou oom voor die wiel, en onsdrie styf ingeryg op die agtersitplek soos mierkat-voor-gat. Maar om die eerste draai was my kop klaar dronk en sit die narigheid net hier agter in my keel. Ek het niks gesien van die pad by Alma verby tot by die landdroskantoor nie, want ek was so naar soos 'n kat, en toe die oom die deur oopmaak en ek probeer uitklim, bring ek al die pap van die môre oor sy blink skoene op!

Petrus het ewe onhandig my mond afgevee en toe moes ons regstaan vir die foto – dis waarom my weil so skeef sit op die foto.

Ag, die seremonie was baie vinnig oor met Ma-hulle, oom Ampie met die rouband om sy arm, en Lettie wat instaan as getuies, en toe klim ons weer in die kar terug Langkloof toe.

Op Langkloof het die families aan weerskante lankal begin koek eet en lekker gesels, maar dit het my 'n hele rukkie gevat om die narigheid te laat sak, en toe kon ons kuier. Oom Ampie was in 'n goeie bui, en toe ons daar land, is hy uit na sy twakkelder se kant toe en kom terug met 'n paar bottels perskemampoer wat hy gebrou het daar onder waar Tweespruit so 'n draai maak tussen die bome. Niemand kon kwonsuis raai waar dit vandaan kom nie, maar almal het geweet hy maak sy eie witblits. Toe die voggies lekker trek en die mense begin danserig raak, bring hy die akkordion uit en Lettie en Petrus maak beurte om op die klavier te speel saam met hom, en toe dans almal tot die maan hoog sit!

In al die jare saam, het ek nooit vir Petrus gesien drink nie, en daardie aand was dit ook net koffie en gemmerbier. Hy't laterjare verduidelik drank is die duiwel se oorkussing, want Pa Ampie het altyd opstandig geraak as hy eers gedrink het, en dan't almal deurgeloop. Daar was sekerlik nog 'n lang storie oor die drank, maar dit het hy gebêre vir 'n ander dag.

Dit was 'n goeie troue. Al was dit maer jare, het elkeen 'n ou persentjie gebring. Daar was 'n erde wasbeker en kom met mooi blomme op van Ma af. Antoon en Santjie Bodes van die plaas langsaan het weer die wastafeltjie gegee waaroor ek baie bly was, want toe het die waskom 'n staanplek in ons kamer gehad. Al hierdie persente het oor die jare behoue gebly en staan nou by my oudste in haar huis.

Ons het heelwat glasbakke gekry en ook breekborde en 'n paar koppies en pierings. Van die Niemandts het lakens en handdoeke gegee en Lettie het bo-en-behalwe die trourok nog twee henne en 'n haan van haar Sisseks hoenders gegee. Petrus en sy broer Andries het dadelik 'n sifdraadhokkie aanmekaargeslaan tot tyd-en-wyl daar 'n groter hok gespan kon word. Ek was baie ingenome met die hoenders, want as jy nie 'n eier in die huis het nie, kan jy nie eet nie.

Die huis was só vol van die familie, dat niemand eers daaraan gedink het om 'n slaapplek vir ons pasgetroudes te maak nie, en ons sou eers vier dae later nadat almal weg is ons eie slaapkamer kry! Ek het styf agter Katrien geslaap op die klapperhaar matrassie en Petrus het seker iewers in die huis 'n lêplek gekry.

Ag, jy moes die huis gesien het toe almal weg is! Die liewe Lettie en ek het 'n hele dag gewerk om alles netjies te kry, en toe trek ons die driekwartbed oor in die middelkamer wat noord kyk sodat ek en Petrus 'n slaapplek sou hê daardie aand.

Dis tóé dat sy ouer broer, Ampie, sê hy bly oor by die familiehuis. 'Hoe lank,' wou Lettie weet, maar daardie antwoord het nooit oor sy lippe gekom nie.

Ek kannie sê hy het my aangestaan nie, en dis voor ek hom nog geken het. Ek meen, hy het ook nie juis daaraan gedink om bietjie weg te kom sodat ons privaatheid kon hê nie. Nee, hy het in die enigste ander slaapkamer reg oorkant ons geslaap. Lettie het hom goed geroskam dat hy nie in die voorkamer gaan slaap of saam met Pa Ampie weg is Warmbad toe om 'n werk te kry nie, maar daar was nie salf aan te smeer nie – hy wou niks hoor van uittrek nie.

En toe weet ek, een probleem het by Vaalbos agtergebly, en 'n ander een het sy plek gevat.

Skat

Die ou huisie op Langkloof het nie 'n plafon gehad nie, en dan trek die klank mos regdeur die hele huis en niks wat aangaan in die kamers is 'n geheim nie. Menige nag het ek en Petrus maar net gefluister as ons nie wou hê jong Ampie moet alles weet wat ons gesels nie, ai tog.

Pa Ampie het vroeërjare die huis gebou toe hulle weg is van Skilpadfontein af, en dis hoekom dit vandag nog net so staan, want wat hy gebou het, het bly staan. Die stoepie wat later deur ander aangebou is, het glo gou vervalle geraak. Die oorspronklike huis was 'n platdak en die voordeur het reg wes gekyk, en dis waar jong Ampie 'n seringboom geplant het net voor ek en Petrus getroud is. Ek dink hy't homself seker reggemaak om permanent daar te bly, maar niemand het op daardie stadium mooi beredeneer hoekom hy dan opsluit net na tant Nelie se dood 'n boom daar wou plant nie. Ons pasgetroudes ook nie, want Petrus was verheug dat hy die land kon bewerk soos hy wou, en ek was vry van Pa se oorheersing met my eie saggeaarde man wat my elke dag met respek en liefde behandel. Die eerste keer dat hy my Skat noem, kon ek nie ophou huil nie, en dit het 'n paar koppies koffie gevat om te verduidelik dat ek nog nooit enigiemand se skat was nie.

Dit was 'n ongesêde saak dat ek en Petrus op Langkloof sou aangebly in sy geboortehuis. Vir weke as ons smoors opstaan met hanekraai, het my maag op 'n knop getrek en dan spring ek aan die werk sodat dit klaar kom voor ons aansit vir ontbyt, tot Petrus my eendag keer met, 'Nou waarnatoe hardloop jy, Skat?' Met my hande wat bewe van haastigheid, wis ek toe daar's nie 'n wenpaal waarnatoe gehardloop moes word nie. Ek is die een wat moes leer om die juk van Pa se slaan en raas af te gooi, seker soos die ou Voortrekkers wat die owerhede se juk moes afgooi vir vryheid om te doen wat hulle wou, en ongerief gekies het bo gemak.

Hier op Langkloof kon onstwee sonder Pa se skaduwee

doen wat ons wou op ons manier in die huis wat vir 'n liewe vrou gebou is. Maar as die son sak, dan't my hart gebrand vir Ma en Janneman wat sou deurloop sonder my hulp. Dit was nie maklik om aan Pa te dink van vêr af nie. Vir 'n lang tyd het ek steeds gewonder of wat ek doen 'n pak slae werd was, of net sonder dankie sou verbygaan.

Ag, die ou huisie was baie eenvoudig. Van die voordeur af was jy in die portaal met die waskamer aan jou linkerkant, en dan met die gang af was die voorkamer en een slaapkamer aan die suidekant. Buitekant die voorkamervenster het Pa Ampie toentertyd 'n ry perske- en peerbome geplant wat miskien vandag nog daar staan, en daar was ook die twakkamer wat Petrus help bou het. Ek was nog nie weer daar om te sien of daar nog 'n steen oor is nie.

Aan die anderkant van die gang was ons slaapkamer. Daar was net twee klein venstertjies met hout-opskuiframe aan die ooste- en noordekant en dan die ruim kombuis aan die einde van die gang. In hierdie kombuis is daar vroeër vir dae aanmekaar gebak, het tant Nelie vertel in die tyd wat hulle op Vaalbos oorgestaan het. Sy en haar suster, Hanna, en die opgeskote Lettie het altyd daar bymekaargekom vir die bakkery.

Ek weet tant Nelie moes 'n hele paar broers en susters gehad het waarvan Jan Niemandt van Nylstroom se wêreld een was. Dan was daar Daan - Marja Suurdeegbol se pa - en ook tant Hanna Heystek. Die ander het ons gladnie geken nie, en sy't nie van hulle gepraat in die tyd dat ek haar geken het nie.

Ja, bou en messel is nou een ding wat die Bergmanns goed kon doen, en die vrouens het geweet van bak. Tant Nelie se bakoond was so dertig tree weg daar reg voor die kombuisdeur aan die oostekant van die werf onder 'n paar soetdoringbome. Jy kon ses groot panne soetbeskuit gelyk daarin bak.

Die Bergmanns was in gemeenskap van goedere getroud, en die testament het gestipuleer dat Langkloof in gelyke porsies aan die kinders bemaak word na die langslewende se afsterwe. Dit was nie baie groot nie, net omtrent 197 morg. In 1926 is transport gegee vir almal wat 'n deel gekoop het van die oorspronklike plaas, Elandsfontein, en daar was blykbaar baie kopers. Pa Ampie het Gedeelte 333 gekoop wat onder in die vallei lê en op met die berg tot bo by die gelykte wat uitkyk oor man en muis in die verte. Petrus het my eendag gaan wys hoe mooi dit is van daar af, en sê toe dat jy nooit alleen is daar nie, 'Want die Here staan langs jou.' Sy pad was altyd na-aan die Here.

Tweespruit was die grens tussen Langkloof en Antoon Bodes wat die aanliggende Gedeelte 334 gehad het. Petrus het verduidelik dat sy pa ook in 1929 Goedehoop, 'n plaas van 145 morg daar naby gekoop het. Op hierdie twee stukke grond se opbrengs en die oom se bouwerk het hulle 'n lewe gemaak. Goedehoop is net aan hom bemaak.

Ek kannie onthou hoe lank die Bergmanns reeds op Langkloof gebly het voor 1926 nie, maar dit was seker lank, want nadat hulle Skilpadfontein verkoop het aan ou Vermaak, het Pa Ampie die oorspronklike deel van die plaashuis op Langkloof gebou sodat al die tante se meubels kon inpas. Die kamers was nie groot nie, maar die kombuis was só groot dat tot 'n klavier ook nog daar met gemak kon staan.

Petrus het 'n vinnige berekening gemaak voor die inventaris nog daar was, en reken toe elke kind sou ongeveer 19 Pond 2 sjielings and 8 pennies kry uit die losware nadat die eisers hulle skuldvereffening uit die boedel gekry het. Maar na Langkloof gewaardeer is, die oorblewende losware verkoop en die skuld afgetrek is, was elke kind se deel toe baie meer as wat Petrus gereken het - 25 Pond 6 sjielings en 1 pennie – meer as wat enigeen van hulle verwag het. Onthou, in daardie dae het jy skaars 5 sjielings vir 'n groot streepsak mielies gekry, en 'n tollie was niks meer werd as 2 Pond by die vendusie nie. 'n Melkkoei met 'n kalf kon 5 Pond haal, maar niemand sou maklik 'n koei en kalf verkoop nie, want melk was skaars. Alles in ag geneem, kon jy vêr kom met die erfgeld.

Daar was blykbaar nie veel skuld nie, net goedere wat by

Alma Kontantwinkel en ook by Booysen & Friedberg op Nylstroom gekoop is. Antoon Bodes het ook 'n eis ingesit vir 'n paar sakke mieliesaad wat hy aan tant Nelie verkoop het – dit onthou ek goed. Dis nou jong Antoon Bodes en sy vrou, Sannie, wat later ons goeie vriende was. Oom Dirk en tant Santjie, Antoon se ouers, het toe lankal oorgeneem by Langkloof se meule en Alma Kontantwinkel op die tante se geboortegrond, en ook om na haar ouers om te sien. Hoekom die saad op tant Nelie se naam gekoop is, weet ek nie; seker maar omdat sy alles moes doen as die mans weg was met bouery, of miskien het dit iets met die goeie Dirk te doen gehad. Hulle het mekaar glo baie goed geken in die oorlogjare.

So het Pa Ampie die helfte van die besittings gekry plus een kindergedeelte en ook Goedehoop. Hulle testament was heel regverdig vir almal gestipuleer. Ma het altyd gesê enigeen met Duitse bloed in hulle are weet hoe om slim te werk en hoe om regverdig te wees. Van die meubels is tussen die kinders verdeel, want elkeen wou tog ook 'n aandenking hê. Die kombuistafeltjie wat Petrus se oupa self gemaak het, het na Petrus se kant toe gekom. Die klavier is na Lettie toe. Dis ook tussen die kombuisware waar ons 'n koekiedrukker en aartappel fynmaker gekry het – waarlik ou erfstukke. Lettie het nie die geskiedenis om hierdie paar erfstukke geken nie. So jammer, want ek glo daar is altyd 'n storie in alles wat oud is. As jy aan die koekiedrukker vat, was dit al of jy die storie agter dit kon voel. Gladnie soos die glas koekroller wat my jongste geërf het nie, want ons het almal geweet dit kom van haar naamgenoot wat in 'n kantoor gewerk het. Daar was nog nie met dit saamgeleef nie.

Die klein akkordion wat ek al die jare onder in my hangkas gebêre het, kom van tant Nelie af. Dit was eintlik Petrus se erfenis, maar hy't geweet ek het sinnigheid daarin, so toe die kinders losware begin opdeel, het hy dit gekies en vir my gegee. Hy't my ook 'n bietjie leer speel tot die lewe te besig was.

Eendag met huisskoonmaak kry ek sowaar 'n klein houtkassie agter in die laaikas wat so in die slaapkamermuur ingebou is. Seker maar wat die inventaris gemis het. Ek het al die jare my knopies daarin gebêre, maar jy kon sien dis oud en dra sy eie storie. Dis sekerlik die een waarin die oumense Bergmann se testament gebêre was, en vandag in my jongste se huis staan. Ek't haar laat beloof dit moet eendag na haar dogter gaan. Die rede daarvoor is dat kleinkinders soveel minder jare saam met hul eie familiegeskiedenis loop en altyd die meeste vrae het oor dié wat voor ons gekom het. En die knopekassie het 'n storie gehad, dis verseker. Glo dit as jy wil of nie, maar as jy jou hand oor daardie kassie vee, dan's dit of iemand met jou praat, net nie in Afrikaans nie.

As deel van die erfenis, het die plaasimplemente op Langkloof agtergebly en dit wat Petrus nie gehou het nie, is lateraan verkoop. Wat hy vir homself gehou het, is ses van die tien donkies, die bokwa, en al die tuie en halters vir twee muile en die donkies, maar ook die eenskaarploeg. 'n Groot boogsaag wat ons eie kinders mee grootgeword het, was ook deel van sy ma se boedel. Ons weet vandag nog nie hoekom Pa Ampie dit nie vir homself gehou het nie, want hy't tog nog die plaas Goedehoop gehad.

Nouja, daar was nog 'n Landbank verband op altwee plase, en Pa Ampie het gesê hy sal al die losskuld oorneem om die kinders uit te help, want hy wou hê hulle moes so gou as hulle kon die grond erf. Die kinders wat Langkloof gelykop moes deel, het 'n klein verband van ongeveer 70 Pond plus agterstallige rente daarop gehad wat vereffen moes word voor dit op hulle naam oorgeplaas kon word. Al wat dit beteken het, is dat die skuld deur sewe gedeel moes word, en jy kan uitwerk dit was darem nie 'n onbegonne taak om dit bymekaar te maak nie. Mens moes net die vermoeë hê om 'n geldjie te verdien. Die knoop het gelê by die ongetroude dogters wat nie hulle deel sou kon betaal nie.

Elke kind, mondig of onmondig, het gelykop geërf, maar Pa Ampie sê toe, as dit die oponthoud gaan wees, sal hy die onmondige kinders, Corrie en Ralie, se plaasskuld dadelik oorneem sodat transport kon oorgaan. Hy was 'n redelike man.

Wie van die seuns natuurlik die plaas oorneem, sou hom eendag moes terugbetaal, en ongeveer 60 Pond altesaam is baie jare se werk om bymekaar te maak. Die grond was klein, en ek het tóé al uitwerk dat net een seun daar 'n bestaan kon maak.

Die Bergmanns was baie regverdig met hulle boedels, en selfs Ralie wat by ou tant Minento en Vito Bari grootgeword het, het haar gelyke deel gekry. Wat sy tog met dit sou doen, kon niemand sê nie, want haar erfenis was klaar vas as die twee oues te sterwe kom. Soos dit uitgedraai het, is Ralie vroeg in 1940 getroud en skaars 'n jaar daarna dood aan 'n siekte wat niemand geken het nie. Party van die familie het laterjare gesê dit was sweerlik 'n breingewas, maar waar dié idee vandaan gekom het, wis niemand nie.

Ja, Ralie het nooit eers kinders gehad nie, en die kinderlose Vito en Minento wat toe nog geleef het, se geld het mooi vir haar gesorg tot haar dood; dit was meer as wat haar eie ouers kon doen. Baiekeer voor haar dood, as ek Ralie se outydse maniertjies dophou en hoe anders sy was as haar bloedfamilie, kon ek nie help om te wonder hoe groot die prys was wat haar ouers betaal het vir 'n kind wat 'n vreemdeling geword het nie. Dat tant Nelie bitter hartseer was oor Ralie wat uit nood by iemand anders moes grootword, was verseker. Enigeen met 'n hart sou dit kon verstaan.

Na die testament gelees is, het die meisiekinders soos een man gesê die drie seuns kan hulle grond oorneem, want hulle't geen begeerte gehad om daar te bly nie. Andries het geen belang by die plaas gehad nie, en gesê Petrus kon sy deel uitkoop vir die Landbankskuld, en so ook die vier dogters. Daarvoor het hy kans gesien, want as hy die plaas besit, kon hy self aansoek doen vir 'n lening. Jong Ampie het net soos 'n stom spook in sy kamer gelê en nie te kenne gegee wat sy plan is nie.

Pa Ampie het op Warmbad gaan bly en Truia met haar gebreklike lyf is saam, al het sy daardie jaar mondig geword. Corrie was skaars vyftien, so sy's ook saam en kon 'n werkie kry by tant Nelie se suster. Maar sake het hulleself uitgewerk en op die ou end was dit net die ouer broer en Petrus wat aanspraak op die plaas gemaak het.

Ons het gou agtergekom jong Ampie, 'n regte oujonkêrel op 30, was te lui om te boer, maar wou nie sy deel van die plaas wegmaak nie, want dit was 'n lêplek as daar nie geld is nie. En hy kon suip soos 'n vis. Dis nou die één ding wat hy geleer het met die bouwerk weg van die huis af. Maar werklik, Petrus was eintlik die enigste boer onder al die kinders.

Nou, ons het uitgewerk dat as ons almal moes uitbetaal vir Langkloof se deel, moes ons die lande bewerk vir 'n hele klompie jaar. Ek dink ook as tant Nelie vroeër geweet het wat haar ou goedjies werd is, sou sy dalk van dit verkoop het om beter vir die kinders te sorg. Sy was eintlik 'n ryk vrou, maar jy kannie stoele en tafels eet nie, en kontant was nooit volop in daardie huis nie.

Niemand kon ook in die toekoms sien om te weet hoe die geld sou inkom nie, so ons moes vêr vooruit bereken. Dit was goeie lande so langs Tweespruit wat heeljaar soos 'n rivier geloop het, en die orige deel van die plaas kon baie beeste dra. Tussen onstwee kon 'n wa deur die drif getrek word.

Teen hierdie tyd het my verjaarsdag beeste op Vaalbos ongetwyfeld goed aangeteel na die droogte en bek-en-klouseer. Ma het laat weet daar was reeds drie-en-twintig beeste in getal, en dit van een vers op elke verjaarsdag. Almal Afrikaners met net een skillerkalfie van Filemon se swak oorkant-bulletjie. Daar was tollies, verse en melkkoeie met klein kallertjies. Ons besluit toe om saam hard te werk op Langkloof, en as ons later my beeste daar kon kry, was daar 'n toekoms.

Pa Ampie het nie net gebou nie, hy het 'n hele paar twaklande en een goeie koringland ook gehad, en dis by hóm wat Petrus van kindsbeen af geleer het om twak en koring te plant. Toe hy klein was moes hy kaalvoet in die ysige water die koring natlei uit Tweespruit, en jy moet weet, dit sou 'n voltydse werk gewees het. As die twee Ampies weg was, was dit die ander twee seuns se werk om op die plaas te sorg, maar

Andries het nooit rêrig in boerdery belanggestel van hy 'n opgeskote seun was nie.

Twak het goed gegroei daar by Langkloof, en die blare kon maklik tot onder jou arms staan, en as jy jou hande duim-teen-duim hou en jou vingers sprei, weet jy hoe breed die blare was. Die groot werk was om dit te sny – alles met 'n sekel, en soos dit gesny word, is dit op die bokwa gelaai en aangery huistoe waar dit in die twakkelder opgehang word. Ons het die bokwa sommer die muilwa genoem.

Nou, die twakkelder op Langkloof was 'n diep gat met so 'n skuins bek na bo aan die noordekant van die huis, met die bek berge se kant toe, en die kelder was soos 'n kamer onder die grond met alles uitgemessel sodat dit nie inval nie. Petrus sê hy en Pa Ampie het self die kelder gebou lank voor sy ma se dood. As jy daar ingaan wanneer die twak ryp word, kon jy flou val van die sterk reuk.

Wanneer die twak droog was, is van die blare aanmekaar vasgemaak in pakkies en so verkoop aan die swartes of boere in die omgewing. Party blare is in 'n stywe twakrol gedraai, nie groter as jou handpalm nie, maar die meeste is met die twakpers gebind en in sulke groot vierkantige sakke gepak wat jy met 'n sylnaald en -garing aan die bokant toewerk. Dan's dit met die muilwa Vaalwater se stasie toe en daarvanaf is dit regdeur Pretoria toe. Die spoorwegbus het nie by Langkloof 'n draai gemaak soos by Vaalbos nie, en jy moes self goedere by die stasie kry. Met Pa Ampie in Warmbad, was dit net Petrus wat geweet het van twak bewerk, en hy't gereken as hy daarmee boer, sou daar genoeg geld inkom om die ander uit te koop.

Oppad Vaalwater toe op die Loubad pad, het jy eers by die enigste groot meule in die kontrei gekom, en dis daar waar Petrus-hulle groter hoeveelhede koring of mielies laat maal het. Dit was eintlik Rankin's Pass se meule, maar almal het dit geken as Langkloof meule. Daardie meule staan vandag nog! Jan van Heerden het dit bedryf toe Petrus klein was, en daar was 'n klein winkeltjie aan die een kant - Alma Kontantwinkel -

waar jy kruideniersware soos suiker, tee en koffie kon koop. Tant Liena, Jan se vrou, het altyd die poskantoor hanteer wat net langs hulle grasdakhuisie agter die winkel was. Toe ek op Langkloof intrek, was die twee ou mense reeds afgetree en hulle dogter, Santjie en haar man, Dirk, het daar oorgeneem. Petrus het nie 'n kans laat verbygaan om koring daar te laat maal nie, want hy was tog altyd so lief vir die growwe koringpap, maar ek reken dit was ook om lekker met oom Dirk te gesels. As jy hulle saam sien, het jy sommer geweet daar was 'n groot verlede wat ek niks van geweet het nie.

Pa was glo baie tevrede dat ek my beeste vat na ons getroud is, 'Want hulle vertrap net my grond.' Sy befoeterdgeid sou hom nie toelaat om my besies op Vaalbos te laat wei nie. Nee, enigiets wat nie geld in sy sak kon bring nie, moes weg. In alle eerlikheid en regverdigheid, moet ek sê, met al die kallers wat Pa elke jaar vir elke kind ge-oormerk het met ons verjaarsdae - ook vir die gebreklike Katrien - en die aanwas van ons koeie bygetel, was dit al 'n goeie kudde wat wel Vaalbos kon vertrap. Na die bek-en-klouseeer het Pa ook Afrikanerbeeste op die vendusies gekoop en dan tollies verkoop, maar die koeie en verskallers het hy gehou om mee te teel. Die plan was om my beeste te gaan haal so gou as ons kon wegkom van Langkloof af.

Nouja, klein Katrien kon tog nie na haar beeste omsien nie, maar hulle moes ook op Vaalbos versorg word. Janneman was pas klaar met skool, so sy beeste was ook nog op Vaalbos, en ook Danie en Hermien s'n. Bertie het nie net met sy verjaarsdag 'n kalf gekry nie, maar ook met Kersfees, en sy beeste met die aanwas was reeds negentien wat die kudde nog verder vergroot het. Baie boere het in die swaar jare nie eers soveel op kraal gehad nie, en hier was 'n kind van sewe met so baie beeste! Miskien was Pa reg dat daar te veel beeste op die plaas was, maar aan die ander kant, dit was 'n groot plaas.

Niemand kon die voortrekkery van Bertie verstaan nie, minste van al Janneman en Danie, wat tog ook seuns was.

In die ou dae was seuns mos meer belangrik as

meisiekinders, en die oudste seun in die familie het gewoonlik die meeste erfgoed gekry. As die ouers nog geleef het, het daardie seun ook altyd meer gekry as die ander kinders. Nou, hoekom Pa so suinig vir Janneman en Danie was, weet g'n mens nie. Van al die seuns het die arme Janneman ook van kleintyd af die meeste slae gekry en daar's ook altyd op hom geskrou.

Eers as groot vrou toe ek eendag by Ma sit en gesels oor oudste seuns, vertel sy my dat sy goed weet hoekom Pa so teen Janneman is – hy was nie die eerste seun nie. Ma lê toe hulle geskiedenis uit van hoe sy op 8 September 1911 aangeneem en twee dae later in Hartebeestfontein se kerk voorgestel is - dis nou die klein dorpie die naaste aan hulle plaas, Rietfontein, in die voorwêreld. Sy vertel hoe sy en Pa mekaar lank voor daardie tyd leer ken het met groot kerkbyeenkomste op Klerksdorp, en so is hulle kort na haar voorstelle getroud.

Die troue was ook 'n ander ding. Ma, Pa en haar pa - my oupa Danie - is op die dag voor die troue Klerksdorp toe, wat 'n dag se rit is met die perdekar. Daar gekom, is die predikant uit met die ouderling vir huisbesoek en het heeltemal vergeet van hulle troue. Dit was te vêr om terug te gaan plaas toe, en wie't tog geweet hoe lank die man sou weg wees, toe bly hulle net daar. 'n Week later kom die dominee toe daar aan en trou hulle. Intussen was al die trougaste op Rietfontein besig om partytjie te hou, want wat moes word van al die kos wat voorberei is? En toe hou hulle van vooraf partytjie toe die bruidspaar uiteindelik daar aankom.

In die eerste jaar na hulle troue is daar 'n seuntjie gebore – Jan Hermanus, die Schoeman stamnaam – maar hy het nie lank geleef nie en is in die voorwêreld begrawe. Van daar af was Pa 'n veranderde man met min sagtheid vir enigeen - tot Bertie gebore is. Nou, hoe verklaar jy dít? Was sy sagtheid voor die troue net 'n skerm, en was hy onder die vel net 'n woestaard, of was dit werklik 'n eersteling se dood wat hom teruggevat het na die hardheid van oorlog op 11?

Van al ons kinders was Danie maar altyd die dromer en

Ma en ook Pa het hom beskerm want, 'Hy's besig met boeke.' Pa het 'n groot ontsag gehad vir boekgeleerdheid, seker omdat hyself nooit op 'n skoolbank gesit het nie. Toe hy elf was, is hy mos saam met sy ouer broers en pa oorlog toe. Na die Boere-oorlog het omtrent geen seunskind skooltoe gegaan nie, het Ma vertel, want al die veld en lande was afgebrand deur die Ingelse en almal moes hand uitsteek om weer 'n oes op die land te kry.

Dis geen wonder dat hy lopende skrif geskryf het nie, want Ma, wat hom leer skryf het, het die mooiste lopende skrif gehad. Mens kan maar net raai dat die ander Schoeman kinders ook nie skooltoe is nie, maar Ma het nie veel van hulle gepraat nie, en net skrams vertel van die paar keer dat hulle wel vir die Schoemans gaan kuier het. Ekself kan net die een kuier onthou – dis die een waar klein Katrien 'n dogter van Maria Mosterd, Pa se halfsuster, se tande uitgeslaan het met een hou, want sy't glo gelag oor Katrien se gelapte broekie. Jong, Katrien was sterk met haar goeie arm, al was dit die linker een!

Nou-ja, die klein Mosterd dogter was 'n baie goor kind soos ek dit onthou, wat net met lekkergoed rondgeloop en niks vir ons arme Schoeman plaaskinders wou gee nie. Net altyd gesê, 'Jy kannie kry nie, kê-kê-ke-kê-kê!'

Pa se stiefma Schoeman het darem geleef tot 1928, maar kan jy dink hoe oorwerk sy moes gewees het met twaalf kinders – net sewe haar eie - en 'n man wat gaan veg het in die oorlog en daarna homself gedaan gewerk het om weer op die been te kom. Ons is nie na een van die Schoeman grootjies se begrafnisse toe nie, ook nie Pa se broers en susters nie, behalwe oom Jakob van Rooibokvlei.

As jy kyk hoe Pa en Ma se lewe later saam was, kan jy nie dink sy was vroeër so lief vir hom om hom so mooi te leer van boeke en maniere nie. Ek kon nooit verstaan hoe so 'n fyn vrou ooit op hom beenaf geraak het nie.

Maar wag, terug Langkloof toe! Alles groei geil in die Langkloof vallei en daar was genoeg waterafloop vanuit die berge en die paar ander kleiner stroompies wat in Tweespruit vloei. Dis nou die groter berge wat Petrus-hulle sommer Bobbejaanskloof se berge genoem het, maar dis eintlik die Waterberge. Al die ander mense het altyd gepraat van Langkloof se berge, so asof berge dan meer as een naam kon dra.

As jy reg noord van die huis staan, dan's daar eers die laer berge wat so skuins by Antoon Bodes se huis verbyloop, en agter dit is die groot Bobbejaanskloofberge. Smoors vroeg word hulle so blou na die weste toe.

Jong, in daardie berge het ek en Petrus menigmaal gaan klipbokke skiet. Daar was baie wild en ook baie byneste so onder die kranse. Hy sê dis waar hy en sy broer Andries altyd oor die kranse gehang het met een wat die ander se voete vashou sodat hulle by die heuning kon uitkom. Dan't hulle die heuningkoeke voor by hulle hemde ingedruk of in hulle hoede huistoe gedra. Die bye het hulle glo gesteek dat dit bars en dan hol hulle bergaf, en al die pad gons die bye om hulle! G'n wonder hy is later Ratel genoem nie, want taai was hy taai soos 'n ratel as dit by heuning kom!

Hy't my gaan wys waar die wildebyneste is - die afgrond is hónderde treë ondertoe! Hy sê hulle het op die neste afgekom soos hulle die heuningvoëltjies volg. Daardie heuning uit die kranse is van die lekkerste wat ek nog geproe het, en Petrus het verduidelik dis die boegoebos wat oral groei se blomme wat daardie lekker smaak gee.

Ai, die stories wat hy my vertel het van hulle kinderdae in daardie wêreld, kan jy amper nie glo nie. Hy sê dit was 'n baie hartseer ding vir die Bergmanns dat hulle oupa ter see dood is as krygsgevangene, want hy't glo groot planne gehad vir Elandsfontein.Toe ek en Petrus al lank getroud was, het hy baiekeer gesê as die familie tog net die oorspronklike plaas kon bekostig, dan was ons almal vandag ryk mense.

Pa Ampie het so baie weggebou van die huis af, dat die seuns en vroumense alles moes behartig. Petrus was maar net vyf of ses toe hy die beeste vir die winter moes gaan oppas by die buitepos. Hy't nie gesê waar die buitepos was nie, maar ek reken dit was nog 'n deel van Elandsfontein daar bo op die gelykte van die Bobbejaanskloofberge - só vêr dat jy die beeste soentoe moes aanjaag en dan pas jy hulle op vir tenminste twee maande. Tant Nelie het glo 'n meelsakkie vol stampmielies gemaak sodat hy kaboemielies kon kook, en 'n bottel vol varkvet ingesit en ook biltong, en dit was sy kos vir daardie tyd. Dit was oorlogjare en almal het swaargekry. Hy't glo strikke gestel vir tarentale vir 'n vleisigheidjie. Hoe swaar was dit tog nie vir so 'n klein kind op sy eie nie!

Jy weet, met beeste oppas moet jy die heeldag by hulle wees, want die buitepos was ook vir ander boere en daar was nie drade nie, so jy moes jou oog die heeltyd op jou eie beeste hou. Blykbaar het Petrus eendag 'n klein driepoot potjie vêr te vol droë stampmielies gemaak en toe gaan pas hy die beeste op. Daardie aand toe hy met hulle terugkom by sy ou stukkie tent, staan die pot se deksel windskeef soos die stampmielies uitgeswel het. Hy weet toe nie wat om te doen nie, en sit 'n swaar klip op die deksel! Hy sê hy het dae aan die koue stampmielies geëet, en dit was lank voor hy weer huistoe is. Wat weet so 'n klein kind nou van kosmaak? Van daar af het hy honger gely.

Later toe ons al getroud was, het hy dieselfde potjie se pootjies afgesaag sodat ons dit op die Dover stofie kon gebruik. Hoe vreeslik alleen moes dit nie vir hom gewees het so by die beeste nie. Mens kan maar net wonder waaraan hy die heeldag gedink het; dis miskien hoekom hy altyd so stil was en kon uithou al het dit swaar gegaan. Daardie kinders het harde dae geken. Arme tant Nelie was later versukkeld van al die werk op haar eie, maar haar hande het vir niks verkeerd gestaan nie en sy was altyd blymoedig. En sy kon waarlik met boererate gesondmaak. Ma sê dit het sy in die voorwêreld geleer toe hulle jonk was. In die oorlogjare het sy as jong vrou baie lewens gered met hierdie rate in die konsentrasiekampe vir vrouens en kinders.

Petrus sê hy en Andries het gereeld gaan strikke stel vir die vleihase, want hulle was lekker vet so al om Tweespruit.

Dan't tant Nelie haaspastei gemaak, of hulle't dit oor die kole buitekant gebraai. Dis by hom wat ek geleer het om haas te eet, want ons het mos nie haas of springhaas op Vaalbos geëet nie; Ma het altyd gesê die goed is te maer en die vleis stink.

Toe Petrus so veertien was, het hy eendag onwettig in die berge gaan wild soek, want daar was baie koedoes hoog in die krans skeure. Die probleem was altyd om die bok by die huis te kry as jy dit daar hoog in die berge skiet. Nietemin, hy en Andries het glo altyd die bok vel-en-al in boute en blaaie gesny en dit so naby as hulle kon by die grootpad gebring en dan in die nag met die swartes se donkiekarretjie gaan oplaai. Nou, daardie nag gaan skiet hy mos en toe kwes hy die koedoe, wat toe met die rante al die pad na die Nek se kant toe vlug.

Net voor jy by die Nek kom daar by Sandrivier, was mos die polisiestasie wat gebou is toe hy al skoolgaan-ouderdom was – drie rondawels, waarvan twee selle was. Die laaste ding wat hy wou hê was om die koedoe naby die polisiestasie dood te skiet, maar die koedoe is vort en Petrus agterna met sy enigste lig die ou kopliggie waarvan die batterye nie watwonders sterk was nie. Hy verloor toe heeltemal rigting so in die donker en toe hy skielik op die swaar gekwêsde koedoe afkom, wis hy nie hy's net omtrent 'n honderd treë weg van die stasie af nie! Ag, hy sê die skoot het skaars geklap of die konstabel staan daar. Die koedoe is gekonfiskeer en hy moes 'n nag in die selle slaap, want hy konnie die Pond boete betaal nie.

Hy en Andries het hulle omtrent gedaan gelag oor die petalje, sê hy, maar die konstabel het hom darem goeie kos gegee voor hy kon huistoe gaan. Ma het nie gelag nie, want 'n Pond is 'n klomp geld wat hulle nie gehad het nie, en die twee swêrnote moes glo vir 'n jaar by die bure gaan hande-arbeid doen om op te maak vir die Pond.

Ek het 'n witdruiwestokkie van Vaalbos af gebring en Petrus het 'n paar pale buitekant die waskamervenster ingeplant sodat die druiwe kon oprank. Jy wil druiwe in die son plant waar hulle nie koue suidewinde kry nie, en dié was 'n goeie plek daarvoor.

Ons het bossies toe gegaan net buitekant die werf agter 'n groot kareebos reg wes na Tweespruit se kant toe. Dit was eintlik die enigste bos wat dig genoeg was vir bietjie skuiling. So skuins agter die kareebos het Pa Ampie ook houtblokke gehad waarop looivelle opgestapel was wat ander uit die omgewing aan hom verkoop het, en as die velsmous daar omkom, het hy dit vir 'n wins verkoop. Pa het altyd sy velle op Langkloof gelos en dan't Pa Bergmann hom 'n sikspens 'n vel gegee. Hy't ook boomstompe in planke gesaag en gelê soos 'n vloer op ander blokke daar naby vir al sy gereedskap; daar was nie 'n stoorkamer nie. Dit was maar goed soos treksae, kettings en sy bougoed. Die spantoue en rieme is in die huis gebêre, want as rieme nat word, is hulle van vooraf hard en moes weer gebrei word.

Baiekeer is ek en Petrus deur Tweespruit oor klippe wat ons op die nouer deel van die stroom gepak het om by Antoon en Sannie Bodes te kuier, maar as dit reëntyd was, kon jy nie oor daardie rivier kom nie - dit sou jou sowaar ondertrek daar duskant die diep kolkgat. Jy moet nooit Tweespruit onderskat nie — dis 'n geváárlike spruit as dit afkom. Dis in hierdie watergat waar sy suster Truia glo amper verdrink het toe die jongklomp eendag daar gaan swem het. Petrus sê sy't in die moeilikheid gekom so met die een gebreklike arm, en as hy nie daar was om haar uit te trek nie, was sy dood.

Antoon-hulle was die gaafste mense. Daar's niks wat hulle nie vir ons sou doen nie - harte van goud in daardie huis. Ons het ook nooit teruggestaan om iets vir hulle te doen nie, en Sannie was naderhand soos my eie suster.

Alles het goed gelyk op Langkloof, want teen die einde van Julie het Pa Ampie alreeds die inventaris van die boedel geteken, wat beteken dit sou nie lank vat voor alles afgehandel is en ons die grond op ons naam kon kry nie.

Ja, dit was maar net die stilte voor die storm, en ons moes seker daardie eerste paar maande al geweet het dat jong Ampie se blyery op Langkloof net moeilikheid sou bring, maar ons was jonk en vol planne.

Vir die eerste keer in my lewe was daar nie 'n storm of donderweer elke dag nie. 'n Pa wat oor my skouer loer, het met tyd sy angel verloor, en liefde het my kom leer van sagtheid.

Langkloof se Berge (Bobbejaanskloofberge)

'n Wilgeloot Wiegie

Terwyl ons hard gewerk het daar op Langkloof, is oom Jakob en sy tweede vrou se seuntjie gebore – 'n kind in 'n ou man se huis. Die nuus het maande na sy geboorte eers by ons uitgekom, en toe kon ek nie slaap nie. Watse lewe sou 'n kind tog daar hê?

Ma was die skrywer daar, en wat het haar dan só vasgehou dat nie 'n enkele brief ons kant toe gekom het vir maande nie? Die spoke van Pa se koue oë, die swaaiende strop arm, die onvergenoegdheid met alles wat hom nie pas nie, het my gedagtes laat kringe loop en my dae vol bekommernis gelaat oor weerlose vrouens en dogters sonder sê.

Al was my hart oorlopens vol van goeheid en guns saam met Petrus, die verlange na Ma en die bekommernis was soos 'n kombers in die winter – altyd om my skouers.

Petrus het 'n leivoor met pik en graaf so vier voet diep en drie voet wyd gegrou van Tweespruit af, net waar dit 'n draai maak en die groot watergat is, tot by die koringlande naby die huis. Dit was opdraend na die landjie wat suid van die rivier lê, maar ons moes die twak wat hy wou plant natlei. Dis seker maklik 'n myl lank, maar die grond was nie te hard nie en hy kon goeie vordering maak in 'n kort tydjie. Dit was ongoddelik warm in die vroegsomer, maar daar was nie 'n lui haar op sy kop nie, en met al die water en die beesmis wat hy vooraf oor die lande gestrooi het met 'n graaf sommer so van die muilwa af, sou daardie twak wáárlik vinnig groei.

Ek het hom met alles gehelp en net huistoe gegaan om kos en water te kry. Daar by die huis het jong Ampie gewoonlik smoordronk in sy kamer gelê en wou niks doen om ons te help nie. Saans kon hy kwalik uit die kamer kom om te eet, en sy klere en goed het orals rondgelê. Petrus moes hom naderhand hard aanspreek, en toe was die gort behoorlik gaar! Jong Ampie het sy pa se *saloon* geweer van die rak weggerokkel en toe ek eendag weer huistoe is vir kos en water, staan hy daar soos 'n *lord* met die geweer en skrou dat ek nie in sy huis my voete sou sit nie - nie as hy dit kon verhelp nie. Dit was 'n hewige twis tussen die mans toe ek vir Petrus gaan roep om te kom help, maar Ampie was so steeks soos 'n donkie en wou niks hoor van uittrek nie.

Dis ook in hierdie tyd net so kort voor September dat ek verwagtend geraak het. Nou, die probleem was toe dat Petrus my nie alleen by Ampie kon los nie, want hy was meestal dronk en wou my molesteer wanneer Petrus op die lande was. Maar ek was tog so moeg en die son só warm, dat ek nie daar op die lande kon bly werk nie. Baiekeer het ons net die stukkie bokseil en 'n streepsak saamgevat en dan't Petrus die seil tussen die doringboompies gespan en kon ek in die skaduwee op die streepsak lê terwyl hy swoeg in die bloedige hitte.

Op die een landjie se kort-akker naaste aan Tweespruit het ons al klaar kafferkoring gesaai met Petrus agter die muile en donkies - alles met die handploeg - en ek voor om die koring met die hand te saai. Mens het mos nie nodig om die koring diep in te ploeg nie. Daar was nie osse vir ploeg nie en die muile en donkies moes al die werk doen. Dit was 'n seëning dat die swaar werk klaar was voor die groot naarheid my gepak het. En dit wás warm daardie jaar.

Op die regte tyd het ons op die groter land die twakplantjies uitgeplant nadat dit geploeg is. Petrus het rye so vier voet uitmekaar met die eenskaarploeg gekrap, dan was dit op en af in die rye loop – hy maak gate met 'n stok so drie voet uitmekaar en ek sit die plantjies in en druk vas met die een voet. Die rye is gewoonlik so vêr uitmekaar sodat mens later tussen dit kon loop. As die wind nie mooi deur die plante waai nie, dan kry jy nog twakroes ook.

Jy sien, om twakplantjies te kweek is 'n tydsame proses, want jy moet dit kweek van saad af. Eers saai jy die twaksaad wat soos uiesaad lyk, in sagte grond; dan strooi jy grondjies liggies bo-oor en dan span jy 'n kaasdoek oor en hou dit nat. Dit vat omtrent sewe dae om mooi op te kom en dertig dae voor hulle reg is om uitgeplant te word. Intussen moet jy hulle heeltyd nathou. As hulle so drie duim hoog staan, haal jy die kaasdoek af sodat dit gewoond kan raak aan die son, en so 'n week later plant jy dit uit op die lande. Daarna tel jy nog omtrent drie maande by voor die eerste twakblare begin geel word vir oes, maar die hele oes is eers af so ses maande vandat die plantjies uitgeplant is.

Petrus het die saadjies al aan die begin Augustus gesaai, want jy't al die somerson nodig vir die twak om goed te groei op die land. Ons het sowaar die eerste seisoen al goeie koring en twak ge-oes. Teen vroeg herfs van '36 was ons te besig met twaksny, ophang en koring natlei, dat ons nie juis te veel ag geslaan het op Ampie se streke nie. Maar sy bakleiery was ons daaglikse brood, soveel so dat ek eendag toe ek by die huis aankom, hom kry waar hy besig was om dinamiet onder die huis se hoek te begrawe, 'Om julle in julle hel in te blaas.' Ek's net kortom daar by die kareeboom verby terug land toe om Petrus te gaan haal.

Daardie dag het ek vir Petrus sowáár kwaad gesien! Dis 'n hele ent huistoe van die lande af, maar hy was die heelpad vêr voor my uit, want jy moet weet, ek was nou groot en ongemaklik. Oppad gryp hy die melkrieme by die hek en teen die tyd dat ons by die huis kom, was dit klaar gevleg in 'n dik osriem.

Daar't ons Ampie arms bo die kop op die bed gekry met die kwyl wat eintlik by sy mond uitloop, so dronk was hy. Petrus gryp hom toe sommer so aan sy arm en gee hom die pak slae van sy lewe waar hy ookal vatplek vir die riem kon kry. Toe pak hulle mekaar en slaan met die vuis, maar met al die sopies agter die blad, was Ampie gou katswink op die naat van sy rug.

Petrus was sommer so wit in die gesig toe hy my hand vat en sê, 'Kom, Skat, jy bly nie by die huis met hierdie vuilgoed nie!' en daar gaan ons twakkelder toe om nog twak op te hang, maar nie voordat hy die geweer uit Ampie se kamer weg het nie.

Die volgende dag was Ampie soos 'n bul wat gebrand word, maar weier nog steeds om pad te vat of sy goed uit die huis te kry. Toe besluit ek en Petrus dat hy in sy maai in kan lê op die bed, maar ek sou nie die hande wees wat weer sy klere was nie. Ons gee hom toe ook nie kos nie, en ek maak net genoeg vir ons en hy word nie geroep vir aansit nie. Daar is niks so sleg soos 'n lui oujonkêrel nie, maar hierdie een het toe gou geleer om self brood te vat as ons op die lande is.

Nouja, teen middel Mei, so drie weke voor die baba moes kom, was die twak klaar gebaal en reg om by Vaalwaterstasie te lewer. Pa Ampie het mos 'n twakpers gehad waarmee jy die droë twakblare in 'n reg-vierkantige baal kon pars. As jy klaar is daarmee, pas dit netjies in 'n streepsak, wat, anders as 'n mieliestreepsak, vier 'ore' kry – twee aan elke kant. So, jy werk eers die middel toe en maak dan vier holtes by die hoeke waar jou hand kan inpas om dit maklik op te tel, en dan pas die vierkantige sak ook beter op die wa.

Toe Petrus klaar was daarmee, was dit goed koud en tyd om die kafferkoring te oes - net 'n bietjie vir huisgebruik, gesaai op die twakland se kort-akker. Net genoeg vir die volgende jaar se saad met 'n bietjie spaar vir ingeval, en 'n sak-of-wat om gemaal te word vir papmeel.

Woord het rondgegaan dat daar 'n nuwe baas op Langkloof is wat baie hard werk, so 'n paar swartes het eenkant op die plaas kom bly, en ook Adam en Leia Olifant - kleurlinge wat eers daar na tant Minento se kant toe gebly het. Hulle het hom gehelp om te oes en die koring uit te waai sodat dit in die sakke kon kom. Ousie Leia, so 'n kort baster boesman-kleuring, was die vroedvrou vir almal in die kontrei. Daar was ook die getroue Johannes-swarte - 'n voorslag wat alles kon doen en wat saam met Petrus grootgeword het, maar hy't sieklik begin word soos sy jare aanstap.

Antoon Bodes het laat weet hy wil 'n halfsak koringsaad hê, en as Petrus daar verbykom oppad Vaalwater toe, kon hy dit net asseblief afgooi. Eintlik het jy nie verby Antoon se plaas gery stasie toe nie, want hy was noord-wes en die meule oos op die Loubad pad, maar Petrus sou enigiets vir sy buurman doen.

Teen dié tyd was ek al rêrig ongemaklik. Met die dat ek nie alleen by die huis kon wees met Ampie nie, was ek party dae só moeg dat ek nie my hand kon optel nie. Petrus konnie die vloek vertrou as hy nie daar was nie, so wat nou gedaan om die koring en twak weg te bring, want dit sou tenminste twee dae uit en tuis vat as jy vinnig aanstoot. Ek konnie by Sannie Bodes gaan bly nie, want sy was by haar suster in die voorwêreld, en ek kon tog nie alleen by Antoon oorbly nie.

Ten-einde-rate besluit ons toe om 'n enkelbed se matras op die wa-buik te sit net voor die sakke koring, en dan kon ek daarop sit of lê. Met groot moeite het Petrus my op die wa gekry terwyl Ampie net daar dood-dronk teen die koesyn leun, maar ons is weg vir veiligheidsonthalwe en vrede. By Vaalwater gekom, kry ons toe tyding dat Ma se gesondheid nie na wense is nie. Daardie aand het ons sommer so onder die wa langs die pad geslaap en ek konnie ophou huil nie. Petrus wou weet wat hy kon doen, maar hoe sê jy nou dat jy na jou ma verlang en dat jou lyf só seer is dat jy nie geslaap kan kry nie?

Teen die tyd dat ons terug is op Langkloof, was ek koorsig en naar en my hele buik blou aan die onderkant. Vir dae het Petrus net om die huis en in die twakkelder gewerk om naby te wees, en toe die erge geboortepyne my inhaal, het hy 'n kas voor ons slaapkamerdeur gesleep en is deur die venster om Ousie Leia te gaan haal. Ampie het nie eers geweet Petrus is weg statte toe nie.

Drie dae lank het ek tussen lewe en dood gesweef, en g'n pyn wat ek al ooit in my lewe gehad het, het kers vasgehou by hierdie pyn nie.

Petrus was soos 'n gees wat deur die huis loop, en Ousie Leia het net uitgegaan bossies toe en dan was sy terug met Levenessens en 'n aftreksel wat sy van boegoeblare gemaak het. Petrus moes glo my kop en skouers vashou sodat sy dit tussen my lippe kon inkry – daar was naderhand nie meer krag in my oor nie. Die liewe Vader weet wat hy vir jou kan uitdeel, maar daardie pyn was te veel.

By die derde dag het ek veraf gehoor hoe Ousie Leia vir

Petrus sê, 'Sallie werkie, my basie, sal net vir die Heretjie se genade wees,' en toe pak die donkerte my. Toe ek weer bykom, was Ousie Leia se donker oë terug in hulle kaste en haar vel sommer so grys, en Petrus wat my skouers vashou, se baard so lank soos ek dit nog nooit gesien het nie. 'Waarom gaan skeer jy nie, Skat?' is al wat ek wou weet, maar Ousie Leia skud net kop, sus-sus en sê, 'My meidjie, nou's tyd vi djou om noggenbietjie harde te werk – hierie ou babatjie willie saamwerkie,' en sy druk my twee skeenbene hoog op teen my maag.

O, hemel, kind, ek was oortuig ek was klaar besig om te sterf, maar daarvan wou die ou kleurling niks hoor nie, en het net aanhou werk met my bene tot daar iets losskiet en die pyn weg is – kompleet nes water wat saggies oor die twakplantjies loop sodat jy dit skaars kan sien. 'Het die twakplantjies verdroog, Leia?' wou ek weet toe ek hoor Petrus kreun iewers hier by my kop, maar hy't net my voorkop bly afvee met 'n waslap en gesê ek moenie bekommer nie. Daarna was dit net ou Leia in die kamer, doenig met die lakens en my nagklere.

Toe die son al hoog sit die anderdagmôre, was ek helder wakker en die huis baie stil. Ousie Leia was vas aan die slaap op die matjie voor die bed en die korras was raserig iewers in die bome. Dis toe dat ek Petrus sien sit in Ma Nelie se ou leunstoel wat ons na die troue in die slaapkamer ingedra het. Sy grys oë was soos bloed met donker kringe om, en sy wange nat so tussen die vierdag baard. Hy't net stil daar gesit en na my kyk, en in my binneste het ek geweet 'n groot ding het die vorige nag in hierdie kamer gebeur.

Toe staan hy op en kom lê langs my sonder om ou Leia wakker te maak. Met sy growwe hand op my wang sê hy toe net, 'Skat, moenie my vra waar nie, maar ek't hom begrawe,' en toe huil hy soos 'n kind in my nek.

Vir weke wou ek nie opstaan uit die bed nie. Die baba-wiegie wat Petrus met sy knipmes uit wilgeloot gemaak het, was nie meer langs die bed nie, en ek wou ook nie eers kyk of daar nog babakleertjies in die laaikas is nie.

Kos was bitter en dik in my mond.

Ek't geen gedagte gehad oor wat Petrus of Ampie in die dag doen nie, en het eers later uitgevind Ampie kon die 'geskrou' van die bevalling nie verdra nie, en is Warmbad toe vir 'n tyd.

Die dae was lank en stil. Maar eendag toe ek in die yl winterson aan die noordekant van die huis langs die seringboompie sit wat Ma vir ons gegee het, kom Groot Tommie sowaar daar met Pa se muilwa aan – hoog gelaai met klomp velle vir die vellesmous soos in die ou dae. Maar nie 'n brief in sy hand nie.

Ag, my aarde, hoe ek ookal probeer, kon ek sowaar nie ophou huil toe hy groet nie en sy groot hand op my kroontjie sit soos in ons kinderdae, met, 'Ja, Maria-ke-Piera, hoe koes jy dan so in die sonnetjie?'

So is ons binnetoe en toe Petrus huistoe kom om te eet, het Tommie al klaar alles vertel van Ma se siekte, hoe dit gaan op Vaalbos en op Steenbokpan en sommer van alles wat aangaan in die kontrei. Hy't vertel van Martha, 'n jong en deetlike swarte wat op Vaalbos uithelp en 'n goeie hulp vir Ma wat ook goed Afrikaans kon praat. Ten laaste sê hy toe dat hy net een nag kan oorslaap en dan sou hy weer aanstoot, maar Ma wou weet hoe dit gaan en nou kon hy haar gaan sê. Dit was amper by sy mond uit om te sê, 'Van die baba wat dood is,' maar hy't homself betyds bedink.

Blykbaar was Sofie nog steeds siekerig na die nierstuipe wat sy amper twee jaar gelede opgedoen het met haar baba se geboorte, en niemand het geweet hoe lank sy nog so kroes sou wees nie. Tant Hantie het glo baie handgegee met die woelige kind. Ek was goed hartseer om weer nuus van die huis te kry, en die verlange was toe eens groot. Agttien is jonk om so vêr van jou familie af te wees, en my hart was ook só stukkend na ons ou seuntjie se dood, dat die nuus 'n lafenis was.

Ek't ook gedink aan Sofie se gesonde kind wat sy regmatige plek in Ma se hart gevat het, maar my hart was rou oor dié plek in haar hart wat altyd leeg sou bly van 'n kleinseun wat stil in Langkloof se koue grond lê.

Mens weet jy moet vergewensgesind wees, want die Here vra dit, maar my eie hartseer was vergete toe ek hoor dat Ma vir 'n tyd in Nylstroom se hospitaal was sonder dat Pa ons laat weet het. Daar het die dokters glo medisyne gehad wat haar kon help, maar hy't haar uitgeteken en gesê, 'Daar's nie meer geld vir die dokters se twak nie.' En so is sy terug Vaalbos toe. Hoe rou moes haar hart gewees het om te weet Pa se suinigheid en ongeërgdheid het alles oorheers? Die swart gemoed wat oor my getrek het, was sekerlik die haat wat nog altyd in my hart was vir 'n wreedaard van 'n pa.

Ag, Tommie het alles geweet van Vaalbos se dinge, want voor hy uit die huis is, het die kinders in sy familie net so swaar gekry.

Ek het met 'n swaar hart die drie maande wat ek Sofie se baba opgepas het onthou, want dit was 'n goeie tyd so saam met Ma. Ons het te lekker gesels, brood gebak en sommer net in die koelte gesit. Pa was soos gewoonlik vol nonsies, maar toe was dit net Janneman en Danie wat deurgeloop het met die plaaswerk, maar meestal Janneman wat moes omsien na die kallers en beeste, en dan nog die skaapkudde wat maklik veertig was. Bertie was altyd iewers, maar nooit waar jy hom kon kry nie, en Ma het verniet geraas dat hy moet wegkom van die gespeel by die statte. Baiekeer het Pa hom daar gaan haal op Ma se aandrang, maar dan't ook hy so lank weggebly dat ons al vergeet het waarvoor hy weg is.

Party dae het ons net stil gesit en luister na die voëls in die bome se skaduwee by die agterdeur. Ma was vol heimwee vir haar eie mense vorentoe, en as sy so was, het sy net gesug en partykeer sou sy uit die bloute iets van haar kinderdae vertel. Eendag het haar gesels begin met, 'Jy kan nooit vra hoekom jou lewe hierdie pad vat en nie dáárdie pad nie, Sussie, maar die Here weet, ek bid baie om te weet waarom myne so swaar hier in die stofpad loop. Hier waar liefde se kruik lankal leeggeloop het en ek elke dag moet wonder waar jou pa nou weer is.'

Ek't net asem opgehou, want sy't nog nooit laat val dat sy weet van dinge wat mens liefs nie van praat nie, al het ek en Janneman reeds lankal ons suspisies gehad. Dit was of sy toe na my kyk as 'n grootmens en nie woorde hoef te kies nie. Maar ai, ek kon haar nie in die oë kyk nie, en ons het net daar bly sit tot dit skemer was. Maar noudat ek op Langkloof is, was die gedagtes van daardie tyd soos veraf donderweer – jy hoor dit, maar weet dit sal nie gou by jou uitkom nie.

Toe Petrus weer pos gaan haal by die Van Heerdens se poskantoor, was daar nuus van my ouma Lombard se dood op 22 September - 'n ou briefie wat Ma al meer as veertien dae vroeër geskryf het. Ag, teen die tyd dat die tyding van haar dood by Ma aangekom het, was sy lankal begrawe. Ma was ook te siek om vêr te ry, en so het sy haar ma vir 'n jaar gerou, maar in my hart het ek geweet sy sou nooit oor my ouma se dood kom nie. Die liefde vir haar ma is van haar weerhou, en vir sulke verlore liefde is daar geen troos nie.

Ek't teruggeskryf, maar dis al wat ek kon doen om haar by te staan. Ons familie is in daardie tyd baie beproef met dood en erge siektes orals.

Soos die dae aanstap, het ek en Petrus tyd gehad om oor ons eie sake te gesels, want Pa Ampie het 'n tydjie terug reeds die geskrewe dokument aan die Weesheer in Pretoria gestuur om te sê hy staan borg vir al die onmondige kinders se skuld, en wou weet wat dan nog uitstaande was vir Langkloof se oordrag. Hy't ons self laat weet daarvan, so mens kon begin planne maak op sy woord. Die volgende dag is ons eers Alma toe om Lettie daarvan te vertel. Dis mos nie vêr van Langkloof af nie. Daar gekom, sit sy heerlik in die oggendson met Izak wat die vorige maand gebore is. Sy was my liewe ou maat, en as ons kon, sou ons dae aanmekaar kuier, maar almal was besig om 'n lewe te probeer maak.

In hierdie tyd het Pa Ampie, soos die wet daardie tyd vereis het as 'n boedel nog nie afgehandel is nie, aansoek gedoen om weer te trou. As jy nie op die regte tyd al die erfgename se skriftelike toestemming kry nie, dan was dit neusie-verby as jy wel later weer wou trou, maar ons was salig onbewus daarvan dat Pa eintlik angstig was om te trou met 'n tante Marx wat ons niks van geweet het nie. Kort daarna het die Meester van die Hooggeregshof gevra dat Pa Ampie die vereffeningsbewyse lewer van die Landbankskuld sodat Langkloof uiteindelik op die kinders se naam kon kom. Ons het natuurlik ook niks van hierdie verwikkelings geweet nie, en al die kinders moes geduldig wag om iets van die Weesheer te hoor. Intussen was geld skaars en die onsekerheid van Ampie wat gedink het hy moet die hele plaas erf, was nog altyd daar.

Ons was skaars terug van Alma af, of ek besef ek's weer swanger. Ons het gladnie die harde werk hierna gevoel nie, want daardie lente het die groot reëns gekom en 'n goeie oes was in die vooruitsig. Die enigste probleem was nog altyd jong Ampie wat tydig en ontydig daar afgesaal en dan so lank gebly het as wat hy wou. Kort-voor-lank was daar weer struweling tussen die broers, want Petrus het gesê hy sal nie weer dat sy vrou onder Ampie se dronkenskap ly nie. So, óf hy help op die lande, óf hy vat pad. Wel, jy kannie eintlik padvat as jy die heeldag lê en suip nie. Ampie het goed by sy pa geleer hoe om mampoer te stook, maar nou't hy skelm geraak en dit daar hoog in die Bobbejaanskloof se berge gaan maak waar die water helder uit die kranse loop. Jy kon hom gereeld sien padvat berge toe, en ek weet nie hoe hy gedink het dat dit nie suspisieus lyk nie. Hy was daar om te bly so lank as wat daar water was.

Teen Maart in '37 was daar nog steeds geen tyding van die erfenis nie, want met Pa Ampie wat op Warmbad was, het die pos van voor af omtrént die rondte gedoen — eers Langkloof toe en dan moes ons dit onoopgemaak Warmbad toe stuur, maar intussen weet ons nie of hy as die eksekuteur enigiets doen om sake te bespoedig nie. Ten-einde-rate vat Petrus toe die pen en skryf vir die Meester van die Hooggeregshof om te hoor wat aangaan. Nou, jy weet, hy was nie een vir baie praat of skryf nie, maar ons was by 'n kruispad en moes weet watter kant toe dinge gaan draai.

Petrus sê toe hy skryf net die brief klaar en dan vat hy my Vaalbos toe, al was dit 'n vêr pad, sodat daar niks kon foutgaan met die geboorte nie, wat ons gedink het in Julie sou wees. En dis ook wat ons toe doen. Ag, dit was 'n heuglike dag toe ons afklim by Ma op Vaalbos! Ek het haar amper nie herken nie so oud het sy geword, maar tussen die lag en huil deur, was daar nie 'n geneeëndheid om net na die slegte dinge te kyk nie. Pa Albert en die mansmense was by die rivier met die beeste, en ons was genadiglik op ons eie.

Intussen sou Petrus aanbly op Langkloof en die saak van Ampie en die erfenis uitsorteer sodat ons in die toekoms in vrede daar kon bly. Wat ons nie geweet het nie, is dat Pa Ampie stil-stil met die tante Marx getroud is in gemeenskap van goedere, en toe gladnie haastig was om na die boedel se sake om te sien of om op sy plaas, Goedehoop, te kom bly nie.

Middel Junie toe die twak verkoop en die koring gemaal was, het Petrus die sakke koringmeel en saad by Antoon Bodes gaan toesluit sodat Ampie nie sy hande op dit kon lê nie. Hy't homself seker amper dood gewerk so vinger-alleen. En toe's hy met die muilkar Vaalbos toe waar my tyd baie min was en ook maar net-net betyds, want ons dogter is op einde Junie gebore. Op Ma se aandrang was tant Hantie vroeg daar om te help. Ek sou liewer die deetlike Ousie Leia wou hê, want sy was soveel beter as tant Hantie, en so skoon.

Jy moet weet, om geboorte te gee aan 'n afgestorwe baba, is om hel toe te loop en terug op warm kole, want die baba werk nie saam nie. Ons tweede baba, Coba, se geboorte was maklik en kort-voor-lank het sy daar in my ou kamer by my in die bed gelê met sulke ronde wangetjies. Petrus, wat in die voorhuis was, het langs ons op die bed kom sit met geen woorde vir hierdie gawe nie. Toe sak hy op sy knieë neer langs die bed, vou sy hande in gebed, en toe Ma aanskuifel en tant Hantie ook op haar knieë is, dank hy die Here hardop vir Sy genade en liefde. Toe hy klaar is, was daar nie 'n droë oog nie, want ons het almal geweet die Here is daar in die kamer waar jy net die baba kon hoor vuisie suig.

Oos, Wes, Tuis Bes

Die dag na Coba se geboorte het Petrus opgestaan en sy enigste kakie langbroek aangetrek, en toe ek vra nou hoekom sy beter broek, sê hy, 'Ek's nou 'n pa, en 'n kind moet nie 'n pa se bene sien nie,' en hy't nooit weer 'n kortbroek gedra nie.

'n Week later moes hy terug Langkloof toe. Vir vyf maande het ons daar op Vaalbos gebly, en toe het Petrus vir die laaste keer kom kuier om ons te haal.

Van Sofie en haar gesin het ons maar min gesien, want haar man het homself doodgewerk en Sofie was lusteloos. Ek en Janneman is eenkeer soontoe om te kuier, maar die huis was deurmekaar en die kind se doeke geel van nie skoon was en uitspoel nie. Daar was nie 'n swart hulp nie, net ou Blousel by tant Hantie, en sy wou nie vir twee base werk nie. Sofie was ook nie juis een vir gesels nie, net soos in ons kinderdae, en onstwee is droëbek daar weg met min nuus.

Al my ou besittingkies, 'n paar sakke mieliesaad, rieme, vet en wat Ma ookal kon kry om saam te gee, is bo-op die wa vasgemaak met komberse dubbeld gevou op die bankie vir ek en klein Coba. Petrus het vier lang droppers gaan kap om 'n seildakkie oor die wa te span, want dit was mos 'n oop muilwa. Ons het daardie wa vir baie jare gebruik tot Petrus die eerste Vaaljapie kon koop, en toe't dit op ons latere plaas se werf onder die huis se grasdak gestaan waar 'n skaapkraal laterjare was. Maar dis 'n storie met 'n ander draai, en ek sal jou nie nou deurmekaarmaak met dit nie.

Janneman, Hermien en Danie het Petrus gehelp om die wa te laai, terwyl Ma bly spens toe loop om nog 'n bottel van dit-en-dat van die rak af te haal met, 'Petrus my kind, hierdie moet ook nog in,' en dan vee sy weer oë af. Daar in die spens het sy vir my en Coba vasgehou vir só lank, dat ons die horlosie tweekeer hoor lui. Dit was asof ons harte saam klop. Toe sê sy net, 'Die liewe Here sal na julle omsien en lei soos Hy vir Moses gelei het, Sussie,' en toe gaan ons liefs buitentoe.

Maar buitekant by die ander, kon die liewe Ma nie vir Coba oorgee nie, en met die een hand het sy net oor haar koppie bly vryf, so af tot oor die gesig en die gehekelde borslap wat sy self gemaak het. Ag, as ons mekaar dan in die oog kyk, loop die trane van vooraf.

Ek dink Petrus het geweet ek en Ma sou nooit ophou huil nie, en toe klap hy maar sweep om pad te vat vorentoe. Daar by die groot maroelaboom langs die plaashek, wou my hart net terug, en as dit nie vir hom was wat praatjies met Coba bly maak het nie, sou ek net daar afgeklim het. Maar so is die lewe mos – jy moet eers laat gaan van die oue en dan kan jy die nuwe aanpak.

My ou besies het voor geloop met Johannes, en Petrus as die agterhoede met die leitou vir die muile, en onstwee op die wa. Die wa was nie juis baie groot nie, en die buik was gemaak van lang planke met 'n houtbankie voorop; nie te swaar vir die trekdiere nie. Daar was Bessie die muil en Danster wat ook 'n donkiema en perdepa gehad het. Altwee was sterk muile, maar alleen kon hulle nie die vol wa trek nie, so Petrus het hulle voor ingespan en vier van die Langkloof donkies agter. As jy die sterk trekkers voor inspan, dan maak hulle die lui donkies harder werk agter, anders loop die donkies al die pad en slof. Ou Vaaltyn donkie wat my skooltoe gedra het, is agter aan die wa met 'n lang riem vasgemaak vir lekker draf.

Nee-wat, as beeste eers uitgekeer is met hulle kallers en jy kry hulle op die pad, dan's dit nie swaar om hulle aan te jaag nie, solank iemand net agter is met 'n sweep om hulle te dryf as daar te veel gewei word langs die pad. Daar was mos nie karre op die grootpad soos vandag nie, en die pad was skaars een skraper breed; party plekke was die gras tot naby die pad en so kon die beeste wei soos ons trek. Water was eintlik die probleem op so 'n lang pad, want dit is agt dae tot by Nylstroom met muile, so as ons vroeg by Rankin's Pass wes afdraai Langkloof toe, dan was dit dieselfde as om Nylstroom toe te ry.

So het ons in die Desemberhitte rus-rus van pan tot pan

met die beeste getrek. Elke aand het ons so na as moontlik aan water uitgespan vir die diere, maar ménse, die muskiete het ons lewendig opgevreet! Ek het Coba probeer toehou met die kaasdoek wat Ma oor ons padkos gebind het, maar ons grotes het deurgeloop en al wat bietjie gehelp het, was om 'n rookvuurtjie aan die gang te hou. Jy laat die vuur so amper uitbrand en dan gooi jy nat hout op sodat dit smeul. Petrus het sommer 'n paar twakblare natgemaak en dit ook bly opgooi, en die stink het baie gehelp. Hy het mos pyp gerook en ons het nie nodig gehad om 'n stomp aan die brand te hou vir die volgende dag nie, want hy't altyd vuurhoutjies by hom gehad.

Ek wou hê ons moes die laaste nag slaap daar by die eerste bult ná die Nek aan Nylstroom se kant, want daar was hout en water en dit was laat, maar Petrus was haastig en het gesê ons moet aanstoot. Ons was goed vuil en moeg, en is reguit Langkloof toe. Teen hierdie tyd het Coba al blou moord geskrou van heeltemal uit haar roetine wees.

Nou, as jy berg se kant toe afdraai met die eerste Loubad pad anderkant Sandrivierspoort Nek, dan kruis jy Sterkspruit. Ou kinta, in die winter kan jy droog deur daardie spruit loop, maar in Desember en Januarie is dit 'n waarlik sterke spruit waarin mens maklik kan verdrink. Petrus sê 'n hele paar klein swartes het al daar verdrink, want hulle sien nie die water afkom nie. Eenkeer het ons tot 'n melkkoei verloor wat te diep in die modder agter die water aan was en ons kon haar net nie met die rieme uitgetrek kry nie. Dit was groot skade.

Johannes het die beeste góéd aangejaag, want die son sak vinnig agter die berge en Petrus wou hulle in die kraal kry. By Sterkspruit gekom, was dit hoog oor die walle en loop sterk soos die Matlabas in reënseisoen, en niemand sou oor dit kom in die donker nie. Daardie nag was ons byna dood van die koue so naby die water, en ek en Petrus het weerskante van Coba geslaap om haar warm te hou. Net so voor die spruit is daar 'n groot holte, en daar het Johannes die beeste vasgekeer vir die nag. Petrus het 'n boekenhout hoekpaal gekry daar naby, en dis met dié wat ons 'n redelike vuurtjie aan die gang kon hou. Die beeste was eenkant en ons aan die anderkant van die vuur.

Die anderdagmôre rol Petrus toe maar broek op en sê Johannes moet duskant by my en Coba wag, hy sal eers oorgaan en sien hoe diep die spruit loop. Waar die ou klipbruggie moes wees, sê hy, was dit een diep kolkgat op die ander, en partyplekke was die water tot by sy middel al het dit in die nag redelik afgeloop.

Hy kom toe terug en vat die muile met die wa goed voor vas en lei hulle om die gate deur. Daarna is hy terug om my en Coba oor te help, en ons moes aan die anderkant wag tot hy en Johannes die verskrikte beeste kon oorjaag. Hy't Coba in 'n kombers toegedraai soos dié wat hulle vir 'n gebreekte arm maak, en daaraan het hy haar hoog bokant die water gehou met een hand en met die ander myne styf vasgehou dat die rivier nie met my weghardloop nie.

Dit was sterk donker toe ons uiteindelik by Langkloof aankom en die beeste in die kraal dryf vir die nag. Die muile en donkies het hy eers gekniehalter, want anders skop hulle net die kallers as hulle saam in die kraal oornag.

Daar in die berge is baie wildekatte en tiere, en jy kannie vee laat rondloop nie; môrevroeg sal jy net kalfsbene optel en partykeer nie eers dit nie, want hulle gaan bêre die gebeentes in 'n skeur daar hoog in die kranse.

Ons was gedaan en toe was die huis nog deurmekaar ook, want vier maande is 'n lang tyd vir 'n man om alleen te bly en nog huis te hou ook. Om alles te kroon, was Ampie duidelik ook daar toe Petrus weg was om ons te kom haal, en die kombuis was net vuil potte met die vuilegoedkonka by die agterdeur wat oorloop van al sy gemors. Maar hy was nêrens te sien nie.

Die anderdagmôre was Antoon Bodes by die kombuisdeur om te sê ons moet laatmiddag oorkom vir ete. Ag, hy en Sannie was tog só bly om Coba vir die eerste keer te sien! Hulle't twee sulke opgeskote seuntjies gehad wat net met haar wou speel, en ons het haar op 'n kombers in die voorkamer laat sit sodat hulle haar kon vermaak.

Toe Antoon se pa, oom Dirk van die meule, hoor ons is

terug, stuur hy 'n bondel briewe aan wat by die poskantoor langsaan oorgestaan het. Daarin is daar toe 'n brief van die Landbank wat sê die prokureurs het laat weet watter uitstallige skulde daar nog was op die Langkloof 333 gedeelte, en dat daar toegestem is vir 'n skuld-oordrag aan die erfgenames as dit eers op hulle naam is. En jou waarlik, daar lê ook 'n brief van Pa Ampie se prokureurs, Mathews & Mathews, om te sê oordrag is toegestaan aan al die kinders. Al wat uitstaande was om die boedel af te handel, was 'n kwitansie vir die paar Pond skuld aan die dokter wat Ma Nelie behandel het, en bewys van die gekanselleerde Landbank verbande. Die skoen was nou aan Pa Ampie se voet, en ons het nie getwyfel dat hy dit sou lewer as ons hom druk nie.

Voor die jaar uit is, het ons by Rankin's Pass se kerk bymekaargekom en dis waar Dominee Lategan van Nylstroom vir Coba gedoop het. Dit was dieselfde NG Kerk waar Ma in 1913 haar lidmaatsertifikaat laat oorplaas het.

Dit het my twee weke gevat om alles te kry by die huis, en toe't ons rêrig vir die eerste keer soos 'n gesin begin saambly.

Stofpad Noord

Sonder ons wete was daar heelwat skrywe tussen Pa Ampie en die Meester van die Hooggeregshof in Pretoria oor uitstaande papierwerk.

Petrus sê toe hy glo sy pa het nie aspris die papierwerk teruggehou nie, maar was eerder onkundig en die pos was ook baie stadig, met die gevolg dat die boedel nog steeds nie afgehandel was nie. Sonder die boedelgeld sou ons nie die ander kinders kon uitkoop nie.

Jong Ampie was ook weer tydig en ontydig terug op Langkloof en het ons verpes met sy luigeid en suipery, maar tenminste het hy en Petrus tot 'n vergelyk gekom dat ons sy deel van die plaas kon uitkoop sodra die oordrag gefinaliseer was, of so het hy gesê toe hy lekker babbelaas was. Niks was op papier nie.

Wat ons nie geweet het nie, is dat Pa Ampie se prokureur wat sake moes bespoedig, glo omtrént 'n dooilike man was en blykbaar so besig, dat hy maar min tyd afgestaan het aan die boedel en oordrag. Dis wat Pa Ampie te kenne gegee het toe hy en Ma Marx eenkeer op Langkloof aandoen. Vir die res van die jaar het die prokureur op sy hande gesit en nie een van die kinders het geweet wat hulle te doen staan nie – die dogters het geld nodig gehad en die seuns wou net kaart en transport hê.

Die winter was gou op ons daardie jaar. Lettie het nog 'n seuntjie gehad op 8 Mei, en toe was dit só koud dat ek met 'n dubbeltrui en Petrus met sy ou jas oor is Alma toe om klein Abraham te sien. Sy't nie vir my baie gesond gelyk nie, maar dis maar wat gebeur as mens een kleintjie het wat rondhardloop en 'n pap baba om ook nog te versorg.

Wat ons wel opgeval het, was dat daar nie so 'n ding was soos 'n man wat help in daardie huis nie, so ek het eers alles reggeskud voor ons terug is huistoe, en Petrus het 'n klomp vuurmaakhout gekap en dit op die ou stoepie gestapel waar

Lettie dit maklik kon bykom. Hy beloof toe, 'As die Here my spaar, kom ek gou weer om nog te kap.' Sy was tog so dankbaar, maar ons was onrustig en het daarna sleg geslaap. Iets was fout daar.

In die leë nagure, het my gedagtes teruggeloop Vaalbos toe en hoe die vroumense ook op 'n manier regkom onder Pa se ysterhand. Dan was verlange erg en slaap vergete, en kon ek maar net opstaan en skryfpapier nadertrek. Sekerlik sou Ma terugskryf en 'n geleentheid kry om 'n brief in die possak te gooi, as sy tog net 'n paar pennies kon wegrokkel vir seëls.

1938 was die beste tyd in ons lewens. As die son in die aand agter die Bobbejaanskloof se berge sak, was ons gedaan, maar gelukkig. Ralie, wat mos ook in die vallei by ou tant Minento gebly het, het gereeld kom kuier, en ek't haar beter leer ken noudat sy amper 'n groot vrou was. Jy moes net mooi luister, want sy't met so 'n temerige oumens stem gepraat en dan't sy nog vooroor geloop soos 'n ou vrou! Sy moes baie alleen by die twee ou mense gewees het, maar Petrus was altyd gewillig om haar te gaan haal en terug te vat.

Die droogte was gebreek en Petrus se twakoes was die mooiste wat hy nog ooit gehad het. Ek het baie by hom geleer van twak, en met Coba agter my rug soos die swartes hulle kleingoed dra, het ons al-geselsend die bietjie koring ge-oes en die twak stuk-stuk gesny soos dit ryp word. Hy was baie lief om te sing as hy so op die lande werk, en hy kón noot hou en mooi sing. Ek't maar ingeval met die singery al is my stem nou nie juis watwonders nie – wie hoor jou tog daar op die lande met die geelgvinke wat so woer uit die koring as jy naby kom.

Dis daar op die land toe die son eendag so reg in Petrus se grys oë skyn, dat ek besef die verlang na Ma is beter en dat my plek nou by hierdie goeie man was. Dis soos die Here dit altyd wou hê. Daardie aand met boekevat toe Petrus so mooi dankie sê vir Coba en vir my wat nou saam met hom op sy geboortegrond bly, was my hart vol oor die Here se genade en sy goedheid vir ons klein familie in 'n huis waar jy Ma Nelie nog elke dag in elke kamer kon kry.

Later daardie nag dink ek mooi daaraan dat Petrus maar skaars 23 was toe Ma Nelie dood is en Pa Ampie weggetrek het. Hoe vreeslik moes hy haar nie gemis het nie! Voorheen het my kop meestal net stilgestaan met die verlange na my eie ma en die besigwees met 'n klein baba, soveel so, dat ek nie aan hom ook gedink het nie. In my skaamte het ek net sy hand styf vasgehou in die donker, en so het ons geluister na die uil in die bome tot eerste hanekraai. Maar ons het geweet ons sou saam die pad vorentoe kon aanpak.

Jong Ampie het bouwerk vorentoe gekry en was vir maande weg. Dit was 'n seëning.

Vroeg in Augustus stuur Santjie van die poskantoor 'n briefie van Ma af met Antoon Bodes toe hy daar by ons verbykom. Ma se skrif alleen het my gesê die brief moes nooit gekom het nie, want ek kon sien sy was nie haarself nie. Jy weet, sy't mos lopende skrif geskryf anders as die meeste mense in die Bosveld wat net kon drukskrif skryf of gladnie. Haar woorde het so half skeef oor die lyntjies geloop.

Eers het sy al die nuus vertel, en aan die einde van die brief kom dit toe uit dat sy waarlik siek was en dat sy glo sy sou nie weer gesond word voor die Here haar kom haal nie. Geld was bitter skaars op Vaalbos, want Pa was alweer vir weke weg Betsjoeanaland toe, en Bertie was nou rammetjie-uitnek en wou niks vir haar luister nie. Die liewe Katrien met haar gebreklike lyf kon nie veel doen om Ma te help nie, en as dit nie vir Janneman was nie, sou hulle vergaan het van ellende so alleen. Hermien het handgegee in die huis, want die jonger swartes by die statte wou naderhand nie meer iets vir Ma doen as een van die mans hulle nie aansê nie, en dan ook net as daar baie mooigepraat is.

Daar was nou heelwat meer swartes op Vaalbos. Sy't dit nie in die brief gesê nie, maar later het dit uitgekom dat Martha die enigste getroue swarte was wat kom help het met die wasgoed, want ou Sara was toe al te oud vir harde werk. Maar die ander jongeres het botweg geweier en net heupswaai verbygekom om water te haal en dan lekker gelag soos iemand wat 'n geheim ronddra. Wat 'n vernedering was dit tog nie vir haar as die eienaar se vrou nie!

Janneman was die enigste een op wie sy kon steun vir die harde werk in skooltyd, want Danie was op Nylstroom in die hoërskool, en Hermien en Bertie is soos gewoonlik saam skooltoe op die donkies. Die Verhoefs daar naby die skool wat losies aangebied het, het nie kans gesien om hulletwee te huisves nie, want almal in die kontrei het reeds die storietjies van Bertie se stokkiesdraaiery geken, en so moes hulletwee net soos ons oueres self daar kom.

In Ma se brief sê sy ten-einde-rate moes sy vir die Weesheer skryf om te hoor of sy nie kon geld trek teen haar ma Lombaard se erflating nie, want sy-self was te siek en moes probeer medisyne kry. Haar ouer broer was mos die eksekuteur van my ouma se boedel, en later het ons uitgevind hy was 'n opperste skelm. Deur sy skelmstreke was my ouma se boedel nog steeds nie afgehandel nie, en al die kinders het reeds twee jaar gewag vir 'n ou geldjie.

En toe die groot vraag, wat ek glo bitterswaar uit haar pen geloop het: Wou ons nie maar op Vaalbos kom bly tot Petrus se erfporsie loskom nie; sy verlang só en het ons broodnodig. Sy beloof om te sorg dat elke dogter grond vir 'n moedersporsie kry as sy eendag nie meer daar is nie, sou ons besluit om permanent op Vaalbos te kom bly. Sy kon geen ander uitweg sien nie, want al het Pa Albert reeds 'n paar jaar gelede die rivierplaas gekoop, was Janneman nog te jonk om op sy eie daar te gaan boer, en het net in die winter beeste daar by die rivier gaan oppas. Maar hy sou ook eendag trou, en dan was haar enigste steunpilaar weg.

Sy was drie-en-veertig en lewensmoeg.

Daar by die seringboompie het Petrus my gekry huil sonder ophou, terwyl Coba sommer daar in die sandjies speel. So met die opstaan om binnetoe te gaan, word ek nog naar ook en moes hy my help skoonkom. Eers het ek gedink dis net die slegte nuus wat my so ontstel het, maar daardie aand was ek weer baie naar en toe weet ek ons sou 'n plan moes maak om 'n kot vir Coba te prakseer. Na ons ou seuntjie se dood kon ek, probeer soos ek wou, net nie vra wat van die wiegie geword het nie, so Coba het by ons in die bed geslaap.

Petrus het niks gesê oor Ma se brief nie, en vir dae het hy by die beeste gewerk om 'n kraal te span en die water met die voor aan te lei tot by 'n krip wat hy gebou het. Dit was al manier om water daar te kry so vêr van die rivier af. Die beeskraal was aan die suidekant van die huis so skuins verby die afloop van die leivoor.

Toe kom hy eendag vroeg van die kraalwerk af en sê ons gaan pak en Vaalbos toe trek om Ma uit te help. Niemand het geweet wanneer die Langkloof transport sou deurkom nie, want dit was al Oktober en daar was geen antwoord van Pa Ampie se prokureurs oor die boedel nie. Tot dan kon sy vreksleg broer Ampie daar bly as hy wou en soveel mampoer maak as wat hy kon en 'homself dood drink' as hy nog kon arm lug. Johannes, die getroue swarte, sou omsien na Langkloof tot ons terugkom wanneer Ma beter is. Hy was gedagtig daaraan dat daar nog 'n baba oppad is en dan was ek naby ou tant Hantie vir die bevalling ook.

Om watter redes die liewe Here besluit om jou pad te draai, sal mens tog nooit weet nie, en waarom juis op daardie tydstip toe 'n bietjie geluk in my hart kom sit het. Maar jare later sou ons hoor dat dit wel Pa Ampie was wat alles opgehou het met die boedel se afhandeling, want tot die prokureur het opgegee met Pa se voetslepery met die uitstaande kwitansies en bewyse van die gekanselleerde verband op Langkloof. En so het die onsekerheid oor Petrus se grondbesit ons laat besluit om na die onheilige Vaalbos te trek, al was dit net vir 'n tydjie.

Die Meester sou nooit toestemming gee dat die boedel afgehandel word as al die bewyse, hoe gering ookal, nie ingedien is nie. Ek dink Ma Marx het teen dit geskop dat die plaas na almal toe gaan, want laterjare het hulletwee oues self daar gaan bly. Maar op daardie stadium was die oes af en dit was te vroeg om weer te saai. Dit was die beste tyd om weg te wees, het Petrus gereken, en so is ons in vroeg lente met ons goedjies weer hoog gelaai op die wa terug Vaalbos toe; hierdie keer vir so lank as wat dit vat om Ma te help en dan sou ons terugkom. Ons moes al ons meubels vat, want Petrus was bang dat jong Ampie alles sou verkwansel terwyl ons weg is.

Die laaste ding wat ek kon sien toe die wa so 'n draai op die werf maak, was my ou druiwestokkie wat lowergroen daar opklim teen die paar stokke wat Petrus ingeplant het. Johannes sou die druiwestok nat hou, want op Ampie kon jy nie vertrou nie. Petrus het hom instruksies gegee om by Antoon hulp te kry as daar moeilikheid kom. Dáár was nou 'n deetlike swarte!

En toe vat ons weer die lang stofpad Vaalbos toe - hierdie keer met 'n woelige Coba en 'n naarheid wat maar nie wou sak nie.

Erfenis en Sterfenis

Op Vaalbos gekom, was sake bedroef.

Janneman het daar van die kraal af gekom met sy krulhare lank en woes om die kop. Sy eendagbaard was sekerlik meer 'n eenweekbaard, en sy klere vuil van die harde werk so vingeralleen. Vir liewe Ma het ons in haar slaapkamer gekry waar sy nie uit die bed kon op nie. Janneman het Petrus eenkant gevat en sê hy weet nie hoe lank sy nog sou hou nie, maar daar's nie 'n boereraat wat hy nog nie probeer het nie; niks het gehelp vir die bene nie, en toe kry sy nog benoude bors ook wat toe in inflammasie van die longe oorgesit het.

Ek't so skuins op die bed by haar gaan sit in die skemer kamer, en toe ek saggies roep, 'Ma, Ma, dis Maria,' d raaisy net haar kop stadig soos 'n ou mens en dis toe dat ek rêrig skrik - haar oë was diep in hulle kaste en haar vel 'n slegte grys kleur soos mens by baie ou mense sien wat op die drumpel van die dood staan.

'Sussie, jy't gekom!' sê sy net, en toe sy beter kon sien, 'Petrus en my kleinding ook!' Petrus kom toe nader en vat haar hand, 'Ja, Ma, ons is hier om te sorg dat jy gesond word.' Sy en Petrus was baie erg oor mekaar, en die trane het bly loop, so aangedaan was sy.

Die mans is toe by die agterdeur uit om af te laai en die muile te versorg, terwyl ek iets te ete in die kombuis bewerk en Coba by Ma in die bed lê. Katrien het al agter my aangedrentel en allerhande storietjies vertel met, 'Sussie, jy weet............' en dan lag sy so lekker soos 'n kind met 'n *nigger ball*. Die arme Katrien moes baie alleen gewees het met Ma so siek, die ander kinders by die skool en Janneman besig op die plaas. Sy was tog al vyftien en amper troubaar, maar met háár verstand sou niemand kom perd afsaal nie.

Elke kamer waar ek my oog gooi, het die ou benoudheidheid en angstigheid uitgekrap en vlak in my bors laat sit. Hier was 'n huis vol van wreedheid se skaduwees, en hoe meer Katrien babbel, hoe meer weet ek dit het net verander van kleur maar nie van geur en sal weer kop uitsteek. Maar nou was ek groot en kon dit met vars oë sien en met 'n nuwe begrip raakvat.

Niemand kon sê waar Pa is nie. Die swartes het net so hier-en-daar gekyk met skuldige oë as ons vra. Daar was ook nie woord van oom Jakob se kant af nie, al het ons 'n klein swarte met 'n briefie gestuur om te sê ons is nou daar om uit te help. Die swartetjie het wel gesê die deure was almal oop.

Ons meubels is eers in die waenhuis tussen die tuie en velle, en Coba se nuwe kot, 'n blou een met ysterhortjies, is in my ou slaapkamer in die hoek sodat ons naby Ma kon wees.

Terwyl ons op Langkloof was, het Pa 'n ekstra slaapkamer laat aanbou vir Bertie, en ook 'n groter kombuis met 'n spens aan die een kant. Dié slaapkamer was nou die 'seunskamer' en almal het die ou seunskamer 'Katrien se kamer' begin noem, want dis waar sy geslaap het. In hierdie kamer het daar nou 'n splinternuwe bad met pootjies gepronk, wat sekerlik almal se lewens vergemaklik het. Hermien het goedgunstiglik uit my ou kamer getrek vir ons, maar dit het net kinderdae se bang teruggebring so naby Pa en Ma se kamer. Hoe ek ookal probeer, wou dit maar nie laat los nie.

Die twee mans is die volgende dag weg statte toe om die swartes aan te sê vir stene maak, want ons kon tog nie te lank in die ou opstal bly nie, veral as Pa Albert eendag weer sy pad terugkry huistoe. Niks te permanent nie, het Petrus gesê, maar darem groot genoeg vir ons om in te bly tot tyd-en-wyl ons weet hoe die wind waai. In die ou opstal kon ons nooit bly nie; hierdie was net vir 'n paar weke, en sou Pa terugkom, dan was my gedagte dat 'n tent beter sou wees. Die swartes moes eenvouding van die môre vroeg tot skemer stene maak sodat ons ons eie plek kon bou.

En hulle weet nou eenmaal hoe om goeie kleistene te maak. Eers kry hulle klei uit die vlak pan daar by die pankampie waar ek en Janneman moes beeste oppas, en meng 'n stywe modderkoek vir die stene. As dit droog is, dan pak hulle dit oor 'n groot klomp kole en stapel nog heelwat rooiboshout bo-op om te brand. Die kole aan die onderkant steek stadig die boonste hout aan en dan smeul dit vir dae om die rou stene sterk te maak, en dis hierdie rou stene wat Petrus wou gebruik om te bou. Hy't gesê die huis moet naby genoeg aan die ou huis en water wees, maar vêr genoeg dat ons nie in die pad is nie. Hy en Janneman kies toe 'n plek noord-wes van die beeskraal, so 400 treë van die plaashuis af.

So, nou het jy die ou opstal aan die oostekant en naaste aan die grootpad, dan die

boorgat met bakkiespomp en beeskraal so vyftig treë reg wes van die ou huis, en ons plek noord-wes aan die ander kant van die paadjie wat nou na Groot Tommie se plaas toe loop. Daardie tyd was hierdie paadjie nie daar nie, maar het reg noord aan die anderkant van ons ou huisie geloop waar die sand so dik is.

Daar't Petrus 'n tweekamer huis gebou en dit was gou klaar. As jy langs die huis staan, kon jy my pa se waterkampie sien. Daar was 'n trappie as jy by die enigste buitedeur inkom - dit was die kombuis en leefkamer met so 'n koepel na buite uitgebou en daarin was die es wat ek op gekook het, en 'n Dover stofie se skoorsteen was ook daarin. In hierdie kamer was die klein tafeltjie wat Petrus se oupa Dewaldt aan moederskant gemaak het. Daar was ook twee pragtige houtstoele wat Pa Ampie gemaak het — die Bergmanns is werklik handige mense. Petrus het van altwee kante sy vernuf geërf.

Dan was daar die oukas wat 'n swarte met 'n knipmes die mooiste patrone op uitgesny het en wat ons op Langkloof bekom het. Ek kan vandag nog nie weet hoekom ek dit later alles verkoop en die *panelite* goed gekoop het nie, ai! Spyt kom altyd te laat.

Binnekant kon jy by 'n gordyn opening deurgaan slaapkamer toe. In hierdie kamer was 'n yster dubbelbed met koper knoppe. Ons jongste is die enigste kind wat in daardie bed gebore is. Dan was daar 'n yster enkelbedjie met invou-pote waarop al ons kinders kop-en-punt geslaap soos hulle opgegroei het. Ons het dit sommer die *single* bed genoem.

In die hoek was 'n draadjie gespan waar jy klere kon oorhang, en onder dit 'n ou bliktrommel wat van Ma Nelie af gekom het, waar alles anders ingepak is. Die vloere was van miershoopgrond en swart van die roet-melk net soos Ma s'n. Elke week is die vloere met melk gewas en dan't dit 'n pragtige blink skynsel gehad.

Petrus het net 'n week daaraan gebou toe die stene nog nie eers mooi koud was nie, en ek't gedink dis 'n baie mooi, groot huis, maar dit was eintlik bitter klein as jy dit met Langkloof se huis vergelyk het. Hy't later aan die oostekant 'n aparte twakstoor gebou toe dit begin lyk of ons langer daar gaan wees as wat ons oorspronklik gedink het. So vyftig treë weg, reg bokant die wind, was die skaapkraal; die slegste plek vir die reuk, maar dis al grond wat Pa wou afstaan en ook net omdat niks daar tussen die witdorings groei nie. Die familiebegrafplaas wat jy moontlik ken, is net oos van waar die skaapkraal was, reg onder die groot maroela waar ek en Janneman eenkeer so lekker sit en koer het.

Daar was nie 'n kleinhuisie nie, nie eers vir Pa-hulle nie, maar Petrus het gesê mens moet tog 'n beter plek hê om broek los te maak as agter die kruisbessiebossies. Toe grou hy 'n gat op 'n goeie plek agter die digter bosse vir bietjie privaatheid en maak 'n houtkassie met 'n gat bo-in waarop mens kon sit, en slaan *droppers* in om dit. Laterjare het Pa ook 'n kleinhuisie vir hulle gebou naby die skaapkrale toe ons nie meer op Vaalbos was nie, maar al my kinderdae het ons net bosse toe gegaan. Ek kan dit vandag amper nie glo dat Ma met die seer bene 'n bos moes loop soek nie.

Petrus het dadelik groente geplant eenkant in Pa se boord, sommer vir altwee families. 'n Redelik groot stuk vir die familie se gebruik, en kleiner beddings vir ons. Daar was nie water by ons huisie nie en alles moes met emmers aangedra word. Ek kon ook nie eers blomme plant nie vir dieselfde rede, maar by die trap het Petrus 'n gebarsde kleipot staangemaak en daarin was 'n rooi malva wat ons sommer met die skottelgoedwater natgehou het. Die rooi van daardie blom het elke keer met sy mooiheid gegroet as jy van buitekant af inkom.

By die ou opstal het Ma vroeërjare 'n bougainvilla geplant wat so skuins oor die stoep padgevat het, en reg voor die voorstoep was haar blou blommetjies wat sy so kwaai soos 'n tier oor was. Dié het sy as klein blommetjies saamgebring uit die voorwêreld, so niemand mog daaraan vat nie; dis ook die plek waar almal fotos geneem het met die bokskamera, want die haatblommetjies het altyd geblom. Nee, vra my nie watse blomme dit was nie, maar ons het dit sommer die blou haatblommetjies genoem. Dis soos grafblomme – jy weet nie juis hoekom mense die naam gegee het nie, want hulle't oral gegroei.

Teen Kersfees daardie jaar, was Pa weer terug van wie-weet-waar af. Ook maar goed dat ons toe reeds in ons eie plek was, want jy kon hom vêr hoor praat van, 'Werk my hande tot op die been om te voorsien,' en 'n gegrommel oor, 'Te veel papvreters op my plaas.' Petrus het niks gesê nie en net aanhou werk. Jy moet weet, hy't mos nie Pa se streke geken nie. Tussen hom en Janneman het hulle al die beeste versorg en Ma se skape ook, en die agterste lande met 'n span osse en muile en tweeskaarploeg bygekom sodat daar 'n oes kon wees.

Die eerste keer dat ek weer in Pa se oë kyk, het my nagte se slaap gekos. Daardie deursigtige blou as hy kwaad is, het saam met my huistoe geloop, en toe Petrus vra wat makeer, was dit net te veel en ek vertel van al die jare se slae, die vloekery en die lyding van die vrouens in my ouerhuis. Daar by oupa Dewaldt se tafel het sy gesig eers wit en toe rooi geword, en toe maak hy skouers reguit en sê, 'Skat, nie hy of enigiemand anders sal ooit weer hulle hand vir jou lug nie, en nog minder jou sieklike ma en arme gebreklike Katrien.' Toe vat hy sy hoed en loop daar na die skaapkraal om Janneman te help. Dit het twee koppies koffie gevat om my maag te laat ophou bewe, maar toe was ek reg vir wat ookal kom.

Danie was met skoolvakansie van Nylstroom af, en Bertie en Hermien was ook heeldag by die huis. Die twee seuns kon die mansmense help en sy kon toe uithelp om Ma te versorg, maar soos ek verwag het, het Bertie niks gedoen nie en saam met Pa op 'n muil rondgery tot doer agter in die plaas. Hermien se lang bene het gewys sy sou na my pa se familie aard, maar sy was stil soos Danie en hardwerkend soos my ma, wat ook maar goed was, want ek was al baie ongemaklik so kort voor ons tweede baba se geboorte. Katrien was Coba se skaduwee, en vir dié werkie was sy tog só lief!

Dit was 'n goeie reënjaar en die mielies was groen op die land. Toe Sofie in Februarie in kraam is met haar tweede, was die mielies klaar skouerhoogte, en Pa in 'n baie beter bui. Ek't geraai hy't klaar die pennies getel vir elke mieliepit waarvoor ander hard gewerk het.

Bertie het vir sy tiende verjaarsdag 'n perd by Pa gekry wat hulle so saam-saam moes gaan haal daar by oom Roelf Swanevelder van die rivierwêreld. Oom Roelf was mos tant Hantie se swaer, en ek glo dis hoe Pa van die perd te hore gekom het. Nietemin, daardie vakansie kon jy vir Pa en Bertie gereeld met die perde sien, ry-op en ry-af op die mielieland. Ek't begin hond-se-gedagte kry en iets het vir my gesê daar gaan struweling wees oor hierdie mielie-oes, maar Petrus het gesê as hy net sy saad en nog een sak mielies uitkry, was dit goed, want sy arbeid was vir Ma.

Maar nog steeds was Ma se gesondheid nie na wense nie, al was dit ietwat beter, maar boedêm of Pa haar weer dokter toe wou vat in Nylstroom. Die vrekkerigheid het alles oorheers, en dít was net te veel vir Petrus. Hy en Pa het woorde gehad daar by die skaapkraal, en ek kon hoor hoe Petrus sê hy sal vir Ma dokter toe vat op sy eie koste as hy die kapkar en ou Bul of die jonger perd kon leen, maar daar was nie salf aan Pa te smeer nie, en dit was die einde van die saak. Bul was oud, maar dit was sy perd en net hy ry hom, was sy laaste woorde. Ons sou 'n ander plan moes maak.

Met die Here se genade het Ma begin beter word. Ons

het Lennon se medisyne gemeng en boegoeblare en wilde-als soos 'n tee getrek en dit vir haar gegee. Daar is mos lánde vol boegoe by Langkloof, en ek het genoeg saamgebring wat ons gedroog het. Die boegoe is sommer so 'n vaal ou bossie en jy sal dink dit kannie goed wees vir enigiets nie, maar dis wáárlik goeie medisyne, en die bye vrek ook oor dit. Of dit vir Ma sou gesondmaak, het ek nie geglo nie, want toe sy voorheen in die hospitaal was, het die dokters glo gesê daar het skade gekom met haar hart en niere toe Bertie gebore is. Die niere was 'n ou probleem, en dit het die hart verswak met elke baba wat bygekom het.

Haar swak bene was omdat sy nooit so baie kinders moes gehad het so vêr van dokters af nie. Ek het eendag lank daarna vir ou dokter Müller wat toe op Ellisras die dokter was, gevra wat hy daarvan dink, en toe sê hy sonder om te dink, 'Die beesknip moes jare gelede al uitgehaal gewees het vir baie mans in die kontrei.' Omdat die skade lankal daar was, sou sy nie 'n groot vrouedele operasie kon oorleef nie - die niere en hart sou dit nie toelaat nie. Die soort operasie was ook 'n nuwe ding in die voorstede, en die ou mense het nie geloof gehad in dokters wat die mes uithaal nie.

Hierdie keer was Sofie nie weer so baie siek met die bevalling in Februarie, en tant Hantie het haar self versorg vir die agt tot tien dae wat 'n vrou mos in daardie dae in die bed moes bly na 'n kind se geboorte. Ook maar netsowel, want my tyd was nou baie naby, en Petrus sou nie toelaat dat ek weer na haar gaan omsien nie. Ek en Sofie was ook nooit erg oor mekaar nie.

Op 'n Vrydag in Maart is Neeltjie gebore in 'n stortbui wat oor die Bosveld getrek het van die Mogol rivier af tot anderkant Bulgerivier. Anders as Ma en Sofie, was my eerste bevallings nie moeilik nie, maar die baie dae in die bed was 'n marteling so in die somer.

Tant Hantie het net twee dae gebly, so arme Petrus het dubbele werk gehad met Coba ook nog op die heup. Gelukkig was Janneman nog daar om steeds die meeste werk te doen, terwyl Pa, Filemon en oom Jakob weer weg was met draadspan. Martha, wat nou by die ou opstal uitgehelp het, het die vierde dag eenvoudig vir Coba by Petrus gaan haal, haar op die rug geswaai, en so was sy hande vry om werk gedoen te kry.

Kan jy glo dat Hessie op dieselfde dag ook 'n kleintjie gehad het, en omdat dit so gereën het, het hulle haar MaPulê genoem. Later was sy maar net Mapoel. Sy't nooit kinders gehad nie, net soos Martha-meid.

Pa kon homself nie so vêr kry om eers een van ons kinders in die oë te kyk nie, nee. Het net gemaak of hulle nie daar is nie, maar Ma konnie genoeg kry van Neeltjie en Coba. Ek het elke dag oorgeloop om haar bene te gaan versorg, en dan't sy óf vir Neeltjie vasgehou óf Coba so tussen haar voete maak sit en met hulle gesels en vinger-speletjies gespeel. My hart was dan tevrede dat ons Langkloof agtergelaat het. Twaalfjarige Hermien, was permanent by die huis en 'n groot hulp met Ma en die kleintjies. Voor sy nog klaargemaak het met laerskool, het Pa gesê sy het nie meer skoolgeleerdheid nodig nie, en die dag toe Bertie Nylstroom Hoërskool toe is, moes my stil sussie by die huis bly teen haar sin. Sy't tog so baie na Ma geaard, maar dit was ook 'n fout, want hulle't nie geweet hoe om terug te praat nie.

Petrus het een aand net moeg gegrommel dat vrouens geminag word in daardie huis deur 'n regte bullebak. Noudat die ou vloek nie aan my kon vat nie, was dit vir almal so duidelik soos daglig sy beneukgeid sonder rede sluimer net. Ek't geweet hy soek net 'n kans om iemand anders te oorheers, en my binneste het gepyn vir die een wat dit sou ontgeld.

Jy kon Katrien wie-weet-waar hoor sing en lag so erg was sy oor ons kinders, en soos jy mos sien met mense wat gebreklik is, is hulle gek na kinders. Na die polio het Katrien maar die verstand van 'n standerd drie kind gehad, het ou Meester gesê, en ons almal kon dit sien.

In daardie dae het die ou boere hulle nie veel gesteur aan verkiesings nie, want almal het net gespook om liggaam en siel aanmekaar te hou. Die smouse het nog altyd 'n paar keer in die jaar omgekom met goedere, en by een van dié het ons gehoor dat Jan Smuts weer herkies is as eersteminister. Die smous kon ook nie sy ry kry daardie dag nie en het die groot praat gehad. So met die hande in die sakke wat sy broek naderhand só vêr aftrek dat Ma bly wegkyk, vertel hy ewe belangrik dat almal in Pretoria sê daar's moeilikheid oor die water, en hy reken hier kom alweer 'n ding van die Ingelse wat almal gaan opvoeter.

Ma het hom net soooooo op en af gekyk, en toe vra sy wat alles kos en ons loop huistoe met die paar benodigdhede. Sy't nie veel te sê gehad die res van die dag nie, wat nogal vir my snaaks was. Die volgende dag toe ons daar agter die huis onder die peperboom sit, sê sy, 'Jy weet, Sussie, ek is bly jou ouma Sofiena is nie meer daar nie, want as daar moeilikheid oor die water is, kom dit altyd eerste voorwêreld toe waar die regering is. My mense het altyd tred gehou met wat in ons land aangaan, so ek waarborg jou dat jou oom Antoon en my ander broers al klaar regsit met roer in die hand.'

Ma was een van dertien kinders – ses broers en sewe susters - en ek dink sy was baie meer bekommerd oor hulle as wat sy te kenne wou gee, al was hulle grootmense. Nou, ek weet nie hoe sy by oorlog uitgekom het met dit wat die smous kwytgeraak het nie, maar dis wat sy voorspel het. Dit was April, en al wat ek en Petrus aan kon dink, was om die mielie-oes af te kry en te besluit wanneer ons weer Langkloof toe gaan. Moeilikheid in 'n ander land het nie eers in ons koppe gekom nie.

Die spoorwegbus het toe al elke week die possak daar by die groot hek afgegooi, en met dié dat almal in die Bergmann familie geweet het ons bly oor op Vaalbos, het daar gereeld van Lettie op Alma 'n briefie gekom. Petrus het juis die vorige aand gesê hy't 'n slegte voorgevoel, want dit was weke dat ons niks van haar gehoor het nie. Daardie Vrydag was daar weer niks vir ons nie, maar in die laatmiddag kom 'n jong swarte daar aangehardloop van die Goosens by Fancy Holt af met 'n koevert in die hand.

Ons het dadelik gedink dit het iets met Pa Ampie te doen,

maar dit was van Koos Viljee, Lettie se man, om te sê sy is skielik oorlede op 26 Mei na sy slegte longontsteking opgedoen het. Haar lyk was by die lyksbesorger op Nylstroom, en sou Petrus kom om 'n draer saam met haar ander broers te wees. Hulle sou die begrafnis uit die Witkerk op Nylstroom hou en die dominee het gesê wanneer almal bymekaar is, dan begrawe hulle haar. Hy't glo na die Goosens op Karmetatpan gelui waar daar 'n telefoon by Sampie se ou winkeltjie was.

Ma het gesê sy en die dogters sal na ons kinders kyk as ek wou saam, maar met 'n tweemaande-oue baba wat nog aan my drink, was dit buite die kwessie. Ek't Petrus se baadjie en losbroek gepress en sy enigste kerkhemp se boordjie gestysel en toe op 'n hanger in 'n laken opgehang en hy is weg met die spoorwegbus en genoeg kos vir 'n week.

Hy sê dit was 'n baie droewige begrafnis skaars drie jaar na Ma Nelie se dood. Truia en Corrie was glo onkeerbaar van verdriet. Almal was só lief vir Lettie - 'n waarlik goeie mens. Pa Ampie en die drie broers het saam met Koos en sy broer haar kis in en uit die kerk gedra, al die pad begrafplaas toe. Daar in die rustigheid onder die doringbome, sê Petrus, was 'n goeie plek vir sy oudste suster; naby die konsentrasiekamp se kindergraffies waar haar nefies en niggies ook saggies rus.

Kort daarna het ons gehoor Koos het sy plaas verkoop en is met die twee kleine kinders Johannesburg toe waar hy op die myne kon werk kry. Sy ma het nog geleef en die't na Izak en Abraham omgesien. Ons het nie weer van hom gehoor nie, en as ek vandag by die twee kinders verbyloop, sal ek hulle nie eers ken nie.

Toe Petrus terugkom, het hy net gesê ons sal met Ma moet praat oor die saak van bly op Vaalbos, want nou was sy lieflingsuster ook oorlede en al die plaasbesigheid nog nie uitgeklaar nie. So, as daar 'n moedersporsie grond vir my was op Vaalbos, dan kon ons oorweeg om te bly. Daar moes iets by die begrafnis gebeur het waaroor hy nie wou praat nie, maar die saak was, Langkloof was nog steeds nie op die kinders se naam nie en dit het nie gelyk of ons gou weer daar sou bly met jong Ampie wat nog steeds daar rondswerf nie. Al my beeste was ook nog op Langkloof en Petrus kon hulle nie altyd daar aan die swartes se genade oorlaat nie. Ek was heimlik baie bly oor die moontlikheid dat ons permanent kon bly so naby Ma. Dit was swaar om te dink ons moes dalk weer terug Langkloof toe so vêr van haar af. As mens tog net vorentoe kon sien, dan was dit 'n maklike besluit.

Toe was dit Neeltjie se dope op Steenbokpan in die sinkkerk. Nog steeds was daar nie 'n vaste predikant nie en dit was 'n dominee Botha van Nylstroom wat haar gedoop het. Op die dag van haar dope, steek Petrus die stukkie papier met haar name in sy sak om dit oor te gee vir die predikant, maar in sy sak was ook 'n klomp kleingeld. My genade, net toe ons voor die kansel staan en die man vra vir die name, steek Petrus sy hand in die sak vir die papiertjie en toe hy dit uittrek, kom die kleingeld saam! Al wat hy toe aan kon dink om te sê is, 'My *tšhelete*, my *tšhelete!*' en hy tel eers al sy kleingeld op en toe doop ons haar - Neeltjie Jacomina na oorle Ma Nelie. Hy't jarre nog oor die petalje gelag.

Daardie middag toe ons terug is op Vaalbos, klim Katrien sommer by ons af, want sy wou ook met die 'babatjie' speel wat toe al baie knieserig was van die dag se hande-omruil, maar Katrien wou net nie huistoe nie. Toe laat ons haar op die bed sit sodat sy die baba kon vashou. Ag, sy was vreeslik ingenome met die sittery op die bed en het Neeltjie bly toemaak met die kombersie.

En toe, nét toe ons gerus is, staan sy op en loop oor komuis toe baba en al, en daar laat val sy Neeltjie agteroor op een van die groot stoele se leuning met haar ou gebreklike handjie wat nie kon vashou nie, sodat Neeltjie se agterkoppie die stoel tref soos 'n sweepslag!

O, Vader, dit was vreeslik, want toe ek en Petrus in Neeltjie se gesig kyk, kyk haar twee ogies weg van mekaar kante toe en haar kop swel voor ons oë op. Sy't eers nie gehuil nie en net wit daar gelê met oë wat alhoemeer kante toe trek. Toe hardloop Petrus soos jy hom nog nooit sien hardloop het nie om Ma te gaan haal.

Hoe Ma met haar seer bene so vinnig daar gekom het, weet die Here alleen, maar in haar hand was die asynbottel en Petrus met haar huisapteek onder die een arm en die ander onder Ma se skouer. Sy sê toe net, 'Katrien, gaan speel buitekant. Petrus, bring jou grootste sakdoek en laat lê dit daar in die wit enemelskottel met asyn en bring dit so gou as jy kan.'

Teen hierdie tyd het Neeltjie vreeslik gehuil en Katrien nog harder buitekant die agterdeur, maar Ma het haar aan niks gesteur nie en Neeltjie se kop mooi tussen die hande gevat, en toe druk sy stadig met mening tot die kopbene weer mooi teenmekaar is. Toe draai sy en Petrus die asynsakdoek al om Neeltjie se kop en bind dit styf vas met vier knope aan die kant - net soos Petrus altyd sy sakdoeke onder sy hoed vasgebind het as hy op die lande werk.

Teen hierdie tyd was Neeltjie se hele lyf styfgetrek en die skuim loop by haar mond uit in 'n stuipe-aanval. Ma sê toe ons moet bietjie kookwater met 'n paar druppels Witdulsies vir haar probeer inkry, want dit sou die stuipe breek. En so was dit ook. Toe dit skemer word, was sy uiteindelik aan die slaap, maar ons kon haar nie alleen los nie ingeval sy weer 'n aanval kry.

Vir 'n week het ek, Petrus, Hermien en Ma om die beurt by haar gewaak, en een môre toe die wit haan kraai, was sy rustig aan die slaap. Toe sy haar oë oopmaak, het hulle weer reguit gekyk. Daar om oupa Dewaldt se tafeltjie het ons soos een man op ons knieë gegaan om die Here te dank vir Neeltjie se lewe, hoe swaar die lewe ook vir haar sou wees, want verseker sou ons kind nie al haar verstand hê daarna nie.

Dis toe ons Ma ophelp van haar seer knieë af, dat ek weet ons sou nie weer terug Langkloof toe nie. Hier op die onheilige Vaalbos sou ons by liewe Ma bly.

'n Twakpers

In Junie van '39 het daar vele briewe vir Ma van die Meester van die Hooggeregshof af gekom. Almal het iets te doen gehad met haar broer, Antoon Lombard, die eksekuteur van my ouma Lombard se boedel.

Nou, as jy wil weet wat skelm is, dan moes jy vir Antoon Lombard geken het. Hy wou alles vir homself hê, en het gedink hy kon die Meester 'n rat voor die oë draai en het ook hard probeer om dit reg te kry. Party van Ma se broers en susters wou al hofsake maak, want hulle't geweet Antoon en Jooste, die prokureur, was aan't konkel. Dit was eintlik een van die min kere dat ons iets oor Ma se familie gehoor het, veral toe Johanna, Jan en Daan en later ook Ma, begin skryf aan die Meester om te kla. Ma het haar redes mooi uitgelê, maar waar die broers en susters Hollands geskryf het, was haar briewe in Afrikaans. Die Meester het daarna deur die staatsprokureurs vir Antoon gedagvaar om al die papierwerk te voorsien, en daar is ook 'n hofsaak teen hom aanhangig gemaak in die Hooggeregshof - toe't hy eers opgehou draaie loop. Teen die laaste dag van Julie 1939 was my ouma se boedel uiteindelik afgehandel en kon die oorblywende kinders 'n geldjie kry.

Elke kind kry toe 65 Pond 1 sjieling en 3 pennies - kontant plus losgoedere saam gereken - maar met al die konkelry van Antoon en Jooste, het elkeen op die ou einde net 49 Pond gekry. Die arme wees kleinkind wat haar ma – Ma se suster - verloor het net voor my oupa Danie se dood in 1925, het nooit haar moedersporsie gekry nie, want Jooste het die geld nooit in trust vir die kind gesit nie, die skandelike bees! Daar was niks wat enigeen kon doen nie, maar almal het geweet waar die geld heen is.

Teen hierdie tyd was dit duidelik dat ons nie weer sou teruggaan Langkloof toe nie. Ek was by Ma, die kinders was lief vir haar, en Pa Ampie was nog steeds steeks om al die uitstaande papierwerk aan die Meester te voorsien sodat Ma

Nelie se boedel ook afgehandel kon word. Tot arme gebreklike Truia het naderhand by die Weesheer gekla, maar dit het op niks uitgeloop nie. Die Vader alleen weet waarom Pa Ampie nie die bewyse van die gekanselleerde Landbank verbande vir die Meester wou aanstuur nie. Ons kon net raai dit was sy tweede vrou se gierigheid, want ons't haar mos nie geken nie. As hy tog net oop kaarte wou speel en ons dit op daardie tydstip geweet het, sou ons hom gaan aantree het op Warmbad. Petrus konnie onder sulke omstandighede tot 'n vergelyk kom met jong Ampie nie, en so het die lui ding gemaak wat hy wou en net gekom en gegaan op Langkloof soos altyd. Ons kon ook nie met twee klein kinders terugtrek met so 'n onsekere toestand sonder familie naby nie. Die onsekerheid het ons nag-op-nag laat oopoog lê.

Ma het ons een laatmiddag oorgeroep en terwyl ons almal onder die peperboom sit, Pa inkluis, sê sy dat elke dogter uit die huwelik na haar dood 'n moedersporsie grond sou kry, afgesny van Vaalbos, nie die rivierplaas nie, want Vaalbos is die plaas wat sy en Pa saam met hulle geld gekoop het. Dit het ek nooit geweet nie, en duidelik die rede waarom Pa saam onder die boom was.

Sofie, Katrien, Hermien en ek sou elk 350 morg kry - sy en Pa was besig om hulle testament só op te stel dat alle kinders grond kry, nie net die seuns nie. Al was Katrien gebreklik, sou sy ook haar regmatige deel kry. Met die aanhoor van dié woorde, was Pa se stoel te warm en hy gaan staan doer eenkant, maar Ma se skouers was styf getrek en haar lippe wit so vasberade was sy om haar sê te sê. En dáár was toe die rede waarom Ma nog nie van die plaas weggejaag is nie en ons ander vroumense so geknou is — die woestaard was magteloos om haar te beheer met die grond en ons moes dit ontgeld.

Vanmelewe het dogters nie grond geërf nie, want die ou mense het gesê dogters trou en dan het hulle grond. So, vir Ma om te sê die dogters moet ook grond erf, was 'n houvas op hom wat net groot moeilikheid sou bring. Hy wou nooit rekenskap gee van waar hy rondloop nie, maar ons gedagtes het dadelik pad gevat in die omgewing en oor die grens in Betsjoeanaland. Hoe min hy ookal by die huis wou bly, hy was vas, so wat nou gedoen?

Ja, hy kon haar martel sonder medisyne, geen geld of vervoer en sy rondlêery, en niemand daar buitekant kon in sy huis sien nie. Maar daar's altyd die Vader se oog oor jou, en rekenskap sou hy moes gee met niemand om hom uit te help nie.

Ek en Petrus het lank daardie aand gepraat en toe ons nog nie mooi kon saamstem nie, het hy maar ingegee en gesê ons gee dit tyd tot na die testament geskryf is, en dan sou ons besluit of ons bly. Hy glo niks wat nie op papier is waar dit by 'n Hollander kom nie. Eers dán gaan haal hy ons beeste. Daar was genoeg weiding op Vaalbos en ons konnie so bitterbek sonder melk klaarkom noudat daar twee kinders was nie, so hy hoop die papierwerk kom gou agtermekaar.

1940 was 'n baie stil jaar. Jy kon sien Petrus wou baie op die lande doen, maar ons was arm en het geweet tot tyd-en-wyl ons osse het om mee te ploeg, sou daar nie veel gesaai word nie. Pa het ook gesê dat Petrus net by die vêr kant van die agterland kon saai, wat maklik 'n myl-en-'n-half weg is, want waar anders sou hy dan kwonsuis sy eie oes inkry? Hy't maar alte goed geweet sy tobboetse het nooit 'n spoor agter die skaarploeg getrap nie - hy was dan meer weg by draadspan en oorkant die grens as by die huis. Maar so gesê, so gedaan. Janneman was soos altyd gewillig om te help sodat ons ook iets kon saai.

Petrus vat toe pen en papier en skryf vir Pa Ampie om die twakpers van Langkloof af aan te stuur, want dit was warm genoeg in die Bosveld dat twak baie goed daar sou groei. Wonder-bo-wonder en sonder aanloop, het Pa 'n stuk land by die kortakker nader aan die huis vir Petrus afgestaan om te plant wat hy wou, en vir die bietjie twak het ons nie so baie plek nodig gehad nie. Dit het Pa Ampie 'n hele plantseisoen gevat om die twakpers te stuur, want jy moet onthou, hy het mos op Warmbad gebly, so hy moes eers Langkloof toe om dit op die bus te kry sodat dit by Vaalbos afgelaai kon word. Maar met twak het jy dit eers by herfs nodig en nie vroeg in die seisoen nie.

Dit was 'n groot gedoente toe die spoorwegbus een Vrydag lank daar by die groot hek stilstaan en aanhoudend hoet vir iemand om te kom. Toe Petrus uitasem daar aankom om te sien wat aangaan, sê die busbestuurder hy moet hom handgee om die masjienerie af te laai, en geen mooipraat om bietjie te wag sodat Petrus die muilwa kon gaan haal, het gehelp nie - die twakpers is net daar in die stof neergeplof. Tussen Petrus, 'n paar jong swartes en Janneman het hulle dit met rieme op die wa gekry en toe laai hulle dit af reg langs ons huisie naby genoeg aan die twakkamer wat Petrus gebou het vir 'n stoor. Dis nou een ding van die Bergmanns — hulle kan vooruit reken en planmaak. Al was die plantseisoen oor, was Petrus al reg om twak te saai vir die volgende seisoen.

1941 is die jaar dat oom Jakob en tant Sofie se vierde kind gebore is. Die jaar voor dit was dit 'n dogter, en die jaar voor dit 'n seun, en die jaar voor dit ook 'n seun. Na tant Grietjie se dood was oom Jakob vir 'n lang tyd 'n wewenaar, maar toe trou hy mos tant Sofie, die liefste mens op aarde. Ons het haar goed leer ken vandat ons terug was op Vaalbos. Ons kinders se ouderdomme het so inmekaar gevleg. Altesaam vyf kinders in vyf jaar — een net ouer as Coba, toe twee net ouer as Neeltjie en een net jonger as sy, en dan 'n dogtertjie wat eers later gebore is. Ek en Petrus het daaroor gepraat dat hy liewer meer moes gaan draadspan het, want hy't net verveeld by die huis rondgesit.

Iets moes met die draadspan gebeur het, want oom Jakob was meer by die huis as met Pa. Nou nie dat hy veel handgegee het daar nie. En tog so suinig! In daardie huis het die suinigheid geseëvier, soveel so dat daar skaars klere was vir die vier oudste kinders. As jy hulle sien, was die ou kleertjies gedaan geskif, gedáán! Ek het hoeveelkeer van ons dogters se ou klere gegee, en die kerk het ook van die kinderklere vir behoeftiges gegee, maar ou Jakob wou dit om-de-dood vat, want, 'Dink die kerk ek is behoeftig?' Toe vat ek die kerk se klere en gee dit skelm vir tant Sofie sodat hy moet dink dit kom van ons af. Ma het gesê sy kry tant Sofie uit haar hart jammer met die suinige ou vloek, so asof Pa nie ook 'n suinige ou vloek was nie!

Pa het toe ook meer tyd by die huis gespandeer en begin drade om die lande span sodat die, 'Verdomde baie beeste wat kom,' uit sy gesaaides kon bly. Maar nooit het hy 'n vinger gelig om die oes in te kry nie, en om te dink die vorige paar jaar het Petrus en Janneman ál sy mielies gesaai en ge-oes.

Ma het met Petrus gepraat oor ons beeste so vêr weg, en toe't hy hulle gaan haal al was die moedersporsie nog nie beskryf nie. Hy was baie erg oor haar en niks was te veel om vir haar te doen nie. Sy gemis aan Ma Nelie was verseker wat hom so sag vir Ma gemaak het.

Elke winter van toe af moes ons ook beeste by Pa se rivierplaas gaan oppas, want die gras op Vaalbos sou kwonsuis doodgetrap word deur 25 beeste. Pa, Bertie en Janneman het ook hulle eie beeste daar gaan oppas, want by die Matlabas het die gras groen gebly so naby die water. Dis mos 'n rivier waar die onderaardse water baie vlak is. Jy kan net so 'n voet of wat in die rivierbedding grou, en dan stoot die water sommer op. Ons was maar goed ontevrede om met klein kinders by die rivier te gaan staan vir so lank. Ma het mooigepraat, maar daar was geen salf aan Pa te smeer nie en ons moes gaan. Sy't gesê ons het net 'n paar ou besies teenoor sy groot troppe, maar nee, hy wou nie kopgee nie.

Nou, die rivierplaas is vêr padlangs, en die grootpad van vandag was mos net 'n paar rye spore wat eenkeer 'n jaar oopgekap is as die goewerment onthou. Eers moes jy die beeste aanjaag tot by die kruispad op Steenbokpan en dan wes verby die Kühns en dan oor die Matlabas tot by die plaas.

En so is ons in 1941 al die pad rivier toe vir die winter met ons paar hoendertjies in 'n draadhok en al ons benodigdhede vir drie maande op die wa. Martha het saamgekom om, 'Na die kennertjies te kyk' en die wasgoed te was. Hermien, wat so dertien/veertien was, het by ons kom bly in die winter en dan't sy, Coba en Neeltjie kamtig gate in die droë rivierbeddings gegrou op soek na water. Die gras was oral vaal en droog, maar daar op die rivierwalle is waar Petrus die beeste dag-vir-dag moes vaskeer omdat daar nog nie drade was nie. Maar wat kon jy nou doen? Ons het beeste gehad wat moes vreet en Vaalbos was nie 'n opsie nie.

Daar by die rivier het ons geslaap onder 'n paar ou seile - al wat ons gehad het. Petrus het dit so goed as hy kon tussen die bome gespan, maar dit was nie veel beskerming vir klein kinders nie. Hy't droë gras gesny en ek en Martha het dit vir matte op die grond gepak dat die stof nie so baie is nie. Vir mure het hy dekgras bondels gemaak en tussen nathout droppers vasgemaak wat soos 'n skerm ingeplant was langs die ou tentjie met 'n seil oor vir 'n dak. Ek't maar op 'n oop vuur buite op die es gekook - nou nie dat daar juis veel was om te kook nie, net pap en vleis uit die veld en eiers. Die seile was só oud en vol gate dat dit skaars die son van ons koppe kon afhou, en in die nagte het ons gebars van die koue.

Pa-hulle het in sulke groot weermagtente geslaap en nie 'n vinger gelig om ons hand te gee nie. Daar het oom Jan Trichardt eendag aangekom en die sakie soooo bekyk en toe sê hy vir Bertie en Janneman, 'Skaam julle! Waarom help julle nie vir Petrus en Maria om skuiling te maak nie, en dit met klein kinders wat daar moet slaap?!' Hy was 'n ryk en oordentlike man van net duskant die Matlabas. Maar sy vermaning het niks gehelp nie. Vergete was die hulp wat Petrus op die lande en die plaas gegee het. Ja, ek't my ook geskaam vir Janneman wat soos handomkeer teen ons gedraai het by die rivier, maar as Pa nie daar is nie, was hy sy ou self. Daardie pa moes nie eers die naam Pa gedra het nie, want hy't net sy seuns geleer hoe om wreed en ongepoets te wees.

Dis daar onder die gate-seil wat ek besef het Pa het sy nuwe man gekry om te vertoorn, en my hart het koud geword vir Petrus wat met liefde en verdraagsaamheid grootgeword het en sekerlik nie opgewasse sou wees vir 'n pa sonder hart nie.

Ek was besonder lief vir Hermien wat tog so sonder aandag grootgeword het, ingedruk tussen Danie en Bertie, en dan nog Ma se siekte aan die kant ook. Wat 'n liewe mens was sy net nie. Dankie Vader, sy't net soos my jonger broers en Katrien gladnie die strop gevoel nie, net meer in haarself gekeer geraak sonder 'n pa se liefde en aandag. Daardie jaar was die eerste en laaste keer wat sy by die rivier kom oorstaan het saam met ons, want die volgende jaar is sy Zebediela toe om lemoene te pak. Pa het gesê sy't nou lank genoeg op sy nek gelê en hy betaal nie meer vir haar verblyf nie. Niemand het waag vra waarom daar altyd geld was vir Danie en Bertie om op hoërskool te wees nie. Hulle het ook mooi by Pa geleer dat vroumense niks nodig het en niks verdien nie, en net die lekker geproe wat geld koop.

Ons harte was so swaar dat Hermien al die pad Pietersburg se wêreld toe moes op haar eie; gelukkig was daar darem die spoorwegbus en die trein waar sy op Vaalwater sou opklim, oorklim op Nylstroom en dan op Zebediela afklim waar die mense van die lemoenfabriek haar sou optel. Nietemin, ons het na hartelus gesels en gespeel met die kinders en so min as moontlik oor haar weggaan gepraat so asof ons haar nooit weer sou sien nie.

Martha het die hoenders versorg, gewas en gestryk met die klein strykystertjie wat mens in die kole onder die es druk, dan skoonvee, en alles op 'n oop kombers stryk op ons getroue hout tafeltjie. Die kinders het een van die rooi henne wat ek by Ma gekry het, Saartjie gedoop – so 'n maergat langbeen hen en gladnie rond soos 'n hen nie. Maar kon sy lê! Omtrent nie 'n dag het verbygegaan sonder 'n eier nie, en sy kon harder kraai as die groot wit haan! Martha kon dit nie verdra nie en het net heeltyd bly kopskud en grommel oor die hen wat 'n haan is. Op 'n goeie dag toe Saartjie kraai, storm sy die hen en sê, 'Dié hoener hy moet dood; hy ês die *tokoloshi*!' Ek't nog gekeer en gesê sy konnie my hen doodmaak omdat sy kraai nie, maar 'n paar dae later was Saartjie net weg. Ons het almal geweet waar

Saartjie heen is, maar Martha het hoog en laag gesweer dit was nie sy nie. Dit kon net sy gewees het wat die 'tokološhi-hoender' nek omgedraai het, want daar't nie vere rondgelê van 'n rooikat se vang nie. Toe was daar nog een eier minder om te eet.

Sy het mos nooit kinders gehad nie, maar kan jy glo, sy het eentyd 'n swarte wat dood is in kraam se pasgebore kind sommer net daar aan die bors gesit om te drink, en toe kry sy sowaar melk!

Teen die tyd dat ons terug is Vaalbos toe met die beeste in Augustus, was ek weer verwagtend. Petrus het gesê hy't nou genoeg gehad van by die rivier staan, want daar was werk om te doen en monde om te voed, so hy maak die beeste bymekaar en sonsondergang die volgende dag wou hy op Vaalbos wees. Jy moet weet, ons het nog nie 'n vaste blyplek gehad nie, en daarom kon ons ook nie ons beeste brand nie — by die rivier moes jy hulle die heeltyd fyn dophou dat hulle nie anderman se brand kry soos die skillerbeeste nie.

Met ons aankoms op Vaalbos, is Petrus reguit na Pa toe daar in die storkamer agter aan die waenhuis. Dis nou die kamer wat Pa altyd toegesluit gehou het en waar 'n sink mielietenk was. Ek en die kinders was langsaan by die ou opstal om Ma te groet, en met die stoor so naby, kon ons duidelik hoor hoe Petrus vra of hy daar in Pa se boord 'n bietjie grond kon omspit weg van die hoenders af sodat hy sy twak kon saai. Dit moes seker die wind uit Pa se seile gevat het om te hoor van twak plant - hy was nie betrokke met die twakpers se oplaai en opstel nie — en hy sê toe sowaar ja, maar net as die kinders nie sy druiwe kom pluk nie! Die liewe Ma het my arm vasgevat en konnie ophou lag oor die druiwe-pluk storie nie, maar ek't geweet dis meer huil oor die suinigheid as iets anders.

Hoe dit ookal sy, Petrus het die volgende dag 'n hoekie van Pa se boord omgespit en daar't hy die fyn twaksaadjies gesaai in die sagte grond, en toe span hy kaasdoeke oor vir die voëls en maak dit elke dag nat met water uit die bakkiespomp daar naby. Na 'n paar weke was die eerste lentereëns op ons na 'n droë jaar, en teen daardie tyd was die twakplantjies net reg om uitgeplant te word op die lande. Pa het niks gesê toe Petrus die kortakker van die oulande begin omploeg in die paar weke wat die twaksaad gevat het om sterk te word nie, en hy en Bertie het daar by die turksvylaning agter die kraal bly rondloop om te sien wat aangaan op die land.

Nie een van hulle het hand uitgesteek om ons te help uitplant nie, nie eers vir 'n druppel water om te drink nie, en ons net dopgehou — Petrus wat gate maak met 'n stok en ek wat die plantjies in die gate moes sit; dan't Coba en Neeltjie agterna gekom om dit vas te trap. Dit was swaar werk so in die warm son en met die narigheid die heeltyd daar, maar ons het moeg en tevrede huistoe gegaan en gebid vir reën net soos op Langkloof.

Daardie nag toe al die plantjies in is, het dit heerlik begin reën, en toe was die jaar se twak die mooiste wat ek nog gesien het. Petrus het in sy lewe báie, en goeie twak geplant. Sy twak kelder naby die turksvylaning was so skuins in die grond gegrou en met stene uitgemessel, en vir beskerming is dit met pale bo-oor en takke en sand toegemaak. Later moes die dogters baiekeer die twak gaan ophang of afhaal, want daar was nie genoeg hande om al die werk te doen nie. Die twakreuk en swetende blare in die kelder was onuithoubaar sterk, en dan was dit nog donker ook daar onder. Dat daardie klein kinders nie dood is van die twakreuk nie, was net 'n bestiering van bo.

Net soos by Langkloof, is die twakblare aanmekaar vasgemaak en dan opgehang. Toe dit droog is, het Petrus dit aangery twakstoor toe daar by ons huisie en dan's dit met die twakpers saamgepers in vierkantige bale. Van daar af moes dit op die muilwa of bus tot by Vaalwater stasie en dan deur Nylstroom toe. Die busdrywer wou eers nie twak oplaai nie, want, het hy gesê, as dit nat word, dan's dit nie sy werk om die skade te dra nie.

Ek dink hy't net nog nooit twak opgelaai nie. Maar Petrus het mooigepraat en toe laai hy dit tog op. Petrus was bereid om dit self stasie toe vat as die spoorwegbus nie kon nie, en so sou ons ook 'n geldjie kry om van te leef, maar dit was toe nie nodig nie. Die volgende seisoen het die man nie weer gekla om dit op te laai nie.

Vir so lank as wat ek kan onthou was daar nie 'n ander boer na Petrus wat grootskaals met twak geboer het naby Steenbokpan nie. 'n Paar het probeer daar by die rivier, maar ek dink hulle het onderskat hoeveel werk dit is.

Nie almal was so fluks soos my liefgeaarde man nie.

Vaalwater Stasie

1940 - 1949

Teen die tyd dat my naamgenoot gebore is in April, was al die twak in bale en reg vir die oplaai. Petrus moes die twak bewerk en op die bus kry en nog vir Hermien pa-staan dat sy ook op die spoorwegbus by Vaalwaterstasie kom vir Zebediela se werk. En waar was die pa wat haar soontoe moes vat? Al was hy by die huis, was hy nooit binnekant die mure nie, en heeltemal ongeërg oor 'n meisiekind van sy eie.

Ons was baie bekommerd oor die opgeskote meisie so alleen met die busbestuurder, want die mense sou praat, maar daar was nie 'n ander uitweg nie en sy is meisie-alleen weg - 'n plaaskind wat nog nooit in die dorp was nie.

Ek het lanklaas vir Ma so sien huil as daardie dag, so of sy 'n voorgevoel gehad het iets gaan verkeerd loop. Maar dit was nie nodig om te bekommer nie, want Hermien het vir die volgende drie jaar na elke pakseisoen huistoe gekom met persentjies vir almal — eenkeer tot 'n glas koekroller vir my en die mooiste gebreide babatjalie, 'Vir die dogter wat eendag my naam gaan dra, Sussie,' al was dit jarre voor 'n naamgenoot gebore is.

Dis terwyl Petrus so besig is met die twak se laai, en ek met klein Mara rus-rus binnekant besig is, dat die ouer dogters my enigste paar hoëhakskoene 'leen' en toe hardloop hulle al om ons ou huisie. Teen die tyd dat ek uitkom om te sien waaroor hulle so lekker lag, was die een hak al goed nerf-af geslof! Ag, ek't geraas, maar eintlik het hulle net gespeel, want daarvoor was daar min tyd met al die werk wat hulle mee moes help.

Drie maande later was Hermien terug met vakansie en die lemoene klaar gepak, tot sy weer moes weg vir die volgende seisoen se oes.

Dieselfde week kom my sus Sofie, haar man, Abram, met

Adriaan en klein Tina daar aan om te kuier. Almal het heerlik saamgespeel en Ma het soos gewoonlik die dogters voor haar laat sit en dan soek sy kamtig luise op hulle koppe, maar as sy opstaan en op hulle skouers druk vir 'n stut, kon jy sien die ou bene gee haar baie moeite.

Laat die middag is hulle daar weg met die muilkar om voor donker by die huis te kom. Wat glo gebeur het net daar by hulle hek, is toe Abram van die wa afklim, buk hy net vooroor en hou kop vas. Met dié dat Sofie ook van die wa afklim om te sien wat aangaan en Adriaan wat hek oopmaak, hol die muile weg met die kleine Tina nog op die wa! Sy was maar net vier. Adriaan spaander toe dat dit bars om hulle doer teen die draad vas te keer, en toe bring hy hulle terug waar sy pa heeltemal deurmekaar op die hurke sit. By die huis het hulle Abram met swarigheid op 'n stoel gekry, maar die volgende ding was hy flou en het nie weer bygekom nie. Op een-of-ander manier het hulle hom 300 myl weg in die hospitaal op die dorp gekry, waar die dokters sê 'n aar het in sy kop gebars. Seker wat ons vandag beroerte noem. Daar's hy dood.

Die skok van sy dood op so 'n jong ouderdom was baie erg vir almal, veral Sofie wat nou op dertig vingeralleen met twee klein kinders was met 'n plaas wat nog nie vir homself gesorg het nie.

Maar die leed in ons familie het nie Pa se koue hart geraak nie. Ja, voor die ander by die graf het hy ook oë afgevee, maar by die huis was dit 'n ander storie, want, 'Daar was werk.' Nouja, watse werk, het ons gou agtergekom. Dis toe Pa en Bertie sien hoe goed Petrus doen met die twak, dat hulle geelbaadjie begin dra. Dáár was nou twee mense wat waarlik ewe afgunstig was. En kyk hoe jonk was Bertie nog - hierdie naganigheid is 'n ding wat hy van kleintyd teenoor ons gehad het. 'n Regte bedorwe brokkie.

Toe Petrus teen vroeë lente die grond regkry vir sy tweede stel twaksaadjies, was Pa en Bertie ook daar in die boord om te kyk wat hy doen, en dan maak hulle ook so. Pa kon homself nie so vêr kry om vir saad te vra nie, maar stuur Bertie vir dié werkie. Petrus het mos nie 'n suinige haar op sy kop gehad nie, en gee 'n hele twaksakkie vol saad en gaan help ook nog om te saai sodat hulle kon leer van twak. Jy weet mos, van daardie klein twaksakkies met die springbokkop op. Petrus het pyp gerook, en daar was altyd sakkies in die huis.

Filemon is aangesê om Bertie en die jong swartes te help om die nuwe sandland daar by die groot hek om te ploeg in die vakansie, want vir Pa en Bertie moes dit 'n groot land wees om mee te begin; nie eers klein vir probeer nie. Die draadspan is agtertoe geskuif en Pa sê ewe daar was nie nou mense wat drade nodig het nie. Ma het daar teen die druiwepriëel gestaan en kyk met arms gevou, en jy kon sien sy't nie veel geloof gehad in die vreeslike ywerigheid om nou skielik twak te plant nie. Nou, toe uitplanttyd kom, het hulle gewag tot Petrus begin uitplant, en toe roep Bertie al wat 'n swartetjie is om te help; jy kon hulle die heeldag sien twak uitplant. Petrus het een aand ewe droog gesê hy hoop Pa-hulle kyk na hulle plantjies, want die sandland is nie goeie grond nie en dis vêr van die water af in die somerhitte.

Janneman was nog op Vaalbos, maar het begin vry na 'n Neeltjie Swanevelder van die rivier-Swanevelders - familie van tant Hantie. Hulle het so 'n bietjie na mekaar gelyk met die hoë wangbene en krulhare. Nouja, Janneman wou ook tog gaan opsitkers hou, maar Pa het gesê hy moet sorg dat die mielies op die oulande inkom, en so het Janneman homself gedaan gewerk stoksielalleen met die span osse. Petrus het uitgehelp waar hy kon, maar omdat hy klaar besluit het om twak te plant, wou hy nie te veel met hulle mielie-oes te doene hê nie ingeval Pa hom verwyt as iets verkeerd loop. Ek sou ook daarteen gepraat het as hy Janneman wou help, want mens vergeet nie sómmer hoe hulle handjiesgevou gesit het by die rivier terwyl ons gevrek het van die koue nie.

Petrus het 'n voor vir die water gemaak van Pa se beeskraal af en toe moes die bakkiespomp met 'n donkie gedraai word om die klein plantjies op die land nat te lei. Dit is groot werk, en as hy nie vir Swarte, die donkie, gelei het nie, moes een van Neeltjie of Coba dit doen. Dit was vreeslik harde werk vir twee klein kinders, maar dit moes gedoen kom al was dit elke keer net vir kort rukkies.

Dis toe Pa sien daar is nie water naby die sandland nie en sy plantjies voor-die-voet verwelk, dat dinge begin skeef loop. Hy't nie voorsiening gemaak vir 'n watervoor nie, en wie kon raai wanneer dit weer sou reën? Net nadat die eerste plantjies in is op die sandland, het hy en Bertie ewe voldaan rondgeloop, maar toe is Bertie en Danie weer terug skooltoe.

Teen die einde van die maand was die meeste plantjies verdroog, en toe dit weer vakansie is en daar niks op die lande te doen is nie, loop lê Bertie weer rond daar by die statte se jonges. Danie was 'n boekeman en het nie veel handewerk gedoen op die plaas nie, behalwe om die .303 te vat om te jag, en dan't hy help biltong maak of vir Ma handgegee waar hy kon. Sy hart was goed en altyd sag vir ons en ons kinders.

Die son was waarlik warm daardie somer, maar ons twak was mooi en die bietjie mielies was lowergroen op die land.

Een aand teen skemer het Pa en Filemon so met die wye arms daar van die sandland af gekom en toe hy Petrus by die bakkiespomp kry, sê hy net dat ons dogters, 'Môre moet help,' in die waenhuis. Petrus vra toe met wát, maar Pa sê net hulle moes vroeg daar wees.

Ek en Petrus het baie gepraat daardie nag, maar ons konnie uitwerk wat dit is wat Pa wou hê met die klein kinders nie. Ieder geval, vir vredesonthalwe is Petrus anderdagmôre met die kinders weg waenhuis toe, en toe hy daar kom, wag Pa reeds by die stoorkamer met 'n lang riem wat met 'n groot lus bo geknoop is. Petrus vra toe wat sy plan is, en Pa beduie die lus moet onder Coba se arms vasgemaak word en dan sou hy haar laat sak in die mielietenk, want die gat bo was te klein vir 'n grootmens.

Die mielies lê alles aan die vêr kant van die tenk se bek, so sy moet dit met die voet naderkrap tot by die uitlaat. Petrus weier daar-en-dan en sê hy sal nie dat sy kinders in daardie donker tenk afsak nie, maar Pa het begin skrou dat ons kon voetsêk van Vaalbos af as ons nie wou help met die plaaswerk nie. Ons lê glo net verniet daar rond soos bywoners, ons beeste vreet sy gras en suip sy water en nou moet ons ons kant bring om hom te help. Ek het nog nooit vir Petrus so kwaad gesien nie - nie eers toe hy Ampie bygekom het met die osriem nie. Hy, wat alles onder die son gedoen het om Ma en Janneman te help sodat Vaalbos kon bly bestaan as Pa rondloop, word toe sowaar 'n bywoner genoem.

Maar vir die vrede het hy bygestaan sodat eers Coba en toe Neeltjie in daardie vreeslike donker mielietenk moes af, en toe hulle uitkom, het hulle só gehuil dat Petrus sê dis die eerste en laaste keer - sy kinders sou nie weer Pa se vrot werk doen nie. Maar dit was nie die einde nie, want noudat Pa gesien het sy twakoes sou niks van kom nie en Petrus s'n is so mooi, was dit soos vuur onder hom.

Daardie selfde week keer hy die dogters met die hokstok voor toe hulle vir Petrus koffie vat en maak hulle die bakkiespomp draai in die bloedige hitte sonder nat of droog oor hulle lippe. Jy moet weet, hulle was nog nie eers in die skool nie. Toe Petrus gedaan van die warm son daar verbykom om iets te drinke by die huis te kom haal, sien hy die twee kinders, bloedrooi in die gesig die donkie aanjaag. Net daar stuur hy hulle huistoe, en toe loop hy tot by Pa en sê hy sit sy hande nie weer aan sy kinders nie, of die bywoner sal hom wys waar Daantjie die wortels gegrawe het. Toe hy by die huis kom, was hy wit soos 'n laken van kwaadgeid.

Daardie aand het hy lank uit die Bybel gelees en nog langer gebid dat die Here voorsiening moet maak vir Langkloof of 'n grondjie vir my op Vaalbos, want die lewe het nou te swaar geword vir almal.

Die volgende dag het daar tyding gekom dat tant Sofie van oom Jakob 'n dogtertjie gehad het, maar dat dit nie goed gaan nie. Nie een van ons kon daarlangs nie, maar Ma het gesê sy sal self met die kapkar gaan as Pa haar nie wil vat nie, want iemand moes daar gaan uithelp. Dou-voor-dag is Ma en Pa oor Rooibokvlei toe, maar daardie aand toe ek gaan vra hoe dit gaan, sê Ma dit lyk nie goed nie en ons moet ons kerkklere regkry.

Tant Sofie is dood drie dae later. Tant Hantie wat gaan uithelp het, het later gesê sy was moeg van die lewe met vyf kinders in vyf jaar se tyd. Daar was nie eers 'n gedagte van ou Jakob om haar met die kinders of huiswerk te help nie want, 'Sy dun-gat boude het net die stoepstoel deurgesit.' Toe stuur sy woord met oom Jakob om te vra of ek nie ou babakleertjies het nie, want daar was nie eers 'n doek om vir die baba aan te sit nie. Hy't ewe ongeërg die heel môre daar by ons gesit en koffie drink en toe loop hy saam met Petrus twakstoor toe, en dis daar waar hy 'n sak se rant-rafel optel en sê, 'Petrus, maar jy kan dié nog gebruik.' Vir wát, sou die liewe Vader alleen weet, die suinige ou vloek.

Tant Hantie het die baba vir 'n week opgepas, en toe't tant Sofie se ma van Nylstroom af haar kom haal. Sy was later glo soos 'n ou mens soos die ou tante haar grootgemaak het, maar dit was beter as die min kos by die huis. Die oudste suster uit die eerste huwelik het haar oor die kleintjies ontferm en opgehou werk om hulle op die plaas te kom oppas na tant Sofie se dood.

Nog steeds was dit het-einde-niet van Pa en Bertie se moeilikheidmaak. Een vakansie toe Bertie by die huis is, help hy soos gewoonlik vir Pa met die melkery. Almal het altyd dieselfde tyd gemelk, want anders suip party koeie se kallers uit omdat daar niemand is om die kallers eenkant te hou nie. Nou, Coba het altyd vir Petrus uitgejaag, maar toe begin Pa en Bertie haar sommer aansê om hulle kallers ook uit te jaag. Dit was net, 'Jaag uit Vensterblom se kalf!' of watter koei hulle ookal klaar gespan het. As dit nie dié een was wat op haar skrou nie, dan was dit die ander een. Dan moes die kleine kind daardie kalf tussen al die malende kallers uitkry kraaltoe, net soos ek en Janneman as kinders dieselfde werk moes doen.

Daardie dag het Neeltjie op die kraalmuur gesit, want sy was altyd so bang vir die groot koeie en kallers, en Coba was in die kallerhok toe die twee Schoemans weer uit volle bors begin skrou. Sy kon toe nie die spesifieke kalf uitkry nie, en daar storm Pa haar en slaan haar ongehoord met die riem. Petrus was toe só kwaad dat hy net daar vir Neeltjie van die paal aftel en die twee kinders huistoe stuur met, 'Gaan na Mammie toe,' en toe was daar 'n groot bakleiery tussen die mans. Die arms het geswaai en rieme het getrek, maar genadiglik nie opstoppers nie.

Dit was die einde van 1942. Nog steeds het ons nie vastigheid gehad oor 'n blyplek nie. Dat daar gou 'n einde aan die naby-mekaar-bly moes kom, was 'n uitgemaakte saak.

'n Poskantoor

Na Sofie se begrafnis, stap Ma stadig oor na ons toe, en toe sy mooi regsit in die kombuisstoel, sê sy, 'Petrus, moenie nou dink aan wegtrek nie. Pa is 'n korrelkop, ek weet, maar my jare is min en my ander kinders bring my min genot. Daar's Janneman wat ook moet vrou vat, en Danie wat weggaan vorentoe om te leer. Katrien kan niks vir haarself doen nie en Hermien werk vêr. Dan's daar Bertie wat jou pa se kind is. Maar jy is beter vir my as my eie kind wat net oral by die swartes rondlê. Bly nog. Ek en Pa sal die testament opstel. Ek het klaar vir oom Jan van Rooyen en Tommie gevra om te teken as getuies; onstwee praat oor die testament vir 'n vergelyk, en ek sal julle nie meer lank aan 'n lyntjie hou nie.'

Dis met dié dat Petrus daardie aand sê die twakoes gaan baie goed wees, en hy sal nog een jaar wag - 1944 was die jaar dat Coba moes skooltoe en dan moet ons besluit waar ons gaan wortels skiet. Intussen sou daar sekerlik tyding wees van Langkloof af, en as daar niks van kom nie, dan sou ons noodgedwonge op Vaalbos moes bly vir my moedersporsie, want geld het hy tog nie gehad om 'n ander blyplek te koop nie.

Hy sê toe ook dat hy met Thys Bekker gepraat het oor Bles, die bruin perd met wit pote wat Thys wou verkoop. Hy vra net dat Petrus hom help met bouwerk in ruil vir die mooi perd. Ek dink Thys het geweet dat Petrus, net soos Pa Ampie, die beste bouwerk sou doen, en Bles was die enigste manier wat hy kon betaal. Petrus het meer as 'n fiets of 'n muil nodig gehad as hy met die beeste werk, of as hulle agter in die plaas bymekaargemaak moes word - Bles was die antwoord.

Dit was 'n goeie plan, en die volgende maand het Petrus die dam en krip gaan bou wat Thys wou hê en kom toe terug met Bles. Kind, hy het baie met daardie perd gejag! Jy kannie glo hoe lekker dit vir hom was om Bles op te saal en na die agterkampe te ry nie, tot by die groot pan wat hy sê altyd oortrek was met waterlelies, en dan kom hy altyd terug met 'n duiker of steenbokkie. In daardie dae was wild volop, tot blouwildebeeste wat oorgebly en aangeteel het na die groot droogte van '33. Petrus was só tevrede met Bles, en baiekeer ook lekker grond gevreet, want Bles was nog jonk genoeg en vol lewe.

Ek het hom nog nooit so gelukkig gesien nie. Behalwe miskien op Langkloof.

Ons het mos net Danster en Bessie, die twee muile gehad, en hulle was net goed om die muilwa te trek. Bessie was mos ou Bul en my donkie, Vaaltyn, se kind – ou Bul was toe al goed oud, maar nog gladnie koud nie, hoor! Danie en Bertie het baiekeer die donkie-merries vasgemaak, want hy wou nie meer agter hulle aanhardloop nie; dan roep hulle net, 'Bul, Bul!' dan kom die ou net aangedraf en doen wat hy moet doen.

Toe Coba moes skooltoe, was daar nog nie uitsluitsel oor Ma se testament nie, maar Petrus was nou meer geneë om te bly. Sus Sofie was gretig dat Coba by haar kom bly so naby die skool en vir haar kinders as maats, en dit het 'n geldjie ingebring en ook altyd iets om te eet. Petrus het gesorg vir die pot as deel van die betaling.

Almal was nog in rou vir tant Sofie toe die bus een Woensdag weer die possak afgooi en daar sowaar 'n pakkie koffiebone in is van voor af. Ma het mos rou koffiebone bestel om self in 'n driepoot pot te rooster, en nou was dit 'n seëning van Bo om haar aandag van die hartseer af te trek. Daar was 'n bruin kaartjie met lyn vas aan die pakkie, en daarop staan dat die spoorweë van die einde van die jaar af alle pakkies by Steenbokpan sou aflaai, want dis waar die Staat beplan het om 'n poskantoor oop te maak. Almal moes hulle pos en klein pakkies daar optel, en die bus sou net stop om groot goed op en af te laai. Ons het geweet hulle bedoel groot goed soos die twakpers en saadsakke.

Toe Petrus navraag doen oor die poskantoor, sê Gertien de Lange dit gaan aan die een kant van hulle ou winkeltjie wees - die Steenbokpanse Kontantwinkel - wat maar skaars 'n maand terug oopgemaak het. Gertien sou die posmeesteres wees wat die pos sorteer en ook seëls verkoop en pakkies regmaak as mense iets vorentoe wou stuur. Die De Langes het 'n hele klomp kinders gehad en Gertien was nie die enigste een wat in die poskantoor gewerk het oor die jare nie.

En so het Gertien se winkel die 'poskantoor' aan die een kant, die swartes se ingang in die middel en dan die wittes se ingang heel regs gehad. Die sorteerdery van die pos was weer 'n ander storie, want jong, daar was nooit 'n heel pakkie wat in ons hande geland het nie - nie een kon hulle hande van pakkies afhou nie, van die hoofposkantoor of die busdrywer tot by Steenbokpan nie - dit was kwonsuis altyd geskeur iewers in die pos, maar altyd 'anderman' se skuld. Almal was maar baie verveeld so met die ry af, en as mens nog iets oor die pos bestel van *Friends* af, het almal lank voor ons geweet wat ons gaan kry. Ons het net kop geskud, want niks in die pakkies was onbehoorlik nie.

Voor die poskantoor daardie Desember oopgemaak het, was die naaste winkel by Fancy Holt - die Goosens van die plaas Karmetatpan daar op die gruisdraai 'n ent na die panne van Soutpan. Dit was lank voor die Breedts langsaan op Rooipan kom bly het en later ou Knebel wat Karmetatpan by die Goosens oorgeneem het. Die broers wat die eerste winkeltjie gehad se suster het blykbaar só baie vryers gehad, dat die busstop Fancy Holt genoem is. So, voorheen as jy van van Slangfontein se kant af kom, was die busstoppe Soutpan, dan Fancy Holt, dan Vrymans Holt, dan by die Bekkers van Zyferbult, en dan verby tot by Stockpoort op die grens waar die possak afgegooi is by Paars' Holt in Betsjoeanaland waar die Van Heerdens 'n winkel gehad het. Nou was daar Steenbokpan se holt ook.

Die winkeltjies was maar skaars daardie dae, want dit was net by die De Langes, want Zyferbult se 'winkel' het mos toegemaak saam met die knopgrond skooltjie, en die bietjie goedere by die broers Goosen van Karmetatpan, waar hulle sommer uit die voorvenster van die ou huisie 'n ietsie verkoop het. Agter in hulle huis was daar 'n 'winkel' vir groter goed soos hemde, rokke en driepoot potte. Die pos is vroeërjare daar gehou tot mense dit kon optel, en hulle het ook die eerste telefoon in die kontrei gehad – so 'n swarte met 'n slinger wat jy een lang draai moes gee vir die sentrale op Vaalwater.

Oom Salie van Rooy daar by die kerk naby Steenbokpan, was nou getroud met Marja Suurdeegbol, en het ewe gesê hy dink hy sal ook begin goedjies verkoop, want die skool was naby hom en mense het daar verbygery. Hulle was oos van die De Langes se winkel en soos hy gesê het, op die deurpad skooltoe. Nouja, dit het toe nie gebeur tot in die '50s en Neeltjie hoërskool toe is nie. Wat Salie nie aan gedink het nie, is dat min mense skooltoe gery het vir kinders en ook dat die grootpad oor Steenbokpan was en nie by sy winkel verby nie - die De Langes het 'n beter plek vir 'n winkel gehad.

Petrus het net gelag oor ou Salie met sy winkelstorie, want, het hy gesê, 'Salie sal dan heeldag in die winkel kan sit, eerder as op die stoep. Dit steek nie in sy broek om 'n goeie winkel te behartig nie.' Hy was reg, want die winkel het altyd 'n sukkelbestaan gevoer en meestal goodkoop goed vir swartes verkoop. En soos dit is, het die laerskool weer geskuif net na ons derde-oudste skooltoe is; hierdie keer oorkant die pad van Gertien se winkel.

Nou, die ander winkel op Steenbokpan wat jy dalk van weet, het vier jaar later oopgemaak. Dit was oom Jon Lampbrecht se winkel naby die kruispad. Die winkeltjie op Karmetatpan het oopgebly tot die plaas verkoop is, en netsowel, want nou was daar te veel nikswerd winkels in die omgewing wat dieselfde goed verkoop het.

Met die koms van die koffiebone het ek en Ma dit gereeld met suiker in 'n driepoot pot gerooster tot hulle goed bruin was. As jy dink die bone is gaar genoeg, dan byt jy een middeldeur en proe-proe of dit sterk genoeg smaak. Jy moenie rou koffiebone maal nie, want dan't jy goormaag en het jy al jou dae om dit weer reg te kry! Wanneer alles goed gaar is, dan maal jy dit met die koffiemeuletjie wat altyd teen die peperboom daar by die ou opstal vasgemaak was. Daardie moerkoffie was tog so lekker vir haar. Sy't gesê dis iets wat sy en my ouma Sofiena ook saamgedoen het. Aan die einde van sulke dae, dan't ek in die nag lê en dink hoe baie mens het om voor dankbaar te wees. Kindwees se bangheid vir die strop was dan soos 'n droom wat net opgespring het as Pa naby is; ek kon dit maar nie keer nie.

Ek't geweet Ma het haar eie tevredenheid gemaak wat net sy van geweet het. Wie, onder die son, kon tog net met 'n wrok, swaarkry en heimwee bly bestaan? Daar was darem die klein dinge wat mens doen wat jou sterk maak en verwarm; dinge soos stil saamwerk, die kerf van boontjies en konfytkook. Of soos om te kyk met 'n lag in die oog na jou ganse wat rondloop met hul blink, wit lywe en net almal wou knyp wat verbykom.

So was Ma se ganse wat jou dag van kleur kon verander. Daar was een ou vloek van 'n gansmannetjie wat jou net nie kon uitlos nie, en as die kinders verbykom, dan gons hy en knyp-knyp hulle op die bene en boude, maar hom slag, sou sy nooit. Eendag, 'n paar jaar later, sit die ouer mans daar onder die bome en gesels. Die vergalste gansmannetjie was ook weer daar met sy kraal-ogies op soek nie iets om te knyp, en toe gewaar hy 'n lekker stukkie kos reg by een van die ooms se bene, en pluk dit met mening nader! Oeee, dit was 'n hele kebaal, want die ou mans het mos nie onderbroeke gedra nie!

Elke week het ons saam brood gebak, want Ma het tog iemand nodig gehad om die panne in- en uit die bakoond te kry en die brood te knie. Die oond wat Petrus toentertyd gebou het, was net so skuins voor die waenhuis se deur en net naby genoeg van die agterdeur af sodat mens die brood maklik kombuis toe kon dra. As jy vuurmaak vir een huishouding se brood, kon jy netsowel die ander se brood en beskuit ook bak. Dit was van ons beste dae saam.

My ma het ook 'n klompie skape gehad en dié het altyd op die werf saamgedrom as hulle van die veld af kom, so met die krip net daar naby in die kraal. Pa kry dit toe ewe in sy kop dat hulle nuwe bloed in die kudde moes kry en koop 'n spotgoedkoop skaapram by een van die boere daar by Marong se kant. Wat hy nie geweet het nie, is dat die skaapram stamp en dis hoekom die boer hom wou wegmaak, maar toe ons uitvind die ram was lief vir stamp, sê Ma, 'Albert, as hierdie skaapram my stamp, laat ek hom keel afsny.' Pa het hom niks daaraan gesteur soos gewoonlik nie, maar een goeie dag toe onstwee net daar by die oond buk om die brood uit te haal, kom die ram van agter af en stamp amper vir Ma in die oond in. Net daar roep sy vir Filemon en sê die skaap se nek moet dadelik af. Hy het nie teëgepraat nie, en toe Pa by die huis kom, hang die skaapram in die boom en is Filemon besig om hom af te slag.

Dit was lanklaas dat ek gehoor het hoe vreeslik Pa kon skrou en raas - nog laas in ons kindertyd toe ek en Janneman so deurgeloop het, maar nooit voor ons met Ma nie. Hierdie was 'n ander raas waar hy baie goed kwytgeraak het oor haar van, 'Slegte kos, vrek lui,' tot, 'Nog slegter in die kooi.' Ek wou vinnig om die hoek om nie te hoor waaroor hy baklei nie, maar het nog gehoor hoe Ma sê, 'Albert Schoeman, jy sal my nie kom slegsê omdat jy self agter die deur staan nie. Die enigste een wat sien hoe sleg jy met my werk, is ek en die Here, en die Here laat hom nie bespot nie!'

Die anderdag kon Ma nie uit die bed opstaan nie. Ons het stil om haar geloop en ek't die kinders weggehou sodat Pa se bui eers kon sak. Vir twee weke het sy daar gelê. Ek en Petrus het geweet dit was aan 'n gebroke hart wat sy ly, want haar bene was niks erger as voorheen nie. Ek't maar nog altyd die verbande gaan omruil en medisyne aangesmeer, maar sy't gesê sy sal nie die Lisl kouse aantrek as sy nog in die bed is nie, want sy spaar dit liefs.

Sy en Sofie het altwee Lisl kouse gedra vir hulle bene. Die dokter het gesê dis al kous wat sy mag dra, want die ander kouse wat jy daardie dae kon kry, was nie styf genoeg nie. Vandag weet ek dit was soos die kouse wat mense nou dra vir bloedklonte en slegte bloedsomloop.

Toe staan sy net eendag op en roep my om seep te kook,

en dit was 'n groot bekommernis vir my so met haar slegte bene, maar ek konnie teëpraat nie. Vir dae het ons al die ou harde beesvet opgekook en die kinders het drinkwater aangedra. Ek het brood by die huis gesny en hulle kosgegee, en dan weer oorgestap om seep te kook.

Dis met dié kokery dat sus Sofie laat weet sy bring daardie Vrydagmiddag vir Tina en Adriaan oor met die kapkar sodat hulle by die niggies kon kuier. Adriaan het in die boord rondgeloop met 'n rekker en voëls skiet en die dogters kon toe saamgespeel. Sofie het nie baie oorgekom nie, maar tog genoeg sodat Ma haar ander kleinkinders ook kon sien. Al het sy vir Ma verwaarloos, moet mens in berekening bring sy was vrou-alleen, maar as oudste dogter sou Ma altyd haar foute wegpraat en het nooit verwyt oor die min kuier nie.

Met al haar kleindogters so bymekaar, was Ma se oë altyd vol trane. Ek dink dit was van die min dinge waarin sy nog enige plesier gehad het. En om aardse besittings weg te gee. As Sofie daar wegry na 'n kuiertjie, was daar iets van alles uit Ma se spens op die kar.

So baie van dit wat op die plaas was, kon Ma self nooit eers behoorlik geniet nie; die druiwe het sy maar net die meeste van die tyd na gekyk omdat die doppe haar dodelik siek gemaak het. As sy nog daarvan wou eet, moes sy altyd eers die doppe aftrek. Dan die growwe boermeel vir pap – nie iets wat sy oor haar lippe moes sit nie. Dit wat haar hart begeer het, soos goeie tee uit die voorwêreld, 'n mooi roos in die grond, die sagtheid van goeie onderklere, nee, vir dit was daar nie geld nie. Maar vir 'n rivierplaas, 'n perd vir 'n bedorwe kind en beeste by dosyne, vir dít was daar altyd geld.

Ek onthou toe ek en Janneman nog in laerskool was, was daar eenkeer 'n koekverkope by die skool om fondse in te samel vir meer geriewe. En sowaar, Pa sê toe ons kan almal gaan, en daar trek hy sy mooi Sondagklere aan, gooi twee tiekies op die bed vir die kinders, 'En koop alles daarmee,' brom hy oppad uit. Nou, wat op die liewe Here se aarde kan jy met 'n tiekie koop? Ma, Janneman en ek het net stom gestaan, en toe raap Ma die tiekies op en vou dit in haar mooi sakdoekie toe. By die verkope, en net toe Pa ewe belangrik op die hakskene wieg tussen die mans, vat sy hom aan die arm en vra ewe soetjies, 'Pappa, is daar 'n ou geldjie vir die kinders in jou sak?' Kyk, jy moes die ou huigelaar gesien het baard bewe so voor die ander, maar oplaas steek hy hand in die sak en sowaar, daar kom 'n halfkroon uit! Janneman en ek het net skuins vir mekaar gekyk en toe haal ons uit dat die stof spat vir die poedingtafel en die bruin koeke wat ons vir die eerste keer van nader kon bekyk. Hoeveel baklei dit sou vat daardie nag, was nie waar ons gedagtes geloop het so tussen die soetigheid deur nie, maar aarde, dit was lekker!

Baiekeer was ek en Petrus se drie kinders darem baie lus vir die lemoene en druiwe in Pa se boord, maar hy sal vandág nog een pluk en vir 'n kind gee. Dit kon lê en vrot onder die bome. Hy't net gesê hy werk hard vir die vrugte in daardie boord, en dit kos 'n sjieling vir 'n emmertjie lemoene. Dit is nou die klein blou emmertjie wat ek jou van vertel het wat skaars ses nawels vat. Ons dogters moes gaan lemoene koop, en dan het Ma die geld gevat, maar as ons die lemoene uitpak by die huis, was die sjieling altyd onder in die emmer.

Dáár was nou 'n hart van goud. Tot vandag as ek aan haar dink, word my hart klein, en dan dink ek, ag, as ek tog net my eie kinders kan nalaat met sulke gedagtes.

Maar ons doen net wat ons kan met die bietjie wat ons het, en miskien is dit nie eers naastenby genoeg nie.

Befoeterdgeid en Afgunstigheid

Teen 1944 was Ma se bene só sleg dat ek dit tweekeer 'n dag moes gaan afwas en medisyne opsit. Ek't vir Petrus gesê sy word vir my net al swakker, maar hy't my probeer moed inpraat en gesê sy is nog so jonk en sal deurtrek. Hy wou my seker maar nie ontstel nie, want toe was ek reeds vêr verwagtend met ons vierde.

In Januarie is Coba skooltoe, en toe begin die groot verlang. Die twee jonger dogters, 'Het 'n speelmaat nodig,' kondig Petrus dadelik aan en vra rond vir 'n brakkie. Dis hoe Tiekie en Soldaat soos kinders in ons huis ingetrek het; altwee waarlik getroue honde wat heeldag met die kinders kon speel, saam met hom rondgaan soos hy werk, en ook uitblinker slangvangers uitgedraai het. En jy weet, Vaalbos is vrot van die ou miershope, en dis waar die mambas lief is om te bly; sommer die hele familie. Hulle trek nooit, so dis jy wat moet trek as jy uit hul pad wil bly.

Nou't dit vir my begin voel of ons rêrig 'n vastigheid onder ons het, en ek't al hoe minder bekommer oor Langkloof en die boedel wat nog steeds sloer. Al wat ek begeer het, was vrede op aarde.

Ek't vergeet om te sê van die Singer masjien wat Petrus van Ma Nelie geërf het. Sy suster Lettie het mos net twee seuns gehad en wou nie die masjien hê nie. Die ander dogters was te jonk. Ek was baie bly oor die masjien, want in daardie dae het jy al jou klere met die hand gemaak. So tussen ons werk en kindgrootmaak deur, het ek darem probeer om 'n rokkie of twee te maak. Ma het altyd gesorg vir 'n stukkie lap as die smous verby kom, en so het die Singer altyd uitgebly. Dis toe ek en Petrus een naweek gaan skuinslê, dat Coba 'n halfklaar rok onder die masjien sien, die stoel nadertrek en die rok klaarmaak. Haar eerste rok, en dit op sewe! Van toe af was sy altyd kop vooroor by die masjien en later het die hele kontrei met lap in die hand rygestaan vir die vernuftige kind.

Petrus wou nooit hê die dogters moet moulose rokke dra nie; ek moes altyd 'n baadjie maak om bo-oor te dra. Later het ek begin halfmoue maak, los van die rok en met 'n rek net onder jou arms. Dit het die son gekeer én jou pa was tevrede. Hy was maar goed outyds toe ons jonk was, hoor. Daar was nie so 'n ding dat die dogters gewone skoene kon dra nie; nee, hulle moes oprygskoene en sokkies dra. Altyd maar die skoolskoene waar ons ookal gaan. Ek't liefs nie gevra wat se nonsies dit dan is nie, gedagtig aan hoe swaar hy as kind gekry het en die min geld in ons sakke.

Nouja, twak word mos vroeër as mielies geplant, en toe Petrus se twak daardie jaar 'n paar voet hoog staan, was dit al einde November met amper geen tyd vir mielies om te groei en te dra nie. En toe kom die heerlikste reëns en kon Pa-hulle die agterland en die nuwe sandland se mielies saai. Dít was nou reën op die regte tyd, want toe't Petrus nie nodig gehad om so baie nat te lei nie. Pa het tot gekla oor die water wat ons uit sy boorgat trek. Daar is min wat hy nie oor gekla of baklei het nie, en sake het begin warm word elke keer as hy tekere gaan.

Ek weet nie meer vir watter rede Bertie by die huis was nie, maar Janneman was weg by Neeltjie om hulle troue te reël. Die reëlings vir 'n Desember troue word toe makliker gemaak want die kerk by Oranjefontein en Hoornbosch is met twis uitmekaar, maar almal stem met lang tande vir 'n nuwe wyk onder NG Kerk Albertyn, met net Steenbokpan en Ellisras om te bedien. Hulle moes saamwerk as suster-gemeentes - een met 'n sinkkerk en die ander met 'n windkerk - daar sou kerk gebou moes word op Ellisras. Al was Hoornbosch nog altyd die hoofkerk met 'n steengebou, dit was te vêr vir ons familie om daar te kom en so is die twee verliefdes in 'hulle' kerk getroud.

Soos dit baiekeer gaan met kerksake, het jy 'n klomp dwarstrekkers en 'n klomp goedgesindes wat sake wil aanjaag. Gelukkig vir Steenbokpan, was almal dit eens dat dinge vinnig moes gebeur. Binne 'n week na die afstigting is daar 'n kerkraad gekies, met Pa 'n ouderling en Petrus 'n diaken. Die kerkraad sou by Ellisras, Hoornbosch en Steenbokpan dien volgens die ooreenkoms met die dwarstrekkers by Hoornbosch, maar ons het geweet dit sou nooit gebeur nie omdat dit so verafgeleë is. Dit was 'n baie trotse dag vir Petrus. Om werk vir die Here te doen, was hoe hy elke dag geleef het. Ek dink as hy 'n kans in die lewe gehad het, sou hy vir 'n predikant geleer het, maar die lewe het sy pad vir hom gekies.

Nou, met Janneman weg na die Swanevelders toe, was dit Pa, Filemon en Bertie om te ploeg en die mielies te saai - Bertie met die ploeg, Filemon as touleier en Pa met die sweep langsaan. Omdat Petrus se twak mos net op die agterste deel van die land was, so op die kortakker, was daar genoeg plek vir die osse om te draai, maar dáárdie dag skrou Pa op die osse dat dit bars en slaan die sweep sodat die ou swarte geforseer is om met die hele span osse en ploeg wyd oor Petrus se twak te draai om die volgende ry te vat – en dít die mooie twak!

Dis toe Petrus daar van die kraal af sien wat aangaan, dat hy land toe hardloop om te keer, maar dit was te laat en die twak was so-te-sê verwoes. Ek sal nooit sy gesig vergeet toe hy by die huis aankom nie! Dit het kompleet gelyk of hy wou huil van kwaadgeid.

Dit was 'n bitter dag.

Toe ek koffie in sy hand het by die huis, stap ek dadelik oor na Ma toe waar sy onder die boom sit en oë afvee. Sy konnie veel loop nie, maar sy kon hoor en die onregverdigheid en jaloesie sien van Pa en die kind wat hy na sy hand grootgemaak het.

'Ma, Petrus is gedaan van Pa en Bertie se moeilikheid, en as dinge nie nou beter loop nie, sal ons weer Langkloof toe moet trek. As Ma dit in jou hart kan kry om nou my moedersporsie te gee, sal ons bly, maar ons sien nie meer kans vir die gesukkel nie. Ons moet ons eie grond hê waar ons kinders kan grootword en Petrus vir homself kan werk. Pa maak nou van Petrus 'n slaaf wat die geskrou moet vat.'

Ek was behoorlik warm, maar het liewer niks gesê van oom Jakob van Rooibokvlei wat ook altyd van Petrus se goedgeid misbruik maak nie, want dié ou vloek was so suinig, dat hy altyd op Petrus kom steun het vir werkies - bouwerk hier en daar, oplaai en aflaai van sakke, toewerk van die gesaaides en kripbou; alles wou hy verniet hê. Petrus het nie omgegee nie, want al was oom Jakob so suinig, was hy altyd dankbaar vir hulp en vriendelik met ons en ons kinders.

Ek het ook niks gesê oor twee van ons tollies wat een goeie dag met Pa se brand daar rondloop nie. Petrus het gevra hoe sy tollies dan nou met 'n ander man se brand rondloop, en toe sê Pa en Bertie altwee dat hy dit heeltemal verkeerd het — dis Pa s'n. Maar eenjaaroue tollies het 'n manier om nog partykeer by hulle ma's te loop, en dis wat ook gebeur het. Om-de-dood wou Pa toegee, en omdat ons nog nie 'n brandyster gehad het nie, moes Petrus maar ingee en die skade ly. Dit maak jou verbitterd.

Ek wou nog baie meer sê van hoe hulle vir Petrus tart smoors wanneer hulle melk — hoe hulle aspris ons kallers by die koeie laat kom, en dan's daar niks melk vir ons familie nie. Ek was só kwaad en hartseer oor al die dinge wat ons moes opvreet - van die muile wat in die veld uitgekeer word sodat Petrus vir ure agter hulle moes aanhardloop, tot die beeste wat afgekeer word sodat hulle nie in die kraal kon suip nie - dat ek nie eers die helfte van die onregverdigheid kon onthou nie. Maar ons was gedaan van Pa en Bertie se streke en in die aand het my hande só gebewe, dat ek gedink het die baba gaan vroeg kom.

Ek en Petrus het omtrent elke dag baklei oor die onbenulligste goed; baiekeer in die aand ook as die kinders al slaap, want met wie moes ons nou eintlik praat oor die probleme? Een aand laat het ons weer baklei dat dit bars, en toe ons sien, staan Coba by die bed en sê, 'Hou nou op met baklei! Neeltjie kan dit nie meer hou nie.' En toe dink ons vir die eerste keer daaraan dat dit swaar was vir die dogters om te hoor hoe ons baklei. Neeltjie was van kleintyd af van swak konstitusie; ek dink dit was van haar koppie se oopbars.

Ma sê toe haar hart is stukkend en sy sou nie toelaat dat

die kinders wat so getrou na haar omsien weer wegtrek nie. Sy sou dadelik sorg dat Pa 'n brief, geteken deur getuies, gee om te sê ons kon nóú my 350 morg moedersporsie kry, en nie eers as sy die dag nie meer daar is nie. Die testament se opstel was amper klaar, en intussen sou die brief voorkóm dat Pa later sy woord terugtrek.

Die volgende dag het Pa hoogs bekonkeld vir Petrus gewag daar by die kortakker, en hy sê toe net, 'Maria kan nou haar grond kry, maar jy vat dit daar in die vêr hoek by die groot pan. Voetsêk soontoe en vat jou kafferbeeste saam met jou!' Petrus wou getuies hê op die dag dat Pa wel so gesê het, maar Janneman sou die volgende week trou en was nie daar nie. Toe sê Petrus, 'Dan kry ek oom Jakob of Tommie,' maar Pa het beweer Bertie was goed genoeg en klaar groot. Ons't geweet daardie kind was 'n groter slang as Pa. Bertie was nog nie eers twintig nie en net so afgunstig as Pa, en toe vat Petrus pad Rooibokvlei toe vir oom Jakob. Daar by die swartes se statte hoor hy toe 'n lekker dronknes en gaan kyk wat aangaan. Een van die klein swartes beduie toe angstiglik met die hand, *'Yôô, molato e teng!'* Petrus loop toe vinnig statte toe waar die klein swarte sê die moeilikheid is, en toe hy by die deur buk, loop Bertie hom amper om met hare wat wild staan en klere deurmekaar, so haastig is hy.

Tel maar twee-en-twee bymekaar, maar Petrus besluit toe, dié soort moeilikheid vat hy nie aan nie, en is oor die grootpad en weg Rooibokvlei toe.

Van toe af was ons lewe behoorlik hel op Vaalbos. Tussen Bertie en Pa het hulle alles in hulle vermoë gedoen om ons lewens te vergal. Jy kannie glo wat hulle alles op een dag kon doen om Petrus gedaan te maak nie.

Ma was altyd baie bekommerd oor 'n uitslag op Bertie se gesig wat kompleet soos groot puisies so al om sy mond en op die wange was, maar al was sy besorgd, moes dit 'n dolk in haar hart gewees het dat Pa die seunskind in die vakansies na die nuwe dokter op Ellisras kon vat vir sy siektes, maar dat daar nie geld vir hare was nie. Wanneer Bertie in die skool was, het hy by die hospitaaldokters op Nylstroom medisyne gekry, so sy kon netsowel ook daar haar medisyne kry. Ag, ek is seker Ma het jarre al geweet wat sy aanspraak op kon maak en wat nie, en watter siektes meer dringend was. Tenminste het sy nie haar eie siektes veroorsaak soos Bertie nie.

Janneman en Neeltjie het op die rivierplaas gaan bly en toe was Petrus heeltemal alleen tussen pa en seun. Daardie selfde skoolvakansie het hulle weer een van ons jong tollies met Pa se yster gebrand. Geen redenasie wat Petrus kon aanvoer het hond-haaraf gemaak nie, en die tollie is uit saam met Pa se beeste na die vêr kampe toe.

Vensterblom, een van ons melkkoeie, het gekalf agter in die plaas dieselfde dag as een van Bertie se koeie. Toe Bertie gaan soek na sy koei, kom hy daar aan met die koei wat kwonsuis 'n tweeling gehad het, maar met Vensterblom al bulkend in tou. Hy't daardie kalf eenvoudig afgekeer by sy koei en Vensterblom met die hokstok bygekom en daar in die pankampie by ons huis gejaag sodat sy nie by haar kalf kon kom nie. Sy't vir dae aanmekaar gebulk, en sy koei het die kalf bly wegskop. Petrus het net stilgebly en gesê ons het darem Vensterblom se melk en dit kan Bertie nie wegvat nie. Hy kon ook nie die brief wegvat wat ons stukkie grond beskryf nie, so hy moet maar doen wat hy wou tot ons trek.

En toe kom die groot reën heel onverwags net kort na die skole sluit vir die Desembervakansie. Ons was besig om skottelgoed te was in die laatmiddag en Petrus het nog by die kombuistafel gesit, toe word dit sommer skielik donker en toe ons by die slaapkamervenster uitkyk, sien ons die wilde voëls vlieg in swerms ooste se kant toe. Hy spring toe op en loop amper in Martha vas soos sy inhardloop van buitekant af. 'Basie, die reent hy's hier!' is al wat sy kon uitkry voor die bodeur toewaai en dit begin reën of dit met emmers afkom.

Ek het nog nooit so-iets in my lewe gesien nie!

Ons staan nog so en kyk hoe die water teen die mure afloop, toe dit opstoot van buitekant af soos 'n spruit wat afkom. Martha en ek probeer nog die water opskep met my broodpanne - al wat ons gehad het - om dit weer oor die onderdeur te gooi, maar dit was nodeloos en my mooi swart vloer was daarmee heen. Petrus gryp toe sy hoed en is uit by die deur om in die stortbui 'n sloot om die huis te grou, en toe kyk hy of hy die hoenders kon red. Gelukkig was hulle onder die muilwa en daar't hulle onder die buik geskuil tot die reën oor is. Ons staan nog so en nabetragting hou en toe sien ons een van die koeie tot by haar pens in die water staan daar onder die groot knoppiesdoringboom. Die kallers was in die kallerhok wat op hoër grond staan, en so't ons geen diere verloor nie, maar die stinkende modderasie wat daar van die beeskraal se kant af kom, was iets vreeslik.

Petrus sê toe ons moet dankbaar wees, want ons het darem nog 'n dak oor ons koppe, maar hy dink Janneman en Neeltjie sou swaargekry het as hierdie wolkbreuk oor hulle getrek het, want daar was nog net 'n eenkamer grasdakhuisie op hulle plek. En dit met Neeltjie groot verwagtend met hulle eerste.

Vir my het dit gevoel of al die jaar se sorge met hierdie stortbui afgewas is. 'n Getekende dokument met geswore getuies was in ons hand.

Ons kon trek!

Suurdeeg en Swaarkry

Abel is in die middel van Februarie gebore. Dit was 'n Saterdag.

Martha, Hessie en ou Sara het kom kyk na die nuwe baba, want dit is mos hulle gebruik om dadelik die kind 'n naam te gee. Hulle het gekyk en gekyk en konnie 'n naam vir die slapende baba uitwerk nie, en toe trek Abel weg met 'n geskrou wat jy wie-weet-waar kon hoor. Toe lag hulle te lekker, skud kop en sê 'n kind met só 'n groot stem sal 'n goeie baas wees, so hulle doop hom Bônôlô. Noudat hy 'n groot man is, weet ons die drie ou swartes het die regte naam gekies.

Petrus het ou tant Hantie Verhoef die Woensdagmôre gaan haal, want my pyne was al daar. Klein Mara, waarmee ek net tien uur in kraam was, het ons bang gemaak dat hierdie baba ook gou sou kom. Maar dis nie hoe dit sou gebeur nie.

My lyf was groot en Ma het gesê ek dra in my heupe, so sy dink dit gaan 'n groot baba en 'n seun wees. Met die drie dogters het ek vorentoe gedra, en met ons ou seuntjie wat dood is, was alles ook in my heupe. Ek't heimlik gehoop dat ons uiteindelik 'n seun sou hê om die Bergmann naam vorentoe te dra.

Tant Hantie was nou rêrig oud en haar hande nie meer so sterk nie, maar sy't hulle goed met varkvet gesmeer en my buik gevryf om te voel hoe die baba lê. Toe sy klaar is, staan sy terug met die hand op die heup en skud kop, 'Maria, hierdie is 'n brugbaba. Dit gaan nie maklik wees nie.'

Vir twee dae en twee nagte het die pyn my gedaan gehad, en teen die Saterdagmôre toe ek so wegraak met een van die vreeslike pyne, was ek gedagtig aan Janneman se geboorte en hoe Ma amper dood is. Petrus, wat net buitekant die deur was, sê ek't aanhoudend geroep, 'Kry ou Sara! Kry ou Sara!' tot hy instorm en sê hy hardloop nóú statte toe vir die ou swarte, want tant Hantie moor my. Maar die ou korrelkop het nog vet aan haar hande gesmeer en met mening maag gevryf, en so is Abel met groot pyn en moeite gebore.

Hy was 'n blou baba.

Tant Hantie het hom goed met 'n handdoek gevryf en toe't hy uit volle bors begin skrou, soveel so dat die ou tante wat tot dese net bly gesig en oë afvee, aan't lag gaan soos mens in die kerk lag en nie kan ophou nie, en sê, 'Petrus het 'n sterk bulkalf hier!' Ek was gedaan, maar het in my enigheid gedink tant Hantie was maar net te dankbaar die baba het lewendig in die wêreld gekom. Hy was honger van hy die lig gesien het, en dit is soos hy sy lewe lank sou bly.

Coba was mos al graad twee en Petrus moes net sorg vir sesjarige Neeltjie en die drie-jarige Mara. Ou tant Hantie het net tot die middag van Abel se geboorte gebly en toe is sy huistoe. Die kleine Neeltjie het daarna gesorg, want Petrus moes lande toe om die bietjie goeie twak te probeer red. Dit was vêr te vroeg vir twak om ryp te wees, maar as twak so amper versuip het, moet jy dit vroeg sny anders kry dit roes en kon jy dit maar verniet weggee. Hy konnie die twee mans vertrou by sy twak nie.

Elke liewe môre moes Neeltjie die houtstoof aan die gang kry, water opsit en die pap maak. Dan't sy die huis uitgevee en afgestof en in die middag laat het sy vir Abel gebad en mooi aangetrek. Dit was mos lapdoeke in daardie dae en nie so maklik vir so 'n klein kind om dit met die doekspelde vas te steek nie. Vir tien dae was ek nie toegelaat om my voete uit die bed te sit nie, want, 'Jou ingewande sal uitsak,' het tant Hantie gewaarsku, en Neeltjie moes in al daardie tyd die nagpot leegmaak en waswater aandra. Al die werk op die lande het haar sterk gemaak en sy't nooit teëgepraat nie; ek't ook nie gekla nie, want ek was gedaan na die lang geboorte.

Teen die rand van die kortakker waar die osse nie als verwoes het nie, is waar Petrus vroeg in die seisoen waatlemoensaad gesaai het, en nou was die eerstes besig om ryp te word. Toe mense in die omgewing hoor daar's 'n seuntjie gebore, het elkeen wat verbykom eers kom kyk. Petrus het gevrek oor waatlemoen, en so was die stap land toe en waatlemoenslag niks vir 'n trotse pa nie. Ek't eers laterjare by Neeltjie gehoor sy was só moeg, dat sy net die vuil waatlemoenborde met 'n vadoek afgevee en weggepak het as die mense ry.

Eendag toe Neeltjie net besig is om 'n doek vir Abel aan te sit, kom ou tant Hantie terug en toe sy die kind daar in die slaapkamer sien, skrou sy, 'Uit die kamer uit! Uit!' Mense, daardie dag was Petrus baie kwaad, en hy sê, 'Tante, hierdie kind het vir almal in hierdie huis gesorg en sy het alle reg om in die kamer te wees! Wat is hier wat sy nie mag sien nie, terwyl jy die eerste dag al weg is.' Tant Hantie het net daar gestaan met haar ylerige vlegsel, windskeef om haar kop gedraai. Toe storm sy uit en is weg daar na Ma se opstal toe. Die oumense wou nie 'n kind in die kraamkamer hê nie, maar dit kon ek nooit uitwerk nie; ook nie die tien dae se nonsies nie. Alles in 'n slaapkamer moes altyd agter die partisie gehou word.

Abel het tussen ek en Petrus in die groot bed geslaap en Mara by die voeten-ent, met die twee ouer dogters op hul eie bedjie. Dié mannetjie het my heeldag en heelnag besig gehou net om hom te voed. 'n Sterk baba wat sommer gou die nekkie oral draai agter ons aan. Mara konnie genoeg kry van hom nie. Sy was net die regte ouderdom — te jonk om te help op die lande of met die huiswerk, en te oud om nog 'n baba te wees. Ek het my altyd verwonder vir die storietjies wat sy kon opmaak, en moes seker geweet het sy sou later so 'n goeie storieverteller wees. Maar dat sy gou kon kwaadword, is nie altemit nie!

In 1945 kon jy nie eintlik suiker by die winkels koop nie, want alles was gerantsoeneer in die oorlogjare. Nou, daardie klein merrie wou nie haar mond aan kos of tee sit sonder suiker nie. Ons ander was gelukkig om nou-en-dan 'n suikertjie in die koffie te kry, maar met haar koperbeker in die hand, sou sy teen die muur gaan sit, skop met die voete en dan 'b-b-b-b-b-b!' bly tjank tot sy suiker kry! Toe haar eerste kind gebore is, sê sy mos eendag vir my, 'Mammie, ek weet nie wáár hierdie kind haar nukkerigheid vandaan kry nie!' Ons ander het goed genoeg geweet.

Hermien het in hierdie jaar voor sy weg is Zebediela toe vir Mara 'n klomp dolossies skoongemaak en ingespan. Dan, as hulletwee by Ma se huis in die sagte sand speel, was Mara heel tevrede en kon jy hulle wáár hoor lag en kattekwaad aanvang. Maar een aand na boekevat toe dit al donker is, begin sy huil sonder ophou, en ons kon haar nie stilkry nie. Sy was naderhand bloedrooi en natgesweet van die huilery. Petrus sê toe radeloos, 'Nou wat is dit wat jy wil hê?!' en Mara huil net, 'Ek soek my dolossie, ek soek my dolossie!' Ons kry haar met niks tevrede nie. Abel was naderhand ook aan't huile, en toe tel Petrus haar oor die onderdeur in die donker en sê, 'Nou gaan haal jou dolosse,' en sowaar, tjoepstil is sy. Ja, sy kon goed nukkerig wees as 'n kind, amper soos Pa se nukkerigheid.

In April net voor Abel se dope, is die kerkraad bymekaar geroep om die eerste predikant vir die Gemeente Albertyn te beroep. En toe begin die groot wag om te sien of die man 'n beroep sou aanvaar op 'n plek met een kerk en een gelapte seil. Jy moet weet, vir die Ellisrassers was daar nie 'n kerkgebou nie, en daar is kerk gehou onder 'n seil waar die kraaminrigting later gestaan het.

En so was dit nie net Janneman en Neeltjie wat in hulle eie gemeente kon trou nie, maar Petrus wat ook trots met sy swart diaken-pak voor die kansel staan vir Abel se dope - 'n kind wat die Bergmann stamnaam sou dra. Al die NG-ers in die kontrei het met waens saamgetrek vir 'n paar dae as dit nagmaal is, en dit was 'n skare van waens en tente al om die ou kerkie.

Daardieselfde naweek het Mara baie siek geword. Dit was die Saterdagnag net voor Nagmaal. Niks wou help nie. Ma het haar koors probeer breek met koolblare op die voorkop en bors, en van die ou tantes daar het baie rate gegee van katbloed drink en kasterolie op die bors tot beesmiswater. Petrus stap toe nog voor die son sy kop uitsteek oor na Salie se winkel so 100 treë weg om te hoor of hulle dalk medisyne het. Jy sal onthou dat Salie en Marja net so skuins van die kerk af gebly het, en ou oom Jan, sy pa met die skeeloog, se opstal was weer net duskant die kerk. Altwee huise loopafstand van die kerk af. Natuurlik het Salie-hulle nie uitgekamp by die kerk vir die naweek soos die ander boere nie, maar so 'n paar minute voor die kerkklok lui, het hulle altyd met die kapkar afgery kerk toe asof dit te vêr was om te stap.

Marja se vel was mos altyd so mooi wit en sag. Ek't haar nooit in die son sien kom sonder 'n breërandhoed nie, en in die dae voor hoede, was dit altyd 'n kappie met gestyfde rand wat onder die ken vasmaak en 'n valletjie teen die nek. Alle dogters het sulke kappies gehad wat ons self gemaak het, net nie so mooi soos haar kerkkappie nie. Almal het gedink dis omdat sy nooit in die son kom nie dat haar vel so mooi is, en mooi was dit mooi! Maar ek't 'n suspisie gehad dit was nie net die son nie. 'Maar wat?' vra Petrus toe ek hardop dink, maar hoe sou ek nou kon raai wat? Ja jong, dat sy 'n mooi vrou was, is nie altemit nie, maar 'n bietjie grênd vir Steenbokpan.

Eintlik was sy ook Maria soos haar ma, maar hoe sy later Marja Suurdeegbol geword het, is ook weer 'n ander storie! Sy't blykbaar suurdeeg gemaak in 'n canfruit bottel en die deksel styf toegedraai in plaas van om dit net lossies 'n halfdraai te gee. Op 'n gegewe tyd toe die suurdeeg lekker getrek het, skiet daardie deksel mos af met suurdeeg en al tot teen die dak in die spens! Die storie kon sy nie stilhou nie en dis hoe sy Marja Suurdeegbol geword het.

Nou, Petrus het altyd gesê, en dis nou as ons mekaar aanvat oor 'n sakie, dat ek net skinder van ander families, en moet liefs na ons eie probleme kyk as om so vryelik van ons boeremense te praat. Maar hoe sal ander dan weet van die Bosveld families wat nou lankal onder die kluite lê? En nou moet jy onthou, dis dieselfde Petrus wat volgehou het dat daar baie ondertrouery in die Bosveld was, want die ou boere se kinders het nooit vêr gesoek na 'n maat nie.

Ek sê jou, die groot families van daardie dae het nodig dat mens hulle uitlê. Kyk dan wat maak jy my nou doen met my eie familie! Nou-ja, om familie uit te lê, vat tyd en geduld om te weet hoe dit inmekaar pas. Ek sal nie jou tyd mors om te probeer nie, maar soos die ander groot families in die kontrei, as jy nie saam met hulle grootgeword het nie, is dit nie maklik nie.

Van Salie se pa sal ek net sê, hy kon familie uitlê tot jy wil flou val. En dit het gekom omdat hy nooit gewerk het wat ons kon agterkom nie, was half kruppel en verder kon hy nie mooi reguit kyk nie. Hy sou heeldag op 'n stoel onder die bome rondtrek, maar hy kon familie uitlê tot hy jou familie opspoor - baie beter as enigiemand in die Bosveld. Toe 'n smous glo eendag daar by hulle opstal opdaag, het dit hom tot laatmiddag gevat om die man se familie uit te lê, maar uitlê het hy uitgelê! Dit was broekskeur of die smous was ook van ou Jan familie toe hy klaar is.

Hoe is dit dan kwonsuis swaar om familie uit te lê, vra jy? Ek sal dan tog probeer lat jy kan verstaan.

Ou Jan - dis nou dieselfde oom wat so goed kon familie uitlê - se eerste vrou is dood en toe trou hy met die weduwee van Daan Niemandt, 'n tant Maria met 'n hele paar kinders uit daardie huwelik waarvan Marja Suurdeegbol een is. Van hier af moet jy kophou. Oom Daan was Ma Nelie Bergmann se broer - Petrus se oom. So, Marja was eintlik Petrus se eie niggie aan moederskant. G'n wonder sy was 'n bietjie verhewe bo ons Bosvelders nie, want die Bergmanns was rêrig 'n trappie hoër.

Ou Jan en tant Maria het ook 'n paar seuns en dogters saam gehad. Een was maar bra dom – konnie behoorlik lees of spel nie. Sy was bietjie ouer as ons Neeltjie. Aan die einde van een kwartaal het sy glo vroeg-vroeg by Meester Lombard geneul vir haar rapport. Hy was later só moeg van haar geneul, dat hy sommer vinnig haar uitslae op 'n papiertjie skryf om haar tevrede te stel, en daar staan dit toe: *Slaag net in een vak*. By die huis gekom lees sy hardop vir almal, 'Salig vet in een kas,' en niemand kon verklaar wat dit dan eintlik beteken nie.

Een van hulle seuns is met 'n piekie getroud en mense konnie ophou kyk nie, en sowaar, sy jonger suster haak ook later met 'n piekie af. Salie het verlief geraak op Marja en toe trou hulle, maar op papier was hulle eintlik stiefbroer en suster. Vandag is dit niks, maar in daardie dae was dit 'n groot ding omdat hulle kwonsuis broer en suster uit dieselfde huis was. Hulle het later twee gesonde kinders gehad, maar beide Marja en haar dogter is laterjare dood aan 'n breingewas.

Ag, dit was te naar, maar al die ouer kinders van oom Daan en tant Maria is ook later dood aan 'n breingewas.

Dis die maklike deel van die familie om uit te lê. Om die Bergmann familie uit te lê, en waar die breingewasse vandaankom, is nie maklik nie en ek los dit liewer, want jy ken hulle tog nie. Die meeste van Ma Nelie se mense het ek ook nie eintlik geken nie, en party is dood nog voor ek en Petrus getroud is. Maar die een ding wat ek altyd geweet het, is dat 'n breingewas in jou familie die grootste hartseer bring. Al Petrus se mense met 'n breingewas het eers blind geword en is daarna dood met vreeslike lyding. Die soekery met familie uitlêg bring die pyn net weer na vore.

Sover dit die Bergmanns aangaan, was die hartseerstorie nie die breingewasse nie, maar wat met Andries, Petrus se broer, en sy vrou Bettie gebeur het. Hulle was niggie en neef wat mekaar van kindsbeen af geken het, en was glo gek na mekaar. Kort-voor-lank het kinderdag se maats oorgeslaan na grootmens se liefde, en die twee sê hulle gaan trou. Al het Pa Ampie en Ma Nelie mooigepraat dat jy nie eie familie kon trou nie, hulle koppe was hard en so is hulle getroud teen almal se sin. Hulle kinders is almal in die voorwêreld gebore, en ons op die plase het eers later van alles wat met hulle gebeur het te hore gekom. Met die troue was Ma Nelie al op dood se deurdrumpel, en ek glo daar was nie genoeg wil in haar om te veel te argumenteer nie.

Die twee het vyf kinders gehad wat almal dood is voor hulle twee jaar oud is. Niemand weet waaraan nie, maar almal het geraai dit kan iets met die neef/niggie trouery te doen hê. Hulle sesde kind het bly leef en 'n lang lewe gehad. Toe is 'n dogter gebore. Sy leef vandag nog, maar het al baie kop-operasies gehad vir breingewasse. Toe is een kind dood tussen haar en 'n seuntjie wat ook bly leef het. Die man is ook nou onlangs dood aan 'n breingewas wat in sy rugmurg afgegroei het na hy vier jaar bedlêend was. Daarna is daar nog 'n kind gebore, maar ook vroeg dood. Van die tien kinders het maar net drie bly leef, maar elkeen het sy regmatige familienaam gekry volgens ons Afrikaner tradisie. So, as die eerste lewende seun na Andries vernoem is, kan jy self uitwerk hoeveel seuns en hoeveel dogters dood is voor hom. Al hierdie verliese moes 'n vreeslike slag vir hulle gewees het. Tot sy dood, het Petrus altyd opgespring met groot oë as ek sê my kop pyn.

Nou sal jy verstaan hoekom dit ou Jan so lank gevat het om familie uit te lê, maar ook hoekom dit so lekker raak om die voorgeslagte se pad te loop. Jy kan 'n storie oor elkeen van hierdie mense skryf, en jou pen sal stomp wees en nooit droogloop nie.

My kop is skoon seer van uitlê. As ons koffie gedrink het, dan vertel ek verder van die week na Abel gedoop is.

Nouja, ons het eers die Maandag by die kerk weggetrek toe Mara beter was. Petrus wou by Gertien langs vir die pos. Ma vra toe dat ons sommer hulle pos ook saambring ingeval daar 'n pakkie is. En jou waarlik, daar wag 'n brief met 'n klein pakkie kerksakdoeke van Zebediela af. Ons almal het om Ma gestaan om die nuus te hoor, maar Ma het spierwit geword en bly sit net met die sakdoek voor haar mond tot ek die kinders uitstuur om te gaan fynhoutjies optel.

'Sussie, Hermientjie laat weet dat sy gaan trou met ene Jan Kotze. Sy sê sy weet ons sal nie kan kom nie, maar sal jou pa asseblief Pietersburg toe kom om te teken as getuie. Sodra hulle kon, kom kuier hulle sodat Jan ook die familie kon leer ken.' En toe huil Ma sonder ophou. Pa is grommelend weg met die bus en trein om getuie te staan en arme Ma het deur die huis bly loop en huil asof daar geen einde aan haar verdriet is nie.

Pa was baie befoeterd toe hy terugkom en Ma konnie veel uit hom kry oor die troue nie, net dat daar baie geld betaal moes word vir 'n trourok wat net eenkeer gedra is. En toe ons later die troufoto sien, het ons goed geweet waarom hy so bekonkeld was, want dit was 'n móói rok en weil!

Getrou aan haar woord, kom Hermien en Jan eendag daar aan met die bus. Daardie aand het ons almal saam by Ma-hulle geëet, en na boekevat kon ons grootmense mekaar beter leer ken. Petrus en Jan was omtrent dieselfde ouderdom. Ook Petrus het daarvan gehou om familie uit te lê, maar probeer soos hy wou, Jan was so glad soos seep en Petrus kon niks uit hom kry nie.

Later in die bed, sê Petrus, 'Ek vertrou nie daardie man nie. Daar's iets in sy oë wat nie reg is nie.' Toe hulle weer weg is na 'n paar dae, praat ek en Ma oor dieselfde ding. Ek kon sien sy dink ook soos Petrus, maar wat kon jy doen? Al was Hermien nog nie mondig nie, hulle was nou klaar getroud. Ag, as ons maar net meer gereeld met Hermien gepraat het – sy was tog so jonk en saggeaard. Die jaar het aangestap en ons het al hoe minder nuus van haar gekry, maar almal was besig en die bekommernis is agtertoe geskuif. Ma het haarself getroos dat die twee Kersfees huistoe sal kom en dan sou ons self sien hoe dit gaan.

Daardie November was Ma en Pa se testament ook uiteindelik op papier met Tommie en ou Jan van Rooy se handtekeninge as getuies onderaan. Al het ons nie presies geweet wat alles daarin staan nie, het Ma ons verseker ons 350 morg en ook al die ander dogters s'n is daarin gestipuleer. Pa moes seker klippe gekou het oor hierdie bepaling en dan nog die brief wat hy vir ons gegee het, maar dit het ons hande losgemaak om op ons eie grond te bly, al was dit steeds deel van Vaalbos.

Dis toe die swartes hoor ons gaan lank bly, dat Shôkô, 'n jong, sterk swarte en sy vrou eendag net daar by ons huis aankom vir werk. Daar was nie geld om hulle te betaal nie, want dit was swaar jare met net dit op die lande en ons besies op die veld om ons te voed. Die smouse het amper niks op hulle waens gehad nie en daar was nie veel te koop in die winkels nie.

Maar Shôkô was van Betsjoeanaland af waar hulle gevrek

het van die honger, en was tevrede om vir boermeel, bietjie melk en af-en-toe vlakvarkvleis te werk. Hy en sy vrou het 'n opgeskote klein swarte gehad en nog een kleinding agter haar rug, maar altwee was so maer soos biltonge toe hulle daar aankom. Dit was só droog dat hulle deur die rivier kon stap van oorkant af om werk te soek.

Petrus het gesê Shôkô staan hom aan, en hy was reg, want daardie swarte kón werk! Maar soos ons nou-al geweet het, Pa sou 'n rede kry om ons te pooitjie. En ja, hy sê toe as Shôkô op sy plaas bly, moet hy eers vir hóm werk, en as daar nog tyd is, kan hy ons ook help. Dis hoe dit gekom het dat Shôkô eintlik vir Pa gewerk het vir 'n tyd voor hy net by ons kon werk.

Daar was nie vet aan die sakie te smeer nie, maar uiteindelik het sake tot 'n punt geloop.

Belofteland

Neeltjie is daardie Januarie skooltoe en Coba alreeds in standerd een. Altwee het nou by Sofie gelosheer en ons moes elke einde van die kwartaal een Pond per kind betaal vir verblyf en ook meel, groente en vleis gee. Dit het bars gegaan om die geld eenkant te sit, maar dis wat ons moes doen sodat hulle 'n geleerdheid kon kry.

Tant Hantie en oom Antonie Verhoef het op die oostelike deel van dieselfde plaas gebly, en al was die twee huise loopafstand van mekaar af, was tant Hantie se ou huisie te klein en karig vir losheerders, of so het sy aan die begin gesê. Sofie het eenkeer vir Ma verseker die saamblyery op een plaas was 'n goeie reëling wat Abram met die ou mense gehad het, en konnie sien hoekom Ma dan so bekommerd was dat die Verhoefs haar kon wegkry van die plaas af nie. Noudat ekself 'n ma is, weet ek mens bekommer oor die kleinste goed as dit by jou kinders kom; partykeer goed wat jy net kan voel en geen bewyse voor het nie.

Dis ook die jaar dat Petrus gesê het hy is nou klaar met rook, en toe bestel hy sulke pienk pilletjies van die voorwêreld af wat almal gesê het jou sou help om op te hou rook. Hy't die pyp eenkant gesit en elke dag die pilletjies gedrink, maar toe dit klaar was, was die lus vir rook nog altyd daar. Hy sê toe dit was geldmors en so goed soos kaf in die wind, maar hy't nie weer gerook nie. Toe hy eendag daar by Ma kom en sy sien die pyp is nie meer in sy sak nie, lag sy tog te lekker en sê hy sal 'n ou man word met mooi tande, want die pyprook maak altyd almal se tande geel. En jy weet, tot die dag van sy dood, het hy nie één vulsel gehad nie, so mooi het hy na sy tande gekyk.

Terwyl hy en Ma nog so staan en redekawel oor die rokery, hoor hulle 'n geraas soos takke wat breek daar in Pa se boord. Petrus het sommer dadelik geweet wat dit was, maar Ma, wat nie naby berge grootgeword het nie, het haar gedaan geskrik vir die geraas. Hy sê toe, 'Ma, ek help jou die huis in en dan gaan kry ek my geweer.' Sy wou nog teëpraat, maar toe hulle weer sien, storm 'n groot bobbejaanmannetjie uit die boord en spring op haar bakoond. Daar sit hy toe en kyk hulle stip in die oë en boggem, en toe maak hy vuil op die oond!

Petrus kon waarlik vinnig hardloop, net soos Coba en later Abel, en hy kies toe kortpad huistoe vir die .22. Hy roep nog oor sy skouer dat ek die kinders binnekant moet hou en die volgende ding klap die skoot en daar lê ta. Hy skiet toe nog 'n skoot in die lug en daar trek die hele trop bobbejane uit die boord met 'n stofstreep weg oor die agterland weste toe waar daar ook geen berge is nie. Petrus sê hy dink omdat dit 'n droë jaar was, het die bobbejane uit die berge kom kos soek op die sandveld.

Ma was goed vies vir die stinkende ding en het gesê Filemon moet die bakoond stook, want sy bak nie in 'n oond waar daar mis naby was nie. Sy was 'n skoon vrou.

Kan jy glo dat Bertie laterjare 'n mak bobbejaan aangehou het met 'n ketting vas aan 'n paal, waar die vloek altyd onverwags afgespring het met 'n 'bôggôm!' as jy net naby genoeg verbyloop! Later 'n mak aap ook na die bobbejaan.

Ons het nie veel van Pa gesien vroeg in die jaar nie, en Bertie was vorentoe waar hy by 'n boekbind besigheid gaan werk het in Pretoria. Dit was goed vir hom om daar te werk tot hy besluit het of hy wou boer of nie, het Ma gesê, maar nie met veel oortuiging nie.

Met Neeltjie ook skooltoe, was my hande meer los om Petrus te help regskud vir die trek na ons stukkie grond toe. Dit was gesaaides oes, die twak baal en die twakkelder toegooi, beeste bymekaarmaak en in die pankamp jaag sodat hy nie dae hoef te soek na hulle in die agterste kampe nie. Daar was mos nog net drade om die plaas, maar nie kampe nie. Al hierdie werkies kon ons met 'n blyheid in die hart doen, want uiteindelik kon ons Vaalbos se stof van ons voete afskud. Die krampe wat elke keer op die krop van my maag kom sit het as ek Pa sien rondloop, of as dit te stil is in die ou opstal, het nou laat skiet en dit was lekker om dinge bymekaar te maak.

Petrus en Shôkô is vroeg in die maand weg na die verste suide-hoek van die plaas, daar waar 'n groot knoppiesdoringboom en 'n stapeltjie klippe die baken is vir vier plase. Petrus het net so skuins suid van die mooi pan met die waterlelies 'n plek gekies vir Shôkô om skoon te skoffel. Daar het hulle met sementstene 'n klein stoorkamertjie gebou wat ons later die melkkamer genoem het. Dit was nou sodat ons darem 'n plek sou hê om 'n matras plat te lê vir slaap as ons trek. Daar was niks — nie water of drade of niks — net die kos en water wat jy kon dra.

Ag, ons was skaars klaar met beeste bymekaarmaak, of daar kom tyding van voor af dat die liewe Hermien skielik heen is. Dit was 'n brief van Jan Kotze af wat sê sy is in kraam dood, maar in haar vreeslike bedroewenis het Ma gesê sy glo dit nie, want Hermien sou laat weet het van die baba se koms. Pa is na die begrafnis toe met die bus en trein, want iemand sou moes rekenskap gee van sy dogter se dood, al was sy soos 'n vreemdeling vir hom. Ja, iemand moes dit ontgeld, want nou was die woede oor sy grond wat 350 morg kleiner word, te groot om te dra. Na die begrafnis wou hy toe haar doodsertifikaat sien en het Jan probeer vaskeer daarvoor, maar hy't Pa bly ontglip. Ten-einde-rate is hy na die dokter toe wat die sertifikaat uitgereik het, en daar staan dit toe swart op wit — bloeding op die brein.

'n Ou tannie wat Hermien goed geken het, het Pa eenkanttoe getrek na die begrafnis en gesê, 'Neef, jy het 'n déétlike dogter gehad, maar daardie man het haar verniel so vêr weg van haar mense af.' Pa sê as hy Jan kon voorkeer, sou hy hom, 'Morsdood geslaat het,' maar die begrafnis was die laaste wat enigeen van Jan gesien het. Toe bring Pa haar paar besittings terug — 'n Bybel met hulle troufoto vir 'n boekmerk, 'n boek, 'n paar sakdoeke, 'n borsspeld en haarnaalde. Daar was 'n paar rokke en skoene en ook 'n kombers, maar Pa het die klere aan die buurvrou verkoop en met die kombers onder die arm is hy weer terug Vaalbos toe.

Intussen het Ma, wat toe baie maer en inmekaargetrek was, geloop van kamer tot kamer en huil, 'Hermientjie, my kind, Hermientjie my kind!' Haar verdriet het geen einde geken nie. Ek't liefs by die huis gebly, want in my eie hartseer en ons kinders wat huil vir hul liewe tannie, kon ek nie ook hare aanskou nie.

Ek en Petrus het geweet hierdie sou 'n swaar jaar wees. Niks het weer die leemte van Hermien se sterfte gevul nie, nie vir Ma nie, en ook nie vir ons nie. Katrien het vir weke huilerig om die huis rondgeloop, en niks wat jy haar gegee het om aandag af te trek, het gehelp nie. Wat moes sy tog met haar kinderbrein gemaak het van 'n sussie se dood? Ma se gesondheid het nou vinnig agteruit gegaan, soos jy baiekeer kry met mense wat 'n kind verloor. Jy sou nie sê sy en Pa was getroud nie, want hulle het heeltemal aparte lewens gehad in die een huis, en later het ons hom vir weke nie gesien nie, skandelik soos dit was om sy siek vrou so alleen te los.

Die vorige jaar het Petrus ses mak osse by Roelf Swanepoel gekoop, en op dié manier ontslae geraak van die span Langkloof donkies. Ploeg en watrek sou nou nie meer op die donkies en twee muile val nie.

Toe al ons goedjies bymekaar was, trek ons op 'n helder sonskyndag in die middel van die week.

Ma het Martha laat goed aandra tot Petrus naderhand gekeer het met, 'Ma, ons kom weer kuier,' maar sy wou net die huil en alleenheid wegsteek met die pakkery. Na ons 'n koffietjie gedrink het, is ons daar weg - Petrus op Bles met die sweep langs die span osse, en die muilwa hoog met al ons besittings. Die hoenders het heel bo-op gesit in hulle hok en ewe nek-wippend rondgekyk. Ek en die twee kleiner kinders was op die muilkar met Danster en Bessie voor. Shôkô het die beeste aangejaag en sy vrou en kleinding het tougelei vir die osse, terwyl Tiekie en Soldaat lang-tong langsaan draf. Ek dink toe aan die Voortrekkers waarvan ons so baie moes leer op skool, en hoe hulle vêr paaie aangepak het ook met niks behalwe hulself nie.

Om by ons stukkie grond te kom, moes jy langs Vaalbos se plaashek en verby die groot maroelaboom en die sandlande tot jy by die middelkamp kom. Daar is die mooiste groot mokawi- en tambotiebome, en panne wat ek nie eers van geweet het nie, en ek't tog op Vaalbos grootgeword. Daarvandaan het ons aangedruk reg suid deur dik sand tot by die mooiste pan wat soos 'n see lyk, met waterlelies wat omtrent die hele pan vol in blom staan. Ek het nog nooit iets so moois gesien nie!

Petrus trek toe die osse bokant die pan in en wag vir die muilkar, en toe ek daar langs hom tot stilstand kom, sê hy, 'Skat, klim af; dis nou ons eie belofteland,' en ons staan vir 'n lang tyd en kyk tot Abel begin huilerig raak. Toe vat hy my hand op sy skugter manier en 'n kalmte sak oor ons moeë gemoedere toe.

Daar was nie drade of 'n kraal nie, maar hy en Shôkô het klaar 'n takkraal geslaan 'n hele ent verby die pan, net verby die plek waar ek later 'n groot hoenderhok gehad het, en duskant die klipgat waar ons ouklip gegrou het vir stene en 'n huisfondasie. Daar waar die kraal gestaan het, was dit oortrek met die witdoring en haak-en-steek boompies. Dit was duidelik dat die grond nie veel werd is nie; dit was hard en die gras het nie watwonders daar gegroei nie, so asof iemand die brakgrond al voorheen gelykgemaak het.

Toe sê Petrus, 'Shôkô, jaag die beeste al om die pan as hulle klaar gesuip het, tot anderkant waar die doringboompies geil groei by die nuwe takkraal.' Jy kon sien die vorige jaar was 'n goeie een, want die dekgras het oral hoog gestaan, en naby die pan was daar die soetste krulgras waar die beeste kon suip en wei.

Die twee trek toe die wa langs die stoorkamer met 'n seil tussenin gespan sodat Shôkô en sy familie darem 'n dak oor hulle koppe kon hê vir die nag. Sy vrou het dekgras gesny en teenmekaar gepak vir die stoorkamer se vloer, en aan die anderkant by die waens het sy vir hulle ook 'n vloer gepak en met die skoffelpik plek skoongemaak vir 'n vuurtjie, en toe maak sy 'n klein driepoot pot vol pap vir ons almal. Die gras op die veld was horingdroog so voor die winter, so as jy 'n vuurhoutjie in dit laat val of 'n groot vuur maak, was die hele plaas afgebrand. Die son het al water getrek toe ons uiteindelik almal kos in die maag het en die kinders aan die slaap was. Daar't ons grotes om die vuurtjie gesit tot die muskiete begin pla – 'n nuwe familie op ons eie plaas – swart aan die een kant en wit aan die ander, net soos 'n *nigger ball* wat jy suig.

Die hoenders het so op die wa gebly tot die anderdag môre, en Petrus het net die matras en komberse afgelaai. Ons was gedaan. Die beeste sou nie vêr loop van die water af in die dag nie, en ons was nie bekommerd dat hulle weer sou padvat Vaalbos toe nie, maar in die nag kry diere gedagtes en Petrus en Shôkô het nie kanse gevat nie; hulle is in die takkraal toegemaak.

Petrus sê toe hy sou die muile en Bles moes kniehalter, want daar was heelwat wilde gediertes, en as hulle skrik, hol hulle weer terug Vaalbos toe. Toe Danster en Bessie mooi gekniehalter is, het Bles klaar die groen gras om die pan bygekom en wou net nie aangekeer word nie al het die mans hóé probeer. Toe los hulle hom daar by die water, tevrede dat hy by die muile sou bly.

Dit was die saligste slaap daardie nag, en ons het nie eers wakker geword van die rooi haan se eerste kraai hier by drie-uur se kant nie. Dou-voor-dag die anderdag was Petrus en Shôkô op en begin plek skoonmaak vir 'n huis. As jy niks het nie, dan is 'n paar pale en 'n dak soos 'n paleis, en dis al wat ons sou hê vireers.

Die ou huisie was baie klein - net so 'n lang kamer met 'n deur aan die suidekant. Eers het Petrus-hulle sommer nat pale styf langsmekaar ingeplant vir die mure en houtlatte vir die dak, en toe begin Shôkô die dak dek en Petrus kom agterna en bind gras vas met deklyn soos hulle gaan. Shôkô se vrou moes dadelik begin *dagha* maak daar by die pan met die modder vir die paalmure se pleister. Tussen die stoorkamer en die huis was daar skaars 'n tree, maar dit was óns huis weg van die

Schoemans af. In die pakkamer wat ook later die kombuisie sou wees, was ook sakke mielies wat ons saamgebring het, en in die huis het Petrus twee vensters oormekaar gebou vir 'n trek. Dit was maar net plankvensters met 'n houtwerwel aan die binnekant, en om dit oop te hou in die dag, het ons 'n lang dropper onder dit staangemaak.

Ek't sommer 'n gordyn tussen die kamers gespan sodat mens darem 'n voorkamer en 'n slaapkamer kon hê. Buitekant die huis het Petrus pale ingeplant met 'n grasdak oor vir die muilkarretjie. Aan die kombuiskant was daar 'n groot hardekoolboom en daar's die ossewa en ook die bakkiespomp in sy skaduwee getrek. Jy't 'n put nodig gehad vir die bakkiespomp, en dit sou eers moes wag. Toe slaan die mans 'n takwerf van doringtakke om die beeste weg te hou van die huis af.

Water vir was en drink het ons ook gekry uit die pan. Drinkwater is eers gekook en deur 'n meelsakdoek gegooi. Kan jy dink dat Pa so harteloos was dat ons daar na 'n braak stuk grond met klein kinders moes trek met een swarte en sy vrou vir hande! Maar hy was só kwaad vir Ma dat ons nou die 'seuns se grond' erf, dat hy gesê het ons moet loop en hy wil ons nie weer op sy werf sien as hy terug is van oorkant af nie.

Petrus het nie veel daaroor gepraat nie, maar ek kon myself nie keer nie en het vir dae voor ons getrek het net moeilikheid met almal geloop en soek en ook goed met hom baklei omdat hy nie, 'Sy man met Pa kon staan nie.' Vandag is ek skaam oor al die bakleiery van daardie jare, maar ek besef nou dis omdat ons so oorwerk en moedeloos was. Dis ook nie maklik vir 'n kind om te sien hoe 'n ouer jou minag nie, maar Pa het mos net een kind gehad, en so het dit altyd gebly.

Toe die son al hoog sit daardie môre en die twee honde warm in die son lê en slaap, vra Mara ewe waar Bles dan geslaap het. Ons sien toe dis net Danster en Bessie daar by die pan en weet dadelik Bles het oornag teruggeloop Vaalbos toe. Petrus stuur toe Shôkô se opgeskote kind met die toom Vaalbos toe om die perd terug te bring. Op Vaalbos gekom, slaan Bertie hom só vel-af met die sweep dat die rooi opgehewe hale daar sit, en sê, 'Dis my perd, loop huistoe!' Laat skemer daardie aand kom hy huilend en honger op Belofteland aan, en moes ek hom probeer dokter met Zam-Buk salf op die rou hale. Dit was die Donderdag.

Teen Vrydag was die huis so-te-sê klaar. Petrus-hulle was só haastig om die dak op te kry, dat ek daardie dag vir die eerste en enigste keer die dogters vir die naweek by Sofie gaan haal het met die muilkar. Toe ek daar kom, kom hulle winduit en met wilde hare aangehardloop van die skool af, so bly was hulle om huistoe te gaan.

Petrus wou hê ek moet ek eers by ou Meester Venter langs om te hoor of hy so gou as moontlik vir ons kon kom boor. Ou Meester het, behalwe om skool te hou, mos ook 'n boormasjien gehad wat een van sy ouer seuns, ek dink dit was Piet, in die week mee geboor het.

Nou-ja, die heelpad terug Belofteland toe moes ek net vertel van die trek en hoe dit by ons 'nuwe huis' lyk, en hoe vêr dit nog was tot ons daar is. Toe ons bokant die pan stilhou, moes jy hulle gesigte sien met die aanskoue van die waterlelies!

Onder by die huis was Petrus en Shôkô halfpad klaar met die grasdak. Ek moes mooi beduie dat hulle nie te vêr van die huis af moet loop nie, want die dekgras was só hoog dat ek elke nou-en-dan vir Shôkô moes vra, 'Waar is die kleinbaas?' want Abel was nog so klein dat hy sommer in die gras weggeraak het. Ons was ook bang vir slange in die lang gras, so Petrus het gesê hulle moet op die wa-spore loop tot by die pan as hulle die water wou sien en ook die honde saamvat.

Coba moes nog handgee met die bondels gras opgooi boontoe sodat die mans vinniger kon klaarmaak, en toe's die dak klaar en kon ons die paar stukke meubels indra. Daar was die twee riempiestoele en ons kombuistafeltjie wat my oupa Dewaldt gemaak het, die koperknop dubbelbed wat ons jongste later in gebore is, 'n *single* bed met opvoupote en die blou yster kot. Die swaarste was die groot uitgekerfde hout kombuiskas en twee leuningstoele.

In die hoek van die kamer het Petrus twee spykers ingeslaan vir 'n draad waar sy kerkbaadjie, flannel broeke en 'n paar rokke kon hang. Ons onderklere en linne het ek gestoor in Ma Nelie se ou trommel en dit het ons ook staangemaak in die hoek. Die mooi kas, tafel en stoele is in die sitkamerdeel gesit en ons dubbelbed in ons slaapkamer. Dit het die hele kamer volgestaan. Die dogters sou op die *single* bed en klapperhaarmatras slaap, met Mara in die kot en Abel by ons in die bed. Laterjare sou Mara en Neeltjie kop-en-punt onder die bulsak slaap op die klapperhaarmatras wat op die vloer moes lê, en Coba was opgekrul in die kot, want ons moes die opvoubed saamvat vir hulle om in die week op te slaap. Ag, hulle het ook maar gebars om so te slaap, want die huis het net 'n grondvloer gehad en daar was dosyne van die wipgat steekmiere wat hulle in die nag bygekom het.

In die sinkdak stoorkamer, het ons alles anders gestoor, en vir die stoof is 'n klein gangetjie gemaak tussen al die goedere sodat mens darem onderdak kon kook. Daar was ook rieme, stroppe, sakke, tome en al Petrus se gereedskap in die kamer.

Die anderdagmore moes Coba en Neeltjie die koeie en kallers uitmekaar hou sodat daar bietjie melk vir die aand sou wees. In die week het Shôkô se vrou gehelp beeste oppas en dan't ek weer 'n beurt gevat met Abel op my rug en Mara agterna – sy kon tog so lekker droom. Die swartes het ook tyd nodig gehad om 'n stroois te bou om in te slaap, en die't Shôkô se vrou gebou daar agter die klein pannetjie waar ons later ouklip vir die groot huis gekap het. Ook maar net die paalmure met 'n grasdak, en dan pleister met slap modder, soos die swartes mos strooi bou.

Petrus het gewag tot die Maandag toe hy die dogters gaan aflaai na die naweek om oppad by Vaalbos te stop vir Bles, maar Pa jaag hom net daar weg en sê daar's nie 'n perd van hóm op sy plaas nie. Nou wat gedaan? Na hy die dogters by Sofie afgelaai het, ry hy toe by oom Antonie Verhoef aan en vertel hom van die onreg. Oom Antonie, wat mos ook 'n ouderling soos my pa was, klim net daar op die perdekar en ry oor en sê vir Pa, 'Neef Albert, jy gee nóú Petrus se perd terug!' En omdat Pa geweet het oom Antonie sou hom by die kerkraad aankla, stem hy toe baie nukkerig in. Maar met so 'n beneukte ou Hollander moet jy altyd verwag iets anders sal later kom.

Toe Petrus terugkom van Steenbokpan af, kry hy ou Meester se boormasjien daar duskant Skilpadfontein, en help hulle om die bospad oor Vaalbos te kry tot by ons grond. Maar eers is hy ou opstal toe vir Bles, waar hy oom Antonie nog met 'n koppie koffie in die hand kry.

Dit was net twee dae se boor en toe slaan ons genoeg water. Die jong boorman was agtermekaar en het eers gehelp om die twee pype te laat sak en die handpomp op te kry. Dis nou die bitterhoutjie, want jy moes aan hom hang met groot moeite om 'n klein ou straaltjie water uit te kry. Hier sou Petrus later 'n krip bou en toe word dit die waterkampie vir die beeste, maar dit was eers baie later toe daar 'n tweede boorgat gesink is by die nuwe huis. Waar het ons geld gekry vir boor? Petrus het twee sakke saadmielies aan ou Meester Venter verruil.

Petrus en Shôkô het een van die groot hardekoolbome bokant die pan afgesaag en toe kap hy 'n houtkrip uit dit vir die beeste om te suip. Shôkô moes toe dadelik doringboomtakke afkap om 'n waterkampie tussen die pan en die krip te slaan sodat die beeste nie heeltyd die pan loop vuilmors nie. Met die takkraal klaar en die huis en statte onder dak, het ons net 'n dag-of-wat gerus en toe moes Shôkô begin land skoonmaak. Petrus wou mielies inkry, want die reëns sou nie lank wegbly nie.

Eers was daar net die ouland wat Shôkô help skoonmaak het, maar snaaks genoeg was daar nie veel groot bome nie. Petrus sit eendag so in die koelte en kyk uit oor die ouland, en toe sê hy, 'Maria, kom kyk hier. Kan jy die holvore sien daar waar Shôkô grou?' En jou waarlik, jy kon duidelik holvore sien waar daar voorheen geploeg is! Nie lank daarna nie tel Neeltjie en Coba sowaar 'n outydse geroesde ploegskaar en 'n deel van 'n koffiemeuletjie op. Die groot pan het duidelik mense hiernatoe getrek nog lank voor die eerste wittes in die omgewing was. Toe Petrus eers begin diep ploeg, het ons ook 'n klomp klipinstrumente opgetel wat seker van die Boesmans af kom, want jy kon sien daar was maalstene, grouklippe en pylpunte. Dit kon ook uit oerjare gekom het, wie van ons het eintlik geweet? Ek onthou ons seunskinders wat altyd uit was met 'n rekker om voëls te skiet, het kom vertel van sulke groot ronde klip sirkels aan die eerste tak-beeskraal se kant; seker waar swartes se statte gestaan het jarre terug.

Ons het só hard gewerk en was só gedaan, dat Abel en Mara amper op hulle eie grootgeword het met net die klein swarte vir 'n speelmaat. Toe Shôkô se vrou eendag kom hoender skoonmaak en ek haar mooi bekyk, weet ek sy was ou-*masadi*. Toe ek haar been trek, lag sy net so kie-kie en sê hierdie keer is dit nie net sy wat ou-*masadi* is nie, en kyk my ook op en af met oë wat weet. Tot op daardie tydstip was dit die laaste ding wat in my kop gekom het, maar toe ek die maande mooi uitwerk, wis ek ek ís alweer verwagtend en die baba sou iewers in Februarie kom; net mooi twee jaar na Abel. Maar sy sou nie September haal voor die kleinding daar is nie, en dit was al Julie.

Toe die lentereëns kom, het Shôkô 'n groot stuk grond skoongehad waar ons kon saai. Hy het die paar groot bome met die bospik uitgegrou en die meeste los sand met die skopgraaf so al om die rand van die gat uitgegooi. Dan't die mans dit saam afgesaag met die boomsaag en kon Petrus die stomp in die gat aan die brand steek. As die boom val, moes die span osse dit met rieme uittrek tot waar 'n draadkraal later was sodat dit wat oorgebly het as Petrus klaar pale en droppers gemaak het, op 'n hoop gebrand kon word. Na dié ploeëry het hy gesê die osse word nou te oud vir die harde werk, en so gou as daar geld is, sou hy jonges kry.

Jy moet weet, daardie osse was al twee jaar by ons en voor dit by Roelf, en trekosse kan jy nie vir meer as ses of sewe jaar so hard laat werk nie. Ek't my bedenkinge gehad oor jong osse, want die ou span was só mak dat die twee dogters hulle met gemak kon inspan sonder dat ons handgee; só mak dat Petrus kon gaan melk terwyl die kinders alleen inspan. Hulle kon net 'hoi-hoi, hoi-hoi!' roep, dan kom staan die osse met koppe vorentoe in 'n ry en kon jy die riem om die kop kry. Dan't hulle eers die agterosse gevat, haal die riem af en dan loop die osse agter hulle aan tot by hulle regte plek en kon jy die juk en strop omkry. Eers as die agterosse regstaan, kry jy die voorosse vas; as jy dan inspan en jy begin die osse lei, dan val die ander in in 'n ry by die ketting in die middel. Jy kan dit skaars vandag glo.

Al ons kinders het die osse op die naam geroep. Die voor- en agterosse was Manél en Haelveld, Ouland en Blok. Haelveld het een horing gehad wat vorentoe en een wat agtertoe staan, en Manél was die geduldige een met die mooi horings wat soos 'n sirkel om sy kake hang. Haelveld is die een wat kon ooploop as Petrus die ploeg uithaal by die punt van die land en dan haak hy die dogters so spelerig onder die boude met die een horing! Blok was 'n agteros wat briek, en Ouland was sy maat wat geduldig saamtrek. Hulle was amper soos kinderspeelmaats.

Eendag het ek Lennon se medisyne nodig gehad en toe maak Petrus die draad los by die hoekbaken aan die oostekant en ry met Bles al teen die draad oor ander boere se grond tot by die grootpad en toe op na die Goosens se plek by Fancy Holt. Daar hoor hy toe dat hulle drie-jaar-oue groot, sterk, baster Brahman osse het wat hulle wou wegmaak. Blykbaar wou Hendrik Goosen die osse Vaalwater se kant toe vat om te verkoop by 'n vendusie, maar hy was bereid om 'n goeie prys te maak as Petrus al sestien vat. Gelukkig was die osse op kraal en toe Petrus hulle sien, koop hy hulle daar-en-dan en reël dat hy 'n gedeelte betaling neersit van die vorige seisoen se twakgeld, en die res sou kom uit die jaar se oesgeld.

Tant Liena Goosen sê toe sy't gehoor oom Daantjie van Staden van Knoppiesfontein het 'n groot, sterk perd te koop wat hom ook kon help op die plaas. Sy kyk Bles toe só op en af en sê sy dink nie Bles sal dit kan bybring op die plaas nie, wan't hy's te lig in die broek. Petrus het nog praatjies gemaak oor hoe vinnig Bles is om mee te jag en hoe slim hy is, maar jy't nie sommer teen Liena Goosen gepraat nie, want sy't die broek gedra in daardie huis.

Net die volgende week is die sestien jong osse uitgekeer en aangejaag deur die grensdrade tot in die takkraal. Dit was sowáár mooi osse, maar gladnie gewoond aan werk of lank kraalstaan nie. Ou kind, daar by die takkraal het ons behóórlik ons heiland leer ken! Baie dae het ek gehuil oor die ou osse wat later weggemaak moes word.

Naweke as die dogters by die huis is, was die beste tyd om die jong osse te leer van inspan, want dan was daar meer hande. Daar in die kraal moes Petrus en Shôkô hulle met die riem vang en dan een-vir-een probeer inspan, maar sodra jy een gevang kry, dan sleep hulle jou die hele kraal vol dat die stof staan! Neeltjie en Coba was buitekant die kraal met swepe sodat hulle om die kraal kon hardloop en slaan en skrou om te help keer dat die osse nie oorspring nie, maar eintlik om onder die voete uit te bly. Jy moet weet, in daardie kraal het dit swaar gegaan – Petrus wat moes vang en ek en Shôkô wat aankeer. Die twee kleintjies het doer in die mik van 'n boom gesit, en die twee oudstes het soos mal goed aan't skrou al om die kraal gehol. Dit moes soos 'n malhuis geklink het!

As jy 'n dier met 'n riem wil vang, dan hou jy die riem met 'n lus oor 'n stok, en dan swaai jy die stok met die riem voor sy pote in as hy verbykom, en met die ander hand trek jy die riem styf - en daar lê die bees wat nie met drie pote kan hardloop nie! Jy moet naby genoeg kom om hulle te vang, en ek sê jou vandag, ek was waarlik bang vir daardie groot osse - groter as enige bul wat ek nog gesien het. As een val, dan dreun die grond sommer so, en jy moes uit sy pad bly met die afkomslag, so jy wil hom eintlik om die nek vang om in te span. Maar dan sleep hy jou agter hom aan - dit was ongoddelike swaar werk.

Die voorbok en grootste vloek was Rooiland, die beneukste en grootste van al die osse. Hy't altyd die voortou gevat en die ander het agterna gekom en alles voor die voet gebreek. Die takkraal was niks vir Rooiland nie, en as jy nog dink jy't hom aangekeer dat Petrus hom kon vang, dan laat sak hy kop en die volgende ding is hy oor die takke al slaan die dogters met die swepe dat dit bars. Die arme Coba is die een wat hom dan in die veld moes gaan haal en weer terugkeer kraal toe, want Petrus het net gesê, 'Coba, gaan haal Rooiland!' en dan moes sy hom vingeralleen gaan soek. Hoe die kleine kind dit op haar eie kon regkry, weet ek vandag nog nie, maar op daardie tydstip is dit al wat ons kon doen. Toe die jong osse uiteindelik redelik geleer was om die ploeg en wa te trek, kon jy sien watter goeie trekdiere hulle werklik is. Die ou osse kon toe verkoop word, want daardie jonges het in minder as 'n week die hele ouland omgeploeg en die een agter die ploeg moes hardloop om by te bly, en die een wat toulei moes uithaal voor.

Na Shôkô en Petrus die groot bome klaar uitgehad het, is die ander klein boompies en gras afgebrand en daarna moes die osse elke dag ploegtrek waar die gate toegegooi is. Die rede waarom hulle die ouland bokant die pan gemaak het, is omdat die grond goed gelyk het en die water naby was vir die diere. Daar het Petrus homself amper doodgewerk van son-op tot son-onder, en as Shôkô se vrou moes rus van toulei, moes ek oorvat, want osse loop nie reguit vanself nie.

Abel en die klein swarte het daar onder die boompies gespeel. Dat die slange hulle nie bygekom het nie, is net die Here se genade, want daar was baie rinkhalse en swart mambas, veral daar aan die oostekant in die beespaadjie tussen die ouland en waar die sandlande later was.

'Maar Skat, dis waarvoor Tiekie en Soldaat daar is,' is al wat Petrus kon sê van my bangeit.

As ons saans gedaan by die huis kom, dan was dit papmaak of brood bak en vleis gaarkry van die wild wat Petrus geskiet het. Dit was meestal steenbokkies of 'n duiker, want daar was mos nie 'n yskas of 'n koelkas nie, so ons moes óf biltong maak, óf al die vleis gaarkry en in 'n kan varkvet toemaak soos die ou mense, anders word dit smerterig in 'n dag.

Vroeg September het Shôkô se vrou nog 'n kleinding gehad. Toe Petrus hom die anderdagmôre 'n stuk pruimtwak afsny van sy spaar roltwak, trap Shôkô so van een voet na die ander van die lekkerkry, en lag só ingenome dat jy sy spierwit tande tot agter in die kieste sien. Toe sy vrou sterk genoeg was om weer te werk, sê Petrus, 'As die mielies ge-oes word, moet sy daar wees,' of as ek wasgoed het, moet sy dit daar by die pan gaan was. Dit was alleen vir die swartes so vêr van ander af en onsself was geselshonger, en so was ons meer vriende as baas en werker. Hulle het mooi gewerk, was lief vir ons en erg oor die nuwe plaas.

As die son water trek saans, het Petrus 'n draad hoog gespan tussen die hardekoolboom en die dak om biltong op te hang, hoog genoeg sodat jy amper regop daaronder kon staan. Daar was nog van ons gebinde twak oor en hy het dit ook daar opgehang. Shôkô het altyd 'n stukkie kom *kgopa*, en ek dink dit was nie net vir hom nie, maar ook vir ander swartes op die plase langsaan. September is al laat om biltong te maak, maar ons het nie 'n keuse gehad nie, want as jy nie vleis inkry nie, dan's jou krag min.

Die ouland was nie vreeslik groot aan die begin nie, want hoeveel kan jy nou skoonkry in 'n paar maande se tyd? Maar dit was 'n begin en ons kon dit hanteer. Shôkô het nog vir maklik 'n jaar-en-'n-half bome gegrou tot Petrus tevrede was met hoe groot dit is. In daardie tyd het Abel altyd met Shôkô se oudste gespeel en partykeer ingespan soos 'n os met 'n riem om die nek, tot Shôkô naderhand sê, 'Bônôlô, jy maak nog my kênd dood!' Abel was 'n woelige en sterk kind wat altyd iets met sy hande moes doen, so hy kon maklik die klein swarte verwurg het met die riem.

Baiekeer as ons in die aande doodmoeg water moes trek vir skoonkom, en ek die kinders so onderstebo moes afdroog, dan't ek sommer gal opgebring van pure moegheid. Ons het net elke dag opgestaan, geëet, gewerk, skoongekom, geëet, boeke gevat en is dan katel toe. Maar ons was gelukkig en tevrede so tussen die maroelas wat oral skaduwee gooi. Pa se baklei was vergete.

Dis in daardie besige tyd in November dat Ma, Pa en Katrien daar aankom met die kapkar en ou Bul vooraan. Ons kon ons oë nie glo dat Pa homself verwerdig het om te kom kyk of ons regkom so alleen op Belofteland nie, maar geraai dis Ma se toedoen. Met groot moeite het ons haar van die kar afgehelp, en toe hou sy vas aan ons arms en skuifel-skuifel aan tot by 'n stoel, en daar't ons 'n koffietjie gedrink en gesels tot die son amper onder is.

Katrien het weer kind geword saam met ons s'n en ons moes net gedurig keer dat sy nie bosse in nie. Toe Ma klaar geluister het na wat ons al alles vermag het en haar oë so van vloer tot dak rondloop in ons huisie, sê sy net, 'Sussie, jy moenie so hard werk in jou kondisie nie. As jy reg is met jou tyd, gaan hierdie 'n baie klein baba wees.' En toe kyk ek vir die eerste keer in 'n lang tyd af na my maag wat mens kwalik kon sien.

Pa het daar by die pan en die ouland rondgeloop op sy eie en alles bekyk wat ons in so 'n kort tydjie gedoen het, en toe hy by die huis aankom, sê hy, 'Vrou, jy moet klaar drink lat ons kan gaan. Die beeste roep.' Ma het haar tyd gevat en toe sy reg was om te gaan, sê sy vir Petrus, 'Kind, as jy verbykom oppad terug met nig Hantie, dan draai jy by die huis in om my op te laai. Maria kannie hier alleen sorg nie.' Petrus beloof toe, 'Ma, as die Here my spaar, kom ek jou oplaai,' en toe help ons haar weer terug op die kapkar.

Jy weet, haar bene was gedaan, en as jy so agter haar loop, dan't hulle gelyk soos bottels wat onderstebo staan met die bek na bo en die dik bodem onder. Na daardie kuiertjie was ek baie onrustig oor haar, maar Petrus sê toe hy is meer onrustig oor Katrien, sou daar iets met Ma gebeur. Jy weet hoe dit is, mens wil nie hoor dat jou ma nie vir altyd gaan leef nie, maar al die tekens was daar dat Ma nie ou bene sou haal nie.

Ons het die heelnag wakkergelê. 'Ons moet nou elke week by Vaalbos langs,' het ek Petrus op die hart gedruk, want só kon ons Ma nie aan die mans se genade oorlaat nie. Haar goeie hart het beloof om my uit te help, maar ons't geweet dit was andersom.

Iemand sou dit moes ontgeld vir ons vooruitgang wat my pa met sy eie oë gesien het, en wie was daar oor om te oorheers? So gesê, so gedaan. Die volgende week het ons gaan kuier net toe Pa se druiwe mooi ryp was. Teen die tyd dat ons wou ry, het Abel snot-en-trane gehuil, want meneertjie was saam boord toe en het geweet van die ryp bloudruiwe wat ry-op-ry hang. Maar nee, Pa het net gemaak of hy nie hoor nie. Dit was net, 'Ek wil blou dgrywe hê; ek wil blou dgrywe hê!!' Hy't mos erg gebrei as 'n kind.

Ten einde laaste vra Petrus toe of ons bietjie druiwe vir die kind kon kry, en jy sal my nie glo nie, maar Pa sê toe dit sal twee-en-ses kos! Dis net daar waar Ma boord toe aansukkel en 'n paar trosse druiwe in 'n erdebakkie sit om saam te vat. Pa was só boos, dat hy net daar omgedraai het sonder om te groet.

En glo jy my, dieselfde ding het later gebeur toe Danie by die huis was met vakansie. Maar wat ons nie geweet het nie, is dat hy klaar druiwe gepluk en in die wakis gesit het, min wetende dat Abel hom gesien het. Dit was nogal vir my snaaks dat die liewe Danie so haastig was dat ons moes ry. Toe ons daar by die groot maroelaboom kom, kom ons agter dat die druiwe netjies onder ons is, want Abel kon net nie ophou huil en beduie na die wakis nie!

Pa se suinigheid het geen einde geken nie!

Petrus is oor na oom Daantjie van Staden by Knoppiesfontein om te kyk na die perd wat Liena Goosen aanbeveel het. Hy was só tevrede met die groot, bruin perd met wit vlekke, dat hy hom omruil vir Bles, en daardie aand laat kom hy daar aan met ene Shamrock. Toe ek vra watse naam is Shamrock dan, sê hy, 'Dis sy naam en ons hou dit so.' En Shamrock het sy naam goed geken, hoor! Hy kon heerlik daar by die pan staan en wei en as jy roep, 'Shamrock, kom!' en bietjie fluit, dan kom hy flink aangedraf. Eendag toe die jong osse maar net nie wou saamtrek nie, klim Petrus op Shamrock en vat die leitou, en daar gaat hulle soos een man! 'n Sterke perd daardie.

Daar was báie wild op Belofteland – blouwildebeeste, duikers, koedoes, steenbokkies en ook zebras. En moenie praat van die trop volstruise nie! Tot bromvoëls. Neeltjie sê sy en Coba het eenkeer 'n ietermago gesien waar hy hoog op sy bene staan en son vang daar by die pannetjien aby Shôkô se stat. Ek praat nie eers van vlakvarke en ystervarke nie. Baiekeer as die twee kleiner kinders slaap, het ek en Petrus sommer naby die huis by die groot pan gaan jag – hy voor met die koplamp om sy hoed en die geweer oor die skouer, en ek agter om te help dra as hy iets skiet.

Een aand so kort voor die Desember skoolvakansie, was die vleis klaar en Petrus sê toe die maan is mooi op en die wind waai reg, hoekom gaan skiet ons nie bokant die pan waar die doringboompies so ryg staan nie. Die kinders was vas aan die slaap en toe trek ons net die deur toe en daar gaan ons, regsom die pan, want die wind het reg van die weste af gekom. Op party plekke was die doringbome só dig, dat Petrus moes stop en eers die langer takke uit die pad hou sodat ek kon deurkom. Dis met dié toe hy 'n tak weghou, dat die wolke voor die maan trek en toe hy die takke laat gaan, swaai dit met vors terug en slaan hom vol in die gesig! Hy sak toe net daar op die grond neer en voor ek nog die koplamp kon bykom om te sien wat dit is, pluk hy die tak van sy gesig af. Maar wat ons nie kon sien nie, was dat een van die skurwebasdorings reg van voor in sy oog geslaan het, en toe hy die tak afpluk, is die doring ook uit.

Dit moes vreeslike pyn gewees het, maar met groot gesukkel in die donker kon ons weer die pad terugkry huistoe. Daar gekom, kon ek beter sien met die lampolielamp. Petrus, wat nooit 'n druppel drank gedrink het nie, was só vol pyn, dat hy aandring op die bottel medisyne-brandewyn onder in die hangkas. Toe ek vra hoeveel, beduie hy tot so by die helfte van die drinkglas.

Ek't sy oog so goed ek kon uitgewas met soutwater, en toe bind ek repe laken al om sy kop en oor die oog. So het hy met die pyn gelê en kreun, tot ek die ploegskaar slaan vir Shôkô, en toe ek sê, 'Hardloop, Shôkô! Die baas is baie sleg,' het hy al gehardloop voor ek klaar gepraat het - kortpad oor die veld met 'n briefie vir die Goosens by Karmetatpan. As iemand hulp nodig gehad het, het húlle geweet hoe om die telefoonkontrepsie te werk om die nuwe, jong dokter van Ellisras af te kry.

Ek het hulle nog nie juis geken daardie dae nie, maar Liena Goosen was dadelik op die foon vir dokter Müller en laatmiddag was hy daar. Hy sê die swartes by Vaalbos het hom beduie hoe om by Belofteland uit te kom en toe's hy kar-en-al oor die hobbel wapad.

Toe hy klaar gekyk het, sê hy, 'Ek kan niks vir Meneer Bergmann doen nie. Hy moet dadelik 'n oogspesialis daarvoor sien in Pretoria,' maar daar was nog nie baie van hulle nie. Hy dink Petrus was beter daaraan toe om maar so met die oog saam te leef, want as die water in jou oog eers uitgeloop het, sal jy nooit weer daarmee sien nie. Toe kyk ek ook. Daar waar die swart pupil moes wees, was dit ligblou. Ek het my gedaan geskrik en konnie ophou bewe nie, en die man druk my summier op 'n stoel neer, kyk my goed deur en vra toe hoe lank nog voor die baba kom. Maar my kop was heeltemal deurmekaar van die skok en ek weet nie eers wat ek gesê het nie. Na hy mooi geluister het wat ons alles op die plaas doen, sê hy met sy dokterstem, 'Mevrou Bergmann, as jy nie die baba wil verloor nie, moet jy nou voete opsit en nie meer op die lande werk nie.' Nou, hoe gedaan met so min hande?

Hy't Petrus dadelik twee pynpille gegee en 'n bottel Aspirinpille gelos en nog sulke ander groot geles ook, en gesê hy moet nie die pyn probeer uithou nie, en kon tot ses pille op 'n dag drink. En wat ons ookal doen, Petrus moes uit die wind en stof bly sodat daar nie inflammasie in die oog kom nie. Hy't ons die dood voor die oë gestel om die oog skoon te hou, want Petrus kon die oog heeltemal verloor en dan was 'n glasoog sy voorland.

En jy weet hoe dit is in Desember — altyd warm, met

partykeer 'n verkeerde westewind wat jou laat trui aantrek, so ek was kwaai met hom oor die werkery in die wind. Dit was nie maklik vir hom om stil te sit nie, maar hy't darem geluister en uit die wind gebly met sy oog. Na twee weke se pyn en min eet, was hy so maer soos 'n kraai.

Dit was 'n harde tyd met al die werk wat nog gedoen moes word, maar die deetlike Shôkô het na alles omgesien soos 'n eie broer. In die nag het hy met 'n knopkierie by die bietjie waatlemoene gesit om die ystervarke te verjaag, en smoors het hy gemelk en die kallers afgekeer. Dan nog water gaan pomp en aandra in die dopemmers vir drink en was, en dan hout gekap. 'n Swart man met 'n wit hart.

Dit was amper skoolvakansie en Petrus se oog was beter toe ons die dogters moes gaan haal. Hy klim toe op die muilkar sonder moeite, en vat die leisels. Met dié kyk hy uit oor die ouland se mielies en sê, 'As die Here wil, plant ek volgende jaar katoen op hierdie land,' en dit was die besluit. Petrus was weer vol moed.

Broer Danie het gereeld in die vakansie oorgery met die perd om te kom kuier. Ons was almal erg oor hom. In sy standerd agt jaar toe ons nog op Vaalbos was, kom hy eendag daar aan met 'n hout broodbord wat hy spesiaal vir my gemaak het. Dit was kleinerig en uit twee gladgeskuurde houtplanke. Vir 'n voet was daar twee houtjies netjies onderaan vasgelym. Dit het heerlik brood gesny en was naderhand hol van al die gebruik. Hy't ook nooit leëhande by ons gery nie, en koekies het altyd hulle pad in sy blik gekry. Ma se ou bene was gedaan en sy kon tog nie meer staan om te bak nie.

So het hy altyd die dag voor hy weer weg is Pretoria toe vir die eerste keer by ons 'n draai gemaak op Belofteland. Hy en Petrus het die hele plaas platgeloop, die ouland se oes bekyk en planne gemaak. Toe hulle terugkom, sê Danie, 'Boet Petrus, as Katrien eendag haar grond hier agter aan jou plekkie vat, dan kan jy altwee stukke bewerk. Sy kan tog niks daarmee doen nie, en ek glo nie sy sal man vat nie.' Op dié manier het hy al Pa se plannetjies oorgedra sonder skinder.

So het hulletwee ook geredeneer oor wat Sofie dan met háár grond sou maak, en wat sou dan ook van Hermien se grond word noudat sy nie meer daar was nie. Die groot vraag was waar Pa húlle grond sou laat afsny - naby ons of op 'n ander nikswerd brak kol waar hy geen geld kon maak nie. Nou't ons ook geweet hoe Pa se kop werk, en ek't betwyfel of my twee oorblewende susters ooit hul eie grond sou kry as dit reeds sy denke was.

Hierdie was die vrae wat ons ook in die nag wakkergehou het, want dis net ons wat noodgedwonge voor 'n ouer se dood aanspraak op die grond gemaak het en wat nou geraak sou word deur Pa se onderduimsheid.

Dit was goed om Danie se opinie te kry, want hy sou nooit stories aandra by Pa en Bertie nie, so ons kon lekker gesels en vergeet van daardie twee se afgunstigheid.

Al die Schoeman mans was nie soos Pa nie.

Bushaltes in die 1940's

Rustig onder 'n Maroelaboom

In ons eerste jaar op Belofteland het Petrus en Shôkô dik pale gesaag vir 'n varkhok. Toe grou hulle 'n sirkel so groot soos 'n rondavel onder 'n blinkblaarboom tussen die takkraal en die huis en plant die pale styf teenmekaar in. Tant Klein-Sannatjie Smit van Skilpadfontein het gesê sy wag vir 'n werpsel kortkopvarkies wat sy wou verkoop, en Petrus het met haar gereël dat ons botter en melk ruil vir 'n beertjie en twee soggies teen middel Januarie. Hy sou hulle oplaai as die dogters weer skooltoe gaan in die nuwe jaar.

Wat jy doen met klein varke is, jy vang die varkies aan die agterbeen en dan het jy iemand nodig om die streepsak oop te hou. 'n Streepsak is mos groot en jy kan maklik drie klein varkies daarin kry; sodra hulle nie kan sien wat aangaan nie, dan lê hulle net en gôg-gôg tot jy hulle uitskud. Maar sodra jy hulle aan die been beetkry, skrou hulle blou moord. Die probleem is om hulle van die sog af te kry, want as jy haar nie met 'n goeie stok eenkant keer nie, kan sy goeie skade doen met daardie slagtande. En as daar nou één dier is wat kan hardloop, dan's dit 'n klein vark! Maar daar was Maans, ou Smit se kind by sy eerste vrou, wat 'n grootman was en kon help.

Nietemin, nou was die varkhok reg, die hoenders het lankal hulle hok gehad daar onder die soetdoringboom naby waar die kleinhuisie later gestaan het, en die beeste was in die takkraal. Die baba se klere was reg en Petrus se oog was so-te-sê gesond, al kon hy niks met dit sien nie.

In hierdie tyd was ek vir geen rede kwaad nie. Elke ding het my omgekrap – die paar varke wat te veel vreet; Shôkô se vrou wat nie die wasgoed skoon was nie; Petrus wat te veel op die lande is; die nag-jaggery om die ystervarke uit die waatlemoene te hou; ag, wat ek ookal aan kon dink. En dit in 'n tyd waar alles mooi geloop het.

Baiekeer was ek smoors nog kwaad en het geraas dat dit bars vir niks. Hoe meer ek raas, hoe minder praat Petrus, en naderhand was dit 'n hewige bakleiery aan my kant en dit oor wind. Hy en Jan-Poen Coetzee het ook begin om die steenkerk op Steenbokpan te bou en tussen al die werkery op hulle plase nog die kerk ook probeer klaarkry. Dit het gevoel of ons net nie kon wegkom van al die werk af nie.

Nou-ja, toe kry ek weer lus om te baklei oor die saak van die baba se geboorte en dat ons al die pad na tant Hantie toe moes gaan daarvoor. Hierdie keer was dit 'n lékker baklei tot ek skoon siek was. Petrus sê toe, 'Maria, gaan lê. Jy't nou genoeg baklei.' Nie eers 'Skat' soos altyd nie, en dit was weer 'n nuwe ding wat ek oor kon baklei. Hy't my sommer hard aan die arm gevat en in die bed gestop, want daar was nog die wa se pak wat net hy kon doen.

'n Maand vroeër het die ou tante laat weet sy kom nie meer uit huise toe vir 'n bevalling nie, en as my tyd naby is, moes ek Gruispan toe kom. Dit was 'n slegte reëling, want wie moet na mens se ander kinders en plaas kyk as jy vir 'n maand op 'n ander plek oorstaan. Ons kon verstaan dat haar hande vas was, want die twee oues het sowaar besluit om Sofie se losheerders in te neem. Dié het op troue gestaan met 'n vryer uit die voorwêreld. Nou, dis nie wat ons op gebaken het nie, maar hoe gemaak?

Daar gekom, moes ons in 'n tent kampeer terwyl Shôkô by die huis sorg.

Jy moet weet, dit was 'n voordelige reëling om skoolkinders te huisves, want elkeen moes sy Pond betaal aan die einde van die kwartaal en dan nog weekliks konfyt, melk, suiker, meel, vleis en groente gee. By die ou mense was dit baie meer as by Sofie, wat tenminste kookkos gegee het. Ons het maar net gewonder oor die skielike liefde vir kinders, want eers was tant Hantie se huis te klein vir kinders, en nou het sy 'n string skoolkinders gehuisves. Sommer gou het die dogters agtergekom dit gaan nie dieselfde soort kos wees nie. Die ou mense het altyd apart geëet, het hulle later vertel, en dan kry jy die heerlikste kosreuke uit die kombuis, maar vir die kinders was daar net aan die begin goeie kos. Ou Blousel, tant Hantie se hulp, het sulke waterige kos opgekook; meestal kaboemielies, pap en sop, of kool en pampoen. Ons kinders wou nie kla nie omdat hulle geweet het skool kom eerste.

Met Kersfees is ons almal op na die sinkkerk vir 'n erediens. Toe elkeen lankal regsit op sy eie stoel en wag en wag, sien ons daar is nie 'n predikant wat kom nie, en oom Roelf Swanepoel lei toe maar die diens. Daardie dag het tant Hantie waarlik lekker kos gekook vir die predikant. Sy't dit natuurlik heeltemal agterstevoor gehad, want dit was sy dag vir Hoornbosch. Nouja, die kos was klaar op die stoof, en toe eet al die uitgehongerde kinders heerlik saam. Sy was goed suur daaroor, maar soetjies voor die grootmense.

In daardie dae was nuwejaar nou nie juis 'n groot ding soos vandag nie. Van die vêrliggende boere het bymekaargekom vir musiekmaak met konsertinas en bekfluite, en ons het gehoor daar's ook bietjie getiekiedraai. Maar die meeste mense het net stil die jaar ingesien met 'n erediens of boekevat. Toe die kinders groter was en geld meer los, het ons altyd koekies gebak voor Kersfees. Dis eers laterjare dat mense uitgekom het met die nuwejaarsfees idees. Toe't almal begin saamtrek by Beska daar anderkant Ellisras vir die groot boerefeeste.

Petrus wou nooit hê ons moes soontoe in die aand nie, want dis waar die groot dronkneste gewoonlik was. In die dag was dit meer 'n boerefees met perdereisies en boeresport soos jukskei gooi en toutrek – iets wat hy rêrig van gehou het. Dan't almal hulle beste klere aangetrek en lekker gekuier. Daardie jaar het nuwejaar op 'n Woensdag geval, en wie wou nou juis rus in die middel van die week en partytjie hou? Nou nie dat ons naweke gerus het nie; net Sondag was rusdag, want dit was die Here se dag.

Die muile het daar by oom Salie se pankampie net duskant die kerk geloop. Dis al wat goed was van in 'n tent op die vlaktes oorstaan, want Petrus het nie nodig gehad om te jaag van die plaas af om die ouvrou te gaan haal nie.

Ek't in die nag begin sleg voel en Petrus is uit vir tant

Hantie, maar vir die beste wil ter wereld, kon hy hulle nie wakker kry nie. Die volgende more kom sy glo uit die kombuis met 'n voorskoot aan wat eenkeer blou was, maar lank nie meer nie, en beduie hy moet my sommer omvat tot by die waenhuis agter die huis, sy kom. Dit was 'n hele maand te vroeg vir die baba.

Ek onthou net Petrus het gesê die ou tante wou nie eers hê hy moes by die agterdeur intree toe hy aanklop nie, maar dis eenmaal hoe sy was - 'n anderster soort mens. Op haarself was sy nie altyd baie net nie en so 'n reukie het altyd saam met haar geloop. En dan was haar hare ook nooit watwonders skoon nie. Die kinders het vertel dat sy nooit bossies toe gegaan het om haar blaas leeg te maak nie - sommer net so oppad geloop en tjier-tjier, kan jy glo! Dan't sy net die ou rok so tussen haar bene gedruk en dit was dit – daar was mos nie altyd onderklere gedra nie. Maar wanneer dit by haar huis kom, was sy heilig. G'n kind is ooit in die huis verby die eetkamer toegelaat nie. Sy't nie gesê hoekom nie.

Ons het nie 'n keuse gehad nie, want daar was niemand anders vir die bevalling nie – Ellisras was te vêr en daar was nog nie so 'n ding soos hospitaal vir 'n kind se geboorte nie, net dokter Müller wat die hele Bosveld moes hanteer.

Vooraan hul ou huisie was die stoep in die middel verdeel; die linkerdeel was toe met gaas vir die dogters se slaapplek en die regterkant het 'n deur gehad na die voorkamer. Ons grootmense wat voorheen in die voorkamer was, weet dat die deur wat regs uitloop, reguit uitgekom het in haar en oom Antonie se slaapkamer. 'n Ander deur uit die voorkamer het in die eetkamer en ook Tina se slaapkamer uitgeloop. Sofie se twee kinders het mos ook daardie jaar by die ou tante gaan bly, seker omdat my ousus tyd wou hê met die nuwe man as sy eers getroud is.

Die ou kombuisie was 'n aparte kamer by die agterdeur, maar met 'n nou gangetjie tussen die twee kamers wat sy sou sukkel om deur te pers. Die werf het 'n dubbele heining gehad – die binneste heining was 'n verbode tuin met oumensbessies en aasblomme en 'n rotstuin en die buitenste heining was om die diere uit te hou. Elke man maak met sy huis wat hy wil, maar niks in daardie huis het sin gemaak nie.

Daar was ook skoolseuns uit die omgewing by hulle wat in die pakkamer agter die huis moes slaap. Nou, dié kamer het 'n lendelam plank dubbeldeur gehad en twee klein venstertjies so groot soos vandag se Lanbou Weekblad doer bo teen die muur – dis waar ek nou moes heen vir die baba se geboorte. Sy't die pakkamer altyd 'n waenhuis genoem, maar voor die seuns daar gebly het, was dit net die pakkamer vir saad, velle en implemente.

Coba en Neeltjie sê sy het altyd, winter en somer, onder 'n bulsak geslaap, jy weet, die verekomberse wat hulle so lief voor is in die Kaap. Sy was mos 'n Kapenaar. As oom Antonie weg was, moes daar altyd een van die dogters by haar slaap, maar almal het 'n hand vol verskonings gehad, omdat jy amper beswyk het van die hitte onder die bulsak.

Nouja, toe ons by die pakkamer aankom, was sy darem by met 'n skoon voorskoot aan. Sy beduie toe dat Petrus my in die waenhuis moes help, want daar was beddens en dit was ook mooi skoon. Nouja, almal se skoon is nie dieselfde nie. Daar was nie weg te kom nie, en ek moes in daardie benoude, warm kamer lê op 'n klapperhaarmatras wat beter dae geken het. Petrus was die hande wat die water moes stook en goed aandra wat sy dalk nodig sou hê.

Klein Albertus is nog voor ses daardie aand gebore, só klein, dat ons gedink het hy sou nie leef nie. Sy vingers was soos 'n bobbejaanspinnekop se bene en ek skat hy't nie meer geweeg as omtrent twee pond nie.

Daar was nie plek om hom langs my neer te lê nie, so tant Hantie bring toe 'n mansskoenboks en ons sit hom op 'n flenniedoek daarin met 'n babakombersies bo-oor. Teen tant Hantie se sin is Petrus met hom weg kombuis toe sodat hy naby die houtstoof kon wees. Sulke klein babas maak nie hulle eie hitte nie - dit het ons geleer met die skaaplammers - en jy moet hulle óf teen jou lyf hou, óf ander hitte gee. As dit nie vir Petrus was wat gesorg het nie, was Albertus daardie eerste dag dood.

My agting vir ou tant Hantie was nou baie, baie laag na hierdie geboorte. Hoe kan jy jouself uitmaak as 'n goeie ouvrou in sulke omstandighede?

Na die marteling van tien dae in die bed, was Albertus al bietjie sterker en ons was haastig om by Belofteland uit te kom, en so het die dogters agtergebly vir die nuwe skooljaar en is ons terug plaastoe. Oppad is ons by Ma aan, maar toe sy sien hoe klein Albertus is, was sy baie verdrietig. 'Dis oor jy so vreeslik hard gewerk het en nie goed geëet het nie dat Albertjie so klein is, Sussie,' en ook vroeg gekom het. 'Julle sal mooi na hierdie ou seuntjie moet kyk, Petrus. Dit lyk nie of hy ooit 'n sterk konstistusie sal hê nie,' en toe hou sy Albertus versigtig teen haar bors terwyl 'n groot heimwee die trane vryelik laat loop.

Ons moes 'n paar keer hand-en-mond beloof om al die kinders oor te bring om te kuier, en nog was sy hartseer. Oppad sê Petrus stilweg, 'Ma begin groet. Jy moet jouself regmaak, Skat.'

In Februarie is die muilkar ingespan en ons is almal oor Vaalbos toe. Daar gekom, staan Sofie se muilkar al klaar onder die peperboom. Ma was skoon aangedaan om al haar kleinkinders onder een dak te hê. Toe sy ons by die agterdeur hoor voete afvee, roep sy alvier kleindogters om te kom help, en toe skuifel-skuifel sy uit die eetkamer so met haar hande op hulle skouers vir 'n stut. Die heeltyd maak sy praatjies en lag soos in die ou dae toe ons jonk was, vryf Abel se hare en lê oor om Albertus te sien waar hy in my arms lê.

Ons grotes het net toegekyk, en haar laat begaan op haar totsiens-pad. Dit was asof die engel van die dood klaar by Vaalbos 'n draai gemaak het, want jy kon die ontsteking in haar bene ruik op 'n afstand.

Ek wou weet waar Pa dan is, maar sy't net gesê, 'Rivierplaas toe met 'n mandjie druiwe en groente uit die tuin,' en haar hartseer oë het vir my gesê dis dieselfde ou storie van die laaste paar jaar as hy goedjies oorvat 'vir die kinders,' en so nooit by die huis is nie. Ons het die heeldag gekuier en toe die son begin water trek en die kinders pootuit is van speel, sê Petrus ons sal moet aanstryk, want die koeie moes nog gemelk word; ons kom weer, 'As Albertus gedoop word oor 'n week.'

Ek en Ma het mekaar lank vasgehou daardie dag. My hart was stukkend om haar so te sien en dit weer stoksielalleen op die plaas met net Katrien en Bertie, maar dié kon jy nie op reken om iets vir haar te doen nie. Ons het mos geweet waar hy sy dae ombring noudat hy terug was van 'n jaar in die stad. Katrien was net 'n asem en op haar beste kon sy net kinderpraatjies maak.

Ma't elke kind apart vasgedruk en Petrus met trane in die oë bedank vir al sy hulp oor die jare, tot hy sê, 'Maar Ma, ek gaan nie weg nie. Laat weet net, dag of nag, en ek sal weer kom help,' sy stem grof van hartseer.

Oppad huistoe was dit net die kinders wat gepraat het. In my hart was ek soos klip vir Pa wat haar so sleg behandel, en die bietjie gevoel wat ek vir hom gehad het as 'n klein kind, was lank nie meer daar nie. Hy was die naam pa en eggenoot nie werd nie.

Na Albertus se dope is ons weer Vaalbos langs. Dit is die laaste wat enigeen van ons haar lewend gesien het.

Die Donderdag voor my verjaarsdag kom daar 'n klein swarte aan met 'n briefie in Sofie se skrif, om te sê Ma is in haar slaap heen die vorige nag. Petrus het die brief oopgemaak daar by die waterkampie waar die swarte hom gekry het, en toe hy aangeloop kom waar ek met die kinders besig was, het ek geweet die dag het gekom. Hy sê toe ons moet sit vir bietjie koffie en dan sal ons praat, maar hy't nie nodig gehad om te sê Ma is weg nie. Ek't geweet.

Hy't Albertus uit my hande gevat en is met die kinders weg daar na die beeskraal toe waar hy en Shôkô lank gepraat het. Toe hy terugkom, sê hy, 'Ek vat Shamrock deur die drade Goosens toe,' want Sofie het laat weet daar was nie swart rokke op Steenbokpan nie, net 'n paar by die Goosens winkeltjie - een vir haar en een vir my.

Die kinders het skoongekom en kosgekry sonder dat ek weet dat my hande dit gedoen het.

Bertie is blykbaar die een wat die nuus versprei het. Hy is te perd Steenbokpan toe met die tyding en toe rivierplaas om opsoek na Pa, maar met geen gedagte om ons ook in te lug nie. Hy was negentien toe Ma dood is. En liewe Ma net twee-en-vyftig.

Petrus is die anderdagmôre oor Vaalbos toe om met die begrafnisreëlings te help, want ons het nie geweet hoe dinge daar staan nie. Terug op Belofteland daardie middag, sê hy ons moet kos pak en regkom - die begrafnis is die volgende dag, want Ma se lyk sou nie hou in die vreeslike hitte nie. Hy sê haar kis was in die waenhuis en teen die middag moes hulle dit in die koelte onder die druiwepriëel in die boord dra, want haar lyk het klaar begin ruik.

Die Saterdagmiddag het ons haar in 'n nuwe begrafplaas op Vaalbos begrawe. Pa het die swartes laat gras uitskoffel en graf grou onder die groot maroelaboom wat ek en Janneman so goed geken het - reg oos vanwaar ons ou huisie gestaan het - terwyl ons vir die dominee en mense uit die omgewing wag.

Ek en Petrus, Mara en die twee seuns is reguit begrafnis toe met die muilkar en die ouer dogters saam met Sofie van Gruispan af. Daar't Sofie eers 'n hele bottel 4711 oor Ma se lyk uitgegooi, want dit het toe só sleg geruik dat jy nie naby kon kom nie. In die boord het ons almal eers vir Ma totsiens gesê, en toe spyker die mans haar kis toe en dra dit begrafplaas toe nog voor die roudiens wat sommer onder die maroelabome gehou is daar waar Bertie se huis later gestaan het. Toe stap ons in stilte af begrafplaas toe.

Dit was 'n vreeslike hartseer begrafnis. Katrien kon verstaan dat Ma weg is, en het só gehuil dat niemand haar kon troos nie. Maar wie sou haar troos noudat sy heeltemal alleen was met Bertie en Pa? Die enigste een wat nie eers oog afgevee het nie, was Pa met sy gedraaide snor en droë oë wat doer oor die lande dwaal. Almal het met hom kom simpatiseer, maar vir watter hartseer, weet ek nie.

Die Here sê jy moet jou naaste liefhê soos jouself, maar daardie dag was my hart swart vir die ongevoelige ou man wat soos 'n vreemdeling vir my was. So seker as die son opkom, was hy verantwoordelik vir Ma se dood.

Daar was nie een van haar mense uit die voorwêreld nie, want woord sou hulle nooit betyds bereik het nie. Ek het later vir al haar susters geskryf, want Pa sou nooit eers daaraan dink nie. Twee van haar susters het vir jarre daarna geskryf, want al het ek hulle nie voor haar dood geken nie, was hulle 'n verbintenis aan Ma.

Na die begrafnis was daar tyd om met Janneman en Trien gesels, en almal maak toe beloftes om meer te kuier, soos jy mos maak by 'n begrafnis. Hy vertel ook dat Pa gereeld daar by hulle aankom, en baiekeer as hy van die veld af kom, was Pa al lankal daar aan't geselse met Trien. Maar hy wat Janneman is, konnie altyd wegkom vir koffiedrink met die baie werk op die plaas nie. My ou broer was salig onbewus van hoe lank Pa se kuiertjies werklik was.

Getrou aan sy woord, slaan hulle eendag in die middel van die week daar by ons uit. Hy en Petrus, net soos Danie, het die aarde platgeloop. Die jong Brahman osse was vir hom te mooi en hy't hoeveelkeer gesê, 'Boet Petrus, dis waarlik die mooiste osse in die kontrei!' Hy was verwonderd oor wat ons in 'n jaar kon vermag, en sit skaars, dan spring hy weer op en kyk uit oor die geploegde ouland, en dan skud hy kop. Toe sê hy in alle eerlikheid, 'Sussie, jy kan sien die Here se hand is hier op julle grondjie.'

Petrus was altyd erg oor Janneman, amper meer as ek wat saam met hom grootgeword het, maar het altyd gesê as dit net nie vir die suinigheid was wat hy by Pa geërf het nie, dan sou sy harde werk hom vêr kon vat.

Nee, kind, ek kannie sê hoekom een kind vrygéwig en 'n ander suinig is nie; dit is maar hoe dit is. Maar van my broers en susters het die arme Janneman dubbeld die suinigheid van die Schoemans gehad.

In Mei is Sofie met 'n horingou man getroud - 'n

wewenaar Koenst veertien jaar ouer as sy. Niemand het hom vooraf goed geken nie, en dis eers toe hulle terugkom van Rustenburg af waar hulle getroud is, dat ons hom sou leer ken. Daar het Petrus sy familie probeer uitlê, en so het ons gehoor hy was van Rustenburg en Swartruggens se wêreld, en net soos Sofie, het hy kinders uit 'n eerste huwelik gehad - 'n hele sous wat nou saamgetrek het Gruispan toe – sewe in totaal. Dank die Vader tog, die drie oudstes was óf uit die huis, óf op hoërskool. Jy kon jou indink hoe besig Sofie sou wees met ses kinders onder vyftien, en dit vir iemand wat nooit te fluks was nie. Met al die jonger kinders uit die ou man se eerste huwelik ook in die huis, het Adriaan en Tina by tant Hantie gaan bly.

Mens kon verstaan dat sy nie alleen wou oud word nie, want sy was maar in haar dertigs, en nou met Abram se boedel uitbetaal, het sy die klein gedeelte van Gruispan met haar huisie op, opgekoop en op haar naam gekry. Almal is daardie dae in gemeenskap van goedere getroud, so Petrus het ewe sedig gereken elke wewenaar in die Bosveld sou haar wou hê vir die grond, want hy't nie geweet of hulle juis andersins sou toustaan nie. In al die jare het hy nooit 'n sinnigheid vir haar gekry nie.

Ons sou later deur die dogters hoor hoe sleg ou Koenst met sy eie kinders gewerk het. Een dommerige seun is amper bot geslaan en moes meeste van die swaar werk op die plaas doen. Die enigste een wat weggekom het, is die bedorwe jongste seun, en so't hy gebly, maar ons kon die eiesinnigheid al as 'n kind in hom sien.

Die res van 1947 het stadig verbygegaan. Die dae was besig en my gedagtes kon loop op vêr paaie. Ek het so baie aan Ma gedink, en baiekeer vandag nog as ek na Coba kyk, dan sien ek Ma wesenlik. In haar veertigs het sy net soos Coba gelyk met die kort beentjies en ronde maag, maar later was sy baie maer met die ou bene wat onder dik en bo dun was. Tot haar dood was haar hare altyd in daardie netjiese, skuins bollatjie gekam en kon jy haar deur 'n ring trek. Altyd krale om die nek al was sy meestal by die huis.

Ai, my liewe ma.

As ons nog daar by Vaalbos kom, was haar bruin leerstoel daar in die hoek van die voorkamer om ons te herinner aan 'n ma wat te vroeg heengegaan het.

Hartseer laat nie die lewe stilstaan nie, en so het Petrus katoensaad van die voorwêreld af bestel vir die volgende seisoen. Hy wou nie wag tot die reëns op hom was voor hy saad kry nie. Daar was baie geld in katoen, want niemand wat ons van weet het dit geplant nie. Katoen groei net soos grondboontjies van lente tot herfs wanneer dit gepluk en gebaal word. 'As die eerste reëns val,' het hy gesê, 'Wil ek die ouland omgeploeg hê en die grootste deel katoen plant.'

Ek wou weet of ons nog swartes gaan kry om te help pluk, want Shôkô en sy mense was te min om die hele land te pluk, en dan was daar nog 'n klein baba wat my by die huis sou hou. Petrus sê toe hy sou die woord uitsit vir nog swartes, maar, 'Die dogters kan pluk as hulle wil. Ek betaal een pennie vir elke pond katoen,' sê hy as 'n grap, en sowaar, die dogters stem en is tevrede met die reëling, wat seker beter geklink het as beeste oppas die heeldag, maar nie een van hulle het geweet hoe baie katoen jy moes pluk vir 'n pond gewig nie!

Die katoen het pragtig gegroei, maar aan die einde van die vakansie toe hulle arms gedaan gekrap was, het elkeen maar net drie sjielings en ses pennies in die hand gehad. Die lewenslesse wat hulle uit die katoenpluk geleer het, het wel saam met hulle deur die lewe getrek.

Dis ook in hierdie tyd dat Petrus sê hy wil bokke aanhou. In die week kon die kleingoed die bokke oppas, en in die vakansie en oor die naweke kon Mara en Neeltjie begin oppas. Nouja, ek't 'n bok geken, want oom Jakob het mos bokke gehad, en jy moet wakker slaap met 'n trop bokke. Kom tyd, moes die twee hulle beurt vat, maar wou ook alte graag pop speel. Toe speel hulle en kyk net kort-kort op tussen die spelery deur om te sien waar die bokke is, en dan speel hulle weer. Bok-se-kind kan jou goed flous, want keer-op-keer het die twee klein maaifoedies net die agterbok gesien wei, maar die trop was lánkal weg. Dan skrik hulle só, dat hulle soos malgoed rondhol op soek na die trop, maar moes noodgedwonge vir Petrus kom sê die bokke is weg. Dan't hy vir myle voetgeslaan agter die bokke aan, en baiekeer eers doer anderkant Karmetatpan gekry. Vanaand as hy gedaan terug is met die bokke, dan moes hy nog die dogters voeter met die strêp of 'n spantou oor hulle spelery! Maar dit was ook net tjiep-tjiep vir skrikmaak en dan huil hulle kamtig vreeslik.

Een Vrydagmôre in die winter, net toe die oes in is, staan Shôkô, sy vrou en hulle kinders by die agterdeur, en Petrus vra, 'Wat is dan fout?' Terwyl Abel en hulle klein swarte nog al om die huis hardloop met speletjies, sê Shôkô hulle gaan trek, want sy mense is vêr. Hulle was ons regterhand en as hulle nie swart was nie, was hulle meer familie as my mense op Vaalbos.

Petrus was sonder woorde. Hy dink toe lank en uiteindelik sê hy, 'Skat, waar's my hoed? Kom Shôkô, die beeste roep,' en daar loop die twee kraal toe asof niks gebeur het nie, en later sien ek hoe Petrus geld regkry en Shôkô 'n vers met haar eerste kalf uitkeer en aanjaag. Toe ek opkyk, staan Shôkô se vrou een-voet-dan-die-ander-voet met bondels komberse op die kop en die kleintjie agter haar rug om te groet, en Shôkô wat homself besig hou met die koei en kalf. Die groter kind sit toe sy dolosse waarmee hy en Abel altyd gespeel het by die agterdeur neer, en met, '*Šala sintlê,* Bônôlô,' draai hy om saam met die ander en loop daar na Karmetatpan se kant toe, maar elke paar treë kyk hy om, en dan weer 'n paar treë aan, tot hulle om die draai is.

Dit was 'n groot slag vir ons, en vir weke het Abel gesoek na sy speelmaat en konnie verstaan dat hy nie meer daar is nie. Petrus het net stom om die lande bly loop en ek het myself gevang praat met my ou vriendin wat nou nie meer stil om my beweeg het nie.

Shôkô was net 'n paar weke weg, toe daar 'n jong swarte aankom en sê hy sal die 'Oubaas' help op die plaas. Petrus het net gelag en gesê, 'Jy praat deur jou *monyetsanie,*' want hy was nog nie oud genoeg om 'n oubaas te wees nie. Nietemin, die twee het dadelik begin om die krale en waterkampie te span, want mens kon nie altyd die beeste in 'n takkraal hou nie.

Dit was salig om op ons eie grond te bly, en baiekeer is Petrus en die twee oudste dogters veld toe en stap die hele plaas vol. Eendag toe hulle daar by die agterste pannetjie kom teenaan die buurman se draad net na 'n vuur daar deurgetrek het, kom hulle op 'n volstruiswyfie met 'n hele klomp kleintjies af. Petrus sê toe, 'Kyk wie een van die kleintjies kan vang,' maar hardloop soos hulle wou, nie een kon daardie kuikens inhaal nie! Hulle't probeer, ja, veral Coba wat waarlik vinnig kon hardloop.

Dieselfde vakansie toe die veld al droog en bruin is, kom daar drie jong volstruise aan om uit die krip te suip. Die panne was almal droog en baie wild het gereeld uit die groot pan kom suip, maar die volstruise het al met die beespaadjies langs gekom tot in die waterkampie. Daar wou hulle duidelik deur die draad en toe haak hulle pote vas. Daardie dag het die kinders vreeslik gehuil, want ons kon die volstruise nie uit die draad kry nie en Petrus moes hulle noodgedwonge net daar doodskiet, en toe huil pa en kinders ewe veel oor die mooi voëls.

Dis in hierdie tyd dat ek 'n brief kry van tant Maria Pienaar, Ma se suster. Daarin kla sy oor die broer, Jan, wat almal geken het as Antoon - die een wat saam met sy prokureur so verneuk het met die my grootouers Lombard se boedel. Sy skelmstreke het gemaak dat 'n onmondige kleinkind se moedersporsie nooit uitbetaal is nie. Toe tant Maria navraag doen, vind sy uit dat Antoon se prokureur dit nooit oorbetaal het in 'n trust vir die kind nie. Nou, jy kan dink waar daardie geld heen is. Dit lyk my in elke familie, hoe goed ookal, is daar 'n slegte een. Mens moet net die vrot appels kan uitken.

Hoe maklik is dit tog vir familie om mekaar in te doen en hoe gewetenloos kan hulle wees. Ma se boedel moes liefs gou afgehandel word, anders sou Pa weer met sy streke kom, ongeag die getekende brief - beloftetjies sal nie help as hy ons wil afdruk van Belofteland nie. Kyk wat het met tant Maria gebeur. En glo jy my, my woorde was skaars koud, toe lig die

Meester van die Hooggeregshof ons in dat Pa aan die begin van Oktober aansoek gedoen het om te hertrou! Nou hoekom wou Pa dan in sy roujaar alweer vrousoek, of was daar 'n ander rede? Pa't nog altyd 'n katel gehad om sy skoene onder te skop voor en na Ma se dood.

Ons het tot die slotsom gekom dit was alles vir die skyn voor 'n nuwe predikant. Dit was oor simpatie, want kyk, hy moes vingeralleen na sy 'arme gebreklike kind' omsien. Die trouery was net 'n rat wat hy ander voor die oë wou draai terwyl hy agteraf maak soos hy wil. Jy moet weet, Pa en Bertie het laterjare so vroom in die kerk gesit met kenne hemelwaarts en knik-knik as die dominee mooi dinge sê, terwyl hulle agter die partisie almal verneuk en verneder. Dis net Bertie wat nie swaargekry het onder Pa se suinigheid, sy bakleiery oor onbenullighede en sy rondlopery nie. G'n wonder hulle was bloedbroers nie.

Dit was die wag om te sien hoe die wind waai, wat my altyd uitgemergel het. Pa was goed om met jou kop te speel; bak mooi broodjies vooraf en beplan onheil afgteraf. Jy moes altyd angstig wag om te sien na watter kant sy vertoorndheid draai, en dan kom dit altyd vanwaar jy nie verwag nie.

Een goeie dag naby die einde van die jaar kom Pa en Katrien uit die bloute op ons plaas aan met die kapkar. Ons wis dadelik die weerlose Katrien is waar Pa se vertoorndheid vasgeslaan het. Die liewe Katrien was uit haar vel om ons te sien, en dit was net, 'Sussie, jy weet..., ' en 'Sussie, ek sê toe......' maar toe ek na haar hande kyk, weet ek vandág kom daar moeilikheid. Haar arme ou gebreklike handjie was bloedrooi en vol kneusplekke en die sterk hand nerf-af met die naels geskeur al om die kante.

Pa se oë het ook oral rondgeloop daar waar hy op die stoel sit, toe vra ek sommer reguit, 'Pa, wat gaan aan by die huis?' En jou waarlik, hy sê sonder blik-of-bloos hy kom laai net vir Katrien af.

Vir Petrus blaf hy net, 'Nou moet jy vir haar sorg.' Kan jy glo! Petrus draai toe ewe rustig sy kant toe met, 'Maar dis jóú kind. Waarom moet ék haar sorg oorneem?' En sowaar, Pa spring op of iemand hom geskiet het en skrou, 'Nee, dis jóú kind!!' Petrus het hom net soooooo bekyk en gaan haal toe Katrien se tassie van die kar af en loop lande toe. Pa is daar weg sonder terugkyk, maar teen dié tyd was Katrien só huilerig dat ek niks uit haar kon kry nie.

Die werklike storie het uitgekom by Martha. Die swartes verdra mos nie dat jy sleg werk met kinders nie, en in Martha se oë was Katrien maar net 'n kind. Ek dink sy't aspris by ons swartes kom kuier om te vertel wat aangaan. As ons maar net geweet het watse hel op aarde die arme Katrien beleef het op Vaalbos, dan't ons haar lankal gaan haal.

Met die kop skeef en een hand onder die arm soos haar manier was, vertel Martha hoe hulle Katrien soos 'n ou arbeider rondjaag en swaar werk laat doen met haar gebreklike lyf, en as sy nie mooi regkom nie, dan lag Bertie homself 'n papie en Pa raas en skrou sonder einde. Sy het geen verweer teen hulle gehad nie, want nou was Ma nie meer daar om vir haar te skerm nie. Sy moes pap maak, water aandra en huis skoonmaak - alles met een hand. Baiekeer was die pap teen elfuur nog nie gaar nie, en dan baklei die twee mans vreeslik met haar. Jy weet hoe moeilik dit moes gewees het om met 'n dopemmer water by die pomp te gaan haal, en net om die water in die emmer te kry, sou 'n vreeslike werk vir haar gewees het. Sy't later self vertel hoe die water gemors het as sy dit moes aandra met die lang en kort been uit pas. Ja, Pa en Bertie het 'n manier gekry om ons by te kom. Hierdie was net die begin van hulle groter plan.

Daardie aand het ek heerlike vleis gebraai en souskluitjies met 'n lang soet stroop opgeskep. Met boekevat soek Petrus in die Bybel en lees toe, 'Die Here is my Herder; niks sal my ontbreek nie,' en daar voor ons oë raak Katrien aan die slaap.

In sy gebed was hy vir die eerste keer opstandig en bid hard vir die twee mans wat baie het om eendag voor rekenskap te gee.

Katrien is maande later eers terug Vaalbos toe, want ons

wou seker maak die stof het gaan lê. En toe word die eintlike antwoord oor die trousertifikaat sommer vroeg die volgende jaar duidelik.

Nuwe NG Kerk, Steenbokpan

Ge-ring maar nie Ge-kerk nie

In die nuwe jaar was Katrien nog by ons toe die kinders moes skooltoe. Oppad terug sê Petrus, 'Vandag draai ons by Vaalbos in; Katrien moet nou teruggaan.'

Ek was tevrede, want ek't haar mooi touwys gemaak van vroulike dinge, en Petrus sou seker maak Pa weet 'n klag by die kerkraad is die volgende stap as hy weer sleg met Katrien werk.

Toe ons by Vaalbos se hek kom, begin sy al huil en bewe soos 'n riet, maar ek het mooigepraat en verduidelik dat sy nou groot is en op Vaalbos hoort, 'Ons kom gou weer, Katrientjie,' maar dit was 'n maand voor ons weer kon oorgaan.

Daar as jy draai vat by die groot maroela en die ou opstal, wis ons daar's groot fout. Ag my hemel, ons kry Katrien doer by die skaapkraal rondloop soos iemand wat verdwaald is. Toe sy ons sien, hol sy so vinnig as wat haar ou horrelvoetjie haar kon dra en klouter sommer agterop die muilkar soos 'n kind en lag en huil deurmekaar tot Petrus sê, 'Ons is nóú by die huis en dan kon jy al die storietjies vertel.' Maar sy bly net huil en sê, 'Nee, Petie, ek wil nie huistoe nie, ek wil nie huistoe nie!' Hy trek toe die muile in en so in die omdraai na Katrien, sê hy, 'Vandag is hier groot moeilikheid,' en sy grys oë word koud. Hy sit toe stil en vra Katrien mooi geduldig wat dan aangaan by die huis, maar sy vee net trane af en hou agteraan my rok vas waar ek op die wakis sit.

Ons het sommer onder die peperboom by die agterdeur stilgehou, maar met die verbyry sien ek 'n hele paar vrouensbloemers en 'n onderrok oor die werfdraad hang. Dis net daar waar ek hond-se-gedagte kry, want Martha het altyd Katrien se klere gewas en oor die doringboompies gehang om droog te word.

By die agterdeur kry ons Martha vooroor vee-vee met a gwarrietak – jy weet, die soort wat nie 'n steel het nie en wat jy sommer so in die hand hou. Toe Petrus sê, 'Ja, Martha, wat vee jy die skoon grond so?' kyk sy net skuins op, skud kop en sis-sis deur die ondertande. Nouja, dit was genoeg om te weet ons was reg - daar was groot moeilikheid. Ons vee toe voete af en ek roep binne-toe, 'Waar's die mense?' En jou waarlik, daar kom Pa en 'n ander kort tante met so 'n ronde maag ewe lag-lag deurtoe. Haar een oog het reg wes gekyk en op die ander een kon jy nie reken nie, maar haar rok en krale was verseker uit goeie winkels. Soos 'n skoolklok wat lui, weet ons toe waar die skielike verliefdheid vandaan kom. Geld is 'n goeie vryer, voorwaar.

Ek en Petrus het net daar met die kleiner kinders bly staan, nie mooi seker wat ons moet doen nie.

Jy sou sweer Pa was 'n jong vryer soos hy ogies maak vir die tante. Vergete was al die bakleiery waarmee ons uitmekaar is, want nou was dit soetjies, 'En dis my tweede-oudste dogter, Maria, en haar deetlike man, Petrus, daar van Langkloof se wêreld af,' en met daardie woorde is ons ingenooi en die volgende ding sit ons op die voorstoep met koffie in die hand en hoor dis, 'Jou ma, Dot.' Ek was verstom dat Pa weer getroud is minder as 'n jaar na Ma se dood, en dit terwyl daar nie eers klein kinders was waarvoor gesorg moes word soos in die ou dae nie. Katrien was wel gebreklik, maar 'n vrou van vyf-en-twintig wat tog bietjie kon lees en skryf en kosmaak, het nie 'n ma nodig gehad nie. En dan't sy nog so lank by ons ook gebly!

Die kinders wou speel, en ek vat hulle toe uit onder die voorwendsel dat hulle binne sou omkrap, en net daar keer ek Martha vas by die bakoond. 'Martha, vandag wil ek weet wat hier aangaan met kleinnooi Katrien.'

Sy't my lank met een oog aangekyk asof sy niemand vertrou nie, en toe kry sy haar snuifblik uit van onder die kopdoek. 'Ê-ê-ê, Matangwane............. *ke molato fêla*. Hy roep: Katrien, Katrien, Katrien!..... *batho*!!' beduie sy hoe Pa en Bertie die arme Katrien heeldag rondjaag met werk wat sy onmoontlik met een hand en 'n gebreklike been kon doen. Toe ek haar verder pols, sê sy dat dit uitvee, kosmaak, klere stryk, koffie aandra, klere optel en beddens opmaak was, en as sy nie gou genoeg probeer nie, dan skrou hulle ewe hard op haar. En daar kom dit toe uit van die deurmekaar bed in Bertie se kamer en Katrien wat altyd huilend daar uitkom.

My hart het stadig en koud in my boesem geword en my hande het só gebewe dat ek niks kon vashou nie. Hierdie was 'n sonde te groot vir my gemoed, en die duiseligheid wou my oorval.

Martha kon goed genoeg Afrikaans praat, maar as sy kwaad was, was dit net SePedi. Sy vertel ook dat, voor die nuwe ma gekom het en toe Pa begin wegbly met die vryery na tant Dot, was Bertie katjie van die baan, want hy't mos nooit geleer werk in die huis nie, en Katrien was soos 'n bediende vir hom. Toe eendag, sonder waarskuwing, daag Pa daar op met 'n nuwe vrou wat gou geleer het om harder as die mans op Katrien te skrou.

Ou Kinta, ek was lanklaas so kwaad! Ek los toe die kinders by Martha en is reguit stoep toe waar my nuwe ma liefies met Katrien sit en praat. Dis net daar waar ek en Pa en tant Dot groot struweling kry, en ek hulle beloof die dominee en kerkraad sou uit my eie mond van al die onheiligheid op Vaalbos hoor. Petrus wis waar ek die waarheid gehoor het en vat sy hoed en sê, 'Ons sal Katrien nie nou saamvat nie, maar elke week kom kyk of sy nog mishandel word, en as dit so aangaan, laat weet ek self die Weesheer.' Toe wys die ou tante haar ware kleure, want ons was al op die wa toe skrou sy nog, 'En julle sit nie weer julle pote in my huis nie! En vat die manke saam,' beduie sy na Katrien.

Ons moes by die groot hek stop, want my hart het só tekere gegaan dat Petrus bang was ek word flou. Martha was flink oppad statte toe daar naby, en toe roep hy, 'Martha, stuur 'n kind oor as daardie drie grootmense weer *molato* maak.'

So in die terugry vertel Petrus dat tant Dot blykbaar voorheen met 'n nikswerd getroud was met twee getroude dogters uit die huwelik – altwee het woestaards as mans gevat, 'Mense wat jy niks mee te doen wil hê nie.'

Wat nou gedaan? Moes ons wag om te sien hoe tant Dot

gaan uitdraai, of omdraai en Katrien gaan haal?

'Ek hou nie van die kyk in daardie vrou se oë nie,' beduie hy en las aan dat dit ook moeilik is om te sê wat sy dink, want die een oog kyk die heeltyd weg. Ons stop toe onder 'n mooi kareeboom en bedink die saak, en besluit teen ons harte dis beter om die tante 'n kans te gee vir 'n week, want Martha sou laat weet as dinge verkeerd loop. Alles het mooi glad geloop by die volgende Vrydag, en ons't gedink die dreigement van 'n kerkraad en predikant het sy werk gedoen. Maar dis nie waar hulle woede uitgeslaan het nie.

Die moeilikheid het net daardie week begin met Pa en Bertie wat hulle beeste net nie van Belofteland af kon hou nie. Petrus het self die drade om die ouland gespan, en g'n bees sou deur een van sy drade breek nie, maar glo my, as jy weer sien, dan's drade af en loop daar 'n trop van Pa se skillerbeeste op ons gesaaides. Petrus het gaan kyk na die drade, en toe hy terugkom, sê hy, 'Dis die eerste bees wat ek van weet wat 'n draad kan knip.'

Toe trek 'n vuur in die agterkampe oor ons enigste winter weiding, en as dit nie vir ons buurman en sy swartes was nie, het al die plase om ons afgebrand. Die man sê nog ewe onskuldig, 'Petrus, jy kon dood verbrand het. Jou spore van die noorde af sê vir my jy't nie gereken met hoe die wind trek nie.' Maar ons't geweet wie die sondebok in die noorde was.

So naby die winter kon jy ook gereeld skote daar agter die oulande hoor, en as Petrus die volgende dag gaan kyk, kon jy sien waar 'n bok weggesleep is. Ons sou meer geld moes bymekaarmaak om die ander kampdrade te span om die Schoemans van ons grond af te hou. Maar dit was nou weer 'n ander probleem, want Ma se boedel was nog nie afgehandel nie en die plaas nie op ons naam nie, al het die brief waarin Pa toestemming vir my erfenis gee ons toegelaat om daar te bly en verbeterings te maak. So, daar was net drade om die ouland, die waterkampie en die krale.

Die eerste dag toe ons op Belofteland aangekom het, was daar jou waarlik 'n kringat by die pan. Daar't hy te heerlik gewei en almal het elke aand gaan kyk of hy nog daar is. Petrus het gesê hy sal nooit die bok skiet nie, want hy was net te mooi. Een nag so skuins na twaalfuur, hoor ons 'n skoot klap net bokant die pan, en Petrus trek inderhaas sy klere aan en kry die koplig vas. Ek kon deur ons slaapkamervenster sien hoe hy oor die pan en die waterkampie lig, en lateraan kom hy huistoe en sê, 'Dis te donker. Ek sal vroeg uit om te kyk.' Dit was skaars sonop of hy is uit pan toe, en ja, daar bokant die pan by die ou mokawiboom kry hy die bloed waar die kringat geval het en die sleepsel reguit Vaalbos toe. Ons konnie glo dat Bertie nog altyd kon doen net wat hy wou, en dit op óns grond!

Ek was so twee maande verwagtend toe daar weer 'n skietery sommer so aan die onderpunt van die oulande is. Jy weet, dit was nie eers 200 treë van ons huis af nie. Petrus gryp toe sy koplig en hardloop so vinnig as hy kon soontoe met die honde, en sowaar, daar's Bertie en twee jong swartes besig om 'n blouwildebeeskoei aan te sleep oor die sanderige deel waar die sandlande later was. Toe hulle die koplig sien, hol die swartes weg en Bertie verdwyn soos 'n groot speld in die bosse, maar vroeg die volgende dag kon jy sy spore mooi volg van die bok af tot in 'n gwarriebos met perdespore Vaalbos toe.

Petrus is toe op Shamrock weg en met middagete kom hy terug met die perd wit van die salpeter soos hy hom laat ooploop het. 'Maria, gee koffie en kos,' sê hy net, en so tussen die eet deur hoor ek Pa het gesê ons moet voetsek van sy grond af, want dis sy wild en hy kan dit skiet wanneer hy wou. En dan wou hy ook 'n boud en 'n blad hê van die bok wat geskiet is. Ons het geweet dis Bertie, want Pa het nie meer in die nag gejag nie.

Noudat daar klaar krale gespan, land skoongemaak en vir water geboor is wou Pa ons van die grond af hê. 'Dis tant Dot hierdie; sy's die opsteker,' reken Petrus toe, 'Ons kannie nog verbeterings aanbring sonder om te weet of dit ons grond is nie.' Vroeg in Mei vat ek toe pen en papier en skryf vir die Weesheer om uit te vind wat die stand van sake is met Ma se boedel en of ons kon bly. Ek het dit mooi uitgelê, want jy weet, ons het nog steeds nie met 'n oog die testament gesien nie, al was Ma meer as 'n jaar heen.

Met hierdie vreeslike onsekerheid wat oor ons koppe hang, het ek en Petrus ook maar goed baklei. Ons was so moeg van die moeilikheid en die gesukkel om vir al die kinders te sorg en liggaam en siel aanmekaar te hou dag-in en dag-uit. Partykeer het ons al baklei voor ons uit die katel op was, en dan's hy weg lande toe en kon ons nie uitbaklei nie. Dan was daar Albertus wat ek gedurig moes ronddra waar ons ookal werk, al het Petrus gesê, 'Sit hom neer, hy kan loop.'

En nou alweer 'n baba! Waar was Ma tog om bietjie moed in te praat! Baiekeer het ek maar net daar in die ou huisie staan en huil van verlange en moedeloosheid.

Petrus reken toe as ons die dogters by ou tant Hantie gaan oplaai vir die vakansie, moet ons met die soontoe aandoen by Vaalbos om te sien hoe dinge loop met Katrien. Sy't geen verweer gehad teen die ander nie. As ons eers met die terugkom daarlangs ry, sou dit sleg wees so voor die kinders as daar weer 'n bakleiery is.

Daar gekom, was dit doodstil by die opstal. Die hoenders en Ma se ganse het ewe rustig op die werf rondgeloop, maar daar was niemand by die kraal of die lande nie. Ons klim toe maar af en loop agterdeur toe. Daar't ons vergeefs geklop by die oop deur. Ons is om die huis tot by die voordeur en daar't Petrus geroep en geroep tot die twee ou mense uiteindelik uit die slaapkamer kom – die tante nog in haar nagrok. Petrus sê toe hier agter my, 'Ek drink nie vandag koffie wat uit daardie hande kom nie,' want hulle het sekerlik nog nie water gesien nie. Hy was mos so, en het nooit koffie by mense gedrink as hy nie eers self gesien het hoe die kombuis lyk nie. En hier was die tante nog in haar nagklere.

Sy was die vriendelikheid self en jy sou nooit sê sy't laas gesê ons moet voetsêk uit haar huis nie. Pa het tot Petrus se hand gevat, maar praat was min tussen hulle. Dis toe Petrus vra waar Katrien dan is, dat die tante allerhande ander praatjies maak oor die boord, die skape en die reën. Petrus vra toe weer,

'Tant Dot, waar is Katrien?' want sy sou tog graag haar ousus wou sien. Toe kom dit uit dat Katrien getroud is met, 'Die gawe Willem Lamberts,' en iewers vorentoe bly, sy dink op Warmbad.

Dit was so stil dat jy 'n speld kon hoor val, tot ek vra waarom ons nie gesê is van die troue nie. Tant Dot beweer toe dat die twee jongmense só gek was na mekaar dat hulle vinnig daar weg is en in Nylstroom sou gaan trou, en dit was nie net óns wat nie by die troue was nie - húlle was ook nie by nie. Ook maar goed dat ons nie koffie aangebied is nie, want ons staan toe net daar op en gaan haal die dogters by tant Hantie.

Ons is aan by Sofie se plek om te hoor of sy iets weet van Katrien se troue. Jy kon haar omstoot, so verbaas en geskok was sy. Met haar vinnige humeur, spring sy ook sommer dadelik op haar perdjie en sê prontuit, 'Dot is nie ons ma se ou skoene werd nie. Vir haar noem ek nooit ma nie.'

Vir eenkeer in ons lewens sit ons toe soos liefdevolle susters en probeer uitpluis wat daar op Vaalbos aangaan en waar Katrien kon wees. Ou Koenst beweer toe hy ken baie mense vorentoe daar by Warmbad en tot by Rustenburg, so hy sou sy kant bring en probeer uitvind. Ons almal was nou baie onrustig oor die arme Katrien wat skaars na haarself kon kyk, wat nog om na 'n man en getroude lewe ook om te sien.

'n Maand later kom die tyding deur ou Koenst dat Katrien en Willem Lamberts rondswerf op plotte daar anderkant Warmbad, en dat sy maar gehawend was toe die mense haar laas gesien het. Na dese was daar min slaap.

Dit was Julie en weer tyd vir 'n kerkraadsvergadering waar 'n nuwe predikant beroep moes word, want nie een van die vorige vier het kans gesien om so vêr van die beskawing af 'n beroep te aanvaar nie. Met hierdie vergadering is 'n dominee Van Schalkwyk beroep van die voorwêreld af – 'n getroude man met een opgeskote seun. Hy het gelyk na die regte man vir die harde werk van drie gemeentes en vêrliggende plase wat almal bedien moes word. Na die vergadering keer Petrus vir Pa voor en na 'n lang geredekawel kry hy uit hom dat hy en tant Dot vir

Katrien, 'Aan Willem toevertrou het,' want Willem het tog só van haar gehou en gesê sy is vir hom baie mooi. Hy konnie sê waarom Willem in die Bosveld was nie, maar hy't beloof om mooi vir Katrien te sorg.

En op sy ongevoelige manier sê Pa agterna dat tant Dot en Katrien ook nie juis kon klaarkom nie, en sy't gesê Katrien kon net nie meer in dieselfde huis bly nie, nou wat kon hy doen?

Ja wat kón hy doen as 'n pa? Dit gaan jou verstand te bowe dat 'n ouer só ongevoelig kan wees dat hy summier sy gebreklike kind skelm kon weggee aan 'n man wat hy nie eers ken nie! In my hart het ek geweet die Here slaap nie, en vir hierdie onreg sou hulle moes rekenskap gee voor Sy troon, nie voor ons nie. Dis al wat my gerus gestel het, maar na binne het ek nag-vir-nag gehuil.

Hierdie was swaar jare na die oorlog en jy kon omtrent niks te kope kry in Gertien se winkel nie, maar Petrus was vasberade dat ons Katrien moes soek en terugbring om op haar eie 350 morg te kom bly; óns sou na haar omsien. Die storie van die trouery het hy nie vertrou nie. Hy skryf toe vir sy suster, Truia, wat net voor Mara se geboorte getroud is en iewers naby Warmbad was. Dis nou die Truia wat ook polio gehad dieselfde jaar as Katrien – haar lyf was aan die linkerkant redelik verlam en Katrien s'n aan die regterkant. Haar antwoord was 'n maand later in ons hande. Ja, haar eie ou suiplap van 'n man het Willem baie goed geken, en beweer hulle't 'n blyplek iewers in Warmbad. Sy't beloof om by Katrien 'n draai te maak, al het sy self gespook met twee klein kinders.

Net na Dominee Van Schalkwyk die beroep aanvaar het en sy bevestigingsrede op Hoornbosch gehou is, kom daar weer 'n brief van Truia af om te sê sy was by Katrien en Willem Lamberts. Sy skryf, 'Dit gaan baie karig daar, want Willem is 'n ou man en nog 'n groter suiplap as my Jan - 'n regte leeglêer.' Aan Katrien se praat kon sy aflei hulle was ook nie getroud nie en bly sommer so saam, maar sy kon sien die arme Katrien was soos 'n verskrikte haas wat nie geweet het wat saambly eintlik is nie. Die ou huisie was vuil met kospotte wat oral rondstaan. As Willem roep, dan was dit of sy skrik en dan lag sy sommer so aanmekaar vir wie-weet-wat.

Na daardie brief het die onrus ons opgevreet, maar wie kon weg van die plaas af met Pa se moeilikheid, want hy kon ons enige dag daar wegjaag in sy bekonkeldgeid. Petrus sou my ook nooit alleen los so kort voor 'n baba se geboorte nie. Gelukkig het ons nou Katrien se posadres gehad.

Dit was erg sleg vir Petrus dat Katrien so in sonde met 'n horingou man leef, maar wie in die familie kon haar huisves? Nie Sofie met al ou Koenst se kinders in daardie klein huisie nie; Pa wou haar nie hê nie; Janneman het 'n jong familie gehad; Danie het in die dorp skoolgehou, en Bertie was die duiwel wat sy hande nie van haar af kon hou nie. Petrus beloof toe hy sou dit by die nuwe predikant aangee dat Pa en tant Dot 'n kind net so weggegee het, net sodra hy kans kry om met die dominee te praat. In my agterkop was ook die ding van Pa wat nie altyd lank by die huis kon bly nie, en my vermoede was dat sy ou vryplekke hom weer baie gou sou sien, nuwe vrou of te niet.

Later blyk dit toe dat ou Lamberts en Ma ewe oud was. Watse lewe kon Katrien met haar kinderverstand tog saam met hom hê - en dan't hy nog saam met Jan Snijders gesuip.

Katrien se antwoord op my skrywe was só deurmekaar dat g'n mens kon uitmaak of sy mishandel word en of die lewe net swaar is nie. Ieder geval, ek was gedaan van bekommernis oor haar, maar my tyd was nou baie naby en ons moes weer daar by tant Hantie gaan tent opslaan vir die baba se geboorte. Ek het vir Petrus gesê, 'Dis my laaste baba wat dié ou tante in die lewe sal bring,' ons het amper vir Albertus verloor, en dit was te moeilik met al die ander kinders weg van die plaas af. Maar daar was niemand anders wat kon uithelp nie behalwe die dokter op Ellisras, en so was tant Hantie net 'n halfweg stop ingeval die man dit nie betyds maak nie.

Klein Andreas is op 'n Woensdag in Desember gebore - bloedrooi in die gesig, rond en vet en kort - en amper nege pond na my skatting.

My krag was min met hierdie geboorte, want Albertus was nog soos 'n baba al kon hy loop en praat. Ek't altyd onthou wat Ma gesê het van sy swak konstitusie, en so het ek hom oral gedra, al was Petrus ontevrede dat 'n 'gesonde' kind rongepiekel word. Albertus het maklik siek geword en Abel moes altyd rustig saam met hom speel, want hy konnie kleintyd byhou met die wilde speletjies wat sy ouboet speel nie.

Toe ons by tant Hantie kom, sê sy ons kon nie weer die seuns se 'slaapkamer' gebruik nie, want dit was nog skooltyd. Die Oelofses het vroeër rietskerms daar by die ou putte aan die agterkant van hulle huis geplant, en as ons tent teenaan die skerms opsldaan, dan's dit waar ek moes kraam. Ons was baie kwaad oor hierdie slegte behandeling en verblyf wat Petrus, 'Statte vir bediendes,' verklaar het. Ek kon later erken dit was darem beter as die vreeslike hitte in die waenhuis. Hierdie was ook net 'n ingeval reëling, want Petrus het dadelik pad gevat Ellisras toe vir dokter Muller.

Voor hy nog terug was, het ek begin worstel met 'n moeilike geboorte. Dit was nou ou tant Hantie of niks, want wie't geweet hoe lank Petrus sou weg wees. Hy't glo soos die wind pad gevat Ellisras toe, maar daar gekom, was die dokter uit iewers agter die groot berge vir 'n bevalling en daar was niemand wat sy werk kon oorvat nie. Met 'n groot benoudheid wat hom aanjaag, lê hy toe sweep in en die muile loop oop terug.

Wat gevoel het soos dae, het ou tant Hantie beweeg tussen tent en huis of radeloos rondgeloop by die rietskerms, want die baba was op 'n manier vas wat sy nie kon verstaan nie. As ek my oë toemaak, was dit of ek nie weer wou terugkom en die geboorte klaarmaak nie.

So vêraf kon ek hoor Petrus is terug en dat die twee van hulle harde woorde wissel, maar ek wou net rus. Toe ek weer bykom, was daar geen dokter nie, net die tante wat my gesig afvee en my skouers skud. En toe klap sy my hard op die wange met, 'Maria, word wakker, kind! Word wakker!' en roep buitekant toe, 'Petrus, kom help!' Sy was raadop. 'Hier kan ek niks meer doen nie!' huil sy toe soos 'n jong kind wat goed slae kry.

Dis toe ou Blousel ingehardloop kom en sy en Petrus soos een man saamwerk - een gee water aan en die ander vryf my buik terwyl tant Hantie verdwaas in die hoek sit.

Ek kan so goed onthou hoe al die ouer kinders op daardie oomblik mooi in 'n ry teen die slaapkamermuur staan saam met Ma wat op hul skouers leun; al die tyd knik sy net kop en sê, 'Hou uit, Sussie, alles sal regkom.' En toe ek mooi kyk, sien ek daar staan Hermien ook in daardie mooi trourok van haar, net, dit was swart, met die weil wat sommer so onder die katel lê waar Petrus en Blousel op dit kon trap.

En sowaar, dis ook wat gebeur het, want ou Blousel bly huil, 'Jô-ô-oooooo......' skep asem en dan weer, 'Jô-ô-oooooo......' Kan jy glo, sy was só vies oor almal wat in die kamer rondstaan en die rok wat in die pad is, dat toe ek mooi luister, hoor ek sy kerm steeds, 'Jô, Basie...... Jôô!' en net daar met sy hand op my voorkop, bid Petrus hardop vir die Here om vandag sy vrou en kind te spaar.

Ek weet nie wat hulletwee gedoen het nie, maar dat die Here getrou is en 'n gebed verhoor as jy opreg vra, is wat ek weet, want Andreas is net na Petrus se gebed gebore. Toe Blousel die rooie baba toedraai en vir tant Hantie gee, was Ma, Hermien en die kinders nêrens te sien nie.

Later het tant Hantie beweer sy't ook vir Ma en Hermien daar sien staan in swart rokke soos by 'n begrafnis.

Vir 'n week was die ander kinders nie toegelaat om my of Andreas te sien nie, en die rede daarvoor is dat my gesondheid heel sleg was. Daar was naderhand 'n onaardige reuk in die tent en ek was die heeltyd half deurmekaar van die koors, maar mens hou uit. Teen die tyd dat dokter Muller daar aankom, was die skade gedoen. Van daardie geboorte af was ek nooit weer heeltemal gesond nie.

Petrus is terug Belofteland toe vir 'n kan melk en eiers en om te sien of die jong swarte goed na alles omsien, want ons moes tog eet en die dogters was nog op skool, en tant Hantie wou soos gewoonlik haar weeklikse kos vir die kinders hê. Hy't my probeer tempteer met lekker kos, en tot uie uit ons tuin gebraai sodat die reuk my kon honger maak, maar my lus vir kos was weg en net die kleiner kinders het saam met hom geëet.

Na die hel van tien warm dae in die bed, het ons net vir die einde van die skoolkwartaal gewag, toe laai ons die dogters op en gaan huistoe. Vir hulle was dit natuurlik lekker om ons daar op dieselfde werf te hê, en wonder-bo-wonder het tant Hantie self hulle kos gekook met ons oë so naby. Ou Blousel wat beter as die tante kon baba vang, was eweskielik die bediende wat moes werf vee en klere was. Maar, die losheerders was genadiglik verlos van haar waterige, opgekookte kos.

Dis eers die volgende jaar dat ons te hore kom hoe die kinders altyd eerste moes eet en dan't die huismense later aangesit vir kos wat te lekker ruik. Om alles te kroon, het oom Antonie hulle ook gemaak boontjies trek en pak in die middag terwyl hy dophou dat hulle nie 'n enkele pitjie eet nie – alles sonder betaling of goeie kos. Die twee ou vrekkerds het sowaar uitgevind van kinderarbeid!

Terug by die huis, sê Petrus, 'Skat, hierdie jaar het die Here ons beproef,' maar daar was hoop, want ou Salie van Rooy het oor sy radiotjie gehoor daar was nou 'n nuwe Afrikaner eersteminister wat sekerlik vir die boere ook iets sou doen. Miskien sou dit nou makliker word om 'n geldjie in die sak te kry. As ons mooi werk met ons mielie-oeste en die geld wat inkom, kon ons 'n goeie bestaan op Belofteland maak. Die grond was goed vir beeste én gesaaides. Hy het nooit weer twak geplant nie, want die water was te vêr, en nog voor ons weg is van Pa en Vaalbos af, is die twakpers wat ons by Pa Ampie geleen het, teruggestuur Langkloof toe.

Die spoorwegbus het mielies opgelaai as jy genoeg gehad het vir 'n trok, maar jy kon ook 'n halwe trok deel met 'n ander boer, wat meer voordelig was.

Soos dit is, het Petrus sy mielies alles uit die hand

verkoop. Almal het geweet sy saad was goed en nie bepês van die miet nie.

Dit was Desember en die mielies, soetriet en waatlemoene was nog geil op die land. Daar was uiteindelik tyd om voete op te sit, al was daar altyd iets om te doen op 'n plaas, soos die drukgang wat Petrus besig was om te bou tussen die kraal en waterkampie.

Andreas was 'n sterk en stil baba. Dit was Albertus wat soos 'n hanskuiken agter my aangedraf het. En tog so maer! Wat ons ookal geëet het, hy't maer gebly. Elke paar weke het ek almal purgasie ingejaag net om seker te maak daar's nie kwaad wat ek nie kon sien nie. Die kinders was altyd so teen die kasterolie, maar dit het 'n werk gehad.

Ek was gedaan met drie klein kinders in vier jaar se tyd, en my lyf wou maar net nie bykom nie. Smoors as ons opstaan, was dit meestal pap en eiers met gestampte biltong; in die middag brood en konfyt, en in die aand gekookte kos. Petrus het meer groente begin plant, en die turksvyblaaie wat Ma die vorige jaar saamgegee het, het mooi gevat en dit sou nie lank wees voor ons kon eet nie. Die heerlikste geel turksvye.

Die ouland se grond het hemelhoog mielies opgeskiet, en Petrus het klaar 'n plek laat skoonmaak sodat dit op 'n hoop kon kom. 'n Houttrog het ook bygekom om die koppe van die grond af te kry en later kon almal help om dit af te maak. Met die katoen wat ons die vorige jaar geplant het, is dit direk in die sakke, want as die wind opkom, kon jy hulle nie onder bedwang hou nie en het oral rondgewaai, pitte en al. Dankie tog ons het nie lank katoen gesaai nie, want dit was harde werk om te oes en te baal.

Later het ons 'n handmeuletjie gekry om mielies af te maak en al die kinders wou 'n beurt hê om te draai. Maar mielies is mos nie ryp in Desember nie. Dit was die ou nege-maande mielies, nie die drie-maande soort wat jy nou kry nie. Almal moes wag vir die April vakansie om te help met die oes.

Daardie Kersfees is twee van my ou henne geslag en al was dit bloedig warm, was daar kookkos met souskluitjies vir poeding op die tafel. Almal was só versadig daarna, dat tot die kinders wou gaan lê soos Petrus. Laatmiddag het ons speletjies buitekant met die kinders gespeel tot dit donker was soos voorheen toe ons nie so besig was nie.

Die son was helder en warm en die torre uit en besig. Dit was nie 'n dag vir werk of baklei nie, en die drukgang se klaarmaak sou wag vir 1949.

Ja, dit was die Here se dag - 'n dag van nabetragting oor Sy goedheid en guns in 'n moeilike jaar.

Spookstories

Januarie toe ons die dogters skooltoe vat, sien ons daar van die kruispad se kant af 'n gewerskaf by die twee groot maroelabome oppad na Gertien se winkel. Petrus sê toe ons moet in elk geval by Gertien langs as ons terugkom, en dan sou ons sien wat aangaan.

Dis die jaar dat Mara skooltoe is. Die tyd het so vinnig verbygegaan – Neeltjie was sowaar al standerd twee en Coba standerd vier!

Dit was nou 'n hele uittog om hulle by die skool te kry, want daar was die opvou *single* bed wat by ou tant Hantie moes bly in die kwartaal, en al die vleis, meel, konfyt, melk en beddegoed. Dan nog hulle klere ook; nie dat daar veel klere was nie. Elkeen maar net met drie rokkies en broekies – een aan die lyf as ons hulle aflaai, en dis ook die een wat hulle elke middag gedra het, en twee vir skool. Woensdag trek hulle skoon aan en Saterdag was ek al die klere vir die volgende week.

Ons konnie juis broekrek kry in daardie jare nie en ek moes planmaak. So't ek ou fiets binnebande in repe gesny en die dogters se broekies daarmee ingeryg. Later het Coba vertel dat dit nie juis watwonders sterk was nie, en menige keer het hulle met witdorings die broeke vasgesteek as die rekke breek. Kan jy dink hoe hulle moes sit en staan met die witdorings!

By tant Hantie gekom, was daar 'n hele paar muilkarretjies onder die bome. Ons vind toe uit dat sommer 'n sous kinders daardie jaar bygekom het. Die dogters het getel en toe ons hulle die volgende naweek kom oplaai, sê Mara met die haasbek, 'Daar's nou altesaam vier-en-twintig!' Dit was baie kinders om op die stoep en die waenhuis in te druk. Ek het gewonder of die ouers ooit uitgewerk het hoe beknop dit sou wees, en wie sou na hulle omsien in die nag?

Nietemin, ons is terug tot by die kruispad en regs na

Gertien se winkel. By die twee groot maroelabome kon jy sien mense is besig om huis te bou, en toe stop Petrus daar om dag te sê soos sy manier was. Daar hoor ons dis Lampbrecht en Coetzee mense wat saam-saam van die Matlabas af getrek het en besig was om 'n winkel te bou net agter die maroelas. Daar was Daan en Nan Coetzee en Jon en Maria Lampbrecht en 'n jong man, Sias – ou Jon se kind. In tente langsaan was nog 'n paar ander jongmense, en ons het aangeneem dis die Coetzees se kinders.

Daan, so 'n lang, maer man, sê toe hulle gaan saam in die winkel werk as dit klaar is, maar die huis sou eers later agteraan gebou word. Daar was terselfdertyd 'n gewoel langsaan om 'n huis klaar te kry vir almal om in te bly. Dit het alteveel gelyk of die twee families gewoond was om saam in een huis te wees, en ons het maar ons eie gedagtes daaroor gehad.

Hopelik sou die nuwe winkel meer goedere hê as Gertien s'n, maar my gesonde verstand het vir my gesê dit was nie 'n goeie tyd om 'n winkel oop te maak as jy niks op die rakke kon sit nie.

Alles was ook baie duur, en goed soos suiker was steeds gerantsoeneer na die oorlog. Elke familie in die Bosveld kon net een sjieling se suiker in 'n maand kry, maar ons kon twee sjielings s'n kry met so 'n groot familie. Gertien het dit altyd mooi geweeg en dan in 'n maer bruin papiersakkie gegooi en bo opgerol – daar was mos nie plastiek of *cellotape* soos vandag nie. Een pakkie kon net mooi 'n sjieling se suiker vat, en as jy by die huis kom, het jy baie skraps met dit gewerk. Die sakkies was nie breër as jou hand nie.

Ons het sommer die suiker en bietjie koekmeel opgetel as Petrus die dogters gaan haal. So het dit gebeur dat Neeltjie een Vrydag die suiker moes vashou op die muilkar. Petrus het die houtbankie waarop almal moes sit, se rugleuning afgehaal, en voor was daar 'n *splashboard* tussen jou en die muile. Op so 'n dag trek hulle daar by Skilpadfontein se draai waar die sand dik is en jy altyd die muile moes aanjaag, toe hy vir Danster en Bessie so bietjie tik met die sweep om deur die sand te kom. Die twee makke muile spring toe só skielik weg dat Neeltjie agteroor van die bankie af val en toe hulle weer tot stilstand kom, lê sy doer agter in die pad op die naat van haar rug. Al wat jy kon sien is haar twee arms in die lug soos sy die pakkies suiker sorgvuldig vashou sodat nie 'n korreltjie op die pad land nie! Almal konnie anders as om te lag oor die kind wat die kosbare suiker so mooi vasgehou het nie.

'n Paar weke later, weer op ons pad terug was ons bietjie laat en die son het al water getrek, toe Danster en Bessie daar by Skilpadfontein die sanderige draai vat. Dáár het omtrént 'n eienaardige ding gebeur. In die ou dae was daar mos 'n hek oor die grootpad wat moes oop en toe, so een van die groter kinders moes altyd afklim en dit oopmaak, wag vir die muilkar om deur te gaan, en dit dan weer toemaak. Dit was 'n regte bekslaner hek soos mense in daardie dae gehad het, en swaar om oop te maak. 'n Bekslaner is 'n hek wat van droppers en draad gemaak is en bo met 'n houtboog aan 'n draad om die hek en aan die paal vasgemaak word. Gewoonlik is dit só styf vas, dat as jy die hout loskry, dan slaan dit terug in jou gesig – 'n bekslaner.

Toe ons by die hek kom, dat Danster pote in die lug staan en weier om 'n tree verder te loop. Petrus het gefluit en gepraat, maar Danster se oë rol in hulle kaste en sy ore draai om-en-om soos wat hy luister vir iets. Dit was al redelik skemer en Petrus wou aandruk sodat ons voor donker by die huis kon wees, maar op die ou end was hy genoodsaak om af te klim en die muile voor te vat en nog die hek met die een hand oop te kry ook, want die dogters was só bang, dat hulle dit net nie kon oopkry nie. Dis toe dat ek daar na Skilpadfontein se ou gewelopstal kyk, en 'n vrou in 'n deurskynende wit rok vinnig om die ou huis sien wegraak. Dis nou die huis wat Pa Ampie nog gebou het toe hulle daar gebly het. Toe kom die vrou weer terug en reg teen die oostemuur aan ons kant begin sy skryf, maar ons was net te vêr en dit was te skemer om uit te maak wat sy skryf. En toe's sy weg - net so.

Petrus kon skaars die muile in toom hou tot ons weer

mooi regsit, en toe loop hulle oop Vaalbos toe, maar daar by Skilpadfontein se agterlande, sien ons sowaar ou Faan Vermaak met sy pap laphoedjie staan! Tóé moes jy sien hoe hol die twee muile, want ou Faan was dan al jarre dood! By Vaalbos se groot maroelaboom was dit nie nodig om hulle aan te jaag nie, en ons is af met die paadjie langs Pa se sandlande, deur die middelkamp en toe dit goed donker is, stop ons voor ons huis met twee muile wat daardie dag soos perde gehardloop het. Jy moet onthou, Bessie was nou al 'n ou muil.

Daardie aand het ek en Petrus nie soos gewoonlik stories vir die kinders vertel nie, want almal se oë was nog soos pierings van die skrik, en ons is met 'n snytjie brood bed toe. Oor die naweek het ons probeer uitwerk wat aangegaan het by Skilpadfontein, en Petrus reken toe, 'Dis sekerlik 'n rooikat of ongedierte waarvoor Danster so geskrik het,' maar ons konnie uitwerk wie die vrou met die wit rok was nie. Ek kan haar so duidelik soos vandag onthou – nie 'n lang vrou nie, bietjie geset om die middel, maar nie so kort en geset soos tant Klein-Sannatjie nie; meer soos 'n jonger Ma Bergmann. En, tant Klein-Sannatjie-hulle het nie in die ou gewelhuis gebly nie. Petrus sê toe as ons weer by die Smits langsgaan, sou ons gaan kyk na die oostemuur, want die ou gewelhuis het leeg gestaan. Maar dat ou Faan by die grensdraad was, is verseker - ons het hom almal gesien.

'n Paar jaar later het dieselfde ding gebeur daar by die lande op Soutvlei van oom Sias - dis nou die stuk grond wat van Skilpadfontein afgesny is vir die Lampbrechts. Ons was almal weg om die dogters te gaan optel, en toe ons laatmiddag by Soutvlei verbykom, waai oom Sias met die arms vir hulp, want hy't pype in die boorgat laat val en kon dit nie alleen uitkry nie. Teen die tyd dat die pype uit is, was dit skemer, en toe ons myle verder so draai by Vaalbos se hek, loop daar 'n vrou stadig oor die pad wat op 'n haar soos Ma lyk, en ook sy is net skielik weg tussen die bossies daar na Vaalbos se skaapkraal toe. Danster en Bessie wou nie verder nie, en Petrus skrou toe, 'Hou vas!' en hy slaan hulle goed met die sweep, en toe hulle daar wegtrek was daar geen keer nie en hulle haal uit Belofteland toe soos weerlig.

Toe ek eendag vir Martha raakloop en vra oor die vrou wat Petrus daar gesien het, sê sy net, 'Êêêê, Matangwane, hy's die Ounooi!' Blykbaar het die swartes gereeld die vrou daar sien loop, en dis waarom hulle nooit na skemer gaan water haal of uit die stroois gekom het nie. Hulle is maar baie bygelowig, die ou swartes, maar hierdie keer het ek haar geglo, want ons het die vrou so duidelik soos daglig gesien.

Eendag trek Petrus net daar by die gewelhuis op Skilpadfontein in en sê, 'Kom Skat, vandag gaan ons kyk of jy 'n vrou gesien het,' en lag te lekker. Hy't my nie rêrig geglo nie. Ons stap toe om die huis met die wit kalkmure en sementvloere wat nog steeds blink as jy dit met die voet vee. En jou waarlik, aan die oostekant waar ek die vrou gesien het, is daar 'n vierkantige blok in die muur gebrand wat lyk soos roes, en in die middel staan daar: *Nelie se huis.* Nou, ek het Ma Nelie se skrif geken, en dié was hare. Ek't só gebewe daarna, dat ons moes sit en Petrus self het bleek gelyk, want watter vrou, lewend vandag, het geweet dit was Ma Nelie se huis? Nie een nie.

Nouja, dit was tyd om Andreas te doop. Dominee Van Schalkwyk het die beroep aangeneem en kon hom doop op Steenbokpan. Hy sou op Ellisras bly met sy familie en vandaar die drie gemeentes bedien. Ons was baie ingenome met die prediant en sy familie. As daar nou een man was wat regverdigheid laat geskied, was dit hy.

In ons pos daardie week was 'n brief van Pa Ampie wat sê hy bly nie meer op Warmbad nie, want jong Ampie het alweer iewers rondgeswerf en Langkloof was in die verwaarlosing. Petrus was tevrede dat Pa weer op Langkloof gaan bly, maar ek dink hy't net swarigheid vir die nuwe vrou gesien as Pa Ampie weer die bottel ontdek.

Die hele week het Petrus nie veel gepraat nie, maar toe die einde van die skoolkwartaal naderkom, sê hy, 'As die Here wil, pak ons die wa en gaan kuier op Langkloof.' Niemand het in daardie dae gepraat van vakansie nie; dit was maar net 'n kuier of jy 'doen aan' by ander. Die laaste dag van die kwartaal toe ons die dogters gaan haal by die Verhoefs, kom hulle soos drie bosbobbejane aangehardloop van die skool af met hare wat wild en gekrul om hulle koppe staan. Ek kon my oë nie glo nie, en vra toe, 'Wat nou met die krulhare?' Dis Mara wat ewe lekker vertel dat hulle van oom Antonie se ogiesdraad 'geleen' het, en dan ryg hulle dit uit vir reguit draadjies. Dan draai hulle die hare om die draadjies met lap en slaap die hele nag so. Die anderdagmôre haal hulle die draadjies uit en kam daardie boskasies uit, 'Om mooi te lyk.' Dit moes seker soos 'n weerwolf vroeg in die môre gelyk het, maar hulle het gedink dis baie mooi en, 'Al die ander dogters wou ook so lyk,' voeg Neeltjie by.

Ai, die Mara kon tog altyd sulke plannetjies maak met die geringste ding, en speel was altyd te lekker vir haar. Later het ons deur Neeltjie gehoor van die ander kinders se speletjies. Sy sê die twee oudste seuns het die lood in ou batterye gesmelt, dan't hulle 'n mannetjie in die sand gemaak en die warm lood daarin gegooi, en dan kon die dogters met die 'pop' speel. Sy sê dit was nie eintlik 'n lekker speelding nie, maar ek't 'n spesmaas gehad dit was gevaarlik om die lood te smelt. Daardie twee seuns was glo groot maats en lekker stout.

Oor die jare het ek rêrig na Sannie Bodes van Langkloof verlang, en ek weet Petrus het sy ou maat, Antoon, ook gemis. Toe ons die dogters vertel van die kuiertjie, kon hulle nie uitgepraat raak nie en ons moes hóéveel vrae antwoord oor waar dit is, hoe dit lyk, wat hulle daar kon doen en of daar ander kinders is. Petrus was in 'n goeie bui vandat ons besluit het om te gaan, en dit was soos in die ou dae op Langkloof toe ons oor enigiets kon gesels sonder baklei.

Toe pak ons die wa en vat pad suide toe. Daar gekom, was ons baie ingenome met die nuwe ma. Sy was kwaai met Pa, maar op 'n mooi manier. Kan jy glo, hy't heeltemal die drank laat staan en dit was eintlik lekker om met hom te leer ken. Hy en Petrus het nou as grootmans baie gehad om oor te praat, en vergete was die swaar kinderdae. Die kinders het oor die werf gesaai en in die leivoor gespeel wat Petrus self gegrou het. Daar het die dogters te heerlik gespeel met botteltjies wat hulle uit die ashoop opgetel het. Die water uit daardie leivoor is waarlik koud, maar die bottels is in rye gepak en water en sandjies uit die voor was die modderkoeke vir hulle speletjies. Petrus het die kolkgat gaan wys waar sy suster Truia amper verdrink het, en met Albertus op die rug, is hy, Pa en Abel die spruit oor daar na Antoon se plaas toe en later op in die Bobbejaanskloofberge.

Petrus sê toe hy klein was, was die leivoor net so 'n kort voortjie, maar daar moes hy in die winter met kaalpote in die water staan om die koringland nat te lei. Terwyl hy die storie vertel, kon jy sien dit was nie 'n groot werk vir hom nie, want Langkloof was húlle plaas.

Die seuns was soos mal goed in die bome en Abel wou alles wat voorkom met die rekker bykom. Maar dis toe ek ons druiwestokkie by die agterdeur sien, dat ek werklik hartseer was oor die plaas waar ons kon gebly het. Daar teen die drade wat Petrus gespan het, het dit lowergroen gerank.

Pa Ampie sê toe, tot sy skaamte was daar nog steeds nie uitsluitsel oor die plaas nie, al het hy hoe hard probeer om die Meester van die Hooggeregshof van alles te voorsien, so nou bly hy maar self daar en sien om na die plek tot daar 'n antwoord is. Hy sou baie graag wou hê Petrus moet die plaas kom bewerk, maar hy't geweet ons het klaar 'n ander lewe op Belofteland begin. 'Eendag as ek nie meer daar is nie, sal Langkloof nog altyd daar wees vir julle,' sê hy toe met heimwee wat soos 'n jas om hom hang. Maar of dit só sou gebeur, sou ons moes sien, want waar 'n nuwe vrou bykom, kan jy waarborg sou daar aanspraak op grond gemaak word.

Oppad terug daar by Rankin's Pass se polisiestasie, vertel Petrus vir die kinders se ore van die petalje toe hy in die nag gaan jag het in die berge, en die polisie hom gevang het met die bok wat hy nie veronderstel was om te skiet nie. Die kinders konnie glo hulle pa was ook jonk en onnutsig nie, maar het gaan slaap met sagte oë en diep asemhaal.

Petrus en Andries was ook regte karnallies wat allerhande kattekwaad op hulle dae aangevang het. Later toe ons weer terug is op Belofteland, kom daar 'n brief aan van Pa Ampie, en daarin sê hy hoe baie hulle verlang na die kinders, want hulle botteltjies staan nog net so daar by die leivoor, en dis waar dit sou bly vir solank hy op die plaas was. Jy kon die heimwee in sy brief voel.

Ag, nouja, so het die Here ons op vêr paaie gelei. Maar ek wonder tog waar ons almal sou opgeëindig het as dit nie vir my ma se siekte en die moeilikheid met my familie was nie.

Teen hierdie tyd het ons lewe op Belofteland begin rigting kry. Ons beeste was vet en die gras en mielies geil. Ons het nou wel nie een van die flukste werkers gehad nie, maar jy kon op hom vertrou as jy nie daar is nie, en so was Petrus se besluit dat ons vir Pa Ampie op Langkloof gaan kuier, die regte een.

Dis of hy oor daardie week die deur op sy kindertyd en ons samesyn daar toegemaak het, maar ek het in my hart geweet hy sou altyd verlang na sy geboortegrond.

1950 - 1959

In 1949 het die dogters alhoemeer met stories by die huis aangekom van die slegte kos en harde werk by tant Hantie.

Om alles te vererger, moes ons elke einde van die kwartaal die opvou bed daar op die vlaktes in die son sit en kookwater oor die hele ding gooi, want die weerluise het gekrioel uit dit. Dis 'n houtkatel met sulke kort beentjies wat Petrus self gemaak het en waarop aldrie dogters kon slaap. Maar glo my, ons moes die pote afhaal om kookwater in elke gleufie te gooi om ontslae te raak van die gemors. Die klapperhaarmatras het vir dae in die son gelê tot ek seker was daar konnie nog goggas in wees nie. Hoe die dogters kon slaap in die kwartaal, weet ek nie.

Die ding wat Petrus die kwaadste gemaak het en waaroor hy en tant Hantie woorde gehad het, is die slegte kos en apart etery. Hy't haar prontuit gevra wat sy maak met die duiker of steenbok wat hy gereeld moes bring vir vleis, en waarom haar familie lekker kos eet en die losheerders net waterige kos. Sy't, 'Ou Petie,' ge-hier en ge—daar, maar hy't net gesê, 'Tante, ek wil weet wanneer my kinders van die vleis kry,' wat sy natuurlik nie kon sê nie.

Toe ry ons op na Salie en Marja Suurdeegbol en vra of die dogters die volgende jaar by hulle kon bly, en stem in sonder om daaroor te dink. Ek dink dit het ook maar broekskeur gegaan daar met hul oudste 'n swak baba, en ekstra kos en vleis sou welkom wees. En so't dit gekom dat die kinders heel lekker daar gebly het in 1950 met die skool net 'n hanetree weg.

Dis in dié tyd by Marja, dat die baba een nag stuipe kry. Salie skrik toe só, dat hy Neeltjie en Coba in die donker stuur om die ouma te gaan haal net daar duskant die kerk. Die dogters was glo vreeslik bang en kies toe sommer kortpad deur die gruispan in die maanlig. Die huise was seker nie 500 treë uitmekaar nie, maar dit het verseker verder gevoel in die donker. Daar by oom Jan se huis wou die honde hulle verskeur en hulle skrou toe soos twee maervarke tot die dommerige dogter die honde kom uitmekaar skop. Ou tant Maria hol toe vooruit om te gaan help en die dogter loop ewe luiters saam met ons kinders terug asof sy niks weet van die skoppery nie. Toe hulle die naweek vir Petrus daarvan vertel, sê hy ewe droog dis omdat, 'Party mense te banggat is vir die donker.' Oom Salie was 'n groot man, maar nie juis een wat jy braaf sou noem nie; het ook nooit aan 'n geweer gevat nie.

Teen hierdie tyd het ons lankal vergeet van die lekker kuier op Langkloof en alles het net gedraai om plaaswerk en kinders grootmaak.

Ek het nooit juis mooi daaraan gedink nie, maar eendag toe ek en Petrus weer so met die beeste sukkel met net die een swarte wat help, het ons mekaar weer goed aangevat, sommer daar in die kraal. Die drie kleiner kinders was op die kraalmuur se pale, en toe ek opkyk in die middel van die bakleiery, sien ek hoe bang hulle lyk, en ek besef daar's nie 'n dag wat verbygaan dat ons nie baklei nie.

Ek wou nie uitwerk wie se skuld dit was nie, maar wie se skuld ookal, dit moes end kry. Was Pa se baklei dan nie 'n les vir my nie? Maar voor ek aan die slaap raak daardie aand, het die duiwel weer by my kom opsitkers hou, en ek't geweet dis Petrus wat meestal vir geen rede baklei. Ja, ek was seker daarvan.

Ieder geval, dit was óns manier om dinge in die oopte te kry, en as Petrus nie wou terugbaklei nie, dan't ek net nog redes gekry om hom te tart sodat ons die sakie kon beding.

Teen September daardie jaar het ons juis weer baie baklei oor Pa se onwilligheid om die boedel na 'n kant toe te dryf, en Petrus het naderhand gesê, 'Maria, jou pa wil nie hierdie grond vir ons gee nie,' maar ek't geweet Pa sou dit moes doen, en so het die bakleiery uitgeloop op 'n brief wat ek vir die Weesheer skryf en hom mooi laat verstaan dat ons nou hande in die hare sit oor die plaas, en wat staan ons te doen?

Mens moet die swarigheid van jou gemoed afkry, en so het ek eendag met nog 'n hewige bakleiery vir Petrus gesê, 'Jy

moet maar weg vorentoe as jy dit nie meer op Belofteland kan
hou nie, maar dis my grond en ek loop nie.' En my man wat
nooit 'n harde woord kon sê nie, was wit van kwaadgeid, maar
ek't geweet dis net sy manier en het sommer in sy gesig gelag
toe hy nog wou praat. Toe bly hy stil en dit was die einde
daarvan. Tot een goeie dag dat Dominee van Schalkwyk, 'n
diaken en 'n ouderling daar op die plaas aankom. My voorskoot
was nog vuil en my hare ongekam, maar hulle het rustig kom
sit in die voorkamertjie en toe ons klaar koffie gedrink het, sê
Dominee van Schalkwyk dat hy met my wou praat oor die
onmin tussen my en Petrus.

Ek't nie geweet wát om te sê nie, maar Petrus het net stil
daar gesit tot die dominee verduidelik. Blykbaar het Petrus na
die laaste kerkraadsvergadering by die dominee gekla oor my
bakleiery wat net al hoe erger word, en die manier wat ek het
om sommer so vermakerig in sy gesig te lag om hom te
verkleineer. Ek konnie glo wat hy sê nie – ek's tog nie die een
wat altyd begin baklei nie!

Ek sê toe sommer vir Petrus, 'Is dít jou manier om my te
beswadder?!' en lag soos gewoonlik. Net daar vat die dominee
my aan die arm en sê ek moet sit sodat hy met ons kon praat,
want dis nie hoe 'n vrou met haar man mag praat nie. Ek wou
weet wat Petrus te sê het daaroor, maar die dominee sê,
'Maria, jou man wou as 'n diaken bedank, want hy sien nie hoe
hy nog langer op Belofteland kan uithou met die aanhoudende
bakleiery nie,' Petrus was op die punt om pad te vat.

Toe bid ou Dominee vir ons 'n gebed diep uit sy hart, en
toe hy opstaan laat hy my belowe dat elke keer as ek 'n sakie
wou 'uitredeneer,' moes ek daaraan dink dat die Here elke
woord hoor, en dat Hy die een is wat sal oordeel as jong kinders
sonder 'n pa moet grootword.

Ou Kind, nooit het ek besef ék is eintlik die een wat elke
keer die vuur aansteek nie. Mens kom nie altyd agter hoe jy
elke dag dieselfde ding doen en nie eers mooi weet hoekom
nie. Ek't myself voorgeneem om beter met Petrus te werk, al
het ek gevoel hy het ook goed skuld gehad aan die bakleiery.

Dit was asof hy daarna sommer nuwe moed skep vir werk en plaas opbou in die warm Bosveldson.

Daar was baie wilde gras en opslag katoen tussen die rye mielies om dit te verdruk. Katoen is mos soos vuilegoed, en groei net waar daar plek is. Ek was bly dat Petrus na net een jaar besluit het dis te veel werk om katoen te oes, want kyk nou, daar moes almal wat 'n lepel kon lek, uit op die land om katoen te skoffel in die bloedige hitte.

Nietemin, hulp of nie hulp nie, in dié tyd het Petrus begin planne maak vir huisbou.

Die moeilikheid met Pa en Bertie het soos gewoonlik aangehou, en elke nou-en-dan was hy en tant Dot daar op die kapkar en dan't hulle nooit gery as hy nie eers ongevraagd op sy eie om die lande loop en die beeste met 'n stok in die kraal deurkyk om te sien of hulle nie sy brandmerk het nie. O, Pa kon 'n ou vloek wees wat niks omgee of skaamkry nie! Maar vandat Petrus ons eie brandyster gekry het, was daar minder moeilikheid met beeste wat deurmekaar raak.

Ek onthou goed die eenkeer toe Witlies se jaaroud vers en 'n paar tollies weg was vir 'n tyd en toe ons hulle weer in die trop sien, was Pa se brand op. Die jong swarte sê toe hy't in Betsjoeanaland gesien hoe die boere 'n nat sak op die ou brand sit en dan brand hulle met 'n nuwe yster, so jy konnie eintlik die ou brand uitmaak nie. Die nuwe brand lyk ook baie ouer as wat dit werklik is met die nat sak. Maar beeste het 'n manier om weer by hulle trop uit te kom, so die verneukery het nie altyd gewerk nie.

Daar was g'n einde aan Pa se planne om ons van Belofteland af te kry nie, en ons het naderhand probeer voorspel wat sy volgende plannetjies sou wees, maar nooit kon ons peil hoe hy dink nie. Noudat hy self kon sien hoe goed die plek begin lyk wat hy as 'n afskeepstukkie vir ons gegee het, het hy behoorlik die geelbaadjie gedra!

Vaalbos is oor die 3000 morg; jy sou wonder waarom Bertie opsluit nag-vir-nag in die winter op ons grond kom jag. Pa moes tog geweet het daarvan, want hulle was kop-in-eenmus. Regdeur soos die voël vlieg, is dit ook nie juis loopafstand van Vaalbos af nie, maar as jy met die perd tot naby die oulande kom waar die wild snags wei, dan is dit naby. Wat was makliker as om 'n bok in die lande te skiet? En dan't hy nog koeie en jong verse ook geskiet. Petrus sou nooit iets anders as bulle skiet nie, want hy't gesê, 'Die koeie is daar om aan te teel vir die volgende jaar se wild.'

As ons skote in die nag hoor, dan het Petrus altyd die volgende dag kwaad van die lande af teruggekom. Jy weet, jy kon aan sy loop sien daar's moeilikheid, en as hy by die huis kom het hy net altyd gesê, 'Die Schoemans is 'n klomp vuilgoed!' en dan't almal dit ontgeld daardie dag.

Na daardie jaar se goeie oes, het hy voet neergesit. Ons moes sonder versuim uitsluitsel kry oor plaas oordrag, want hy wou alles begin bedraad, en ons konnie nog verberterings aanbring as dinge nie nou regkom nie. Hy was haastig vir huisbou, want ons ou huisie was net te klein – die dak was só laag, dat jy moes buk as jy binnekant is. En wárm!

Nouja, ons was só besig daardie jaar, dat niemand ag geslaan het op hoe vinnig die tyd verbygaan nie. Andreas se tweede verjaarsdag was op ons en ek moes klere regkry vir die dogters en ook vir Abel om die volgende jaar skool toe te gaan. Vanmelewe se dae het kinders nie skooldrag gedra nie, maar hulle moes tog rokkies hê om te dra en 'n paar kakiebroeke vir die seuns. Die smouse wat nog daar by Vaalbos gestop het, het nie veel materiaal gehad nie, en later het hulle ook nie meer daar gestop nie. Ma het altyd 'n ou stukkie lap vir ons kinders gekoop, maar nou was sy nie meer daar nie en die smous het nie geweet ons plaas lê agter aan Vaalbos nie. Dit was 'n jammerte, want hulle't altyd goed te kope gehad wat jy nie in die plaaslike winkels kon kry nie.

Na die winter ry Petrus een Vrydag om die dogters te gaan haal, en daar in die middelkamp tussen ons en Pa, kon hy nie deur nie. Regoor die pad lê daar 'n gróót boom; vêr te groot en swaar om te skuif. Toe ek dink hy's seker lankal op Steenbokpan, kom hy gedaan gesukkel met die muilkar by die huis aan en sê die jong ploeg-osse is al wat die stomp sou roer. Petrus sê jy kon duidelik sien waar die boom afgesaag is en ook die sleepsel vanwaar iemand dit aangesleep het.

Nietemin, daardie aand na boekevat, sê hy, 'Skat, skryf weer vir die Weesheer om te hoor wat ons te doen staan; Ma se testament was nog steeds nie afgehandel nie en dit na drie jaar.' Intussen het Pa en Bertie gemaak net wat hulle wou, en ons verpes op elke manier wat jy aan kon dink.

Wat sou gebeur het as een van ons siek was, en dit met die groot boom oor die pad? Ek't my voorgeneem om Pa aan te tree sodra ons weer op Vaalbos is.

Ek't Katrien en Sofie laat weet van die stand van sake en om raad te gee wat hulle moes doen om ook 'n erfenis te kry. So't die Weesheer kort daarna laat weet al die dogterskinders wat grond en losware erf, moet 'n prokureur kry wat die saak kon aanjaag. Nou, nie ek, Sofie of Katrien het geld vir 'n prokureur gehad nie, maar ons besluit toe om weer almal aan die Weesheer te skryf, en miskien sou hy en die Meester van die Hooggeregshof iets vir ons kon doen. Katrien was wel 'n groot vrou, maar sy was nog altyd 'n gebreklike weeskind in die Weesheer se oë. En toe begin die groot wag.

My geleentheid om Pa aan te tree, het sommer die volgende week gekom toe tant Dot my hulp nodig kry met seepkook. 'Gaan jy en die kleintjies deur Steenbokpan toe en dan help ek die tante,' sê ek toe vir Petrus en klim af op Vaalbos. Ek kry haar in die slaapkamer, doodsiek, en sy beduie toe ek moet maar by Pa hoor hoe vêr die seep is - hy's daar by die stoorkamer. En dis ook waar ek hom kry.

Ek roep nog, 'Waar's jy, Pa,' toe antwoord hy uit die toesluit stoor, en vir die eerste keer sien ek ook die binnekant waar hy luiters teen die saadsakke leun. 'Kom in, Marja, ek kan jou nie mooi sien nie,' koer hy ewe en my hart maak bokspringe, maar toe ek wou terugtree, druk hy die deur toe en sy oë word hard en koud. Net daar word ek weer kind wat slae vat sonder huil soos hy my rok en onderklere afruk, en my brutaal vaspen. Al wat ek kon hoor is, *kyk vorentoe, Sussie, kyk vorentoe,* soos my ore suis, en toe gooi hy my eenkant soos 'n vrot vel en los die deur oop in die uitgaan.

Daar't ek bly sit, vir hoe lank, weet ek nie, en is later tot in Katrien se kamer om myself af te was. Laat die middag toe Petrus daar aankom, het my hande nie meer so gebewe nie, en toe's ons huistoe sonder baie praat. In die dae daarna, was dit 'n marteling om 'n gesprek met hom gaande te hou, maar ek't geweet, van Pa se onreg sou hy nooit hoor nie. Nie as ek my goeie man wou behou nie. En so't die duiwel geseëvier in sy wandade.

Voor Kersfees daardie jaar laat weet jong Ampie hy wil met Petrus praat oor Langkloof, al was hulle lankal kwaaivriende uitmekaar oor die plaasstorie. Onthou, Pa Ampie het mos daar gebly met die nuwe ma; vir hoe lank, sou ons natuurlik nie weet nie. Petrus het van die Goosens af gaan bel, en toe kom dit uit van twee dorpserwe in Pretoria wat Ampie kwonsuis gekoop het, en hy beloof hand-en-mond om dit aan Petrus oor te gee in ruil vir sy deel van Langkloof wanner oordrag geneem word. Hy was steeds sonder 'n heenkome as dit nie vir die plaas was nie, al het Pa Ampie nou daar gebly. Ek wou weet hoekom Ampie dan nie op sy twee erwe loop tent opslaan nie, want dié storie het net nie reg geruik nie.

Blykbaar was die Meester uiteindelik in besit van al die uitstaande papierwerk, en dit 15 jaar na Ma Nelie se dood. Nou kon Langkloof in die kinders se naam oorgeplaas word. Nie een van die ander kinders wou meer 'n deel daarvan hê nie, en Ampie het gesê Landbank was ten gunste vir 'n lening in sy naam. Nou, as Petrus net van sy deel afstand doen, kon die lening toegestaan word. Pa Ampie en die nuwe ma het toe reeds oorgetrek en op Goedehoop gaan bly, so Langkloof was sonder 'n wit vel. Vir die vrede se onthalwe, stem Petrus toe in, maar hy wou eers die geld vir sy loswaren uit die boedel in die bank sien, en dan 'n skriftelike ooreenkoms met Ampie vir die twee erwe.

Petrus was altyd so goedertrou en het Ampie se mooipraatjies dat die ooreenkoms in die pos is aanvaar, en toe gee hy skriftelik toestemming dat Langkloof in Ampie se naam oorgeplaas kon word. Ek't net kop geskud en gedink aan die Bybel se bord lensiesop.

Toe maak ek my vrede daarmee, want ons sou heelwaarskynlik nooit weer teruggaan Langkloof toe nie, al wou ek elke dag wegvlug van die pes op Vaalbos wat my lewe verwoes het. Almal in my klein familie was nou gevestig op Belofteland - watter redes kon ek dan aanvoer om weg te trek? Ek, wat nie eers die rugmurg gehad het om Petrus van Pa se stoorkamer te vertel nie?

Vandag weet ek, ek moes liefs vertel het, want om Langkloof af te skryf was baie sleg vir Petrus; ek kon hom help baklei het vir sy erfenis. As jy nog die ander moeilikheid met die Schoemans bytel, dan was dit genoeg rede om op te staan vir sy regte en nie sy geboortegrond te verloor nie. Maar dit was sy besluit en ek het hom nie gekeer nie, al het ek geweet die lewe sou beter wees vêr weg van Pa en Bertie af.

Die Here weet wat hy doen, maar daardie tyd was my geloof dun geskaaf. Daar was niemand met wie ek kon praat noudat Ma nie meer daar was nie, maar dit het my nie gekeer nie. Of ek nou seep kook of brood bak, sy was daar. As die kinders huil en siek word, sy was daar. En praat het ek met haar gepraat. Ek kon tenminste terugval op al die boererate waarvan sy ons so goed geleer het. Maar ai, ek't haar gemis. En dan't ek maar hardop by haar gekla oor Vaalbos se mense.

Twee maande na Pa se aanval, het die naarheid my smoors wakkergemaak, en ek't geweet wat ek weet. Hoe meer ek op die knieë staan en myself uitmergel oor wie se kind dit is, hoe meer het die las my vasgedruk. Toe laat roep ek Martha.

Onder die hardekoolboom kon ek netnie die woorde uitkry nie, toe leun sy geduldig oor en vat my hand vas in haar eelt-hande, en daar, swaar soos dit was, vertel ek van die stoorkamer. Sy vee toe oor haar gesig met, 'Êêê, Matangwane,' sis deur die ondertande, en staan op en loop soos 'n ou vrou die veld in. Later kom sy terug met blare wat ek nog nooit gesien het nie, kook dit in 'n klein potjie, blaas koud en wag tot die laaste druppel bruin sop in my keel af is. Sy beduie toe ons moet die dag se werk klaarmaak, want werk is die laaste ding wat ek sou doen die volgende paar dae. Dit was ook so. My ou getroue vriendin het 'n week voor my bed gebly, en Petrus en die kinders is stilgehou tot ek beter was. Sy was Leia, Ma, ou Sara en Ma Nelie in daardie tyd.

Nooit sou ek weet of ek Petrus se onskuldige kind vermoor het of Pa se afstootlike maaksel verwerp het nie. Tussen my en Martha is 'n vrouelas gedra sonder sug of opstand.

Skaars is Martha weg of sy staan weer voor die deur, en vir die eerste keer leun sy haar kop op my bors en sê, 'Sara ês weg,' en haar bruin oë swem met die verlies van 'n leeftyd se maat. Ons het lank so gestaan met ou Sara tussen ons, en toe haal sy 'n opgefrommelde papiersak uit, prop dit in my hand en vat weer die bospad soos 'n horingou mens. Ek het nie nodig gehad om te kyk nie, want ou Sara se lekker snuifreuk het ditself aangekondig. Van toe af het haar Vicks blikkie voor my bed geslaap en ek kon elke dag met goeie gedagtes begin. Daardie deetlike ou vrou was vêr oor die honderd-en-tien met haar dood, maar in my hart was sy altyd die een wat kon abba en oor duwweltjies hardloop.

Almal, swart en wit, is oor Vaalbos toe vir haar begrafnis waar sy reg onder doringboompies virewig kon rus - daar waar 'n kombers vol gate 'n eerste tuiste was.

Die swarigheid was nou erg deel van my dag, maar die lewe gaan aan. Op Vrydae as Petrus die kinders gaan haal, het hy al hoe vroeër die muile ingespan, want hy wou 'die pos ook kry.' Daar was nie juis pos nie, en later het ek begin vra waarom hy dan so baie vroeg ry as ek alleen op die plaas moes agterbly. En dit was van die min kere dat ons weer baklei het. Ek was gedaan van al die goed wat ek oor wou baklei en nie konnie, want ek't die dominee belowe. Goed wat ek gedink het verkeerd was, en die gesukkel om 'n bestaan te maak, en sommer ook alles wat my hart oor gepyn het.

Toe laat Diena dit later uitglip dat Petrus vir ure daar by

haar en Sias sit en gesels voor hy poskantoor toe is. Nou was die gort behoorlik gaar, en daar't nie 'n dag verbygegaan dat ek nie gewonder het of hy by iemand aanlê nie. Een goeie Vrydag was Danster en Bessie al tienuur in die môre ingespan, en toe ek vra vir wat ek alweer vingeralleen by die huis moes bly, sê hy, 'Niemand, nie eers die koning van Engeland kan dit met jou jaloesie hou nie, Maria!' en as ek nie ophou daarmee nie, sou hy sy goed vat en loop.

Dit was 'n baie lang Vrydag. Teen die tyd dat hy terug is, was ek só ontsteld, dat hy my 'n paar druppels Levenessens in water moes gee. Ek't hom nog hoor sê, 'Maria, die Here weet, jy moet nou ophou met hierdie moeilikheid; my gewete is skoon.'

Alleenheid, sukkel en verlange kan spoke opjaag, en dis hoe ek die maker van al die moeilikheid geword het. Dit kon ek uiteindelik in die nag se donkerte sien.

En met daardie besef, vat ek Petrus se hand styf vas onder die laken en toe kon ons rustig slaap.

Bietjienjana *Tšhêlêtê*

Hier in September van die vorige jaar toe Mara in graad twee was, het ou Meester laat weet Toezicht se skool gaan sluit en dat die nuwe skool op oom Hans Harmse se plaas, Grootdoornlaagte, gebou gaan word. Daar was genoeg kinders in die kontrei sodat die Staat 'n drie-klaskamer skool kon bou.

Dit was Coba se laaste jaar op laerskool.

In daardie tyd was daar reeds twee onderwysers - ou Meester Venter en ook Meester Lombard, Neeltjie se graad een onderwyser. Voor hy opgedaag het, het die ouers 'n kans gehad het om te stem vir die onderwyser wat die tweede pos sou vul. Dit was tussen Meester Lombard en 'n ander man, en dit werk toe so uit dat ek en Petrus die laaste stem het wie dan gekies moes word. Ons kies toe Meester Lombard, maar ons het tot ons spyt later agtergekom hy's nie 'n watwonderse onderwyser nie. Toe was dit te laat, want hy was klaar gevestig in 'n huis daar tussen oom Jon en Gertien se winkels. Hoe moes ons tog geweet het hy was nie die regte keuse nie? Maar tog sulke gawe mense wat almal om hulle met vriendelikheid behandel het.

Meester Lombard se vrou was 'n Eloff – ou Harry Brönn van die rivier se skoonsuster. Daar was altyd 'n klein skildery van 'n blouwildebees hoog teen die muur in Meester se klas, en toe hoor ons dis haar broer s'n. Glo 'n bekende skilder. Die boere het altyd skeefkop met oë half toe na dit gekyk so of hulle aanlê. Dit het ook nie juis vir my na 'n blouwildebees gelyk nie, maar wat het ons ou boeremense tog geweet van skilder? Deesdae kan jy tot 'n olifant laat teken en mense betaal daarvoor.

Nouja, Meester Venter was al jarre getroud met tant Nellie en hulle kinders het oor die jare die skoolnommers help bou. So ook Meester Lombard wat self vier kinders gehad het. Hulle was skaars op Steenbokpan of die vreeslikste slag tref hulle. Toe sy so vyf was, vra die kleinste dogtertjie eendag die kombuishulp vir water, en dié gee toe vir haar 'n hele koeldrankbottel vol daar in die kombuis, min wetende dis lampolie. Die kind versluk toe en kry dit in haar longe. Daar't sy slap geword en toe sy bykom, hoes sy só dat bloed by haar ore, neus en mond uitkom. Dit was te naar. Voor dokter Muller daar was, het sy asem uitgeblaas met haar verslae ouers magteloos om haar te red. Daar was niks wat hulle vir haar kon doen so vêr van die dokter af nie.

Die kind is in die begrafplaas agter hulle huis begrawe onder 'n groot moerbeiboom. Daar het die ouers die mooiste ystertralieheining met sulke krulle laat oprig, en die graffie is altyd so skoon soos 'n binnekamer gehou.

Toe daar baie jare later weer 'n dogtertjie gebore is, vernoem hulle haar na die afgestorwe kind. Die kleintjie was te koddig en het die heeldag met 'n bababottel-tietie in die mond geloop. As jy haar soek, dan soek jy net die tjiert-tjiert soos sy die tietie suig.

Die nuwe skool, wat almal nou die Steenbokpan Skool begin noem het, het rooi stoepe gehad ,en al wat kind is het met wit kryt daarop geteken om klip-klip te speel. Dis 'n speletjie wat ek nie juis ken nie, want jy't 'n gladde vloer daarvoor nodig gehad. Neeltjie sê dis gespeel met vyf klippies wat hulle by die kalkpan daar naby opgetel het, en waar die kinders wat met donkies skooltoe gekom het se donkies in skooltyd kon wei en suip.

Dit was blykbaar baie lekker vir die dogters daar, want hulle't ons gedurig vertel van hoe hulle, net soos ek en Janneman by Zyferbult se ou skooltjie, storm-en-terug en onder-handjie-klap speel, want daar was genoeg plek om te hardloop. Dan was daar nog *rounders*, wat soos vandag se bofbal is, maar hulle sê dit het weke gevat om klaar te speel, want die pouses was so kort. Toe Abel die volgende jaar ook skooltoe is, was daar heelwat meer kinders en toe't hulle glo sonder einde haas-in-die-hok gespeel – twee haashokke wat jy met die voet op die grond trek, en honde in die middel om hulle te vang. Ek onthou hoe ons nog saam met Meester Steyn aboel, opskotsh en blindemol gespeel het, en sowaar, daar speel ons eie kinders nog dieselfde speletjies!

Wat is blindemol? Jong, dis mos waar almal in 'n kring sit en dan hardloop een met 'n sakdoek en gooi dit ongesiend agter iemand se rug, en dan's daardie een 'aan' en moet met die sakdoek hardloop. Neeltjie sê ou Meester Venter het eendag op die kinders afgekom waar hulle kennetjie speel en dit daar-en-dan verbied, want dit was te gevaarlik. Hy't gesê hulle kon mekaar se oë uitsteek met die stokke, so dit moes bok-bok-staan-styf en korfbal en *touch* wees, of niks. Soos seuns mos maar is, sal hulle altyd iets kry wat 'n stoutigheid is, en sy sê die seuns het skelm gespeel met patroondoppe wat met 'n toutjie en spyker en vuurhoutjiekoppe daarin teen die muur gekap is. So met hulle boude muurtoe gedraai om niks in die oë te kry nie, het die swael ontplof, en die wit mure was later vol swart swael kolle. Ou Meester het hulle glo goed bygekom met die rosyntjielat. Die nuwe wit mure moes seker die groot aardigheid gewees het.

Ons konnie anders as om die kinders by iemand nader aan die skool te laat losheer nie, en die enigste een wat kinders wou inneem, was ou tant Kat Steyn. Dis nou oom Hendrik van Gertien se suster. Van die begin af het ons geweet dit was 'n slegte keuse, maar wat kon ons doen? Sy was loopafstand van die skool met net Gertien se winkel tussenin. Dit is die enigste jaar wat die drie dogters saam by tant Kat gebly het.

Sy't het in 'n klein huisie gebly saam met ou Behrend Ludicke en haar twee seuns – Douw en Karel. Jy moet weet, daar by ou tant Kat was dit net boontjie- of varkoorsop in die middag vir die kinders. Eenkeer toe ek vir Coba vastrek oor wat hulle kry om te eet, sê sy party dae het die ou vrou hier by vier-uur eers die seeppot daar buite op die vuur laat sit en dan gooi sy 'n twee-pond stroopblik droë bone in, en ses-uur kry hulle dit met 'n skeppie pap vir sop, maar so dun en blou gekook, dat hulle dit amper nie kon eet nie.

Dit maak jou gedaan om jou kinders in ander se genade oor te laat, maar ons hande was afgekap. Daar het die kinders harder as swartes gewerk sonder dat ons geweet het. Dit was afstof, vloere waks en blink vryf en hout optel. Coba moes tot derms uitryg as dit slagtyd was in die winter, en dan't haar hande altyd gestink by die skool. Sy was al klaar 'n groot meisie en het haar gedaan geskaam. Mara het net geweier om dit te doen, en ek neem haar nie kwalik nie, maar die liewe Coba sou nooit kla nie, want sy't lankal besef hoe ons sukkel om blyplek naby die skool te kry. Toe Abel ook skooltoe is, het hy net gesê hy, 'Vreet nie kop en pote of varkore nie.'

Aldrie het gesweer dit spook in tant Kat se huis. Een nag voel Neeltjie mos sy moet opelyf kry en daarvoor moes jy kleinhuisie toe in die agterwerf, vêr agter die waenhuis. As jy net wou piepie, was dit in die nagpot onder die bed. Hulle hou toe aan mekaar vas en is af met die gang. So in die donker kon Coba nie die deur oopkry nie, en toe hulle opkyk staan daar 'n vrou in die gang wat nie wou beweeg nie. En toe hulle uiteindelik roer, is sy weg soos wind. Toe hou Neeltjie maar uit.

Ou tant Siena de Groot was die heel eerste vroedvrou in die Bosveld nog voor Ma en Pa daar gebly het, maar almal het geweet sy was 'n ou klits met geboortes soos ek jou al vertel het. Mara sê daar't gereeld 'n klein seuntjie in tant Kat se huis gespook waar die ou tante mos die geboortes kom waarneem het.

Daar was 'n watertenk in die agtertuin en dis waar hulle later 'n kamer aangebou het vir die seuns, maar Douw en Karel het eers in dieselfde kamer as die dogters geslaap op 'n enkel katel met 'n klapperhaarmatras. Teen hierdie tyd het die dogters op die groter tambotiehout bed geslaap wat Petrus gemaak het, maar jy weet mos hoe ons voorheen met die weerluise moes werk na elke kwartaal. By Marja Suurdeegbol was dit baie skoon en hulle't op 'n gekoopte matras geslaap, so die gogga probleem was oor.

Eenkeer 'n maand op 'n Vrydag het dokteer Müller by Gertien se winkel al die siekes begin sien. Ou tant Kat laat weet toe sy's siek kan die dokter by haar 'n draai maak. Nou, sy't nie mooi beplan nie, want toe sy ou dokter Müller se kar sien aankom met die stofpaadjie, roep sy, 'Kooitjie! Kry vir my 'n skoon bloemer!' Dis nou Katrien van Staden wat ook by haar gelosheer het. Die ouer vrouens het mos nie eintlik broek gedra behalwe kerk toe nie. Maar arme Katrien konnie so vinnig 'n skoon bloemer kry nie, en vat toe een uit die vuilwasgoedmandjie. Tant Kat was glo só kwaad daaroor dat sy sowaar Katrien met 'n stuk vuurmaakhout uit die houtkas slaan toe die dokter weg is. Nou wie se skuld was die vuil bloermer dan, vra ek jou.

Mara het later vertel hoe baie sy die kinders geslaan het, en ons was salig onbewus daarvan! Maar as ek geweet het, sou haar ou boude gebrand het, ou vrou of te niet!

Om-en-by April kom daar 'n briefie van my suster Katrien op Warmbad om te sê sy't ook vir die Weesheer geskryf. Ou Willem het die brief deurgelees en was tevrede dat sy alles gesê het. Dit was glo vier bladsye lank, en as ek na die een kyk wat sy vir my geskryf het, kon ek die lengte verstaan. Een sin het in die ander geloop met sulke groot drukskif en baie spelfoute.

Onder-andere het sy die Weesheer dit op die hart gedruk dat Pa beloof het om haar grond te verkoop en die geld in die bank te sit, maar nou was hy weer getroud en het geweier om sy belofte na te kom. Sy beduie sommer in een sin dat sy 'n baie kwaai stiefma het en sy baie swaar gekry het onder haar, en dan't Pa en tant Dot haar nog uit die huis ook gejaag, en sy moes noodgedwonge haar toevlug by Willem Lamberts neem. Sy skryf ook dat sy 'n swerwerslewe leef saam met Willem, en nog steeds het sy niks uit Ma se boedel gekry nie. Hulle het Pa gevra om op haar grond te bly, maar Pa het 'nee' gesê vir geld én grond. Sy sê Pa het die rivierplaas reeds op haar broer se naam gesit, en as sy 1 Pond 10 sjielings per morg kon kry vir haar deel van Vaalbos, sou sy bly wees. Kon die Weesheer hom oor haar ontferm, want hulle kry swaar.

Nou't ons verseker geweet dat Pa en tant Dot haar eers weggejaag het en toe ou Willem daar verbykom, was hy 'n goeie uitweg en sy's so aan hom weggegee. Weer het tant Dot se geld harder gepraat as sy plig teenoor 'n kind.

Twee weke later kom daar 'n brief van die Weesheer aan wat sê Katrien konnie op Vaalbos woon nie en dit ook nie verkoop nie, tensy Pa toestem of afsterf. Die rivierplaas is oorgeplaas op die seuns se name, want hulle was minderjarig met Ma se dood en hulle regte moes beskerm word. Hy druk dit weer op haar hart dat ons 'n prokureur moes aanstel om ons te help.

Die Weesheer se brief het al Pa se leuens oopgekrap, want die rivierplaas is in Janneman se naam oorgeplaas toe dit gekoop is in die vroeë dertigs. Hy was ook gladnie 'n minderjarige met Ma se dood nie. Maar as jy reeds weet 'n plaas is op jou naam, kan jy rustig daar aanbly en gladnie bekommer oor jou susters se probleme nie. My hart het gepyn om te dink my boetie het nog altyd van hierdie onderduimsheid geweet, en wat erger was, is dat hy tevrede was met die liegstories. Met Ma se dood was daar net één minderjarige seun - die lieflingkind wat Vaalbos moes erf. Hier was 'n groot slang in die gras.

Toe sit ek en Petrus by die tafel en skryf weer aan die Weesheer, al was my senuwees gedaan van al die moeilikheid, en my lyf kragteloos met al die werk en klein kinders. Net die vorige week het ek weer smoors so naar begin word, en was teneergedruk om te dink daar was alweer 'n baba oppad. Petrus sê toe, 'Probeer kalm bly, Skat. Moenie jouself so ontstel oor al die moeilikheid nie. En tog net nie weer so baie baklei nie; dit kannie goed wees nie.'

Net daar beloof hy hierdie sou die laaste kind wees, en trek 'n vel papier nader vir 'n huis se uitleg. 'Volgende week maak ek stene,' beaam hy, sodat al die kinders wat die Here ons mee seën onder 'n regte sinkdak in hulle eie kamers kan slaap.

Wat hy nie dadelik vertel het nie, is dat Pa hom daardie Vrydag oppad Steenbokpan toe by sy sandlande se draai voorgekeer en gesê het ons moet ons goed pak, want die testament sê duidelik ons sal nie nou-al erf nie, en as ons dit nie wou glo nie, kon ons by sy prokureur, Odendaal en Viljoen, op Nylstroom gaan kyk na die testament.

Wat blykbaar gebeur het, is dat Pa homself vasgedraai het met sy onkunde as die eksekuteur van die boedel, en al het hy hard probeer, kon nóg hy, nóg Bertie ons van die grond af kry, so toe stel hy die prokureur aan as die eksekuteur om ons so te probeer dwing. Eers het hy Viljoen, wat nog altyd sy prokureur was, aangestel om namens hom 'n supplementêre likwidasie- en distribusierekening op te stel, en dit was sy eerste plan om die waarde van al die goedere in die testament heelwat minder te maak.

Toe ons uiteindelik 'n afskrif van die testament te siene kry deur Sofie wat dit by die Meester van die Hooggeregshof aangevra het, was daar 'n kodisil onderaan wat Ma niks van gesê het nie. Na die handtekeninge van oom Jan van Rooy en Tommie, was daar drie addisies wat stipuleer wat van ons kinders se eiendom word as die langslewende ook sterf.

Een was dat die drie dogters 350 morge elk erf van hulle moedersporsie - dit was mos nou net Sofie, ek en Katrien oor, maar dit het Ma-hulle mos nie in 1945 geweet toe die testament opgestel is nie - Hermien is dan in 1946 dood.

So, die oorspronklike plan was dat daar 1400 morg van Vaalbos se 3400 morg afgesny moes word vir die dogters se erfenis. Ma en Pa het ons self vertel van hierdie bepaling. Die verandering na drie dogters, was ingedruk in die addisie.

Nommer twee was dat die kinders, seuns en dogters, die loswaré gelykop erf na die langslewende se dood.

Nommer drie was só ingedruk op die testament, dat daar nie plek was vir handtekeninge nie, so ek, Sofie en Petrus het tot die gevolgetrekking gekom dat die laaste twee later netjies ingedruk is saam met die verandering van vier na drie dogters. Dit was ook nie onderteken nie, maar plek is kamtig gemaak vir die handtekeninge sonder spasie om te teken. In nommer drie staan daar toe ook dat die dogters nie hulle grond kon verkoop behalwe aan die broers nie, en dan ook net vir 10 sjielings die morg. Ons was ook nie toegelaat om die grond te verhuur as ons nie self daar bly nie.

Ma sou nooit toegestem het vir hierdie onregverdige addisies nie, want die seuns sou al klaar die res van Vaalbos gelykop erf. Dit was net nog 'n manier van Pa om al die grond weer in die Schoemans, bedoelende Bertie, se hande te kry. Onthou, Janneman het op sy eie plaas gebly, al was dit kamtig Pa se grond. Danie het gaan leer en moes saam met Bertie vir Vaalbos erf, maar ons het geweet daar sou weer 'n draai daaraan ook kom, want Pa sou nie sy lieflingskind se grond wou verdeel nie.

Grond was daardie tyd al baie werd, so as ons nie die grond vir 'n goeie prys kon verkoop nie, dan sou hulletwee net bly moeilikheid maak tot ons van die plaas af moes vlug. Sofie het mos 'n deel van Gruispan gekoop, Katrien was iewers vorentoe en te gestrem en verarmd om teen te praat, en vir my en Petrus kon hulle bly vertoorn totdat ons trek.

Maar ons het Pa se toestemmingsbrief gehad - geteken deur getuies en wettig - wat sê dat ons op Belofteland kon woon en as Pa dood is, dan kon ons die 350 morg op ons naam sit. Ons kon lande maak en verbeterings aanbring - huis, lande, drade boorgat en pompe. Nou met die veranderde testament wou ons uitsluitsel hê oor wat Pa kon doen, want hy't elke dag gedreig dat hy ons sou wegjaag. Ons het gevoel die Weesheer kon darem gesê het of ons kon eis vir die verbeterings, of dit saamvat as Pa ons wel van die grond af kry.

Ons was ook verbaas om te sien hoe min die losware gewaardeer is. Al Ma se huisraad was maar net 30 Pond, en jy moet weet, die saaidbord alleen was amper dit werd, want dit was 'n antieke erfstuk. Dan was daar nog landbou en algemene gereedskap van 19 Pond; 40 gemengde beeste – 280 Pond; 1 bul - 15 Pond; 2 mulle - 20 pond; 1 perd - 5 Pond, en 50 skape - 25 Pond. Die perd moes seker die stokoue Bul gewees het. Ma se deel van Vaalbos, nie die rivierplaas nie, en die losware is maar gewaardeer op 209 Pond! Kan jy glo dat die hele Vaalbos gewaardeer is op 1702 Pond?!

Nietemin, Petrus het him min gesteur en sement bestel tot by Fancy Holt. Ons konnie waag om dit by Vaalbos te laat aflewer nie. Toe dit kom, span hy die osse in en is al langs die lyndrade grootpad toe. Toe laat hy die swarte 'n groot stuk grond skoonskoffel net so noord-oos van ons ou huisie, en dis daar waar hy die nuwe huis wou bou. Maar voor hy nog by stenemaak kon kom, is die swarte een nag stil weg en ons het hom nooit weer gesien nie.

Nou, vir steenmaak het Petrus twee houtsteenvorms gemaak - een vir groot en een vir klein stene, met twee stene uit elke vorm. Eers is daar sand van die ouland aangery, dan gesif met 'n stuk sinkplaat wat hy die riwwe uitgeslaan en gate daarin gekap het met 'n groot staalspyker om so die 'sif' te maak. Toe maak hy 'n houtraam daarvoor. Jy kry twee sterk droppers agter dit staangemaak sodat dit skuins daarteen staan.

Nou moes jy bokant die wind staan en die grond dan graafsgewys daarteen gooi sodat net die mooi sand deurval. Hierdie sand was dan gemeng met genoeg sement en water om sterk stene te maak, en dan's dit in die steenvorms en vasgestamp en mooi gelykgemaak met 'n troffel. Jy laat dit so 'n halfuur staan, en dan keer jy dit om op die grond. Al hierdie werk het hy self gedoen daar by die waterkampie op 'n deel waar die beeste nie on mors nie. Eers het hy die grond gelykgemaak en toe ry-op-ry die stene laat droogword. Dit was harde werk in die warm son. Daar het ek en die kinders baie bekers water en koffie aangedra, want net daarvoor sou hy 'n bietjie uitspan.

Nouja, toe die stene droog is, vat hy die ossewa en laai dit vol stene en toe span hy die jong osse in. Daardie osse was wáárlik sterk en kon 'n vol vrag mielies trek sonder moeite. Toe vat Petrus die sweep, fluit en roep die agteros op die naam, 'Kom, Rooiland!' en dan beur hulle vorentoe met koppe laag op die grond en trek dat die spiere dik op hulle nekke staan. Maar al wat beweeg is die wa. Toe fluit hy weer en klap die sweep en roep elkeen op die naam - keer-op-keer, tot hulle naderhand bulk en die stof staan, maar die wa staan vas.

Ek en die kinders het net daar teen die draad gestaan en

kyk, want daardie was 'n groot dag na al Petrus se harde werk. So met die bulkende osse en Petrus wat al om hulle met die sweep klap, begin ons toe ook saamroep, en die osse beur en beur tot die skye met 'n klapgeluid een-vir-een begin breek! Liewe Heiland, kind, ons was almal só seker die osse sou vorentoe kom met die wa, maar toe gooi Petrus die sweep eenkant en hou arm oor die kop soos 'n kind wat nie weet wat om te doen nie. Toe ons by hom kom, loop die trane van moedeloosheid oor sy wange en hy sê, 'Moet die Here my só straf?!' Ai..............

Daar't hy eers vir 'n rukkie in die koelte gerus en ek't nog koffie gaan haal, en toe laat hy die osse rus so in die tuie, en ons help hom tenminste die helfte van die stene afpak. Hierdie keer toe hy vir Rooiland aansê, trek die hele span daardie wavrag vol stene tot naby die nuwe huis en ons kry alles afgelaai voor dit donker is. Ons en die diere se spanwerk het daardie dag geseëvier.

Dit was winter en daar was geen reën in die lug nie. Abel en die kleine Albertus was daar om te 'help', want dit was 'n groot aardigheid om so saam met Petrus te werk. Teen die tyd dat die wintervakansie op ons is, was die meeste stene al kruis-en-dwars in groot hope gepak. Die mielie-oes was van die beste en ons het goeie geld daarvoor gekry. Petrus wou nie hê ek moet weer help met die mielies se afmaak nie, want die ander kinders kon help in die vakansie. Na die eerste jaar se mielie-oes waar ons die mieliekoppe sommer so op 'n hoop gegooi het, het hy 'n behoorlike stellasie gemaak sodat die koppe nie op die grond lê nie, want as dit reën of as die miet dit bykom, kan jy jou hele oes net daar verloor.

Die stellasie is met houtpale soos 'n V gemaak met sterk pale aan die onderkant gestut. Die groot bek van die V is natuurlik bo sodat die koppe maklik ingegooi kon word, en as dit tog lyk na reën, kan jy ook 'n bokseil daaroor trek en vasmaak.

Jong, jy moes gesien het hoe die kinders speel in die hoop mieliestronke en blare in daardie jare! In die dag moes hulle die mielieblare afkry en met die voet naderkrap; dan was dit een wat voer by die stellasie se bek, een draai die handmeule, en twee wat die sak moes vashou, maar ons kon hulle los om aan te gaan daarmee terwyl Petrus sakke toewerk. As die dag se mielie-werk klaar is, dan't hulle gespeel tot dit só donker was dat die nagadders al sou loop. Dat iemand nie gepik is nie, is net 'n bestiering, en sekerlik met die honde se hulp. Dan moes hulle almal nog water aandra van die pomp af, op die stoof kry en dan skrou hulle soos maervarke van die blare se brand as hulle moes skoonkom. Ek't sommer lampolie en varkvet aan daardie rooi gekrapte bene gesmeer, en dan't hulle éérs geskrou! Abel het eenkeer uit volle bors geskrou, 'Mammie, dit brand soos hel!' en Petrus wou hom bykom oor die gevloek, maar dit was die waarheid, want dit het gebrand soos hel.

Daar't in hierdie tyd heelwat Matjankans van die noorde af aangekom – almal vaal van die honger. Terwyl Petrus eendag so staan en grond sif, sien ek 'n vreemde swart vrou daar onder die groot maroelabome se koelte sit, en toe ek vra wie dié dan is, kon hy ook nie weet nie, maar ek't nie gehou van die vreemde een se gesig nie.

Petrus het twee pragtige swart honde met wit borste gehad – Prinses en Wagter. Toe kry ons nog 'n klein hondjie wat ons sommer Tiekie noem na die ou Tiekie wat ons op Vaalbos gehad het. Die hondjie was tog te oulik en het agter elkeen aangehardloop tot haar tong amper op die grond hang. Ons het haar net daar by die agterdeur kos gegee sodat sy kon leer om nie enigiets op te tel in die veld nie, maar een môre toe ek die honde wou kosgee, was sy en Prinses nêrens te sien nie. Almal het geroep en gesoek tot halfpad Karmetatpan toe, maar daar was nie 'n spoor nie. Die Matjankan was ook nie meer daar nie.

'n Week later toe Petrus by die winkel langsgaan, sê een van die Bekkers hy het 'n klein hondjie opgetel langs sy plaaspad, en hy's seker sy't gevrek van die dors in die hitte. En sowaar, die volgende dag kom Prinses op Belofteland aan, só maer en dors dat sy slinger. Dit was die vreemde swarte wat haar weggelok het, en Tiekie het agter Prinses aangeloop. Ag, ons het sommer almal gehuil oor Tiekie, maar nog meer omdat Prinses haar pad teruggekry het.

Sofie was mos ook weer verwagtend saam met my, en die baba sou iewers in die winter kom. Daardie Julie het ou Koenst laat weet dat Sofie nie so gesond is nie. Ek dink dit was op ou tant Hantie se aandrang dat hy woord gestuur het, want hy was 'n afgestompte en beneukte ou man wat vir niemand omgegee het nie. Hoe Sofie se lewe eintlik was, sou ek nooit weet nie, maar as jy daar kom, dan loop hy soos 'n *lord* op die plaas asof dit sy eie plek is. Op die laaste Vrydag in Julie, is hulle dogtertjie gebore en vernoem na my Ma.

Petrus was op Steenbokpan en hoor toe by Koekie van oom Jon Lampbrecht se winkel van die baba se geboorte daardie môre. Gruispan lê mos naby die winkel.

Toe Petrus terug is by die huis, sê hy, 'Skat, ek't 'n slegte voorgevoel. Jy moet pak; ook goeie klere.' Dit het nie reg gevoel om kerkklere saam te vat nie, maar dis wat hy gesê het, toe pak ek maar genoeg klere in en ons is weg Gruispan toe die Sondagmiddag. As dinge verkeerde kant toe draai, sou ek 'n rok by een van die twee winkels op Steenbokpan kry; die een wat ek met Ma se begrafnis gedra het, sou nie pas nie.

Toe ek my voete in Sofie se slaapkamer sit, het ek geweet die dokter is nodig. Dis asof dit Ma net na Bertie se geboorte was. Ek loop toe tot by haar bed en lig die laken op, en daar lê haar twee bene - dik geswel met die sug wat uitloop. Ek het die laken maar net weer laat sak en vra toe hoe dit gaan, maar sy was te swak om te antwoord. Tant Hantie, het net kop geskud en deur se kant toe beduie waar Petrus en ou Koenst staan. Sy sê toe net, 'As julle wil groet, groet nou.' Sy't 'n voorbode gehad die dood was naby. Ou Koenst wou nog teëpraat, maar sy't hom aan die arm daar weg kombuis. Plaas dat hy die dokter gaan haal.

Sofie was heeltemal geel en haar oë dof, maar of sy kon hoor of nie, Petrus sak neer op sy knieë langs die bed en bid 'n mooi gebed terwyl ek haar hand vashou, en agterna vat hy pad Ellisras toe vir dokter Müller.

Vir drie dae het ek en tant Hantie by haar gewaak, maar ons het geweet sy sou nie weer opstaan nie. Toe ou dokter Müller daar kom en haar ondersoek, sê hy, 'Dis nierstuipe, en graag as ek wou, daar's niks wat ek vir haar kan doen nie - haar niere is gedaan. '

Ek en Sofie was nie na aan mekaar nie, maar sy was my ousus en my hart was swaar oor wat vir die klein baba wag en ook die ouer kinders, Tina en Adriaan. Petrus het nog gesê hy dink tant Hantie sou sorg al was sy oud.

Ons het haar daardie week nog begrawe.

Ek konnie 'n kraamrok kry vir haar begrafnis nie, toe kry Petrus swart *dye* by een van die winkels en ek kleur maar my mooi kerkrok wat so met 'n flap en klein bandjies oormekaar voor vasmaak. Sommer twee rokke, want mens rou drie maande na 'n suster se dood, en ek kon tog nie net die een goeie rok bly dra nie. Ja, gewoonlik rou mens in swart 'n jaar vir 'n man, ses maande vir jou ouers en drie maande vir 'n broer of suster.

Soos dit is, het ou tant Hantie omgesien na die baba tot met die begrafnis, en daar het ou Koenst se suster haar gevat. Ek weet nie eers waar die suster gebly het nie, maar wou nie vra nie, want dit sou net moeilikheid maak. By die begrafnis het hy vir Adriaan en Tina onteien, en die deel van die plaas wat aan Sofie behoort het gevat. En asof Pa in 'n nuwe lyf is, staan ou Koenst by die oop graf en sê, 'Nou voetsek julletwee papvreters van my plaas af!' Net die sonbesies het gesing in die stilte wat op ons toesak, toe skop hy sand in die graf, draai om en vat pas huistoe. Ons was stom.

Dit was 'n lang dag.

Die sewentienjarige Adriaan is weg na tant Hantie se skoonseun in Boksburg of Benoni daar aan die Rand. Die man het 'n boekbindery gehad en Adriaan laat klaar leer op hoërskool en later ook op universiteit. Dis by hóm wat Bertie 'n jaar na skool gaan werk het. Die twaalfjarige Tina het by tant Hantie aangebly tot sy moes hoërskool toe en daarna is sy ook na die gawe familie toe.

Die groter deel van Gruispan was tant Hantie en oom Antonie s'n, en hulle het daarop gebly sonder dat ou Koenst aan hulle kon vat. Die ou vloek het darem net Sofie se deel van die plaas gekry, want hulle was in gemeenskap van goedere getroud. Sy't nooit 'n testament laat maak na Abram se dood om te beskryf dat die grond op die twee kinders se naam moes kom as hulle moedersporsie nie, sou sy wegval.

Pa was nou eenmaal 'n hartelose man, want net twee weke na Sofie se dood, sê hy vir Petrus daar's 'n nuwe testament wat stipuleer dat sy dogterskinders niks erf nie, en hy bly in volle besit van die hele Vaalbos. Hy moes in die paar weke na Sofie se dood die prokureur sovêr gekry het om 'n nuwe testament op te stel, want nou was die gierigheid alweer daar om al die grond in te palm. Sofie se afsterwe het hom verlos om haar deel ook weg te gee, en haar onmondige kinders was sowaar nie ter sprake vir 'n moedersporsie nie. Petrus se mense was baiemeer regverdig – elke kind en kleinkind het gelykop uit Ma Nelie se boedel geërf. Wys jou hoe Hollanders en Duitsers verskil.

Al raad wat daar was in hierdie beproewing, was om maar weer vir die Weesheer te skryf en te hoor of Pa die twee oorblywende dogters se moedersporsie dan kon wegvat, en dit na al ons harde werk op Belofteland. Die wet het ons tog nie geken nie. Niemand het ook rêrig geweet wat aangaan nie - een dag moes ons weg, en die volgende dag het Pa probeer om ons lie te maak en sê dat ons die 350 morg kon afsny, maar alles op ons koste – die landmeter, die drade en die draadspan. Ek verduidelik toe vir die Weesheer dat ons nie omgee om die helfte te betaal nie, maar wie sê Pa wag nie net tot ons alles klaargemaak het, en dan jaag hy ons weg nie? Hoe min moes Pa tog van ons dogters gedink het om alles van ons te probeer wegvat. Die hele plaasvat/plaaslos storie was soos 'n ou skoen wat gedaan getrap is.

Die Weesheer, wat sweerlik 'n beter man as die eerste een was, laat weet toe dat volgens hóm moet die eerste testament se bepalings uitgevoer word selfs na Pa se dood, want dit was die deel wat hy besit het saam met Ma. Maar hy raai ons toe weer aan om self 'n prokureur te kry om die saak vir ons te behartig, want hyself moes onpartydig bly en konnie wetsadvies gee nie. En toe was dit saaityd en die lentereëns op ons; daar was nie baie tyd om te veel te top oor die afsny van die plaas nie. Dit was ploeg met die osse om die oes in te kry, en as die dag se werk klaar is op die lande, dan bou Petrus aan ons nuwe huis.

Op die grond wat die jong swarte skoonmaak het, het Petrus met seilgaring en ysterpenne die fondasies van 'n drieslaapkamerhuis afgebaken en sommer op die grond die huisplan uitgeteken sodat ons 'n idee kon kry hoe dit sou lyk. Daar was 'n ingangsportaal wat later die telefoonkamer geword het, en 'n groot kombuis en spens ook. Die voorkamer was reg in die middel met al die ander kamers se deure wat uit dit loop. Hy't só hard gewerk dat hy nie eers wou huistoe kom vir kos nie, dan stuur ek vir Andreas om hom te roep, en as die klein kind daar aankom, het hy nie die hart gehad om 'nee' te sê nie.

Elke môre voor werk, is ons almal eers oor nuwe opstal toe om te sien hoe mooi dit vorder. Andreas en Albertus wou net altyd daar op die werf speel, want die grond was heerlike skoon sandgrond. Dit was Petrus se belofte dat, 'Die werf sal groot genoeg wees sodat die hardekoolboom aan die huis se kant koelte gooi.' 'n Klein borboonboom net voor die dogters se venster sou ook in die werf staan, anders was dit so kaal. Maar eers moes die huis klaar, want, 'Híérdie baba gaan in die nuwe huis gebore word,' het hy gesê.

Sy dae was lank. Dit was só donker dat jy skaars kon sien wat jy doen voor hy troffel neersit, maar hy was 'n deeglike en netjiese bouer wat elke tweede ry stene nog versterk het met bloudraad. Die binnemure is met die klein stene gebou en buitenstes met die grotes. Elke aand is alles skoongekry en geen *dagha* is laat lê om hard te word nie, en dan't hy by agtuur kom aansit vir 'n stukkie kos. Oor die naweke moes Mara en Neeltjie stene met die hand aandra en hope pak al om die nuwe huis sodat Petrus in die week kon bou. Hulle was maar luierig vir hierdie werkie, want die stene was swaar en grof op die hande.

Ag, hy kon maar die borboonboom by die agterdeur uitgekap het, want dit was altyd oortrek van die harige wurms wat mens so laat jeuk.

Net voor die huis klaar was, kom daar 'n lang, maer swarte op Belofteland aan. Langs hom staan so 'n geel bastervrou en twee klein swartetjies. Hy sê toe, 'Ês Hanelêng,' klop sy bors en toe, 'Ês Lena,' sy vrou wat ál die werk by die huis sal doen, hulle soek net 'bietjienjana *tšhêlêtê*,' meel en '*seshaba*' as hulle daar kon bly. Nou, ons het geweet die *seshaba* is vleis of melk, maar as daar nie vleis of melk was nie, dan't die swartes misbredies gepluk en dit soos kool gekook.

Jy kon sien Lena was netjies op haarself, en die twee kleintjies se gesigte het sommer so geblink van skoongeid. En wás sy 'n voorslag! Hulle het dadelik in Shôkô se ou stroois ingetrek en die anderdagmôre was hulle daar om te werk. Dit was soos manna uit die hemel, soveel was ons werkslas minder. Na die eerste dag vra Lena dat sy eers 'n week afkry, want sy konnie meer in Shôkô se stroois bly nie; blykbaar was dit te vuil na haar smaak en die weerluise het hulle opgevreet. Sy't sowaar 'n nuwe stroois in 'n week gebou! Niks was te swaar vir Lena nie, en die wasgoed was wit oor die doringboompies en ons ou huisie netjies nog voor ons in die middag aansit om te eet. Maar sy't ook uitgehelp met die plaaswerk. Daardie twee kleintjies is elke aand van kop tot toon in 'n konka met lap en boerseep geskrop. Eendag hoor ek en Neeltjie 'n gedoente daar by die pan, en toe ons daar kom, is dit die kleintjies wat blou moord skrou soos sy hulle skrop, maar sy skróp dat die water spat, en as hulle wil uitglip, klap dit soos sy hulle boude bykom!

Petrus het gegrommel dat Hanelêng nie so 'n wonderlike werker is nie. Ek dink hy was net bederf met Shôkô wat nooit moeg geword het nie, maar ek't saamgestem, Hanelêng kon jy nie maklik uit die stroois kry nie, en dan was hy maar traag om die werk te doen. Maar hy was hande, en getroue hande, en Lena het opgemaak vir sy luigeid.

Ag, vroeg die volgende jaar kom sê Lena sy sou nie meer kom werk nie, en toe ek vra of sy siek is, skud sy net kop en beduie na die ou treurniet van 'n Hanelêng se kant toe. En net só is daardie deetlike hulp weg, ai! Dit was nie baie lank na Lena weg is nie dat Hanelêng vir Ênnie daar aanbring - so 'n kort Boesmantjie wat nooit leer Afrikaans praat of verstaan nie. Hulle het een klein swarte gehad amper Albertus se ouderdom - Mašalagae, die een wat by die huis bly. Nou wat sê dít vir jou as Mašalagae so oud is? Hanelêng het al lánkal rondgeloop by Ênnie toe hy en Lena nog bymekaar was. Die ou swart nasie tog!

Later in die nuwe huis, het ek haar probeer leer van vloerwas, maar sy kon die ding van was en afdroog nooit regkry nie. Dit was ook baie gevra van 'n Boesman wat nie geweet het van skoonkom en huisbly nie. Sy't haarself nooit gewas nie - net as Hanelêng water saamgebring het van die werk af, en dit was bra min. Dan kon sy haar hele lyf met twee vingers en 'n beker water skoonkry. Elke keer as ons bees slag, dan ryg sy die derms uit en druk die mis met twee hande saam om al die miswater uit te kry, en dan drink sy dit. Maar die seuns, veral Albertus, sou later toe Abel skooltoe is te lekker met Mašalagae speel, want jy weet, dit kan baie alleen word vir 'n kind op 'n plaas.

Petrus kon ook goed vol streke wees toe hy jonger was, jong! Toe hy en Hanelêng eendag vroeg uit is middelkamp toe om beeste bymekaa te rmaak, staan Hanelêng se donkie so 'n honderd jaart weg tussen die vaal doringboompies. Petrus beduie toe vir Hanelêng met die hand om stil te staan soos jy maak as jy iets sien om te skiet. Petrus is nooit sonder 'n geweer en hoed veld toe nie. Hy lê toe kamtig aan met die groot geweer, maar Hanelêng skrou net, 'Oubaas! Oubaas! My tointjie, êêê.....! My tointjie!!' Petrus wys hy moet stilbly en lê weer aan, maar toe is Hanelêng so-te-sê flou dat Petrus nie kon sien dis sy donkie nie!

Daar't ook ander swartes van oorkant af aangekom

opsoek vir werk, en dan't hulle sommer kombers-en-al op die grond by Hanelêng-hulle langs die oulandpannetjie gaan slaap. Dis by hierdie pan waar die drie ouer dogters die ietermago gesien het. Die swartes was ook nie almal van Betsjoeanaland af nie, want party het 'n taal gepraat wat nie een van ons kon verstaan nie, ook nie Hanelêng of Ênnie nie.

Ons kon net een swarte en sy vrou van oorkant af bekostig om permanent op Belofteland te bly, maar die ander het kos gekry, bietjie oorgestaan, en dan moes hulle vorentoe; miskien gaan werk op die myne of anders net vir kos by ons.

Petrus kon 'n fanegalo taal praat wat al die swartes verstaan, so dis hoe ons geweet het die pikswartes kom al die pad noord van Tanganyika se kant af. Hulle was só honger en dors dat die kleintjies se pense wou bars van al die panwater met hulle aankoms. Van die groot swartes het harde beesvel rampatjans gedra, en op hierdie velle het hulle honderde myle geloop in die hitte, en gelukkig hier by die water uitgekom. Jy moet weet, Belofteland is een van die min panne wat bekend was om sy water te hou deur die seisoene. Met die eerste ploeg van die ouland, het ons mos allerhande potskerwe opgetel, en ek dink wit en swart het seker van die oertyd af by die pan oorgestaan.

En, waar dink jy kom die ou groot karmetatboom op Karmetatpan vandaan – dis maklik 500 jaar oud, het die geleerdes gesê, so iemand moes dit daar geplant of 'n pit daar uitgespoeg het, want dis nie 'n boom wat jy in die Bosveld kry nie. Dit sê net vir my dat ander mense in die omgewing verbygetrek het nog voor ons mens was. Al was dit myle weg van ons pan, soos die kraai vlieg was dit net 'n halfdag se loop.

Dit was nie 'n week van saambly by Hanelêng se statte nie, toe die nuwe swarte wat wou aanbly daar by die deur staan. Dit is nou Salmon en Let-meid met hulle klein swarte, Matôt, van Betsjoeanaland af. Salmon kon goed genoeg Afrikaans praat, en sê toe as Petrus wou, sou hy liewer lat Let 'n stat op 'n ander plek bou, want die saamblyery het nie gewerk nie. Ons het mooi gedink waar 'n goeie plek sou wees, en toe besluit Petrus oos van die ou bees takkraal sal werk, want dis nie bokant die wind sodat die rook ons sou pla nie, en dis vêr genoeg weg dat ons hulle nie heelnag sou hoor dronknes hou nie.

Daarmee was hulle tevrede en Let het elke dag vir 'n paar weke met konkas water verbygeloop statte toe vir die bouery. Die kinders konnie ophou kyk na haar twee vet boude wat so een-vir-jou, een-vir-my op en af skud as sy verbykom nie! En dan was daar die storie van, 'Let-pote.' Ek het ook nog nooit twee hakskene gesien met sulke diep barste in nie. Hulle't baiekeer mekaar vermaan dat jy jou skoene moet aantrek of jy kry Let-pote. Sy was kort, maar lekker dik en het my heeltemal verneuk, want ek't nie eers opgelet dat daar 'n kleinding oppad is nie, maar 'n week later was klein Pietie daar.

Baie gou het ons agtergekom hoe die jaaroue kleintjie sy naam gekry het, maar wie hom so gedoop het op hulle pad, sal ek nie kan sê nie. Hy kon op sy hurke by 'n groot bak pap gaan sit en dan aanhou eet met die melk en pap wat afloop op sy klein pens tot oor die nyôitjie, tot jy dink sy pens gaan bars. Natuurlik het dit ook oor sy tottermannetjie geloop, en daarom Matôt. Dit het 'n hele jaar gevat voor ek Let kon oortuig die klein swarte moet 'n broek dra, en ek kon dit ook net regkry met 'n nuwe broekie uit my hande vir Kersfees. Die nyôitjie is tog net 'n stukkie vel wat voor hang en met toutjies agter die boude vasmaak soos 'n voorskoot. Wat maak dit nou eintlik toe, en dit so voor die dogters?

Ja, van daardie jaar af het ek elke Kersfees vir elke kleinding een stel klere gemaak vir Kersfees, maar glo jy nou maar, Ênnie se kleingoed het die klere gedra tot die volgende Kersfees en klim dan uit dit en in die nuwes. Een jaar het ek hulle gemaak skoonkom in die pan voor hulle die nuwe klere kon kry, en dis al hoe hulle ooit water gesien het.

Toe die huis se dak op is, het Petrus die blink sementvloere waarop ek so trots was op sy hurke gedoen. Eers moes Salmon die konkryt meng op 'n groot stuk plaat en dan is dit met skopgrawe waar Petrus dit wou hê. Daarna spat jy mos water oor en dan 'n dun lagie skoon, droë sement, en dan's dit links en regs vee met die groot troffel tot daar nie 'n lyntjie wys nie. Jong, hy kon waarlik mooi sementvloere insit!

Hy sê toe, 'Vrydag gaan ons by Gertien langs vir kerse en lampolie,' vir die vloere. Sulke nuwe vloere is baie dor en vaal, en jy moet dit seel met warem kerswas en lampolie - dis iets wat ek by hom geleer het, want ons was gewoond aan die mis- en knopgrondvloere. Ek het sommer een van my ou bloemers opgeskeur vir 'n wakslappie en een van sy ou onderhemde om mee blink te vryf. Dit sou maande se aansmeer vat voor dit eers begin blink. Let het vir dae gegrommel oor op die knieë staan, maar sy't geweet van vloer vryf. Die liewe Ênnie kon jy maar afskryf, want van vloere het sy niks geweet nie.

En toe kom die dag dat Petrus hande was en sê, 'Dis klaar,' en daar staan ons mooie huis met 'n blink dak voor die twee groot maroelas met tak-arms wat jou intrek.

Ag, ek was te bewoë vir woorde. Toe loop ons om die huis om na sy handewerk te kyk. Hy was nie 'n man wat sommer handgevat het nie, jy weet, maar daardie dag vat hy my hand en sê, 'Die Here het my krag gegee om hierdie huis te bou vir my familie, en hiér bly ons en werk met al ons mag om die kinders goed groot te maak.' Van alle opbrengs, oes of vee, 'Gee ek nou my volle tiende vir die Here soos die Bybel vra,' en dit het hy gedoen tot die dag van sy dood al was dit nie altyd maklik nie.

Dit was 'n oop dag met nie 'n wolk in die lug nie. Ek het geweet die Here hoor hom daardie dag.

Nou was dit tyd om die meubels oor te trek. Petrus het vasgesteek met, 'Die Dover stoof staan nie in jou nuwe huis nie, Skat,' en so't ons 'n groot wit Ellis de Lux stoof in die hoek van die kombuis staan gemaak en dis ook waar ons geëet het. Die meubels was skaars in, of hy begin die kleinhuisie bou na die statte se kant.

Dis die tyd dat die nuwe *panelite* meubels in die Bosveldhuise begin staan het. Ek't tog so sinnigheid aan dit gehad toe ek by Gertien van dit sien — alles was blink en met kleur, en so maklik om skoon te maak. 'Kies dan kombuismeubels wat jy van hou, Skat,' en dis hoe ons 'n groen-en-geel *panelite* kas, tafel en stoele ryker geword het. Ek verkoop toe die uitgekerfde hout kombuiskas en twee stoele aan 'n swarte om plek te maak vir die nuwe meubels. Daar was nie geld oor vir 'n groter tafel nie, en die sou moes wag. Vir die slaapkamers is 'n paar *single* bedjies gekoop en so't die kleiner kinders vir 'n lang tyd kop-en-punt geslaap. Die ander beddens en matrasse is later gekoop toe geld los was.

Toe die huis en kleinhuisie klaar is, bou Petrus 'n mooi groot bakoond 'n hanetree van die agterdeur af, reg langs 'n baie ou miershoop. Van die miershoopgrond is gebruik vir die oond se vloer en stene. Jy kon baie panne brood en beskuit in daardie oond kry, hoor. Hy't gesê die werfdraad moes tussen die oond en die agterdeur kom, want anders was die werf te groot en die kinders kon hulleself brand. Dit was nie lank nie, of hy span die werfdraad met twee hekke – 'n voorhekkie met mooi krulle bo-op reg wes, en 'n kombuishekkie met twee hoë hekpale en bloudraad bo om dit stewig te hou, maar vêr genoeg van die agterdeur af.

Dis hier waar Abel en Albertus en later Andreas, 'n swaai met osrieme aan die twee groot pale vasgemaak het, dan baie hoog swaai en laat los van daar heel bo. Dan val hulle op hulle boude by die bakoond en lag hulleself gedaan. Die dogters het weer aan die voorhekkie 'n swaai gemaak waar dit so gierts-gierts maak as jy te hoog swaai. Ons het hulle gelos, want kinders weet hoe hoog hulle kan klim of swaai.

Die nuwe huis het nou ook 'n mooi bruin *sideboard*, ronde tafel en vier stoele gehad. Ek het die ronde tafel vir Albertus gegee toe hy 'n groot man was, en ek weet nie wat geword het van die vier stoele nie.

Ek en Petrus het ooreengekom hierdie sou die laaste baba wees. Eintlik sou Andreas die laaste baba wees, maar dis hoe dit is. My liggaam kon dit nie meer hou nie en daar moes tog 'n tyd kom wat ons nie meer so sukkel sonder geld nie. Elke kind het klere nodig gehad en moes skooltoe.

Hoe het mense daardie tyd gesorg dat daar nie nog babas kom nie?

Ja, dis nou weer 'n ander ding, want jy praat nou van onder die lakens. Ek sê jou maar wat Ma gesê het, dan woel ons nie in my sake nie. Sy't net eenkeer gesê toe ek haar pols, 'As jy bymekaar geslaap het, staan dadelik op en gaan was jouself uit met asynwater.' Hierdie raat was verseker nie baie bekend in die Bosveld met sy groot families nie.

Die swartes het beweer jy moet die kleintjies laat drink tot jy weer reg is vir 'n baba, en baiekeer was die kleingoed al só groot dat hulle agter die ma's aanhardloop om nog te drink. Dit was maar 'n moeilike ding, ou kind.

Petrus het geweier om weer by ou tant Hantie agter 'n rietskerm in 'n tent te staan vir weke, en ek't geweet haar twee ou vuil hande vat nie weer aan my nie; die vreeslike hitte en ontwrigting was te erg - vir my wat Maria is, sien sy nie weer nie. Sy moes eintlik lankal nie meer met vrouens gewerk het nie. Tot dokter Müller het oog opgetrek na Andreas se geboorte en gesê, 'Mevrou Bergmann, stuur volgende keer vroeg woord - ek sal kom.' Maar soos dit gebeur het, is Petrus inderhaas die lang pad oor anderman se grond en deur die draad by die Goosens verby, en oor Rooipan om tant Sarie Sauer, my ou skoolmaat Corrie Swanepoel se ma, te haal toe die ongeduldige baba besluit dis tyd.

Sy was 'n baie beter ouvrou as tant Hantie, het ons na Andreas se geboorte gehoor, en die liefste mens. Ook soveel nader as jy in die nood is.

Petrus het tant Sarie die Donderdag gaan haal in die middel van die maand, en ons jongste dogter is op 'n Vrydag, agtuur in die aand gebore. Tant Sarie het die baba toegedraai in 'n flenniedoek en aan die sakskaal opgehang en so was sy die enigste kind wat ons eintlik geweeg het – 6lb 11oz. Die ander kinders se gewig het ons maar net geskat, veral Andreas wat so 'n groot baba was. Jy sal dit nie vandag sê as jy sien hoe 'n kortetjie hy is nie, né!

Tant Sarie het vooraf gesorg dat daar kos vir Petrus en die

ander drie kinders is en hy het weer gesorg dat daar genoeg warm water, melk en vleis vir die pot is. Brood het ek daardie week gebak in die nuwe bakoond. Dit was 'n maklike geboorte, want die tante het geweet wat sy doen en ek ook. Die baba se koppie en gesig was gladnie gedruk nie en haar kleur baie mooi. Toe die swartes hoor sy is gebore, staan hulle ry by die agterdeur en vra wat ons haar gaan noem, en toe Petrus sê sy sal na my suster, Hermien, heet, dink hulle bietjie en vra of dit 'n groot baba is. Hy loop toe slaapkamer toe en gaan haal haar daar waar sy in my suster Hermien se woltjalie lê en vat haar tot by die agterdeur om te wys.

Hulle bedink die sakie toe ewe sedig, en Let sê naderhand hulle sal wag om te sien hoe sy uitdraai en dan sal haar naam beter pas. Eers toe Hermien agter elke dier begin aanloop, en die werkers klein voëltjies, akkedisse en ander krioelende goed uit die grondboontjielande en boomneste moes aandra, was hulle reg om naam te gee. Toe staan hulle weer ewe sedig op 'n ry en sê sy moet 'Marategang' heet, en beduie as 'n kind se hart goed is vir diere, is dit goed vir mense ook. En dit is waar, en is vandag nog waar van ons laatlam wat nog altyd die lewe se boek op haar eie manier gelees het.

By die huis gekom met die skoolkinders, sê Petrus, 'Gaan kyk na julle sussie. Onthou, dis die laaste baba wat in hierdie huis gebore word.' Almal lag toe te vrolik oor die voorspelling, want wie weet dan wat op jou pad wag. Almal wou net die ou kleintjie ronddra, en daardie liefdevolheid is vandag nog so vir 'n kind wat nooit in die vooruitsig was nie en wat ek in my moegheid baiekeer weggewens het.

Die volgende dag toe Petrus en Neeltjie die tante teruggevat huistoe, keer Liena Goosen hulle voor en wou weet of die baba gesond is. Hy lag toe so kie-kie-kie en sê, 'Nee, dit was toe net 'n wind, nie 'n baba nie!' Hy kon ook goed laf wees as hy wou, maar ek moes toe al geweet het hy sou baie erg raak oor hierdie laaste baba wat so baie soos sy ma uitgedraai het. Ja, van die begin af het hy 'n sagte plekkie vir haar gehad.

Andreas, wat toe al ewe pront met die bek was, het vir

dae nie naby haar gekom nie. Ek dink hy't gevoel die baba het nou sy plek gevat, want hy's die een wat altyd as iemand vra, 'Wat is jou naam?' dadelik kon sê, 'Ek's Andreas, Pappie se kind.' Maar hulle was soos die son en maan verskillend en dit het gou gewys in hulle saamspeel.

Met die tien dae in die katel, het ek so baie aan Sofie se dogtertjie gedink. Nooit sou sy 'n Kersfees met 'n eie ma ken nie, en nooit die sagtheid van 'n ma se hand nie.

Dit was 'n goeie Kersfees daardie jaar in die nuwe huis met al ons kinders gesond en onder een dak. Die oes was mooi op die lande en ons het genoeg hande gehad om uit te help.

Die moeilikheid met Pa was weggebêre vir 'n dag.

Weesheer

Abel is daardie Januarie skooltoe en dit was 'n groot jaar vir Coba, want sy moes standerd sewe op Nylstroom begin.

In daardie dae was standerd ses die laaste jaar op laerskool, en as jy verder wou leer, moes jy Nylstroom Hoërskool toe en daar in die koshuis bly. Petrus kon haar tog nie met die muilkar Nylstroom toe vat nie, maar Jan Trichardt het 'n mouterkar gehad en so het baie van die Bosveld se kinders saam met hom gegaan. Hy was rêrig 'n goeie man.

Mara was al in standerd twee en Neeltjie in vyf. 'n Paar ander kinders het ook nou by tant Kat gebly, inkluis Abel wat altyd, 'Jou ou antie se pote,' in 'n skotteltjie moes was. Jy moet weet, hy is 'n mannetjie wat goed en gou kwaad kon word en het nooit teruggestaan om te sê wat hy sou of nie sou doen nie. En daar trek hy die streep by kerrie varkore en weier botweg om sy lippe daaraan te sit. By die tweede naweek het hy rooi in die gesig verklaar hy was ook nie weer haar ou 'stink pote' nie. Nog steeds het die kinders ons niks vertel van die ware omstandighede in daardie huis nie. Eers na die einde van die jaar se kant het ons die werklike stand van sake leer ken toe Neeltjie kom sê ou Meester Venter wou my sien. By die skool gekom, sê ou Meester dat ons 'n ander reëling moes maak met ons kinders, want hy't, 'Op Neeltjie afgekom waar sy op haar knieë vloer vryf met handborsel en vloerlap.'

By die huis het ek haar voorgekeer, maar sy't geskerm met, 'Mammie, ek was besig, en die eerste wat ek wis Meester is daar, was sy blink skoene en kaal enkels.' Ek kan net dink hoe bang sy was, want daar was ou Meester in die pak klere wat hy altyd gedra het en die broek effe hoog met skoene sonder sokkies, en sy daar onder op die grond. Geen wonder sy wou niks sê voor ek by hom was nie.

Hy beveel toe Diena en Sias aan wat langs oom Jon Lamprecht se winkel bly want, 'Hulle oudste, Johnnie, het ander kinders wat hard werk om hom nodig.' So gesê, so gedaan, en dit was Sias-hulle self wat gevra het vir Mara en Abel se hulp, want Johnnie het bietjie gesukkel met somme. Die kinders sou in 1953 oortrek soontoe.

Ons het min van die Schoemans gehoor in hierdie tyd; net eenkeer toe ons by ons hek indraai, het Pa en Trien van alle mense met die kapkar verbygekom. Petrus het hoed gelug, maar sy't net kop laag gehou en Pa het gemaak of hy ons nie sien nie. Nouja, wie sou nou weet waarheen die twee oppad was, en sy so vêr van haar eie huis. Onsself wou niks van hulle hoor nie, maar ek't nie die vrede vertrou nie.

Danie het soos gewoonlik in die vakansie kom kuier. 1951 was sy laaste jaar op Onderwyskollege, en hy was vol praatjies oor 'n nooi. Hulle is toe in Junie getroud. Dit was glo 'n baie mooi troue in die voorwêreld, maar ons was nie daar nie en is ook nie uitgenooi nie.

Ek vra toe hoe dit gaan met tant Dot, en sê ook ons het Pa en Trien daar by die groot hek gekry oppad iewers heen. Danie is nie iemand wat kon kluitjies verkoop sonder dat jy agterkom nie, maar hy't draaie geloop om my vraag en net gesê dit lyk of dit goed gaan met tant Dot. Hy was nooit erg oor haar nie, maar hy was net soos ons baie erg oor Janneman en sou nie sleg van Trien praat nie. Hy vertel toe ook dat Pa 'n koelkas vir tant Dot gebou het tussen die waenhuis en die agterdeur. Een van daardie wat jy moes nathou. En al die jare wat Ma gesmag het na 'n koelkas is met een veeg vergeet, en in my binneste het die pyn diep geklop vir 'n ma wat verontreg is.

Ons het ook gepraat oor Ma se onafgehandelde testament, waarop hy sê, 'Bly skryf vir die Weesheer, Sussie, en op dié manier is daar druk op Pa se prokureurs om sake na 'n kant toe te dryf.' Danie was een van die min mense wat regverdig en sonder oordeel na altwee kante kon kyk — hy was lief vir sy broers en susters, maar het ook baie verdra van Pa. Ek dink dis omdat hy nooit swaar onder Pa gekry het nie.

Ek maak toe so in Februarie. Natuurlik was daar nog geen vordering met die testament nie en die Weesheer het dit so te kenne gegee. Ook weer dat ons 'n prokureur moes kry. Maar waar sou die geld daarvoor vandaan kom?

Hanelêng en Salmon het nooit goed klaargekom nie, en die twee se vrouens het redes gesoek om met mekaar te baklei. Dit was nie hóé lank nie, of Hanelêng sê hy en Ênnie gaan trek. Petrus het mooigepraat dat hy nog 'n bietjie moes bly, maar hy wou niks hoor nie en is toe weg, donkies en al.

Toe was dit tyd om die baba te doop in die nuwe steenkerk op Steenbokpan met Dominee van Schalkwyk op die kansel.

Met ons kinders soos orrelpypies om die eetkamertafel daardie Sondag, wonder ek hardop na wie elkeen eendag sou aard, maar in my hart was daar die vrees dat een na my pa sou aard. En eendag, toe almal al groot was, het ons weer nabetragting gehou en probeer uitpluis wie nou eintlik na wie aard, en was dit eens dat wanneer dit by reguit praat kom, was daar drie voorlopers: Coba, Abel en ons kleinste. Aldrie het nie geskroom om te sê wat gesê moes word nie. Ons kon tant Hanna Heystek, Petrus se tante aan moederskant, wesenlik in hulle sien – regverdigheid was altyd die belangrikste vir hulle.

Tussen die sewe was daar koekbakkers, naaldwerkers, tuiniers, storievertellers, onderwysers, boere en harde werkers, maar Petrus het net stilgebly toe ons by Albertus se gawes kom. Ek't altyd 'n sagte plekkie gehad vir die kind oor sy swak konstitusie, al was hy lank reeds 'n sterk man. Toe ek vra hoe dan nou met die stilbly, sê Petrus hy dink my geskerm vir Albertus was nooit goed vir die kind nie. Hy is 'n sagte mens wat nie kan rekenskap gee vir my voortrek nie, maar ek moes ophou met dit noudat hy groot is. Ek het wel later baie gedink hoe mens dan 'n kind kon verander sonder dat jy agterkom, en niks gehou van hoe daardie gedagtes in my hart woel nie.

Ons konnie saamstem oor Andreas nie, want ek't gedink hy aard so reg na Ma, maar Petrus beweer toe daar is nie 'n kind in die huis wat meer na my aard nie. Hy't altyd gevoel ons het hom heeltemal afgeskeep met die gespook op die plaas, so Andreas se skaamheid kon jy verstaan. Maar, 'Die gou op die perdjie spring is uit-en-uit jou trekke,' reken hy, en sou Andreas nog laat swaarkry in die lewe. Ek konnie stry nie, maar jy moet weet, ek wóú! Ek sit toe maar die koppie neer en sê, wat my aanbetref, is die kinders net vir ons geleen, en mens moes dit altyd onthou.

In die middel van September het Petrus namens my en op my aandrang aan die Weesheer geskryf, want ek was moeg van die geskryf met geen antwoord nie. Dit was 'n goeie brief, want hy kon sien my moed was gebreek.

Einde Oktober het Pa se prokureurs met die Meester van die Hooggeregshof begin ongeduldig raak, want sake het skynbaar nie mooi na Pa se kant toe gedraai nie. Hulle het daarop aangedring om die likwidasie- en distribusierekening te kry, en, 'Kan die Hooggeregshof nou aanstoot daarmee?' Ons het niks op daardie stadium van Pa en die prokureur se dinge geweet nie en moes geduldig wag vir antwoorde. Dit was lang jare om te wag vir uitsluitsel, en intussen was die plaas steeds nie omhein aan Vaalbos se kant nie. Die ewige moeilikheid met die beeste en wild skietery was die groot rede vir onmin tussen ons.

In Februarie het die Kerkraad op Ellisras besluit om grond te koop van Waterkloof Laerskool - vandag se Laerskool Ellisras — sodat daar 'n begin met bouwerk aan 'n steenkerk en 'n pastorie gemaak kon word. Dit was 'n groot ding vir die mense op Ellisras, want steeds het hulle net Hoornbosch se kerk gehad en verder onder 'n seil kerk gehou. Dominee van Schalkwyk het hard gewerk om die bouery aan die gang te kry, want hy en sy familie het in 'n ou huis gebly wat die Van Biljons goedhartiglik aan hom toegestaan het. Dis nou die mense wat al die jare 'n winkel op Ellisras gehad het, en ek glo nou-nog.

Dié predikant was nou eenmaal 'n hardwerkende man as jy een gesoek het. Sy familie het hom min gesien soos hy met die diaken of ouderling rondgaan met huisbesoek dwarsdeur die jaar, en dan nog diens hou in die ander sustergemeentes ook. Ons vrouens van die Sustersvereniging was ook baie ingenome met Mevrou Dominee. Sy't 'n liewe hart gehad en nie geskroom om hand uit te steek nie. Ek en Petrus het geredeneer dat as Dominee geweet het van Pa en Bertie se streke, dan sou hy seker min geslaap het, maar niemand het daaroor gekla nie en so was die man salig onbewus van sy kerkraad se doen en late.

Op Belofteland het Petrus die tuin vergroot om ook 'n boord met vrugtebome en 'n klein priëel in te sluit. Ekself was meer vol moed en my krag was terug na al die geboortes. Die groter dogters het een Vrydag daar aangekom met drie seringboompies wat hulle in die tuin wou plant. Nou nie 'n boom wat ek geken het nie. Blykbaar het 'n dogtersmaat vir elkeen 'n boompie gegee uit 'n watervoor daar by oom Jan van Rooy se plek. Die bome het hemelhoog geword en die lekkerste skaduwee gegooi, maar o wee, die seringpitte! Jy kon hulle net nie opvee nie en het altyd onder die los sand weggekruip. Ek't maar verduur, want die tuin het nou huis geword.

Nouja, in al die jare wat die kinders op skool was, het Petrus hulle gaan haal met die muilkarretjie en Danster en Bessie. Al was Danster nog baie sterk, en Bessie gewillig om te help ploeg trek as daar jonger muile by was, dit sou nie lank wees voor hulle nie alleen die muilkarretjie kon trek met almal op nie. Die twee ou muile moes vervang word. Toe begin hy rondvra na jong muile wat hy kon leer wa trek en om later mee te ploeg, want die Brahmanosse was al lank in die tand en party was nog steeds befoeterd. Die lande was nou gelyk geploeg sodat muile kon oorvat.

So gesê, so gedaan, en kort-voor-lank was ons oppad om ons ou muilkarretjie te verruil vir vier jong muile, tome en 'n groot muilwa. Dit was 'n groot opgewondenheid toe die jong muile op Belofteland aankom. Ons het hulle dadelik Koffie, Rietbok, Japie en Ryperd gedoop. Koffie was swart, Rietbok 'n mooi bruin, Japie donkerbruin en Ryperd 'n ligbruine. Almal baie jonk en heeltemal ongeleerd, so Petrus moes hulle geduldig alles leer, net soos die Brahmanosse. As hulle ingespan was, dan moes iemand voor vat sodat hulle kon leer saamtrek, en dan trek-trek hulle so stop-en-*start* en trap rond van onsekerheid. Net vir ploegwerk kon hy al ses muile inspan, want daar't hulle krag nodig gehad.

Nouja, Koffie se ma was 'n donkie en haar pa 'n perd, en sy was wat jy sou noem 'n gróót vloek, want as Petrus haar moes inspan, hol sy op en af in die pankampie tot hy uitasem is voor sy nog aangekeer is. Baiekeer was dit hy en een van die swartes wat hulleself eers gedaan moes hardloop agter die duiwel van 'n Koffie-muil aan. As sy agter ingespan was, dan skop sy die *splashboard* dat die splinters waai. Ons het gou geleer dat jy haar ook nie voor kon inspan met die skoppery nie. Later toe Danster en Bessie aan 'n swarte verkoop is, was dit Koffie en een van die ander jong muile agter met ploegtyd. Nou, ek vertel jou hierdie muile-stories sodat jy weet dit was nie net met die tweebeniges wat ons moeg en moedeloos was nie.

Ma het altyd gesê as jy 'n donkiemerrie met 'n perdehings kruis, dan kry jy 'n beneukte muil-merrie, en dit was waar van Koffie. Die ander drie jong muile was goedgeaard en het mooi geleer al het sy hulle teengewerk. Toe hulle uiteindelik weet om saam te trek, kon hulle begin ploe, want Petrus het gesê dis al wat jy met Koffie kon doen – sy moes hárd werk en dan sou sy moontlik van die befoeterdgeid ontslae raak. Die geluk was dat ons nou almal saam op die muilwa kon ry, want daar was genoeg plek.

Teen die einde van die jaar het oom Jon Lampbrecht en die Coetzees begin om 'n huis agteraan die winkel te bou. Dis nou ou Daan en tant Nan. Dit was eintlik bedoel vir oom Jon en sy vrou, tant Maria, en die huis waarin die twee families saamgebly het, was vir die Coetzees. Almal het mos eers so deurmekaar gebly, en die mense het naderhand begin praat.

Met dié dat Diena en Sias losheerders sou hê die volgende jaar, moes daar 'n plan gemaak word, en toe bou die mans twee nuwe huise - een vir die ouer Coetzees en een agteraan die winkel vir oom Jon en sy vrou. In die eerste helfte van die jaar was die Coetzees se huis klaar, en die ander agter die winkel kon bewoon word behalwe vir die badkamer waaraan hulle nog gewerk het. So't almal nou aparte verblyf gehad. Nou, daar's 'n storie agter alles wat ek nou uitgelê het oor die huise.

Die Coetzees en Lampbrechts was mense vir dans en partytjie hou, so, voor die vloere mooi sterk is, hou hulle 'n groot makietie in oom Jon se nuwe huis waar almal glo goed dop gesteek het. Met die dansery op sy lekkerste en ou Daan goed getrek, dans hy alte heerlik styf met Baby, Joos Joubert se vrou, en toe hy nog so waterpomp met die arm, gly sy voet en hy val reg agteroor op die harde sementvloer dat sy kop sommer klap.

Kan jy dink hoe die dronkes geskrik het, want daar was ou Daan nou op die naat van sy rug en uit soos 'n kers met bloed wat uit die kop loop. Hulle laat hom toe sowaar net daar lê in die stoepkamer waar hy geval het, en suip nog 'n bietjie. Maar die bloed het net bly loop en wou nie dik geword nie. Dis tóé dat iemand sê hulle moet seker dokter Müller laat kom van Ellisras af, maar almal draai nog bietjie en steek dop dat dit bars. Eers later strompel een oor ou Daan, en toe dra die mans steun-steun die ou solank in die onklaar badkamer, en plof hom in die bad met 'n kussing onder die kop.

Die dokter is in hulle dronkenskap of vir watter rede ookal, nooit laat kom nie. Wat almal geweet en niemand van gepraat het nie, is dat ou Jon en tant Nan lekker beenaf was op mekaar, so reg onder ou Daan se neus. Nouja-toe.

Mara en haar skoolmaat het toevallig die volgende dag van tant Kat af geloop om *nigger balls* by die winkel te koop, en toe hulle daar kom, vra een van ou Daan se dogters of hulle die lyk wou sien. Nouja, watter kind sou nie 'n lyk wou sien nie, en sy vat die twee badkamer toe waar haar pa lê met slap arms oor die bad se rand en die bloed wat nog altyd in die kussing loop. Die dogter staan net ewe ongeërg daar en kyk soos mens sou kyk na 'n dier wat gevrek het. Die kis word toe sommer binne 'n dag of twee onder die maroelabome voor die winkel op twee stoele gesit vir die begrafnisdiens wat onder die bome gehou sou word.

Jy weet hoe's 'n kind – hulle sien goed wat grootmense

nie eers oplet nie. Mara, wat voor my op die grond gesit het met die diens, sê later sy het gesien die bloed loop die heeltyd uit die kis. Voor ou Daan se lyk, het sy nog nooit 'n dooie mens gesien nie, so wat sou sy nou weet van bloed wat dik word? Die mense het sommer die paar honderd treë met die pad af geloop na die Lombards se begrafplaas waar hy begrawe is langs die kind wat lampolie gedrink het, maar al die pad soontoe loop die bloed nog steeds uit die kis. Ek't gesê sy verbeel haar maar net van die bloed, maar tant Hantie het dit later beaam en gesê, 'Vandag het hulle 'n lewendige man begrawe.' Ek moes geweet het om na Mara te luister, en al wat ek kon dink om te sê is, 'Wat sê jy my nou, tante?!' Want wat sê jy nou eintlik? Jy dink maar net jou eie gedagtes.

Ek't vir Petrus gesê die kinders word groot en ons moes kyk of ons nie ook 'n bokskamera kon kry nie. Mens het niks om jou mense te onthou as jy nie 'n paar fotos neem nie. Voorheen was dit Tina of een van oom Jakob se groter dogters wat fotos van ons geneem het met 'n klein kameratjie. Jong, daardie ou goedkoop bokskameratjies kon waarlik mooi fotos neem; jy moes net versigtig wees dat daar nie lig inkom as jy die fillem verander nie.

Almal wou toe net fotos neem, maar dit was duur om dit te laat ontwikkel en het ook lank gevat, want wanneer kom jy tog in die dorp om dit by die apteek in te gee? Ons kleinste was so ses maande toe ons die eerste familiefoto neem. En dis ook al wat daardie jaar mooi genoeg uitgekom het.

Ons nuwe huis was soos 'n paleis. Petrus het houtrakke vir die spens gebou en daar kon ek baie bottels, die meel, suiker, en ook die wateremmers stoor. Smoors voor ons opstaan, kon ons eers lê en luister na die duiwe en korras, tot Petrus sê ons moet op, want, 'As die Here wil,' sou dit 'n goeie dag wees om te werk. In die aande as ons doodmoeg klaar was met die dag se werk en dan afsluit met boekevat, het almal om die houtstoof gesit en dan't onstwee beurte gevat om stories te vertel. Jy moet weet, daar was nie boeke vir kinders soos nou nie, en ons gedagte was as ons stories vertel, sou hulle leer om lief te word vir dit wat ons mee grootgeword het. Sommer so 'n bietjie stories van die ou mense en spookstories oor plekke wat hulle geken het.

Een aand was dit Petrus se beurt en toe vertel hy 'n ware storie wat ek al amper vergeet het. Dit was toe ek en hy net getroud is en op Langkloof gebly het.

Dit was volmaan en onstwee het besluit om te gaan jag verder op teen die berg waar die klipbokke uitkom as die maan helder is. Nouja, dis toe ons so sit en wag vir die bokke om te wei, dat daar 'n gesuis van iewers agter die Bobbejaanskloofberge van Vaalwater se kant af aankom, en die volgende ding kom daar 'n ronde, spierwit lig oor die berg gesweef - al teen die kranse en skuins teen die berg af tot onder in die vallei.

Toe draai dit reg oos na ons kant toe en kom só vinnig soos jy nie kan glo nie net bokant die bome se toppe aan. Ou kind, ons het net daar agter die bosse bly sit, want die snaakste ding het gebeur. Eers steek die lig bokant 'n groot boom vas, en toe sak dit af agter die digte bosse, maar jy kon geen skaduwee aan ons kant sien nie. Toe skiet dit weg na die huis se kant toe, en voor ons nog mooi weet wat aangaan, skiet dit weer pylreguit op ons af, hang bokant ons koppe en is toe met volle vaart terug teen die kranse uit. Die lig was só skerp, dat jy elke blaartjie aan die bome kon sien op 'n vyftig treë afstand. Daar't ons bly sit vir 'n lang tyd, en toe sê Petrus, 'Kom Skat, ons gaan kyk wat daar by die groot boom aangaan,' en ons loop so vinnig as ons kon soontoe.

Jy sal nie glo nie, maar daardie boom en die bosse onder dit was houtskool verbrand sonder 'n vlam! Die anderdagmôre is ons terug om te sien of daar 'n verklaring vir die lig is, maar al wat jy kon sien, was 'n wit spoor soos die lig beweeg en alles doodgebrand het in sy pad. Ons is dadelik oor na Antoon en Sannie toe, en hulle't alles beaam wat ons gesien het. Tot vandag weet ons nie wat dit was nie, maar die gras het nooit weer oor daardie wit spore gegroei nie.

Teen die tyd dat Petrus klaar vertel het, was almal wawyd

wakker en onstwee kon ook nie slaap vir die res van die nag nie.

'n Bokskamera

Grondboontjies

Sommer die eerste naweek dat ons die kinders by Sias en Diena gaan haal, het ons geweet dit gaan 'n goeie jaar wees. Hulle konnie uitgepraat raak oor hoe lekker die kos en hoe goed die grootmense vir hulle is nie.

Neeltjie was nou in haar laaste jaar op laerskool en ek was skoon hartseer dat sy sewe jaar lank by mense gebly het wat nie goed na hulle omgesien het nie. Coba was natuurlik in standerd agt op Nylstroom.

Diena se huis was groot genoeg vir 'n paar ekstra kinders, en 'n Bekker dogter het ook daar gebly. Haar ma het Steenbokpan Laerskool se vlag gemaak, omdat sy sulke pragtige naaldwerk gedoen het. Ekself het nooit rêrig geleer om mooi klere te maak nie, maar kon darem goed genoeg regkom met rygsel en pylnate. Dit het my laat dink aan Liena Goosen van Karmetatpan wat maar net nie 'n kledingstuk kon maak nie. Sy het nie eers geweet van pylnate nie, en het my eendag gevra hoe ek die seuns se broeke so maak-pas kry, want haar seun se broeke het so gelykaf geloop en dan moes hy kruisbande dra om dit op te hou. Met dít kon ek darem help.

Ja, in daardie dae het die mans omtrent almal kruisbande gedra om broeke op te hou as dit met die hand gemaak is. En dan't hulle nog sokspenners ook gehad om sokkies op te hou. Dit het in baie kleure gekom wat te mooi was. Die vrouens het weer hulle kouse opgehou met sulke roomkleurige sispenders, seker dat dit nie deurskyn onder jou rok nie. Jy moet onthou, dit was die dae voor sykouse en die nuwerwetse broekiekouse wat vanself opbly. Die outydse kouse was soos katoen en het nie veel meegegee nie; ook maar goed rokke was langer in daardie dae, want die kouse het altyd sulke bok-knieë gestaan, veral as jy eers gebuk het. Baie ou tantes het sommer 'n perskepit gevat en dan die kous styfgetrek daarmee reg agter die knieg in die waai van jou been - dit was soms 'n aardige gesig as hulle buk en jy die ou dik, wit bene bokant die kous sien uitsteek. Sykouse het elke jaar dunner geword en tot ons klein winkeltjies het dit naderhand verkoop.

Die plaaswerk het mooi aangegaan en Petrus het begin dink om nog lande te laat skoonmaak. Noudat die jong muile beter begin trek het, sou dit makliker wees om meer te plant. Hy't gesê nog so 'n jaar en dan moes daar 'n begin aan nuwe lande gemaak word vir 'n groter oes – ons konnie leef op die bietjie geldjies wat die mielies inbring nie.

Laat ek eers weer die storie van Koffie aanvat en klaarmaak. Een Vrydag oppad Steenbokpan toe vir slagdag, moes Petrus homself alweer gedaan hardloop agter die vloek van 'n Koffie. Teen die tyd dat almal ingespan is, was sy humeur ook nie van die beste nie. Dit was die drie kleintjies en ek en Petrus met skottels, messe, rieme en al die slaggoed. Dan was daar nog die bees wat 'n groot deel van die wa volgelê het. Hermientjie, ons jongste, was omtrent 'n jaar oud en het nog op my skoot gesit.

Dit was Petrus se beurt om die slagwerk te doen vir die vleis-sindikaat daar reg oorkant die pad van ou Jon Lampbrecht se winkel. Elke boer wat deel was van die sindikaat het 'n beurt gekry om 'n bees te gee en te slag. Die vleis is in porsies opgesny en gesaag en elkeen se vleis is gelos in die vleiskamer wat spesiaal daarvoor gebou is, in vleissakkies met die boer se naam op – meestal uitgewasde meelsakkies. Die sindikaat se vleiskamer het houtrakke met hokkies gehad met elkeen se naam by sy eie hokkie - so kon die ou boere nie deurmekaar raak nie, maar partykeer het van die skelmer mense die vleis sowaar omgeruil! Elke week roteer die vleis sodat jy nie altyd dieselfde stuk kry nie. Yskaste was nog nie in die Bosveld nie, en 'n familie konnie 'n hele bees slag en die vleis goed hou nie. Dit het goed gewerk.

Nouja, die wa het 'n lang sitplek gehad waar ons kon inryg, met 'n *splashboard* voor, maar as almal by die huis was dan't party van die kinders agterop gesit, sommer so met die bene wat afhang vir die lekkerte. Hierdie dag was ons almal op die bankie. Toe ons die pad vat oor Pa se tussenveld net daar waar die pad so 'n dippie maak, begin Koffie skop en holrug maak. Dis die plek waar die swartes gesê het die *tokološi* loop. Wel, Koffie het ook iets gevoel en was só wild dat sy die hele *splashboard* fyn en flenters skop, maar Petrus staan toe op met die leisels in die hand en slaan haar rêrig met die riem so in die ry. Toe hol sy weg terwyl die ander muile net gewoonweg trek, en dáár gaan die wa! Petrus roep net, 'Spring!!' en hou sowaar die muile in tot ek en die kinders kon afspring net toe die wa so op twee wiele loop en omkeer reg op die bees. Hy laat los toe die leisels en spring vêr, maar land in 'n droë bos en 'n dik stok breek in sy arm af.

My Heiland, toe hy die muile uiteindelik gevang kry, maak hy Koffie los uit die tuig en die ander vas aan 'n boom, kry ons almal eers in die koelte en hardloop huistoe en kry vir Shamrock om in Koffie se plek in te span. Ek en die kinders het maar net daar bly sit in die koelte sodat my senuwees kon sak tot Petrus terugkom met die swartes om te help bees oplaai. Toe maak ons die slaggoed bymekaar en vat pad Steenbokpan toe. Koffie moes daar kop-in-die-mik staan tot ons terugkom.

Daardie Shamrock was die sterkste perd wat ek van weet – hy kon die wa op sy eie trek as jy mooipraat. Ons moes hom van die begin af langs Koffie ingespan het, dan sou haar befoeterdgeid seker eerder gesak het.

Kort daarna en voor Petrus afgekoel het van hierdie episode, moes hy homself weer winduit agter Koffie hardloop in die pankampie, en toe hy haar nie gevang kry nie na 'n helse gespook, gaan haal hy die Lemetferd en skiet haar daar tussen die kraal en die mokawiboom dood en laat haar net daar lê, so kwaad was hy. Dit was die einde van die gesukkel met Koffie-muil.

Ons kinders was nou groot genoeg om die plaaslewe te geniet, veral die seuns wat oral kon rondloop sonder ons. Abel en Albertus het baiekeer klappers gaan gaps by die plaas langsaan by 'n groot klapperboom so 50 treë anderkant die draad. Hulle is gereeld deur die draad en dan't klappers voor in hulle hemde weggeraak terwyl een altyd 'n oog moes oophou vir die kwaai boer. Dan't hulle spore doodgevee en is weer terug deur die draad.

Die boom was omtrent so groot soos die twee groot maroelas agter ons nuwe huis - so 22 voet hoog sou ek sê. Ek het net eenkeer die boom gesien toe 'n brand daar naby weggehardloop het en almal moes vuurslaan. Petrus moes die drade knip om saam met die bure met nat sakke die brand te probeer vaskeer.

Dit was so 'n verkeerde noord-oos wind wat die vuur al die pad daar van die grootpad af aangejaag het, en teen die tyd dat ons sien die rook kom Belofteland se kant toe, het dit klaar die draad gespring en hol die Goosens met al hulle swartes en die ander bure langsaan agter daardie vuur aan. Jy konnie sê wie's swart en wie nie.

Petrus skrou toe vir die jong Goosen, 'Gryp die fiets, man, en jaag huis toe so jou ma die buurman laat weet die vuur kom!' Dit was ryk mense wat ook 'n foon gehad het, maar só kwaai, dat niemand ooit gevra het om van daar af te bel nie.

Daardie dag het ek gedink ons is dood. Net as dit lyk of die vuur is geblus, dan draai die wind en daar gaat hy weer. Toe ek so om my kyk, sien ek al die swartes, inkluis kinders en vrouens slaan vuur soos een man, en die wat nie met sakke slaan nie, kap gwarriebos en slaan daarmee. Die wind het eenkeer só vinnig gedraai, dat ons moes platval en toe's dit met 'n gesuis reg oor ons. Almal se hare was hard geskroei van die hitte en Salmon se baard het kort afgebrand en sy gesig vel-af, wat gemaak het dat hy vir weke Zam-Buk salf moes aansmeer. Ek't die twee klein kinders vooraf in 'n oop kol vêr agter die vuur laat sit met Albertus om op te pas.

Die buurman was nie een waarmee jy moeilikheid soek nie. Elke liewe dag is hy al om sy plaas met die perd, en later met 'n bakkie, en jy kon dit altyd hoor dreun op 'n gegewe tyd. Waarom hy so besorgd was oor die veld, weet ek nie, maar dis seker omdat hy ryk getrou het en nie iets wou laat verwaarloos nie. Sy vrou, 'n enigste kind, het die grond baie geld geërf, maar dit het gemaak dat hulle min was. Later het hulle ook net een dogtertjie saam gehad - 'n groot kind van die baie soetgoed eet. Petrus het naderhand gesê hulle sal moet ophou om haar te voer, want sy sal nooit 'n man kry nie. Soos dit is, het sy eers oud geword voor sy man gevat het. Nietemin, jaar-vir-jaar het die seuns die klappers gaan optel sonder dat hulle ooit gevang is.

Albertus kon nooit wag vir die vakansies die eerste jaar toe Abel skool toe is nie; die groot speel en rondloop was te lekker. Elke dag kon jy hulle oral sien op soek na nog iets om te doen. Dit was doer in die veld op soek na stokke vir rekkers, waarvoor Petrus spesiaal rekkerlope by Gertien moes kry, en dan weer vir goeie kleilatte of sweepstokke. Elkeen het altyd 'n knipmes in die een sak gedra en in die ander was die klippe vir die skietery. Hulle ou broekies het sommer so skeef getrek na die kant waar die klippe was, veral Abel s'n. Toe begin sy broek skeur net bokant die sak en ek kon vaswerk soveel ek wou, maar as ek weer kyk, was dit geskeur van al die klippe. Toe maak ek vir hom 'n sak met 'n lang band wat hy so skuins oor die skouer kon dra, en dit was die beste antwoord vir die geskeurde broeke, want ophou skiet was daar nie. Meestal het hulle duiwe gesoek daar by die mieliestellasie, en partykeer het hulle daar gelê vir ure tot die voëls kom sit, en dan was die rekkers uit! Dan kom hulle huistoe met 'n klomp duiwe wat ek in die oond moes bak.

Dit was nie hóé lank nie, toe begin Abel met storietjies van ander seuns wat windbukse het. Petrus het net geluister en niks gesê nie, maar met een goeie oes, kom hy huistoe met 'n windbuks en 'n boksie patrone, en toe was dit, 'Dis my beurt!' en, 'Nee, dis my beurt!' tot een goeie dag dat Albertus seker te veel geneul het so al agter Abel aan, en toe skiet die ouboet hom so deur die broek reg op sy boudwang! Tenminste het hulle grootgeword op 'n plaas waar hulle net seuns kon wees, en wis niks van 'n suinige en afgestompte oupa nie.

A-ja-a, hulle moes werk ook. Altyd met die melkery, beeste uit- of aanjaag, en as dit spuitdag was vir borsluise, moes almal help. Elke dag moes hulle water aandra met die dopemmers, want die water was mos nog by die waterkampie. Ek't sulke groot emmers gehad in die spens vir drinkwater, en hulle moes vol. Die water het so lekker koel gebly in die donker spens.

Toe Petrus sien die twee seuns is selfstandig in die veld, vat hy hulle saam as hy gaan wild soek. Baiekeer het hy nog alleen met Shamrock gaan jag en sowaar partykeer grond gevreet as hy te woes jaag agter 'n bok aan. As Shamrock padvat, kon jy nie daardie perd stop nie. Abel het met groot smaak kom vertel hoe hulledrie gaan skiet het met Petrus voor en hulle agter. So kon die seuns onder sien en hy bo. As die kinders die koedoes se bene sien, trek hulle net aan sy hemp en dan skiet hy die koedoe. Hy kon waarlik goed skiet met sy een oog - beter as ander mense met twee. Die seuns het ook net sulke goeie skuts geword.

Kleinwild is sommer in 'n boom opgehang en afgeslag. Met 'n duiker of steenbokkie maak jy 'n snit net so bokant die agter-kloutjie en haak 'n lus met 'n riem deur en dan op en oor die tak. Dan sny jy die vel los — eers om die pote en nek en dan af teen die bene en oor die pens. Dis dan maklik om die vel af te trek terwyl die bloed afdrip. Jy moet die pens versigtig oopsny met 'n skerp knipmes, anders peul die binnegoed uit en bemors al jou vleis. Ai, al die kinders het altyd 'n kring om my gesit vir die harsings as ons eers die koppie in die oond gebak het! Net die lewer en niere is gehou en die res is na die swartes toe.

Met die grootwild was dit bietjie moeiliker in daardie dae. Elkeen wat kon riem vashou, het gehelp om die koedoes op te trek in die ou groot hardekool binnekant die jaart. As Petrus 'n koedoe geskiet het, dan skiet hy ook een van die kortkopvarke waarvan daar nou 'n hele paar was. Altyd 'n sog of reggemaakte beer, want groot bere stink só dat jy maar die wors kan weggooi as jy van hulle vleis gebruik. Dan't die groot wors- en biltongmaak begin.

Mense het gepraat wit Landras varke, en toe sê ek, 'Van hierdie varke wil ek ook eendag hê. Almal beweer hulle't meer vleis as vet; gladnie soos my kortkoppe nie.' Petrus het hulle ook in die Landbou Weekblad gesien wat jy altyd daar op die *counter* by Gertien kon lees. Ek glo ons het meestal daar gekoop oor die Lanbou Weekblad en die lekker gesels, en oud of nie oud nie, dit was voor tot agter deurgegaan teen die tyd dat ons moes padvat huistoe. Ons was net te arm om daarvoor in te teken.

Almal het help biltong en wors maak in die winter. By ons was dit op 'n skoon plat sinkplaat onderdak. Eers is die vark- en wildsvleis en genoeg spek opgesny in blokkies, groot genoeg vir die hand vleismeuletjie. Dan't ek dit gekruie met koljander, sout en peper, en elkeen kry 'n beurt om die meuletjie te draai. As dit jagtyd is, moet jy 'n dag wag voor jy die wors maak, want die vark se derms moet eers uitgeryg word en oornag in soutwater lê vir die worsmaak. Die anderdagmôre vat jy 'n stomp kombuismes om dit mee te skraap, sommer so op 'n gladde platklip. Dan was jy die derms goed uit met skoon soutwater en los dit in skoon water tot jy die wors maak – jy moet weet wat jy doen, want die water moet goed deur die derms loop om dit uit te spoel. Dis maar 'n stinkende werk wat niemand wou doen nie, maar ek't by Ma geleer van skoon derms.

Die vleis het Petrus altyd in boute en blaaie opgesny en oornag in doeke laat hang sodat dit mooi koud en styf word. Die boute en garings was altyd vir biltong wat onder die groot seringbome opgehang is. Van die ander vleis het hy opgesaag en daarvan is gekook en in vet gebere, maar van dit is opgehang in 'n klein steenkool en sifdraad koelkas. Die steenkool was van hout wat op die lande gebrand is, en die kinders moes dit nathou sodat die melk en vleis nie te gou sleg word nie. Ons het altyd n karmenaaitjie gevat vir al ons bure, en as dit naby 'n kerkdag was, het Petrus gesê Pa en tant Dot moet ook hulle deel kry. Hoe hy nie 'n wrok in sy hart teen Pa gehad het nie, is net die Here se toedoen.

Ek onthou hoe die kleiner kinders altyd hulle eie dun biltongetjies gemaak en dan in die groot seringbome se takke opgehang. Die maaifoedies van seuns kon hoog in die bome klim, en as die biltong droog was, dan eet hulle eers hulle eie en dan nog van die dogters s'n ook. Dit was heeldag, 'Mammie, kyk vir Abel en Albertus – hulle eet alweer ons biltong!' En dan lag die twee te lekker en môre is daar nog biltong weg.

Dis die jaar dat ons waarlik water nader aan die huis nodig gehad het. Net na die oes se geld in was, het Petrus gaan aanklop vir ou oom Steenkamp se boormasjien daar naby Steenbokpan. Maar die ou oom was al te oud vir boor en die dag toe ons water slaan, trek hy boor op en daar gaat hy toe die geld in sy hand is. Petrus kon tog nie alleen die pype laat sak met die hulp van een of twee vrotsleg swartes nie, maar Jan Trichardt, wat altyd 'n sagte plekkie vir ons gehad het, het laat weet hy kom help om die windpomp op te kry en die pype te laat sak. Dáár was nou 'n witman!

Die mooiste pienk grond het uit daardie boorgat gekom - dit was so glad soos seep. Vir jare het die kinders poppies, diertjies en klei-osse uit daardie klei gemaak, maar snaaks genoeg het hulle hande nooit skurf geword nie. Dit was soos hemel op aarde om nie meer alles met die dopemmers van die waterkampie af aan te dra vir alles nie! Nouja, die pomp was skaars op of Petrus begin die dam bou. Jy moet bouwerk ken as jy 'n dam aanpak, want anders lek dit orals, maar daardie dam het nooit gelek nie, nie eers in ons oudag nie.

Aan die weste- en oostekant van die dam was daar uitlate vir pype, want die dag toe hy die troffel neersit met die dam se bou, sê hy, 'Nou bou ek 'n krip in die waterkampie.' En voor Kersfees was al die bouwerk klaar en kon die beeste water suip uit die krip wat met 'n bolwelf gewerk het, so as die water te laag sak, dan trek dit self water van die dam af. Dis in hierdie krip waar die seuns menige dag kaalbas geswem het, en dan't hulle soos maervarke geskrou as ons vroumense naby kom!

Van toe af kon ons meer vrugtebome plant en 'n groot groentetuin aanlê. Die eerste wat in die grond gekom het, was drie navels en 'n nartjieboom. 'n Groot groentetuin is aan die oostekant uitgelê en met 'n leivoor natgelei. Op 'n stadium het ons tot 'n druiwestok ingesit, maar dié wou nooit goed groei nie; ek dink die ouklip was te naby. Die groentetuin was skaars twintig treë van ons slaapkamervenster in diep sandgrond, maar net aan die anderkant van die huis was baie ouklip en daar wou my boompies nooit goed vat nie.

Terwyl die een enkele swarte wat daar aangekom het om stukwerk te doen, grou aan 'n nuwe land, het Petrus en Salmon die hele ouland bemês met mis uit die kraal, en toe die reëns kom, plant hy weer mielies met 'n bietjie waatlemoene en soetriet op die wenakker. En toe laat hy die muile waarlik werk om die akker van die nuweland wat al redelik skoon was om te ploeg. Ons eerste boere moes alles van die grond af opbou, wat soveel swaarder is as om 'n ander man se lande weer om te ploeg.

Nou, jy moet weet, dit is groot werk om 'n nuwe land gelyk geploeg te kry, want al gooi die grouer die gate toe, dan was daar altyd groot boomwortels en stompe wat jy nie sien nie en wat die ploeëry swaar werk maak. Van die môre tot die aand vir 'n paar weke het Petrus en Salmon met die muile in die vreeslike hitte gewerk om meer grond reg te kry vir saai die volgende seisoen. Ek en die kleintjies het elke paar uur koffie en water aangedra, en by twaalfuur ook 'n bord kookkos, toegebind soos toe ek en Janneman nog met die donkies skooltoe gery het.

As jy daar by die lande kom, dan staan die hitte sommer so oor die land, maar Petrus het net hoed afgehaal en onder die vaalbosse se koelte gaan sit, geëet, gedrink en dan weer aangegaan. Hy't net eenkeer gesê, 'Hierdie jaar wil ek 'n groot oes hê,' en toe werk hy daarnatoe.

Die Onderwysdepartement het laat weet dat die skool op Steenbokpan aan die einde van die jaar sluit, en al die kinders moes Ellisras toe. Die volgende jaar toe die kinders weg is Ellisras toe, het baie van die ouer mense beter gebruik gemaak van die spaar kamers in hul huise. So't ou Jon Lamprecht en sy vrou vir tant Nan ingeneem in die huis agter die winkel. In die dag het ou Jon en tant Nan dan saamgewerk in die winkel en sy vrou die huishouding agter in die huis waargeneem. Sy kon die lekkerste koekies en beskuit bak, maar jy't haar nie sommer gesien nie – 'n skugter tante wat net nou-en-dan tevoorskyn gekom het. Altyd in swart.

Dis ook in hierdie tyd dat Sias, dis nou ou Jon se kind wat met Diena getroud is, 'n stuk grond koop - 'n groot deel afgesny van Skilpadfontein so sewe myl van Steenbokpan af. 'Te veel mense op een erf,' het Diena onder haar asem gesê van die huise so opmekaar by oom Jon se winkel. Tant Kat het net deur toegetrek waar kinders eens geslaap het, en Marja Suurdeegbol het spaarkamers gebruik vir naaldwerk en stoorplek.

Van die begin van die jaar af tot die 9e Oktober was dit 'n geheen-en-weer van skrywe vir die Weesheer om uitsluitsel van my erfenis te kry, tot Petrus naderhand sê, 'Dis genoeg!' en aansoek doen by die Meester van die Hooggeregshof vir 'n afskrif van die oorspronklike testament. Hy stuur toe sommer die seëls daarvoor saam sodat hulle nie nog tyd mors nie.

Ons was nou siek en sat vir die gewag om te weet of ons kon bly of nie. Vir die eerste keer kry ons toe 'n goeie antwoord oor die boedel. Die Meester sê in sy antwoord dat Pa se oorspronklike brief wat ons toelaat om op Belofteland te bly, heel geldig is en sou die saak in die hof land, sou Pa nie 'n keuse gehad het as om toe te gee nie. Maar daar konnie bewys word dat die kodisil ingedruk is in Ma se testament nie, en daarom kon die testament nie aanvaar word nie. Die boedel sou sonder versuim afgehandel word. Hy konnie sê presies watter dag dit sou gebeur nie, want daar's nog gewag op uitstaande inligting van Pa se prokureurs.

Die goeie nuus was dat die nuwe testament wat Pa opgestel het, nie gegeld het vir ons kinders uit die eerste huwelik nie. Nog 'n ding – die skeidslyn tussen Belofteland en Vaalbos moes op albei partye se koste omhein word, en sodra die boedel afgehandel is, kon oordrag plaasvind. Intusssen kon ons voortgaan en draad span. Dit was voorwaar 'n dag van dankbaarheid! Ek glo op Vaalbos was dit 'n dag van rou na al hulle gekonkel nie uitgewerk het nie.

Nou was ons rêrig in ons skik met verwikkelinge, en Petrus skryf sommer dadelik vir die Meester om uit te vind of hy Katrien se deel met haar toestemming kon koop, wat ons alklaar by haar gekry het. Sy sou nooit daarop kom bly nie en het geld meer as grond nodig gehad. Dit was net twee weke, toe kom die antwoord dat Petrus die ooreengekome som vir Katrien se grond in 'n bankrekening kan deponeer, maar die Meester konnie 'n oordeel vel oor hoe sake moes verwikkel nie – Petrus moes vir veiligheid 'n prokureur kry om dit te doen, wat hy wel sonder versuim gedoen het.

My vloek van 'n pa het dit nou op sy baadjie gekry!

Dit was asof die son elke dag helderder skyn, en ons familie het een van die lekkerste Oktober skoolvakansies gehad. Tina het kom kuier en toe neem sy fotos van ons so reg voor ons huis met ons eie bokskamera.

Elke dag, moeg of nie, was 'n geskenk van die Here. In die laatmiddag het Petrus sy arms en voete gewas en dan't ons te lekker *overs* met die kinders gespeel. Die koejawelboompie by die seuns se kamervenster was nog bitter klein en ons kon om die huis hol sonder om iets te vertrap. Die groter kinders het eindeloos sewetjie met die bal teen die mure gespeel, partykeer op 'n Sondagmiddag ook, en dan't Petrus begin grommel dat hulle te veel raas as hy wou rus.

Ons was maar altyd besig met plaaswerk en aan't planne maak wat om te plant sodat ons bo-uit kon kom. Ons eerste huisie se grasdak het begin uitval en toe breek Petrus die agtermuur uit en trek die muilwa daarin. Ek't hom daar gesien staan asof hy iets groot beplan, en toe hy terugkom huistoe, sê hy, 'Met hierdie oes se geld, gaan ek bank toe vir 'n klein lening om 'n trekker te koop.' Jy kan net sóveel met muile ploeg en plant, en hy't besluit om met grondboontjies te begin boer, want daar's baie geld daarin en ons grond was net reg daarvoor. Moes iets gewees het wat hy in die Lanbou Weekblad gelees het. Daar was wel so hier-en-daar iemand by Ellisras se wêreld wat met boontjies begin boer het, maar net oom Jakob se een seun het dit by Steenbokpan gewaag, want saad was duur en implimente nog duurder. Hy't ook belê in die plukker en dopper masjiene wat jy nodig het vir die oes, en so kon Petrus met hom 'n reëling maak om te kom oes.

Blykbaar het die boere vorentoe goed daarmee gedoen. Nou wou Petrus alles weet van hoe diep jy moet ploeg, watse bemesting goed werk en wat jy nodig het om die oes van die land af te kry. Hy sê toe, 'Jy't 'n trekker, 'n planter en 'n groter skaarploeg nodig,' want in ons sandwêreld moet jy diep ploeg sodat die boontjies nie in die skilletjie bo staan en vrek nie. Hy't gehoor die De Jager besigheid op Nylstroom verkoop trekkers en hulle lewer dit af, so hy sou die man bel sodra hy 'n geleentheid kry, maar ek't geweet hy sou nie kon wag nie. Nou-ja, hy't nog altyd geweet wat om te doen, so ek't dit vir hom gelos om sy planne vir die volgende jaar te maak. Maar iewers in my agtekop was steeds die gedagte aan Vaalbos se mense wat nooit 'n ding alleen kon laat nie.

Toe Petrus daardie Vrydag terugkom van Steenbokpan af, is hy deur die draad na die Goosens toe en bel sommer daarvanaf die bankbestuurder op Ellisras met die intensie vir 'n trekker-lening. Die aand vooraf het hy 'n paar keer deur die NTK se graanpapiere vir die laaste paar jaar se mielie-oeste gegaan, want dit was sy enigste bewys dat Belofteland 'n goeie opbrengs het en dat hy sy lening kon afbetaal, al was die oeste nog klein. Onthou, die plaas was nog nie op ons naam nie en konnie vir sekuriteit voorgelê word nie.

Toe is hy die Vrydag van skoolsluiting weg met die muilkar - sy losbaadjie toegedraai in 'n laken en skoene blink opgevryf. Na sy afspraak sou hy sommer die kinders oplaai vir die wintervakansie.

Toe hulle laat daardie aand by die huis kom en ek vra van die bestuurder, sê hy, 'Nee, dit was tydmors,' maar hy kon nooit wegsteek as hy 'n kluitjie verkoop nie, en ek't geweet die lening was ons s'n!

Die kinders wou heeltyd weet wanneer die trekker kom, maar ons moes wag, en glo nou vir my, die week voor die eerste lentereëns val in die Oktobervakansie, staan die vaal trekkertjie, die nuwe skaarploeg en die planter onder die hardekoolboom se bietjie koelte! Elkeen wou op die trekker sit. Die seuns wou weet of hulle dit ook kan dryf en Petrus moes bakstaan om te verduidelik hoe die twee ratte werk, en dit terwyl hyself nog net eenkeer om die werf gery het. Dit was 'n heuglike dag!

Danster en Bessie was nou baie oud en Petrus het hulle aan 'n swarte verkoop om 'n donkiekar te trek, maar die swarte is die dood voor die oë gestel dat hy nie 'n oorlaaide kar wou sien met die ou muile nie. Nou sou ons ook van die drie jonger muile ontslae moes raak.

Die stene vir 'n waenhuis was klaar droog en Petrus was vuur-en-vlam om die grondboontjiesaad te laat aanstuur. Die waenhuis was broodnodig, want grondboontjiesaad was net te duur om onder 'n seil toe te maak. Jy koop net Graad 1 saad vir plant, anders kom hulle swak op. Toe bou hy en die swartes die waenhuis in rekord-tyd.

Die saad is met die spoorwegbus tot by Fancy Holt en toe reguit in die waenhuis. En toe val die reën, maar die langste wag was vir die lande om af te droog voor die eerste voor getrek word.

Alles was nuut en dis nie sonder 'n gespook dat die lande geploeg en die planter reggestel is sodat dit nie te veel of te min boontjies saai nie. Maar jy kannie glo hoe tevrede ons was en hoe vinnig dit gegaan het nie. Petrus het net 'n paar uur elke nag geslaap en dan was hy op om aan te stoot, want die trekker het mos ligte en jy hoef nie te wag vir ligdag nie. In een week was die hele ouland geploeg en toe sê hy, 'Ek saai eers die boontjies en dan's dit ploeg in nuweland waar die losstokke dik lê.' Jy konnie die nuwe ploeg oor die grond laat loop as dit so ongelyk is met stokke nie.

Die reën het sowaar elke keer net op die regte tyd geval. Teen Kersfees was die boontjies lowergroen op die land, en jy kon die mansmense tydig en ontydig oor die rye sien loop om te sien 'hoe dit groei,' en dan kom Petrus met 'n bossie of twee daar aan om op te hang in die waenhuis sodat hy kon sien hoe die pitte uitdroog.

Neeltjie is net na die vakansie Glenmôre Strand toe. Dit was Steenbokpan Skool se beurt vir 'n kwartaal by die Staat se vakansie-oord op die suidkus. Dit was 'n groot opgewondenheid vir die plaaskinders, want nie een van hulle sou ooit weer daardie kans kry om al die pad see toe te gaan nie. Vakansie is nie juis 'n woord wat boerekinders geken het nie.

Neeltjie sê die kinders konnie ophou kyk nie, want dit was die eerste keer dat hulle ou Meester Venter sonder 'n pak klere gesien het. Hy't blykbaar so 'n wye kortbroek gedra wat tot onder sy knieë hang, opgehou met 'n ou das wat deur die lussies geryg en voor vasgeknoop is. Ek wonder vandag nog of ou Meester ooit voorheen by die see was.

Toe Neeltjie terugkom aan die einde van die kwartaal, was sy so bruin soos 'n neut en konnie uitgepraat raak van wat hulle alles gedoen het en hoe baie water daar in die see is nie. Die ander kinders het oopmond geluister en jy kon sien daar was groot verwagtings dat hulle ook 'n kans sou kry om die groot waters te sien, maar ons grotes het geweet die kanse dat Steenbokpan weer 'n beurt sou kry, was skraal.

En dit was ook so – die skool het eers na ons kinders deur hoërskool is weer 'n beurt gekry.

One-Boy en Two-Boy

Petrus was vol planne vir die saaiery noudat ons geweet het Katrien se grond kon gehou word om beeste op te loop. Hy wou dadelik ekstra swartes werf om die nuwe land noord van die pankampie groter te grou, en dit was nie lank nie of twee jong swartes kom daar aan en sê hulle sal grou, so asof hulle ons wense gehoor het.

Hulle was só verhonger, dat hulle bereid was om te werk net vir kos. Petrus sê toe dis goed, al het ek geweet hy sou hulle betaal. Maar wat sal hy hulle noem? Altwee was heel glad met die bek en een beduie, 'Ek One-Boy,' en die ander 'Ek Two-Boy,' en lag dat jy agter in hul kieste kon sien. Daardie twee swartes kón grou, maar as hulle by die pappot kom sit om te eet, dan was daar nie ophou nie! Met die opstaan, kreun dit en dan sak hulle weer grond toe, eet nog, staan, kreun en sak grond toe. Na 'n paar weke was hulle nie meer so vaal nie, maar blink eintlik in die son.

Dit was nie hóé lank nie of 'n ander ouer swarte met 'n groot knop voor die kop staan ook by die agterdeur vir werk. Petrus sê toe, 'Jy is seker 'n moeilikheidmaker, my Ou. Waar kom jy aan die knopkierie-knop op die kop?' maar Klaas lag net so hie-hie-hie en sê dis die *'mosadi'* se moeilikheid, nie die 'berrek' se moeilikheid nie, en hy weet hoe om boom te grou. Nou, dít was 'n anderster ou swarte daardie. Jy't nie nodig gehad om baie papmeel te gee in die aand nie, want hy't tot aasvoëls en muise geëet wat hy self met 'n strik gevang het.

Eendag wou Petrus vir ons wys hoe die swartes vorder met die grouery, en toe ons so halfpad deur die los grond van die nuwe lande is, roep hy al 'n ent van die grouery, 'Klaas, One-Boy, Two-Boy!!' En sowaar, doer uit een van die boomgate hoor ons net, 'Jô-ô-ô!!' en toe lag die twee jonges dat dit bars, want Klaas was heeltemal kaal in die gat. Dis natuurlik vir die vreeslike hitte dat hy nie 'n draad klere gedra het as hy grou nie.

Dis die jaar dat Steenbokpan se skool toegemaak het en al die kinders moes Ellisras toe. Neeltjie is reguit Nylstroom toe vir hoërskool. Op Ellisras was daar nog net 'n laerskool tot by standerd sewe, en die Onderwysdepartement het gesê die kleiner kinders is gesoneer vir Ellisras en nie Nystroom nie. Dit was sommer 'n groot gesukkel om eenkant met die klein kinders en anderkant met Coba en Neeltjie te gaan, want nou was jong Jaap Trichardt ook klaar met skool en hulle vervoer weg — ons moes rondval vir iemand met 'n mouterkar wat die Nylstroomkinders kon vervoer.

Maar daar was nie sê in die saak oor die kleintjies nie. Arme Albertus moes Graad 1 daar op Ellisras begin, en gelukkig was Abel en Mara saam en kon 'n ogie oor hom hou. Abel, wat nou in standerd een was, was altyd selfstandig en het hom ontferm oor die kleiner boetie. Daar na die rivier se kant toe was De Bruyn mense — regte rowwejacks — wat Albertus baie afgeknou het, en dis Mara wat kom vertel het hoe Abel hulle reggesien het, so klein soos hy is. Hy kon vinnig vuisgooi. en het nooit vir groter bakleiers teruggestaan nie.

Mara was soos 'n ma vir elkeen wat 'n ma nodig gehad het. Sy was darem ook al in standerd vier, maar dat dit swaar sou wees so vêr van die huis af, was nie altemit nie, want dit was 'n hele kwartaal voor Petrus hulle weer kon gaan haal. Sy enigste trots was dat hy hulle vir die eerste keer kon wegbring en gaan haal met die Vaaljapie en die waentjie — al die implemente wat met die bankgeld gekoop is het swaar op hom gerus maar was ook sy trots.

Van toe af is ek ook saam om die kinders te gaan haal, en dit was die begin van 'n mooi vriendskap tussen ons en die Fouries wat mos 'n winkel op Ellisras bedryf het. Jy kon hulle enigiets vra, en geen moeite was te veel om goedjies bymekaar te kry of dit tot by die kinders in die koshuis te kry nie. Die winkel het die heerlikste reuk gehad, en daar kon ons altyd 'n uur-of-wat verwyl al was hulle hóé besig. Wat hulle nie op die rakke gehad het nie, kon jy by Van Biljon se winkel koop waar die mense net so gaaf was.

Eweskielik was die lewe soveel beter, al was ons goed arm. Met so baie kinders in koshuise, was daar net genoeg geld om te eet en die kinders se koshuisgeld te betaal. Verby was die dae dat ons met vleis, eiers, meel, melk en room en 'n Pond per kind kon betaal. Daar was nou nie genoeg geld om vir twee kinders op Nylstroom te betaal nie, want dit was heelwat duurder daar as op Ellisras.

Na baie nagte se wakkerlê, staan Petrus eendag met 'n groot sug op en sê, 'Coba kannie verder op skool nie. Sy moet plaastoe. Daar's nie genoeg geld nie.' Dit was heeltemal teen ons begeerte vir haar lewe, maar al het ons van die beeste verkoop, toe die bank paaiement betaal is, was daar skaars geld vir suiker oor.

Soos dit is met die Here se genade, kom die liewe Danie toe met 'n plan. Dis die jaar dat hy 'n onderwyspos op Ellisras gekry het, en hy hoor toe dat een van die matroneposte in die koshuis sou oopgaan en oorreed Petrus dat Coba te jonk was om so by die huis te bly en dat sy meer kon uithelp as sy ook 'n geldjie verdien. En sowaar, daar kry sy die pos! Dit het beteken sy't verblyf en kry 'n salaris, en dan was sy ook naby die ander drie kinders. Dit was 'n seëning van Bo. Jy moet weet, onstwee kon net Standerd Ses maak – dis hoe vêr die Staat jou kon laat leer daardie tyd. So, die Standerd Agt wat Coba reeds in die hand gehad het, was heel aanvaarbaar.

Dit was nou vreeslik stil by die huis met net die twee jongstes daar. Andreas het vir dae geloop en soek na Albertus en dit het 'n tydjie gevat voor hy met die klein sussie wou speletjies maak. Tog, ek't hulle dopgehou deur die venster hoe hulle met bitterappels en ou vuurhoutjies klein mannetjies maak en hulle moeg speel. En hoe gevaarlik was die sop van daardie bitterappels tog nie! Baiekeer het hulle 'n ou sak by Petrus gebedel en dan 'n pophuis daar agter die huis onder die twee groot maroelas gemaak. Dan't ek geweet die bietjie afskeproom sou ook deurloop, want hulle't stilletjies daarvan gevat en gemeng met suiker en so 'kos gemaak.' Ek het my voorgeneem as hierdie 'n goeie oesjaar is, dan bestel ek 'n poppie en speelkarretjie van Friends af vir hulle. Toe ek met die boekie voor my sit, wou klein Hermien weet wat ek doen, maar ek kon wegkom met, 'Ou Kleintjie, dis husse met laaaang ore!' Poppe en karretjies was net iets in Friends se posbestel boekie, want in hulle hande was daar nog nooit so 'n speelding nie.

Friends was mos 'n katalogus wat elke maand met die pos gekom het, en daaruit kon jy enigiets bestel – klere, skoene en tot speelgoed. Vir jarre toe geld meer los was, het ek vir ons KBA uit die boekies bestel, en dan vat dit so vier tot ses weke om daar by Gertien aan te kom. Dis nou Kontant By Aflewering. Jy't net die posmeester betaal en dan kry jy die pakkie.

Almal in die kontrei het gedink Friends is 'n regte man met 'n groter winkel as ons s'n iewers in die voorwêreld.

Ou Dominee van Schalkwyk het begin siekerig word en dokter Müller konnie juis sê wat die probleem is nie, maar Petrus het gereken die man was besig om homself dood te werk met die groot wyke wat hy gereeld moes besoek, en dis wat later sy dood sou veroorsaak. Nietemin, hy het hierdie jaar vir Coba se voorstelle en aanneme in die kerk op Hoornbosch gepreek. My hart was seer dat ons nie daar kon wees nie, maar hoe kon ons al die pad met die trekker en wa met ons enigste kerkklere? Ons sou moes middernag wegtrek met ou klere aan en dan daar by die kerk die beteres aantrek en eet; die kleiner kinders sou dit nooit hou nie. My swart rok met die gladde, blink materiaal en driekleur-trossies blom daarop, het net so in die kas bly hang.

Ou Dominee het sy werk al hoe minder begin maak, en Coba was ook skaars aangeneem, of hy bedank en die kerkraad moes weer iemand beroep. Hy't gesê al wou hy hóé graag bly, sy gesondheid het hom in die steek gelaat.

Die kerkraad was gedagtig aan die vier jaar wat dit laaskeer gevat het voor iemand die beroep aanvaar het. Hierdie keer het hulle net een leeraar beroep - 'n dominee Vivijee met 'n vrou en twee seuns. Toe begin die groot wag weer om te sien of die man sy familie al die pad Bosveld toe sou bring.

Dis ook die jaar dat die Staat 'n publieke telefoon insit by die poskantoor langs Gertien se winkel. Dit was 'n groot ding vir die Steenbokpanners, al het die Goosens al jarre 'n foon gehad; dit was nog altyd nie vir almal se gebruik nie. Mens kon dit verstaan, want daar was nou 'n poskantoor en winkels en heelwat meer boere in die omgewing. Die spoorwegbus het meestal net op Steenbokpan gestop en tot Vrymans- en Fancy Holt se possakke is daar afgegooi waaroor Pa blykbaar goed ontstoke was.

Dit was 'n baie goeie jaar met reën wat net op die regte tyd val. Die mielies op die stukkie nuwe land was hoër as Petrus se kop en die kinders het partykeer verdwaal tussen die rye. Die boontjies was geil op die ouland so asof die grond geweet het dit het nog nooit wortels daar geskiet nie. Vir een-of-ander rede was daar ook nie juis ruspes daardie jaar wat alles wou vreet nie. Nag-vir-nag het Petrus die ystervarke ingewag, want hulle kon in een nag 'n paar rye mielies uitvroetel. Hulle staan mos so op die knieë en dan vroetel hulle ry-op en ry-af tot hulle dik is. Hy't 'n gat so vier voet diep gegrou langs die ouland, en daar't hy baie nagte met die .22 gewag vir die vloeke. As hy hulle hoor, dan staan hy suutjies op, lê aan en skiet in die maanlig, maar as dit donkermaan is, dan't hulle fees gehou.

Ons moes almal help mielies oes — alles met die hand. As die sak vol is, dan maak ons dit staan en Petrus ry dit aan met die wa mieliestellasie toe. Daar het Andreas heeldag mielies nadergekrap om die handmeule te voer. Aan die einde van die dag was hy so rooi soos 'n kalkoen al was sy hoed heeltyd op die kop. Na weke toe al die mielies in sakke is, sê Petrus hy't 'n persentjie vir die kind se harde werk, en daar in sy hand hou hy 'n nuwe tandeborsel. Dit was 'n groot persent in daardie dae, en niemand moes eers aan Andreas se borsel raak nie, of die vuur het gespat.

Petrus het elke aand tot laat sakke toegewerk, om dan 'n seil oor te trek ingeval daar 'n winterbui uitsak. As dít gebeur, dan begin die pitte in die sak muf en dan's dit varkkos. Toe's dit al die pad Vaalwater Stasie toe en vandaar na die koöperasie op Nylstroom. Ons het geredeneer dat dit darem baie goed sou wees as daar 'n koöperasie nader was waar mielies gegradeer kon word.

En toe was dit tyd vir die boontjies se oes, maar ek vertel later hoe dit geloop het. Lat ek eers vertel van die lyndrade. Jy sal dink dit was net maanskyn en rose op die plaas, en dit was, maar ons't ook geweet iewers sou daar weer moeilikheid uitslaan met die Schoemans.

Toe die geld van die oes in sy hand is, reël Petrus met 'n prokureur op Nylstroom om Katrien se geld in 'n bankrekening te stort vir Pa - die prokureur moes al die papierwerk regkry sodat daar nie weer later gesê kon word die geld is nie in die bank nie, of dat die geld vir iets anders was. Maar niemand kon verstaan hoeom dit Pa se bankrekening moes wees nie, en dit vir 'n mondige getroude vrou. Toe laat weet Petrus vir Katrien van die geld. Kan jy glo dat die arme Katrien toe steeds nie die geld kon trek om van te leef nie, en sy moes noodgedwonge aan die begin van November vir die Weesheer skryf om te sê dat Pa servitute op die geld gesit het, en kon die Weesheer 'asseblief help' sodat sy haar regmatige geld kry? Dit was 'n geheen-en-weer tot in Desember voor sy 'n sent van die geld gesien het, maar toe was Pa vás en moes eenvoudig toestem dat ons oordrag van Belofteland as 'n geheel neem. Die prokureur het gesê as Pa die geld aanvaar het, dan't hy erken dis betaling vir Katrien se erfenis, en natuurlik dat ons grond dan ook 'n skenking was.

Petrus laat weet toe vir Pa dat hy die lyndraad tussen Belofteland en Vaalbos gaan span, en dat hy dit klaar uitgemeet het - sal Pa kom kyk na die penne sodat hy kon begin span en, 'Kan Pa sommer die ander helfte van die geld vir die draad oorplaas?' Oooooo, nou was die gort verseker gaar! Vroeg een môre was Pa en Bertie daar om na die penne te kyk. Ons almal het sommer met die voet geloop tot by die hoekbaken tussen die omliggende plase. Ek en die kinders sou net tot by die lynbaken loop, want hulle wou sien wat aangaan en ek was ook nuuskierig.

Pa het vooraf gesê die 700 morg moet regdeur loop tot by die agterste lyndraad in die weste. So, Petrus beveel toe aan dat hulle eers die een kort oos lyndraad moes afmeet, en dan regdeur na die agterpanne toe om die agterdraad wes af te meet. Noodgedwonge sou hulle met tussenposes kruis en dwars oor die plaas dieselfde moes doen sodat die drade nie skeef uitkom nie, maar daarvoor wou Pa nie instem nie, al het Petrus klaar hierdie werkie gedoen en penne ingeslaan.

Wel, daar's Pa en Bertie toe voor en hulle tree sulke klein ou treetjies af - en jy weet, Pa se bene was lank. Petrus het langs hulle geloop en trek al doer terwyl hulle nog hier agter, 'twintig, een-en-twintig......' Petrus wag toe maar en sê, 'Pa, ek trek ook by twintig; miskien moet ons weer begin.' En daar stap hulle al die pad terug baken toe. Ons het sommer daar onder 'n maroela in die koelte gewag, maar toe die mans weer daar verbykom, was Petrus alweer vêr voor. En toe vat hulle mekaar goed aan. Petrus sê toe, 'Ons begin weer en dan's dit tree-vir-tree saam.'

Teen hierdie tyd was Pa al boos en rooi in die gesig, en Bertie sê hy konnie dink hoe Petrus kwonsuis sulke lang treë gee nie. Sowaar, hulle loop toe 'n derde keer terug baken toe en begin saam aftree, en hulle was nie halfpad nie, of Pa skrou, 'Petrus, jy verneuk nou!' Petrus was die heeltyd kalm, maar toe word hy ook kwaad en sê, 'Pa, jy en Bertie loop en vrek, want hierdie is nie 'n tree nie!' So het hulle baklei tot hulle uiteindelik by die pen uitkom wat Petrus ingeslaan het.

Daarvandaan het Pa sy eie kop gevolg vir die langer strekking, en as jy volgens sy afmetings moes draadspan, dan was Belofteland vandag 'n winkelhaak van 'n ou grondjie wat nie meer as 400 morg sou wees nie, so skeef was die draad.

Ten-einde-rate sê Petrus, 'Ek kry 'n landmeter, of ons slaan vandag vuis.'

Pa-hulle is verwoed daar weg en Petrus het gereël vir 'n landmeter. Die dag dat die landmeter klaar alles opgemeet het, was Pa daar en dis die dag dat hy amper 'n beroerte aanval gekry het, want toe loop die lyndraad maklik 50 treë verder in

Vaalbos as wat hy dit gehad het. Hy sê toe sommer vir die landmeter, 'Jy weet nie wat jy doen nie, man!' maar die man was baie oordentlik en sê net, 'Oom, my instrumente lieg nie; hierdie is die regte mates en ek sal hulle so aanteken.'

Toe kon Petrus die lyndrade begin span met 'n hek langs die nuwe land sodat ons met die pad oor Vaalbos kon ry. Pa wou nie 'n pennie gee vir die drade nie, maar ons prokureur op Nylstroom het hom aangeskroef en toe moes hy betaal, maar hy't ook gladnie eers die helfte betaal nie. Die dag toe die drade klaar is, staan Petrus daar by dieselfde hek en kyk op en af met die draad - trots op sy handewerk, maar sekerlik ook dankbaar dat die moeilikheid met Vaalbos verby was. Dit was nog net die oordrag wat moes deurgaan.

Die drade was skaars klaar, of dit lyk na reën, al was dit Julie. Jong, daardie vakansie moes almal handuitsteek, want die grondboontjies was horingdroog op die land en reg vir dopper en plukker.

Abel en Albertus het soos twee wilde goed rondgeloop en konnie uitgespeel raak met al die nuwighede nie. As dit nie voëls skiet was met die rekkie en Petrus se sinkwassers nie, dan was dit met die windbuks vir die korras, kwêvoëls en duiwe. Die twee klein vloeke het mos sowaar eendag Petrus se sinkwassers vasgelê, dit so langwerpig platgeslaan met 'n hammer en dit was hulle 'klippe' vir die rekker. Toe ek dit agterkom, sê die twee die wassers trek reguit en nie skeef soos klippies nie. Ek het liefs stilgebly, maar een goeie dag kom Petrus af op die boksie wassers wat onder 'n boompie weggesteek is, en toe slaat hy hulle boude rêrig met 'n spantou.

As jy na die seuns soek, was hulle aan't speel. Toe ek eendag hoor die korras skrou vreeslik daar by die waterkampie, loop ek soontoe, en daar lê Abel en Albertus stilletjies met 'n gekwesde korra by hulle. Hulle beduie toe ek moet loop, maar ek wou weet wat aangaan. Abel sê toe ek jaag die ander korras weg, want wat hulle doen is, hulle kwês een en dan skrou hy dat dit bars en so kom die ander korras om te sien wat aangaan. As een mis met die windbuks, dan skiet die ander met die rekker en aainies – die loodwassers wat hulle vasgelê het uit die waenhuis. Hulle kon tot veertig korras op 'n dag by die huis aandra om gepluk en in die oond te bak. Die twee klein swernote sou waarlik al die korras uitgeroei het as ons hulle nie in toom gehou het nie!

Smoors, nog voor Petrus opstaan, was die twee karnallies stilletjies uit en dan's hulle kallerhok toe en ry die kallers dat dit bars. Dit was net kallermis, stukkende elmboë en knieë, maar die vakansies was te kort vir alles wat hulle wou doen. Hulle het hulleself gedaan saamgespeel!

Dis ook die jaar dat Abel sy eerste koedoe skiet, en dit met die .303 wat goed skop! Ek was baie onrustig met die jong kind so alleen met die groot geweer; dit was net te groot vir hom. Hy was net nege. Maar hy't uitbors daar gestaan soos 'n grootman toe hulle die koedoe van die wa aflaai - 'n groot bul met horings in hulle derde draai.

Die twee seuns het goed klaargekom toe hulle klein was, en selfs in hoërskool het hulle nog baie saam gaan jag, wat my baie aan ek en Janneman se speel laat dink het. Om 'n kwartaal weg te wees by die skool, was 'n lang tyd en hulle wou seker inhaal op die spelery.

Altwee het goed slae by my gekry, want hulle kon omtrént kattekwaad aanvang! Ek't vir Petrus gesê ek't 'n plakkie nodig vir hulle agterente – die seuns was rammetjie-uitnek en het my gedaan gemaak. Hy't maar net geluister en toe die plakkie gemaak, maar ek kon sien daar's nie saamstem nie. Ek sê toe, 'Kan jy glo hoeveelkeer hulle kluitjies verkoop van hoenderneste in die veld met 'baaaaie eiers'? En as ek daar kom waar die neste kamtig is, dan kan hulle nie ophou lekkerkry nie,' so dit was nodig dat ek hulle bykom. Laterjare sê Abel ewe, 'Mammie, jou slanery was net wind,' want die weghardloop en vreeslike gehuil as ek hulle bykom was net aansit. En toe lag hy te lekker, die swernoot!

My pa se slanery het ook gemaak dat ek my verbeel het die seuns het vreeslik slae by Petrus gekry, maar Abel is ook die een wat my reggehelp het in my oudag met, 'Dis net jy wat ons boude so bygekom het, want ekself het net 'n paar oordentlike pakke slae by Pappie gekry, maar hulle het getél.'

Jy weet, Petrus het nooit 'n hand vir sy jongste gelig nie. Om die waarheid te sê, ek kannie onthou of Andreas eers slae gekry het nie, al het hy gedurig met 'n suurgesig dit rondgegooi dat net een kind nooit slae kry nie.

Ek moes tóé al geweet het ons twee jongstes sou nooit saamtrek nie. Ook nie wat Andreas se suurgeid eintlik beteken nie.

Gronboontjie Plukker

Grondboontjie Dopper

Selika en Shangwane

Dit was Coba se tweede jaar as matrone in die koshuis op Ellisras. Daar was die gawe Johanna Elms met die groot voete haar kamermaat – 'n dogter van die Slangfontein se winkel Elmse. Dis nou die winkel waar die pad van Nylstroom af vurk, een Steenbokpan toe en die ander Ellisras toe.

Petrus was tevrede dat sy werk, want sy was ook die ander kinders se ma, veral die jaar wat Andreas graad een moes begin. Op Ellisras moes die kinders vir die eerste keer skooldrag dra, maar ek het net genoeg geld gehad vir een rokkie elk en een goeie kortbroek en hemp. Die hoofmatrone by die koshuise was 'n Mevrou van Staden – 'n hoog befoeterde vrou. Dis nou Mêra Swanepoel van my kinderdae se suster wat met die Van Staden getroud is, al was sy ma nie ten gunste van die vryery nie. Jy onthou mos die goëlery van die Boesman, né? Nouja, die einste Swanepoel meisie.

Nogtans, sy was nou 'n regte mevrou, en het ewe hoogken van haar dogters se ou skooldragte vir Coba gegee om te verwerk toe sy agterkom hoe vernuftig Coba is met 'n masjien. So't Mara nog 'n skooldrag bygekry.

Die probleem met een skooldrag was dat die kinders oral op die grond of sementpaadjies moes sit, want daar was nie juis 'n sitplek buitekant vir hulle by die skool of koshuis nie. Nou, hoe lank bly een skooldrag skoon as die kinders net eenkeer 'n week hulle klere kon ingee vir was?

Ons het vooraf geweet dit gaan 'n moeilike jaar wees vir Andreas, want hy was baie ingetrokke en het altyd agter my rok probeer wegkruip. Petrus het hom altyd stil bekyk, en menige keer gesê, 'Hierdie kind is te ingekeer in homself. Hy moet maats kry.' Daar was net een of twee kinders sy ouderdom wat hy by die kerk gesien het, en dan was hy te skaam om te speel. Maar ek weet nie, dit was altyd of die kind vir elke baggatêl bang was, al was hy goed slim.

Nietemin, dit was 'n slegter jaar vir die kind as wat ons

ooit kon raai, want die ou vloek van 'n graad een onderwyseres was te oud en vol nonsens om nog met kinders te werk. Omdat die vrou in die koshuis gebly het met haar familie, was sy ook aan diens smiddae en saans. Almal het haar 'Suurtjie' genoem, want elke week het 'n sakkie suurlemoene van hulle plaas af daar aangekom en dan eet sy dit op voor die volgende een daar is. Abel het sommer prontuit gesê, 'Dis omdat sy so 'n ou suurknol is dat almal haar so noem.'

In die klas was sy glo die kwaaiste en hartelooste mens wat jy jou kon indink. Die kinders kon maar vra om badkamer toe te gaan soveel as hulle wou, maar sy wou dit nie toelaat nie. Dan, as hulle net iets verkeerd sê na sy nie watwonders verduidelik het nie, slaan sy hulle met die houtliniaal se ysterstrook op die hande, arms of bene. Andreas was só bang om iets verkeerd te sê, dat hy eendag 'n ongelukkie in sy broek kry, en toe sê die ou vrou hy moet homself gaan skoonmaak in die badkamer. Ag, die arme kind. Hoe maak so 'n klein kind homself skoon en waar kry hy skoon onderklere, want die skool was 'n hele entjie van die koshuis af en hulle was nie toegelaat om alleen koshuis toe te loop nie. Ten-einde-rate is Coba geroep en sy't Andreas gaan skoonkry en ander onderklere aangetrek. Tot vandag toe haat Andreas die ou pes al is sy lankal onder die kluite.

By die koshuis het sy glo haar stoel staangemaak by die badkamerdeur en as die kleintjies klaar gebad en in hulle nagklere is, dan moes hulle voor haar kom staan, hulle broeke aftrek en wys of hulle boude skoongewas is. Wie op aarde doen sulke dinge?! Die kinders het dit vir ons weggesteek en ons het eers baie later van dit te hore gekom, maar as ek dit geweet het, sou sy vir Maria Bergmann leer ken het!

Andreas sê die koshuis was ook só suinig dat daar net eenkeer 'n week een toiletrol in elke toilet gesit is, en as dit klaar was, dan moes die kinders sien-kom-klaar. Nou, jy weet wat kinders dan doen as daar nie papier is nie, né - dit gaan mure toe. Andreas sê ou Suurtjie het die kleintjies gemaak mure skrop, want sy't geglo dis hulle wat so mors, al was die merke vêr te hoog vir sulke klein kinders. Watse tipe ma die ou vloek was, kan ek my net indink.

Toe ons die kinders aan die einde van die eerste kwartaal gaan haal, het Andreas só gehuil, dat ons gedink het hy's siek. Maar daar was nog 'n hele halwe jaar oor.

Hier in Februarie is Bertie skielik met die mooiste meisie getroud – 'n liewe mens waarvan Ma baie sou gehou het. Ons konnie dink hoe hy so 'n gawe vrou gekry het nie. Haar ma was 'n posmeesteres vorentoe, en jy kon sien sy't haar kind mooi grootgemaak. Soos die maande aanloop, het ons ook haar ou tante leer ken. Dit was nie hóé lank nie, of oom Jakob sleep vlerk by haar, en voor die jaar uit is, was hulle getroud.

Dié ou vrou het ons almal verneuk, want vooraf was sy baie gaaf, maar agteraf het sy die kinders uitmekaar geskrou. Dis nou die laaste paar opgeskote dogters van oom Jakob by tant Sofie en enige ander kind wat sonder grootmens toesig was. Die tante was ook bietjie snaaks in haar maniere - het tot elke soort skottelgoed met verskillende vadoeke afgedroog. Gelukkig was daar nie meer klein kinders in die huis nie, want sulke mense moenie kinders hê nie. Ek het nie eers jammer vir haar gevoel as dit by oom Jakob se suinigheid kom nie; o nee, mense wat sleg werk met kinders verdien om te vrek van die honger.

Nouja, in die Maart-vakansie, toe almal probeer inpas om die klein eetkamertafeltjie, sê Petrus, 'Hier moet nou 'n groter tafel kom.'

Neeltjie is aangesê om by ou Newman se tweedehandse winkel in Nylstroom 'n mooi groot en sterk tafel te soek vir so vyf Pond. By Newman se winkel is sy en die ou man store toe en daar sien sy sowaar 'n stewige ovaaltafel asof dit net gewag het vir haar. Die ou verkoop hom toe vir die vyf Pond in haar hand en laat dit aanstuur met die trein tot op Vaalwater en daarvandaan met die spoorwegbus tot by Fancy Holt. Dit was die mooiste tafel met twee uittrek panele in die middel waarop ons altyd geëet, gestryk en koekies gebak het. En so het ons meubels ook stuk-stuk beter geword.

Die tweede grondboontjie-oes wat ingesit is, was nou op beide die ou- en nuwe land. Toe die boontjies so vyf duim hoog staan, kon jy daar by die groot mokawiboom staan en aan weerskante van jou was dit lowergroen. Enigeen kon sien dit sou 'n goeie jaar wees.

Ja, dit was 'n baie ou mokawiboom, net so duskant die eerste hek aan die pan se kant as jy deurgaan na die nuwe lande toe. Petrus sou dit nooit laat uitgrou nie, al maak jy die beste pikstele van die hout. Baie mense het dit ook 'n mopani genoem, maar die meeste boere het dit geken as 'n kierieklapper, 'n boom wat jy deesdae amper nie meer in die Bosveld sien nie.

Pa en tant Dot slaan sowaar eendag daar uit om te 'kuier,' en toe ons weer sien, trek hy doer by die lande op sy eie, so graag wou hy sien hoe die boontjies lyk. Toe hy terugkom, was hy die vriendelikheid self en wou by Petrus weet wat mens met die lande moes doen vir so 'n mooi oes. Maar ek't geweet dis net die afgunstigheid soos met die twak toe ons jonk was, want hy wou nie agterbly as ons so goed doen nie. En dit was ook net wat gebeur het.

Die seisoen was al amper verby, toe sien ons hy en Bertie het hulle sandland ook vol boontjies geplant. Dis nou dieselfde sandland waar hulle twakplantjies verdroog het. Petrus het net kop geskud en gesê, 'Hier is weer die begin van moeilikheid met die Schoemans. Van daardie boontjies sal nie veel kom in die swak grond nie, net soos die twak.'

Teen die tyd dat die kinders by die huis was vir die wintervakansie, was dit weer grondboontjie-oestyd. Dit was sowaar 'n groot bedrywigheid met die boontjies soos ons die vorige jaar uitgevind het, maar nou was daar dubbeld soveel lande. Die vorige jaar toe die boontjies al groen op die land was, het Petrus baie gelees oor hoe dit gepak en gedroog moes word, en voor die boontjies eers ryp was, sê hy dat hy moes Ellisras toe nog voor die Julievakansie se kindershaal, want hy't by 'n Ellisrasboer gehoor jy kon swartes vir boontjies-trek kry by die twee groot swart statte noord-oos van Ellisras. Dis nou

Selika en Shangwane waar honderde net rondsit sonder werk.

Om by Selika uit te kom ry jy regdeur Ellisras vir so vyftien myl in Swartwater se rigting met die hoofpad, en by Beska verby waar die boere altyd sulke groot nuwejaarsfeeste gehou het. Om by Swartwater uit te kom, ry jy deur Selika, maar om by Shangwane uit te kom, steek jy die groot brug oor by die Môgôl na Marken se kant toe, en dan lê die stat aan jou regterkant. Die man het goed beduie hoe om te ry. Hy het vertel jy kan net daar rondry in die statte met 'n wa en dan klim hulle op en klou aan die wa vas soos vlermuise, want as iemand hulle plek wil vat, dan baklei hulle só erg dat die bloed loop.

Petrus wou dit eers nie glo nie, maar die man het goeie raad gegee en gesê Petrus moet so in die ry roep dat hy net vrouens sonder kleintjies en sterk jong mans soek; ook hoeveel hy per dag sal betaal. Ek kan my indink hoe dit geklink het: '*Basadi fêla! Areng, Bana! Sjieling! Sjieling!......*' En dit vir 'n man van min woorde! Toe hy terugkom met 'n wa vol swartes, kon jy hulle doer by die ou hek van die nuwe land hoor sing, en so't hulle dwarsdeur die oestyd gesing.

Hy was gedaan en grys van moegheid. Hy sê eers moes hy hoeveelkeer stop daar by Selika as die wa te vol word om die oues en kinders af te kry, tot so 'n sterk, jong swarte by hom kom staan, en met hand op die bors sê, 'Baas, Thomas hy praat,' en toe klim hy op die wa en skrou hulle wind-en-wakker en skop sommer die vrouens met kleintjies en ander klein swartes van die wa af. En toe, 'Thomas hy brêng die *mosadi*,' en dit was hoe sy vrou, Lorrina, en klein Amos ook op die wa klim. Petrus was gedaan van die honger en dors, want, sê hy, hy konnie eers stilhou om iets te eet of om bossies toe te gaan nie, dan klim hulle sommer op die trekker of as jy weer kyk, staan hulle hier langs jou en broek losmaak.

Teen hierdie tyd was ons swartes se statte mos lank nie meer waar Hanelêng en sy vrou die eerstes gebou het nie. Petrus het vooraf beslut daar moet pale ingeslaan word vir 'n baie groot afdak, en met droppers bo-oor soos 'n priëel, het Let dit gedek met dekgras van daar agter die ouland. So was daar genoeg lêplek vir almal. Hy't voorspel, 'Jy sal sien hoe die siektes rondloop tussen die jonges wat so saamslaap.' En dit was seker so, want daar was nie einde aan die gevry nie.

Om hulle smoors te roep, is 'n ou ploegskaar aan 'n boom opgehang en dan't ons dit met 'n yster geslaan. Ek't ook hand bakgemaak en statte se kant toe geroep, want my stem het baie beter getrek as die yster.

Nou, met so baie monde, het ons gou geleer jy moet 'n koker hê wat heeldag net pap en *seshaba* kook in die groot driepoot pot wat Petrus spesiaal gekoop het by Van Biljon se winkel op Ellisras. In die kleiner pot is vleis gekook, of die groen *marôgô* wat oral in die tuin groei - dis nou misbredies. Hierdie swartes was só verhonger dat hulle amper enigiets sou eet. Jy moet weet, die Staat het Selika, wat amper 'n honderd morg groot is, vir hulle uitgesit, maar daar was nie werk of iets om te eet nie.

As hulle smoors vroeg bra traag opdaag vir werk, dan sit die helfte alklaar om die pappot om te eet. Hy kry toe vir Thomas eenkant en beduie dat hulle eers grondboontjies moes trek tot so tienuur, dan eet, dan trek en pak, dan eet by eenuur, dan weer terug land toe, en vanaand kry hulle 'n bak stywe pap oppad statte toe. Daardie eerste paar dae was swaar, want ons moes ook leer wat om te doen, maar tussen Petrus en Thomas het hulle twee spanne gemaak — een om die boontjies te trek nadat hy dit met die trekker en eg losgemaak het, en die ander om dit te pak.

Dié wat trek moes die stoele afskud en in hopies pak met die peule aan die een kant. Dié wat pak, kom agterna, tel die hopies op en pak dit in 'n kleinerige sirkel, peule binnekant toe, so hoog soos jou bors en soos die outydse byekorwe wat bo toe is. Petrus het verduidelik daar was 'n storie in die Landbou Weekblad oor 'n grondboontjieboer in die voorwêreld wat baie sukses gehad het met sy boontjies. Die man't beweer jy moet die hope hoog genoeg pak met genoeg spasie in die middel sodat die peule kon asemhaal. Dan pak jy die hope bo toe sodat water kon afloop as dit dalk in die winter reën. Doen dit nie, dan vrot die pitte net daar in die peule. Nie eers diere kan dit vreet nie, want die pitte het toksien en al jou diere kan vrek.

Glo nou vir my, toe die werkers begin trek, was hulle vaal van maergeid, maar na 'n week se boontjies eet soos hulle trek en ook die pap en vleis, was hulle blink en die vrouens se boude lekker uitgesit. Die moeilikheid het eintlik gekom as 'n vrou wou bossies toe, want dan los die jong mans sommer die werk en is dit hóé lank voor hulle weer by trek en pak uitkom.

Sommer in die eerste week het Petrus gesê die koker moet wag met pap uitdeel tot hy by die huis is. Teen daardie tyd was almal dikbek en wou weet wat aangaan. Petrus beduie toe, 'Ek vat die sikspens vandag as die '*monna*' saam met die '*mosadi*' bossies toe loop,' en Thomas sou kom sê wie dit was. Om die helfte van jou dag se geld te verloor, was groot skade en het net eenkeer gebeur, en toe was dit die einde van die gevry in die bosse. Hulle was net te gewoond aan niksdoen en rondlê by Selika.

Elke Vrydagmiddag was betaaldag, en dis daar waar almal hoog-en-laag met Petrus begin stry oor die ure, maar ek kon goed onthou en het ook 'n eksersaais boekie met al hulle name en ure gehad, so, dit was nie hóé lank nie en hulle leer om nie met my te stry oor hulle dae nie.

Om die eerste jaar se oes af te kry, het net drie weke gevat. Ons het ook maar nog geleer, anders was dit vinniger. Toe alles klaar is en Petrus die swartes moes terugvat, sê hy Salmon aan om in die aande die koedoes uit die land te hou en dis toe dat Thomas en Lorrina met Amon aan die hand daar staan sonder hulle bondel komberse. Toe ons vra hoe dan nou, sê hy hulle bly - Lorrina het klaar stat gebou. Dis nou die Amon wat vandag nog by Abel werk; waarlik 'n goeie mens.

Met die tweede jaar se oes het ons baie beter geweet wat om te doen, en met al die werkers mooi gehuisves, is Petrus die volgende dag Ellisras toe om die kinders te gaan haal vir die vakansie.

Dis die vakansie dat die seuns baie koedoes kon skiet, want die boontjies was te 'n groot aantrekking vir die wild. Dit was ook die eerste keer dat Albertus alleen gaan jag het met die groot geweer.

Een môre vroeg toe die wind reg van die weste af kom, is hy daar uit met die .303 en Petrus sê toe ewe droog, 'Vandág skiet Albertus sy eerste bok.' En ja, dit was net so 'n halfuur na hy weg is, toe klap die skoot - jy kon hoor dit was 'n lyfskoot. Ek's dadelik uit en roep statte toe vir Salmon en Thomas om te kom, maar dit was nie nodig nie, want hulle't klaar die skoot gehoor en was reg met die rieme om te gaan oplaai. Toe klap die tweede skoot, en ons moed sak, want jy skiet net 'n tweedekeer as die eerste 'n pensskoot was en die bok begin wegkom. Met 'n pensskoot kan jy maar die vleis vir die honde gee, want dis mis oral.

Petrus het die seuns geleer dat jy net so agter die blad skiet waar die hart is, en dan gaan vat jy nie aan die horings as die koedoe lê nie, want hy sou jou haak met daardie vreeslike horings as jy hom kwes. Toe wag ons maar om te hoor wat aangaan, maar Albertus kom daar aangehardloop met wit tande en sê ons kan maar spring, want die koedoe lê dood daar by die tamboties – hy't tot by hom geloop en toe 'n doodskoot met die groot geweer gegee om seker te maak die horings kry hom nie!

Mara was nie links nie en sê, 'Albertus, voel bietjie agter of jou broek nie vuil is nie.' Sy was altyd reg met 'n ou grappie.

Vroeërjare het ons sommer die biltong gehang op drade tussen die seringbome, maar hierdie jaar was die waenhuis klaar en toe gooi ons ou mieliesakke op die vloer en hang die biltong daar waar al die implemente en tot 'n drom diesolien gestoor is. Jy't dit dalk nooit gesien nie, maar almal met trekkers het so 'n drom gehad met 'n glasbottel filter bo-op en 'n pyp wat jy eers moes suig voor die diesolien uitkom. Baiekeer kry jy nog 'n mondvol ook in van die suig!

Al hierdie kostes was betaal uit die lening by die bank, en dit het Petrus gery, want hy was 'n man wat alles kontant wou betaal. In die wakkerlê is beplan vir meer permanente werkers noudat oeste groter en werk meer was. So het Alfred, Vos en

Reisies bygekom en jarre by ons gewerk in 'n voorspoedige tyd wat ons nooit kon voorsien het op so 'n klein stukkie grond nie.

Woord loop natuurlik, en so was Pa en Bertie heel bewus van ons vooruitgang. Al was ons so gelukkig op Belofteland, was hierdie twee se oë op my waar ek ookal werk - in die spens, die tuin, die hoenderhok, en as ek en Petrus om die lande loop. Hoe ek ookal probeer, hulle was daar, tot ek naderhand almal wou bykom met die plakkie. Sonder my wete het die einste plakkie eendag net voete gekry toe die kinders nog boudvryf na ek hulle goed vasgevat het, en toe ek rondvra, sê Petrus net, 'Het Pa dan by ons ingetrek, Maria?' En toe lê ek ook wakker in die nag.

Die jaar het aangestap. Coba het in die vakansie teruggekom met blink oë wat doer vêr kyk, 'n wen-oes boontjies is ge-oes, in die sak en met die wa vrag-vir-vrag Vaalwater toe, en die kinders het hulself skoon siek haas-en-hond gespeel in tonnels onder die grondboontjiehope.

Dis nou, almal behalwe Andreas wat homself met Pa se koue oë en gevoude armpies eenkant gehou het.

Dit was 'n baie volop jaar, en toe die reëns kom, het dit nie opgehou vir 'n week nie, soveel so, dat die Mogôl by Ellisras oor sy banke stoot tot net agter die koshuise. Daar't die kinders sommer in die water gespeel en gewas, en eendag het 'n onderwyser sowaar die klomp kinders rivier toe gevat en hulle met planke oor die ou bruggie laat loop! Kan jy dink dat enigiemand vandag so 'n kans met 'n ander man se kinders sal vat?

In die lente was daar nie veel werk vir my op die lande nie, en toe kom my Singer uit om vir al die kleingoed klere te maak vir Kersfees. Dis tog iets wat ek tussenin kon doen. Terwyl ek nog so besig was met die naaldwerk, kom Martha daar aan met 'n bak poere en 'n sak vol moepels van Wydhoek net duskant Slangfontein. Nou wat gedaan met al die moepels? Dis berg-wêreld se goed. Nee, sê sy, jy maak dit fyn en dan 'n plat koek, net soos 'n roosterkoek, en laat dit droog word. Glo te heerlik. En dit was ook so. Daar leer ek toe iets nuuts, maar sit voet neer toe dit kom by die stinkende poere. In skool kon jy dit nooit wegsteek nie, want die stank het die onderwysers altyd na die sondebok se skoolbank gelei.

In die kerk het Petrus en Pa nog altyd saam op die kerkraad gedien, en as jy 'n buitestaander was, sou jy nooit sê daar's onmin tussen hulle nie. Maar in al die jare na Ma se dood, het Pa en sy prokureurs steeds draaie geloop met die afhandeling van die testament, en dit het die mans nie meer verdraagsaam met mekaar gemaak nie. Ons was ook al só moeg van die moeilikheid, dat dit lekker was om net te dink aan wat ons op die plaas wou doen noudat die gesaaides so mooi was.

In die twee jaar dat die kinders op Ellisras was, het die Staat begin om 'n vier-klaskamer skool daar by die kruispad op Steenbokpan te bou. Daar was ook 'n koshuis met verblyf vir seuns en dogters en vir 'n hele paar onderwysers. Ek en Petrus het eendag daar stilgehou oppad poskantoor toe om te sien wat aangaan, en hy was ingenome met die bouwerk van die span wat aangestel is. In Oktober het die Staat laat weet dat die omgewing se kinders moes oorskuif na Steenbokpanse Laerskool. Al die ouers was verheug.

Coba het 'n matronepos op Steenbokpan te gekry en toe ontmoet ons die jongman wat sy so beenaf op was. Nouja, Petrus was net so lief vir familie uitlê as ou Jan van Rooy, en maak die man sit vir die groot vertel. Die kêrel vertel toe dat sy oupa die smous is wat al die jare in die Bosveld en op Vaalbos met 'n wa vol goedere gesmous het – die een wat nie 'n woord Afrikaans kon praat nie.

Ek konnie glo die wêreld is so klein nie! Sy pa was glo ook eers 'n smous en later 'n baie ryk man met 'n groot plaas op Ellisras. En nie suinig nie – het heelwat grond opgekoop en dan geskenk of goedkoop verhuur vir behoeftiges. Nooit 'n voet in enige kerk gesit nie, maar met 'n hele tros kinders wat ongedoop op hul eie gebly het, veral toe die ma op 'n jong ouderdom dood is. Petrus was tevrede met die familie-uitleg; dit was net die kerk-toe ganery wat hom dwars in die krop gesteek het, en ook dat die man se voorsate afstammelinge van die Ingelse was.

Maar toe draai die familie-uitleg na die jongetjie se familie aan moederskant, en dis net daar wat Petrus heeltemal teen hom draai, en hy't nooit weer 'n goeie gevoel gehad oor die man nie. Lat ek vertel.

Dit was so: Die gehate Van Rafenswaay onderwyser by Langkloof – die een wat kinders so onbehoorlik geslaan het – was die jongman se oupa aan moederskant. Petrus het voorheen al vertel van die Van Rafenswaays wat so stout was dat hulle tot koeksoda in nagpotte gegooi het by die skool sodat die dogters moes skrik. Maar die een ding wat hy nie sou vergewe nie, is die miereiers in sy kos net voor die standerd ses eindeksamens, en hoe hy elke paar minute moes gaan broek losmaak. As hy nie so slim was nie, glo ek hy sou nie die eksamens geslaag het nie. Iewers in my agterkop was daar ook 'n storie van Ma Nelie wat die onderwyser laat pad vat het; ook iets te doene met miereiers. Ai! Rowwejacks, daardie klomp, sê ek jou.

Nietemin, die lewe het aangegaan. Die oes se opbrengs was beter as wat ons verwag het, en met die kinders weer op Steenbokpan, het ons besluit dit is tyd dat die twee groot seuns fietse kry. Ons sou dit redelik groot koop sodat hulle lank daarop kon ry. Ek vra toe, 'Nou wat van die kleiner kinders?' en vir die eerste keer ooit sê Petrus ek kon speelgoed uit Friends se katalogus bestel as ek wou. Voorheen was dit net klere of skoene as daar bietjie geld was.

Dit was om-en-by November toe ons jongste met mening begin huil vir 'n 'pieppop,' en geen gepaai kon haar stilkry nie. Die pop was mos in die katalogus en twee oë het dit reeds lankal gesien. Net, ek't gedink die pop is te duur wat hulle daar adverteer, en mens konnie sien hoe dit lyk so op papier nie. Ten-einde-rate laat weet ons vir Neeltjie op Nylstroom om tog 'n pieppop te gaan koop en sommer iets vir Andreas ook.

Jong, daardie Hermien kind was op 'n haar soos haar pa wat, as sy eers vasgebyt het aan 'n idee, sou jy haar kop nie draai nie. Ek't grys geword met al haar planne oor die jare. Nie 'n kind wat wou inval met die ander nie, en altyd sóveel idees! Hierdie keer was dit, 'Dit moet 'n babatjie pop wees, en sy moet piepie en huil,' en vir wat, en waar sy die idee gekry het, sal die duiwel en sy trawante alleen weet.

Dan was daar die diere! My genade, dit was heeldag, 'Kan ek 'n tarentaaltjie kry?' en dan gaan roep Petrus kleintjies in die veld en sy maak hulle mak, of, 'Ek wil 'n makoutjie hê,' of 'n kalkoen, eend, wilde voëltjies, paddavisse, en tot 'n hansvark. Maar daar het ek die streep getrek — die vark kan hans grootgemaak word, maar bly van my werf af!

Die pop is gekoop en 'n speelkarretjie vir Andreas; so 'n rooie. Hulle het eindeloos gespeel hierna, en die seuns het hulleself nerf-af geval met die fietse wat só groot was dat hulle dit eers moes staanmaak teen 'n werfpaal en dan opklim. Dan was dit op en af met die paadjie en al om die huis tot die stof bruin in die lug staan op windlose dae.

Die hele waentjie was vol gelaai van al Coba se goed en die kinders se tasse met skoolsluit, maar hulle was reg om terug te kom Steenbokpan toe. Andreas was só bly om terug te kom, dat die helfte van sy goedjies in die kas vergete sou wees as dit nie vir twee ouer susters was nie.

As ons in die aand gaan slaap, was my hart wit en al die jare se sukkel met my Pa en Bertie vergete. Die Here was getrou en het ons gebede van soveel jaar verhoor en op sy eie tyd gegee wat ons nodig het.

Steenbokpanse Laerskool

Toe die skool oopmaak, moes die kinders weer koshuis toe, maar hiedie keer was dit 'n splinternuwe gebou met nuwe beddens en beter kos. Ons het geglo Coba sou sorg dat die kos genoeg en gesond is. Sy was nou die ondermatrone. Die dae was verby van ou Bennet se kerrievleis in die Ellisras koshuiskombuis.

Maar dis net daar waar ons 'n groot fout gemaak het. Coba het gou uitgevind dat 'n sak mieliemeel en 'n paar dosyn eiers al is wat die matrone wou koop, en dan moes dit lank hou. Geen groente of vrugte nie, en dit vir plaaskinders met'n boord op die plaas!

'n Skoolhoof weet nie juis wat aangaan in die kombuis nie, en so het die kinders byna gevrek van die honger as dit nie vir Coba was nie, maar toe het al die ouers reeds lankal begin kla oor die matrone en na twee jaar is sy uitgewerk. Behalwe vir die kos, was dit 'n goeie jaar vir almal. Almal behalwe Andreas. Die kind se bedonsgeid het Petrus meer gepla as vir my, en hy't menige keer gesê, 'Skat, jy kan hierdie kind se foute nie sien nie, maar ek sê, vat hom dokter Müller toe; die man sal weet wat om te doen.' Maar Andreas was nie siek nie, nou waarom hom dan vat?

Heelwat boere het Bosveld toe getrek en baie het met grondboontjies begin boer. Toe staan hulle saam en rig vertoë aan NTK op Nylstroom om 'n koöperasie op Steenbokpan oop te maak. Toe ons weer hoor, is daar dorpenaars wat soek na grond vir 'n koöperasie, en jou waarlik, daar begin swartes eendag skoffel en grond gelykmaak aan die anderkant van die kruispad net skuins oorkant die skool, en toe gaan 'n groot sinkgebou op. Die mans was nou vol moed en ywer, en konnie uitgepraat raak van hoe die Bosveld sou groei met die koöperasie op hulle deurdrumpel nie.

Ons lewens het gelyk geloop asof almal in die kontrei net goed en gaaf was. Kyk dan na alles om ons – 'n ordentlike skool, 'n koöperasie, drie winkels, 'n kerk, 'n slagkamer en jong mense wat 'n toekoms op die plase sien. Werkers het ingeswerm vir plaaswerk; baie kon ook goed Afrikaans praat. Niemand het eers geweet wat die regering in die dorpe doen nie, minste van alles die skeiding van rasse. Vir ons was dit eenvoudig – swartes eenkant in die winkel, by die huis, op die bus, en in die kerk, want hulle was ons arbeiders en nie ons gelyke nie.

Kom lat ek eers 'n storietjie vertel van Let en Mara, en dan verstaan jy dalk beter van die eenkant hou.

Een naweek praat Let en Mara ewe lekker daar in die voorkamer toe Let die vloere moes vryf, en ek hoor so met die verbyloop hoe Let sê sy wou haar hare ook so glad soos Mara s'n hê. Nou, die klein klits van 'n Mara was mos nooit op die bek geval nie, en sy sê dis goed so, sy sou iets aanmaak. Toe vat sy 'n konfytblikkie en gooi 'n klomp goed daarin – hoendermis, modder, stroop en sommer nog Turlington ook – en meng die spul met 'n stok. Toe gee sy instruksies hoe Let dit moet aansmeer, sonder afwas, want, 'Anders help dit gladnie.'

Na twee weke was alles aangesmeer en Let se hare nog krullerig. Mara beduie toe dat dit meer as een keer se aansmeer vat, want party mense se hare word nie so maklik glad nie, en toe meng sy weer 'n klomp goed wat nog meer stink as die eerstes. Daar gaat Let toe met die nuwe 'medisyne,' maar na 'n maand was sy moeg van die stink kop en toe kla sy by Mara wat ewe sedig die kop skud en sê, 'Let, jy weet, jy is net ongelukkig dat dit nie vir jou werk nie,' en toe kon Let uiteindelik haar hare was. Al die kinders het gedink dis 'n ou grappie wat met enigeen gespeel kon word. Dit is net Petrus wat gesê het, kyk soos hy wou, hy't nie vir Let gesien lag nie. En toe droog hulle lag net daar op.

Al wat ek onthou van die kamtige swart en wit nonsies, is dat ons nie eers daarvan geweet het nie, maar wel dat dit goeie dae was waarin ons kinders nie met bangheid soos ek grootgeword het nie. Ek glo daar was nie 'n enkele kind in die dorpe wat lekkerder as hulle gespeel het nie. En dis wat gebeur as jy nie heeldag met bangheid in jou bors rondloop nie, en dit vir 'n ouer wat net wil maak en breek tot jou wil gebuig is. Nee, ons was nou gelukkig.

Die Staat het begin om 'n voor- en agterskot op oeste toe te staan, en jy kon sien die boere was vol moed. 'n Hele paar het hulle eerste mouterkarre gekoop en kon so skeef ry as hulle wou op die grootpad, wat nou vir die eerste keer gereeld geskraap is. Reën was ook nie skaars van 1955 tot 1960 nie, wat rêrig uitsonderlik is vir dié wêreld.

Petrus se stiefma het van Warmbad af laat weet dat Pa Ampie nie te gesond is nie - 'n skielike siekte wat die dokters nie mooi hulle vinger op kon lê nie. Dit sou goed wees as ons hom liewer dadelik kom besoek. Toe ons daar kom, was dit nie dieselfde man wat ons op Langkloof gesien het nie. Hy't moedig gepraat van weer op die plaas bly, maar ek het 'n voorbode gehad dat ons hom nie weer sou sien nie. Ons was ook skaars terug by die huis, of sy laat weet dat hy in sy slaap heen is.

Petrus se familie was nou baie klein. Daar was net die drie seuns – Ampie, Andries en Petrus, en van die dogters was dit net Truia oor, want net die vorige jaar is Corrie met haar man en hulle agt kinders weg Australië toe met omtrent net die klere aan hulle lyf. Petrus was baie hartseer en ontevrede dat die man haar so vêr weggevat het, en het geglo dis die laaste keer wat ons haar in ons lewe sou sien.

By die graf was daar beloftes van kuier tussen die vier kinders. Truia was heeltemal afgesonder met die suiplap van 'n ou Jan en drie ongehoorsame kinders; Andries was steeds in Pretoria en Ampie 'n oujongkêrel wat hom nie aan familie gesteur het nie. Soos dit nou maar eenmaal gaan, het ons eers in 1958 vir haar gaan kuier.

Langkloof was toe op Ampie se naam, maar wat van die dorpswerwe se bewyse sou word, was 'n ander saak, want die geskrifte het nooit gekom soos hy beloof het nie. Ek wou my nie inmeng met die Bergmanns se sake nie, maar toe ons weer by die huis is, het Petrus verduidelik hy't sy skriftelike toestemming gegee vir Langkloof se oordrag aan Ampie. Dit was 'n lewe wat hy lankal afgeskryf het.

Oestyd het gekom en gegaan. Vakansietyd het ook gekom en gegaan en toe's dit net ons jongste by die huis. Die stilte was altyd op sy slegste net na die vakansies en ek't baie aan Ma gedink wat haar kinders een-vir-een sien gaan het en dit sonder 'n man wat daar was om haar te ondersteun. Vir my was dit die grootste troos dat ek 'n goeie, hardwerkende man getrou het, en dan was daar darem nog een kuikentjie in ons nes. En daardie kind was so erg oor diere as haar pa. Dis net die katte wat naderhand veertien getel het, wat ons snags uit die slaap gehou het.

Eers was dit sewe katte wat nag-vir-nag in die borboonboom fees hou, en dan't ons nog nie eers al die ander half-mak katte getel nie. Daar was ook die wilde katjies wat opsluit mak gemaak moes word — kinders van ons kattemannetjie met 'n wilde wyfie. Iets moes haar oorgekom het, want eendag het daardie kleintjies begin skrou sonder ophou, en ek sê vir Petrus, 'Hier kom nog katte!'

Ons het gepraat en gepraat en dit het niks gehelp nie. In die week het ek nie nodig gehad om vêr na Hermien te soek nie, want ek kon haar kry sit en wag met 'n bakkie melk vir die klein katte om mak genoeg te word. Só erg was die roep van diere, dat regverdigheid by die venster uit is, want eendag toe ons weer sien, sit sy by die agterdeur met hulle en sê met my grootmensstem, 'Hierdie een is myne, én hierdie een, en daardie een is vir Andreas. Wag, dis ook myne.'

Toe dieselfde katte eendag haar geliefkoosde voël opvreet, was dit nie die katte se skuld nie, maar die groot huil daarna vir tarentaaltjies was soos ou Karel Swanepoel se voorsang by die kerk - sonder ophou.

Nou was dit te laat in die seisoen vir klein voëltjies, maar Petrus het my agteraf gesê hy't net die vorige dag daar in die agterkamp op tarentale afgekom wat duidelik laat in die seisoen gebroei het, so hy sou probeer van die kleintjies vang. Om 'n tarentaaltjie te vang, sit nie in elke man se broek nie, maar hy kon fluit net soos die ma en as hy dan doodstil sit, kom die kleintjies aangehardloop en kon hy 'n paar vang. Dis ook wat hy toe doen, en moes seker maklik 'n uur stilgesit het om die twee tarentaaltjies te vang en later aan te bring in sy hemp.

Eers sit jy hulle in 'n klein sifdraadhokkie, anders kom die kleintjies by die kleinste gaatjie uit, en dan moet jy geduldig wees. Jy moet weet, dis 'n groot gedoente om jouself skoon te kry as jy tarentale vang, want hulle't almal van daardie fyn luise wat die duiwe en hoenders ook kry. En dan moet jy nog uithou van hulle geskrou die eerste paar nagte, want hulle is wild en wil net terug ma toe. Maar as jy uithou, dan word hulle só mak dat hulle dink jy's ma.

Ons het aalwyn gesny en in hulle watertjies gesit vir die luise, maar dit vat langer as vir 'n hoender, want tarentale drink mos nie eintlik water nie, net dou van die gras af. Hulle moes net vêr van my hoenders af bly as hulle groot is, want anders baster die hoenders uit. So het die twee maaifoedies binnekant die erf geloop waar geen hoender toegelaat is nie.

Twee van die ou groot seringbome wat die ouer dogters persent gekry het, was die heerlikste skaduweebome, en ons het baiekeer sommer 'n kombers onder hulle oopgegooi as die son begin water trek. Die huis was in die somer só warm, dat jy nie daar kon afkoel nie.

Dis Coba se kêrel wat eenkeer daar kom en sien hoe ons onder die bome sit, en toe sê, 'Julle moet dorpsgras hier plant, dan sal dit nog koeler wees.' Ek wou weet hoe ons die gras sou kort hou, en hy reken toe as ons lusern met die sekel kan sny vir die kuikens en kalkoene, kan ons mos die gras ook met 'n sekel sny. En dis hoe ons koekoejoe-gras onder die bome geplant het en dan kry almal beurte om dit met die sekel by te kom.

Nou, daardie somervakansie toe almal by die huis is, besluit Neeltjie die gras is te lank, en so al op haar hurke begin sy die gras van 'n kant af sny. Die langbeen tarentaaltjies het oral so saam met haar beweeg en goggas vang. Maar toe sy eenkeer weer terugtree, kraak iets onder haar voet. Ek was in die kombuis toe sy te onaardig begin skrou, en toe ek daar kom, sit sy daar, so wit soos 'n lap en reg om flou te word. Daar by haar voete lê een van die tarentaaltjies met die bek wat oop en toe gaap en derms wat by sy pens uithang. Neeltjie was van kleintyd af aardig vir diere en wou nooit 'n voël, hoender, kat of hond as speelding hê nie. Ek het maar net altyd gedink dit het iets te doen met die val op haar kop, maar wie sou nou eintlik weet hoekom sy so bang was? Op 'n manier was Andreas ook so.

Ek sien toe, vandág is vandag dat ons haar laaf, en sê, 'Hermien, hardloop vir suikerwater!' Daar onder die bome moes ons haar bly afvee tot sy beter voel, maar ons kleinste het die tarentaal opgeraap, is om die suurlemoenboom sodat niemand sien nie en toe ek klaar is met Neeltjie, was die klein kind klaar reg met die dubbele swart garing en stopnaald om die tarentaal se pens toe te werk. Net soos ons ook altyd die kuikens se derms teruggedruk en toegewerk het as die vaalvalkies hulle vang. As jy die valk skiet, dan laat val hulle die lewendige kuiken, maar die pense was altyd klaar oopgeskeur. Nouja, op 'n plaas doen jy baie dinge, maar die een ding wat jy nie kan doen nie, is om aardig vir bloed te wees.

Na Pa Ampie se dood het die oorblywende Bergmann kinders meer moeite gedoen om kontak te hou. Ons was nog besig om die oes in die sak te kry, toe Andries, Bettie en hulle drie kinders kom kuier. Dit was 'n trotse dag vir Petrus wat die hele plaas volgeloop het met die broer wat hy so erg oor was, maar wat altyd so vêr weg gewerk het.

Die dorpskinders was gaande oor alles, en Bettie was en merk op, 'Julle kinders is bevoorreg om so vry rond te hardloop, Maria,' maar kyk haar hartseer oor verlore kinders en kindwees heel mis, want my kop was klaar by die moeilike dae voor hierdie grondjie 'n hawe vir ons kinders geword het.

Die dorpenaars was verwonderd oor die lang rye boontjiesakke, terwyl hulle dit in sulke ou klein papiersakkies in die dorpswinkels moes koop. Hulle was oopmond oor hoe sakke met twee ore bo toegewerk word sodat dit opgetel of rondgesleep kon word. Ons weet mos, sulke sakke boontjies is waarlik swaar en dit vat 'n sterk man om dit op te tel, maar die drie kinders het probeer en probeer, en maar laat los toe die sak nie eers roer nie. Ek het my altyd verwonder vir die swartes wat by die koöperasie werk, want as jy aflaai, dan is jou werker op die wa en die koöperasie se werkers onder om die sak op die kop te vat, en dan buig die nekke so heen-en-weer, maar hulle hárdloop met daardie sakke - die heel dag!

Dieselfde dorpskinders wou net heeltyd op die trekker. Die houtbankie agter die trekker se sitplek was die groot trekpleister, en toe hulle moeg is daarvoor, staan hulle saam met ons seunskinders op die disselboom en klou aan die modderskerms of spring af en hol reisies vir hande vol boontjies. Die trekker was soveel stadiger as a kind, dat hulle altyd sou wen, en die grond tog nie so vêr as hulle val nie. Vandag sal die owerhede apiestuipe kry as 'n kind nie vasgemaak op 'n sitplek sit nie, net soos 'n aap in 'n hok.

Steenbokpanse Laerskool was nou amptelik en kinders moes skoolklere dra, maar dis net as daar iets by die skool aan was dat almal moes skoene en kouse dra, en dan ook sommer enige skoene. Met so 'n nuwe skool is daar mos net die geboue, en al die ma's het begin geld insamel met gebak en naaldwerk sodat daar 'n reisiesbaan en ander geriewe vir die kinders kon kom. In daardie eerste paar jaar van die skool, kon ons net die geld bymekaarmaak vir 'n reguit baan wat met die padskraper redelik gelyk geskraap is. Laterjare is 'n ronde baan geskraap, vasgerol en wit strepe geverf. Vir 'n arm gemeenskap, het dit swaar gegaan om genoeg geld te maak, maar werk, kon hulle werk.

Met die eerste sportsdag tussen buurskole, is elke ouer wat hul hande deurgewerk het op en af langs die baan vir aanmoediging, al skrouend soos maer varke sonder om te bekommer of die man in die maan dit hoor. Wat 'n trotse dag was dit vir ons om te sien hoe ons kinders presteer! Aan die einde van die dag was almal rooi verbrand, maar die kinders staan uitbors met bekertjies in die hand.

Die harde werk en swaarkry van al die jare was tog die moeite werd.

Steenbokpanse Laerskool

Rondloopstreke

Met elke dag wat die son sy kop uitsteek, was dit almeer of dinge te rustig loop. In my binneste was dit asof my gevoelens in 'n paar rigtings trek – een vir die goeie tye op Belofteland, een vir die verlange na my oorle ma en susters, en een vir die vrees van kinderdae wat, sonder dat ek wou, tot hier op ons grondjie kom nesmaak het. Mens kannie sin maak van sulke dinge nie, maar die bangheid vir die bose mans in my familie se dinge, het gewen.

Martha het een dag 'n draai gemaak op Belofteland met een van haar gereelde kuiertjies, en soos sy nou eenmaal was, het daar 'n storie agter die baie praatjies en speel met ons kleinste weggekruip. Die son het naderhand water getrek, maar sy kom nie tot die punt nie, en toe sê ek sommer, 'Nou wat is die moeilikheid, Martha?' en met 'n lang sug maak sy 'n Kaapse draai en hou stil by Janneman en die rivierplaas.

So tussen die ou swarte se rondpraat, blyk dit sy't 'n groot bekommernis oor 'n paar dinge, maar die grootste was Pa se kuiery op die rivierplaas, sommer ook wanneer Janneman nie by die huis is nie. Wat ook uit haar mond kom met baie moeite, is dat Janneman tog só 'n kwaai baas geword het, en sy swartes moes vreeslik hard werk, kry min kos en word geslaan met die sambok sodat hulle nou steeks was om te gaan werk. En dan ook van die stoorkamer op Vaalbos – stories wat met baie kopskud en sug stuk-stuk oor haar lippe loop.

My hande, wat reeds vir jare só aan't bewe was dat pierings vol tee stort, het nou gebewe soos nooit tevore nie. Was dié stories soos die swaeltjies wat elke lente terugkom en in dieselfde neste daar in die waenhuis trek? Het Pa se wrede geslaan teruggekom in my broer om ander te verpes en te verneder? Waarom moes hierdie storie nou weer al ons kinderjare se moeilikheid terugbring noudat daar vrede en liefde in ons lewens was?

Later was my kop suf van die dinkery oor die storie van die stoorkamer en wat dit beteken. Toe ek vir Petrus daarvan vertel, kyk hy net doer oor die oulande en sê, 'Ja, Skat, kinders leer wat hulle sien. Dis hoekom drank nie in ons huis kom nie.' Janneman het mooi geleer, en in die verste hoek van my gedagtes het my liefde vir die plakkie ook gespook. Maar daar-en-dan besluit ons om liewer nie te luister na stories nie en eerder na ons eie sake om te sien. Dis al hoe ek kon slaap in die nagte. Daar was tyd nodig om die ou swarte se storie te bedink en tot dan sou ons niks sê nie. Maar ek vertel anderdag meer van die stoor.

Aan die begin van die kwartaal en met Mara op hoërskool, kon die seuns uiteindelik hulle fietse elke dag ry, want daar was genoeg kinders op die Soutpanpad sodat die Staat 'n skoolbus kon gee. Ons was net gelukkig, want die kinders van ander windrigtings was te min vir 'n bus en hulle moes in die koshuis bly. Wat eintlik gebeur het, is dat daar nie werklik genoeg kinders was vir 'n bus nie, maar Rooipan en Soutpan wat staatsgrond was, is verkoop aan vyf verskillende boere met skoolgaande kinders. Op die veronderstelling dat hulle kinders ook met die bus sou ry as die boere oordrag neem, het die bus begin loop vanaf Robert Combrink van Wildebeesfontein daar anderkant Soutpan. Hy was ook sommer die busbestuurder.

So het dit gekom dat die seuns deur die veld, al langs die beespaadjies en anderman se lyndraad met die fietse deurdruk grootpad toe, hulle fietse by die Goosens los, en dan weer terug in die middag as die son op sy warmste is. Met ons geluk, het die Arendses en Pelsers oor wie se grond hulle noodwendig moes ry, nooit gekla oor 'n paar ekstra spore nie. Andreas moes voor op Abel se fiets met hulle skoolsakke vas in die *carrier*, en Albertus met sy dun beentjies wat trap dat dit bars deur die dik sand, maar hulle was by die huis.

Dit was reeds drie jaar vandat Petrus die geld vir Katrien se grond gestort het in 'n trustrekening, en Pa skriftelik toestemming gegee het dat ons haar grond kon koop. Dit was met getuies en voor 'n kommisaris van ede geteken. En nog steeds geen uitsluitsel van oordrag nie. Min het ons geweet dit was nog steeds Pa se prokureurs wat hulle voete sleep omdat hy nie rêrig die grond aan ons wou toestaan nie. In Februarie skryf Petrus vir die Meester om uitsluitsel oor die aankope te kry. Hy noem van die geld wat reeds jarre in die bank lê vir die grond, en ook dat Ma alreeds tien jaar dood is sonder dat die boedel enigsins nader aan afhandeling was. Hy skryf ook dat alle gegewens vir die aankope die laaste vier jaar by sy prokureur, Van Niekerk, op Nylstroom lê. Ons was sat van wag.

Ek glo Pa was ook sat daarvan dat ons nie wil skietgee en trek nie. Hy't ons eendag daar by sy groot hek op Vaalbos ingewag, en jy kon sien hy was goed kwaad, want hy slaan-slaan so met die sweep op die grond en skrou toe, 'Petrus, jy en Maria voertsek nóú van my grond af met al julle kinders! Ek verkoop nie my grond aan jou nie en ek sal dit kom vát wanneer ek wil!' Petrus kyk toe vêr oor Pa se sandland en die verpiepte grondboontjiestoeltjies, en toe ry ons verder sonder 'n woord. Ons het geweet wat ons weet. Belofteland se mooi grondboontjies moes seker die grootste doring in die vlees gewees het vir die twee Schoemans, want hulle het 'n manier gehad om mekaar aan te hits wanneer dit by eiendom kom.

Martha het eendag weer kom skinder oppad na ons swartes toe, en sê dat Bertie baie weg is en die oubaas is 'banja' besig by die waenhuis. Toe lag sy net 'kie-kie-kie' en ons is niks meer wys nie. Maar my binneste was nou heeltemal onrustig - wie was nou weer die slagoffer? Mense van buite het nie die werklike pa met die rondloopstreke geken nie.

Een naweek met nagmaal, kom tant Dot by ons tent langs, 'Om bietjie te gesels.' Eers praat sy oor alles-en-nog-wat met 'n lang draai, toe vra ek vinnig voor sy by Salomo uitkom, 'Tant Dot, wat is fout?' en daar loop die trane. So tussen die huil deur hoor ek weer die óú storie, net hierdie keer was dit nie weer van 'n man wat weg is van die huis af oorkant die grens nie. Hierdie keer was dit 'n storie van die toesluitkamer agter die waenhuis, daar waar Neeltjie en Coba in die mielietenk moes afsak. Ek was nie erg oor die ou tante voor my nie, maar sy was lewensmoeg - iemand wat met haar eie oë gesien het wat geen vrou moet sien nie.

Ek't koffie gemaak en twee koppies later sonder om te proe, staan sy op en sê, 'Maria, hoor vandag my woorde; dit gaan nie lank wees nie of jy't 'n halwe broer of suster iewers, as jy nie al ene het nie. Hoe die Here hierdie onding kan toelaat, weet net Hy.' En toe stap sy kromrug weg.

Ek het niks van Dominee Vivijee se preek gehoor nie, en Petrus wou later weet wat nou weer fout is, maar elke keer as ek vir Pa daar ewe vroom in sy ouderlingspak sien sit, stoot my kos op in my keel.

Dit is mos die gebruik in die NG Kerk dat die ouderlinge en diakens eers voor die diens in die konsistorie bid, en dan loop eers die ouderlinge, dan die diakens en dan die dominee in, so in die orde van belangrikheid, en sit aan beide kante van die kansel. Diakens neem kollekte op en na die diens tel twee ouderlinge die geld.

Om gekies te word as 'n diaken of ouderling vir die Here se werk, is 'n groot eer. Maar as een nie 'n goeie voorbeeld vir die gemeente is nie, dan moes hy afstaan vir 'n tyd, en as hy 'n onge-oorloofde ding gedoen het, dan is hy onder sensuur geplaas vir maklik 'n jaar. Pa se liefdelose manier met ons was meer as genoeg rede om onder sensuur geplaas te word, maar as die kerkraad geweet het hoe sleg hy sy vrouens behandel, sou hy moes bedank en nooit weer verkies word nie. Petrus sou nie vir hom of Bertie by die dominee verkla nie, want dit sou nog meer hout op die vuur wees. Nou, wat kan enigeen dan sê oor gerugte en goed wat jy vermoed en nie kan bewys nie? Wie sou my glo?

In daardie dae is gemeentelede onder sensuur geplaas as jy in onvrede met ander leef en nie wou vrede maak nie, of as die jongetjies oor die tou trap en daar 'n baba oppad is. Ag, nog ander redes ook, maar die gedagte was dat jy 'n goeie lewe voor die Here moes lei as jy in sy huis wou kom. As jy onder sensuur was, kon jy nie nagmaal gebruik voor jy reggemaak het wat fout is nie; die dominee sou jou ook nie trou of jou kinders doop nie. Dit is 'n ernstige saak, en een wat die gemeente nie sommer gou vergeet nie. Daarom, as jy na jou kerkraadlede kyk, weet jy hulle is skoon van gewete en net klein dingetjies wat nie sensuur lok nie, was toegelaat. Klein dingetjies soos die nagmaalwyn wat te gou opraak of 'n skelm soentjie hier-en-daar tussen jong vryers, maar ek't tog gewonder hoeveel van die kerkraad groot goed in hul boesems verdoesel soos my pa en broer. Ma het altyd gesê jy sien iemand voor die kop maar nie in die krop; almal het geheime.

Ons gedagtes is afgetrek met Coba se troue daardie Junie. Wat die twee verliedes nie mooi opgelet het nie, is dat hulle troudatum ooreenstem met die hoeksteenlegging van die nuwe NG Kerk op Ellisras. Dominee Vivijee kon nie op twee plekke op dieselfde tyd wees nie, toe trou hy hulle maar later in die dag in die skoonpa se huis op Ellisras.

Van die ryk skoonfamilie het Coba en Petrus in 'n mooi blou Dodge al die pad op Belofteland kom oplaai vir die troue en terug plaas toe vir 'n bietjie viering. Baie mense uit die kontrei sou daar wees, tot tant Hanna Heystek al die pad van Warmbad af. Daar was koek, melktert, toebroodjies, frikkadelle en sommer allerhande lekker poedings ook.

Ou tant Kat het die drielaag troukoek gebak en dié het eenkant gepronk op oupa Dewaldt se tafel. Sy het haarself uitgegee as die omgewing se koekbakker, maar kon eerlikwaar beter versier as bak, al het sy altyd die versierbuisies gesuig om dit oop te kry, of so het ons kinders vertel.

Toe Coba se aanstaande haar terg oor die koek, vererg die ou siel haar só dat sy skrou, 'O, Here, ou seuntjie, hierdie twee hande het meer brode gebak as wat jy nog in jou lewe gesien het!' So dalk was daar waarheid in die suigery.

Voor ons kon oë uitvee, was die dag verby en daar is ons oudste weg Pretoria toe. Om alles te kroon is ons eerste kleinkind in Desember gebore en ons sit sonder 'n kar om hulle te gaan sien.

Van die kinders wat voor ons grootgeword het, het nou

begin afhaak, en so is ons uitgenooi na troues met meer kos, koek en drank as wat mens in 'n week kon opeet! Elke keer was ou tant Kat se troukoeke beter en meer vol tierlantyntjies, tot party met drie of vier koeke wat met sulke dun versierselkant aanmekaar vas is, en die blinkertjies het oral geblink. Om kinders van daardie koeke af te hou, was 'n saak van onmoontlikheid, maar om grootmense van die stapels kos af te hou, was jou waarlik nog moeiliker!

Met een troue kom ons twee jongstes met groot oë by my en vra of hulle ook van die koek moet uitdra na die trekker toe. My kop was skoon dronk, tot hulle vertel van die ander tantes wat besig was om 'baaaie' koek op die muilkarretjies en trekkers te laai. Jong, dit was nou 'n ding! Ek't maar beduie mens eet net by die troue, en miskien het die ander tannies 'n plan gehad met die koek, maar in my hart het ek geweet daar was 'n ander rede vir die koekdraery. Ja, baie van ons ou Bosvelders het die Woord maar lossies gelees.

Steenbokpan is miskien 'n klein plekkie, maar daar's ook heelwat goed wat mense ongesiens wou hou. Eenkeer toe oom Behrend Ludicke - dis nou tant Kat Steyn se 'Benna' - die landjie ploeg wat tussen hulle huis en Gertien se winkel lê, ploeg hy sowaar 'n mensgeraamte uit! Niemand kon sê wie se gebeente dit is nie, maar ander het beweer dis ou Manie Pistoors wat een van die Matjankans van oorkant af te veel met die sambok bygekom en hom toe daar in 'n ystervarkgat gedruk het.

Wie sou weet of daar waarheid in steek, maar almal het geweet hy's 'n wrede ou vuilgoed wat die arme swartes wat verarmd en verhonger van die noorde af geswerf het, gevang, geslaan, en in 'n hok gestop het, en dan is hy weg myne toe met hulle. Daar't die myne vier Pond vir elke swarte betaal.

Eendag oppad huistoe so halfpad by die middelkamp, kom daar 'n bakkie in 'n stofwolk van Belofteland af, en wie sou uitklim, maar ou Pistoors. Net daar skakel Petrus die trekker af, klim stywebeen en bakarm af, loop met mening na die ou vloek toe, en sê ewe kalm hy moet sy pad kry en die swartes uitlos, want op óns plaas sou hy sowaar nie 'n mens jag soos 'n dier nie. Jong, ou Pistoors was hoogs ontstoke, maar mens kannie sê jy's 'n Christen en dan werk jy so met ander mense nie. Jy soek ook nie moeilikheid met Petrus Bergman as hy so saggies praat nie, o nee!

Die nuwe NG Kerk op Ellisras is ingewy op 31 Augustus, want al was die hoeksteenlegging net drie maande gelede, was die gebou al bokant vensterhoogte. Dis die hoë dak wat die langste gevat het. Na heelwat name voorgesit is vir die nuwe gemeente, is die naam 'Albertyn' gekies. Nou was die grootste steenkerk op die dorp reg oorkant die pad van die laerskool, want die grond is, net soos die skool, mos deur die Staat toegestaan. Dis al hoe ons paar klein gemeentes 'n nuwe kerk kon bekostig. Kort daarna was daar ook 'n Hervormde en dopperkerk af in die pad.

Eendag stap ek en Petrus af kraal toe om na die vet beeste te kyk, en toe sê hy uit die bloute, 'As die Here wil,' is die volgende ding wat hy koop 'n mouterkar - 'Een groot genoeg vir al die kinders.' Miskien 'n kombi of een van die nuwerwetse stasiewaens. Net om die twee groot dogters op Nylstroom te kry en terug vir vakansies, was 'n groot gesukkel. Ons moes altyd rondval tussen die paar mense met vervoer, en baiekeer was daar niemand nie of hulle karre was vol, en dan moes die dogters agterbly in 'n leë koshuis tot 'n geleentheid hom voordoen. 'Die gesukkel is nou verby,' sê hy toe met oë oor die Afrikaner beeste met hul vet boude.

Pa en Bertie was van nuuts-af vol streke en het nou éérs alles in hulle vermoë gedoen om ons enigste pad oor Vaalbos onbegaanbaar te maak — daar was doringtakke oor die pad, kwaai bulle naby die groot hek waar die kinders moes hek oopmaak, en 'n sloot wat homself gegrou het oor die pad in die middelkamp wat kwonsuis die water moes weglei, maar só diep dat die wa se as maklik kon breek. Alles net om ons moedeloos te maak sodat ons sou trek en Pa sy grond kon terugkry.

Die skietery in die nag praat ek nie eers van nie, en nog minder dat hulle beurte gevat het om ons in te wag by die groot hek om dan beeste, donkies en skape voor die trekker te jaag om ons op te hou terwyl hulle luiters teen die groot maroela leun. Bertie was die ergste, so asof hy nie 'n groot man met 'n vrou was nie.

Aan die einde van 'n week vol beproewinge, bid Petrus lank en hard dat daar 'n uitweg moes kom, want só kon ons nie aanhou nie. Nie noudat Belofteland ontwikkel was en vir ditself betaal het nie.

Ekself wou klippe kou, en my gedagtes het geloop op gevaarlike paaie waar die onreg met een skoot reggestel kon word. Maar dis nie hoe Ma se voorbeeld my geleer het nie, en die skaamte oor sulke gedagtes het my vir weke bygebly.

Hallo, Wie Praat Nou?

As ek terugdink aan hierdie jaar, weet ek dit was die jaar waarin ons die Here se genade vir die eerste keer self kon sien en nie getwyfel het daaraan nie. Die vorige jaar - die twee-en-twintigste een met die Schoemans van Vaalbos - het ons gedaan gehad, en dan sien jy nie altyd Sy hand in jou lewe nie.

Ek gaan probeer om die goeie jare nie te langdradig te vertel nie, maar stop my as ek bietjie afdwaal. En in jou agterkop, onthou net, Pa en Bertie het steeds menige klein dinge gedoen om ons te verpes – te veel om fyn te onthou en oor te vertel. Maar daardie twee se gekrenktheid dat ons 'Pa se grond' gesteel het was net met vroomheid voor ander weggesteek, en elke keer as hulle ons bokke skiet of drade knip, dan't kinderdae se slae weer rooi voor my oë gestaan.

Ek vertel dan maar so goed ek kan, want die goeie moet ook seëvier.

In die Desembervakansie het die mense wat Rooipan en Soutpan van die Staat gekoop het, op hulle plase kom bly. Daar was vyf nuwe families wat ons mettertyd leer ken het, maar veral dié op Rooipan wat mos net langs Fancy Holt is.

Petrus is 'n paar uur se loop oor Rooipan toe, reg met die lyndrade af, en daar sien hy toe 'n groot tent net oorkant die pad. Die man, Hendrik Breedt, vertel hom hoe die staatsgronde opgedeel is, terwyl sy vrou, Lettie, koffie op 'n es maak. Met Petrus se terugkoms, vertel hy Hendrik is so 'n lang maer man, en sy vrou 'n ou kortetjie wat sommer onder sy arm sou inpas. 'n Hele paar kinders ook. Hy was baie ingenome met die man wat al sy werk eenkant toe skuif en toe uitlê hoe hulle die plaas bekom het.

Hulle was voorheen van Ellisras omgewing op 'n klein plasie, seker maar as 'n bywoner, en het glo lank rondgekyk vir 'n groter stukkie grond. Toe die Staat besluit om Soutpan en Rooipan uit te sit op 'n langleningplan, doen hy aansoek om 'n gedeelte van Rooipan te koop. Dit was in vyf verdeel, waarvan elke deel een duisend morg groot is, kan jy glo! Ons het geweet van die staatsgronde en Petrus het ook hand opgesteek vir 'n gedeelte, maar die Staat het ons aansoek afgekeur omdat ons reeds grond gehad het. Dat die grond nie op ons naam was nie, het nie 'n verskil gemaak nie. Die gronde is uitgedeel aan mense sonder 'n heenkome en wat geldelik baie swaarkry.

Gedeelte 1 wat grens aan Karmetatpan van die Goosens en Kalkheuwel van Faan Labbeskagnie, is aan Hendrik toegesê. Die tweede deel is gekoop deur Kerneels Beyers en nommer drie aan 'n Gert Kemp. Nommer vier en vyf was eintlik Soutpan en is na twee Koekemoer broers - Hans en Jan.

Toe hierdie mense later intrek, het ons verstaan waarom die bus toegestaan is, want die Beyers-mense het twee kinders gehad van skoolgaande ouderdom. Die Kemps se kinders was hubaar en sou kort-voor-lank ook kinders hê. Dit is ook wat gebeur het.

Die Koekemoers het sommer 'n hele sous kinders elk gehad. Ou Hans, wat almal later Hans Knypies genoem het, en tant Anna se kinders onthou ek nie almal nie, maar dis waar die storie van die neus-afvee vandaan kom – een arme kind se neus het altyd geloop en dan vertel hy 'n windrigting storie van, 'Doer,' en wys soontoe met neus teen mou, en, 'Daai ene,' en terug met neus teen mou, en snuif dat dit bars. G'n wonder die skool het briewe huistoe gestuur wat sê, 'Elke kind moet 'n sakdoek saambring skooltoe.' Dit kon 'n stukkie laken of kussingsloop of enige skoon materiaal wees. Kinders wat nie sakdoeke bring nie, moes speeltyd lyntjies uitskryf en sou nie toegelaat word om buite te speel nie. Ons kinders het net kerksakdoeke gehad, so ek't sagte meelsakkies ewe groot gesny en met die hand omgewerk en so is hulle elke dag met 'n skone skooltoe.

Die ander Koekemoers het drie kinders op die bus gelaai. Ek glo hulle het daar gekoop om naby hulle suster te bly wat reeds lankal in die omgewing was. As jy sou vra, het elkeen 'n rede gehad waarom hulle juis in die Bosveld wou bly. Almal op die roete was ingenome met die bus en as jy al die kinders optel wat moes busry, was dit driekwart vol, terwyl die ander windrigtings nie daardie nommer kon opmaak nie.

Die plase was totaal onbewerk met net 'n boorgat op en geen lyndrade nie – nog 'n rede hoekom Petrus nie te ernstig daarna gekyk het nie. Voor Rooipan verkoop is, het hy daardie deel vir ure deurgeloop om te sien of dit die moeite werd is al was dit vêr van ons af, en toe hy terugkom, sê hy die grond is nie goed vir saai nie. Maar om weg te kom van Vaalbos se mense, het hy aansoek gedoen en kon miskien beeste daar laat loop.

Nouja, ek vertel maar van die nuwe mense, want al was hulle vêr en geen pad tussen ons nie, wys dit hoe alhoemeer mense in die kontrei kom bly het en vriendskappe aan die gang kon hou oor daardie distansie. Want eendag, as alle huise reeds lankal omgeval en die plase verwaarloos staan, sal ons nageslagte gladnie weet dat daar ooit iemand in die sweet van hul aangesig gespook het vir 'n lewe nie, net soos die mense in die oertyd wat die ouland bewerk het.

Hendrik het vertel dat toe hulle die eerste dag op Rooipan aankom, moes hulle dadelik tent opslaan reg langs hulle wa wat gelukkig 'n watent gehad het. Die tent was mooi groot en in goeie kondisie, maar daar sou hulle moes bly tot hy 'n sinkhuis kon oprig. Sy swartes het vir die eerste paar dae water uit die boorgat getrek met 'n melkbottel aan 'n lang stuk saklyn - water vir die huis, die statte én vir die beeste, skape en bokke!

Petrus sê hy't aangebied dat hulle water by ons kom kry as hulle die drade knip en bereid was om vêr te loop, maar Hendrik was te trots en het net gesê, 'Dankie neef, maar ons sal regkom,' en toe't hulle verder in die hitte gewerk om die bitterhoutjie so gou as moontlik op te kry.

Oor tyd het hulle eers die sinkhuis opgerig, daarna die plaas se lyndrade gespan en toe saam met die swartes met pik en graaf begin om die lande skoon te kry vir saai. Met pik en graaf! Van al hierdie handewerk het ons nie veel geweet nie, want ons is altyd Vaalbos oor Steenbokpan toe.

Dis langs hierdie pad waar ons baiekeer swartes gekry het wat vir hulle mense op Belofteland kom kuier, en as hulle die trekker en wa sien, dan *kgopa* hulle om agter op die wa te ry. Maar Petrus kon lekker speletjies met hulle maak en het altyd gesê as hulle vir Abel kon weghardloop in 'n reisies, kon hulle saamry. Partykeer was dit groot, uitgegroeide swartes. Dan klim ons af, Petrus trek 'n streep met die voet en daar gaat hulle! Doer, so honderd treë verder, sien jy net stof soos hulle hardloop, maar al wat wen, is die swartes. Abel kon waarlik vinnig hardloop en daar was nooit een wat hom ingehaal het nie. Dan't Petrus net gelag en hulle laat vierietjie trek, en so't ons verder gery met of sonder die swartes.

Net voor die skool se begin daardie jaar, was daar 'n vreeslike bakleiery met Pa en Bertie by die hek op Vaalbos. Toe ons wou uit winkel toe, was die hek met 'n dubbele os-kettang vasgedraai en met 'n groot slot toegesluit. Petrus loop toe oor ou opstal toe, en dis daar waar Pa en Bertie hom met die sambok wou bykom, want hy 'oortree' op hulle plaas. Petrus sê tant Dot wou nog tussenbeide kom, maar Pa het haar só verskrou dat sy doer in die boord moes rondloop.

Hy vra toe hoe ons dan moes uit om by die grootpad te kom, maar Pa bly net sê, 'Jy sit jou pote nie op my grond nie! Julle kan almal vrek daar by die pan,' en Bertie be-aam net alles wat Pa sê. Toe draai ons om huistoe en Petrus vat die lang pad deur die bosse na die buurmense en Hendrik Breedt toe om hoed-in-die-hand te vra of ons nie maar 'n pad al langs Rooipan se draad kon maak om uit te kom nie.

Dit was die langste strekking waar padgemaak moes word, en die deel oor die ander boere se plase was nie te erg of baie lank nie.

Daardie liewe mense het dadelik verstaan en ons toegelaat om die strook so ses voet breed skoon te maak vir 'n tweespoor grondpad, en hekke in te sit waar nodig was. As dit nie vir húlle was nie, sou daar lelike dinge gebeur het, maar dis hoe ons goeie vriende geword het tot die dag van hulle dood.

Petrus het dadelik bloudraad gevat en die naby hek

tussen Vaalbos en Belofteland só goed vasgedraai, dat jy dit nie in 'n paar uur sou kon loskry nie. Dit was die einde van Pa se oorry om te kom kyk hoe ons gesaaides lyk, maar terselfdertyd het ons niks meer gehoor van hoe hy met tant Dot werk nie. Petrus het net gesê ons bly weg van hulle af, want hulle skelmstreke was nie meer ons besigheid nie. Hy wou niks met die Schoemans te doen hê nie.

Toe die skool middel Januarie begin, is ons jongste vir die eerste keer skooltoe. Sy konnie wag nie en was die heeldag agter my aan om die maroen skooldrag klaar te kry. Die beste van skooltoe gaan, het sy later vertel, was die paar swart Bata skoene met die ballon in die boks wat ons by oom Jon se winkel gekoop het. 'Alles het gevoel soos regmaak vir 'n troue,' was later haar grootmens woorde.

Dit was 'n slagdag en onstwee het sommer oorgeloop winkel toe terwyl Petrus die vleis bewerk. Mens moes die skoene vooraf bestel, want die winkel het nie veel aangehou nie. Toe sit sy vir die res van die dag met die oop boks en druk so nou-en-dan die neus in vir skoene-ruik. Vandat ons geld meer los was, het die kinders altyd nuwe skoene gekry vir skool. Dit was ook hulle kerkskoene, en so't ek gewoond geraak om hulle ou skoene met die ry af aan te gee. Hoekom hierdie gewoonte in die meer volop tyd nog vasgesteek het, kan ek jou nie sê nie, maar dié was haar eerste nuwe skoene. En skooldrag.

Die eerste paar jaar na die skool op Steenbokpan oopgemaak het, was 'n tyd vir baie nuwe dinge in ons lewens. Die eerste telefoonsentrale het oopgemaak op Steenbokpan, waar Patjie, Gertien se dogter, die sentrale was. Die omgewing is opgedeel in streke en elke streek het sy eie lyn gehad. Voor die groot moeilikheid met Pa-hulle, het die telefoonlyn noord van Vaalbos af tot by ons geloop. Nou moes ons vra dat die Staat dit skuif om van die grootpad in die ooste loop. Dit is wat gebeur het.

Ons eerste telefoon het teen die muur in die stoepkamer gesit met 'n battery reg onder dit, en dan moes jy die slinger draai – so een draai vir 'n kort lui en maklik drie draaie vir 'n lange. As jou nommer 1913 was, dan was jy op die 19-lyn met een kort en drie lang luie. Ons moes altyd baie mooi luister om te weet vir wie dit is, want nie almal draai eweredig nie, so baiekeer tel jy nog vir die verkeerde man op. Jy't maar altyd eers opgetel en gevra, 'Besig?' en as daar iemand op die lyn is, moes jy wag om te hoor wanneer hulle aflui met 'n kort draai, voor jy self 'n oproep kon maak.

Ons telefoonlyn teen die lyndraad het aangesluit by die hooflyn al langs die grootpad tot by Steenbokpan se sentrale. Daardie lyn was mos al daar tot by die publieke foon in Gertien se winkel, en elke plaas se lyn het afgetak van die hooflyn. Van die kruispad op Steenbokpan het dit opgedeel in nog twee hooflyne – een wes na die myn toe en die ander Ellisras se kant toe. By Steenbokpan se sentrale het die lyn verder afgeloop tot by Betsjoeanaland se grens.

Dit het maklik 'n jaar gevat voor al die telefone geïnstalleer was, maar toe kon jy verniet met enigeen in jou omgewing praat. As jy 'n hooflynoproep wou maak in 'n ander streek, dan moes jy deur die sentrale op Steenbokpan, en sy't opgeteken hoe lank jy praat en met watter nommer, en aan die einde van die maand het sy die telefoonrekening uitgemaak en dis by die poskantoor langsaan in jou hokkie gesit. Ons het gou agtergekom jy moes self boekhou van jou oproepe, want dit was 'n groot werk vir die sentrale om presies elke oproep op te teken, en partykeer het sy goed deurmekaar geraak.

Nou, met mense op jou eie lyn kon jy net die foon optel en slinger draai, maar vir mense op 'n ander lyn moes jy ook deur die sentrale gaan. Dis dáár waar baie ou tantes en ook die sentrale begin inluister het op jou oproepe. Ag, hulle was seker baie verveeld en alleen so met die min kuier. Tommie se vrou was seker die heeldag langs die telefoon, want jy kon partykeer haar ganse en muurhorlosie meer as een uur hoor oorslaan in die agtergrond.

Dis waar die storie vandaan kom van Abel wat besig was met 'n oproep en al só moeg was vir die inluistery, dat hy sê,

'Het jy gehoor, tant so-en-so is dood?' en jou waarlik, daar antwoord die tante glo, 'Ag, nee, jy lieg nou, Abel; ek leef dan nog!' Toe sê hy, 'Tante, jy moet nou ophou inluister. Ek het nie vir jou gelui nie.' Daarna het sy geleer om haar sakdoek of 'n vadoek oor die mondstuk te hou sodat hulle nie haar ganse kon hoor nie. As jy 'n privaatgesprek wou hê, moes jy na 'n publieke foon gaan soos daar by die Elmse se winkel by Slangfontein, of die een op Steenbokpan by die winkel, of iemand se foon gebruik op die sentrale lyn soos by Hendrik Breedt of die Goosens. Baiekeer het Petrus by Hendrik gaan bel vir bank besigheid, want hulle was nie nuuskierige mense nie. Dan't hy hulle net betaal vir die oproep.

Met die knikke en geskommel op die Steenbokpan pad, het 'n mouterkar alte goed begin klink, want die grootpad was net nou-en-dan geskraap en só vol gate en sinkplaat, dat mens sowaar 'n wa se as sou breek. Dit het lank gevat om iewers te kom met die trekker, en as jy daar kom, is jy dik van die stof. Nou, ons paadjie grootpad toe was ook maar net twee spore met die middelmannetjie wat hoog groei.

Eendag, net daar langs die Goosens se land waar die pad oor ou miershope loop, was Petrus haastig om by die huis te kom en slêk nie af deur 'n knik nie, en daar lê ek en Hendrien op die naat van ons rug! Maar hét hy lekker gelag oor onstwee wat daar pote in die lug lê, vaal van die stof, maar erken toe die trekker is vir die lande en 'n vrou verdien beter.

Petrus het die Landbou Weekblad mooi deurgekyk om te besluit watter kar ons sou pas, en toe bestel hy 'n Volkswagen Kombi. 'n Witte. Hy moes net eers sy drywerslisensie kry, want die een in sy sak was vir 'n trekker. Toe die garage laat weet die kar is reg, kry hy 'n geleentheid Nylstoom toe en kom laat daardie middag op die plaas aan met die Kombi, en dit sonder 'n lisensie! 'Ek kan mos trekker dryf,' het hy gereken. 'Jy draai net die *monyêtsanie* en dan ry jy.' Die lisensie kon later kom as hy eers mooi geleer het hoe dit werk.

Almal, swart en wit, het daardie aand om die kar gedrom, want dit was 'n groot ding om 'n nuwe kar te hê in daardie dae.

Die meeste swartes het nog nooit eers 'n kar gesien nie, en Salmon wou weet of hulle ook 'n beurt gaan kry om te voel hoe dit ry. Petrus het net gelag en gesê hy't nie genoeg *tšhelete* om te betaal nie. Soos dit is, het die swartes nooit in een van ons karre gery nie, maar toe Petrus later die eerste Datsun bakkie koop, was hulle altyd wittand agterop.

Petrus was moeg om in die winkel te staan en Landbou Weekblad lees, en skeur sowaar een Vrydag net die aansoekvorm uit en skryf in. Toe die eerste Landbou Weekblad in die pos kom, was almal ingenome daarmee. Daar was die mans se deel met boerdery stories, en resepte of raad vir die vrouens, en agterin 'n deel wat die Opsitkers genoem is - dit was weer vir ongetroudes wat 'n maat soek.

Ons kinders het geskaterlag oor die advertensies, want baie het fotos ook bygehad, en dan lees dit, 'Aantreklike man soek liefdevolle vrou wat kan kook.' Jy sou vêr soek om leliker mans as party van dié te kry! Van die advertensies was waarlik snaaks: 'Eensame weduwee soek sterk man; geen roker of drinker; moet plaas en pluimvee hê; ook geld in die bank; en 'n mooi huis.' Dan't die karnallies beurte gevat om die man of vrou te lees, ai! Vir kinders was daar grapperige strokiesprentjies wat hulle kon inkleur, maar hulle moes wag tot ons almal klaar gelees het, want Petrus wou die boeke hou, en hulle was nie toegelaat om uit te skeur voor hy nie klaar is nie.

Op daardie stadium was Hendrik en Liena Goosen nog altyd op Karmetatpan, maar Fancy Holt het verskuif na die Breedts op Rooipan wat van toe af die Karmetatpan bushalte genoem is en ook die nuwe oproepkantoor vir swartes. Geen wonder mense het heeltemal deurmekaar geraak en begin praat van die Breedts van Karmetatpan nie.

Mara was saam met die Breedts se oudste dogter op Nylstroom in standerd agt. Hulle was van die eerste dag af groot maats en ons kon sien hoekom, want sy was 'n liewe kind. Maar eendag, sommer in die middel van die week, kom daar 'n kar op die plaas aan, en jou sowaar, daar klim Mara met haar tas uit! Ons wou weet wat aangaan, maar sy sê net sy's klaar met skool. Petrus vra toe wat haar planne is, maar wat ookal, daar's genoeg werk op die lande waar sy ook geld kan verdien. Toe los ons haar eers om te dink oor die sakie. Die volgende dag sit ons by die tafel - Petrus ewe rustig met die Landbou Weekblad in die hand. Sonder om 'n spier te trek, sê hy, 'Skat, kyk bietjie hier - die boere op Ellisras betaal hulle werkers 'n sikspens per dag. Ek kan darem 'n sjieling bekostig vir boontjies trek wanneer Mara more inval. Wat sê jy, kind?' Net daar staan sy op en gaan pak haar tas. Hy't net so skelmpies agter die tydskrif gelag

Natuurlik kom dit toe uit dat haar maat nie meer wou skoolgaan nie, want die groot trekpleister was 'n jongman op deel drie van Rooipan daar na Soutpan se kant toe. Mara wou nie alleen agterbly nie. Wys jou net; mens moet fyn luister na kinders, want jou praat is nie so sterk soos 'n maat s'n nie.

Dis ook die jaar wat lampolie-yskaste vir die eerste keer in die winkels te koop was. Jy onthou dalk daardie dae se lang, plat parafientenk wat heel onder in 'n yskas inpas en met 'n vlam werk. As jy die vlam te groot draai, dan rook dit die hele plek swart, en as jy die vlam te klein draai, word die yskas nie koud genoeg nie.

Nou-ja, ons moes net eenvoudig een van die yskaste hê toe ons dit die eerste keer op Nylstroom in die winkels sien. Met die kostes van al die vleis wat ons verloor het in die hitte, kon ons lankal een gehad het as hulle net te koop was. Die dag toe myne in die hoek van die kombuis staan, was die dag dat ek besef het ons is nie meer armblankes nie. Die lewe het gedraai.

Daardie wintervakansie is die seuns uit veld toe met die groot geweer en hulle skiet sowaar twee koedoes. Teen die tyd dat hulle van die veld af aangehardloop kom, was die swartes klaar besig om die water te kook vir varkslag, en Petrus wag by die varkhok met die .22. Die jong varke het só gemaal, dat hy nie 'n goeie skoot kon inkry nie. Toe staan Vos doodstil en roep, 'Nj-nj-nj-nj-nj,' soos jy 'n vark roep, en woeps slaan hy die vark reg voor die kop morsdood met die groot hammer! Waarlik, mens kan altyd iets nuuts byleer.

Mense wat nog nie 'n gekwesde vark hoor skrou het nie, sal nie mooi weet waarvan ek praat nie. Maar dis te naar om te sien hoe so 'n vark rondhardloop met al die ander varke agterna. As jy hom nie vinnig doodkry nie, sal die ander hom daar-en-dan opvreet; dis of hulle mal word met die bloedreuk.

Petrus het net eenkeer 'n vark gekwes wat ek kan onthou, en toe kom die vark uit die hok en hol soos 'n gek ding rond tot daar by die krale. Hy hardloop homself toe moeg agter die vark aan terwyl ons ander op draadpale sit uit onder die voete, en toe kon hy dit uiteindelik 'n goeie kopskoot gee. Hy't net daar omgedraai om 'n ander vark te skiet, en sê die swartes aan om die eerste vark op te hang vir *seshaba*, want ons sou nooit daardie vleis eet nie. Hy was te aardig op die maag van die geskrou.

Net die vorige jaar is splinternuwe varkhokke gespan langs die oulande waar die mieliehope voorheen was, want ek't uiteindelik 'n klompie soggies en 'n beertjie van die groot Landras varke bekom. Nou was hulle eerste twee werpsels al slagbaar. Van die dag dat ons jongste haar oë op die eerste pienk varkie slaan, was daar nie rus vir my siel nie, want sy wou, 'My eie oitjie hê!' Petrus wou haar naderhand bykom, maar as hy haar weer daar langs die varkhokke sien sit, dan't hy maar afgekoel. Naderhand was dit hy wat mooigepraat het dat ek 'n soggie moes afstaan vir 'n hansvark.

Nouja, Oitjie is soos 'n kind grootgemaak en het oral agter haar aangehol soos 'n brak, en die klein vloek het al haar kos net daar by die werfdraad gekry. Maar ek't my voet neergesit en gesê sy kom nie in nie. In die aand moes sy by die ander varke in die hok slaap, net soos die eerste hansvark wat die kind kwonsuis nie sonder kon leef nie.

As dit slagdag was in die winter, het ons vir dae gewerk om al die vleis, biltong en wors te bewerk. Hierdie was die beste dae van ons lewens, want almal het saamgewerk en soos 'n koor heerlik in stemme al die lekker liedjies uit die outyd gesing. As ek bedtoe gaan, dan dink ek by myself, 'Dít is hoe dit is as die Here jou familie seën.'

Nietemin, toe al die vleis bewerk is, sê Petrus ek moet die foon optel en sy suster Truia bel – ons kom kuier en bring vleis. Met Pa Ampie se begrafnis het die oorblewende kinders mos beloof om oor-en-weer te kuier, en nou't ons 'n kar gehad en kom kuier, sommer die volgende dag. Toe die sentrale haar uiteindelik aan die hande kry, het sy só gehuil, dat ek die meeste praatwerk moes doen.

Daardie Kombi was vol gepak met wat die hand kon vind – lemoene en nartjies, groente uit die tuin, 'n hele koedoeboud, wors wat ons nou pas gemaak het, 'n gallonkannetjie room, en nog 'n bottel varkvet ook. In die stilligheid het ek 'n paar spane boerseep ingepak en ook van Mara en Abel se ou klere, want wie weet of dit bedroef gaan daar by Truia met ou Jan wat al die staatshulp se geld in die keel afgooi, en nog drie kinders wat gevoed moes word. Die kar was vol.

'Ons bly nie oor nie,' want, het Petrus gesê, daar sou nie lêplek vir enigeen wees by Truia of Katrien nie. Wel by sy tante, Hanna Heystek, Ma Nelie se suster met die viswinkel op Warmbad. Dis die tant Hanna wat so lekker kon bak. Haar ou man was al lankal heen en het net genoeg geld nagelaat dat sy nie rojaal kon leef nie. Die viswinkel was haar lewensaar. Dáárdie tante was 'n harde werker en seker die reguitste vrou wat ek nog geken het. As jy fout maak, het sy jou net daar vasgevat. Ek dink as sy kinders gehad het, sou hulle sowaar gemanierd wees.

Ons is 'n paar uur voor hoenderskraai weg op die plaas nadat Salmon en Vos versweer is die dood wag as iets met die beeste foutgaan. Altwee het die vorige aand net daar gestaan met, 'Ja Oubaas, *aikôna* Oubaas, ês so Oubaas.' Niks kon tog foutgaan met die beeste noudat Vaalbos se hek toe was nie, maar Petrus was altyd bedag daarop dat enigeen drade kon knip. En met die telefone waar almal inluister, het die hele wêreld altyd geweet wat mens doen.

Net so skuins anderkant Langkloof voor jy by Alma se afdraai kom, is 'n groot ou vyeboom met sulke wye takke. Petrus stop toe daar sodat almal kon eet en bossies toe. Dit was maar net brood met waatlemoenkonfyt en gekookte eiers en 'n paar bottels swart koffie, maar dit het lekkerder onder die boom gesmaak - ons eie vakansie. Teen die tyd dat ons uiteindelik Truia se huis kry na baie stop en padvra, was dit elfuur.

Ag, die liewe Truia was só aangedaan, dat sy net al huilende, 'My boetie, my boetie.....' kon uitkry. En daar loop almal se tranel. So skeef met die gebreklike been loop sy toe vooruit en sê ons moet sit, want, 'Vandag maak ek die lekkerste tee wat julle nog geproe het.' Sy kyk al die kinders mooi deur en vryf elkeen se kop met die goeie hand, en toe vra sy of hulle ook wou tee hê, maar Andreas was weer in een van sy buie en wou niks hê nie. Die arme afgeremde Truia was baie geraak oor die kind wat niks wou drink nie, en sê, 'Kind, is dit omdat ek arm is dat jy nie my tee wil drink nie?' En toe moes ek Andreas se nonsies wegpraat. Jy kon sien die lewe het haar met 'n harde hand gevat. Al was die ou huisie karig, het die vloere soos 'n spieël geblink, en dit met haar een gebreklike hand.

'Waar is jou kinders dan, Truia?' vra Petrus toe, maar ons't hulle wel iewers in die huis gehoor. Daar was mos net drie, amper Abel en Albertus se ouderdom. Net daar loop die trane alweer, en sy sê, 'Ek weet nie wat om te doen met die stoute kinders nie,' want ou Jan was altyd besope en sy kon hulle nie tugtig met haar gebreklike hand nie – hulle't gedoen net wat hulle wou. Ek vra toe mooi uit wat hulle dan doen en waar hulle nou speel, en of sy my sal toelaat om hulle kort te vat. Sy huil toe nog meer en sê, 'Mariatjie, as jy vandag iets kan doen, sal ek jou ewig dankbaar wees.'

Ek is gang af en kry hulle in die tweede slaapkamer. Met die intrap wis ek, hier's moeilikheid. In daardie kamer kon jy nie loop nie, want dit was net klere, ou kos en gemors wat hulle van buitekant af ingedra het. Die twee oudstes was aan't springe op die bed en het soos twee teertange gelyk, en dit vir twee opgeskote kinders!

Toe maak ek die deur toe en sit 'n stoel onder die grendel. Eers het ek gesê wie ek is en dat hulle eenkant van die kamer moet begin en optel, maar die oudste, die voorbok, spring net meer op die bed en gooi die kussings rond met, 'Ek sal nie, ek sal nie!' Ek sê toe weer, 'Tel op die klere!' maar nee, hulle koggel net, en toe trek ek my plat skoen uit, vat haar stewig vas aan die arm en slaat haar boude rooi. Toe vat ek die seunskind en klop hom nog harder. Die twee klein duiwels het gevloek en gespoeg en my geskop, maar toe vat ek weer die dogterskind, en na die tweede pak slae gaan vee sy sowaar haar neus aan die deken af!

Toe ek weer kom en maak of ek haar gaan bykom, spring sy om en sê, 'Ek tel op!' en sowaar, daar tel hulle alles mooi op. Die kleinste het net toegekyk met groot oë. Dit het lank gevat voor die kamer netjies was, maar ek't gewag en gewys hoe mens klere opvou tot dit goed genoeg lyk. Toe lat ek hulle sit op die bed en beduie mooi dat die Here sien hoe sleg hulle met hulle ma werk, maar wat hulle móés doen was om haar te help, want sy't net een hand en hulle twee.

Later het Truia laat weet dat dit beter gaan, maar ek't geweet, jy't 'n maand se nuwe hand nodig om 'n kind te leer. Laterjare het hulle vrotterig uitgedraai. Die meisie, wat waarlik 'n mooi vrou was, het geweet hoe om ogies te maak vir elke man, en die seun wat so goed met sy hande kon werk, het net soos sy pa elke sent uitgesuip en dan't hy weer werk gesoek waarvan die geld net so in die keel af is.

Glo jy my, later het hy homself sowaar doodgedrink. Ja, die horries gekry en mense het hom eendag dood opgetel. Wat van die jongste geword het na sy ouers se dood, weet die duiwel en sy trawante alleen. Hy's die een wat die meeste na jong Ampie gelyk het. Moontlik ook na hom geaard.

Truia was heeltemal oorkom oor alles wat ons saamgebring het. Sy wou nog van die brood sny vir middagete, maar ons was kamtig nie honger nie. Ek't geweet daardie brood moes lank hou. Toe is ons weg na Katrien toe.

Nou, as jy gedink het Truia se huis was karig, dan moes jy Katrien se plek sien! Daar het die drank en onvermoë geheers – Willem het papdronk rondgelê en Katrien konnie die huis skoonhou met haar slegte hand nie. Haar gebrek was nie erger as Truia s'n nie, maar haar verstand was mos aangetas.

Ek dink ek sou 'n week in daardie eenslaapkamerhuisie kon spandeer, en dan nog nie nerf-af maak nie. Dit is nie dat daar baie meubels was nie, maar dat alles so verwaarloos en vuil was. Die enigste bed was 'n hol dubbelbed met 'n matras wat in die middel amper op die grond sleep. Jy konnie sê of die laken wit of bruin is nie, en die reuk uit daardie kamer was iets vreesliks. Sy't gevra of ons 'n koffietjie wou drink, maar ek't geweet Petrus sou nooit iets uit daardie kombuis oor sy lippe vat nie, en toe drink ek maar die koffie wat sy sommer met water en melk saamgekook het. Dit het swaar afgegaan.

Petrus het probeer praatjies maak met ou Willem, maar hy't net daar gesit met weekoue stoppelbaard en bloedrooi oë. Kgopalakaka - die een wat altyd vra - is wat die swartes hom genoem het. Toe praat ons ander maar. Petrus wou weet hoe dit met haar gaan, maar sy't net soos altyd laggerig gesê, 'Goed, Petie, goed......' Hy druk haar toe oor die feit dat sy nog nie getroud is nie, en daar huil sy onkeerbaar en beloof om werk daarvan te maak, en sy het ook. Voor ons weg is, het ek haar eers gehelp om die kombuis bietjie skoon te kry, want toe ek my koppie neersit, sien ek die opgestapelde kastrolle muf al.

Dis nou wat gebeur as 'n ouer nie omgee wat met 'n kind gebeur nie - Pa en tant Dot het baie gehad om voor te antwoord. Die hol kol op my maag was terug.

Tant Hanna het ons met ope arms ontvang, en ek't lanklaas vir Petrus so baie gesien gesels. En gasvry! Die tafel het gesteun onder die heerlikste kos en soetkoekies vir koffie. Dit was 'n riem onder die hart om iemand met so 'n goeie hart te sien. Met haar winkel op die hoofstraat, was sy bewus van Warmbad se lief en leed, ook van Truia en Katrien se sukkelbestaan. Dit was nie 'n groot dorp daardie dae nie; meer soos Ellisras in die ou dae.

Tant Hanna is die een wat ongevraagd haar mening gelug het oor die nuwe eersteminister, HF Verwoerd van die Nasionale Party, wat nou aan bewind was. Sy en Petrus het lank geredekawel oor wat die man vir die Afrikaners kon doen, maar hulle konnie saamstem dat hy die regte een is vir Suid-Afrika nie. Jy kon sien sy't baie gelees en radio geluister, want sy sê, 'Petrus, ek vertrou nie hierdie man wat praat van die witman eerste en die swartman tweede nie,' en toe Petrus sê dat die swartman net die hande is op plase, was sy sommer goed ongeduldig.

Volgens haar moes ons die swartes gelyke regte gee met alles soos Jannie Smuts voorgestel het, anders sou hulle naderhand opstandig word, terwyl Petrus van mening was dat hulle te ongeletterd was om oor sake in óns land te stem. Nouja, ons het lekker gekuier tot sy moes winkel oopsluit, en toe's ons deur Nylstroom en plaastoe.

By Belofteland se afdraai, kry ons vir Salmon naby die Breedts se statte. Petrus was sommer dadelik vies, want 'n blinde kon sien Salmon is lekker dronk, en toe Petrus vra hoekom hy nie by die werk is nie en nog sy waatlemoene ook steel, sê Salmon ewe verontwaardig, 'Neeeeee, Oubaas!' Maar daar op sy bors sit 'n waatlemoenpit soos hy gesit en eet het. Petrus sê hy kon dan nie verstaan waar dié pit vandaan kom nie, waarop Salmon sê, 'Au, Oubaas, hierie pêtjie hy's sommer mal,' en skiet dit met die vinger af asof hy nog nooit 'n waatlemoen die hele seisoen gesien het nie!

Vandat daar swartes op Rooipan was by Hendrik en ook by Kerneels Beyers, het hulle beurte gevat om maroelabier te maak in die somer. Dan suip hulle só dat jy hulle nie uit die statte kry op 'n Maandag nie. En die geraas as hulle dans en baklei, was iets vreesliks! As jy vra, 'Waar is die bier hierdie naweek?' dan sweer hulle hoog en laag dis iewers anders, maar jy kon altyd weet dis weer op Belofteland as die vrouens baie water by die handpomp gaan haal van so Dinsdag se kant af. Dan kon jy hulle tel verbykom – daar gaan een, en sowaar daar gaan weer 'n ander een net 'n uur of wat later!

Dis met een van hierdie dronkneste dat een van Kerneels se swartes – so 'n maerderige vrou – in die bors gesteek is met 'n mes, en toe kom die klomp aangehardloop om te vra dat ons kom kyk. Daar gekom, steek die mes reg van voor in haar borsbeen. Toe bel ek dokter Müller, wat sê dis beter om die ambulans van Nylstroom af te kry, want hy kon niks vir haar doen nie. Sy't glo weke in die hospitaal gelê. En kan jy glo, 'n paar weke later het hulle alweer water aangedra en ek sê vir Petrus, 'Sien jy, daar gaan hulle alweer!' So asof hulle niks geleer het uit die messtekery nie.

Dit was warm hierdie jaar en die maroelabier het gou getrek. Petrus het stilletjies gaan kyk en sien toe daar is twee veertig-gallon dromme vol bier! Nouja, dit was nie hóé nie, toe hoor ons 'n bakleiery, en hier by eenuur in die môre kom Let daar aangehardloop en sê daar's groot moeilikheid by die statte.

Daar gekom, sit 'n swarte teen die muur by Salmon se stat met 'n byl reg bo-op in sy kop! Blykbaar is daar oor 'n vrou baklei en toe gryp een in sy dronkenskap sommer die klein byltjie en kap die ander in die kop. Gelukkig nie die nek nie! Ek sê toe, 'Los die byl net so in sy kop,' en kry maar weer die ambulans wat drie uur later eers daar aankom. Jy moet weet, dis baie moeilik vir die bestuurder om te weet waar om af te draai in die stikdonker. Wonderbaarlik het hierdie swarte ook oorleef!

Dis na een van hierdie naweke dat ou Vos een Maandag daar in die waterkampie die seuns help met die beeste, en toe die twee maaifoedies sien hoe lekker dronk hy is, sê hulle, 'Vos, eet 'n handvol vars beesmis hier voor ons, dan gee ons jou vyf sjielings.' Sonder wag, buk ou Vos, skep 'n hand vol stomende mis op en eet dit. Toe moes jy sien aan watter kant van hulle koppe die seuns lag, want altwee was groen om die kiewe van naarheid en moes nog betaal ook!

Die nuwe kerk op Ellisras was klaar. 'n Baie mooi gebou. Dit was in November dat Dominee Vivijee aankondig dat daar 'n span fotograwe van die stad af kom om die kerk af te neem, maar ook om te wys hoe 'n Bosveldnagmaal lyk met waens wat saamtrek. Nou, ek weet nie waar hulle gehoor het ons trek met waens saam nie, want feitlik die helfte van Ellisras se lidmate het 'n kar of trekker gehad, en 'n wa op die kerkplein was skaars. Niemand het meer laer getrek met waens nie. Die vorige geslag, ja, maar nie meer nie.

Die kerkraad besluit toe dat hulle die fotograwe sou uithelp en reël dat mense met waens op hulle plase dit sou aansleep, al was dit agter 'n kar. So sou die fotos wys hoe dit gelyk het so twintig jaar gelede toe almal vir dae in laers saamgetrek en buitekant op 'n es gekook het. Dit was nogal 'n groot affêre en almal het hulle beste kerkklere aangetrek vir okkasie.

Later het Petrus gesê dit was meer soos 'n vendusie met dorpsjapies wat agter die hand lag vir ons ou boere. Laterjare toe ons van die fotos in die eeufeesboekie wou sit, kon niemand dit opspoor nie. Dit was net 'n mors van tyd.

Tog, ons lewe het nou gelyk geloop en Pa se dinge was vêr op die agtergrond. Dit was 'n goeie jaar.

Die Ware Vos

Die Ingelse Is Terug

In Ellisras se skool kon kinders nou matriek skryf.

Die Onderwysdepartement het besluit dis Ellisras of Thabazimbi vir plaaslike kinders, maar nie Nylstroom nie. Hulle wou natuurlik die nuwe skool opbou, want Abel was maar die tweede standerd ses klas ooit. En opbou het ons opgebou.

Klaskamers was alles uit asbes met vensters aan die verkeerde kant, en die 'skool' was sonder twyfel tydelike opstalle. Al die hoërskoolseuns en onderwysers het die pawiljoene en rugbyvelde self gebou, want daar was geen geriewe vir die kinders nie. Die pawiljoene is van knoppiesdoringhout met 'n sinkdak, en só goed is dit gebou, dat hulle vandag nog staan.

Die hoeveelheid bazaars wat die ouers gehou het om geld in te samel, kan ek nie eers opnoem nie, maar as jy agter 'n pannekoek primus vir 'n dag gestaan het, wonder jy waarom die mooi geboue en goeie onderwysers in Nylstroom dan nie goed genoeg was vir ons kinders nie. Die ouers was gewillig om kinders aan te ry, so hoe dan nou?

'n Nuwe hoërskool is eers in 1965 gebou, so die arme kinders was vir ses jaar in die warm asbesklaskamers op die laerskoolgronde ingedruk met heelwat swak onderwysers om daarvoor te wys. Petrus het gegrommel dat die Departement nog altyd nie weet watter kant voorkant is nie.

Die eerste skoolvakansie daardie jaar, was ons velde mooi en die gras hoog. Petrus sê toe eendag, 'Ek hoor die bergplase lyk nie so goed nie,' want die reën het mos 'n manier om in strepe te loop, en hulle was in 'n droë streep. Blykbaar het die wild daar al klaar swaar gekry en dit was nog nie eers herfs nie. Dit was tyd om die beeste in die vêr kampe te jaag, en hy en die seuns is daar weg, geweer oor die skouer, hoed op die kop en knipmes in die sak, met beeste voor en die honde agterna. Hulle was skaars by die agterste punt van die oulande, toe is die honde met 'n stofstreep vooruit en blaf onophoudelik by die eerste pannetjie. Die mansmense los toe die sloffende beeste en maak oop vorentoe. Daar gekom, sit daar 'n groot trop bergbobbejane by die water. En wás hulle befoeterd! Spring rond en boggom dat dit bars.

Wagter, ons ou groot swart hond, en Soldaat en Persent, die twee foksies, het gedans onder 'n boom waar 'n groot bobbejaanmannetjie van bo-af broek losmaak. Met dié dat die stink gemors op hulle reën, klim die twee kleiner honde so half teen die boom op en daar laat los die bobbejaan en val amper reg op Wagter wat hom net daar pak. Maar jy weet, jy moenie met 'n bobbejaan sukkel nie – daardie slagtande is gevaarlik. Dit was ook nie hóé nie, of Wagter tjank en daar lê hy! Petrus skiet toe 'n paar skote op die bobbejaan en die hele trop vat pad, maar Wagter was aan't bloei en hulle kry dit nie gestop nie.

Die volgende wat ek weet, kom die mansmense daar aangehardloop met die hond wat al swak gebloei is, en sit hom op 'n sak by die agterdeur, maar die bloed stroom sommer so uit sy blad.

In my agterkop onthou ek toe wat Ma eenkeer gedoen het met 'n hanslam wat homself flenters gesny het in die doringdrade, en ek hardloop vir die suiker en keer amper die hele pot in die oop wond en druk dit vas. So't ons die sny vasgehou en toe ons weer sien, stop die bloed. Dis nou iets om te onthou, hoor?

Daar't 'n tevredenheid oor die mense van ons kontrei gehang vandat Hoornbosch en die ander kleiner kerkies doodgeloop het en daardie mense Ellisras toe is vir hul erediens. Klagtes en dwarstrek was toe min en probleme nog minder.

Die lewe was ook baie meer rustig vir ons noudat daar 'n eie pad na die grootpad was, maar elke keer as ons kerk het op Steenbokpan, kon jy sien tant Dot krimp alhoemeer. En as jy met haar praat, sug sy meer as praat. Een Sondag na kerk kry ek haar eenkant en vra, 'Tante, hoe gaan dit nou op Vaalbos?' Maar sy skud net kop en kyk doer met die ou skeeloog terwyl die ander een waterig raak. Net toe kom Bertie se liewe vrou met hul twee oudstes verby, en tant Dot beduie net sooooo met die kop na haar kant, en loop met moeite kar toe aan die ander kant van die kerk. Ja, kind, twee vrouens op een werf werk maar net nie, al is hulle hoeke goeie mense.

Ek en Bertie se vrou het eers 'n paar woorde gewissel en toe vra sy of ek nie 'n breipatroon het vir 'n babatruitjie met die nuwe *raglan* moutjies nie. Want, sê sy, 'Dit sal nodig wees vir die nuwe baba. Ons hoop maar dis 'n seuntjie vir die stamnaam.' Ek kon altyd sê wanneer iemand verwagtend is al het hulle self nog nie geweet nie, maar sy't my rêrig gevang hierdie keer! Dis seker maar wat tant Dot wou beduie.

So't ons lewe aangegaan met min moeite en sorge, want noudat die pad toe was oor Vaalbos, was daar niks vir ek en Petrus om woorde oor te hê nie, en ons het net gewerk met die boerdery en besig gebly met kinders grootmaak.

Maar min probleme bring sy eie. Baie dae kon ek niks sin maak uit my gevoelens nie wat maar heeltyd terug mik Vaalbos se dae toe, en dan't Petrus met kalm oë my bekyk tot ek weer besef, híér op Belofteland is my 'n lafenis toegestaan na al die jare se swaarkry, en ook vir Ma en Janneman en Katrien se mishandeling. En die stoorkamer.

En toe kom die Ingelse van die Boere Oorlog terug om Petrus se nagte om te krap. 'n Ingelse kind was nou op skool saam met ons Afrikanerkinders. Die pa het 'n plaas naby die rivier gekoop en was glo eers in die groot stad. Ons teësin oor hulle was maar nog oor die skooljare toe Petrus so swaar onder die Ingelse onderwysers gekry het, en soos die meeste boere in die Bosveld, het mens nog goed van ons voorvaders se verdrukking onder die khakis onthou. Dit sou 'n brawe Ingelsman vat om tussen ons ou vaalpense vriende te maak.

Die kind het glo sulke mooi maniere gehad, dat mens eenvoudig moes aflei dit was te danke aan haar Afrikaanse ma, en ook armoede. Ja, dit was verseker die Afrikaanse ma, het Petrus beaam. Dat dit noustrop getrek het daar, is verseker, want die pa het 'n ou kar se voorkant afgesny sodat sy familie op sagte sitplekke kon sit, en dan trek hy dit met die trekker. Dit was te koddig om die kort kar en trekker te sien verbykom. Petrus het hier gekoes en daar gekoes, want hy wou nie eintlik met hulle meng nie, maar toe ek mooi beduie dat as die vrou met die Rooinek gelukkig getroud kon wees, wat sou ander dan oorkom om ook haar man se hand te vat?

Glo nou vir my, toe Petrus later vir Campbell Riggs beter ken, het hy baie agting vir die goeie man gehad. Blykblaar was Campbell van die Riggs families wat lank voor die Boere Oorlog reeds in Suid-Afrika was. Natuurlik kon hy baie goed Afrikaans praat, en dan was hy nog met 'n n Kühn meisie van Witkop getroud! Van toe af kon die twee nie genoeg praat as hulle mekaar by die bank of poskantoor raakloop nie. So het hulle bly kuier tot Campbell se vel ingegee het van die warm son, en hulle weg is Zebediela toe waar hy ook soos my suster Hermien by die groot lemoenplase werk gekry het.

Bertie het 'n seunskind ryker geword. Mens is altyd bly oor 'n baba se geboorte, maar met die moeilikheid van al die jare wat steeds sloer, was dit swaar om rêrig bly te wees vir sy part. Die baba is die eerste keer kerk toe gebring met sy dope, en jy kon dadelik sien hoe die wind gaan waai, want daar was Pa van alle mense, met die baba in die arms! Dis nou dieselfde man wat nooit ons kinders vasgehou of aan hulle gevat het nie. Selfs met die hand gegroet soos vreemdelinge.

Ek konnie help om jammer te voel vir Bertie se dogters nie, want die eenoog oupa se dinge was 'n siekte wat jy nie sou regkry nie. Daar sou altyd net een kleinkind wees in sy oë. Toe ek die baba vir die eerste keer by die kerk sien, was die naamgenoot sy oupa se ewebeeld, só wesenlik was die familietrekke. Tant Dot het net eenkant gestaan sonder 'n sagtheid vir die baba of die ma.

Petrus het heel goed in Pretoria bestuur met een oog. Hy't altyd goed sekergemaak daar's nie karre aan sy regterkant nie voor hy wegtrek by 'n robot. Jy weet, ek verbaas my vir 'n mens se lyf wat so kan aanpas; hy't altyd regs geskiet en toe hy die oog verloor, moes hy leer om links te korrel. Jy weet nou-al dat hy 'n uitstaande skut was – beter as enigeen wat ek van weet. Enigeen, 'Behalwe my ouma - sy kon 'n voël in vlug met 'n .22 skiet, en dit op 400 treë,' het hy trots vertel. So 'n voorslag vrou sou ek graag wou geken het.

Aan die einde van die jaar is Karmetatpan aan 'n prokureur in Pretoria verkoop. Petrus was baie teleurgesteld, want hy sou graag die plaas wou koop. Voor ons ons oë kon uitvee, is die Goosens opgepak en weg Standerton toe om met skape te boer. Sonder groet. Ons het later te hore gekom hulle is na twee jaar Ellisras se wêreld toe.

Salmon kom vertel mos eendag dat die twee uitmekaar is. Ja, vra nou hoe weet 'n swarte dit. Volgens hom was Letmeid ook nie die regte vrou vir hóm nie, want sy't haar te wit gehou tussen die swartes! Aan skinderstories moet mens jou tog nie steur nie, al het Salmon oor sy eie vrou geskinder.

Let en Salmon was nog op Belofteland met die twee klein swartes, Matôt en Pietie. Pietie was van kleinsaf 'n luie klein vloek wat altyd net by Let wou wees. Watter werk sy ookal op die plaas moes doen, Pietie was heeltyd aan haar rok. Ons het gepraat en gepraat oor die klein stouterd, maar dan was Let opgepof vir dae. Tot eendag toe Pietie weer baie stout is en Petrus hom daar vasvat met die spantou. Oeeeee, daardie dag het ek gesien hoe wit Let eintlik is, want sy't Petrus amper te-lyf gegaan en geskrou, 'Jy los my kênt, jy los my kênt!' en toe gryp sy Pietie uit sy hand en storm statte toe. Salmon het net kop-onderstebo bly staan. Wys jou net, kleur het niks te doen met moeilikheid nie, want almal s'n is dieselfde, net soos skinder wat nie kleur ken nie.

In die Desembervakansie is die seuns weer uit met gewere en rekkers om al wat vlieg te skiet. Tot Hermien en Andreas het beurte gevat met die windbuks. Petrus sê toe die groter seuns kon netsowel help beeste aanjaag agterste kampe toe terwyl hulle voëls skiet, en daar's hulle weg met die honde in tou, al langs die ouland verby. Halfpad teen die land op skrou een van die swartes, 'Nôga ke ô!' en hol weg met 'n stofstreep. Die swartes is mos vreeslik bang vir slange, maar Petrus vat die

.22 en kyk mooi in watter boom die slang kon wees, en sowaar, daar sien hy 'n groot mamba om-en-om gekrul bo in 'n mogônônô.

Nou, jy speel nie met mambas nie, want hulle is senuweeagtige slange en kan omtrént vinnig seil. Ek't al gesien dat die mambas daar by die ou miershope hulleself halflyf oplig en dan seil hulle só vinnig weg dat jy nie kan sê watter kant toe hulle is nie. As jy 'n mamba wil skiet, moet jy weet van skiet, want as jy hom kwês, pik hy links en regs. Maar ek was altyd gerus met Petrus naby, wat nooit slang-se-kind gemis het nie.

Daardie dag was daar soveel takkies voor die slang se kop, dat hy dit per ongeluk in die lyf skiet, en daar val die slang, reg op Soldaat wat onder die boom dans. Die volgende ding tjank Soldaat en vryf kop in die sand en die slang wriemel rond tot Petrus hom doodskiet. Toe stuur hy dadelik een van die jong swartes om *condice crystals* by die huis te gaan haal, en sê, 'Hárdloop, moenie draai nie.' Hulle soek toe na die bytplek, maar kon niks kry nie. Omtrent tien minute later kyk een van die seuns weer die hond deur, en jou waarlik, daar loop bietjie bloed uit sy oor! Maar toe staan die skuim al klaar om sy bek en hulle weet hy sou dit nie haal nie.

As hulle net die bytplek dadelik gekry het, kon Petrus die oor afgesny het om Soldaat te red, maar die gif was klaar deur sy lyf.

Ek was buitekant besig met seepkook en sien die jong swarte daar by die kookplek rondsit. Ek vra toe, 'Wat maak jy nou by die huis?' Hy staan sowaar ewe luiters op, rook eers klaar en sê die Oubaas het hom gestuur vir die 'slang gêf.' Ek het hom amper bygekom met die spantou, die treurniet wat rondsit terwyl die ou brakkie swaarkry! Ons het daardie ou foksie gemis, amper soveel as jy 'n mens mis.

Petrus-hulle het die slang huistoe gebring om verbrand te word, want as iemand later in die tande trap is dit so goed of die slang pik jou. Dit was die grootste mamba wat ons nog ooit gesien het en Petrus lê dit toe eers op die grond uit om te meet – 'n hele veertien voet lank! Ek't die bokskamera gaan haal en met die slang oor 'n mikstok, neem ek 'n paar fotos, want niemand sou ons later glo nie.

Ja, mambas is die gevaarlikste slange, maar in al ons jare op die plaas is niemand ooit deur een gepik nie. En dit met die huis wat tussen al die miershope staan waar die slange boer.

1960 - 1969

Daar was nou boere-setlaars op amper elke lappie staatsgrond in die Bosveld. Met elke vlaag wat plase bekom, het die prys per morg opgeskiet soos dit mos gaan met iets wat skaars is. Die kerk en koshuis was vol, en geselskap om elke draai.

Ons was gelukkig dat Belofteland se gelde lankal betaal is, want baie van die nuwe boere het gebars met Landbank terugbetalings. Toe oom Combrinck, die skoolbusbestuurder, sy plaas verkoop, het die nuwe eienaar nie kans gesien vir busbestuur nie, en so het 'n ou omie Coetzee wat so graag as hy leef 'n plaas wou koop, oorgeneem. Met so 'n klein staatssalaris, was dit 'n saak van onmoontlikheid, en moes hy deur die Koekemoers se goedgunstigheid op hul plaas bly. So was dit vir baie mans, en gou het Steenbokpan in alle windrigtings arm mense met goeie geloof en min geld gehuisves. Ek glo nie omie Coetzee het ooit by plaaskoop uitgekom nie, maar elke dag getrou die kinders skooltoe gery, die heeldag gesit en boek lees en hulle laatmiddag veilig by die huis besorg.

Baie gou het die groter seuns geleer om nie op die arm man neer te sien nie, want hy't sy man van die eerste dag af gestaan met die belhamels. Hy konnie verdra dat hulle die kleintjies verdruk om eerste op te klim nie, en hulle in rye laat wag in die hitte vir 'n beurt, en toe 'n grootbek probeer teëpraat, loop die omie skoolhoof toe en die seunskind moes buk vir sy ongemanierdgeid. Maar 'n man met 'n goue hart. Toe my hoenders weekliks dosyne op dosyne eiers lê, het omie Coetzee nie omgegee om dit op 'n Maandag op te laai vir die koshuis nie, al was dit teen die busreëls. So ook met Petrus se oorvloed papajas en piesangs van veertig bome. Maar elke Vrydag het Petrus 'n groot mandjie groente en vrugte gerieflikheidshalwe in die bus 'vergeet' en dit het sy pad gevind na die regte spens.

Net die vorige jaar het Petrus 'n groot hoenderhok met slaapplek onderdak gemaak amper op dieselfde plek as ons heel eerste bees takkraal. Hierdie keer het hy dit so hoog soos wildweer gespan met ogiesdraad sodat die bakkoppe nie so maklik kon inkom vir eiers en hoenders nie. Die eerste hoenderhokke was te uit die oog. In die nag het my hoenders daar een-vir-een weggeloop en ons kon net nie die dief vang nie. Wat hulle doen is, vang die hoender netjies aan die twee pote soos hulle op die pale sit en hou dan die bek toe sodat dit nie skrou nie. As dit 'n ongedierte was, sou die hoenders moord geskrou het met vere orals. Ons moes wag en sien of die hoë heinings hulle uithou.

Abel se duiwehokke was net langsaan en die slange het baie daar gepla, tot iemand die raad gee van ou taaiers brand om hulle weg te hou. Jy sny 'n stuk mouterkar taaier af en druk brandende hout bo-op vas met 'n yster sodat dit die heelnag smeul. Rooibos werk beter, want dit brand nie so gou uit nie. Ek probeer toe, maar as die wind van die verkeerde kant af kom, stink ons hele huis van daardie swart rook, Ek was nie oortuig dat dit werk nie, want die slange het nog altyd sy duiwe gepik. Abel was heilig oor sy duiwe en wou naderhand alles maak en breek so kwaad was hy oor die slange. Petrus het net toegekyk en sê toe, 'Spaar jou geld en dan koop jy sifdraad,' en dis hoe die seuns ekstra werk begin doen het vir 'n spaargeldjie.

Oor Desember het dorpsmense ou Dominee Raath, wat al jarre lank net op sy grondjie afgetree was, se plaas gekoop. Dit lê so halfpad met die grootpad tussen Karmetatpan en Steenbokpan. Sommer die eerste week nadat hulle ingetrek het, leer ons hulle op Steenbokpan ken - so 'n klein, maer mannetjie met swart hare, en sy lang vrou met rooi hare. 'Fritz en Kowie Nel,' sê hy toe en beduie na die twee kinders daar naby, 'n seun met rooi hare en 'n maer dogtertjie wat aanhoudend snuif. Nog twee kinders wat ons getalle op die skoolbus kon hoog hou. Petrus het mooi uitgevra oor die familie, en toe ons huistoe ry vertel hy die dogter het asma en die dokters het gesê sy moet in 'n droë, warm klimaat kom sodat haar bors kon opklaar.

Fritz het gehoor mense plant grondboontjies in die Bosveld en dat dit goeie geld maak, en dis wat hy ook wou doen op ou lande daar langs die grootpad. Ou Dominee Raath was mos nie 'n saaiboer nie, en daardie lande was heeltemal oorgroei met haak-en-steek boompies. Kowie het in 'n kantoor gewerk vorentoe, maar was nou tevrede om net by die huis te bly, want waar sou sy werk daar rond kry? Sy was baie lief vir vetplante, en toe ons eenkeer daar by hulle kom, was haar hele voortuin geplant met dosyne soorte vetplante, want, 'Maria, in hierdie hitte moet 'n tuin vir homself sorg.'

Ek't sommer dadelik van haar gehou, en Petrus het gesê hy sal maar vir Fritz uithelp met raad, want op daardie ou landjie sou hy nie vêr kom met sy dorpskennis nie. Dat Fritz 'n moeilike man kon wees, sê hy, sit hy al sy geld op. En toe los hy dit daar.

Ander nuwe intrekkers, was mos Kerneels Beyer op Deel 2 van Rooipan. 'n Gawe man en só kort dat jy amper kon dink hy is 'n piekie, maar darem nie. Sy vrou was groot en kon haarself net met moeite uit die stoel kry. Tussen haar oë was 'n diep frons, en al het ons altyd heerlik gekuier, het almal geweet, hiér is 'n kwaai vrou. Hulle moes waarlik arm gewees het, want Kerneels het twee rondawels gebou net soos die swartes met rousteen en modderpap vir pleister - twee slaapkamers met die sitkamer/kombuis tussenin. Hulle't vertel van nog twee ouer dogters en dan die twee kleineres wat ook met die skoolbus sou ry – 'n seun en 'n dogter met 'n boggelruggie.

Kerneels se ma het haar eie huisie laat bou maklik 500 treë van die rondawels af. Sy't duidelik haar eie geldjies gehad, want dit was met regte stene gebou en heel groot. Dit was die liefste ou tante by wie ons graag gaan kuier het, en kón sy inlê en bak! 'n Deetlike vrou. Toe ek eenkeer vra wat dan fout is met die dogter se rug, sug sy net en sê, 'Nee, Maria, sy was nie altyd so nie,' en toe skud sy kop en haar oë loop doer oor die lande. Met haar derde verjaarsdag was sy glo huilerig en daarvanaf het sy alhoemeer agteruit gegaan. 'Een goeie dag sien ek haar hele lyf is skeef getrek en die rug maak so 'n S as jy agter haar staan, maar, ek's net die ouma met geen seggenskap nie.'

Die ma self het min uit die stoel opgestaan met haar slegte gesondheid, en Kerneels en die kinders moes alles vir haar doen. Toe ons eenkeer daar kuier, stuur sy die twee klein kinders om tee te maak en toe die ou dogtertjie een koppie op 'n keer probeer aandra en bietjie stort, lig die tante haarself jou waarlik soos blits uit daardie stoel, en dit was genoeg vir Kerneels om ook op te spring en die koppies oor te pak op die skinkbord. Ja, hy was 'n stil man met Job se geduld.

Elke jaar se grondboontjie opbrengs het net beter geword. Petrus, wat nou trots in sy eerste Datsun bakkie kon rondry, het begin rondkyk vir 'n ander kar al het ek gesê die eerste een is nog splinternuut. Eendag toe hy weg is Nylstroom toe vir besigheid, kom daar laatmiddag 'n vreemde kar aan. Ek was nog in my vuil werksklere met 'n voorskoot vol meel soos ons koekies gebak het, toe stop die kar sommer by die werfhek en toet en toet. Klein Pietie van Let hol toe om oop te maak, en wie sou daar uitklim? Petrus! Hy't sowaar 'n nuwe kar gekoop! Dit was darem 'n baie mooi ene kan ek jou sê, met twee kleure en sulke vinne wat agtertoe staan.

Toe ons om dit loop, sê hy, 'Dis nou 'n Studebaker Lark.' Ek wou weet wat hy betaal het en hoeveel hy vir die ou kar gekry het, maar hy't net gelag en wou nie 'n bakleiery met my aangaan oor geld nie.

Nou, ons kinders het naderhand gespot oor ou 'Blink Petrus' en sy nuwe karre, maar heerlik teruggesit op die sagte sitplekke as die wiele rol. As hy alleen dorp toe gaan na 'n oes, dan't ek geweet hy kom met 'n nuwe kar terug. Ek kon baklei soos ek wou, maar dit het nie gehelp nie, want hy't net gesê hy werk hard vir die geld en dis sy enigste plesier. Van die karre wat ek kan onthou was daar 'n Chev Commander, 'n Ford Cortina, 'n groen Zephyr, 'n Ford 20M en nog baie ander. Een jaar het hy 'n kar op Ellisras by die garage bestel en my niks daarvan gesê nie, en toe ons voor die plek stilhou en ek sien hoe die wind waai, wou ek om-de-dood uitklim. Ek't net gesê, 'Jy sal my mét die kar moet verkoop, want die garage word ryk uit jou,' maar het opgegee om te redeneer daaroor, want dit was rêrig die enigste ding wat hy ooit vir homself gekoop het. Vir sy familie was hy nooit suinig nie.

Toe sê Petrus, 'Skat, ek gaan 'n nuwe huis bou weg van die ouklip af sodat ek kan tuinmaak waar alles nie vrek nie.' Hy wou die huis met groot kamers en vensters en 'n lekker groot kombuis bou na die maroelaveld se kant toe. Ons het baie daaroor gepraat, en ek besluit toe dit was nie nodig nie, maar as hy 'n stoep aan tenminste twee kante van die ou huis bou, en ook 'n aparte kombuis en badkamer met 'n regte toilet en lopende water, dan sou ek tevrede wees.

Hy het nie gewag nie, en dadelik die watertenk op 'n hoër staander gesit en pype aangelê vir 'n nuwe kombuis by die agterdeur en 'n badkamer tussen die twee stoepe. Die groot wit bad in die stoorkamer langs ons slaapkamer is geskuif, en 'n toilet en wasbak ingebou. Dit was hemel op aarde met 'n toilet binne-in die huis en nie die warm en stink kleinhuisie op die bult nie. As jy eers daar was, het die reuk aan jou vasgeklou vir ure en het die vlieë jou opgevreet.

Hoe ons al die jare reggekom het met die kleinhuisie daar op 'n distansie, en vroeër met agter die bossies sit, weet ek nie.

Een van my groot kalkoenmannetjies het altyd daar by die hoek van die werf vir jou gewag oppad kleinhuisie toe, en dan skop hy jou dat die bloed loop. Ek was partykeer gedaan aan die einde van die dag, en dan moes ek nog saam met elke kind loop sodat die vloek van 'n kalkoen hulle nie skop nie.

Toe die rou pleister goed droog is en die reën wegbly vir 'n paar maande, verf ons die hele huis en moes Let weer die vloere glad en blink kry met kerswas en lampolie. Sy was goed dikbek daaroor, maar dit was deel van haar huiswerk en dit moes gedoen kom. Die heeltyd skrou klein Pietie buitekant, *'Mmê! Mmê, ke batha bôrôthô!'* tot ek naderhand 'n sny brood by die venster uithou sodat hy kon stilbly. 'n Bedorwe brokkie.

Lorrina van Thomas het sommer skielik siek geword en voor ons haar nog by dokter Müller kon kry, is sy dood. Tot vandag toe het ek nie 'n idee waaraan sy dood is nie – seker maar kanker. In daardie dae, sou 'n swarte op 'n plaas te sterwe kom, het jy net dokter Müller gebel en gesê wat gebeur het, en dan't hy later 'n doodsertifikaat gegee. Thomas vra toe of hulle haar daar tussen die sand- en ouland kon begrawe, want sy't so gehou van die bome wat daar groei. Petrus het hom gehelp kis koop op Ellisras en toe't die swart predikant haar kom begrawe.

As jy nog nie by 'n swart begrafnis was nie, dan sal jy nie weet waarvan ek praat nie. As jy ook nie weet van huil nie, sal jy wel weet daarna. Dit is een van die hartseerste begrafnisse wat jy aan kan dink. Hulle't onder die groot bome by die werf eers die begrafnisrede gehou, en toe sing hulle in drie of vier stemme tot ons almal oë afvee - liede in hulle taal, maar elke hart het dit verstaan.

Daarna is die kis op die groot wa en Salmon dryf die trekker tot by die lande waar die sand te dik is vir 'n bakkie. Al die swartes is stadig en singend agter die wa aan in hulle swart klere en daar by die graf sing hulle só mooi, dat die predikant ook aangedaan is. Ek kon die trane nie keer nie, maar dit was ook vir al die vrouens wat voor my uit is – die liewe Ma, Hermien, tant Grietjie, Ma Nelie, Lettie, Ralie, en nou Lorrina; tot Sofie wat maar altyd soos 'n vreemdeling vir my was. Hoeveelkeer huil mens tog eintlik by 'n begrafnis vir die een in die kis?

Net hierna het hulle kind, Amos, wat nou groot genoeg was om te werk, gesê hy gaan by 'Baas Fritz' werk, en ons het geweet dis omdat hy nie op Belofteland wou bly sonder sy ma nie. Thomas het stil sy werk gedoen en ons het hom genoeg spasie gegee, maar ook hy is kort daarna weg na sy mense toe anderkant Ellisras.

Van Katrien het ons niks gehoor nie, en ek het in my enigheid gewonder hoe lank dit sou vat voor sy en ou Willem die geld vir haar deel van Vaalbos uitgeleef het. Sy't niks geweet van geld nie en die ou man het weer alles geweet van drank. My gedagtes was nog nie koud nie, toe kry ons 'n oproep van hom af. Eers kon ek nie uitmaak wie praat nie, maar toe hy sê Katrien is in die hospitaal, weet ek dadelik hoe die vurk in die hef steek. Hy sê toe ons moet nie bekommer nie, want sy't daardie môre geboorte gegee aan 'n seuntjie – klein Benjamin, wat hulle Bennie sou noem. Ek het nie eers geweet 'n baba is oppad nie!

Dit was nie 'n goeie dag vir my nie, want dit was ook die dag dat Ma te sterwe gekom het. Ek't gewonder of Katrien ooit ag sou slaan op die dag wat haar enigste kind gebore is.

Dat my liewe gestremde sussie na al die jare op ag-en-dertigjarige leeftyd 'n kind in die lewe kon bring, is iets waarvoor mens op jou knieë moet gaan, maar ek was baie bekommerd of sy sou regkom met 'n dronklap man van ses-en-sestig en 'n pap baba. Wie kon raai watter paaie hiedie kind se lewe sou loop in sulke huislike omstandighede? Ek was net dankbaar dat die Meester van die Hooggeregshof gesorg het dat Pa die geld vir haar grond oorbetaal, maar vir ons was daar nog onsekerheid oor die plaas omdat oordrag op Petrus se naam nog altyd hangende was.

Hoe lank sou dit tog sloer voor ons kaart en transport in die hand het!

Nuwe Intrekkers

Aan die begin van die nuwe skooljaar het Kowie Nel die sekretaresse pos aanvaar by Steenbokpan se laerskol.

Sy't sommer op die skoolbus gery - elke dag met 'n mandjie breiwerk wat sy al hikkend en stampend oppad kon doen. Ek't haar eendag gevra waar sy die mooi mandjie kry, en toe sê sy, 'Maar Maria, ek maak dit self!' Sy was eintlik 'n baie begaafde vrou wat sommer die volgende week die mooiste naaldwerkmandjie met twee sulke lang handvatsels in my hand stop. 'n Goeie en vrygewige mens, lief vir gesels, maar met oë wat nie altyd saampraat nie.

In die Bosveld waar mense myle en myle uitmekaar bly, kan jy nie soos stadsjapies nuusoptrekkerig wees wanneer dit kom by kuier nie. Gesels is skaars en as jy nog 'n liewe mens soos Kowie raakloop, dan tel jy jou seëninge. Tot Fritz, wat net mooi niks van plaaswerk geweet het nie, kon praat tot jou ore brand. Het ook altyd baie planne gehad vir die plaas en met elke nuwe plan het hy swartes gewerf om permanent op sy plaas te bly, en as die plan nie werk nie, dan laat loop hy hulle net so vinnig. Dit was sekerlik waar die dorpsmaniere van werk uitgeslaan het.

Hy was vuur-en-vlam om boontjies te saai en het Petrus tydig en ontydig vasgekeer vir raad. Petrus was mos nie suinig met raad nie, en as Fritz dit net gevolg het, sou hy groot sukses gehad het met sy saailande, maar party mense is mos van nature slim en so was die raad soos geld op die water. Op 'n Vrydag as die mans bymekaar is by Gertien se winkel of by die bank, kon hy almal sommer opstry oor hoe diep jy moes ploeg en hoe vêr uitmekaar jy moes saai. Toe bly Petrus maar stil en laat hom begaan, want, 'Slim kan dalk sy baas vang.'

En dit was ook so, want met die dat net die boonste skilletjie grond omgeploeg is, kon die boontjies se wortels nie diep soek na water toe die groot hitte kom nie, en alles het verskroei in die vreeslike Bosveldhitte. Ons het erg jammer gevoel dat so baie werk verlore was, maar so was dit.

Eendag moes ons daar by hulle langs oppad Steenbokpan toe om 'n bobbejaanspanner vir Fritz af te laai, en kry net vir Amon op die werf. Toe Petrus vra, 'Waar's die mense?' beduie hy met die arm sommer net doer duskant die draad, 'Die baas hy bou,' en toe trek hy 'n gordyn oor die oë en los ons om te wonder watter plan nou weer aan't broei is. 'As hy net nie weer raad soek nie,' was Petrus se enigste kommentaat. Amon het vasgebyt vir jare tot Abel kom boer het, en dis hoe hulletwee vandag nog saamwerk.

Ek verwonder my baiekeer dat mens se hart nie velkleur sien nie. Dit was so met ou Sara en ook Martha wat myle sou loop om op Belofteland te kom kuier net om die kinders te sien en ons saam onder die borboonboom kon sit met 'n koffietjie. As jy op dié manier vriende tel, dan't ek baie gehad.

Nederlandse Bank op Ellisras het nou eenkeer 'n week op Steenbokpan oopgemaak in die huis wat doerie tyd deur die Coetzees gebou is - net langs oom Jon se winkel. Die voorkant het hulle verbou om 'n *counter* te hê, en agter was daar 'n kantoor waar jy die bankbestuurder kon sien. Dit was baie gerieflik, want Vrydae gaan haal jy pos, koop 'n paar goedjies by Gertien of oom Jon, en trek geld of sien die bankbestuurder. Daarvanaf was dit by die koöperasie aan en dan huistoe. Tussenin kuier mens by ander wat jy nie gereeld sien nie.

Vir jarre het ons kinders op 'n Vrydag met die kar skooltoe gevat, en dan opgelaai na die kort skooldag of hulle kon met die grootpad afloop tot by Gertien se winkel. Daar't Petrus hulle altyd toegelaat om iets vir 'n sikspens te koop, en dit kon enigiets wees. Nou, in daardie dae kon jy nog iets koop met 'n sikspens - daar was *nigger balls*, suigstokkies, toffies en die lang, swart stroke liekoriesh wat Andreas so lief voor was. Maar wat die jonges elke keer gekies het, was die klein blikkies kondensmelk. By die winkel het Petrus twee gaatjies bo-in gemaak en dan't hulle dit stadig-stadig gesuig tot op die plaas. As dit nie klaar was nie, is 'n stukkie wit seël oor die gaatjie geplak sodat die miere nie kon in nie.

Maar dit was nie die gewone miere wat hulle voor moes oppas nie – dit was die suikermiere wat keer-op-keer deur die seëls gevreet het, en as jy nie mooi oplet in die skemer spens waar die blikkies gebêre is nie, dan suig jy maklik 'n suikermier deur die gaatjie! En dan was daar die ander soort mier. Baiekeer oor die naweke moes ek hoor, 'Mammie, Hermien het alweer my kondensmelk gedrink!' En dan stry die kind hoog en laag dit was nie sy nie, terwyl die sondebok lekker met die rekker loop en duiwe skiet! Maar in die sestigs was die sondebok op Ellisras in standerd ses, en die kondensmelk het ongestoord op die spensrak bly staan.

Van die boelies wat Albertus vroeërjare bygekom het in die koshuis, was niks te sien nie, want hy was nou groot, en Abel – 'n voorbeeldige kind met 'n vinnige humeur - het klaar die pad oopgemaak vir hom. Ek en Petrus het ons nooit geskaam vir kinders wat lui is of nie wou huiswerk doen nie. Almal wou presteer. Dis seker die armoede wat gemaak het dat hulle bo wou uitkom.

Oor die jare was ek altyd bekommerd oor Albertus, en het geglo hy's net te maer, maar Petrus het bly sê, 'Skat, hou op om jou te verknies oor Albertus; hy sal regkom op sy eie sonder jou roksbande.' Ons het goed woorde gehad oor dit, want was dit nie my plig as 'n ma om na die kind om te sien nie, veral met sy swak konstitusie? Aan die einde van die kwartaal wou ek by Abel weet hoe Albertus gevaar het, maar hy't net gesê Albertus weet wat om te doen, dis nou, 'As hy nie te luigat raak soos met die jagtery saam met my nie.' Dit was die eerste teken dat die twee broers nie die wa in dieselfde rigting trek nie. En dan was daar nog Andreas met sy nukke.

Petrus was van mening dat ek die twis met Pa gemis het, en nou 'n ander ding moes kry om aan te torring. Albertus se 'gesondheid' was glo dié ding. Maar ek wou nie glo nie.

Soos dit is, was Petrus reg en my bekommernis net wind, want toe dit vakansie is, kom Albertus vrolik huistoe en vertel ewe 'n lekkerlagstorie van 'n ander ou tante en haar man. Ek noem hulle maar tant Sarie en oom Sias want hulle mense leef nog en kan eksepsie vat, maar ek reken almal in die Ellisras omgewing ken daardie storie! Eintlik was daar drie stories wat die twee broers om die beurt met smaak vertel het - die een van die swemmery, 'n ander van die kleinhuisie, en nog een van die donkiekarretjie.

Nou, jy weet, tant Klein-Sannatjie Smit van Skilpadfontein was sowaar groot, maar sy was 'n vulletjie teen tant Sarie wat maklik so groot soos 'n jong seekoei was. Nee, ek lieg nie. Hulle vertel toe dat die tante en haar mense mos eendag in die Mogôl gaan swem, en daar vat die water haar voete onder haar uit. Probeer soos die ander wou, niemand kon haar opgehelp kry nie! Toe kry hulle 'n trekker en trek haar uit. Ja, ek weet dit klink nie reg nie, maar almal sweer daarby.

Die ander storie was van hoe tant Sarie kleinhuisie toe is. Die ou boere het die deure mos so effens nouer as 'n gewone deur gebou, so die ou tante moes agteruit inloop om op die houtbankie te gaan sit vir opelyf. So met die sittery breek die bank glo en sy gly kaalbas half in en sit daar en roep en roep vir ure tot een van die swartes haar hoor en vir ou Sias gaan haal. Hy was maar 'n baie klein mannetjie wat haar nooit alleen daar sou uitkry nie, en hy gaan kry ten-einde-rate 'n paar sterk osrieme, bind dit onder haar arms en middel vas, en toe gryp hy en 'n klompie sterk swartes die rieme en trek haar daar uit met groot moeite.

Kan jy dink aan die gesig wat die arme swartes moes aanskou met die uitkomslag!

Albertus sê as oom Sias en tant Sarie op 'n Sondagaand hulle seun koshuis toe bring, kon jy van vêr af al sien of die tante op die karretjie is - as die dit skeef hang, was sy by die huis. Ou Sias het glo 'n ekstra veer ingesit aan haar kant om haar gewig te vat, en as sy nie op was nie, spring die veer natuurlik terug en lug die karretjie op. Hy sê eendag leun tant Sarie glo terug op die houtsitplek nét toe hulle by die koshuis stop, en daar gaat die kar in die lug en die disselboom lig die donkies op dat hulle sommer doer in die lug kap met die pote. Al die seuns wou hulle doodlag vir die spektakel, want ou Sias kon hulle nie afgetrek kry nie. Toe storm die ouer seuns nader en pluk die karretjie, donkies-en-al af. Die arme kind en ou Sias het seker gesterf van die skaamte. Mens wonder wat sy geëet het om so vet te word.

Dit was amper Aprilvakansie met ons jongste siek by die huis, en ek was nog besig om klere op die lyn te kry hier by elfuur se kant, toe lui Letitia, Bertie se vrou. Ek kon met die intrapslag hoor sy is heeltemal ontsteld. Dit was sommer, 'Maria, jy en Petrus moet kom; ek kannie alleen klaarkom nie!' maar sy huil só dat ek niks meer uit haar kry nie. Siek of nie siek nie, onsdrie is in die kar en al die pad Vaalbos toe met die grootpad.

Daar gekom, wag sy by die ou opstal se voorhekkie met die kleintjies om haar. Ons was skaars uit die kar, of sy stuur die kinders saam met die klein kindermeid om in die koelte te speel, en toe vat sy ons binnekant toe. Daar in die sitkamer moes ek haar eers laaf met suikerwater voor sy mooi kon sê wat aangaan.

Petrus vra toe waar die mans dan is, maar sy't net met die kop hier-en-daar beduie en huil, 'Sy was op die kombuistrap; die swarte het my gehelp dra.' Sy vat ons toe na Katrien se ou kamer, en daar lê tant Dot nog in haar naggewaad op die vloer, haar gesig grys en oë wawyd oop so of sy net sleg voel en gaan lê het op die koel vloer. Toe ek aan haar voorkop vat, weet ek sy's lankal heen.

Die arme Letitia, wat maar altyd 'n senuweeagtige mens was, trap dan op een voet, dan op die ander en bly gesig afvee. Petrus is die een wat die teenwoordigheid van gees gehad het om te sê hy sal 'n sterk swarte gaan kry om te help en dan tel hulle die tante op die katel sodat ons vrouens na haar kan omsien. Teen die tyd dat sy op die katel lê, was onstwee klaar deur haar laaikas vir 'n slaapding of 'n mooi kerkrok om haar aan te trek, maar daar was niks; net kerkkouse van die soort wat jy bokant die knieg vasdraai met 'n perskepit.

Toe loop Letitia na haar huis toe en gaan haal een van haar mooiste nagrokke en met 'n groot gesukkel het ons tant

Dot uitgetrek, met 'n waslap afgevee en in die nuwe nagrok.

Met al hierdie gespook so om die lyk, het ek skoon van Hermien vergeet, maar toe ons die tante se hande oor haar bors vou, sien ek haar daar teen die muur staan waar die kloutjiebad eers was, oë nuuskierig maar onbevrees. Toe's Letitia van vooraf ontsteld dat 'n jong kind die dooie moes aanskou. Ek't mooigepraat en verduidelik ons kinders is nooit weggehou van die dood nie – diere wat vrek, 'n hanslam of 'n geliefkoosde kuiken – nee, dit was net deel van die lewe.

Weer was die Schoeman mans nie daar as jy hulle nodig het nie. Ons is laat daardie middag daar weg toe Bertie uiteindelik opdaag. Hy't skaars die moeite gedoen om hartseer te lyk. Maar die huis van slae en 'n broer se koue oë was genoeg om 'n holkol op my maag te los. My hande konnie ophou bewe nie, tot Petrus my buitentoe stuur met, 'Gaan skep lug, Maria. Alles hier ruik na laasjaar.'

Ons het Pa se tweede vrou langs die eerste onder die maroelaboom begrawe met net 'n handvol mense wat soos hanskuikens skuins staan teen die vroeë winterwind.

Die jaar wat so maklik begin het, was eweskielik besig. Net na tant Dot se begrafnis was daar 'n algemene kerkraadsvergadering op Ellisras van al die vergeleë kerke om gesamentlike besluite te neem. Petrus sê toe Dominee Vivijee die notule aflees van alles wat oor besluit moes word, wis hy dit gaan weer uitrek tot elfuur of middernag.

Die een ding waaroor al 'n paar jaar getwis is in die vergaderings, was of die nagmaalbeker weggebêre en daar oorgeslaan moes word na kelkies toe. Die meeste was ten gunste van kelkies, want daar was van die ouer gemeentelede wat nagmaal gebruik het al was hulle hóé siek. En dan was daar nog die een omie met tering en wat altyd in die middelry sit, en jy weet hoe aansteeklik tering is! Al vee die diakens die beker na elke ry af, die kieme sit nog altyd daar vas.

As die kelkies bespreek moes word, wou almal weghardloop, want Pa was die voorbok wat volhou die Bybel sê, 'Drink almal daaruit.' Dit was glo al elfuur in die nag en baie van die ouer mans het begin kop knik van die vaak, maar Pa hou vol dat dit teen die Woord is om uit kelkies te drink. Toe staan oom Jakob se oudste op en sê, 'Oom Albert, ons is almal moeg en wil huistoe gaan. As jy uit die Bybelse beker wil drink, gaan grou dan daar waar die Here die eerste keer nagmaal bedien het, en as jy dáárdie beker kry, dan drink ons almal daaruit! Ons ander stem vir kelkies.' En so moes hulle hand opsteek en is die kelkies ingestem met 99% van die stemme na jarre se gestry. Vir 'n lang tyd daarna sou Pa en een ander ou man op Ellisras altyd uit 'n beker drink wat die diakens spesiaal vir hulle moes aandra.

Petrus het gereken Pa word nou kinds, maar ek't gedink dit was net aandag soek by die nuwe dominee en om uitgesonder te word in die kerk. Maar dis omdat ons hom geken het, waar die ander net bolangs kon sien. Elke keer as ek weer hoor van Pa se skynheiligheid, sy verneukery met ander en hoe hy met vroumense werk, het my kop teruggeloop op die ou paaie van swaarkry en dan was nagte lank en foutvind met Petrus sy daaglikse brood.

Van Andries, Petrus se broer, het ons niks gehoor nie, maar dit het uitgelek deur die familie dat hy en Bettie uitmekaar leef – sy by haar mense en hy op sy eie in Pretoria. Ek't nie goeie moed gehad dat hulle sake sou kon herstel nie, want hulle lewe was van die begin af moeilik met al die kinders wat dood is en die ander se gesondheid wat nie na wense is nie. Ons sou moes wag en sien hoe dit uitdraai, maar dit was net meer slegte nuus wat ons goeie dae op Belofteland kom befoeter het.

HF Verwoerd, die eersteminister, was vir 'n paar jaar al vuur-en-vlam vir 'n republiek, en die meeste mense wat bietjie van die regering geweet het, het saamgestem dat jy nie 'n Ingelse koningin in 'n ander land kon hê wat jou sake plaaslik moes beheer nie. Op 31 Mei 1961 word Suid-Afrika toe 'n republiek en elke skoolkind kry 'n medalje en 'n klein vlaggie vir 'n aandenking. By die laerskool het Meneer Oosthuizen hulle op aandag laat staan en Die Stem op die grammofoon gespeel en die seuns die vlag laat hys.

Ag, dit het nie veel vir ons beteken op die plaas nie; net dat ons lewens baie sou verander as jy winkel of bank toe gaan, want nou moes ons oorslaan van Pond, Sjielings en Pennies na Rand en Sent. Dit was 'n ewige gesukkel om uit te werk wat iets kos, maar eintlik was dit nie so moeilik nie; dit was maar net ons ou boere wat nie aldag met dit gewerk het nie wat so moes sukkel. Ek't probeer onthou dat die twee stelsels amper dieselfde is, en in my kop het ek só gereken: 'n Rand is tien sjielings, 10 sent is 'n sjieling, 2 ½ sent is 'n tiekie en 5 sent is 'n sikspens. 'n Halfkroon is 25 sent en 'n kroon is 50 sent. Vir 'n lang tyd het ons altwee soorte geld in die beursie gedra en die kinders het baiekeer gehelp as ons by die winkel kom, want dit was maklik vir kinders om dit by die skool te leer.

In die Julievakansie toe die dorsmasjiene voluit loop, het die seuns maar weer soos gewoonlik gaan skiet vir biltong. Ons biltonglus was hoog noudat die vorige jaar s'n lankal in ons mage was. Vir die eerste keer het hulle nie saam gaan jag nie, en my maag het 'n draai gemaak, dinkende aan Bertie en Janneman wat ook eendag skielik niks saam wou doen nie. Abel was uit in die nag met 'n koplig en Albertus was 'n dag-skut - in die somer was dit tarentale vir die pot en koedoes in die winter vir biltong. Sonder 'n woord was daar 'n gevoelentheid tussen hulle wat saam van die koshuis af gekom het. Nietemin, reken ek toe, dis die drie maande in 'n koshuis wat uitgewoed moes word tussen die wild.

Petrus wou hom nie daaroor uitlaat nie, maar eerder sy oë opgetrek as Andreas sy kleinsussie afknou of hard werk met die diere, en dan't ek ons tweedejongste se aandag afgetrek met werkies om weg te kom van die goed wat Petrus kwaad maak.

Nouja, die dae is mos lekker warm in die winter, en al was die meeste vleis opgekook of party weggepak in die klein vrieskas, was dit moeilik om alles op te eet wat die twee geskiet het. So, baiekeer het die rou vlakvark aan 'n hak in die boom gehang vir die swartes tot hulle vleishonger is. Ja, dis hoe hulle dit wou hê. Jy weet mos hoe gou die brommers hulle eiers in daardie vleis lê, en by die einde van die tweede dag se hang, krioel die wit maaiers daarin. Teen die volgende dag kan jy maar weet die hoenders en kalkoene skrop onder die karkas met al die wurms wat dan letterlik uit die vleis val. En glo my, die vleis was sponserig as hulle dit sny, maar dit was net so in die pot gegooi en dan lek hulle vingers af. Onsself het nooit vlakvark geëet nie.

Een nag was Abel weer uit met die koplig en die honde. Petrus het nog gesê, 'Die oes is af en Abel sal heelwat kry om te skiet,' in die lande waar baie boontjiepitte op die grond lê. Ons het al goed weggeraak hier in die middel van die nag toe ons hoor hoe Wagter daar vêr by die lande begin blaf met die ander honde agter hom aan, en jy kon hoor hoe hulle al nader kom.

Petrus spring toe op en sê, 'Die honde jaag 'n groot dier,' en toe hy vir die .22 soek, sien hy Abel is weg daarmee en dis net die .303 op die rak. Wat die honde ookal besig was om aan te bring, was nou in die waterkampie, en toe ons buitekant kom, sien ons die koplig bokspring soos Abel van vêr aangehardloop kom kraal se kant toe. Jy kan niks doen nie, want jy gaan skiet nie in die donker waar die ander een jou nie kan sien nie, al was dit volmaan, en toe wag ons maar. Die honde het nou geblaf dat dit bars, en die volgende ding spring 'n groot koedoebul oor die waterkampiedraad oppad varkhokke toe. Daar kon die honde nie in nie, maar Abel se steekhaar windhond seil sowaar net soos die koedoe oor die drade en die ander pers deur en keer hom in die varkhok vas. En toe klap die skoot.

Naby die varkhok gekom met die lantern, lê die koedoe in die middelhok, maar die varke maal om hom soos 'n klomp wolwe en skrou te onaardig. Petrus haal toe uit, en hy en Abel skrou soos wilde goed om die varke eenkant te kry, want hulle was só mal van die bloedreuk, dat hulle sommer die koedoe wou bykom. Wys jou net hoe slim 'n dier is. Die koedoe het geweet hy's veilig in die hok en die varke het geweet hy hoort nie daar nie. Daardie windhond was 'n voorslag jaghond wat met Wagter as sy maat meer as een koedoe self in die veld gaan haal het om huistoe te bring. Abel het sy murg gewys, want dis nie elkeen wat in die middel van die nag met 'n flou koplig en 'n .22 'n koedoe reg tussen die oë kan skiet nie.

Ek onthou een jaar toe Albertus al uit die skool was en ons almal op die agterstoep sit, bring daardieselfde steekhaar baster-windhond helder oordag 'n koedoe huistoe. Toe ons die honde hoor aankom, sê Albertus hy kry solank die groot geweer, maar hy dink die honde sal die koedoe kraal toe vat. Ons het nog nie eers koppies neergesit nie, toe spring die koedoe oor die werfdraad en kies koers tussen waenhuis en stoep deur se kant toe. Albertus draai toe ewe luiters om op die stoel en sê, 'Hou oop die deur!' en skiet die koedoe in die opstaan net daar dat hy met sy een horing in die deur land! Dit het só geweergalm, dat ons vir ure niks kon hoor nie. Ander jagters kon by ons drie mansmense leer van skiet, dis is nie altemit nie!

Net voor die Oktobervakansie was dit tyd dat die hoërskoolkinders hulle skoolprojekte klaarmaak en ingee. Abel moes 'n Houtwerk projek klaar hê maar hy was altyd baie besig met sport, en partykeer het hulle in ander dorpe gaan rugby speel of reisies hardloop. Jy moet onthou, die naaste hoërskole was Nylstroom, Potgietersrus en Pietersburg – ure se ry daar en terug. Nietemin, hy was weg in die week en toe hy terugkom by die skool, was dit tyd om die projek in te handig. Later het hy vertel, jy leer gou om elke stukkie van jou projek te merk, anders kry dit voete.

Hierdie keer het hulle boekstaanders gemaak en hy't nog net een stuk gehad wat aangelym moes word, maar toe hy na dit soek, was dit nêrens te sien nie. Hy en die onderwyser, 'n Meneer Nic van Rensburg, het oral gesoek en sowaar, daar kry hulle die stuk met Abel se voorletters onderaan - vasgelym aan anderman se staander! Nou wat nou gedaan? Die onderwyser sê toe hy sal Abel liefs gou help om 'n nuwe stuk te maak, want daar was nie tyd om alles weer oor te maak nie. Abel sê party van die vooraanstaande mense se kinders was maar dom en onhandig, en hy wat Abel is, sou niks sê om die dief te verraai nie. En so is 'n onskuldige maar vooraanstaande ouer wat uit sy werk altyd 'n goeie voorbeeld vir die gemeenskap moes wees, daardie dag die skande van 'n kind se diefstal gespaar.

My hart was lig vir ons eerlike kind en my gemoed vol oor die verskil wat 'n pa se liefde in 'n kind se lewe maak. My wrede pa se onregverdigheid was altyd net onder my vel, want vergeet, vergeet jy nooit.

In dieselfde tyd kom Neeltjie een naweek huistoe en sê Marong Laerskool waar sy werk, is deur die Departement gekies om see toe te gaan daar by Glenmore se Onderwysstrand aan die suidkus. Dit was 'n groot opgewondenheid dat so 'n klein skooltjie se kinders ook by die see kon kom, maar Neeltjie het mos self in laerskool 'n beurt gehad, en was vuur-en-vlam oor die ganery. Sy't eintlik net kom sê dat daar een oop plek was, want Marong kon nie al die plekke vul nie, en wat daarvan as sy kon reël dat Andreas, wat nou standerd vyf was, kon saamgaan?

Jy moet weet, 'n skool kry maar net eenkeer 'n kans om kinders verniet see toe te stuur, want dis 'n toegif van die Onderwysdepartement aan verafgeleë skole wat meestal behoeftige kinders het. Andreas was onkeerbaar en konnie wag nie. Ek't gedink dit sou ons kind met die donker wolk oor die kop se aandag aftrek. Dis wat hy nodig gehad het.

Op 'n gegewe dag moes ons hom by Marong se skool hê waar hulle almal op die bus is en weg see toe. En toe begin die groot verlang by ons jongste. Elke week is die prentjiegrappies in die Landbou Weekblad uitgesny en dan 'n kort briefie vir die broer en suster by die see geskryf. Ek en Petrus het in die nag wakkergelê oor die jammerte van skoolreëlings. Nietemin, die dae het aangestap en Neeltjie het laat weet die skaam Andreas is 'n ander kind daar by die water.

Wat ons salig onbewus van was, is dat hy eendag amper verdrink het. Eers as 'n groot man het die storie uitgekom van hoe hy en 'n paar maats oppad strand toe gaan swem het in die vlak rivier wat uitloop op Glenmore se strand. Daar raak die ander seuns wat gladnie kon swem nie, in die moeilikheid waar die rivier 'n kolkgat maak. Een was toe só benoud dat hy bo-op Andreas se skouers klim en hom nog verder afdruk in die gat. Dit kon 'n lelike ding gewees het, maar gelukkig kon Andreas bietjie swem en uitkom, en niemand het ooit daarvan geweet nie, anders sou Petrus hom gaan haal het.

Hermien se skoolwerk het vinnig agteruit gegaan daardie kwartaal, en haar onderwyser het gesê hy konnie weet waarom sy goeie student eweskielik niks wou doen nie. Toe ons met Neeltjie daaroor praat, reken sy die kind verlang haar dood, en kry sowaar gereël dat sy saam met haar in dieselfde kamer op Glenmore slaap, en so kon Hermien ook strand toe gaan. Aan die einde van die kwartaal met hulle terugkoms, was almal só bruingebrand dat ons hulle skaars herken het.

En daar was rustigheid in ons gemoed oor die Here se seën op Belofteland en die kinders wat hy vir ons geleen het.

'n Jerseykoei of Twee

En toe hou ons troue vir Neeltjie in Januarie.

Kind, dáár was nou vir jou 'n mooi kant trourok - wyd om die bene soos 'n papbord, soveel so dat sy en Petrus skaars saam kon afloop preekstoel toe.

Die week voor die skole weer sou begin in die nuwe jaar, het ons vir dae soetkoekies en beskuit gebak in die warm kombuis. Die koekblikke is sulke rye gepak op die klein tafeltjie wat Oupa Bergmann gemaak het - agt in totaal - elke kind het een blik koekies en een blik beskuit gekry vir die lang verblyf in die koshuis, en ook een van elk vir onsself.

Die twee seuns het Andreas in sy eerste jaar op hoërskool die leviete voorgelees oor hoe hy koekies moes beveilig teen kinders met lang vingers, want daar was baie wat net sou wag tot jy uit die kamer is, en dan eet hulle lekker. Die meeste van hierdie stouterds was van die soort huise waar ons nie sou kuier nie, maar nouja, die lewe het baie soorte mense en party het geweet hoe om 'n kasdeur te buig en hand in te steek, veral daardie blikdeure met die gleufies. As jy nie 'n groot slot aanhet nie, was daar net krummels oor in die aand. Niemand kon sê wie die diewe is nie, maar almal het vinger gewys. So het die kinders uit baie arm huise heelwaarskynlik verniet skuld gekry oor die koekies, maar jy weet hoe wreed kinders kan wees as daar arm kinders naby is.

Onsself was tog nie ryk nie, nie soos die riviermense se ryk nie. Daar was Petoorse, Pienaars en Du Preez wat baiemeer as ons styfstrop getrek het, maar die armstes was die Horns wat ek uit my hart jammer gekry het oor elke sent wat hulle moes omdraai - kinds-kinders van ou Dolf Horn wat toentertyd in Selika gebly het. Daar het die Ellisras mans hom glo eendag gaan haal om op die dorp te kom bly, maar hy kon nooit rêrig aanpas nie. Hy was een van die Horns wat in die eerste hartbeeshuisies op die rivier se walle gebly het net oos van wat almal nou ken as die hoofstraat. 'n Regte Bosveld voortrekker.

In sy oudag het ou Dolf die heeldag, winter en somer, met die stoel al om die huis getrek agter die son aan, en dit verstaan ek vandag goed met my seer hande en voete - jy soek hitte en son. As hy en die seun op mekaar begin skrou, kon jy hulle wie-weet-waar hoor.

Coba se man het eenkeer vertel dat daar lank terug 'n ongedierte was wat almal in Ellisras gepla het, en strikke stel soos hulle wou, niemand kon dit aan die hande kry nie, maar ou Dolf het stilgestaan, die lug gesnuif en geluister, en toe sê hy in watter rigting hulle moet soek. Hy kon sowaar net soos die swartes baie fyn hoor waar wild is. Hy is ook die enigste man wat ooit 'n koedoe in die dorp geskiet het, en dit omdat hy die wild kon ruik, kan jy glo! Baie van die skinderbekke het toe stilgebly, want vir iemand met so 'n gawe kry jy respekte, arm of te niet.

Andreas het gefloreer in die hoërskool, maar ek't gewonder hoe ander onder sy humeur moes deurloop voor hy wou inval by nuwe reëls.

Hermien, aan die ander kant, was nou alleen en kon net nie in die stilte van die huis aan die slaap raak nie. Daar was naderhand blou kringe om haar oë soos sy wakkerlê in die nag, want elke geluid is mos harder op jou eie. Na drie weke het sy een môre by die tafel aan die slaap geraak, en toe wou ek weet wat fout is. Sy beduie toe daar's iemand wat in die huis rondloop, want sy hoor hom tik-tik-tik in die nag, maar sy wou ons nie pla nie. Ons besluit toe ek sou daardie nag by haar gaan slaap en dan kon ons sien wie dit is, want, het ek gereken, al was al die deure gesluit, iemand kon tog wel inkom vir kattekwaad.

Dit was nog nie eers tienuur nie, toe sy my met die elmboog stamp en wys waar die lanternlig so rondbeweeg, en daar was ook die tik-tik-tik soos iemand loop. Ons staan toe versigtig op en ek loer om die kamerdeur na die kombuis se kant toe, en jou waarlik, dáár's die inbreker! In die more sê ek toe vir Petrus ons moet een van die seuns se enkelbeddens in ons kamer dra, en daar het sy vir drie weke geslaap waar ons 'n ogie kon hou. Hy wou nog teëpraat, maar ek't net kop geskud en toe weet hy om ook versigtig te wees vir die inbreker. Toe sy weg is skooltoe het ek dat Petrus die yskas se lampolietenk uitgetrek, en toe maak ek die glasie mooi skoon en stel die vlam heeltemal af sodat dit nie so flikker en tik-tik-tik nie.

Die huis was nou baie stil en dit was ook vir my swaar sonder die ander kinders. Onstwee vroumense het smiddae blomme geplant en vrugte ingelê om onsself besig te hou, maar ons kind het die swaarste gekry wanneer dit by speel kom so op haar eie. Die eens babbelende kind het alhoemeer teruggetrokke geword.

Kind, sê maar as ek nou genoeg van die oudae gepraat het, hoor? Dis tog so lekker in my oudag om terug te loop op jongdae se spoor. Maar as dit goed is, dan gaat ek maar voort. Miskien leer iemand eendag iets wat hulle nog nooit van gehoor het nie.

In daardie dae was Petrus baie besig met die vee en die gesaaides. Hy't heelwat meer beeste begin aanhou, want die Landbou Weekblad het vertel hoeveel beeste jy op 'n morg kon aanhou in ons wêreld sonder om dit dood te trap. Hy't nog 'n paar kampe gespan en sê toe hy gaan Jersey koeie van die voorwêreld af kry, want ons kon room op die spoorwegbus wegstuur vorentoe waar die fabrieke botter maak. Daar was baie geld daarin, maar met die Afrikanerkoeie kon jy smoors skaars 'n klein konfytblikkie room kry, en so het ons 'n hele trop Jersey melkkoeie gekry wat elkeen maklik 'n gallon-en-'n-half melk smoors en saans kon gee. Die enigste groot werk was om hulle in te ent vir hartwater wat hulle nie bestand teen was nie. Die hartwater bosluise is mos nie in die voorwêreld nie. Petrus was baie getrou en het hulle elke dag ingespuit en dan hulle koors gemeet, want as die koors net 'n bietjie opgaan, het jy geweet dis hartwater en moes met Terrimycin ingespuit word anders vrek hulle vinnig. Ja, dis seker verouderde plaas medisynes en maniere nou, maar al wat ons geken het in daardie tyd.

Voor die koeie se koms, is melkstalle gebou tussen die

huis en die waterkampie. So kon hulle die water en grondboontjiedoppe daar naby gebruik om die stalle skoon en vars te hou.

Die ander ou boere het maar baie primitief gemelk en mens was aardig om by party melk in die koffie te drink. Baie gou het hy 'n melkkamer met 'n vleiskamer aan die een kant binnekant die werf gebou vir die romery en ons biltong in die winter, en dan staan die rye vyf- en tiengallon roomkanne blinkend vir die bus - tot tien kanne room in die week. Mense, toe was dit vroeg op, melk en die melk deur doeke gooi voor jy room! Iemand moes die romer draai, en dit was warm en harde werk. Lateraan het 'n melkmasjien sy pad stalle toe gekry en daarna het die lewe makliker geword.

Een van ons beste koeie kon Petrus net nie deurtrek toe sy hartwater kry nie. Hulle word só vinnig swak dat hulle naderhand nie kan staan nie, maar ons het haar bly voer en elke dag opgetel en met ou sakke wat ek opgesny het in stroke, het ons haar tussen pale laat 'staan' sodat sy nie haar bene verloor nie. Na 'n maand het hy net gesê, 'Bring die geweer. Dis 'n lyding vir die dier,' en toe skiet hy haar en sê Salmon moet haar hak met die trekker en agter die oulande sleep vir die aasvoëls. Al die swartes het daar op die werf gestaan en kerm, 'Au, Oubaas, onse *rapêla*!' maar Petrus wou niks daarvan hoor dat hulle haar eet nie. Ons het haar so lank opgepas, dat sy soos Wagter of Tiekie was met haar groot oë wat jou aankyk.

Ons het ook mooi geleer met my varke wat sommer sonder siekte net een môre doodlê. Eers het ek dit vir die swartes gegee om te eet, maar toe kry Petrus hond se gedagte - ou Vos moet een ophang en mooi afslag om die probleem op te spoor. Daar't ons die vark duim-vir-duim deurkyk, en jou waarlik, reg onder die linkerblad kry ons 'n klein bloedkolletjie. Jy kon sien die gaatjie loop al die pad hart toe. Dit was ooglopend dat die vark met 'n stuk bloudraad gesteek is, en slim ook, want die gat trek toe en niemand sou sommer agterkom wat fout is nie. Die koei se weggooi was ook die einde van varke wat vrek.

In die Aprilvakansie het een van die jonger swart vrouens se kleintjies waarlik siek geword en hulle kom roep my vir medisyne. Ek stap toe soontoe met 'n halfkroon in die sak. Dis iets wat ek by Ma geleer het so vêr van dokters af - die halfkroon kan vertel waar die pyn is. Met die halfkroon onder twee vingers, trek jy die dit stadig oor die kind se hele lyfie tot dit voel of dit vassteek, en dan weet jy waar die pyn is. Vir hierdie outjie was dit onder die linkerarm. Toe lui ek vir ou dokter Müller en vertel wat ek weet. Hy't mooi geluister en sê toe, 'Mevrou Bergmann, kry die ambulans vir Nylstroom Hospitaal.'

Die volgende week toe ek in hom vasloop daar by Gertien se winkel, vra hy hoe ek geweet het waar die pyn is. Nouja, wat kon ek doen, ek moes maar vertel van die halfkroon. Hy sê toe ek was in die kol, want die kleinding het 'n gewas gehad reg onder die linkerarm waar die halfkroon vasgesteek het. Nie alle dokters glo aan boererate nie, maar ou Müller het baie geloof gehad in wat ek sê en altyd fyn geluister as ek vertel. As deesdae se kinders net meer luister na hulle ouers, sal kindgrootmaak ook nie so swaar wees nie.

Die jaar het vinnig aangestap en voor ons kon oë uitvee, was dit oestyd en moes Petrus weg Selika en Shangwane toe vir swartes. Nou, oestyd en grondboontjieverkope was die tyd dat Pa en Bertie al hulle streke uitgehaal het. Geen draad was te styf gespan om 'n koedoe deur te sleep of 'n trop beeste op en af te jaag oor die grondboontjiehope en dan terug panneveld toe nie. Petrus kon tog nie elke nag die lang lyndraad dophou nie, en vir dié rede moes daar baie hande wees om gou die oes af te kry.

Van daardie grondboontjie-oes af, mik Fritz almeer om met wa en trekker deur te ry oorkant toe, want, het hy gesê, 'Betsjoeanaland is ewe vêr as Selika en Shangwane daar anderkant Ellisras.' Hy was reg, want die grens is net veertig myl noord en Ellisras net oor die vyftig oos. Hy skud toe kop of hy nie seker is nie en sê, 'Neef, jou skoonpa en Bertie sê hulle kry altyd die beste hande oorkant,' en wie was ons wat nog nooit daar was nie, om dit te betwis? Ek kon glo dat Pa sou weet hoe dit lyk oorkant, want hy en ou Filemon was baie daar om skillerbeeste deur te smokkel, maar van Bertie het ek nie geweet nie; hy't nie baie grondboontjies geplant nie, net altyd begeer wat hy te lui was om te plant, en het verseker net deur sy neus gepraat.

Nietemin, kom oestyd, werf Bertie glo 'n hengse klomp swartes - vêr te veel vir die bietjie boontjies wat hy moes oes - en toe hy in Petrus vasloop, beaam hy hoe naby dit eintlik is en noem van die vriendelike grenswagte. Petrus, op sy stil manier, het geluister en sê toe, 'Miskien volgende jaar,' so al of hy tog sy ore sou uitleen vir iemand wat hom nog net altyd in die wiele wou ry.

Baie boere het nou boontjies gesaai en dit was al moeiliker om goeie werkers anderkant Ellisras te kry. Met oestyd besluit Petrus toe om 'n kans te vat oorkant die grens en is weg met trekker en wa. Nouja, ek't hom nie terug verwag vir tenminste 'n week nie, want dis 'n groot stuk aarde wat gery moes word oorkant, en dit op 'n onbekende plek. Drie dae later, net toe Salmon en Vos met die melk van die stalle af kom, hoor ons die trekker dreun en altwee staan net soooo met die skewe kop, tot ou Vos, wat mos van oorkant af is, kop skud en sê, '*Batho,* Oubaa*s ke ô*!' Hy konnie glo Petrus was so gou terug nie. Ek ook nie.

Toe Petrus van die trekker afklim, was hy vaal van die stof en jy kon sien hy was gedaan. Ek maak toe koffie en sny brood, en toe hy klaar geëet het, sê hy net, 'Maria, oorkant sal my nie weer sien nie!' Ek't hom kans gegee om te vertel, want ek kon sien iets groots het in Betsjoeanaland aangegaan.

Toe vertel hy van die honger swartes aan die ander kant van die grens, en hoe hulle in dosyne aangehardloop kom as hulle 'n kar of trekker hoor dreun, en dan spring hulle op en jy kan hulle nie afkry nie - ma's en kleintjies en almal wat 'n lepel kan lek. Wat sy oë oopgemaak het vir wat die witman in anderman se land doen, was die hoeveelheid vrouens wat uithardloop met kleurling babas, en dan hou hulle die kind hoog oor hulle koppe en skrou, 'Daddy, my daddy, my daddy!' en probeer dan op die wa klim. Hy sê hy't so met 'n wa vol vrouens en kinders gery tot by 'n klein gehuggie met 'n polisiestasie en 'n kamer langsaan waar hy kon slaap. Toe dit donker word, het al die swartes iewers gaan inkruip, want die nagte daar word altyd baie koud so naby die woestyn. Hier by middernag se kant staan hy toe suutjies op en in die donker *start* hy die trekker en sonder kopligte is hy daar weg so vinnig as wat hy kon.

By die grenspos moes hy wag vir die halfdronk wag om sy boekie en papiere van die vorige dag te tjap, maar sê hy, so in sy dronkenskap en die halfdonker praat die swarte met hom asof hy hom goed ken. Toe die man agterkom Petrus is 'n vreemdeling sonder geld in die hand, begin hy opstroppelis raak en swaai wild met die arms. Daar't hy waarlik baie geskrik, want, dog hy, 'Vandag slaap ek in die tronk vir iemand anders se sondes.' Die hoeveelheid weeskinders wat 'n pa soek, sou hom daar in die tronk hou vir 'n baie lang tyd.

'Dis 'n onreg voor die Here wat die rondloper wittes aan hierdie mense doen,' was sy laaste woorde voor hy wegraak, en toe loop my gedagtes na Pa en Bertie se grensoorsteek, en slaap is vergete.

Die volgende dag vat Petrus toe maar weer pad Shangwane en Selika toe vir hande om die oes af te kry.

Nadat ons by Truia, Katrien en tant Hanna was, het ek gereeld met die tante oor die foon gepraat. Petrus was erg oor haar, het tot oor die foon met haar gepraat. Dis toe ons eendag in Warmbad is om iets op te laai, dat sy laat val dat sy, 'Een-van-die-dae dalk in die Bosveld 'n draai kom maak.' Sy't self nie kar bestuur nie, so hoe sou sy dan in die Bosveld kom, vra hy. En daar hoor ons van Pa se vlerkslepery en dat hulle sowaar amper op trou staan! Ons was stomgeslaan en kon net nie glo dat Pa alweer wou vrou vat en per toeval by tant Hanna uitgekom het nie. Nee, niks het per toeval met hóm gebeur nie.

Sy redetjies was maar baie dun. Hy was blykbaar ses maande voor daardie tyd deur Pretoria toe saam met Bertie om die Landbank te gaan sien, en stop 'toevallig' vir vis en tjips by haar winkel. Van daar af was daar baie sake waarna hy moes omsien in die stad en so het dit 'n gereelde storietjie geword. Sy was heel erg oor hom, want hy't geweet hoe om vrouens, oud en jonk, 'n rat voor die oë te draai met beloftes en persentjies en soetpraatjies. Omdat ons nog net moeilikheid met Pa gehad het, was dit nie moontlik om te dink iemand sou van hom hou nie.

Twee maande later, ten spyte van ons objeksies, is hulle getroud en kom sowaar daar op Belofteland aan in Pa se groot swart kar wat hy maar net op die Bosveldpaaie bestuur het. Dat tant Hanna gedink het hy sou vir haar kon sorg, kan ek glo, en dat hy gedink het sy het baie geld, sal ek ook kan glo. Maar was dit 'n saak van liefde? Ek glo nie. Vrou nommer twee was skaars koud.

Tant Hanna was nie 'n vrou wat jy om jou pinkie kon draai nie, en sy was so reguit soos 'n liniaal — as jy fout maak, dan't sy jou dadelik laat verstaan dis verkeerd. Pa was nooit iemand wat sy foute in die oë kon kyk nie, en ons het asem opgehou vir hierdie skielike huwelik, en dan nog in gemeenskap van goedere ook. My hande, wat vir jare stil was, het nou aanmekaar gebewe soos met 'n aardskudding.

Ag, dit was nie ses maande nie, of dinge begin skeef loop. Die eerste wat ons agterkom dat die twee mekaar goed aanvat, was by die kerk. Dit was nie snaaks dat mans van Pa se ouderdom keel skraap en snuif nie, maar dit was onaardig hoe hy dit kon doen en dan nog spoeg ook. Jy wil net ore toeknyp. Tot sy dood het hy nooit sakdoeke gebruik nie, net die gespoeg, maar nooit self skoongemaak nie.

Laterjare toe hy nie meer ouderling was nie, moes hy opsluit in die voorste gestoeltes sit en dan die vreeslike gesnuif en keelskoonmaak aangehef, net om op die vloer reg agter die sydeur te spoeg. Arme oom Wynie Kühn, die koster, het die slegte werk gehad om dit skoon te maak. So was dit altyd, tot een Sondag nog voor die dominee en kerkraad inkom van die konsistorie af. Toe Pa nog so, 'ugh, ugh' om iets bymekaar te maak vir die spoeg, hou tant Hanna klaar 'n ou vadoek voor sy mond daar reg voor almal in die kerk!

Na die diens, wat maar bra lank was omdat Pa nie kon stilsit van boosheid nie, pak sy hom hardop by die deur met, 'Albert, niemand wil jou spoeg kom skoonmaak nie; jy spoeg nie weer in die kerk as jy dit nie self skoonmaak nie!' Oe, liewe Heiland, almal het gedink Pa gaan 'n hartaanval kry, want hy was behoorlik pers in die gesig van woede dat 'n vrou hom so kon verkleineer voor ander. Maar oom Piet Human wat net agter ons uitloop, het ook nie op hom laat wag nie en sommer reguit gesê, 'Ja, oom Albert, dis tyd dat jy leer van sakdoeke.' Dominee Vivijee en oom Wynie wat toe net om die hoek kom, het vinnig geritereer, en ook maar goed, want anders moes hulle ook iets sê. In al die jare het hy nooit in Ellisras se kerk gespoeg nie, so dit was net gewoonte en moedswilligheid.

Wat by Vaalbos gebeur het na dié episode, sal niemand weet nie.

Oppad terug van kerk af het ons besluit om 'n beter ogie op tant Hanna te hou, want nou was daar rede vir moeilikheid soek. Vir te lank moes Pa sy beduiweldgeid in toom hou; iemand moes dit ontgeld. En dit was ook so.

Hulle was nog nie 'n jaar getroud nie, of ons kry 'n oproep van haar af. Toe ek optel, kon ek skaars hoor wat sy sê, want dis net, 'Maria....... kom haal my........... die groot hek...........alles gepak........' en 'n gebrakel wat ek niks van kon uitmaak nie. Ek hol toe kraal toe waar Petrus besig was om beeste te spuit, en hy los alles net so vir Salmon en Vos en ons spring in die kar Vaalbos toe.

Glo nou vir my, daar by die plaashek kry ons haar onder die groot maroelaboom waar sy op 'n paar opgestapelde tasse sit. Toe ons haar in die oë kyk, weet ek haar suiker is hemelhoog en sy weet nie wát om haar aangaan nie. Petrus vat haar toe aan die skouer en sê, 'Tant Hanna, waar is jou pille?' Hy't nooit oorgeslaan 'Ma' toe nie, want hy't haar al die jare as sy tante geken. Maar sy was te deurmekaar om sin te maak, en toe krap ek in haar handsak wat styf onder haar arm vasgeknyp sit, maar daar was niks vir haar suikersiekte nie. Ek sê toe, 'Ons laai haar op Steenbokpan toe; dis Vrydag en ou Müller sal by Gertien se winkel wees.' Daar gekom, was sy só pap, dat hy uitkom na die kar toe, en daar't hy haar 'n inspuiting gegee en pille vir later. Hy wou weet hoekom sy nie medisyne by haar het nie, maar ons het ook nie die antwoord geken nie.

Terug op Belofteland toe sy bietjie gerus en iets te ete gehad het, vertel sy hoe Pa daagliks met haar baklei oor elke bakkatel, en niks was goed nie. Die kos was sleg, en dit vir 'n vrou wat 'n koswinkel gehad het; sy klere was vuil, en dit vir 'n plaas waar die swartes gewas en gestryk het; sy kyk vir ander mans, en dit vir 'n man wat altyd 'n plek vir sy skoene onder iemand se bed gekry het; en daar was nie geld vir 'stront' soos medisyne vir haar 'aansit' siekte nie, en dit vir iemand met suikersiekte.

'n Goeie ding hy was nie ouderling op daardie stadium nie, of Petrus sou dadelik die dominee gebel het.

Wat blykbaar gebeur het, is dat sy al haar geldjies opgebruik het vir goed op Vaalbos wat Pa wou hê, en vir medisyne wat sy nodig gehad het vir haar suikersiekte. Toe die geld opdroog, het die bakleiery begin en ten-einde-laaste het Pa geweier om haar medisyne te koop. Dís toe hy haar uit die huis jaag en sy moes tasse pak. Teen daardie tyd was haar suiker só hoog dat sy amper in 'n koma was.

Sy't by ons gebly vir 'n lang tyd, maar besluit toe om weer op Warmbad te gaan bly naby al haar vriende en waar haar huis gewag het. Sy't ons omhels en sê, 'Dankie kinders, ek's ewig dankbaar oor familie waar ek kon bly sonder dat jou pa sy hande op julle geld lê.'

Toe maak sy 'n egskeidingsaak aanhangig en haar prokureur sê hom aan om haar beeste oor te jaag Belofteland toe waar ons na hulle sou kyk tot dit verkoop word op 'n vendusie. Dit was wag en sien wanneer die egskeiding sou deurkom, maar ek't geweet 'n jakkals verander van haar, maar nie van snaar – Pa sou nie trane stort omdat sy weg is nie. Hy't al driekeer dieselfde pad met 'n vrou geloop.

In die tyd dat sy by ons was, vertel sy ook dieselfde storie as tant Dot van die stoorkamer wat altyd gesluit is, maar vroeg smoors het die deur 'n bietjie oopgestaan en dan kon jy allerhande geluide daar hoor. Later sou jy net sien hoe Pa uitkom en nog hemp insteek en as jy lank genoeg wag, sou jy weet wie hierdie keer agterna kom. Sy't hom sommer tromp-op geloop oor die gevry in die stoorkamer, en toe word hy só boosaardig kwaad, dat hy haar hardhandig rondgooi. Hier in die vertelle, was ek só bewerig en naar dat ek moes sit, en toe ek opkyk, is haar grys oë vol trane. Ja, die wyse ou tante het geweet, kind. Sy't geweet.

Een nag toe hulle nog bymekaar geslaap het, word sy glo wakker, en daar by die voetenent van die bed sien sy twee vrouens in die skemer staan – een inmekaar getrek wat swaar leun op die koperknoppe, en die ander een met een oog wat doer in die lug kyk en die ander reguit in haar gesig. Sy maak toe vir Pa wakker en sê, 'Albert, ek wil weet wat is wat - daar was onreg met die vorige twee vrouens; kyk, daar staan hulle altwee langs die bed,' maar Pa sê net hy sien niks, en toe sy weer kyk, is altwee weg.

Waar ons ookal in hom vasloop die volgende jaar, het nie ek of Petrus hom gegroet of met hom gepraat nie. Dit was beter so, want ons het genoeg gehad van sy harteloosheid, die suinigheid wat geen einde ken nie, en dan die wreedheid en inhaligheid wat ook agter die laaste huwelik was.

Jy weet, die suinigheid was soos 'n siekte by die Schoemans. Toe Pa nog met mielies geboer het en die streepsakke vol mielies geweeg moes word, het hy dat die swartes die sak op die groot skaal staanmaak, en dan gooi hy pit-vir-pit mielies by tot die gewig presies reg is. Eendag kon hy dit net nie regkry nie, want die gewig was onder as hy 'n pit uithaal, en oor as hy een bygooi. Toe byt hy 'n pit in die helfte, en siedaar! Die sak is die regte gewig.

Toe ek nog klein was en ons daar op die kerkplein in tente gestaan het vir voorbereiding en die kerkbasaar daarna, wou ons vier kinders ook 'n ou ietsie koop en vra toe vir 'n geldjie, en sowaar, Pa gooi 'n tiekie op die bed en sê, 'Koop dan en bring my die kleingeld.' As jy onthou dat hy en oom Jakob swaar grootgeword het, kan jy nog die suinigheid vergewe, maar die vreeslike inhaligheid was iets wat ons nie kon kleinkry nie – hy was toe lankal 'n baie ryk man.

Bertie was nou ook op die kerkraad, en van die begin van sy diakenskap af het hy seker gemaak dat elke predikant weet wat sy mening is oor elke ding. So ook met die bankbestuurders op Ellisras en die skoolhoof van die laerskool. Ek konnie fout find met hoe hy swartes help of sekermaak almal wat belangrik is weet wie hy is nie; niks daarmee fout nie. Dis wat hy agteraf met sy huismense en familie gedoen het, wat nie gepas het by 'n man van die Here nie.

Dis ook die tyd dat hy 'n Landbank waardeerder geword het, maar dit het ons aan die begin nie geweet nie. Vir maklik twee jaar voor hy 'n waardeerder was, het hy gereeld Pretoria toe gegaan om die bestuurders daar te sien, en dan was daar altyd groot pakke biltong in die kar. 'En dis hoe hy dit reggekry het om so 'n belangrike werk los te slaan,' het Letitia my later lag-lag vertel. Ons kon maar nie help om te dink aan al die jare se moeilikheid en waar sy paaie oral geloop het waar ander nie kon sien nie. My hart sou nooit gerus wees wanneer hy 'n handjie in iets het nie, regverdig of nie.

Petrus het sy oog gehou op plase wat op die mark kom, en so was dit dat hy 'n aanbod op 'n bergplaas daar by Slangfontein maak. Die lening wat hy nodig gehad het by Landbank was nie veel nie, maar sonder dit sou ons nie die plaas kon koop nie. Die eerste brief van die Landbank het gesê Petrus kwalifiseer vir die lening. En toe, maande later, kom daar 'n brief wat sê die lening is nie goedgekeur nie, want ons was glo nie 'n betroubare applikant nie. Kan jy glo! Ons het die Landbankkantoor gebel, maar al het Petrus hóé goed verduidelik, het hulle net gesê die besluit is finaal.

Vyf keer na hierdie voorval het hy aansoek gedoen vir klein lenings op plase wat te koop was, en elke keer is dit afgekeur. Petrus gaan sien toe een van die bestuurders by die

Landbank in Pretoria, en daar hoor hy dat hulle besluite maak op aanbeveling van die waardeerder in die omgewing – 'n meneer Bertie Schoeman - 'n gesiene en eerlike man wat homself bewys het as kundig met eiendomspryse.

Ek't nog nooit vir Petrus so bitter gesien as daardie dag nie. Al die pad terug plaas toe het ons niks gepraat nie en daardie aand het hy lank in die kamer gebid. Daar was niks wat ek kon doen nie. Ek kon ook nie sien hoe om vooruit te gaan met so 'n swaard oor ons koppe nie, maar die son kom op, en die son gaan onder met die Here se wil.

Een goeie môre toe Petrus aansit by die groot tafel, sê hy, 'Vandág bel ek vir Ampie oor die twee dorpserwe wat hy ons gegee het.' Dit was eintlik twee plotte naby Pretoria. Hy reken toe as dit eers op ons naam is, dan kon mens dit verkoop en 'n ander plaas koop in die voorwêreld, weg van Bertie af, anders sou ons ons lewe lank op Belofteland se paar morg moes sit. Ons kinders het nie 'n kans gehad om grond by ons te erf nie, en ons grond kon nooit groter word nie. Ek was tevrede met die besluit.

Dis toe ook wat hy doen. Na dae se gesukkel, kry hy uiteindelik vir Ampie aan die hande, maar dié loop allerhande draaie toe Petrus vra oor die plotte. Naderhand sê hy, 'Ampie, het jy die plotte vir my gegee of nie?' En toe kom dit uit dat Ampie sowaar in gemeenskap van goedere getroud is sondeer dat enigeen eers weet hy't getrou, so die plotte was nou helfte die nuwe vrou s'n. Dis nou wat gebeur as 'n oujonkêrel beenaf raak en sy kop verloor. Plaas dat Petrus sê die helfte van Langkloof is nog syne, maar hy wou seker eers dink oor die sakie.

Die waarheid het later uitgekom dat Ampie se nuwe vrou van 'n vreeslike inhalige familie was, en sy't geweier dat hy die plotte oordra aan ons. Sy was ook besig om aan Ampie te werk om Langkloof te verkoop, want, 'Dis heeltemal verwaarloos.' Alles net sodat haar familie hulle hande op die geld kon kry. As daar eers skoonfamilie betrokke is, moet jy weet die aasvoëls draai altyd wanneer dit by grond kom.

Nouja, daar was nie keer aan nie - Langkloof en die twee plotte is verkoop en Ampie en sy houvrou, wat hy op agt-en-vyftigjarige ouderdom getrou het, het die geld uitgeleef en 'n swerwersbestaan gevoer daarna. Ons het nie veel kontak met hulle gehad na hierdie teleurstelling nie, maar Petrus was baie mismoedig in hierdie tyd. Kaart en transport op Belofteland was ook nog nie deur nie, en dit so lank na Ma se dood. Hy was al sat daarvan om dit by die owerhede op te jaag sonder 'n goeie antwoord. Niks wat ek kon sê het 'n verskil gemaak nie.

Teen daardie tyd was daar al baie swartes wat daar by ou Sara se oorspronklike stat op Vaalbos huisgemaak het. Die Staat het geld toegestaan aan boere wat bereid was om 'n skooltjie vir die swartes op hul plaas te bou, en so het Vaalbos een laat oprig en ook 'n huis vir die onderwyser, en dit was nie lank nie, of die sendeling predikant bly ook daar en hou gereeld diens in die skool. Met die koms van grondboonjies, het die hele omgewing vooruit gegaan vir wit en swart. Baie werkers het meer permanente huise begin bou en in die 'kerk' getrou, maar nog soos van ouds, gehou by *lobôla* - 'n bruidsprys.

Nou, wat die swartes doen, is om met die aanstaande se pa te onderhandel hoeveel *lobôla* daar betaal moes word voor die twee jonges kon trou. In die ou dae was dit altyd beeste, maar daar was nie veel boere wat die swartes toegelaat het om hulle eie beeste op die plase te laat loop nie, so Matôt, dis nou Let se oudste, sou iets anders moes gee toe hy wou vrou vat. Ek vra hom mos eendag hoeveel *lobôla* hy al betaal het, en hy sê dit sal afbetaal wees as hy en sy *mosadi* drie kinders het. Ja, die ou nasie het baiekeer 'n hele string kinders gehad voor hulle mekaar vat, en dan moes die man nog *molato* ook betaal vir die moeilikheid van elke kind!

Een nag toe daar weer 'n goeie dronknes by die statte aangaan, hoor ons 'n groot bakleiery en wis daar sou nie baie slaap vir ons wees nie. Dit was nie hóé lank nie, of die bakleiery kom huis toe – só erg dat hulle mekaar met die messe wou bykom. Ek en Petrus staan toe maar op en gaan uit om te hoor waaroor dit gaan, en daar's Matôt, sy *nyatsi* en die *nyatsi* se ma-hulle. Maar hulle skrou só op mekaar, dat ons nie kon uitmaak wat aangaan nie. Petrus maak hulle toe stil en sê Matôt moet eers die ouers kansgee om te vertel wat die moeilikheid is, en dan kon hy 'n beurt kry. Hulle beduie toe dat Matôt sê hy't alles al betaal vir die *lobôla*, maar hulle weet daar was nog 'n paar hoenders uitstaande voor hulle kind met hom kon trou. En toe baklei hulle éérs! Ons maak of ons ingaan om te gaan slaap, en daarna was hulle stil sodat Matôt sy beurt kon kry om te verduidelik.

'Ounooi,' sê hy, 'Hierdie ma hy sê *dikgogo* hy's te min, maar ek't hom klaar gashee.' En daar wil die ma hom sowaar warm klap, maar Matôt skrou, 'Vra die Ounooi! *Dikgogo* hy was die bruin ene; die ander *kgogo* was die wet ene met die swart kop. Dis *dikgogo* wat ek hier by die Ounooi gevat het!' En daar kom die rooikat toe uit wat al my hoenders vang! Maar almal was tevrede in hulle dronkenskap dat die bruidsprys betaal is, en Matôt kon vrou vat.

Mara was doodverlief, en ons het geweet daar sou kort-voor-lank weer 'n troue in die familie wees. Intussen was die alleenheid beter vir ons jongste, maar nog vêr nie oor nie.

Hierdie jaar het Hendrik Breedt se skape amper almal tweeling lammertjies gehad, en 'n hele paar drielinge wat hans grootgemaak moes word. Nou, een middag toe sy daar oorstaan na skool, kry ons haar in die kraal met die arm om een se nek en kop teen die wit borsie, en Hendrik sê met waterige oë die lam sal te veel verlang en moet saam huistoe. Dit was nou vir jou 'n ding, want ons het nie plek vir 'n skaaplam gehad nie. Ons kon kwalik 'nee dankie' sê vir 'n persent, so daar's ons weg met die skaaplam in die kar wat daardie nag in die kombuis moes slaap, want die kind was oortuig, 'Die slange sal haar pik in die waenhuis.' Die heelnag het ons geluister na die geblêr en ek moes die vrede hou by Petrus, wat goed ongeduldig oor die nuwe probleem was en waarvoor hy 'n plan moes maak in ploegtyd.

Hierdie skaap is bederf! Sy't alles gevreeet wat voorkom – wortels, beetblare, papaja, pap, en mielies groen van die stronk af, en lekkergoed. Dat sy nie gevrek het nie, weet ek tot vandag nie, maar as die kar by die werfhek stop, dan was sy daar en spring op haar agterpote soos 'n hond teen Petrus se geliefde kar en wag vir iets. Daar't ek weer besef hoe 'n goeie man die Here vir my gestuur het, want sy geduld was eindeloos, en dit vir krapmerke op 'n nuwe kar. Dit was die begin van skape op Belofteland, en altyd vleis in die vrieskas. Jy kan tog nie 'n bees opeet as jy net 'n paar mense is nie.

Dis ook die jaar dat ons die Vaaljapie ingeruil het op die eerste groot, rooi trekker. Dit was nie lank nie of Petrus sê, 'As die Here wil, koop ek nog 'n trekker,' en toe staan die stof soos drie trekkers boontjies en mielies plant. Toe die kinders huistoe kom vir die Oktobervakansie, was die groot reën op ons, maar jy weet mos nooit in die Bosveld of dit gaan tjiep-tjiep of aanhoudende weer maak nie.

En daar maak Petrus in sy blydskap oor die reën die fout om te begin ploe na die eerste goeie bui. Een nag toe Salmon sy beurt kry, val hy daar in die ouland vas en skrik toe só groot, dat hy vorentoe en agtertoe tot die trekker halfpad begrawe is. Dit was 'n vreeslike gesukkel so in die moddergrond om die trekker uit te kry, want nou moes die een die ander uitsleep terwyl dit self wou vasval. Almal wat 'n lepel kon lek was daar om te sien hoe die trekker vassit. Dit was 'n duur les.

Van ploe het daar nie veel gekom daardie week nie, want dit het bly reën. Dit was een van ons beste jare, en na weke se boontjies aanry koöperasie toe, het almal begin praat van Die Grondboontjiekoning van die Bosveld – 'n verdiende naam.

Toe ons weer oë uitvee, is dit Desembervakansie en ons moes begin bak vir Kersfees. Tot ons groot kinders sou huistoe kom, en ek't begin lakens was en matrasse in die son laat lê sodat alles vars is.

Sulke vakansies moes die jongeres altyd op die grond slaap of op die stoep waar muskiete jou wegdra. Dit was tyd om die stoep met gaas toe te maak, maar dat ons die heerlikste tyd van eet, gesels en speletjies gehad het, was 'n uitgemaakte saak.

Toe ek so oor almal se koppe kyk, was my gemoed vol en my liefde vir almal konnie groter wees nie.

Pa was net 'n skim wat nie plek in my gemoed kon steel nie.

Transportakte

Vrede sonder die Schoemans se moeilikheidmaak was nou ons lewe, en hulle inmengery was heeltemal stil. In my binneste was daar tog altyd 'n onrustigheid dat dit weer iewers sou uitslaan, en soos wegkruipertjie, het ons nie geweet waar die gevaar vandaan sal kom nie.

'Moenie bobbejane agter die berg gaan haal nie,' het Petrus bly sê. Hy't my te goed geken en geweet ek wen myself maklik op en pik dan in alle rigtings as die kleinste dingetjie verkeerd loop. Maar ek't probeer rustig wees, dit moet jy weet.

Abel het klaargemaak op skool, vir homself 'n werk uitgeslaan wat hom op die koop toe laat leer ook. Ek en Petrus het net kop geknik en die sakie was geseël, maar die werk was vêr. Dit het skielik begin voel of ons ouderdom nou oorslaan na 'oumens' toe, want dit was soos 'n arm wat afgekap is met die kind se weggaan.

Dit is ook die jaar dat die Staat besluit matrikulante moet direk Weermag toe as hulle pen neersit met finale eksamens. Daar was nie 'n keuse nie. Albertus het net een jaar gehad voor hy sou moes opteken.

Al die boere was kwaad oor hierdie nuwe reëling wat die seuns van die plase sou afhou, en met stemdag kon jy uit die pratery hoor dat baie oorgeslaan het na die Sappe toe. Die Natte - die Nasionale Party van Verwoerd - was altyd die party wat die meeste stemme in die Bosveld getrek het, maar na dié Weermag storie kon jy nooit rêrig sê hoe mense stem nie. Ons het altyd Nasionaal gestem.

Daar was baie party-byeenkomste by oom Hendrik Breedt se plek waar ons vleis gebraai en lekker gesels het, maar op stemdag het elkeen gestem soos hy wou, en ek's seker dat man en vrou nie altyd vir dieselfde party gestem het nie, al het hulle vooraf die skyn gehou. Op die platteland weet almal mos wie Sap of Nat is.

Verwoerd was reeds ses jaar aan bewind, en woord het baiekeer van voor af gekom dat Apartheid hande uitruk. Tot die dominee het 'n paar keer gepreek oor die 'waterdraers en houtkappers' wat op die plase werk, en aangehaal uit die Bybel hoekom die Here party mense die onderdane maak. Van die Ellisras mense het opgestaan in die diens en uitgeloop, maar die meeste het net kop geknik en saamgestem dat swartes hulle plek moes ken.

As jy partykeer so met die werkers op die plaas sukkel, dan dink jy ook hulle is houtkoppe wat nooit slim sou word nie, maar Petrus het eendag sy mening gelug dat hy nog nie die deel in die Bybel kon kry wat sê óns swartes is 'n mindere mens as ons nie. Hulle moes maar net by die statte bly, dis al. En toe las hy by dat hierdie Verwoerd sy fout te laat gaan agterkom met Apartheid.

Tant Hanna het gereeld met ons gepraat, maar ons moes versigtig wees wat ons oor die telefoon sê met almal wat so inluister. Jy kon nooit weet wie vadoek oor die mondstuk hou nie, en dit was nie altyd net 'n ou tante met ganse en 'n muurhorlosie nie. Ons het geweet sake tussen haar en Pa was besig om tot 'n punt te kom, want sy't laat deurskemer haar prokureur was agtermekaar en het mooi saamgewerk. So is dit dan dat die egskeidingsbevel tussen haar en Pa deurkom vroeg in die jaar, maar uit Pa se mond sou jy nooit daarvan hoor nie. Wat hy vir die ander mense vertel het oor 'n vrou wat weg is maar nie in die begrafplaas lê nie, sou die duiwel en sy dissipels alleen weet.

Later toe ek vra hoe dit gaan, sê sy dit was nie 'n egskeidingsbevel nie, maar eerder 'n bevrydingsbevel in haar oë – sy was ontslae van die, 'Suinige ou vuilgoed.' Nouja, wat sê jy daarop as jy drie weke later hoor jou pa is alweer met die volgende vrou getroud? Hierdie keer was dit 'n tante wat om die draai van Vaalbos by haar kinders bly. Ek sou my doodgeskaam het om in een maand 'n vrou te skei en 'n ander een te trou, maar jy moenie vergeet nie, niemand het juis ag geslaan op die feit dat die vorige vrou nie dood is nie, want sy was so lankal nie meer op Steenbokpan nie. Waarom Pa weer getrou het, kon ek nie uitwerk nie. Was dit vir skyn sodat sy rondlopery in die kontrei nie uitlap nie, want vir geld of 'n mooi gesig was dit nie hierdie keer nie.

Ons het die nuwe vrou vir die eerste keer in Junie by die kerk gesien toe die twee ewe liefies voor in die kerk sit en hande vashou. Na bietjie gesels, was Petrus van mening dat hiérdie vrou vir Pa in sy graf sou kry, want haar oë was nie verniet so kwaai nie. Ons sou moes wag en sien of Pa haar ook so sleg gaan behandel as sy eerste drie vrouens, en of dié tante weet van sambok swaai. Wat ons nie geweet het nie, is dat Pa hierdie keer seker gemaak het hy hoef nie weer iets af te staan aan 'n vrou se familie as sy doodgaan nie, want hulle is op huweliksvoorwaarde getroud.

Sommer in die eerste maand na hulle troue, het hy 'n nuwe testament laat opstel waarin sy net R1 000, vruggebruik van 15 koeie en vry bewoning van sy huis kry sou hy eerste tot sterwe kom. Ja, die ou vrek het seker ook gevoel hy gaan haar nie oorleef nie, en al het sy my nie aangestaan nie, was daar 'n lekkerte in my bors dat boontjie dalk sy loontjie sou kry.

Mara, met haar dun middeltjie soos Petrus se suster, Lettie, is op 'n heerlike herfsdag getroud in die Witkerk waar Neeltjie net twee jaar gelede gestaan het.

Mei en Junie was groot maande hierdie jaar. Net toe ons aandag mooi afgelei is van plaaswerk, kom daar 'n brief van Odendaal, ons prokureur op Nylstroom, om te sê die transportakte vir Belofteland is toegestaan en Petrus kon kom teken. Ons was stom. Om soveel jaar te wag vir dit wat jy die meeste begeer het, dit wat soveel moeilikheid, trane en teleurstelling in ons lewe gebring het, was eweskielik ons s'n, en dit op 'n gewone dag waar die son skyn en die beeste bulk.

Die vrou by die prokureurskantoor vra nog of ons tevrede is met die plaas se naam, want hierdie was die regte tyd om dit te verander as ons wou. Dink daaraan. Ons is deur Nylstroom toe om te teken, waar Petrus toe sê ons is tevrede met die plaasnaam, want die grond was 'n belofte en 'n gawe van Ma vir ons vryheid van onderdrukking. En toe teken ons voor getuies en is virewig ontslae van die Schoeman las.

Dit het weke gevat voor ons rêrig kon glo die plaas is op ons naam. Baiekeer het onstwee sommer daar in die lande gaan stap en dan vryf jy bietjie grond tussen die vingers of dop 'n paar boontjies uit net om weer te voel hoe voel jou eie grond.

Alles was nie net voorspoed nie al wou ons hê die goeie tye moet altyd hou. Klein Sarie Beyer met die boggelruggie het baie siek geword en moes in haar laaste matriek kwartaal hospitaal toe. Ons is sommer daardie aand oor om uit te help. Ag, toe ons daar kom, was die mense verwese. Hulle moes dadelik regmaak om deur te jaag hospitaal toe, want Sarie het baie verswak. Net daar staan Petrus op sy knieë en bid die mooiste gebed vir die familie.

Ons het ou Sarietjie nog daardie week begrawe op die plaas waar sy seker die gelukkigste was in haar kort lewe. Daar was nie 'n droë oog om die graf nie oor die liewe dogter wat altyd so vol moed was.

Dit was 'n jaar van totsiens sê — Hermien aan die laerskool, die laerskoolhoof en sy liewe vrou wat dorp toe is, Albertus aan die hoërskool, en om alles te kroon, dien Dominee Vivijee sy bedanking in na al die jare. Die lang proses van predikant beroep het soos 'n donker wolk oor die kerkraad kom hang. Maar die beste totsiens was vir die moeilikheid tussen Belofteland en Vaalbos.

Eendag kom Martha mos heel onverwags kuier op Belofteland. As sy eers rok onder die boude invou, kon sy wáárlik lekker skinder! Ons sit toe soos altyd rustig in die koelte. Eers vertel sy van die ander swartes, oud en jonk, wat nou op Vaalbos bly, en ook hoe sy vir ou Sara mis.

Nietemin, sy't lekker vertel van Bertie se kinders wat mooi groot word en allerhande ander dinge, net soos mens praat bo-oor dit wat pla. Toe raak sy stil en krap met 'n stokkie in die sand tot ek vra wat dan fout is. Sy raak toe erg verdrietig en sluk 'n paar keer voor sy sê, 'Matangwane, jy weet, die twee ounooi hy loop daar by die pad.' En sy vertel hoe nie een van die swartes ooit skemer gaan water haal by die pomp nie, want oppad, regoor die begrafplaas, was twee vrouens wat hulle altyd voorgekeer. Een met 'n krom rug wat stadig loop en druk op die ander een se skouers; dié se maag was rond en haar een oog kyk jou reguit in die oë terwyl die ander een langs die pad soek-soek. Sy wat Ma so goed geken het, en ook vir tant Dot omgegee het in haar laaste jare, het geweet presies hoe hulle lyk.

Sy wat Martha is, was nie bang nie en sou self gaan kyk waarvoor die ander so bewend is, en dis hoe sy die twee vrouens daar sien dwaal – nie eenkeer nie, maar elke aand.

Soos sy hulle beskryf, hoe hulle loop en hoe hulle nie kon rus nie, was te veel vir onstwee, en ons sit toe maar net daar in die koelte en huil tot daar nie meer trane is nie. Daar was nie woorde nodig tussen my en Martha nie; haar oë het alles gesien.

Hierdie was ons eie begrafnistrane vir die vertrapte vrouens van Vaalbos.

Reëls en Regulasies

Voor jy kon sê, 'Knapsekêrel,' was dit die Maandag voor die skool begin en moes ons tasse pak en ons twee jongstes by die koshuis kry.

Hermien se weggaan het swaar op Petrus gerus, en hy't kwonsuis nodig gehad om baie met die beeste te werk net sodat hy nie in die huis was waar al die regmakery aangaan nie. Sy was nog nooit weg van die huis af nie. By die koshuis gekom, sê Andreas ons hoef nie te wag as hulle klaar ingeteken is nie, want hy sou sorg. Daar't ons gegroet sonder trane, maar in die karspieël kon ons sien hoe Hermien oë afvee en al hoe kleiner word onder die groot bome. Daar was nie veel te sê tussen onstwee in die stil kar sonder die gewone gebabbel en singery nie. My keel was te krapperig vir praat en Petrus het net doer vêr op die pad gekyk.

Nou was ons werklik alleen vir die eerste keer vandat ons getroud is - van A tot Z in dertig jaar - en hoe swaar, maar ook hoe soet het daardie dertig verbygegaan. Die stilte wat ditself in kamer tot kamer vasgekeer het as die skemerte toesak, was net te veel vir my, en ons het lang ure buitekant gewerk en dan vêr om die lande gaan stap sonder doel of daad.

Die beste raad vir hartseer en alleenheid, is om dit te vervang met blydskap, het Ma altyd gesê, en soos handomkeer het dit vir ons gebeur met Neeltjie se eersgeborene - 'n regte klein eierkoppie sonder hare en groot oë. 'n Baie moeilike geboorte, het sy later vertel en my hart was koud toe ek dit hoor, want swaar geboortes is wat in my familie loop en wat vrouens vroeg vat. Sovêr was my dogters die nierprobleme gespaar wat soos die engel van die dood oor Ma en my susters besluite gemaak het. Ek't geweet Hermien sou koshuislewe beter oorleef as ons ander kinders, en het so al minder bekommer.

Petrus was nog steeds op soek na 'n plaas of twee, want, het hy gesê, Belofteland is te klein vir drie seuns, sou hulle besluit om te boer. Elke Vrydag as die Landbou Weekblad kom, het hy eers die 'Plase te Koop' gelees op soek na goeie plase verder weg van die Bosveld, want met Bertie as waardeerder, was dit 'n uitgemaakte saak dat hy nooit 'n Landbank lening sou kry nie. O ja, daar was mooi en goeie plase vorentoe, maar ek't hom nooit aangemoedig nie, want my hart was heimlik vas aan Belofteland.

Dan, as dit stil word in die nag, dink ek weer dat dié vastigheid aan grond se prys te hoog is, en my binneste word hol van dit wat ek nie meer gehad het om te gee nie – minste van alles krag om 'n nuwe plaas op te bou. Ons was jonk, maar ook oud van swoeg en sukkel. En dan dink ek weer, nie een van ons kinders was skaam om nou terug te gee vir dit wat ons met moeite en verdriet vir almal gegee het nie, so waarom sou ons nie probeer om vir die seuns ook 'n lappie grond te kry nie? Miskien eers vir Albertus wat sekerlik sou boer na sy Weermag diens. Ja, sekerlik eerste vir hom, want sy konstitusie was tog nie reg vir 'n kantoorwerk nie.

Die eerste kwartaal was baie lank vir onstwee. Elke aand met boekevat het Petrus mooi vir elke kind gebid, maar wanneer dit by sy jongste kom, was hy lank stil voor hy vir die Here se genade vra. Ek't hom eendag gevang met haar hans skaap praat daar by die werfhek, 'Ja, Skapie, jou ounooi kom terug, hou jy ook maar uit,' en toe loop ek suutjies terug huistoe en gaan huil in die agterkamer.

Soos dit is, het die kwartaal ook tweekeer so lank gevoel vir daardie wille loot van 'n kind. Maar net soos Skapie, het sy uitgehou in die vreemdheid van 'n koshuis, hard gewerk en nog harder gekla dat, 'Almal soos 'n lot bobbejane die trop volg,' so asof ons as ouers niks oor die jare geleer het van streng onderwysers, slegte koshuiskos, ryk kinders en reëls teen die tyd dat sy weg is koshuis toe nie. Nou moes ons ore brand van alles wat 'n kaalvoetkind in skoene druk.

Ek vertel haar toe ewe rustig daar's ander dinge wat erger is as alles wat haar vashou, maar daardie dinge kan jy nie sien nie. En toe sy stilraak en skuinskop begin luister, vertel ek van toentertyd se reëls en regulasies wat nie in boeke opgeteken is nie, maar meisiekinders ook maak loop het soos willose bobbejane.

En om haar gemoed te lug vertel ek een van Ma se stories, 'n ware een wat só heet:

Daar was 'n dogter in die omgewing wat op 12 getroud is met 'n baie ouer man wat kom perd afsaal en ouers vra nog voor hy geweet het hoe sy lyk. Woord het altyd rondgegaan van waar daar 'n hubare meisie in die kontrei is. Die pa sê toe dis alles reg, hulle kan maar beeste bymekaar jaag, seker dinkende aan die dertien ander kinders in sy huis waarvoor hy moes sorg. En daar trou die twee.

Ma het vertel hoe die dogter die heeldag pop speel en net so nou-en-dan oor die onderdeur loer om te sien of die man al terugkom van die lande af om te eet, en dan maak sy gou vuur en sit water op. Tot een dag toe sy só lekker speel dat die man by die agterdeur is voor daar nog water op die stoof is vir pap. Jy moet weet, die houtstowe vat 'n tydjie om warm te word, en jy kry nie altyd die vuur dadelik aan die gang nie. Dit was glo 'n hewige bakleiery en toe hy net weg is beeste toe, vat sy haar pop en paar kledingstukkies en kies hasepad deur die veld terug ma-toe. Daar gekom, haal die pa net die spantou af en sê sy is wettiglik getroud en het 'n man en sy moet, 'Huistoe!' terwyl hy inlê met die spantou. By die huis gekom, wag haar ou man sowaar ook in die kombuisdeur met die belt!

Ons kind het lank stilgesit en sê toe, 'Dan wag ek tot die ou vreksel slaap, en dan slaan ek hom pap met 'n seekoeisambok!' en ons lag lekker, maar tussen die lag deur kon ek net dink aan Pa se slanery waarvan so 'n kind nie moet hoor voor sy grootmens is nie.

Nie Petrus of ek het geglo dat Vaalbos se mense sou ophou met hulle dinge noudat hulle plannetjies met ons plaas in die wiele gery is nie. Niks sou daardie twee slu mans verander nie. Dit was ook nie lank nie, of ons gedagtes word waar. Dis met die inswering van 'n nuwe predikant op Ellisras dat Bertie ewe luiters daar by ek en Petrus kom staan en gesels asof ons sy beste vriend is. Ek het die vrede nie vertrou met sy skielike vriendelikheid nie, maar ons was op die kerkplein en dis nie 'n plek waar jy woorde kry met iemand nie. Toe die dominee ook daar kom staan om kennis te maak, wieg Bertie so op sy hakke met 'n sedige gesig en sê, 'Ja, Dominee, ek en my ousus het 'n swaar tydjie agter die rug met die afsterwe van ons liewe suster, Katrien, se man verlede week.'

Nouja, wat sê jy nou voor die dominee van 'n broer wat nie eers gedink het om te vertel van familie se dood nie, en dit terwyl hy daar was vir ou Willem se begrafnis en weet Katrien sou nie weet hoe om ons aan die hande te kry nie. En daar vertel hy die dominee hoe hy na die welsyn van sy liewe sussie se enigste ou seuntjie moes omsien, want sy was mos gebreklik. Ek't maar net verslae daar gestaan en my verwonder oor sy skynheiligheid voor 'n predikant, so of hy 'n plek in die hemel kon bespreek deur die nuwe dominee.

By die huis sê Petrus net, 'Skat, jy weet nou hoe dinge gaan loop. Jou broer het oorgevat by sy pa,' en in daardie woorde het die volgende tien jaar gelê. Ons het boekegevat daardie aand en die nag wakkergelê, en met sonsopkoms staan hy op, drink koffie en sê toe, 'Die Here sien in almal se harte en wat hulle in die donker doen. Ons ken ons eie harte, en kyk nou net vorentoe.'

En so was dit.

Albertus het besluit om saam met Petrus te kom boer na die weermag en wou nie op daardie stadium 'n ander geleerdheid hê nie. Eers moes hy aanmeld in Pretoria vir die nege maande verpligte diens. Oom Hendrik Breedt het gesê die regering kon dit nie doen nie, want daar was nog nie eers 'n wet daarvoor nie, wat ons laat dink het hy stem heel moontlik vir die Sappe. Maar in die stilligheid kon ons ook nie die nut van so 'n verpligte diens sien nie, veral omdat daar alreeds soveel polisie was om ons land te beveilig.

Ons het ook oor die radio gehoor dat net skoolverlaters ingespan sou word vir die nege maande, maar van '67 af was dit alle wit mans tussen negentien en vyf-en-sestig wat diens moes doen! Dit het beteken Petrus en die meeste boere in die Bosveld sou ook moes gaan as hulle opgeroep word, en dit het gegons van die spekulasie as die mense bymekaar is. Toe kom 'n amptelike brief daar aan wat sê die diens was nou vir jongmans wat net skool klaargemaak het en nie studeer of werk nie, maar later vir die oueres ook - die radioberigte was reg. Hulle kon by die polisie of weermag aansluit, en Albertus is weermag toe. Hy kon goed skiet, was sterk na hoërskool hom gebrei het, en hy't nie opgesien vir werk nie. Maar wat van al die dorpskinders wat nog nooit eers 'n geweer vasgehou het nie?

As ons nuus luister op Radio Suid-Afrika, was daar altyd iets oor die kommunistegevaar en terroriste wat ons land wou aanval. Ons het nog gepraat daaroor dat dit nie lank sou wees nie voor die swartes hoor lat hierdie oorsese lande gewere weggee, en dan sou hulle opstandig word, want baie van die jongeres het deesdae sommer teruggepraat as jy 'n werkie gee. Tot ons eie swartes het nou radios gehad en as jy Steenbokpan toe ry, kon jy sien hoe elke tweede een met dit op die skouer loop so vêr as hulle gaan, met 'n donkerbril ook op die neus.

Toe Andreas klaarmaak op skool met onderskeiding, het hy sy eie pad gevat, vir homself 'n werk in Pretoria bewerkstellig, en toe's daar net een kind oor op skool.

In '66 moes ons oorslaan van Betsjoeanaland na Botswana toe, want toe't Ingeland mos daar onttrek, en onder ou Sir Serêtse Kgama het hulle ook onafhanklik geword soos Suid-Afrika. Jy weet, by die kerk het almal daaroor gepraat dat Serêtse 'n wit vrou het en daarom het die Koningin hom 'n 'sir' gemaak. Oom Roelf Swanepoel het sommer reguit gesê 'n 'sir' sal hom tog nie wit maak nie. Die ou boerenasie het maar alles in swart en wit gesien.

Die nege maande in die weermag het gouer omgegaan as wat ons verwag het, en toe Albertus terug is, koop hy 'n mooi bruin perd met 'n vlek voor die kop en noem hom Black. Ja, dit rym nie juis nie, né. Petrus was baie teen 'n perd, al het hy self voorheen twee perde en baie muile gehad. Black moes opsluit in die pankampie saam met die kallers. Dit was 'n groot fout, want toe begin hy die kallers skop en dit was die begin van menige onderonsie tussen die mans. Ek moes seker geweet het twee mans kannie op een plaas boer nie. Wat nog te sê as Andreas en Abel ook besluit om te kom boer.

Hoe dit ookal sy, die jare het aangestap. Kleinkinders is gebore en kinders is getroud. 1967 het 'n kleindogter in Mara se huis gebring – my naamgenoot - 'n sterk, gesonde baba. Nou nie dat ek naamsiek is nie, maar mens wil tog jou naam sien voortleef in die familie. Kort daarna het Neeltjie gesorg vir Petrus se naamgenoot, en wás hy nou uitbors oor die kind se koms! Niks gesê nie, maar altyd met 'n laggie gekug-kug as ons oor die kind praat.

Tot ons bure naaste aan die grootpad se lewens het rustiger geword en hulle sakke voller. Na Sarietjie se dood, het Kerneels 'n nuwe huis vir Anna gebou vêr agter op hulle plaas – 'n siersteenhuis tussen die vaalbosse en mooi groot maroelas. Die plek het ons aangestaan. Kerneels het ook nooit verleer om so hard te werk op die lande en by die huis nie, maar kla het hy nooit.

Amper dieselfde tyd het Hendrik Breedt 'n groot, nuwe huis nader aan die grootpad gebou, en ander jonger boere het nou amper elke plaas in die kontrei beset. Dat Petrus met die eerste boontjiepit die pad van voorspoed in ons deel van die Bosveld oopgemaak het, is nie altemit nie.

Dit wat eens nuut was en ons lewens nou vergemaklik het, was eweskielik nie juis meer belangrik nie. Meeste mense het die stof opgeskop met karre en so het die Staat die skoolbus onttrek sodat dit by 'n ander skool gebruik kon word. 'n Koshuis was lankal nie meer 'n plek waar kinders sterf van die honger of verwaarloos word nie, en boerekinders is met kaalpoot en kettie in die hand losgelaat op die koshuisgronde. Verby was die dae dat ons kinders kom kla het van 'varkkos' wat op die tafels kom.

Abel was nou geleerd en steeds in die voorwêreld. Ek't sy duiwe nog getrou al die jare kosgegee en gesorg dat die slange uit die hokke bly, en my verwonder aan hulle waaier stertvere as die mannetjies pronk, en die kroppe wat sommer so blink en persblou in die sonlig staan. Elke dag was dit of my oë die klein dingetjies raaksien wat ek voorheen misgekyk het.

Toe kom 'n paar stil jare. Op die plaas het ons maar net die gewone goed gedoen - perskes gedroog op sinkplate, vrugte ingelê, boontjies geplant en diere versorg. Dan was dit kerk toe en winkel op 'n Vrydag en tweekeer 'n jaar kerkbasaar. Petrus was nog steeds 'n ouderling in die kerkraad en ons het geweet dit sou nie lank wees voor die jonger geslag diakens word nie. Die rus en vrede wat ons so baie voor gebid het, was nou ons lewe.

Tot een dag dat HF Verword Hospitaal in Pretoria laat weet Katrien is opgeneem en dit gaan nie goed nie. Ons pak dadelik en jaag vêr te vinnig soontoe, en toe ons by Katrien se saal kom, was dinge maar karig – haar ou nagrokkie was gedaan en daar was geen pantoffels of persoonlike goedjies nie; nie eers 'n kam nie. Daar was nog nie uitsluitsel oor wat haar makeer nie, maar sy was grys in die gesig en haar oë dof.

Die dokter wou nie 'n diagnose waag nie en so was daar geen sin dat ons 'n lang tyd bly nie, en ons is terug plaastoe na 'n paar dae. Ek konnie help om te wonder hoe alleen dit tog al die jare vir Katrien moes gewees het met 'n ou man en 'n klein kind nie.

Blykbaar het Bertie ook 'n hart gegroei en Katrien gaan besoek, maar dit moes ons deur ander hoor. Ek't 'n spesmaas gehad sy vrou was sy gewete, want haar hart was vêr te goed vir daardie huis. Hy't goed geweet ons wis hoe sleg hy haar in sy jongdae behandel het, en ek sê jou, kind, 'n tier verloor nie sy strepe nie - hierdie kuiery was net vir skyn en skuldgevoel.

En toe laat weet hulle dat my liewe ou sussie dood is aan borskanker, en dit sonder dat ek haar eers kon groet. Ons het haar op 'n reënerige dag in die Warmbad Begrafplaas begrawe – 'n jong vrou wat, dankie Here, haar swaar lewe met 'n kind se oë gesien het. My hart was stukkend vir die ou klein seuntjie, want nou't hy niemand gehad nie.

Bertie het vir die kis en begrafnis betaal sonder om te vra of ander wou bydra, en dit terwyl ons almal die geld en hart gehad het om dit te doen. Ons het hom maar laat begaan, want om te baklei oor geld as jou enigste suster nog nie eers koud is nie, is so onvanpas. Daar by die begrafnis het Letitia die klein kind gevat en hulle het hom vir 'n hele paar maande opgepas en toe't hulle hom toevertrou aan 'n goeie familie wat hom sou aanneem en soos hulle eie grootmaak, al was ons bereid om hom groot te maak as deel van ons familie. Ons ander het nie 'n idee gehad wie die mense is nie. Ek glo Bertie het geldelik bygedra as 'n manier om op te maak vir sy en Pa se slegwerk met Katrien. As hy wel in sy hart verander het, sou ons gou genoeg weet.

My gemoed was donker in daardie tyd. Hier was ek, nou die enigste vrou oor in die Schoeman familie. Die ander is almal voor my uit - Ma op 52, Hermien op 19, Sofie op 47 en nou Katrien op 44. Alvier met verwaarloosde gesondheid of mishandel deur hulle mans. Hoe meer ek werk, hoe meer het die alleenheid en hartseer met my opgestaan en in die aand saam met my gaan slaap. Ek't die heeltyd tam gevoel met min moed vir die dag; dan't ek maar die telefoon opgetel en een van my dogters gelui.

Petrus wat self die hartseer geken het van geliefdes afsien op 'n jong ouderdom, het my gemoedstoestand verstaan en sê toe, 'Pak, ons gaan by Coba kuier,' want Albertus was daar om te help met die bestuur suidkus toe; hy kon kaart lees en ons sou hulle wel kon opspoor.

Die eerste week na die skole begin het, was die kar gepak en die sleutels in die Breedts se hande om die beeste te versorg en 'n ogie te hou op die hoenders en kleinvee. Geen moeite was te veel vir hulle nie, en Hendrik het gesê dis so goed of hulle kyk na hulle eie diere.

So is ons daar weg met die kar volgelaai vir tenminste 'n week se kuier. Ek en Petrus was nog nooit so vêr in ons lewens nie en het ons verkyk aan die omgewing. Die plaas en die armoede het ons altyd vasgehou, en op dié manier het mens nooit verder as Pretoria en Rustenburg gekom om by die kinders te kuier nie. Hy konnie ophou praat oor hoe groen dit is hoe nader ons aan die see kom nie. Daar naby Durban, het hy gereken, is van die mooiste plase, en hy sou nie omgee om daar te bly nie. Net toe my stuitjie behoorlik afbreek van die lank sit, is ons by die kinders. Wat 'n heuglike dag was dit tog nie! Toe kuier ons heerlik tot laat in die nag, en nog was ons nie naby klaar met die groot praat nie, en sou nog ure kon praat tot ons tonge afval.

Petrus was gewoond om elke môre bietjie radio to luister, en vir dit het Coba 'n klein radiotjie staangemaak voor sy bed. Vroeg in die môre was daar mos altyd die landbouprogram met vleispryse en raad oor gesaaides, en dan ook die weerberig en die nuus. Hy't sowaar in die bed bly lê soos 'n dorpsmens met die radio tot hier kort voor agt. En daar kom die noodberig toe oor die radio dat hulle na Meneer en Mevrou Bergmann soek wat vakansie hou in die Kaap.

Coba lui toe dadelik vir Neeltjie in Pretoria sodat sy kon uitvind waarom hulle ons tot op die radio soek, en later die dag laat weet sy Truia is skielik dood en die familie het laat weet Petrus moet kom om te help met die begrafnisreëlings. Altwee dogters het aangehou dat ons bly en liewer ons eie erediens hou vir Petrus se ou sussie, maar hy wou niks daarvan weet nie, en ons het inderhaas gepak en ons kuiertjie was oor voor dit mooi begin het.

Daar gekom, kon jy gou sien hoe die wind waai – daar was nie geld vir 'n kis nie, en net soos die dogters vermoed het, is Petrus teruggeroep om vir alles te kom betaal en die reëlings met die begrafnisondernemer en die predikant te tref. Haar ou man het homself half doodgedrink en die drie kinders was onbesorg en ongeërg – aldrie alklaar mislukkings met geen respek vir hulle ma nie. Ons kon niks van Ampie vra nie, want sy vrou het seker gemaak daar's nie 'n sent vir enigiets behalwe haar familie nie. En die arme Andries was sieklik en met die las van 'n egskeiding oor sy kop. Ons sou vir alles moes betaal, maar Petrus het gesê hy koop die beste en doen dit vir sy gebreklike suster wie se deur altyd oop was vir ons.

Ons het haar begrawe in die deel van die begrafplaas waar daar nog 'n paar groot bome staan, en ek't by myself gedink – wat 'n mooi plek vir 'n liewe vrou om in vrede te rus weg van almal wat haar vertrap het.

In 1969 is nog 'n kleinkind gebore. Eers later het ons uitgevind Neeltjie is amper die ewigheid in na 'n vreeslike swaar geboorte. Die baba se koppie was heeltemal skeef gedruk, en ons was baie bekommerd dat sy verstand aangetas sou wees. Mens sou moes wag en sien, net soos met sy ma wat as baba op haar koppie geval het. Net 'n maand later het Mara ook 'n seuntjie gehad, en Petrus het gesê ons kudde word nou te vinnig groot.

En asof al hierdie seëninge nie genoeg was nie, kondig Andreas 'n verlowing aan en 'n troue later in die jaar. Wel, trou is nie perdekoop nie, en ons het nagte wakkergelê oor die skielike trouery, maar watter ouer kan nou vir jou kind 'n man of vrou kies?

Eendag terwyl ek loop en huis skoonmaak, let ek op dat ek lanklaas vir Petrus so gelukkig gesien het. Dít is soos ons altyd op die plaas moes gebly het - sonder die ewige moeilikheid en struweling met die Schoemans. 'n Groot vrede het in my gemoed kom sit en 'n tevredenheid met wat die Here vir ons uitgedeel het. Mens sou moes soek na 'n rede om te kla, en vir so 'n klaery het niemand sinnigheid nie.

Petrus en Albertus het hulle geskilletjies uitgestryk en net geboer. Daar was weinig om te doen met die gesaaides, en toe't hulle begin ekstra afdakke bou vir die grondboontjie dopper en -plukker wat hy al jarre gelede gekoop het. Omdat ons nou net 'n bietjie mielies vir groenmielies en saad gesaai het, het Petrus die boord vergroot en omhein.

Die piesangs wat hy so lank terug al om die dam geplant het, was nou baie groot en dit het 'n sterk man gevat om 'n tros op te tel. Jy sou vêr soek om sulke soet nawels en nartjies te kry, en die turksvye was geil en vêr te hoog om by te kom. Toe spyker hy 'n blikkie aan 'n paal vas sodat ons dit oor die hoë turksvye kon kry en afpluk. Die enigste bome wat hy nie wou plant nie, was avokado en mango; hoekom weet ek nie, want dit doen tog baie goed by Tzaneen se wêreld waar dit net so warm is.

Hy lees toe in die Landbou Weekblad dat mens vis in jou dam kan aanhou en hoe goed dit vir die gesondheid is. Die volgende ding kom hy daar aan met visse wat hy iewers gekry het, en gooi dit in die dam waar die kinders altyd so lekker geswem het. Kort-voor-lank kon jy die visse sommer met 'n sifdraad vang as jy brood gooi, so baie was daar.

En toe begin die groot reëns laat in die seisoen, en ons verloor amper die hele grondboontjie-oes soos die hope van bo-af begin vrot. Dit was nie die enigste probleem nie, want van die klein vissies is af met die pyp tot in die krip, en met die baie reën loop die krip toe oor in die pan. Twee maande later het daardie pan gewemel van die visse! Mense het van heinde-en-verre gekom en sommer kaalpoot visse opgeskep uit die pan.

Asof dit nie erg genoeg is nie, kom die grootste droogte en hitte wat ons in 'n lang tyd gehad het, en die pan droog op. Petrus het elke dag om die pan geloop soos dit droër word, en eendag toe hy weer daar is en bakarm aankom huistoe kom, wis ek hier kom vandag 'n ding.

Hy roep toe al die swartes en sê, 'Vandág maak ons dam skoon en julle vang vis.' Die vrouens het met bakskottels, kleipotte en konkas by die krip gestaan en al wat vis is gevang wat kon deur, en die kleingoed moes in die krip om die laastes te kry. Die mans skep toe met skopgrawe al daardie groot visse uit die dam en gooi oor die kant, en toe skrop ons die walle en kry die laaste bietjie stink water uit.

Dit was te naar om te sien hoe die visse in die pan vrek soos die water opdroog. Geen vee kon die water suip nie en die reuk van die vrot visse het vir weke daar gehang, maar die sementdam was skoon en die beeste kon uit die krip suip. Jy kon vir maklik twee maande die groot reiers en wilde voëls om die pan sien draai vir die dooie vis.

Ons het ook 'n paar jakkalsies en rooikatte opgetel wat van die vrot vis gevrek het. Dit was te aardig, en ons het nooit weer visse aangehou nie.

Wys jou net, as jy van nuwe idees hoor, moet jy liefs eers alles goed deurdink.

Nog steeds was die hunkering na 'n ander plaas sterk by Petrus, maar ek wou nou niks hoor van wegtrek na 'n groter plaas toe nie.

As hy nog 'n ander plaas wou bykoop, dan sou ek daarvoor stem, maar my geboortegrond was my geboortegrond. Asof die engele my gehoor het, kom 'n paar aanliggende plase op die mark en net daar kom Petrus met die eienaars tot 'n vergelyk oor die verkope. Op dié manier is Bertie as waardeerder omseil. Petrus was só ingenome, dat hy sowaar sonder toestemming die velde deurloop nog voor die kontrakte geteken is. Jy kon letterlik sien hoe hy loop en planne maak vir die nuwe plaas wat hy so lankal wou koop.

Altesaam was dit 'n baie groot stuk grond en het vir myle geloop oos en noord - te groot vir ons om op ons eie te koop. Petrus praat toe met twee ander boere om te hoor of hulle nie 'n deel elk wou koop nie, maar twee-derdes van die grond sou na Petrus se kant toe kom. Almal was te vinde daarvoor en toe kon die aankope begin. Maar die duiwel en sy trawante het ook saamgewerk om die aankope moeiliker te maak.

Eers is ons jongste dorp toe vir werk om, 'My eie pad oop te kap,' het sy tussen trane deur gesê, en ons lê weer wakker met harte wat stukkend is om ons sonskynkind af te staan aan die groot stad. Die volgende ding kom daar weer 'n oproep van HF Verwoerd Hospitaal, en die dokter sê Hermien lê op sterwe, 'Kom dadelik,' maar toe ons daar kom, is sy effe beter en kon ons haar plaas toe vat vir ses maande se rus. Weer-'n-keer was dit wakkergelê sonder antwoord, want in ons harte het ons geweet vier mure sal haar dood wees. In ons oë was dit 'n groter probleem as om alleen op die plaas te sit sonder jongmensgeselskap. My dae was skoon deurmekaar, en as die mans op die lande is, het ek van kamer tot kamer geloop en huil, sommer oor alles wat 'n ma kan huil, vir dit wat was en dit wat nog vorentoe wag. Gelukkig weet die Almagtige om jou te beskerm van dit wat jy nie weet nie.

Tot-en-met Junie was 'n slegte tyd vir ons - siekte in die huis; 'n plaasaankope; Andreas se troue en die oes wat nie watwonders lyk nie. So't ons 'n troue sonder 'n onthaal gehou en 'n siekte sonder naam probeer regdokter, maar kom Augustus, en daardieselfde siekte vat ons kind Kaapstad toe en in 'n kantoorwerk.

Baie jare later hoor ek by Abel van ons jongste se swaarkry die eerste paar weke om 'n werk te kry. Dit was van een plek na die ander loop op pap bene om vorms in te vul en met vreemdes te redekawel. Hy sê hy wou weet of sy darem genoeg geld gehad het om van te leef. Dis toe dat ek amper dood is van skaamte, want hy vertel hoe sy die paar Rand wat Petrus gegee het moes oorbetaal vir huur, en toe was daar net twee Rand oor en daarmee het sy elke week 'n halwe bruinbrood gekoop vir 25 sent en dan met water geëet, 'n snytjie elke aand. Sonder familie of vriende in die groot stad, was dit ses weke se leef op wind tot die eerste maand se salaris uiteindelik betaal is. Hier in die vertel, het Abel net gesluk-sluk, oë afgevee en toe huil ons saam, al het baie water in die see geloop van daardie tyd af. Hoe kon ek tog ooit vir Petrus daarvan vertel? Die seerkry en skande van 'n honger kind sou hy nooit oorleef nie, hoe sterk 'n mens ookal is.

Nietemin, op daardie stadium het Petrus besluit Abel kan sy geleerdheid in die Bosveld gebruik, en met dié dat ons meer grond het, is dit beter dat hy homself ook op die plaas vestig. En toe was daar weer kinders onder ons dak. Of Andreas ook eendag sou aanspraak maak op Belofteland, kon niemand voorsien nie, maar wat my betref, was dit lankal ge-oormerk vir Albertus omdat hy net altyd wou boer.

Nouja, my kop het vir my gesê ons moet die plase mooi verdeel, anders kom daar kort-voor-lank onmin tussen die broers en hulle vrouens wanneer altwee vrou vat. Ek wou tog nie hê Albertus met sy swakker konstitusie moet weer agteros trek soos in sy kinderdae of om in 'n ander se skaduwee te staan nie. Ek het myself voorgeneem om my oog op dit te hou, want Abel is eenmaal 'n Bergmann wat reguit praat, en Albertus nog altyd die stille. En toe laat weet Andreas met een van sy kwaai stemme dat sy vrou weggeloop het en hy kom sonder verwyl plaas toe.

En net daar, met geen keuse en ander se besluite, is Petrus nie meer baas op sy eie plaas nie. My erfgrond sou in vier rigtings moes trek. Daardie dag het my hande van vooraf gebeef en Petrus se skoene het stofpaaie om die lande begin loop.

Asof die aarde geen erg aan sy bewoners se probleme het nie, moes ons eweskielik in '71 leer van kilogram, gram, meter, millimeter, sentimeter en kilometer in plaas van ponde en onse, en voet, duim, jaart en myl. Dit was nág vir ons oueres, so die jonges moes uithelp. Tot vandag toe kan ek nie onthou hoeveel kilogram Steenbokpan van die plaas af is nie, maar ek weet tenminste hoeveel myl.

En toe word Albertus eweskielik baie siek en word by die uur swakker tot dit lyk of hy voor ons oë doodgaan nog voor ons hom by die dokter kon kry. Teen die tyd dat ek die dokter aan die hande kry, was hy só swak dat hy nie sy hand kon oplig nie.

Toe Abel die nagpot vir hom hou, kom hy terug en sê, 'Mammie, gooi klere in 'n tas en bel weer die dokter - ek dink Albertus het swartwater.' En toe ek in die pot kyk, is sy water donkerbruin, amper swart! Toe ek dit vir die dokter sê, sê hy net, 'Mevrou Bergmann, voor die son opkom is jou kind dalk dood, so dood of nie dood nie, jaag met hom Pietersburg Hospitaal toe - ek reël met die spesialiste. Hulle't die geriewe om hom dalk gesond te kry, maar laat hom op sy maag op kussings lê, want sy niere is nou soos twee balonne wat met die geringste stampie kan bars, en dan sien julle hom nie weer lewendig nie.'

Die liewe Vader alleen weet hoe vinnig Abel daardie dag gery het, maar ons het gedoen wat die dokter sê, en later vertel Abel dat die wiele net hier-en-daar grond gevat het al die pad hospitaal toe. Nie eenkeer oppad het hy daaraan gedink om te stop nie, en toe hulle in Pietersburg aankom twee uur later, trippel die dokters en spesialiste klaar buitekant rond.

Kind, ek, Petrus en Andreas het maar net daar by die huis gesit en wag vir die doodstyding; ons kon nie eers praat oor die kind wat altyd swakker as die ander was en wat so na aan my hart is nie. As ek vandag moet sê wat ons in dié tyd gedoen het tot Abel se oproep, dan moet ek lieg, maar toe die foon lui, het daar 'n pyn deur my bors geskiet tot tussen my blaaie. Ek konnie opstaan om te antwoord nie, maar toe dit aanhou lui, sê Petrus, 'Praat nou,' en ek kom op om te hoor hoe vêr Abel kon kom voor Albertus ingegee het, maar toe hy sê daar was hoop, sak ek inmekaar tot Andreas my daar optel.

Op die stoep het Petrus net verwese gesit soos die môre toe hy ons eerste baba begrawe het.

Toe loop hy kamer toe en gaan haal die Bybel en slaan dit oop by Psalm 23 en lees vir die eerste keer in 'n lang tyd hardop, 'Die Here is my Herder; niks sal my ontbreek nie....... Al gaan ek ook in 'n dal van doodskaduwee, ek sal geen onheil vrees nie.... En ek sal in die huis van die Here bly in lengte van dae.'

En die Here was getrou. Albertus het lank gevat om heeltemal gesond te word, maar gesond het hy geword.

'Bid vir My'

Laat een aand, kort na Andreas se aankoms, kry ons 'n oproep van Hendrik Breedt wat om hulp vra.

Blykbaar het Kerneels Beyer veld toe geloop laatmiddag om beeste bymekaar te maak en hy was nog nie terug nie. Petrus, Abel en Albertus is saam daar weg met kopligte en sterk toortse om saam met die ander bure te help soek. Andreas het gesê, 'Ek's moeg en gaan slaap,' en geen vermaning van Petrus kon hom sovêr kry om skoene aan te trek nie.

Ons mans was bekend met die veld en kon goed spoorsny; as iemand Kerneels sou kry, sou dit hulle wees. En dit was ook so. Albertus is die een wat hom gekry het net waar hy deur die draad geklim het met die geweer oor die skouer. Daar het die arme man tussen die drade gehang. Petrus het na die tyd stil gesit met vêraf oë, en toe ek hom aanhou druk daaroor, sê hy met 'n sug die geweer was ook vasgevang tussen die drade met die loop kophoogte. Ja, daar is 'n Hoër hand wat weet hoe jou pad moet loop.

My hart het 'n ander draai geloop, want my liewe vriendin, Kowie, het soos 'n groot speld verdwyn. Weer het almal in die omgewing gesoek vir dae aanmekaar, maar niemand kon haar kry nie. Die panne en veld is deurgeloop en tot 'n baster boesman het help soek, maar dit was tevergeefs. Ons kon nie begrafnis vir haar hou nie, want sê nou maar sy't net verdwaal en rigting verloor of is opgelaai langs die pad. As die mans uit was in die veld, is daar altyd na haar gesoek soos die jare aanslap. Ek het sleg geslaap vir jarre oor 'n dorpsvrou wie se bene dalk iewers in die Bosveldson lê en verblyk.

Hierdie was 'n tyd wat ons omtrent niks van Bertie en Pa gehoor het nie. Die boere wat 'n deel van die groot plase gekoop het, het alles mooi toegespan, maar dis hoe vêr dit gekom het. Niks het verder op dié grond gebeur nie. Miskien moes Pa liewer die grond gekoop het, want hy wou altyd so graag moeilikheid op ons grond maak.

Nie een van ons oorblywende Schoeman kinders kon sinnigheid kry aan die nuwe stiefma nie. Ons het Janneman partykeer gesien wanneer hy by ons kom eet of koffie drink, en dan't hy nooit oor haar gepraat soos van die ander vrouens nie; net altyd kop geskud en gelag. Ek sou altyd lief bly vir hierdie broer van my, al het hy alhoemeer soos Pa begin raak met die suinigheid en kwaaigeid met sy werkers en tot dit het eers wesenlik geword as jy dit gereeld aanskou, en ons het hom te ongereeld gesien.

Mens leef mos maar jou eie lewe as jy getroud is en sien mekaar net met geleentheid. Eendag toe hy 'n stukkie vars brood by ons eet, kon hy nie genoeg praat van hoe héérlik die room en konfyt is nie, wat vir my snaaks was, want Neeltjie kon goed kook en bak. Sowaar, toe hy die koffie en melk nadertrek, lag hy so half skaam en sê, 'Hene, Sussie, julle drink al julle wins uit!' Die liewe suinigheid tog.

En net daar laat dit my dink aan die storie wat Petrus vertel het toe ons kinders nog kleiner was. Dis nou 'n ware storie van die man wat van die voorwêreld af by die boer se plaas verbykom en daar oorslaap. Toe dit kom by eet, sê die man hy's nou nie juis baie honger nie en sal net 'n bietjie peusel, maar hy eet toe sóveel dat daar amper niks vir die ander oor is nie. 'n Paar maande later kom die man weer by dieselfde plaas uit, en toe die mense aansit om te eet, vra die boer of die man sal saam eet, en natuurlik sê hy ook hy's nie juis baie honger nie en sal net 'n bietjie peusel. Weer ooreet hy homself en toe hy aanstaltes maak om op te staan, sê die boer, 'Ou neef, as jy weer kom kuier, dan eet jy hier en gaan peusel by die huis.' Nouja, so was dit met Janneman.

Petrus was nou wel nie 'n man van baie woorde nie, maar kon die lekkerte in 'n ou grappie net nie weerstaan nie. Toe ons kinders nog klein was, kom daar eenkeer 'n smous op Belofteland verby wat nie 'n woord Afrikaans kon praat nie. Hy beduie toe hy soek na 'n spesifieke plaas, en Petrus loop saam met hom terug kar toe en beduie met die arm, 'Take the road *kua* en *boa lapa*,' stuur hy die man in die regte windrigting. Elke keer as hy weer daardie storie vertel, dan lag hy te heerlik oor die fanagalô gebrakel tussenin! Die smous is daar weg en het homself seker disnis gesoek na die 'road *kua*.' Vandag is daardie lag-vir-self dit wat ek die meeste mis van Petrus.

Toe was dit weer boontjies-trek-tyd en Petrus is dou-voor-dag weg met die trekker en wa en 'n paar dae later is hy terug met 'n wa vol swartes. Ek't gedink hy't seker weer niks van die kos geëet wat ek ingepak het nie, want hy't nie vir my goed gelyk nie. Toe ek hom pôr daaroor, vertel hy hoe hy amper sy lewe verloor het daar op die groot brug anderkant Ellisras. Jy weet, die brug staan maklik 40 jaart hoog.

Blykbaar was hy al amper oor die brug met die soontoe gaan, toe 'n groot lorrie met 'n vreeslike spoed reg van voor af op hom afpyl, en al wat hom toe te doen staan, was om met trekker en wa kortom teen die rivierwal af te jaag waar hy neus eerste skuins in die water land. Hy sê as hy nie die trekker so goed geken het nie, was hy daardie dag onder as die wa omgeslaan en die trekker saamgevat het. Om alles te kroon, het die lorrie nie eers gestop om te sien of alles reg is nie!

Van daar af moes ek my oog op hom hou, want hy't eweskielik gesukkel om 'n koppie vas te hou van die bewe. Soos die maande aanstap, het ek agtergekom hy raak baie verstrooid en sodra ons geëet het, dan moes hy gaan lê. Baiekeer as hy daar voor in die ouderlingsbanke sit, het ek opgemerk hy wil-wil sommer aan die slaap raak, en dis nie iets wat hy ooit gedoen het nie. By die huis het hy gekla dat die pap en brood hom sleg laat voel, en dan't ek maar 'n eier gebak en biltong gestamp sodat hy wel iets eet.

Toe dit so aanhou, kry ek hom uiteindelik by die dokter, wat mooi luister en toe bring hy 'n naald en sê, 'Oom, gee my jou vinger,' en woeps steek hy Petrus se vinger en druk tot bloed uitkom. Hy's daar weg en vyf minute later kom hy terug en sê Petrus sal nou baie versigtig moes wees wat hy eet en drink – niks meer lekkergoed en vetterige kos nie, want 'Diabete kan gou in 'n koma gaan as hulle nie oplet na hulle eetgoed nie.' Hy reken dit was die groot skok van die lorrie op die brug wat die suikersiekte aangehits het. Dit was die begin van die groot gesukkel om vir Petrus die regte kos en hoeveelheid pille uit te werk wat 'n suikersiektelyer nodig het.

Eendag toe al die mans bo-op die windpomp sit in die bloedige hitte, besig om pype op te trek wat in die gat geval het, hoor ons 'n kar dreun en ek loop huistoe om 'n skoon voorskoot aan te sit. Dit was in die middel van die dag en ek't gewonder wie nou hierdie tyd kom kuier, toe 'n vaal kar by die agterhek stilhou, en jou waarlik, daar klim Hermien uit wat maande en maande laas by die huis was, en kort op haar hakke 'n jongman.

Nou, enigeen wat haar hand wou hê sou eers by Petrus moes verby, en dit was nie hoe lank nie of hy begin familie uitlê. Daardie aand hoor ek hom grommel dat dit 'n man met murg in die pype sal vat om met ons jongste te trou, maar hy was gou aan die slaap, en dit was dit.

Kort daarna het Albertus sy eie maat gekry, nog 'n kleinseun is gebore uit Mara se huis, en dit was 'n tyd van vreugde. Maar hartseer het ook oral ingekruip. Tyding het van voor af gekom dat Ampie dood is, en dit op een-en-sewentig. Die drank het hom verteer, en wat die drank nie verteer het nie, het sy vrou en haar familie ingesluk. Die vrou en haar familie het Langkloof deur hulle agterente getrek, en dis vandag in vreemdelinge se hande.

Petrus het nooit 'n sagtigheid vir Ampie gehad van kindsbeen af nie, en ons kon nog goed onthou hoe sleg hy ons behandel het op Langkloof en die verneukery met die twee plotte. Ons is wel begrafnis toe, want dis wat mens doen, maar dit was meer om Andries, wat nou heeltemal alleen was, te ondersteun. Ekself sou Ampie nooit vergewe vir ons eerste seuntjie se dood nie, en het net traanloos by die graf gestaan.

Sommer gou hierna het ons driekeer trouklere gekoop, en al was ek nie reg vir Albertus om vrou te vat nie, het hy, Abel en Hermien hulle sake só gereël om in een jaar te trou. Almal in die familie kon heerlik kuier om die bruidstafels. Toe ek Abel so voor die kansel sien staan, het my hart klein getrek om te dink dis ons babaseun met die vet beentjies wat nou so groot is. Maar my gedagtes het ook vêr teruggeloop na 'n ouboet wat saam in die kerk kon gesit het. By Albertus se troue het my trane geloop vir alles wat nou sou verander, en vir ons jongste was dit Petrus wat met swarigheid haar afgestaan het aan 'n ander man.

Jy moet weet, vir ons as ouers was dit 'n baie groot ding om 'n laaste kind weg te gee. Petrus wou niks eet op die dag nie al het ons hóé gepraat, maar ek't tog later kos in hom gekry, want 'n diabeet kon nie hou tot laatmiddag nie. Ja, mens word maar goed aangedaan as jy 'n pa en dogter so saam die kerk sien instap – hierdie keer die een wat ons nog langer by die huis sou wou hou.

Soos sy loop, dink ek aan my suster Hermien in haar lang weil en groot bos blomme met die kop so half skuins gedraai. Hoe graag sou sy tog haar naamgenoot wou sien op hierdie dag met die hele familie bymekaar, maar haar drome vir die man waarmee sy 'n nuwe pad wou aanpak, het die verkeerde afdraai gevat.

Sou die Here getrou wees en ook ons kinders se pad gelykmaak?

In my agterkop het ek geweet ek en Petrus sou moes gewoond raak aan baie nuwe dinge. Daar was die kwessie van 'n plaas met vier mans wat nie altyd in dieselfde rigting trek nie. Dit was ook so dat ons oues gou agtergekom het ons konnie meer al die reëls maak nie, al was dit ons plaas. Abel se vrou was ook iemand wat nie stilbly as sy gedink het 'n verkeerde besluit is gemaak nie, veral as onstwee oues klaar besluit het oor sake. Dit het nie vir Petrus gepla nie, maar in my enigheid het ek geweet ek sou 'n stokkie voor dit moes steek maar het gedink, lat ons wag en sien, want die jaar sou besig wees.

Ons het oes ingesit en die mans het onder mekaar besluit wie waar sou saai en hoe die oes verdeel sou word. Ek't my uit dit gehou, maar darem 'n ogie gegooi dat hulle mekaar nie aanvat nie.

Toe 'n Bergman kleinseun wat sy naam dra die lig sien, was Petrus weer vol grappies soos in die jaar dat Abel gebore is. Praat soos jy wil, maar vir ons geslag is dit 'n groot ding om vernoem te word in jou leeftyd. Anders as met ons ander kinders, was hierdie kleinkind naby en kon ons hom sien grootword. Ek was nooit goed met brei nie, maar as ek kon, sou ek baie gebrei het vir die nuwe kleinkind wat 'n oupa so opgewonde gemaak het.

Dit het waarlik soos Noag se ark begin voel in ons familie met kleinkinders en troues wat twee-twee aanstap. Die tyd het te vinnig gehardloop, en elke dag as die son sak, het dit gevoel niks was gedaan nie. Ons het noustrop getrek in die tyd na die nuwe plaas se aankope, en die grondboontjie-oeste het nie sulke goeie pryse opgelewer nie. Mens weet nie of jy alles sou kon bybring nie, maar daar's darem altyd liefde wat jy verniet kan uitdeel.

Daar was so baie wat ek moes doen, en miskien sou Albertus se vrou nie wou leer van plaaswerk nie, en wat dan? Maar kon 'n skoonma dan eintlik raadgee, en wat gedaan as ons vroumense nie klaarkom nie? Petrus het een aand hard met my gepraat oor die wakkerlê en gesê, 'Maria, jy haal nou jou pa se streke uit. Los die kinders; hulle sal regkom sonder jou,' maar dis nie so maklik nie.

Bertie het laat weet hulle gaan vir Pa 'n partytjie hou vir sy 85ste verjaarsdag, en sal ons ook kom? Nouja, teen hierdie tyd was daar nie moeilikheid tussen ons en die Schoemans nie, en het ons mekaar verdra en darem gesels as ons hulle by die kerk sien. Mens leer maar om te vergewe, want ons het nou ons eie lewe gehad.

Pa se verjaarsdag het op 'n Vrydag geval en die byeenkoms was vir die Saterdagmiddag. Al my broers en hulle kinders sou daar wees, so ook almal in die kontrei wat kon kom. Ons het die skyn gehou en vriendelik met almal gewees, maar die kos was dik in my keel toe ek sien hoe vroom Pa daar sit en soentjies op die wang vat van mense wat net sy goeie kant ken.

Kort na die byeenkoms laat weet my broer Danie dat Pa

in die tuin gespit het en toe hy vooroor buk, val hy net daar flou neer. Daar het Bertie hom opgetel en Nylstroom Hospitaal toe gejaag waar die dokters sê dis beroerte so met sy verkalkte are in die brein, en dit sou beter wees as die kinders so gou moontlik kom groet. Ek vra toe hoekom ons nou-eers, twee dae na die tyd daarvan hoor, en Danie skram weg met, 'Sussie, ek bel eintlik om met Boetie te praat, want dinge lyk nie goed hier nie.' Danie het altyd van Petrus gepraat as 'Boetie.'

Hy vertel toe vir Petrus hoe Pa al twee dae lank onophoudelik na hom roep, en die dokters was van mening dat daar iets swaars op sy gemoed rus wat hom terughou, want hy moes al volgens die boek gesterf het. Ons klim toe dadelik in die kar en jaag Nylstroom toe.

Daar gekom, kry ons my drie skoonsusters met rooi oë buitekant Pa se kamerdeur, en toe ons vra hoe dit lyk, skud hulle net kop. Ons loop toe maar in en daar lê Pa spierwit in die bed, maar sy kop ruk heen-en-weer asof hy baie pyn het, en hy roep, 'Petrus! Petrus! Petrus!!' Ek het yskoud geword.

Petrus gaan staan toe by die bed en sê, 'Pa, ek's hier, wat wil jy vir my sê?' En daar maak Pa sy oë oop en sê, 'Bid vir my.'

Petrus sê toe kalm hy sal bid, maar Bertie vat hom sowaar hardhandig aan die arm en sê, 'Jy bid nie vir my Pa nie!'

Dis ongelooflik dat Bertie so-iets kon sê by 'n pa se sterfbed!

Danie en Janneman vat Bertie toe eenkant en sê, 'As Boetie vir Pa wil bid, en Pa wil dit hê, dan doen hy dit vandag,' en Petrus gaan staan op sy knieë langs Pa se bed en bid 'n gebed soos ek hom nog nooit hoor bid het nie.

Daar vra hy die Here om ons te vergeef as ek en hy nie die kinders was wat Pa wou gehad het nie, maar hy vra ook die Here om Pa te vergewe vir al die swaarkry wat hy op ons huis gebring het. Toe hy, 'Amen' sê, maak Pa oë toe en blaas asem uit.

So baiekeer het ek al die Here se nabyheid in 'n kamer gevoel, en hierdie dag was Hy ook daar om Pa te kom haal. Daarvan is ek seker.

Dit is soos Ma gesê het, 'Die Here sien sy kinders, Sussie; hy sien al sy kinders aan met gelyke genade.' Tot vir Pa wat tot bekering gekom het op die nippertjie.

Ek het van harte gehoop Pa se dood sou van Bertie 'n ander mens maak, want jy staan nie saam met die Here in 'n kamer sonder dat Hy jou hart versag nie, maar ek't verniet gehoop. Twee maande na Pa se dood laat weet De Nysschen, die eksekuteur van Pa se boedel, dat ek klaar geërf het en nie aanspraak kon maak op enige loswaar nie, want ek's net 'n meisiekind.

Soos Pa se nuwe testament lui, het die seuns alles gekry en ek's nie eers as kind genoem nie. Dit was asof iemand my met 'n mes in die hart steek. Ek het nie geld nodig gehad nie, maar wou tog so graag net 'n aandenking van Ma hê; miskien die muurhorlosie waarmee ek grootgeword het, maar om nie eers as kind gereken te word in jou pa se testament nie, was 'n ewige skande.

Petrus het mooigepraat en gesê ek moet nou vergeet van 'n verbintenis met die Schoemans – ons het mos ons eie plase en kon koop wat ons nie het nie, maar ek kon dit net nie laat gaan nie.

Al wat die seuns eintlik moes gedoen het, was om my 'n paar aandenkings te gee, maar Janneman het my later vertel Bertie het volgehou ek's nie sy suster nie. Ek was baie teleurgesteld in Janneman wat tog altyd my maat was en nou nie sy man kon staan nie.

Danie het blykbaar deur die huis gegaan om 'n lys te maak van al die ou meubelstukke en Ma se goedjies, maar net soos Petrus jare gelede voorspel het – die vierdie vrou het Pa ondergekry en weggeloop met al die erfstukke teen die tyd dat daar 'n lys gemaak is. Die mure was kaal en die kaste leeg. Anderman se kleinkinders sit vandag met dit wat my nog aan liewe Ma gebind het.

Na Pa se dood, was my binneste een dag hol oor tye wat vir ewig verby is, en die dag daarna vol van dankbaarheid vir ons groot familie, ons goeie gesondheid en wat twee mense met net hulle hande en harde arbeid vermag het.

Menige dag wou my hart nie aanvaar dat daar steeds tye is waar 'n pa se wreedheid en onreg my lewe regeer nie, en ander dae waar dieselfde hart so graag die liefde wou hê wat Pa gehad het om te gee en net nooit wou nie. En dan was daar tye dat ek voor my siel geweet het my eie hart trek te veel skuins na Albertus se kant toe, net soos my pa se hart altyd reggestaan het vir Bertie.

Ons dogters kon ook die eenoog ding sien wat ek net so nou-en-dan gevoel het, maar dan't ek dit weggedruk en gemaak of dit nie daar is nie. Petrus se oë het ook vertel dat hy weet, maar ek't geweet dis tog nie waar nie. Nee, Pa was die een-oog ouer wat almal wou oorheers. En nou was almal verlos van die onmin wat hom gevolg het soos pes tussen die vee.

En toe, een gewone dag waar die hoenders buite skrop en die lammers blêr, is Pa net uit my hart. Petrus het dadelik geweet.

Toe die son sak daardie dag, haal hy hoed af en sê, 'Skat, kom sit by my in die koelte,' en ek bring koffie en ons kyk uit op die ouland waar die Here saam met ons ry-op en ry-af geloop het.

Die Skrywer

Hester bly aan die ooskus van Australië met haar man en twee honde. Hulle drie kinders en nege kleinkinders is gesaai van suid tot noord oor die land – vêr in distansie maar naby haar hart.

Sy's gebore en getoë in Suid-Afrika, het grootgeword in the Bosveld streek van die ou Transvaal, en gestudeer in Suid-Afrika en Australië. Hester is 'n Doktor in Onderwys met baie jare ondervinding in taal-onderrig. Na aftrede in 2010, het sy voltyds begin skryf. Haar publikasies sluit akademiese werke, historiese fiksie, memoir en kinderverhale in.

As 'n kind van Afrika, is die mense en geskiedenis van haar geboorteland na aan haar hart. Sy is drie tale magtig en gebruik haar kulturele erfenis en liefde vir die geskrewe woord om lewensverhale en geskiedenis lewendig en relevant te hou vir lesers. Hierdie fokus is weerspieël in al haar werk.

Meer boeke: https://www.hestergarner.com

Volg Hester: Facebook & Instagram:
https://www.facebook.com/profile.php?id=61568114910872
https://www.instagram.com/drhesseven/

Kontak Hester: drhesseven@gmail.com